长篇小说

铁记庄园

时林圣
陈志君　著

中国文联出版社
http://www.clapnet.cn

图书在版编目（CIP）数据

铁记庄园 / 时林圣，陈志君著. -- 北京 : 中国文联出版社，2017.5
ISBN 978-7-5190-2723-0

Ⅰ．①铁… Ⅱ．①时… ②陈… Ⅲ．①长篇小说—中
国—当代 Ⅳ．①I247.5

中国版本图书馆 CIP 数据核字 (2017) 第 102089 号

铁记庄园

作　　者：时林圣　陈志君	
出 版 人：朱　庆	
终 审 人：奚耀华	复 审 人：邓友女
责任编辑：曹艺凡	责任校对：王天宇
封面设计：西　子	责任印制：陈　晨

出版发行　中国文联出版社
地　　址：北京市朝阳区农展馆南里 10 号，100125
电　　话：010-85923077（咨询）85923000（发行）85923020（邮购）
传　　真：010-85923000（总编室），010-85923020（发行部）
网　　址：http://www.clapnet.cn　　http://www.claplus.cn
E - mail: clap@clapnet.cn　　caoyifan2007@126.com

印　　刷：永清县晔盛亚胶印有限公司
装　　订：永清县晔盛亚胶印有限公司
法律顾问：北京天驰君泰律师事务所徐波律师
本书如有破损、缺页、装订错误，请与本社联系调换

开　　本：710*1000	1/16
字　　数：498 千字	印　张：33.25
版　　次：2017 年 5 月第 1 版	印　次：2017 年 5 月第 1 次印刷
书　　号：ISBN 978-7-5190-2723-0	
定　　价：66.00 元	

内容提要

　　这部小说，讲述的是生活在长江下游滨江的一个晚清庄园里一群人的生动故事，主要描写寡母陈桂兰带领三个儿子成长、立业、成家的艰辛生活历程，他们是中国农村底层小人物的缩影。这群人，面对重重困难，吃苦耐劳，忠厚诚实，仁义善良，励精图治，淡泊名利，尤其在改革开放的时代，励志奋发，开拓有为，为当地经济发展，推动社会进步，做出了巨大贡献。

　　小说以推进式的结构，多条交叉的线索；以朴实纯熟、通俗明白的语言，讲述跌宕起伏的故事，情节生动，引人入胜，塑造的人物形象，个性鲜明，触手可及，栩栩如生；向读者展示的是一幅幅具有时代气息和地方特色的风情画卷。

主要人物表

一、谭氏

谭祖华，抗战老兵，抗战胜利、伤残复员后，政府安置于铁记庄园铁氏老屋。

李雨妹，谭祖华妻子。

谭顺利，谭祖华大儿子。木匠，精于木雕；在生儿育女方面有封建主义观念，事业、婚姻因此有起落。

龚弘莲，谭顺利前妻，小学教师。善良温顺，顾全大局，忍辱负重，为了孩子们的未来，甘愿牺牲自己的幸福。

谭晓婷，（原名谭招娣），谭顺利与龚弘莲的大女儿。

谭来娣，谭顺利与龚弘莲的二女儿。

谭等娣，谭顺利与龚弘莲的三女儿。

谭顺章，谭祖华的二儿子，三十余岁病亡。

陈桂兰，谭顺章妻子，小说一号主人公。丧夫后，坚守谭门，含辛茹苦，克勤克俭，殚精竭虑，将三个弱小的孩子拉扯大，培养成人、成家、立业，是中国农村传统女性的典范。

谭大龙，陈桂兰的大儿子。父亲去世时，才八虚岁，懂事很早，主动辍学就业，帮助母亲挑起家庭生活的重担，也因此放弃了青梅竹马的爱情。结婚后又遭受孩子夭折、妻子早逝的打击，一度消沉。在兄弟与昔日的恋人帮助下，走出阴影，重新回到正常的生活、事业中来。

唐菲菲，乡建筑总公司经理唐生华的千金，家境殷实，在谭顺利兄弟撮合下，嫁给谭大龙，因患乳腺癌而不治早逝。

谭小龙，陈桂兰二儿子。聪明而勤学，为了理想，不畏艰难困苦，孜孜以求，学历至化学博士，成为民用化工的专家。

司徒秀敏，谭小龙妻子。

谭剑英，陈桂兰三儿子，小说群像中的主要人物。机敏而顽强，视野开阔，敢闯敢干，胸怀大志，具有不到长城非好汉的气概，能文能商，是一个复合型人才。

铁娜，谭剑英妻子，是他两小无猜的玩伴，为了他，义无反顾地放弃优越的生活条件，追着他的脚步，闯荡江湖，协助他成就事业，圆梦成真。

谭顺和，谭祖华三儿子，复员军人内柔外刚的性格，决定了他的人生轨迹。为了大家庭默默奉献，为了陈桂兰终身未娶。

二、铁氏

铁旺兴，铁记庄园后裔，"旺"字辈人，与谭祖华为同辈人。

铁慧琪，铁旺兴的儿子。

龚弘菊，铁慧琪妻子。

铁海良，铁慧琪儿子。

铁娜，铁慧琪女儿。

铁慧瑛，铁旺兴女儿，嫁龚弘奎。是一位女强人的典型代表，虽历经挫折，却不坠青云之志，为了重建铁记庄园的梦想，坚持奋斗，在女儿的协助下，在铁记庄人支持下，使美丽的蓝图，成为靓丽的风景。

三、龚氏

龚德昌，铁家教书先生后代，与铁旺兴同辈。

肖秀英，龚德昌妻子。

龚弘奎，龚德昌儿子，饱读诗书，教育子女有方，是妻子、女儿事业的好帮手。

铁慧瑛，龚弘奎妻子。

龚如玉，小名龚大美龚弘奎女儿，与谭大龙青梅竹马的恋人。谭大龙与唐菲菲结婚后，她始终不放弃爱情，在与郑浩结婚前，怀上谭大龙的孩子，以后一直为之守身如玉。协助母亲创业、打拼，终于建立上市集团公司，帮助母亲完成梦想。是小说第二号女主人公。

龚弘菊，龚德昌的大女儿，嫁铁慧琪。

龚弘莲，龚德昌的小女儿，嫁谭顺利，后离婚。

目　　录

第一章

"谭顺章同志追悼会现在开始！一鞠躬，二鞠躬，三鞠躬。默哀……默哀毕！"马驮沙县跃江乡铁记庄大队大队长张明怀着悲痛的心情，用低沉的语调，主持谭顺章的追悼会。会场设在谭顺章家门口的公场上，他的灵柩安放在屋内。年轻的妻子陈桂兰带着重孝，垂泪站在漆黑的棺木旁边；三个年幼的男儿谭大龙、谭小龙和谭剑英，披麻戴孝，按高矮依次站在母亲身边。谭顺章的灵柩前，放着谭顺章的遗像，黑色的镜框上扎着黑纱，照片虽然是黑白的，可是，他英俊的容貌，瘦削而黝黑，嘴角挂着微笑，两眼炯炯有神，闪烁着希望的光芒……他的面前是妻子供奉的红烧肉，他喜欢吃的鳊鱼，还有豆腐，米饭。香炉里的香灰已经满了，整股香青烟缭绕，两边的蜡烛烧化了，也为英年早逝的谭顺章垂泪……谭顺章的父亲谭祖华，白发人送黑发人，坐在墙边，老泪纵横，母亲李雨妹坐在灵柩旁边，细数着二儿子的往事，尤其是他吃苦耐劳、一心扑在集体劳动、小工厂创业时点点滴滴，悲怆地号啕大哭。她越是诉说得详细，越是引起人们的悲伤，不少人也泣不成声，陈桂兰忍不住哭出声来，三个孩子见母亲痛哭，都哇哇直哭。

外面场上，五十多岁的大队支书黄志彬在致悼词：

"……谭顺章同志在担任大队团支部书记期间，配合党支部做好青年团工作，把青年突击队锻炼成为拉得出、打得响的一支铁军；在创办大队锻造厂的过程中，苦干加巧干，不断改进，使锻造厂由小变大，由弱变强，是一位能吃苦、敢担当、有闯劲的好厂长……"

陈桂兰听着悼词，泪水挂满两腮，一幕幕往事不禁涌上心头。陈桂兰和谭顺章是一次公社团干部会上认识的，那时，她是宝禾埭大队团支部书记。谭顺章在会上作交流发言，生动的团支部工作故事，流利的口才，使陈桂兰产生了爱慕之情。几次接触后，媒妁之言，便成了亲。

大队要办小工厂，派谭顺章带几个人到苏南溧水的明觉公社去学习锻打技术。学成回来后，就在家门口铁家的老屋里，支炉子、按墩子，叮叮当当干了起来。大多打些锄头、钉耙、镰刀之类农具，有时，陈桂兰也去帮他拉风箱……他总是第一个上班，在工人上班之前，就引着炉子，烧红铁坯，工人一到车间，就直接开始锻打；他总是最后一个下班，有时候，下班的时间到了，可炉膛里还有炭火，可以烧红小件铁坯，他就一个人锻打铁钉、墙把子之类小件。黄志彬书记亲自出差，业务不断扩大，小工厂从创办时的一个铁墩子，增加到四个；工人由四五个，增加到十几个……后来，由风箱改为鼓风机，由人工锻打改为机械锻打，业务范围也从单纯的农具、民用小商品，扩大到工业产品。为壮大集体经济，改善铁记庄大队的条件，创造了较大的财富，在整个跃江公社名列前茅。因为震动太大，噪音太响，影响庄园里人们的正常生活，锻压厂搬到大队部，工农路的大路旁。谭顺章经常加班，有时，妻子还要送饭去……

"谭顺章同志身患重病，还坚持在岗位上，直至病卧不起。无情的病魔夺去他年仅31周岁的年轻的生命……谭顺章同志英年早逝，作为一名模范共产党员，是我党的一大损失，作为农村队办工业的领军人物，是我们大队的一大损失！我们要化悲痛为力量，继承谭顺章同志的遗志，把他未竟的事业继续下去，把我们大队的队办工业越办越好……"

黄书记致完悼词，走到陈桂兰身边紧紧地握着她的手说："你要坚强，顺章虽然走了，还有我们集体，还有我们党组织，你一定要挺住！"黄书记心疼地摸摸谭剑英的头，继续说，"你还有三个儿子，他们是你的希望，他们会成长起来，会比他们的父亲更出色的！"陈桂兰悲怆地哽咽着，什么也说不出来，只是连连点头。

追悼会结束后，大伙儿吃"开丧饭"。谭祖华的老伙计、邻居老学究龚德昌主持仪式。谭顺章的三个幼子一字儿跪在众人面前。只听龚德昌高喊："……饭不像饭，菜不像菜，孝——子——还——礼！"话音刚落，老三谭顺和叫三个小孩一起向众亲眷、乡邻们磕头。人们无不默默地流着眼泪；他们不是再过度的为逝者而悲伤，而是看着三个年幼的孩子，是多么可怜！……陈桂兰还很年轻，要是她改嫁了，这三个孩子该怎么办呢？

谭顺和将三个孩子扶了起来，把他们拉到爷爷、奶奶身边。众乡亲也没吃什么，即使他们想吃想喝；都稀稀落落散去。陈桂兰又站到门外场边，目送他们离去。老大谭顺利和三弟谭顺和商量明早出殡的事，陈桂兰在一旁，默不作声。听他们安排得差不多了，便说了一句："明早去火化，就不要让孩子们去了。"兄弟俩知道她的心思，点点头，表示同意，也知道，不能让幼小的心灵受到更大的伤害。

爷爷、奶奶想把孙子带到自己屋里去，可是仨兄弟一个也不肯，都钻到棺材底下，在草铺的灵堂里，他们听妈妈说了，要按照习俗，为早逝的父亲的最后一夜守灵。陈桂兰虽然心疼孩子，却极希望让他们陪父亲最后一个夜晚啊！

凌晨四点钟，出殡的队伍都来齐了。除了亲眷、近邻，大队干部也都来了。陈桂兰梳洗打扮了一番，穿上了结婚时的衣服，戴上重孝。她要用最庄重的仪态，送丈夫远行……以前，她送丈夫外出，还能倚在门框边，看着他的背影远去；到了他回来的日子，陈桂兰站在庄园的圆沟边、水码头，看着他风尘仆仆地回到家来……可是，今天这次远行，心爱的人真的要走出很远很远，再也回不来了！她一定要让他最后看一下自己最好的容颜，虽然已经瘦得如风一吹就要倒下一般，也要让远去的丈夫放心。孩子们看妈妈有些异常，都不解地望着她。她从箱子里翻出三个孩子最好的衣服，对他们说："爸爸不再回来了，你们今天也要像妈妈一样，穿得像样一点，身上干干净净的，送爸爸出门……"她说不下去了，哽咽起来。三个孩子各自穿上妈妈翻出的衣服，有的衣服上面还有补丁。妈妈又为他们的头发抹点水，梳平了，给他们一个个扣好扣子，拔好鞋帮；戴上白帽子，穿上孝衣；每人拿一根青竹孝棒，腰里系着粗草绳；谭大龙手捧父亲的遗像……

外面下起雨来了，不大。早春的小雨，细蒙蒙的，微风吹着它们，飘落在江畔农村的屋顶、田野；光秃秃的树上，不久就会萌发新芽了……，这充满希望的春天，天空却布满阴霾，弥漫的是那么寒冷的潮湿的空气，有点恼人。人们似乎还没有熬过肃杀的冬天，仍在无奈地与它抗争……出殡的时辰到了，大队长张明与生产队长施巧郎，挑了八个生肖符合"抬重"的人，抬着谭顺章的灵柩，从铁记庄园南面坝头出去，按照习俗，从上首出殡，左拐向东，再沿河边向北，向工农路走去。殡仪馆的灵车，只能开到那儿。按照习俗，棺木在去墓坑的路上要歇三下，每歇一次，孝子要跪一下，以示郑重送别。一为天，二为地，三为万物生！谭顺和扎了一个长捆的草把，让孩子们不要跪在潮湿的地上，也不让把裤子弄脏了。棺材一停，他立即放下草把，叫孩子们跪一下。陈桂兰紧随棺木，寸步不离，心中一直为丈夫默默祈祷，但愿他在另一个世界里生活得更好，直到人们将棺木安放到墓坑中。一路上，道士念着祈祷的话语，抛撒纸钱。那些纸钱，在拂晓的春风里，没有飞起来，都飘落在路边、田际……

殡仪馆的灵车来了，谭顺章的遗体下面事先垫好了新床单，抬棺材的人，小心翼翼地从棺木里拉出谭顺章的遗体，放在殡仪馆的担架上。这时，天已亮了，虽然下的小雨，地上已经泥泞。陈桂兰和三个孩子一下子围了过来，他们要最后看一下自己的亲人：妻子最后看一下早别的丈夫，只一起生活了十载……儿子看一下父亲，一个八岁、一个六岁、一个才五岁，都是虚龄。他们还不懂什么人间世故，只知道自己再没有了父亲，从此父子是阴阳两重天，永远地分别了。他们都很聪明，老大已经上小学了，对死人的事情见过一些，可是，队里离世的人里面，他们看到的，父亲是最年轻的了，见到灵车开走，几个孩子哇哇大哭起来。

一些乡邻没有去殡仪馆，都回去了；几个抬棺材的也回到屋里，等候骨灰回来后安放的棺木里。谭顺利、谭顺和与妹妹谭顺芳陪陈桂兰去殡仪馆，还有一些谭顺章的徒弟许明亮等人，生前好友。谭大龙手捧遗像，坐在前排。灵车上面坐不下，他们就骑着自行车，飞快地跟在灵车后面。谭顺利的妻子龚弘莲领着两个小的回到家里等候。陈桂兰太悲伤了，几次要昏厥过去，谭顺芳一直扶着她。她太虚弱了，在丈夫病重的几个月里，她悉心照料，有时成天整夜地睡不着，担心啊！谭顺章病情加重，陈桂兰体重减轻……哪里经得住这样的打击呀！谭顺芳抽咽着劝她说："人死不能复生，你再怎么撕心裂肺，他能爬起来吗?"陈桂兰心知肚明，可就是心不甘哪！

老父亲谭祖华和老伴已在家等候，见到两个孙子，立刻拉到怀中，摸着他们的头，心疼地说："宝贝孙子，不要怕，爷爷奶奶在这儿，还有你们的伯伯、叔叔和姑姑，都会照顾你们的。"不说也罢，一听这句话，两个孩子大哭起来。龚弘莲闻声走过来，拿干布擦他们的头发，揩他们的眼泪，自己顿时觉得孩子们似乎都成了孤儿，感到陈桂兰肩上的担子有千斤重。

陈桂兰被谭顺章的大徒弟许明亮背回来，李雨妹让许明亮放她躺在竹榻上。她脸色苍白，呼吸微弱，眼睛闭着。龚弘莲一见，立即吩咐大姑娘："招娣，去和碗糖茶来！"谭招娣应了一声，便麻利地跑回家。谭小龙、谭剑英见妈妈昏迷了，大哭起来。招娣很快端来一碗糖水，走到陈桂兰面前，轻声叫道："二婶，喝吧！"陈桂兰用力睁开眼睛，抬起头来，喝了一口，觉得心里舒畅多了。看到两个孩子在哭，顽强地坐起来，叫孩子们过来，让他们喝糖茶。谭大龙已经八虚岁了，懂事了，知道妈妈伤心过度，便说："妈妈，你喝了吧，你都好几天没吃什么东西了。"听了哥哥这么一说，小老三也不肯去喝。谭招娣说："我家还有红糖，我再给你们去和糖茶。"龚弘莲也不阻拦，只说："你把他俩带回去吧！"

谭顺利的大女儿谭招娣带着两个堂弟来到上首的屋子，两个妹妹谭来娣、谭等娣也尾随而来。五个个孩子离开了悲伤的地方，好像又回到以往时日，喝着甜蜜的糖水；来娣还翻出爸爸从上海带回来的饼干，分给每人两块，上面还印着"甘草饼干"字样，儿童时代的欢乐，又浮现在他们稚嫩的脸上。

谭顺章的骨灰盒，由大儿子谭大龙捧着，等待下葬。陈桂兰喝了糖茶水，有点儿力气了，带着两个孩子来到谭顺章的墓地。家属、亲眷和抬棺材的人都来到路边。谭顺和把二哥的骨灰放到棺木中，和其他人合上棺盖。钉棺钉时，让大儿子谭大龙拿斧头敲几下。陈桂兰说："三个人都要敲，你们的爸爸会在这里保佑你们将来有出息、发大财的！"老大使劲敲打，终究没能钉下去；老二、老三更小，连斧头也拿不了，既然母亲说了这话，"有出息"、"发大财"的意思是明白的，所以，他们也拿起斧头，在另外两个棺材钉上"笃笃笃"敲了几下。最后一个钉子了，陈桂兰从谭剑英手中接过斧头，对着棺木里的谭顺章说："顺章，你放心地走吧！我会在谭家一辈子，把三个孩子抚养成人的！你听到了吗？"斧头钉一下，她就说一句"你听到了吗"，钉子完全钉下去了，她又说了一句："我生是谭家的人，死是谭家的鬼！"说着，钉着，眼泪流着，她手无缚鸡之力，钉子没有完全钉下去，她双腿一软，瘫坐在泥泞的地上，痛哭起来。见此状况，三个孩子也大哭起来。龚弘莲和谭顺芳把陈桂兰和三个孩子拉到路边，让众人填土做坟。

中午吃过"回丧饭"，家里也打扫干净了，众人散去。唯一不同于以往的是新添的谭顺章的黑框遗像，安放在后墙边香几台上。老父亲谭祖华来到遗像前，无声地淌着老泪，白发人送黑发人的心情是可想而知的。这个从战火中活过来的硬汉，在枪林弹雨中，看到许多战友倒在自己面前，那时也顾不了伤心。你死我活的绝杀，是没有后退的余地的。虽然他没有牺牲在战场上，却是拖着一个一级伤残的身体回乡的。已经当上新四军连长的谭祖华，没有给国家添麻烦，拿着一纸证书，回到了铁记庄。

这时，老伴李雨妹叫他回屋休息，劝他说："你再伤心也没有用了，只怪你二儿子太好强了，没日没夜的做，哪儿吃得消……? 回去歇息吧。我还要让她们姑嫂和几个妇女准备今晚的头七馄饨呢。"

谭祖华抹干老泪，转身回到自己的屋去。看到陈桂兰站在身后，觉得对不住她似的，想要说什么，却无从开口。

儿媳妇似乎看出公公的心思，又一次把在坟前说的话重复了一遍："爸爸，你别难过! 顺章他没有走，他就在这儿，看着我们娘儿四人。我陈桂兰生是谭家的人，死是谭家的鬼! 我会一直站在老二家这个门上，把三个孩子拉扯成人的! 你放心，你看得见的!"

谭祖华说："丫头啊，不容易的，你要有思想准备啊! 有爸妈在这里，你要有什么事，我们撑你的腰!"

陈桂兰搀着他走到他的屋里，就独自坐在谭顺章的遗像前，反复抚摸着谭顺章的脸默默地流泪。

过了谭顺章的头七，铁记庄又回到往日的平静，日子又如同原来那样过着。

这是一九七八年的春天。

铁记庄，是长江下游一个叫马驮沙的地方的晚清庄园。

马驮沙，是长江三角洲的古代沙嘴区，是海相河相沉积平原，境内有一座小山，名为孤山。唐朝以前，孤山与下游通州的狼山、对面沙洲的段山、巫山都在海中，五代十国时期，这里进入江海交汇时期。到了宋代，爱国名将岳飞带兵来到马驮沙，屯兵牧马。随着长江口的逐渐东移，明代中期，马驮沙由江海交汇，转为沿江近海。明弘治元年，孤山登陆。马驮沙的发展，使得下游的如皋、通州地区沿江一带坍塌更甚。因此，长江到了马驮沙由南折向东流。

现在的马驮沙，是冲积带平原上的半弧形滨江地带，长江水流到这里，由宽变窄，江面最窄处只有一千多米。对面江边的陡峭山峦，叫鹅鼻嘴，上面是长江第一军事要塞——铁龙关。江北马驮沙与广袤的苏北平原相连，原来耸峙于黄山对面江边的一座山，已经半埋于远离江边十五公里的沙州里，是江北沃野千里的平原上的唯一的山，人们就称它"孤山"，海拔只有五十多米了。从鹅鼻嘴往下游，江面越来越宽，直至入海口。

马驮沙襟江近海，气候温润，土地肥沃；四季分明，风光旖旎，是生产、生活的鱼米之乡。沙洲上的居民都是外迁而来，这个地域有记载的历史不过五百来年，而滨江而建的铁记庄的历史就有一百多年。在缓慢的历史进程中铁记庄日益强大，到了铁善人这一代，已是民国时期，国民政府的官吏就常来吃大户。他们认为铁善人会听命于政府，以致铁记庄逐渐衰落。铁善人是书香门第，他不做恶霸地主。"善人"名字，是他爷爷起的，希望他善待佃户。上面还有哥哥善益、善良、妹妹善玲、善卿等，都是"善"字辈的。所以，凡遇灾年，他就减租减息，甚至不收；佃户家一旦遇到重大难事，他还主动去送粮、送钱。也有人说他是"铁公鸡"，一毛不拔。这是对于那些好吃懒做、不劳而获的人，只能如此。

到了铁善人这一辈，兄弟、妹妹大多数都离开庄园，看看外面的世界去了。弃农经商、弃农为官的都有，最小的妹妹铁善卿参加了共产党，后来与周刘之结为革命伴侣；哥哥铁善益与铁善良都是晚清秀才，铁善益还是民国政府的官员。民国了，世道变了。铁善人没有离开，在这里他把双亲老人养老送终，在这里传宗接代，过他的田园生活。他的儿子铁旺兴也没有离开铁记庄，守着家业，把父母养老送终以后，就在这里延续香火。到了清明、中元和冬至三个节气，远在他乡的族人都有人回来烧香祭祖，铁旺兴就陪着他们。民国二十九年，铁旺兴与伪警察局长陶老三的千金陶玫瑰结婚，生男孩铁慧琪，又生女孩铁慧瑛。新中国成立后，土地改革，铁旺兴被评为地主成分，因为他家占地太多了，又有大庄园。即使他如铁善人那样乐善好施，也无法避开当时的政策。

铁记庄园，距离长江边二公里，原来的庄园是一个圆形的庄子，方圆七十九亩，四面环水，只有一座吊桥位于庄园正南面，让人们进出。圆沟宽阔，水流在庄园东面往美人港流去，再与南北走向的蟛蜞港相通。蟛蜞港是一条直达长江的航运大河。过去，庄园的小船可以从美人港摇到蟛蜞港边，将收来的粮食运到港内大船上，卖到外地；外地的商业用品、农耕器具由大船带回来，用小船运进庄园。整个庄子，除了九十九间半的房舍，还有一个小园林，两大片竹园，一片燕竹，主要用于盖房，一片篾竹，主要用于做篮子、盘篮等家庭用具。葱茏的树木，种菜的田畴……一株大白果树，与庄园同龄，高大粗壮、枝叶繁茂，在很远的地方就能看到；每年都要结很多银杏，挂满枝头，果实累累。每到秋冬之交，金黄的银杏叶片，飘落一地，如同一大块色彩浓艳的地毯；古朴的香橼树枝叶繁茂，常年青绿。后来，陆陆续续的安排了人家进来，还将北面的圆沟平成农田。

铁记庄园之所以造九十九间半房屋，是铁家受儒教文化影响较深，凡事不可盈！满则溢，盈则亏，只有留有余地，方能回旋于纷繁的世界里。从铁善人以上三代人，均做朝廷高官，没有善终，辞官后，寻找到马驮沙的这块风水宝地，生存繁衍。善字辈的晚清知县、民国高官，都没有做到底，享祖上遗风。铁善益到台湾后，弃官经商，铁善良从马驮沙去南京做官，随后去了重庆，也辞官赋闲，与中共交朋友，儿子铁旺敏成为中共干部。九十九间半房屋，前后三排。竹园往前一排，西面六间，是学校，右为文官，铁家人一直都是龚家先生教育的。东面六间，是祭祀的祠堂，左为庙殿。中间五座铁家住房，一色的三间三进两厢的晚清建筑，除了中间的略高一点，其他四座一样高矮。这五座建筑面前，还有建筑物两排四栋，最前面是小林园和得月亭以及池塘。得月亭东面第一排建筑是长工、短工的住屋，包括女佣、丫鬟们，都由管家分别安排好。第二排是库房以及饭堂。小林园西面第一排房屋，是养殖场，耕地的牛，吃肉的肥猪、肥羊，还有鸡子、鸭子、鹅儿等等；第二排是粮仓。门口的看门人，也是管理吊桥的人，住的是一间半，一间住人，半间养狗。圆沟的东西两边都有码头，靠船、上下粮食、物资。

庄上原来只住铁姓一家，后来有了龚家。龚家祖籍无锡，祖上曾入过太学，做过乾隆皇帝的老师。太平军进犯时，龚德昌的祖父携带家人逃至马驮沙，到铁记庄落脚，他的父亲龚敬培为铁家子弟教书、做学问，龚德昌也从小先生做起。民国时，龚德昌办起新式学校。开始，龚家住的是仓库的房子，铁家人离开铁记庄园，空房子多了，铁善人就安排龚家住到现在的房子里。到了铁善人掌家，教的学生除了铁家子弟，还吸收其他庄园小地主的孩子，不管年龄大小，实行复式教学，肖家圩的肖秀英就是一个。

龚德昌比铁旺兴大两岁，铁善人保媒，与同学肖秀英结婚，生了一男二女。儿子龚弘奎，小学毕业后考取了如皋师范，毕业后，回到铁记庄做小学老师。小女儿龚弘莲，也考取师范学校，毕业后也回到铁记庄做小学老师。这时哥哥龚弘奎已经调走了。大女儿龚弘菊，考的是南通卫校，毕业后回到离铁记庄不远的公社卫生院当医生。

住在铁记庄的还有一个谭家，来得不算早，可是，后来却成了"大户人家"。

谭家本来不住在铁记庄圩上，是因为谭祖华抗战有功，伤残后回乡，政府到铁记庄园分铁家的房屋给他。谭祖华家原来也是铁家佃农，租铁家的田地种。抗战时期，谭祖华参加了缪洛达领导的地下武装，后来被挑选到了新四军的正规部队，一直在苏中与日、伪、顽作战。本地同去的十八勇士，只剩下他一个，还是伤痕累累，已无法再征战疆场，复员回到老家。政府到铁记庄找到铁善人，分六间瓦房，给他居住，算是安慰，就是原来的祠堂，一直空着的。

在战乱年代，有很多逃荒要饭的人，流落到马驮沙这个地方，自然也有人流落到铁记庄来。李雨妹一家就是流落到铁记庄，被铁善人收留下来的。其时，李雨妹和她病重的母亲讨饭来到铁记庄，看庄门的李老头见母女俩可怜，就放下吊桥，让她们进入庄里，留住在猪舍旁边草屋里。铁善人知道后，觉得李老头做得对，就做了个顺水人情；因为李老头是孤身一人，老了也需要有人照顾。于是，给他们两间房屋，成全了一件美事，还让丫头姓李，她娘说，是下雨天生的，铁善人给她取了个好听的名字——雨妹。李老头便安排母女俩为铁家种菜。

谭祖华是荣誉军人，铁善人虽为庄主，富甲一方，却十分钦佩他的忠勇。见他孤身一人，日常生活比较困难，有时伤痛发作，也卧床不起，就动了一个念头，他叫李老头把李雨妹叫来，到西厢房说话。

铁善人问她："雨妹啊，你今年多大啦？"

李雨妹低着头，双手揉着长长的辫子，回答道："十六岁。"

铁善人问她："来庄子几年了，过得怎样，想不想回老家去呀？"

李雨妹抬起头来，连忙摆手说："老爷，别赶我走，我妈已经安葬在这里了，我要为她磕头、烧纸啊！"说着，眼泪唰唰往下流。老李头不禁倒吸了一口凉气，不知所以然。

铁善人见她误解了，就说："我哪会赶你走呢，我还要你帮我种几年菜呢！试探你的。"

李雨妹破涕为笑，李老头也缓过神来。

李雨妹轻松地说："我一直为您老种菜，不会走的；再说我爹年纪也大了，我还要养他老呢！"李老头听了直点头，高兴得手都不知怎么放才好，一会儿放到胸前，一会儿垂在两边。

铁善人直接挑明了，说："我给你保媒吧。嫁给谭祖华，他可是抗日的荣誉军人那！"

李老头和丫头面面相觑，不知如何回答。

铁善人见他们不说话，也弄不清他们的心思。毕竟谭祖华要比她大好几岁，还满身伤病；眼面前的是一个如花似玉的大闺女。便觉得自己可笑，摇了摇头，说："你们回去，商量一下，是否愿意，给我回个话。"

懵懂一时的李雨妹明白了，连忙说："老爷，您保媒的事我一定答应，不要商量！"又转头向李老头："爹，您说呢？"李老头连声称"是"。

铁善人笑着说："话就说到这里，你们先不要作声，等我去看看谭祖华的态度再说。"

李老头和李雨妹千恩万谢，喜悦而回。

铁善人踱步走到龚家，见龚德昌便问："龚先生，你女眷呢？"

龚德昌放下近视眼镜，丢下书，站起身，回他道："在田里种菜，什么事，要不要喊她回来？"

铁善人说："你不让我坐下来说？"

龚德昌觉得是件重要的事，要不然，老东家不会亲自来。他把上座让铁善人坐，泡茶，奉上，自己在下座听他说话。

铁善人说："真不是你能做得了的事，非你女眷莫属！"

龚德昌见话不投机，便问："我这茶怎样？"见铁善人点头，又说："你拐弯抹角，疑神疑鬼，这不是您平时的风度啊！"

铁善人呵呵一笑："真与你无关，还是等你女眷回来再说吧。"龚德昌不再问话，便说："您再喝会儿茶，这茶刚喝到第二开，最酽了。我去替您叫她。"话音刚落，院子里传来脚步声，龚德昌的女眷肖秀英回来了。

这是一个身材苗条的少妇，步履轻盈，从田里回来，鹅蛋脸，双眼皮，额头上还有汗水流过的痕迹，两颊嫣红，面带微笑，她就是龚德昌的妻子肖秀英。原来也随龚德昌做老师，因为生了孩子，就带孩子，做家务，种地，自享其乐。龚德昌娶她时，还是铁善人保的媒呢！

肖秀英一进门，见到铁善人坐在那儿，连忙打招呼，笑着说："伯伯，您是无事不登三宝殿的，肯定有什么大事吧？"说着，放下篮子。

龚德昌接话："这倒是真的，他找你办事的。"

等肖秀英坐下来，铁善人说："你欠我一个人情，这次要还了。"

在铁记庄，铁家帮助他们的事情太多了，肖秀英也一时想不到是哪一桩，只好竖着耳朵听他说下去。铁善人喝了一口茶，又清了清嗓子，卖卖关子，好让肖秀英有所准备。然后说道；"让你保媒，李雨妹那丫头和谭祖华那小子。李家那头我说妥了，那个当兵的，我们是'阶级敌人'，不好去说呀！你是女先生，去说得成功，何况，媒妁之言也需两个人嘛。"

龚德昌终于明白怎么回事了，笑道；"成人之美，成人之美！"肖秀英也爽快地答应："行！"

两人商量，选一个好日子，让他们单独谈一下，毕竟谭祖华是荣军，李雨妹还小啊。

其实，谭祖华回来就知道了李雨妹的身世，看到小姑娘长得亭亭玉立，脾气也蛮好；自己年龄这么大，身体也就这样，还能有什么意见呢？两人单独见了几次面，就定下结婚的日子。

这是一个艳阳高照的好日子，农历八月十五，是一个团圆的日子！

铁善人安排瓦匠把两家住的房子早已粉刷一新，他觉得，这是人生中无数善举的最后一件了。他还让儿子铁旺兴、孙子铁慧琪，龚德昌一家全参加。他兴致勃勃地和肖秀英一起，为谭祖华与李雨妹主持了简单的婚礼，两个苦命人结为连理。

也许是人生中觉得没有什么事可做了，也许感到铁记庄应当是下一辈、再下一辈的事儿了，铁善人在这年冬至节的前一天，安详辞世，享年七十二岁。

这一年是民国三十四年，也就是公元一九四五年。

第二章

陈桂兰料理完谭顺章的丧事之后，在家休息了几天，就去纺织厂上班去了。在整理丈夫遗物的时候，她把与谭顺章的一些合影收齐，单独放在一个匣子里。她要把那些美好的记忆封存起来，再也不想过去的故事，什么都成为历史，一去不复返了，想它又有什么用呢！

这时，一张两人结婚的合影出现在眼前，她久久地端详着，泪水不自主地流了下来。她没有放到匣子里，她要去放大，摆在丈夫的遗像一旁，让他再去寻找昔日的幸福时光。

十三年前的一九六五年，对于铁记庄来说，没有轻描淡写的一页，只有浓彩重墨的华章。

铁旺兴的儿子铁慧琪在跃江初中毕业后，考取了南通卫生学校。因为家庭地主成分的心理压力，他除了和铁记庄的玩伴在一起，极少与他人交往，养成了一种孤僻的性格。到了卫校以后，整天捧着书以外，实验室是他的最好去处，在探求医学原理的世界里徜徉。

这一年，是铁慧琪卫校生活的第四个年头，有一个人走进了他的生活，她就是从小在铁记庄园长大的邻家女孩、龚德昌的二女儿——龚弘菊。她也录取了南通卫校。

开学后不久的一个下午，课外活动时间，篮球场上，一群女学生在打篮球。在一次"三步上篮"投球时，一个同学冲撞，撞向龚弘菊，身材苗条的龚弘菊本能地一让，脚下一歪，还是跌倒了。同学们见她没能爬起来，不得不中断活动，把她扶起来。不一会儿，崴脚的踝关节部位很快肿了起来，连路也不能走了，两个同学就架着龚弘菊去医务室。

铁慧琪在实验室做完一组实验，已近晚饭时分，就往宿舍走，低着头，慢吞吞地。这时，龚弘菊老远就看到带着近视眼镜的铁慧琪，那瘦削的身材，蓬乱的头发，还是初中时的样子。虽然三年没见了，可是，一个庄园里长大的，铁慧琪总是个不修边幅的样子，小时候也不知被他妈责怪过多少次，就是"屡教不改"，还是我行我素，弄得个邋里邋遢的模样；不过，他功课很好，读初中一直名列前茅。

"铁慧琪！"龚弘菊大声叫唤，似乎忘了疼痛；铁慧琪离得远，只听到有人喊他，没看得清是谁，校园的绿荫甬道上，有很多人朝这边走来。

"铁慧琪！我是弘菊，快来，我的脚崴了！"

铁慧琪这时才看到，一个非常熟悉的身影，被两个女同学架着，便疾步向她们走去。

两个女同学，其中一个是铁慧琪一届的，知道这个书呆子，因为在多次竞赛时，铁慧琪总是独占鳌头。龚弘菊是今年才来的新生，女同学见他们认识，十分诧异。

铁慧琪看到龚弘菊十分痛苦的样子，连忙让她们歇下来，坐到路边小花园的石凳上，轻声说："不要再动，我去拿东西来急救！"说完，一溜小跑，到宿舍去拿东西。

龚弘菊对两位队友说："我们住一个庄，叫'铁记庄园'，他祖上留下来的，小时候，我们一起长大……你们先回去吧，一会儿他会来的，会帮助我的！谢谢你们！"两位女同学说："也好，我们还有作业要做，先走了，一会儿我们给你打晚饭。"龚弘菊感激地点点头。

铁慧琪从宿舍拿来毛巾和一个瓷盆。他平时只用一只盆子，既洗脸也洗脚，有时在水龙头上冲一下，根本就不用脸盆，所以，他无所谓洗脸和洗脚要分开来。在不远的水龙头上放了一盆冷水，朝龚弘菊走来。

"来，我帮你把鞋袜脱了！"铁慧琪弯下腰去，把那只崴脚的鞋袜脱了，小心地把龚弘菊白皙的、漂亮的小脚放到清水里。顿时，龚弘菊觉得一股清凉的气流直往心头冲来，莫名的痛与爽交织的感受，使她全然忘却了钻心的疼痛。

泡了一会儿，铁慧琪自信地说："好多了吧！"龚弘菊使劲地点点头。看着满头是汗的铁慧琪还蹲在地上，就说："别傻蹲着啦，来，坐这儿吧！"铁慧琪立起身，坐到龚弘菊身旁。

一种少女特有的香气，裹着一点点汗味袭来，随着初秋的晚风，阵阵飘向铁慧琪。他下意识地向旁边挪了挪，快坐到石凳头上了。

龚弘菊朝他看了看，"扑哧"一笑说："离那么远做什么，我是臭子啊？"

铁慧琪朝她咧了咧嘴，干脆站了起来。

龚弘菊扬起脸，朝他瞪了一眼。铁慧琪见到的是一张红晕弥漫两颊的少女之春；并不是瞪着的铃铛大眼，而是妩媚动人的丹凤眼；挺直的鼻梁衬托出瓜子脸的清纯；那撇着的嘴，虽然在生气，却没有先前看到的那么大了。铁慧琪愣住了，有点儿心神凝聚的感觉，不禁自问：我怎么一直不晓得这丫头这么漂亮呢？正当他梦游一般沉醉在遐想之中时，一个同学来叫他吃晚饭了。他应了一声，从刚才的凝思里回到现实中来，便对那同学说："帮我打两份，带到宿舍里，一会儿吃。"

龚弘菊不解："你饭量大了？以前吃得不多啊！"

铁慧琪一笑："今天是老乡相会，庆祝一下，多吃点。"

龚弘菊不作声了。

铁慧琪说："差不多了吧，我们走吧！"龚弘菊点点头，他便把她的脚从水盆里挪高一点，把盆往旁边拖一下；用毛巾擦脚，边擦边说："这毛巾我是洗脸的，现在给你擦脚，怪可惜的。"说着，还抬头看看龚弘菊。

龚弘菊说："别小气啦，回头我给你买条新的。"

铁慧琪憨厚地一笑："有时我也擦脚！"

龚弘菊弯腰去揪他的耳朵，说："你这个坏家伙，狗改不了吃屎！"

小时候，铁慧琪和庄上的孩子玩耍时总要调笑他们，那个时候是快乐的，今天看到龚弘菊，他似乎又回到儿时快乐时光。

铁慧琪扶着龚弘菊走到男女宿舍分界区时，犹豫了一下，有些忐忑，但很快就拿定主意，对龚弘菊说："你刚来，学过校规了吗？"

龚弘菊不明白他的意思，反问他："你搀我走路，与校规有关吗？"铁慧琪语塞。

"铁慧琪！铁慧琪！"那个帮他打饭的同学也来到这里，经他一喊，许多同学都朝这边看：书呆子搀着一个身材苗条的少女！

铁慧琪说："你先把饭拿到宿舍去，我马上来。"回过头对龚弘菊说："到我们男生宿舍去，一会儿我去弄点儿冰块给你敷脚；要不然，你今晚就睡不成觉了。"龚弘菊毕竟才十六岁，比他小三岁呢，从小就听他的，现在又是新生，就全听大哥哥铁慧琪的了。

铁记庄所在的地域，原来叫风流坝，因为大军横渡长江时，漫长的战线最东头，就是风流坝，当时，铁记庄也住过很多解放军战士，还在圆沟里练习游泳。解放后，老滨江区一分为二，成立两个乡镇，首任书记安若泰就命名这个乡为"跃江乡"。一九五九年创办初中，就叫跃江初级中学。铁慧琪和龚弘菊先后考取跃江初级中学。那年，铁慧琪从这里考取中专，龚弘菊从小学考到这里，又从这里考取南通卫生学校，龚弘菊是追着铁慧琪朝前走的。

铁慧琪让龚弘菊吃晚饭，大大咧咧的龚弘菊，这时才知道铁慧琪打两份饭的用意，原来这家伙早就计划好的！吃完饭，铁慧琪说："你就在这里躺着，我马上去弄点冰块来，给你冷敷到下晚自习，就能走回宿舍了。"龚弘菊听他安排，也不说什么，她恨不得一下子把脚上的疼痛攫走，就在铁慧琪那汗臭烘烘的床上躺了下来。

铁慧琪没吃一口晚饭，就拿起脸盆，手一伸，把铅丝上的毛巾撸了几块，直奔校门外大街。

哪里有什么冰块啊？铁慧琪只听到"棒冰、棒冰，五分钱一块的棒冰"的叫卖声，还有木块敲击箱子的"啪啪"声，铁慧琪一乐，飞奔过去。卖棒冰的老大娘也朝他这边来。

铁慧琪急切地跑过去，问："大妈，还有多少支？"

老大娘回答他："你要多少？"

铁慧琪见她不解，就说："全卖给我！"

老大娘也卖得差不多了，边开箱子边问；"买这么多做什么？"

铁慧琪一边数一边闷头回话："敷脚！"

老大娘懂了，说："快拿走，不要钱！"

铁慧琪已经数好，一共十七支，便丢下一块钱，直奔宿舍。老大娘赞许地点点头：真是个好小伙！

夜自修的铃声响了，人们都到教室去上晚自习。"文化大革命"还没有开始，学校里还在培养"又红又专"的学生，教学质量还是悬在教师头上的利剑。铁慧琪回到宿舍，从毛巾里拿出几块棒冰，敷在龚弘菊红肿的小脚踝四周，外面用毛巾裹着，也不知道是哪个同学的，管他呢！拿来就用。等一切弄完了，才去扒饭。龚弘菊看铁慧琪汗流浃背，边扒饭边擦汗，心中涌起一股暖流，不听话的泪水从她倔强的心里流了出来，潮湿了眼眶。

下晚自习前，龚弘菊两个同宿舍的女生来到铁慧琪宿舍，把龚弘菊接了回去。铁慧琪就到洗漱间去冲凉。回宿舍的时候，刚到门口，听到几个同学的议论，不免停下脚步。

"铁慧琪这小子，别看他书呆子气，还挺会疼女生的！"

"不是疼女生，是早就认识吧，要不然，怎么会那么熟稔呢？"

"不是英雄救美吗？不靠力气征服，是靠医术救死扶伤，获取芳心！"

"什么救死扶伤，就是英雄救美。这小子够坏的，还摊上好事了，走桃花运了！"

"是不是好事还难说，还桃花运，说不定会倒霉呢……"

铁慧琪低着头走进去，人们不再议论。他就当没有听到什么，笑着给大伙打招呼："对不起，哥们，刚才一时心急，用你们的毛巾去包棒冰了。今天你们将就用一下，我明天给你们买新的。"

大伙看到铁慧琪没有把刚才的议论往心里去，便起哄了："不要新的，就用美女用过的，我们也要向你学习，英雄救美！"

铁慧琪笑着说："那回头请你们看电影。"

同学们又起哄："行，得邀美女一起去。"

"没问题，我们一起请你们看！"铁慧琪爽快得有点儿忘乎所以了。

众人大笑，整个宿舍沸腾起来。

第二天，铁慧琪被班主任找去谈话。一是没有上晚自习，旷课的错误很严重；二是违反校规，将女生带到男生宿舍，两人独处一个晚自习时间，事态很严重，要上报教务处！铁慧琪反复解释，班主任不相信，铁慧琪就说："为人不做亏心事，半夜不怕鬼敲门！"这个不恰当的比喻激怒了班主任，就写了个材料将铁慧琪的"错误"夸大其词，直接上报到校长室，并建议开除他。

听到这个消息，龚弘菊火冒三丈，明白了铁慧琪在男女宿舍隔离带的犹豫的神情和关于校规的话了。脚虽然还有些疼，但已经消肿。这个从小就天不怕地不怕的野丫头，上树掏鸟窝，坟地里捉蛇煨着吃，都能干出来；虽长得秀气，可骨子里头既有父辈知识分子的傲气，也有农家孩子拔刀相助的义气。下午自习课的时候，她直接去找校长。

校长正好在办公室，龚弘菊敲门，校长让她进去。校长埋着头看文件，她就站在门口等。校长抬起头来，看到是一个女生，便问："你不是开学典礼上那个发言的新生，什么事找我？"

龚弘菊的父亲是老学究，校长更是老学究，见到校长她好像见到自己的父亲，委屈的眼泪流了下来。校长掏出干净的手帕，递给她："哭鼻子，不像开学典礼上发言的样子呦！"龚弘菊疑惑地抬起头，看着慈祥的老校长，拿衣袖一抹眼泪，原先想好的话，忘得一干二净，竟不知道怎么开口了。校长倒了杯水递给她，龚弘菊起身，双手接过茶杯，轻轻地放下。没等校长再问，便竹筒倒豆子，把昨天的事情，从头说到尾。然后，眨巴着眼睛问："校长，铁慧琪是对的，还是错了？"

校长听得很仔细，还在笔记本上记录着。也许他多次给铁慧琪颁过奖，依稀记得那个不修边幅、身体瘦弱的优等生。便笑着说："我这几天在外地开会，今天刚回来；他们还没有把材料交上来。这几天要传达学习会议精神，有了时间，我就看材料；再去了解情况。毛主席教导我们，没有调查，就没有发言权！你去对铁慧琪同学说，没有我的批准，他是不会被开除的！"

龚弘菊开心地笑起来，露出了一排洁白的牙齿，更使她笑意洋溢，美丽可人。

校长语重心长地对她说："你们都是好孩子，要扎实学好医疗技术，掌握最先进的医学水平，将来的社会主义革命和社会主义建设事业需要你们年轻人，你们是可以大有作为的！"

龚弘菊听了校长一番话，激动得热血沸腾，一溜小跑，去找铁慧琪。

她以为铁慧琪会耷拉着脑袋，躲在宿舍里哭鼻子呢，可是，刚到宿舍门口，同学就说："快到实验室去找你的'英雄'吧！"

龚弘菊听出有嘲讽的味道，就干脆等他们走近，大声说："你们家有没有妹妹，假如是为你们妹妹治伤，你们也会这么说他吗？……幸灾乐祸！"

龚弘菊在开学典礼上意气风发的样子，今天又来了。几个同学只好悻悻然离去。龚弘菊掩嘴一笑，径直去实验室。

在实验室窗外，她看到，戴着眼镜的铁慧琪，正专心致志地做实验，旁边还有老师在指导，便没有进去，自个儿在小花园里转悠，眼睛却不时地瞟一下实验室门口。

过了好长时间，铁慧琪终于出来了，龚弘菊快步迎上去。铁慧琪见是她，转身向另外一条路走；龚弘菊就紧跟在他身后，默不作声，直到铁慧琪停下来。

铁慧琪已无路可走：人多的地方不能去，人多眼杂，更是说不清；人少的地方更不能去，嫌疑会更大。干脆就摊牌吧！他想。

没等龚弘菊开口，铁慧琪就哀求似地说："弘菊，我想，你的脚已经没大碍了；你还是好好地学习吧，一切刚刚开始呢，你不能这样！"

龚弘菊站到他对面，看他沮丧的样子与做实验时判若两人，心里不禁泛起一阵酸楚，叹服这个只比自己大三岁的男孩，已经是一个十分有自制力的汉子了，这也许就是铁家渊源传承的缘故吧！她叹了口气，说他：

"慧琪哥，你不要悲天悯人，要振作！做好事、受委屈的人不只是你一个人；你爷爷铁善人，做多少善事，还被扣上大地主的帽子；你爸没有剥削人，也是大地主，他们的委屈不比你少！"接着，她把校长的教导说了一遍，最后说："校长就喜欢你这样的人，你知足吧！"说完，头也不回地走了。

铁慧琪听了她的一席话，没有怪她，反觉得自己显得小肚鸡肠了，暗自一笑：这丫头还是这么伶牙俐齿，看四年的卫校生活怎样来慢慢地把你的锐气磨掉。

很快又过了一年。当初差点被开除的铁慧琪，毕业以后，竟留校做了老师，他有真才实学，能写论文，能做手术的业务实力彰显了才华。龚弘菊看到兄长能教自己的课，更是兴奋，也增加了追赶的信心；她懂得：榜样的力量是无穷的！虽然，后来的几年是学校大乱的时期，龚弘菊还是随铁慧琪偷偷地钻进实验室。人家上街去游行、造反，他们仍在钻研医学。即使批斗校长的大会，他们也想出办法，逃避造反派的纠缠。就这样，龚弘菊毕业了，两个人的恋爱过程也告一个段落，海誓山盟，确定了婚姻关系。

消息传到铁记庄，铁旺兴暗自高兴，自己天天戴着高帽子，站木金寺桥头示众、挨斗，是大地主的孝子贤孙，也不知何时是个尽头！现在好了，铁家总算不会绝后，最后留在铁记庄的一支人脉，还会薪火相传。

然而，龚家却是乱成一锅粥了。龚德昌虽然不怎么反对，也不怎么支持，是个中间派；造反派有时也拉他去斗，说他是大地主的帮凶，是小地主的走狗。一是教书，向地主、富农的子女灌输封建主义糟粕；二是娶了肖秀英为妻，是地主的女婿，剥削阶级的孝子贤孙。铁旺兴来找他说儿女亲事，他也无话可说。肖秀英却认为，男大当婚，女大当嫁，天经地义，既然儿子龚弘奎能娶铁慧瑛为妻，女儿也可以嫁给铁慧琪，都是生儿育女，传宗接代，不要听那么多讲究，什么阶级不阶级的，都是吃粮拉屎！她倒是心疼从小就野惯了的女儿，不能逼得她做出什么事来。她想，谭祖华有办法，打算找他帮忙处理这件事。

最反对的是哥哥龚弘奎。他当时娶铁慧瑛为妻，因为铁慧瑛也是一个远近闻名的大美人，铁家的门槛都快踏平了，可见有多少人趋之若鹜！龚弘奎饱读古书，其中关于中国四大美人杨贵妃、貂蝉、西施和王昭君，他都颇有研究。尤其书中刻画的西施，常常使他神魂颠倒，也与铁慧瑛相比，暗笑：西施不就在身边吗？能娶到她，这一生值了！每当看到铁慧瑛在河边洗衣服的状态，一举手，一起身，尤其在美妙的春光里，脱去棉衣的江畔处子，那在水一方，有位佳人，窈窕淑女，君子好逑的溢美之词从他心头油然而生。还是近水楼台先得月，两人相爱，龚弘奎如愿以偿，抱得美人归。

天知道，"文化大革命"来了，已经当了中心小学校长的龚弘奎少不了头戴高帽、颈挂秤砣，与公社书记一起挨斗。因为他能写会说，"炮制"了许多"大毒草"，也为书记写了好多报告，还是铁记庄大地主的女婿，身体的折磨和尊严的屈辱，使他精神崩溃，几次想寻短见，都被铁慧瑛也劝住。因此，妹妹再嫁给铁家，这龚家还过日子吗？

龚弘莲自然支持姐姐，毕竟人家已经不是地主，还考取中专，国家户口；姐姐也争气，也是追着小时候就佩服的铁慧琪去的，将来也有好工作。平时，姐妹俩就经常写信，交流两边的情况，她一直支持他们；只是提醒他们当心，别怀上孩子，到时候反而不好说。

铁慧琪和龚弘菊没有参加"文化大革命"，只好等待分配工作。学校是不能住了，妹妹担心的事情还是发生了，龚弘菊怀上了铁慧琪的孩子。她是故意不避孕的，她还想多生几个呢，要让铁记庄再多几户铁姓后代。铁慧琪却愁死了，家无法回，无计可施。眼看着肚子一天天大起来，龚弘菊只好向妹妹求援。龚弘莲暗地里与母亲商量，母亲决定，让两个人回来，先租屋在城里住下，反正外面乱。等把龚弘奎的工作做好了，就为他们办事。工作的事情请谭祖华帮忙。

铁慧瑛听说龚弘菊有了孩子十分高兴，因为自己和龚弘奎结婚两年多了，还没有怀上孩子。这等美事，不能耽搁了，就天天不厌其烦地做丈夫的工作，龚弘奎默不作声。

谭祖华听肖秀英讲完铁慧琪与龚弘菊的事情，沉吟半晌，想出了一个两全其美的办法。对肖秀英说："你把心放到肚子里，我去办吧！"

于是，谭祖华到公社武装部找到部长，部长缪解放是老谭革命道路的领路人

——缪洛达的儿子，知道老谭的功劳，原来找他办事，他都是满口应允，全部照办。

谭祖华说："有两个亲戚，已经从南通卫校毕业，现在搞运动，他们不想出去，想回家乡做点事。"

缪解放说："好啊，公社卫生院，恐怕要人，来不来？"

老谭说："不知刘院长要不要？"

缪解放拎起电话，几句话一说，放下电话。回老谭："哈哈，您知道刘院长说什么？求之不得！还要请您喝酒呢！这个卫生院，是些赤脚医生撑门面，哪有正规军厉害？您就叫他们来吧！"

铁慧琪和龚弘菊一起到学校开了介绍信，就回来了。暂住在县城，白天上班，晚上下班，都绕着道来回，防止为铁记庄的人看到。谭祖华好事做到底，又找缪部长为两个人落实户口，开结婚证明，使他名正言顺。

龚弘奎毕竟知书达理，懂得一场好姻缘的确来之不易；既然生米已经煮成熟饭，何不顺水推舟？何况，妹妹的名声要紧。医院离学校就百来米，纸包得住火吗？想到这些，龚弘奎不声不响来到卫生院，看了他们，鼓励他们一番，就算同意了。铁慧琪和龚弘菊十分激动，一句话也没说，只听兄长教诲。

谭祖华出力帮助铁、龚两家办事，自家就没有事儿吗？当然不是，肖秀英一找他，他就怎么会麻利地去办呢？是有故事的。

谭家老大谭顺利成年后，学了木工手艺，而且很能干，尤其擅长雕刻。到了二十二岁这年，已经成为"能作师傅"了。何为"能作师傅"，就是高手，不但技术精湛，而且有组织能力，能做"作头"，工匠的头头。远近人家建房造屋，打造家具，都请他做"作头"。以致人们都不知道他名号，有人喊他"谭老大"。有人直呼其"谭木匠"。

这一天，谭木匠在一户人家吃好完工酒，天已不早，醉意矇眬地往回走。走到同盛大队小学不远的地方，忽然，听到一个女人在大叫："快来人啊，抓流氓啊！"'

夜色很浓，是黑星夜。谭木匠一听，好像是龚弘莲的声音，就站下来，没等他看清，又听到喊"抓流氓……"，一声没喊完，就再无声息了。谭木匠不问三七二十一，大步奔过去，一看现场，一个女子已被一个大汉压在身下，上衣已被拉开。他拿出斧头，朝那大汉背上砍了下去。那人惨叫一声，滚到路边田里。

龚弘莲连忙裹好上衣，见是谭木匠，马上扑上来，哭叫道："顺利哥，要不是你来得及时，我就要被这个畜生……"她朝田里一看，那大汉早已逃之夭夭了。

谭木匠见她哭个不停，就安慰她："别哭了，弘莲，又没有发生什么事，不要紧！"龚弘莲随他回铁记庄。

路上，谭木匠又交代她："这件事千万别说出去，烂在肚子里，到死都不说！"又叮嘱她："以后，不要一个人走夜路，没伴的话，就住在学校里……"

回到铁记庄，谭木匠先把龚弘莲带到母亲屋里，告诉她，弘莲在路上跌的。说完，就回自己屋去睡觉。李雨妹没有多问，就打水让龚弘莲洗脸梳头；又找出针线，帮她把衣扣缝好。龚弘莲感激地看着李雨妹一针一线地缝着，觉得从来没有发现她这么温暖、慈祥。

送走龚弘莲，李雨妹走到谭木匠屋里，一股酒味，直冲她脑门，就厉声问："是怎么回事？"

儿子嘟哝了一句"没什么事"，就呼呼大睡。

第二天，吃过早饭，人们各自忙活去了。谭木匠因为今天没有重要事情，昨晚又多喝了一口，就蒙在被窝里睡大觉。不料，派出所和造反派的人来到谭家，追问谭木匠的去向。

李雨妹赶紧把老谭叫起来，简单告诉他昨晚的事，浑身疼痛的谭祖华骂了句"这个畜生"，就勉强爬起来。

谭木匠被一伙人从床上揪出来，又找到带有血迹的斧头，铁证如山！杀人犯谭顺利很快被抓到派出所。

"文攻武卫"的干将们，让他交代罪行，谭木匠申辩。每申辩一次，他们就打他一次，直到他昏厥过去。关了十来天，也没有什么结果，就凭报案人陈述和斧头上血迹定案。公判大会召开，属于犯罪未遂，后果不严重，判处有期徒刑三年。

李雨妹叫龚弘莲去证明，龚弘莲牢牢记住了谭木匠的叮嘱，流着泪，摇摇头。谭祖华是看着这些孩子长大的，心里估计有什么冤情，但是，造反派还差点把他当作逃兵，拉出去斗，还是一张"荣誉军人"的证书，吓退了他们。无孔不入、无事生非的造反派会听他的话吗？肯定无济于事，还是静观其变吧！

龚弘莲站在人群里看宣判，知道这件事非同小可，即使自己站出来说明真相，也不可能去开脱谭木匠杀人未遂的罪名。时代的色彩，往往会决定一个人的命运，如果在黑暗的旧时代，战争是不可避免的，和平的生活只是一种奢望，人们总是提心吊胆地度过每天的分分秒秒。"文化大革命"什么时候才能结束，冤情什么时候才能澄清，还只是个未知数。龚弘莲读的是二年制速成师范，她要用老师的标准要求自己，宁折不弯。三年时间不算长，我就是要等他回来。

谭木匠在不远的海滨农场劳动改造，每到假期，龚弘莲就往他那儿去。春忙假、暑假、秋忙假、寒假，都去。带些当地土特产，送给一些监狱的领导，以家属的身份探监，次数多了，人们都知道她是谭顺利的家属了。龚弘莲鼓励谭木匠，要有面对逆境的勇气，就像当时拿起斧头砍歹徒一样。谭木匠对龚弘莲的用心非常感激，觉得这个监狱没有白坐。他不但在劳动中很卖力，还利用自己木工的特长，为劳改农场盖房子，制造犁、板车等农具。这边龚弘奎一次又一次替他写申诉状。功夫不负有心人，监狱上报劳改局，谭木匠终于提前一年释放了。

出狱那天，谭顺章与谭顺和都去了。龚弘莲带上为他新做的衣服，自己一针一线为他缝制的新鞋，新买了内衣和袜子，让他里外穿着一新，走出监狱大门。谭木匠精神抖擞地从监狱门口出来，龚弘莲就飞奔上去，一把抱住他，痛哭不已。千言万语就让这流泪来表述吧……

谭顺章去的时候，还带着一个人，就是他的未婚妻陈桂兰。本来两个人去年就要办喜事的，是陈桂兰没有同意，她说："哥哥还在劳动改造，我们办喜事结婚，不太妥当，只要等到哥哥一回来，就办！"

陈桂兰和谭顺章确定关系之后，常到铁记庄走动，有时与谭顺章看电影，晚了就不回家，跟龚弘莲一起住。龚弘莲见她也是懂情讲理的人，还是党员，就把那天晚上发生的事情经过说给陈桂兰听了。陈桂兰明白了，龚弘莲为什么坚持往劳改农场跑的缘故了，鼓励她的同时，也与她讨论了一个现实的问题。

陈桂兰说："我和顺章是一见钟情，都是团干部、党员；都会一直在农村生活工作；你想过你以后与老大的事吗？"

龚弘莲说："我早就想好了，就在他离开铁记庄的那天，我就决定跟他一辈子。原先谈的城里的小伙，也就在那天分手了。不就是户口吗，我打听过了，生了小孩可以随母亲报户口的。"

陈桂兰点点头，又说："你俩不门当户对，他只是个手艺人，你是知识分子，会同床异梦的！"

龚弘莲笑起来："你还有不少成语呢！什么门当户对，什么同床异梦？有的门当户对，不一定同枕共眠，有的差别很大，照样恩爱百年！看不出，党员还有这么多封建意识。"

陈桂兰只好认她这个理，不再着声；想自己和谭顺章的事。

当初，她决定与谭顺章谈恋爱，父母是反对的。理由是谭家底子薄，弟兄姊妹多；虽然谭祖华是个"荣军"，拿点抚恤金也不够买药吃，日子过得很艰难。姑娘嫁过去，就是掉进火坑。只有弟弟陈桂根支持姐姐，他与谭顺章谈得来。

谭顺章也自知条件不如陈家，但追求的意志一直没有松懈。每逢时节，总要买点礼物去拜望长辈。第一次上门，还吃了闭门羹，东西还被扔出门外。陈桂兰总是给他打气："别气馁，'唐伯虎点秋香'，还秀才不做做奴才呢，时间证明一切！"还不顾谭顺章的执拗，拉他去县城照相馆拍了结婚照，给谭顺章吃个定心丸。任凭什么人来说媒，陈桂兰坚决不答应，就是王八吃了秤砣——铁了心，只等谭木匠出狱，就与顺章结婚。父母见软硬兼施都无济于事，就不再阻拦了。陈桂兰还是不断地约谭顺章到家里来。谭顺章来了也不闲着，忙个不停。人们知道陈桂兰铁定要嫁给谭顺章了，再也没有人上门说媒。陈桂兰与谭顺章去看电影、看样板戏，都到铁记庄住，第二天才回来，给人家以非谭顺章不嫁的印象。

"桂兰姐，我们去吃饭吧！"龚弘莲的话，把陈桂兰从回忆中拉了回来，她不好意思地说："我走神了……"脸颊泛起了红晕。

一九六九年的中秋节，是铁记庄三对新人的好日子。龚、铁、谭三家要在铁记庄大办婚宴，给铁慧琪和龚弘菊、谭木匠和龚弘莲、谭顺章和陈桂兰大办婚庆；与众不同的是铁慧琪与龚弘菊还带着儿子铁海良参加婚庆，是七个人举行婚礼！真是别具一格。

除了三家所有的亲朋好友，老谭还请缪部长来做主持人；龚家也请来刘院长当证婚人。

看到铁旺兴，刘院长还说了一句十分幽默的话："铁先生是瞧不起我这个资本家的兔崽子，怕与地主的兔崽子同流合污了！"

铁旺兴开怀大笑："哪里哪里，我们俩是乌龟看王八——对上眼啦！"

众人均哈哈大笑，一片喜气洋洋……

第二天铁、龚、谭、陈四个亲家会亲，又摆了不少桌酒席，整个铁记庄又热闹了一天……

第三章

"不好啦！小老三掉到河里啦……"铁娜一边呼号，一边向庄内跑去。

谭顺和从工地回来，刚进庄园，听到呼叫声，直奔过来，遇到铁娜，问她："怎么啦？"

铁娜一手抹着眼泪，一手指向庄园沟里，哭叫着："小老三和我在河边钓菱，他见到当中有几个大的，伸手去摘，脚下一滑，掉到菱蓬里了！"

谭顺和叫声"不好"，扔下自行车，径直奔向园沟。宽阔的园沟水面上，菱蓬长势很盛，一朵朵叶片竖了起来；洁白的菱花开得很密，稀疏的菱角翘首生长着，有红的，也有青的。谭顺和一边跑，一边脱掉衬衫，到河边不见动静，就一蹬鞋子，纵身钻进茂密的菱蓬，寻摸谭剑英。

陈桂兰闻讯，立即叫来谭顺利和其他人，谭顺利也脱了衣服，下河摸找。一行人都不会游泳，只好站在河边，着急地看着谭家兄弟在水中摸索。谭顺和摸了一会，在河底摸到了谭剑英，托他浮出水面，赶紧上岸。铁记庄园的邻居们都来了。谭大龙与谭小龙也放学回来，见三叔托着小老三，大哭起来。

谭顺和把小侄儿平放在地上，俯身从他嘴里吸吮肚子里的水。然而，无济于事。

谭木匠说："你背着他跑，让他吐水！"说完就奔向牛棚，去牵牛来驮谭剑英，以牛的颠簸使他吐水。两人相遇时，谭剑英还没有吐水，跟在后面的众人连忙脱衣服，垫在牛背上，让剑英伏在牛背上，打牛快跑。牛没有跑几步，只听谭剑英"哇"的一声，随即叹了一口气，眼睛也睁开了，看着所有的人围过来，有点儿莫名其妙。陈桂兰一把抱住儿子，悲怆地哭说："小老三啊，如果你要有个什么三长两短，我怎么对得起你去年死去的爹啊！"

人们见谭剑英已经无事，各自散去。只有谭顺和站在嫂嫂身边，还有谭大龙和谭小龙。爷爷谭祖华和奶奶李雨妹在一旁，爷爷疼爱地说："你这个野小子，才六岁，你知道掉进那个菱蓬里有你活命的吗？"转身对三儿子谭顺和说："明天，你给我把他教会了，让他自己能够下河游澡！"

这时龚弘菊已经从卫生院下班回来，得知小老三的情况，看到他脸色苍白，无精打彩地坐在那儿，就朝谭顺和吼道："还愣在这儿干什么，赶紧把他送到卫生院，要给他输点葡萄糖！"谭顺和如梦初醒，立即背起谭剑英，奔向卫生院。

龚弘菊用自行车驮着陈桂兰，去卫生院，四人几乎同时到达。这时，医生大多已经下班，龚弘菊直奔抢救室，开药、拿药、给谭剑英挂水输液。铁慧琪晚上值班，路过抢救室，看到龚弘菊在来回奔忙，便问："是谁?"

龚弘菊告诉他："小老三，淹个半死!"铁慧琪赶紧进去，又帮诊疗了一番，看看已无大碍，便去其他地方。

龚弘菊见谭顺和还打着赤脚，在河里划破的伤口还在流血，便说："来，我给你包扎一下。"

谭顺和说："没事，我回去洗洗就好。"

龚弘菊瞪了他一眼，就去拿了一瓶红药水，说："那你就回去吧，赶紧洗干净，涂上红药水，不要感染了，成了破伤风就麻烦了!"谭顺和看到侄儿已经睡着，便往外走。

到了卫生院门口，谭顺和遇到几个小辈都来了。便说："小老三没什么事了，你们回去吧!"

铁娜不肯，说："我们去陪他一会儿!"

其他几个早已钻进门里，谭顺和便朝他们喊："在抢救室!"

谭祖华和李雨妹见谭顺和回来了，就急切地问情况，谭顺和说声"没事了"，就去河边洗脚，回来后，涂上红药水，穿上木拖鞋，就去厨房。

走到大哥门前，只听到屋内说什么"小老三……"就停下脚步，想听个究竟。

谭顺利和龚弘莲，生了仨女儿，因为想生儿子，都起了有"娣"字的名字，大女儿叫招娣，二女儿叫来娣，三女儿叫等娣。希望生个小子，却一直没有实现愿望。而老二家连生了仨小子，小老三名为"剑英"，有"见女儿"之意，可是，谭顺章已经去世，丢下三个男孩给陈桂兰。

"先要和爸妈商量好，让他们给桂兰说这件事。"龚弘莲说。

谭顺利瓮声瓮气："还是你去跟桂兰商量为好，你们妯娌间好说话。"

"那问问三丫头肯不肯，她不肯的话，也不好说。"龚弘莲说。

谭顺利说："反正又没有分家，都在一个锅里吃饭，还是一个姓，不就是改一个口，把'婶'改叫'妈'而已。"

谭顺和听明白了，是大哥、大嫂想以三丫头换小老三。他又折回自己屋里，换上鞋子，去街上买了几个烧饼，到卫生院去了。

谭剑英输过葡萄糖以后，已经舒服多了，只是胸脯还有点疼，——牛背驮的，没什么大碍，龚弘菊用自行车驮他回家，陈桂兰和几个小孩跟着。

谭顺和把烧饼分给孩子们，拉了一下陈桂兰的衣角，陈桂兰不解地朝他看了看，谭顺和点头示意，陈桂兰停住脚步，说："弘菊，你带他们几个先回去，我跟顺和说点事。"龚弘菊应了一声，招呼孩子们跟好了，便先回铁记庄。

谭顺和把听到的哥嫂想换小孩的事，一五一十地告诉陈桂兰。陈桂兰听后沉吟不语，低头思考。半晌，陈桂兰征求谭顺和的意见："老三，你说怎么办？"

在来的路上，谭顺和已经想好，一个是侄儿，一个是侄女，换来换去，还是这样，只要陈桂兰不反对，自己也不好说什么；如果陈桂兰犹豫，甚至反对，就自己来认养小老三，把"叔叔"改成"爹"就行。

"我说，别换来换去，干脆把小老三继名给我，由我来管理他，你一个人管仨，也够呛，你说好不好？"谭顺和直截了当地说。

这倒是陈桂兰没有想到的，她只是在"换与不换"的问题上打转转，根本没有想到这一层。她一时语塞，也不看小叔子，把目光投向渐渐黑下来的天空。

谭顺和见嫂子不表态，就说："天快黑了，我们回去吧！"陈桂兰也没有说什么，跟在谭顺和后面回铁记庄。看到叔嫂二人一前一后走进铁记庄园，路上就有人指指点点。"寡妇门前是非多"，何况，谭顺和至今没有娶老婆，更是人们闲言碎语的依据。

进到屋里，一大家子人都坐在那儿，等他们一起吃晚饭。铁慧琪今晚值班不回来，龚弘菊就领着两个小孩在谭家吃。李雨妹除了煮了一锅粥，还摊了一锅甜烧饼，放在桌子当中，圆圆的，黄黄的，也像一个锅子；还炒了两碗青菜。晚上人员齐，所以，李雨妹总考虑大家吃饱。大家庭自从儿子结婚，有了孙子、孙女，都在一起生活，由李雨妹掌管家务。她一碗水端平，谁也没有什么意见，融洽和谐，不要说庄子里人赞扬，就连庄外人也十分佩服，都夸老谭家是农村家庭生活的楷模，家里墙壁上，贴满了"五好家庭"和孩子们"三好学生"的奖状。

等谭顺和与陈桂兰坐下后，谭祖华说："今天发生小老三淹水的事，很危险，要不是发现得早，恐怕就没有这个孩子了。"说着，他朝小孙子看了一眼，这时，谭剑英依偎在奶奶怀里，铁娜就紧靠着他。

谭祖华接着说："桂兰带三个男孩，着实不容易，顺章走了一年多了，你还没有缓过来，不仅我们大人看了心疼，连你哥哥、嫂嫂都心疼得不得了……我看这样好不好，你让小老三住到顺利身边，等娣靠你过，算有个女儿，这样两家都有儿有女了……"

陈桂兰虽然当时没有答应谭顺和，可她走了一路，也想了一路，有了思想准备。如果哥嫂直接提出来，她会回绝。现在是老公公提出来，对这个浑身伤痛的六十岁老人，已经在生命线上挣扎的老人，她不忍心直截了当地回复他；因为自从进了谭家门，她就是一个贤惠的儿媳妇。看到大家的目光都专注地在她身上，她只好表明态度了。她用手指理了一下头发，低声说：

"我不反对爹爹的意见，但是，我有一个更好的想法，不是今天所想，老早就有这个念头，现在说给你们听听……老三顺和至今也没有成家，还一个人，如果将来年老了，也要有个人照顾他的，我想，小老三愿意的话，我把小老三继名给他，他就把小老三当儿子养，我也省点心……"

此话一出，所有大人面面相觑，小孩们也似懂非懂地相互看着。

谭祖华转向大儿子谭顺利看，谭顺利把目光转向龚弘莲，龚弘莲又把求助的目光转向龚弘菊，龚弘菊根本没有想到陈桂兰有这么一说。她与陈桂兰一直很要好，自谭顺章离世后，她还和陈桂兰谈起过是否改嫁的问题，甚至多次讨论过能否与谭顺和合起来过的话题。陈桂兰虽然是新时代女性，又做过团干部，但是，"守孝三年"的乡规民俗，还是约束着她的；何况，有三个男孩，谁会来挑起这个重担，即使与谭顺和合并生活，如果他还要自己的孩子，这个家庭是个怎样的维持状况呢？所以陈桂兰一直都在等三年以后再说，今天，既然话题已经放到桌面上，她只好顺势说话了。

陈桂兰站起来，在昏黄的白炽光下，她本来瘦削的身材，经今天这么折腾，更显得憔悴无力，两手撑住桌边，婉转而轻声地说："自从我进了谭家，大家都和睦相处，没有什么屑粒子话。去年，顺章病危、临走的时候，拉住我的手，千叮咛、万嘱咐，要我把三个孩子养大成人。那时，我也表过态，生是谭家的人，死是谭家的鬼……"说着，眼泪止不住流下来，龚弘菊递上手绢，陈桂兰揩了一把眼泪，接着说："只要你们不把我们娘儿四个分出这个家，我是不会离开你们大家的；现在提出换小孩，我看没有必要，就改一个口，让小老三叫顺和'爹'吧！"

谭剑英虽然淹了个半死，经过抢救，拾到一条命；从输了葡萄糖以后，精神好多了，先前的顽皮劲又上来了，连声喊："我不，我不！我要和大龙、小龙在一起，三叔对我挺好的，叫叔叔一个样，我爹天天望着我们，我不能让爹伤心……三叔年老了，我一定会养他的！"

一个六岁的小孩，说出这样懂事的话来，让在场的所有人惊叹不已，再也没有人说什么，开始吃晚饭。

回到自己屋里，陈桂兰把三个孩子拉到一起，和他们接着说吃晚饭时的话题。

陈桂兰说："大龙、小龙先说说看，三叔是不是很孤单，要不要有个人陪陪他呢？"

大龙说："他都这么大了，怎么不找个婶婶呢？"

小龙说："爸爸去世之前，叔叔还见过几个女人的，一年多来，也不提访亲的事，老是一个人蹲着那里抽闷烟。"

大龙说："怕是不想找人了……"

小老三冷不丁冒出一句："不会是想和我妈一起过吧！"说完，自觉唐突，赶紧捂住嘴。

陈桂兰睁大眼睛，意料不到这孩子竟会点破这层窗户纸。她想，恐怕这小叔子，也真是有这个意思，虽然从来未曾提起过，而平时的眼神里，对自己总会流露出一种同情和怜悯之意。想到这儿，心脏禁不住"砰、砰、砰"地跳快了，似乎一股暖流涌起。她无奈地叹了口气，强按下那股波澜，使自己冷静下来。她对三个孩子说："不会的，我们这个大家没有分，在与不在都一个样；不过，我还是想让小老三去陪陪三叔，省得他每天屋里就一个人，冷冷清清的。"

谭剑英见母亲比较坚决，就说："好吧，我听妈妈的，每天晚上去陪三叔，反正白天我和哥哥还在一起。"

陈桂兰笑起来，摸着他的"小辫子"，无不感慨地说："还是小老三懂事，晓得妈妈的苦心。一会儿我们送你去，好不好？"

谭剑英望望两个哥哥，好像要久别似的，依偎在母亲怀里。陈桂兰抱住他，虽然天很热，她一点也不觉得，眼眶又湿润了。

陈桂兰带着三个儿子，来到谭顺和屋前。谭顺和正在场上搭床，他用两张长凳放两端，用一块门板搁在上面，铺上竹席，四根竹竿系在板凳脚上，支好蚊帐，准备纳凉睡觉。见到嫂嫂带三个孩子走来，就把蚊帐撩起来，让他们坐下说话。三个孩子爬到床上。

陈桂兰站在床边，说明来意。谭顺和听了直摆手，说："不用不用，我天天看着他们，没什么孤单，再说，我会帮哥哥照顾好你们的，其他的就不再想了。"陈桂兰知道小叔子的脾气，什么事情没有如愿，他再也不想，也许就是这个犟脾气，才造成许多女孩走近他，而又离开他。

谭剑英本不情愿，一听三叔这句话，自然是乐意，便灵机一动，对谭顺和说："三叔，你也为我们搭一张床，挨着你，我们就天天与你睡在外面。"

陈桂兰哪里想到这个鬼东西主意还不少，便说："他叔，你就再搭一张，小老三靠你睡，大龙小龙两个睡一张，三个人睡在一起，太挤了。"

"好的，明天我再去买一顶尼龙帐子，今天就让小老三跟我睡，外面凉快。"谭顺和答应嫂子，又转向大龙和小龙："好不好？"兄弟俩点点头，随母亲回屋。谭剑英舒适地睡在露天床上，好凉快，不一会儿就睡着了。

换孩子的事情没有成功，谭顺利和龚弘莲一晚上都没有睡好觉，原先蛮好的妯娌，一点不通人情！怨恨之情由心底升起。谭顺利又重提老话，责怪龚弘莲只会生丫头，不会生小子。

以前，她只听不说，今天，龚弘莲不再忍耐，不禁冒出一句："她会生儿子，有本事你去和她生一个！"

谭木匠一听，"忽"的一下，坐了起来，拉亮电灯，不加思索地问："此话当真？"

龚弘莲不再作声，只是默默地流泪。

谭木匠睁大眼睛，吼道："怎么不说了，啊！"

龚弘莲也坐起来，反唇相讥："借你十个胆，你也不敢，她一个寡妇，肚子大了，谁认账；你说是你的种，究竟是谁的，你分得清吗？"

谭木匠泄气了，再也不作声，龚弘莲又加了一句："不信你去试试！"说完，拉熄电灯，倒头便睡。

谭顺利再也睡不着，干脆起来，走到外面场上，点上香烟吸起来。

这时，正是陈桂兰领着两个儿子回屋，谭顺利一看，觉得蹊跷，等他们进了屋，一支烟也吸完了，就来到老三谭顺和门前。谭顺和刚躺下，见大哥来了，便轻手轻脚起来，迎了上去，从屋里拿了一张小凳，让大哥坐下，自己坐在门前的石臼上。

谭顺利已经缓过神来了，心境似乎平服了许多，看到床上躺着谭剑英，便问："他同意了？"

谭顺和摇摇头，说："屋里太热，到外面睡，凉快；明天再搭一张，让大龙、小龙也睡到外面。"

谭顺利说："娘儿四个，不容易，你要尽量多照顾他们，不要什么名分，一笔写不出两个'谭'字，不需要那么多讲究。"

谭顺和知道大哥换子没有成功，心里不快，再者陈桂兰又说继名的事，也会让大哥更有意见，听到大哥的场面话，也就顺水推舟："老谭家有男孩传宗接代就好了，不管是谁生的，都是铁记庄的谭家后代；我至今还没有找到合适的人，恐怕是要打一辈子光棍了，就没有想到什么传宗接代，大哥，你说呢？"

谭顺利说："我倒没什么，你大嫂觉得不如桂兰，面子上过不去……今天小老三被淹，我们才想照顾他，就有了换小孩的打算；既然这样，就算了……不说了，天不早了，睡觉吧，我明早还要到宝禾埭去开工。你也睡吧，忙了一个黄昏，也累了。"他打了一个哈欠，回屋去了。

第二天，外婆听说了谭剑英淹了个半死的事，立马叫儿子陈桂根来接外孙去她家。谭剑英说："过几天再去，等我学会游泳。"

陈桂根说："这还有什么难的，舅舅教你不行吗？"

谭剑英高兴地朝陈桂根的自行车前杠上一跳，随舅舅去外婆家。

还没有到家门口，外婆和外公早已等在路口，远远地看到儿子将小外孙带来了，赶紧迎上去，一把抱住外孙子，泪水快速地流下来，抚摸着外孙的小脸，似乎在寻找少了什么似的。

老陈知会儿子："桂根，你去木金寺买点肉，让你妈做一个小老三最喜欢的'肉炖鸡蛋'。"

外婆说："你多买点，今天烧红烧肉，让我的乖乖吃过够；你顺便到纺织厂，叫你姐姐也回来吃饭。"陈桂根应了一声"好嘞"，便调转车龙头，直奔街市。

陈桂根不仅是谭剑英兄弟的舅舅，还是他们的姑父，他们的姑姑谭顺芳，在陈桂兰的撮合下，嫁给了陈桂根，两人结婚后也生了个儿子，叫陈栋，比谭剑英还大一岁，上小学一年级了，学校就在家门口，是大队小学。因为谭剑英是弟兄仨中最调皮的，所以陈桂兰一直让爷爷、奶奶带着，不让他外出。昨天摘菱淹水，也是听了爷爷讲了小时候如何到地主家庄园里摘菱、偷鱼的故事，溜去尝试的后果，为此，老爷子昨晚也被李雨妹唠叨了半夜。不过爷爷常讲儿时的故事，讲战斗故事，等等，给谭剑英不少心灵的启迪，较早地开发了智力，他的聪慧过人，是十分突出的。

缺少了小伙伴和爷爷的故事，谭剑英呆不住了，他对外婆说："外婆，我要到学校去玩。"外婆依他，就叫老伴："你同小老三去玩吧，我来弄中饭。"老陈应了一声，就丢下手里的事情，搀着谭剑英去门口不远的小学校。

老陈是生产队电工，负责灌溉打水，一早把水泵开了，就没有大事。

这个大队小学，有幼儿园和完全小学，规模是中心小学的一半，也有多年的办学历史了。到了学校操场，看到小朋友们你追我逐的玩耍，谭剑英恨不得马上参加进去。其实谭剑英早就该进幼儿园了。开始吧，一去就哭；再去还哭，幼儿园老师没有办法，陈桂兰干脆就不再送他上学，与铁娜做伴，在爷爷、奶奶身边听故事长大；同时也省得交学费。

教导主任苏老师走到门口，看到老陈手里的小孩，虎头虎脑，在那里聚精会神地看小朋友们做游戏，便问："老陈，这是哪家的孩子？"

老陈看到苏老师，连忙打招呼："苏老师，他啊，我外孙啊。"

苏老师好奇地问："这么大了，怎么还没有上学呢？"

老陈说："老谭家的惯宝宝，小着呢，你看，小辫子还挂着呢！"

苏老师弯下身子，问："小朋友，想上学吗？"

谭剑英看着苏老师慈祥的眼神，说："想！"

苏老师拉着他的小手说："别理你外公，跟我来，看看你上幼儿园呢，还是直接上小学。"

小学办公室，是大办公室，教导主任也是与老师一起办公。老师们在备课、批作业。人们看到教导主任带着一个陌生孩子进来，都转过身来，苏老师朝他们挥挥手，老师们又转过身去。

苏老师和蔼地问："小朋友，你叫什么名字？"

"小老三！"谭剑英脱口而出。

老师们一听哈哈大笑，又转过身来，不再办公，看着这个虎头虎脑的小家伙。

谭剑英反应很快，接着说："谭剑英！我的大号！"

人们又是一阵笑声。

苏老师也被这个小孩的机灵劲感染了，也大笑起来，便问："什么叫大号？"

谭剑英一点也不紧张了："这个你都不知道，'大号'就是大名，大名鼎鼎的大名。我三叔的大号叫谭顺和，家里人平常都叫他'老三'，我是晚辈，他们都叫我'小老三'。"

苏老师说："你会写你的大号吗？"

谭剑英点点头，一个好奇的年轻老师递给他一支粉笔，他弯腰在地上工工整整地写了"谭剑英"三个字。

那个递粉笔的老师调侃他："哈哈，女孩的名字！"

谭剑英又脱口而出："叶剑英是男的还是女的？"

大家哄笑起来，谭剑英丈二和尚摸不着头脑，便说："爷爷讲，叶剑英是大元帅，是男的！"

苏老师说："你没错，是那个老师小看你啦！"

苏老师说："你讲个故事，给大家听听！"

谭剑英兴奋起来："好，我讲一个钓菱的故事……"话没有说完，被外公打了个踢头："还讲'钓菱'？昨天钓菱，淹了个半死，要不是及时抢救，恐怕没有你的今天了。"

谭剑英申辩："不是讲我，是讲我爷爷！"

苏老师示意老陈别打岔："谭剑英同学，你就讲你昨天钓菱的故事，讲好了，我就让你上学。"

谭剑英将信将疑地朝大家看看，老师们都朝他点点头，他又看看外公，外公也点点头。这时外面有人叫老陈，老陈跟苏老师打了个招呼，出去办事了。

谭剑英开始讲他昨天钓菱的经过，说得眉飞色舞，特别讲到淹水的时候，他说："先是鼻子呛水，不能喘气，才张嘴，哪个晓得，一张嘴，就咕隆咕隆喝水，没有多少时，就喝得头昏，什么也不知道了……"他一边讲，还一边做作手势，老师们被他的绘声绘色吸引住了。

苏老师点点头，觉得这个小孩口才很好，讲故事有条理性，词汇也不少；又问："你会算术吗？"

他说："会一点，跟哥哥学的；他们做作业，我就趴在他们身边看……"

苏老师在后面黑板上出了几道题，把他抱到椅子等上，让他演算，他很快做完。苏老师一看，没有错误，激动地说："孩子，你不要上幼儿园了，就直接上一年级，没多时就是二年级了！"

谭剑英傻眼了，不敢相信自己的耳朵，怀疑的目光在各个老师脸上寻找答案，老师们都朝他使劲地点头，那个调侃他的老师说："他是我们学校的领导，说话算数！"

谭剑英一时无言以对，小手直挠头，一下子摸到后脑勺的小辫子，似乎明白了一切，天真地问："那我的小辫子还能留着吗？"

苏老师开怀大笑："你都是小学生了，还要这辫子做什么？和同学打架还要被揪住不放呢！一会儿，等你外公来了，让他同你去剃掉，明天就来上学！"

毕竟事情来得太突然了，一个六岁的孩子，哪有这个应变能力，他留恋地摸着自己一直没有剪过的小辫子，实在舍不得；然而，学校的吸引力太大了，他也懂得，不能老是在爷爷怀里听故事，学校里有更多的故事，除了铁娜，铁记庄的哥哥、姐姐们都在上学，他也应该上学了！

老陈在生产队的事情办完了，来学校接外孙。

苏老师对他说："你下午去办两件事，一是为他剃头，把小辫子剪了，二是买个书包，让他上学。去中心小学也好，到我这里也好；不过我让他直接上一年级，到中心小学就不一定了。"

老陈有点丈二和尚摸不着头脑，云里雾里的，一时接不上茬。

苏老师说："我考过他了，这小孩已经超过一年级的文化成绩了，先上一年级，反正没有多少时放暑假，很快就上二年级。"

老陈这才明白：外孙子可以跳级上学了，还省了不少钱呢！他紧紧地握着苏老师的手，感动地说："太谢谢您啦，您真是老谭家的大恩人啊！"

苏老师嗔怪他："这话不对啊，他不是你陈家的子孙吗？"

老陈连连点头称是，说："改天请您到我家喝酒！"

苏老师笑着说："这个自然，但是，我也不会白喝，我还要抽空帮他补补课，不过，你放心，保证下学期二年级的时候，他的成绩会名列前茅！"

回去以后，陈桂兰已经在家等着儿子了。谭顺芳在县城电光仪器厂上班，中午不回来吃饭。吃饭的时候，老陈把谭剑英上学的事情一五一十告诉了女儿，陈桂兰满心欢喜，久违的笑容又漾在她白皙的脸上，疼爱地摸着他的头，关切地说："儿啊，你再也不能顽皮了，上学要守规矩，你就在这里上，和小栋同来同去。等到礼拜天，让哥哥来陪你玩，或者舅舅送你回去，让爷爷、奶奶看看你。"

老陈说："以后你中午就回来吃饭。"

陈桂兰说："他在你们这里我还不放心吗？"

妈妈在旁边叹气，还说了一句："当初不同意这婚姻，你偏不听……"

话没有说完，就被老陈瞪了一眼："饭塞不住你的嘴！"

大家不再说话，埋头吃饭。

下午，老陈和小外孙去了一趟县城，给他剃头，当剪下小辫子的时候，一贯倔强的谭剑英，还流了泪，因为一生下来，一直留到今天，从未剪过；老陈用旧报纸替他包起来，带回去，让他有个念想。到百货公司买了书包和文具，还买了一双黄球鞋，算是有个小学生的模样了。回去之前，外公陪他到大会堂对面的小吃部，奖励了外孙一碗小馄饨。

铁娜听说谭剑英在外婆家上学了，再也没有玩伴了，成天闹着要上学。龚弘菊看她也四岁了，就同她去中心幼儿园插班，小铁娜才不闹。只是一个星期才见到谭剑英，到了星期天铁记庄的儿伴们又一起推铁环、撂墩子、钻竹林了……

眼看就是铁旺兴快到六十寿辰了，自从妻子陶玫瑰在"文化大革命"运动中，被造反派斗得死去活来，失去活下去的希望，投河自尽以后，他一直过着落落寡欢的日子；一家人也都是过着夹着尾巴做人的低调生活。儿子铁慧琪，现在是卫生院长，媳妇是护士长，都忙。铁慧琪和龚弘菊自从有了铁海良之后，好几年没有要孩子，直到一九七五年，才生了铁娜，算是龙凤双全，老铁十分欢喜。一九七九年，各方面已经不同于以前，对知识分子政策，对过去成分不好家庭的政策，都有了巨大变化。正好谭祖华也是六十岁，李雨妹五十岁，生日在下半年；龚德昌算大两岁，早过了六十岁，他想找一个恰当的时辰，去和两个亲家谈做寿的事。

铁旺兴的妻子陶玫瑰投河自尽后，是用草席裹着去火葬的；虽然他的小舅爷在京城做官，也是被打倒的。铁旺兴就把骨灰用红布包着，直接埋在院后面竹园里。每当夜晚睡不着的时候，就起床来到竹园里，在妻子坟边转几圈，与妻子说说家常；有时到天亮，还自言自语说些什么。

这天是黑星夜，没有星光；大夏天，天气闷热，快到天亮的时候，铁旺兴睡不着了，就起来，去妻子坟前。刚出门，就听到竹园里有砍竹子的声响，他估计有人偷竹子，就慢慢地绕到后边，朝斫竹子的方向走，突然打亮手电筒，斫竹子的人看到铁旺兴来了，便停下手，怔怔地站在那儿，因为后面的逃路，已经被铁旺兴堵住。铁旺兴一看，是前圩的一个小伙子，只听铁旺兴低声地说："没有钱用了，就来我这边说一声，不必夜上漆黑抹蹋地，弄不好跌伤了，不划算……"

听铁旺兴慢条斯理地说了一番，小伙子反倒不好意思了，脚下像被什么拉住一样，无力挪动。铁旺兴走到他面前，见砍下的竹子，有不少是第二年的新竹，十分心疼，便惋惜地说："白天来斫，就不会出现这种状况了。"他看小伙子还没有走的意思，知道一定有什么隐情，就说："既然来了，就挑点老的再斫几根，这地上还有几根，就可以回去卖几块钱了！"

小伙子知道铁家人善，上辈铁善人就有名，铁旺兴也是乐善好施之人。就趁天还没有大亮，快速地斫了几根，削掉竹叶，捆紧；铁旺兴帮他扛上肩，并且关照他："下次有困难，就直接来找我，别到竹园里乱斫；即使家里要做个盘篮、筛子，也就白天来斫几根好了！我这么大年纪了，不会把钱财带到火葬场的……"小伙子转身向他鞠了一躬，快步离开竹园，从大路走了。铁旺兴摇头、叹息，背着手走出竹园。

这时，天已大亮。

龚德昌今年才退休，工资虽然不多，也能过着温饱的生活，不像谭家那样艰难。他们三家都有联姻，是连环亲家。他和妻子肖秀英商量定了，来操办几个人做寿的事。看到铁旺兴从竹园里走出来，便知道他又是半夜没有睡，就不打算去说，让他睡一会儿觉之后再来。哪知铁旺兴已经看见他了，便叫道："亲家，一清早就到我这边来，什么话还没有说，怎么就打转呢？"

龚德昌站下，看铁旺兴憔悴的样子，这个比自己只小两岁的亲家，看上去起码比自己老了七八岁，心里不禁泛起一阵酸楚，更坚定了为他做寿的决心。他说："我是有事来与你商量，不知你现在想不想听？"

铁旺兴见他卖关子，笑道："你们做先生的就是孔夫子的卵子——文绉绉的。什么事，直说！"

龚德昌慢条斯理："我今年六十二，元月份退的休，算六十足岁；你今年也是六十岁，属猴的，上半年生日，好像阴历六月十七……"

铁旺兴不知道他葫芦里卖的什么药，便打断他的话："你一早查户口来啦？"

这时，龚弘菊看到两个老人站在路边说话，就走过来："爸，你们到屋里说吧，早饭也好了，一起吃，边吃边说。"

两人就一前一后走进四合院里。

铁慧琪看到岳父，赶紧递烟，龚弘菊盛来稀饭。

龚德昌吸了两口烟，对女婿说："小琪，我们铁记庄今年又要办大事了！"

铁慧琪问："什么大事？"

龚德昌开门见山："贺大寿！"

铁旺兴明白了，立即声明："我是从来不过什么生日的！"

龚弘菊领会父亲一早来的意图了，就说："慧琪，我们要支持我爸的伟大号召、英明决策！"

铁慧琪说："六十年一个花甲子，也是耳顺之年，一定得大贺！"

铁旺兴见儿子媳妇都支持亲家，何况，亲家前年没有做寿，今年也算补办。便明确表态："你们这样说了，我还有阵地吗？你亲家不是早就预谋的吧，等我和老谭的六十岁吧？"

龚弘菊笑道："爸，不至于吧！"

铁慧琪说："我看八九不离十，老岳父，不假吧！"

龚德昌哈哈大笑，哼了一句戏文："此乃天意也……"

铁旺兴说："做老师的毕竟是电线杆上的热水瓶——水平高啊，会安排，我看你已经不是什么亲家，完全是个家长了！"

龚德昌摇摇手："铁记庄，你永远是庄主，我这不是以你为中心吗？你还不识好歹！老爷子在世，有大事还与我商量；今天，我朝拜你，你反而翘尾巴，有你这样的亲家吗？"

龚弘菊见老父亲还在絮叨，就怪他："爸，我公公不是同意啦，别说了！"

铁旺兴看儿媳妇替自己说话，好不高兴，就说："听你的好了，今晚三家开会；我生日是六月十七，那年闰月，前六月，你们说什么时候，就什么时候。"

龚德昌见目的已经达到，喝了一碗粥，擦擦嘴，出了门，朝谭家走去。

谭家一大家人正在吃早饭，长幼有序地坐着。龚德昌在门口止住脚步。李雨妹眼睛尖，起身走到屋外，说："亲家，快来一起吃早饭！"

龚弘莲连忙起身："爸，坐我这儿！"便转向灶台去盛粥。

龚德昌边走边说："我刚才在弘菊那儿吃过了。"

谭祖华还没有起床，听到亲家来了，一边穿衣服，一边咳嗽，连忙起来。

龚德昌开门见山："刚才，我和老铁说好了，今年，我们三家都要为长辈做寿，日子定在阴历六月十七前，我也算一个，弘莲妈算一个，五十九；老妹子也算一个，五十整！"

龚弘莲纠正他："爸，你六十二岁了！"

龚德昌笑道："我今年刚退休，六十整！"

几个人在掰着手指。陈桂兰想到两个平辈说："我们还要为桂根贺生日，女婿三十，丈人要贺，顺芳也是三十岁。"

龚德昌问："什么时候？"

陈桂兰回答："早呢，下半年。"

龚德昌说："等把长辈的事情做好，再去贺他们。"

谭祖华来到饭桌边，陈桂兰让了座。

谭祖华说："我表示同意。不是一大早说霉话，我恐怕活不到七十岁！何况，六十花甲子，我们三家就大办特办，我们自己也乐和乐和！"

谭大龙叫起来："爷爷，你不止活七十岁，是长命百岁！不许说霉话！"说着，小嘴也翘起来。

爷爷笑着说："好，听孙子的，长命百岁！"哈哈大笑。

龚德昌听大家意见一致，满心欢喜，说："我回去写一个计划，晚上三家开个会，统一操办程序。"

大家都说："好！"

龚德昌却情不过，吃了李雨妹夹的一块摊烧饼，就回去了。大家听他开心地唱着："朝霞映在阳澄湖上……"

晚饭过后，铁记庄贺寿筹备会在打谷场中央召开，因为按规矩是晚辈们的事情，所以龚德昌只列了个大概计划，具体的还要听大伙儿的意见。

龚德昌先公布他和铁旺兴商量的日子、出席人员。他说："日子定在阴历六月十二日，都与'六'有关，六十大寿，六月，二六十二日，也是'六六大顺'之意。"

大家鼓掌通过。

龚德昌接着说："还是老规矩，中午吃面，晚上办酒席……"

话没有说完，就有人提意见："六月心里头，大热天，我们要考虑早上买的菜，能否放到晚上？"大家转头一看，是谭顺和。

龚德昌听罢，觉得有道理，便问谭祖华："老谭，你说呢？"

谭祖华是个军人，对民俗不怎么讲究，便同意老三的意见："这样也好，中午忙完了，晚上吃面，简单点，移风易俗嘛！"

老革命发了话，算是定了第二件事。

龚德昌接着说第三件："既然热闹一下，是放电影呢，还是请佛头讲经做会？"

电影在那年头是经常下乡的，公社放映队轮流到各个大队放映，不稀奇；倒是做会，佛头讲经，已经多年没有见过，还是铁善人过六十大寿的时候做了一堂会，请东片大佛头来讲经的。

当初，岳飞带领军队来到马驮沙，也带来了中原文化，宋代的说唱艺术，勾栏瓦肆的说书故事，多多少少流传到来，讲经文化艺术，就在这孤寂的岛上繁衍、流传下来。在当地，是口头文化，也是说唱文化。新中国成立后，为了抢救这种文化，县委书记缪洛达搞了个民意测验。一次，三级干部大会结束，时间还早，就在大会堂放电影，另外，在旁边会议室，请几个有名的"佛头"讲经。电影放着，佛头讲着；电影有插曲，佛头讲有和声。就这样，大会堂的人越来越少了，小会堂水泄不通了……

佛头讲经，是某人家有重大事情的一种似宗教而又非宗教的民间活动，内容丰富，涉猎很广。如同西方人信仰的《圣经》；扬善伐恶，劝世明理。讲《圣经》的叫牧师；讲《三茅卷》等经书的叫佛头，一师多徒，一正多副。牧师站着讲《圣经》，只是一个人；而佛头则坐着说唱《三茅传》等，几张八仙桌拼成"经台"，几张长板凳，佛头面朝观众（朝南），其他师傅（或徒弟），牧师用英语讲，而佛头是用侬软吴语讲述，并且伴有当地民间歌谣；每讲完一节，和佛的人就自觉地和起来，听众也陶醉其中，随声附和，和声悠扬，在静夜里传送很远。马驮沙是东西狭长地带，沿江的叫"新沙"，里身的叫"老岸"。沙上的佛头，又叫和尚，不太出名；老岸的佛头，修行颇深，哪怕不识一个字，学精了，也讲得行云流水。讲经，是马驮沙几百年的本土文化之积淀。

谭剑英也被接回来参加家庭会，陈桂兰要他感受集体活动的氛围，感受大家庭的温暖。他听到"佛头讲经"，很好奇，就问爷爷："爷爷，什么叫佛头讲经？"

谭祖华告诉他："就像我给你讲故事，都是劝人行善，不要做坏事的。"

谭祖华就这么随便一说，哪知谭剑英立即蹦到龚德昌面前，大叫起来："龚爷爷，我不要看电影，我要听讲故事!"

铁娜也跟在后面，附和着："我也要听故事，不要看电影!"

其余孩子全都哄起来："电影老看，就那么几个，没意思，啥叫讲经，也让我们见识见识!"对于老人来说，小孩的话就是圣旨，小孩的父母也会依凑儿女。

龚德昌就顺势宣布："第三件事就这么定了……"

孩子们伸着头，似乎等他嘴里有什么东西掉下来，在白炽灯贼亮的光罩下，一个个小脑袋好像被一只无形的大手拎着。

"请佛头讲经!"龚德昌话音一落，孩子们喊"好"，欢呼起来……

接着，龚德昌将具体事务，如请哪些人，怎么出资，谁做什么，一一交代清楚，请佛头的事，当然是他这个老学究当仁不让了。

很快就到了农历的六月十二日，那天很热，也不是星期天，是星期四。除了孩子们上学，上班的人都请假，在铁记庄园忙碌。

一大早，铁慧琪和谭顺和去县城菜场买菜。农村的八大碗，少不了大鱼大肉；隔夜谭顺利就把菜单开好，因为做"狮子头"很费功夫，要不是天热的话，会隔夜做好。因此，吃早饭的时候，两人就把主要的菜买回来了，素菜反正菜园子里有，几个女眷就在田里摘。三家亲戚中的老亲也都被请来了，铁旺兴的小舅爷，已经官复原职，从京城专程来铁记庄园参加姐夫的寿辰；还有铁记庄园救过命的革命家周刘之，带着老伴铁善卿、两个儿子刘怀骥和刘怀沙，也从京城回来，为几个寿星庆祝。老谭把缪部长和退休的刘院长夫妇也都请来；连同大队干部、小队干部，一共摆了二十四桌。除了长辈、亲朋好友以及孩子在桌上吃，中年人个个忙活着烧菜、端菜、敬酒，整个铁记庄又出现了"千里摆长席"的盛况。二十四张八仙桌，九十六条长板凳，大多数是铁记庄的老祖产，有不少是几十年之前的老檀木做的；分六行排开，四六二十四桌，敬酒声，吆喝声，还有闻讯而来的唱麒麟的小调声，和成一片，好不热闹!

晚上吃过寿面，晚辈们拜过寿之后，就开始做堂会，佛头开始讲经了，不少亲戚朋友也都留下了，他们也好多年没有听到讲经了。

一大群小孩，早就端小凳排坐在前头了。龚德昌问他们："你们会跟在后面'和'吗?"孩子们摇摇头。龚德昌笑道："这也是上课，你们看到大人们'和'，就跟着'和'，这就是马驮沙文化!"孩子们立即"欧……"应和了一声，引得众人大笑。

月朗星稀的夜空下，比白天凉爽多了。白天，已经到大圆沟里采摘了不少早菱角，虽然很瘦小，但已经可以吃了。今年天热得早，菱蓬长势好，菱角固然成熟早；有点涩嘴，但很甜润。

大家集中在铁家院子里，堂屋里。堂屋正中间并排放着两张八仙桌，是"经台"，上面有道具，十分简单，仅有佛尺、木鱼和小铜铃而已。佛尺子，是一个小长方块硬质木块，相当于评话艺人的"醒木"；木鱼和铜铃是乐器，在讲到情节高潮部分用以伴奏，起到渲染气氛的作用。讲的过程中，伴以"挂金锁"、"平调"和"十字调"几种曲调，比较简单，但很悠扬，是马驮沙讲经特色。

讲经的佛头其他师傅，都是"老岸"上的大师。因为是祝寿活动，佛头选择了几段喜乐的经文，有《大圣卷》、《延寿卷》和《观音卷》等，这些宝卷内容虽然是宣传菩萨，但是，已经掺入了大量的汉族民间传说和民风民俗，而且故事曲折，情节生动，叙述的语言，是马驮沙方言，有浓厚的乡土气息，淡化了宗教色彩，增加了地方曲艺性质和文学性，为人们喜闻乐见。

佛头轮流讲述，绘声绘色，抑扬顿挫，说唱结合。屋里坐不下，大家坐在天井里，边听讲经，边咬着嫩嫩的菱角，不时跟佛头应和，在软语吴侬的美妙中领略一些生活的哲理，学习做人、处事方法……小孩们是听不大懂，但最小的两个也津津有味地竖着耳朵，因为，铁娜是小老三的跟屁虫，小老三紧靠佛头坐着，一动不动，铁娜在他旁边也似懂非懂地听着。

佛头讲着，人们和着，悠扬的民间音乐文化随着"和"声在夜空里飘荡，很远，很久……

第四章

铁记庄园大办生日会以后，铁旺兴、龚德昌和谭祖华都算是年过花甲的老人了，似乎走到了人生的又一个路口。

铁旺兴有事没事总在前面的池塘边转悠。三、四亩水面的池塘里，虽然也长着菱蓬，开着菱花，翘着菱角；间杂的几棵荷藕，也开着粉色的花，是铁旺兴随意种的。池塘中央原来有一座亭子，叫作"得月亭"。早已破败，经过"破四旧"，池塘里只剩下一个墩子，颓唐地淹在水中；上面没有莲藕，就像一个老人的头，四周长满头发，中间却秃顶了，实在令人扼腕。眼前的一切，让铁旺兴不免想起当初这个亭子的模样，心中陡然升起要重建它的热念。他想，如果把两块竹园的老竹子清理一遍，可以卖到好几百元钱；动员儿子、儿媳支持，拿点钱资助一下，毕竟也是办一件可以传承前人事业的好事，他们会同意的。想到这里，他不禁兴奋起来，似乎看到，池中的亭子已经立在那儿，通往庄园的美人港，不断把长江的活水引进来；一条曲桥把亭子和岸边连接起来；甚至池塘的边上，不再是菜地，而是栽的是高大乔木、矮小灌木，栽的是花花草草……

龚德昌的同学盛东民，是马驮沙人民公园的主任，近几年侍弄山水盆景，已经小有成就，经常出去展览，还得过奖。龚德昌闲逛公园时，盛东民邀请他一起搞。龚德昌听从盛东民的建议，去搞过几次，弄花草还无所谓，而打造山水盆景是非常辛苦的。到外地采石倒不算什么，在工厂加工却是件脏话。好端端的一块奇石，如果被师傅打磨坏了，是十分可惜的，所以，要看住他们，才能保证打磨成原先设计的样子，否则，一切将前功尽弃。打磨的尘埃四散飞扬，即使加水打磨，也十分脏。龚德昌从来没有吃过苦，坚持不了，半途而废。只在门前种了些常绿树，如香橼树、香樟、桂花树、女贞树等。还有一些草科的兰花、一串红等等，四季都有，高低俯仰生姿，亦自我陶醉其间。

这天，龚德昌在他的花园里徘徊，觉得没有假山的花园，不成花园；树太密，也不像个花园，倒像个杂七杂八的小树林子，似乎应当重新安排一下。得抓紧布局，一切规划好了，到冬春植树季节，一一实施。想到这里，一个庭院式花园的雏形在他脑海勾勒出来。

铁旺兴和龚德昌虽然年至花甲，在思想解放的洪流冲刷之中，是顽石也会受到激荡，何况，他们知书达理，也是会看风向的，所以，有成熟的条件，就会想出一些沉淀于心底的事儿来，伺机把它做成功。

谭祖华却不是他们一类人。他过了生日之后，只考虑自己还有多少事没有做完；半条命的身体，不知道能撑多久，如果说走就走，留下什么遗憾，是上对不起祖宗，下对不起孩子。因此，他每天起床后，不去什么地方转悠，而是经常独自坐在老二门前石臼上想事情，这几天所想的是准备再造三间房子。

谭祖华当年分得铁善人六间房子时，是老祠堂，已经多年没有人住，当初，铁善人将两间粉刷一新，给谭祖华与李雨妹结婚，比他小十岁的李雨妹倒是能生小孩，接二连三地生了三男一女，房子当然不够住了。一九五九年的时候，他在六间屋前面东首，建造了三间瓦房，不如后面，只是五架梁；到一九六五年，眼看儿子要结婚了，就在这三间屋向西接了三间，这六间屋与后面六间屋相齐，只是略微矮了一点，这是按规矩建造：前面不得高于后面。因此，谭家就形成前后两进、六间屋的格局，只是没有像西面两家，用厢房围起来。三个儿子在后排居住，每人两间。由东而西，上首是老大谭顺利，中间是老二谭顺章，西面是老三谭顺和。前面一排六间屋，从东往西依次是：闺女谭顺芳的闺房，谭顺芳出嫁后，还留着，女儿女婿来了，也可以住；堂屋、老两口房间、饭堂、厨房以及仓库。两排房子间口一样，都有走廊。现在，老大、老二，人员多了起来，孩子也长大了；尤其老大家，仨闺女，不能再挤在一个屋子里了，得为他们建房子。目前经济条件只能先建造三间，不能再建五架梁，落后了，要建就建七架梁，还要高一点；就建在最后一排，还从东首建造，将来有了条件，再向西接三间，就会形成前后三排、六间屋的格局，都有外走廊。那时候，我老谭也就完成任务，心死眼闭了。想到这儿，谭祖华敲敲烟袋头，磕掉烟灰，向大队部走去。

铁记庄七十几亩地面上，早已有几家安排来砌房造屋。土地是集体的，老百姓需要出宅，生产队首先考虑到庄园里的空地，它不是连片的种植，分给一部分人家种菜。铁家的四合院和后面的竹园，土改的时候没有分掉，一块在铁家院后，延伸到龚德昌的四合院后面，龚德昌的四合院，原来是铁善人兄长铁善良的，也是在民国的时候，去了上海，后来又去了重庆。所以，铁善人就将这个院子给了先生龚敬培。另一块竹园向东延伸到谭祖华六间屋后面，而且是好篾竹。大竹园后面的圆沟，已经在"学大寨"的时候平整为农田，现在种了水稻。在铁记庄的西南方圆沟边，已经有几家前后住着，有尹家、施家和驼大大家等，龚德昌家西面也安排了几家，凌家和左家等；东南园沟边，只安排了一家，是公社建筑公司副经理唐生华家。

谭祖华要在后面砌房子，一要生产队批准，二要斫掉铁旺兴篾竹园的一部分竹子，他到大队部就是说这件事。

大队长许明亮，是谭老二顺章的徒弟，张明调走后，他从小工厂副厂长的位置上升为大队长。见到老革命来了，知道有重大事情，便赶忙端凳子、倒开水，递上"牡丹牌"香烟。谭祖华接过烟，看了看，又朝许明亮看看。许明亮不吸烟，解释说："招待烟，好一点。"

谭祖华说："条件好了，就好一点，但不要浪费了！给我这老头抽，就是浪费啦！"

许明亮不接他的话题，转话说："老革命，您一早来，不会是给我上党课吧，一定有事！"

谭祖华说："当然有事喽！你看，我家那么多人，房子不够住了，想盖几间屋。"

许明亮说："老革命，您呢，不要强调人多；掰指头数数，您家有几个国家户口，还有几个农村户口？"

谭祖华说："这不是癞子头上虱子，明摆着嘛，数什么！他们虽然是国家户口，可还在家里住啊，国家没有给他们分房子，包括我！"

许明亮知道，这的确是事实，就问："要几间（地皮）？"

谭祖华规划六间，但是，目前没有这个财力；如果只要三间，将来政策变了，还要到三间宅基地吗？他想。

许明亮到外面去和别人说了一件事，回来问他："怎么样，不会要六间吧？"

谭祖华一拍大腿："哈哈哈哈……你小子干部做得太精明了，连群众心里咋想的，都看得一清二楚！好，就依你，六间！"

许明亮本来是调笑老革命一下的，哪知他倒是当真了，便着急地说："我哪有这么大的权力？何况，也没有地啊！"

谭祖华把自己的打算说了一下，并且说："地就在我家后门口，把竹子斫了就是宅基地了。"

许明亮说："那可是老铁家的私有财产，据说，马上就要摘'四类分子'的帽子了，不能蛮干啊！"

谭祖华拍拍胸脯："你只管批，竹子，我自有办法斫了它。"没等大队长下言，他自顾自朝外走去。

刚到门口，看见铁旺兴和龚德昌走来，他估摸两个老家伙也是来大队部有什么事的，索性折回办公室。

许明亮正准备关门出去，见谭祖华又回来了，狐疑地问："老革命，您还有什么事？"

谭祖华指指大路上，笑着说："看，送上门来解决问题，我今天的运气太好了！"

许明亮一看，铁记庄园的另外两个老人来了，只好再把门打开，等候他们到来。

铁旺兴和龚德昌走进办公室，许明亮已经倒好两杯水，迎他们坐下后，奉上茶水：铁旺兴是开明的乡绅，龚德昌是他的老师。

许明亮幽默地说："老师、铁大爷，你们三堂会审来了？"

铁旺兴瞧瞧谭祖华，摇头不语。

谭祖华看看龚德昌，龚德昌说："看我们干什么？我们是请大队长办事的！"许明亮笑道："你们仨亲家有事还不一起来，是闹矛盾了吧？不是前阵子刚一起贺寿的吗？"

铁旺兴说："我们的事情与他无关。我先说吧。大队长，你看，我院子门口几亩池塘，是平整掉呢，还是养鱼？"

许明亮不解其意，就说："不是生产队一直养着鱼吗？"

铁旺兴见许明亮兴趣来了，便问："你知道那里原来是什么吗？"

许明亮说："就是'文化大革命'中，破'四旧'拆掉的亭子吗？您家的旧花园的'得月亭'。"

铁旺兴高兴地说："记性真好！"

龚德昌及时凑上来："我的学生，就是聪明，要不然怎么会考上高中，当上大队长呢！"

谭祖华听出点儿名堂了，开玩笑说："老地主，该不会是来申请'复辟'的？"

铁旺兴应道："这还让你猜对了，我就是来申请重建'得月亭'的……龚先生还助一臂之力，建一个小林园呢！"

谭祖华终于明白这俩亲家经常在池塘边转悠的目的了，便说："我可以支持你们，不过，你们也要支持我！"

龚德昌问："老亲家，你又出什么幺蛾子？"

谭祖华说："我要砌房子，——不够住！"

两个老头明白了老革命一大早来大队部的意图了。谭家人多，确实要添房子。

许明亮把三个老人的需求都弄清楚了，便说："我觉得，你们的事，都不是小事，而且是好事！我呢，没有这么大的权力，刚才，我就跟老革命说了，会帮你们跑腿。怎么个弄法……我看这样，你们先回去写个报告送来。我们大队批准了，送到公社去，批得下来就办；批不下来，别怪我！"

这时，铁旺兴和龚德昌把目光投向谭祖华，求援似的，他们以为，谭家造房子，肯定能批下来，而造亭子、建花园就不一定能够批下来了。

谭祖华心领神会，对铁旺兴说："我要造六间屋，就在老屋后面，不能紧挨着，要向后移好几尺，一直到竹园，所以，要割你的'肉'了……"

铁旺兴这时想到的是心目中的"得月亭"，根本不在乎竹园。事情要搞成功，还要巴结老谭出面去找公社书记；因为，现在的书记就是当初的人武部长缪解放。老谭出马，不止抵俩，能抵得上一个连。于是，铁旺兴爽快答应："没问题，当年，要不是你出面，说不定早就斫光了，你爱怎么斫就怎么斫！"

许明亮觉得最简单的问题解决了，高兴地说："我要去开会，没有工夫陪你们了，回去把申请报告写好，到生产队盖章送来，我替你们送公社去。"

三个人见大队长下了"逐客令"，便起身出门，一起说笑，回到铁记庄园。

由龚德昌执笔，写了三份报告，生产队长盖了公章，龚德昌送给了许明亮。许明亮找大队支部书记商量。大队支部书记还是老支书，就是给谭顺章致悼词的黄志彬。

黄书记仔细地看了三份报告，认真地说："这些事情关系到一些政策问题，明天开个支部会，讨论一下，意见统一了，再报上去；如果我们太草率，上面会批评的。"

支部会开得很顺利，因为支委们认为，造亭子、修花园是一件好事，并不是他们个人利益所为。同时，黄书记还建议，让公社建筑公司协助设计施工，因为二把手唐生华就住在铁记庄上，他也是"社来社去"大学毕业的土木工程师；另外还研究决定，造亭子、建花园的资金由他们自己出，小工由各个生产队轮流出。至于老谭建房，动员铁旺兴砍点竹子，其余就由他谭家运作了。

三份报告合成两份：一份是老谭家建房；一份是造亭子附带花园，经唐生华根据铁旺兴的描述，设计的亭子的图纸，附在报告后面。生建科看了报告，觉得不好做决定，只好交给缪书记。

缪解放从人武部长升为党委书记，是这个公社的"老人"了，对各地的情况是了如指掌，尤其铁记庄。解放初，还有点儿庄园的样子，土地改革、"文化大革命"、"学大寨"等运动，逐渐使它面目全非了。既然有人来做一件修复之事，也是为过去的失误做一点弥补；已经填平的河上面，已是农田，暂时不值得开挖成河了，荒废的池塘，修个亭子也无可厚非。他在报告上亲自批示：对于前人是一种纪念，对于后人是一种回望！同意。让秘书在上面盖上党委大印，带着它，亲自去文化局咨询。

文化局长李七宝是他父亲缪洛达的老部下，比谭祖华参加革命晚，不是抗战式，是解放式的，当年，他们经常隐蔽在铁记庄，国民党反动派没有去搜查过；解放军从蟛蜞港过长江，也有不少部队驻扎在铁记庄，不会游泳的北方"旱鸭子"，还在圆沟里学会了游水。那里的亭子和花园，他是亲目所睹，"文化大革命"破坏它的时候，他还阻止过，却没有用，终被毁坏。现在，不仅有人提出来修葺，而且有了具体的方案，李局长十分欣喜。

李局长看完报告说："老缪啊，这是一种'复辟'行为，你的胆子，和你老头子一样，太大了……"

缪书记笑着说："给我装吧！你只有参考意见，最主要的是掏点钱！"

李局长在报告上写道：方案很好，是一种文化行为，建议实施！写完之后，他用笔指指"建议"二字，强调一句："我只有建议呦！"

缪书记是有备而来，想从文化局挖点钱，或者有什么建设项目给本公社建筑公司做。他有点哀求地说："听说，县人民医院要建造住院部大楼，是我们公社的一位港胞捐建的，你老婆是管文卫的管副书记，你也去'建议'一下，不！去命令她，把这个项目给我们建筑公司得了，我们有资质；否则，你要'出血'的！"

李局长笑道："你小子毕竟是缪老爷子生的，一眨眼一个花样，怎么搞到住院大楼上了？真是'龙生龙、凤生凤，生个老鼠会打洞'！"说完，哈哈大笑。

缪书记笑着捶了他一下："有你这样比喻的吗？还文化局长呢，一点没文化！应当是'将门出虎子'！"两人又哈哈大笑。

凡是善事，都有做成的可能；凡是有利于百姓的事，都会受到人民政府的重视，事情的发展过程，有时是千磨万难；有时却柳暗花明。

关于铁记庄园，马驮沙县志上就有记载。县委分管文教卫生事业的副书记管彤是李七宝局长的妻子，李局长给她看了报告，吹吹枕头风，管彤就同意了。小心谨慎的女干部，还是去请示了县委一把手，就是当年叱咤风云的缪洛达。老缪书记听了管彤的汇报，看了一下图纸，说声"蛮好！"就在报告书上画了两个圈，歪歪斜斜地写上自己的大名。

就这样，公社建筑公司有了建设县人民医院住院大楼的业务，总投资是二百二十万，港胞厉先生捐款一百六十万，政府出资六十万。建筑公司与县文化局签订合同，无偿建设铁记庄"得月亭"；并且由县人民公园协助龚德昌建设小林园，包括一些假山。

盛东民对龚德昌当"逃兵"耿耿于怀，不太愿意。

龚德昌笑着说他："你那老脸，不要拉得像个吊死鬼，上级的命令，你干也得干，不干也得干！别无选择。"同学主任只好苦笑，答应与他配合，建好小林园。

好消息传到铁记庄，铁旺兴喜极而泣。他亲自去木金寺街上买了一条鳊鱼、两根肋条猪肉和三块豆腐祭品，供奉在列祖列宗面前，每位像前点烛点香；并且沐浴更衣，虔诚地祭拜。同时，也给毛泽东像点了三炷香，同时祭拜。

秋收很快结束了。图纸经过县文化局进一步修改，将进入实施阶段，造亭子、修花园的工程就开始了。铁旺兴选了个好日子，与谭祖华的房子同时开工，铁记庄所有人家都参加开工仪式。按农村风俗，造房子要办三顿酒席。第一顿：开工酒，所有工匠，所有亲朋好友，都要请到；不请亲朋好友喝开工酒，就不好意思请他们喝上梁酒,因为,喝上梁酒是送人情钱的。第二顿:上梁酒,是最隆重的酒席,整个生产队,每家一个,甚至几个;除了亲戚好友,队里人只管吃喝,不送人情钱;因为,"太阳从家家门前过",谁家造房子是一样!第三顿:完工酒,范围很小,主要答谢工匠,也请少量亲朋好友作陪。

这年十月二十一日,农历九月初一,是一个"黄道吉日"。初一,意味着从头开始,也有"九九归一"含义;公历二十一日,也有吉祥意义,"不管三七二十一",意为一切都不要忌讳,开工大吉。

谭祖华和铁旺兴都是六十岁,与这个日子不冲,两人把日子定好,择日开工。

开工那天,县委管彤副书记,文化局李局长,公花园盛主任,公社缪书记,建筑公司唐副经理,以及大小队干部全部到场。

上午八时四十八分,开工仪式正式举行,鞭炮齐鸣之后,李七宝局长致了热情洋溢的开工词,他说:"重建铁记庄小花园,尤其是重建有一百多年的历史的'得月亭',是我县文化史上的一件大事,是对历史文化的传承,是对历史文化的负责。我们要在县委、公社党委的领导下,高度重视,高质量的建造,让缺失的一段历史重新找回来,也是对后人的一个文化交代,是具有深远历史意义的。"

公社缪书记也即兴讲话:"铁记庄园,并不是什么恶霸地主的庄园,在历代庄主中,不乏乐善好施之人。到了铁善人一辈,虽然受国民党反动派搜刮,他们坚持不做恶霸,并且对抗日救国和解放战争做了不少贡献。今天,我们重建'得月亭',既是对过去一段历史的认可,也是我们党和政府给铁记庄一个记念,因为,现在的铁记庄不是铁姓的私有财产,是广大农民兄弟的共有家园。我们要弘扬中华民族自强不息的精神,建设好我们的国家,建设好我们自己的家园,都过上幸福美好的生活。"

人们对领导的讲话报以热烈的掌声,经久不息。

在人们的掌声中,建筑工人搬来第一块刻有"得月亭"的石头,放在河边事先挖好的地方,领导们让铁旺兴填第一锹土,铁旺兴坚决不肯,他把锹递给管彤副书记,饱含热泪说:"管书记,您不要为难老夫了,无论如何请您先带个头……"

管彤副书记没有再推托,她理解铁旺兴此时此刻的心情,就接过铁锹,填上第一锹土,再把锹递给铁旺兴,诚恳地说:"老先生,别激动,日子会越来越好……请您填土立碑!"其他领导围上来纷纷举锹填土。文化局的摄影师频频拍照,记录了这个平凡而有意义的过程。

谭祖华一家也在这个时辰放鞭点炮,举行造屋开工仪式。这一天是星期日,所有上班的、上学的都在家。缪书记特地批了他六间宅基地,让他无后顾之忧,现在先建三间,至于西面三间什么时候建,再说了。

开工仪式结束后，缪书记把县里来的人邀请到建筑公司食堂就餐，自然要喝一点酒，表示庆贺，由唐副经理负责招待。铁旺兴父子和龚德昌父子也被邀去。其余的人在铁记庄老谭家喝开工酒，有三家出资，谭家主办。上半年贺生日的场面又一次上演。

经过文化局修改的园林图，比原来的面积大得多。其实，多年的坍塌，池塘四周的泥土冲刷到池塘里，池塘的面积变大，水变浅了。改建工程包括扩大池塘面积，一是将现有三四亩面积扩大一倍，挖深；二是与宽阔的圆沟挖连起来，形成池塘与河相通。内有圆形池塘，外有弧形河道，连接美人港，以至长江。小园就在活水中，生命在延续中……

改建工程不仅恢复池塘里的"得月亭"，还将它与西岸相连，建一座曲桥，不至于池塘中的亭子在那儿孤独地"等月"，人们在月圆之夜，信步曲桥，来到亭上，观赏九天明月。

开挖池塘的泥土倒向西面，形成起伏的小丘陵，栽种树木时有立体感，让龚德昌负责建好有山水盆景与林木花草的小林园。这样，不但池塘扩大了一倍，而且有亭台、假山，花草树木，成为名副其实的有山有水的庄园了。

建筑公司的副经理唐生华将建设指挥部设在自己家里，他的积极性不只来源于上面领导的压力，还有自己内心的动力；因为，这个建成的小林园，就在自家的右面。从自家宅基到池塘，还有一大块空地，他在施工过程中，尽量让开挖的面积往自家这边扩大，以至这块空地不再有人觊觎。

池塘四周挖成，便用黄石块镶砌，用水泥嵌缝，以后池塘岸边就不会坍塌了。这个方便，从江南运回的石块，可以直接用船运到铁记庄，人们抬下来，搭上去就行，瓦工们在池塘边堆砌成嶙峋的形态。

谭木匠和谭顺和都已经被唐生华招到建筑公司，分别担任木工队长、瓦工队长。谭木匠被派到县人民医院工地，谭顺和请假在家建房，他们暂时没有参加花园建设工程。

九月的天气，一直晴好，只下过一场雨，还是重阳节的夜晚。稻子收割完，上了场，还要等一段时间才种麦子、栽油菜，所以，稻谷进了仓，工程就开始了。按照规划，先建曲桥、亭园，再建林园，因为移栽树木要等到今冬明春。

唐副经理指挥各个生产队的劳力轮流开挖池塘，结束后让瓦工进场。池塘内水抽干后，瓦工队一部分在池塘四周镶砌石岸，一部分建亭子基础。把原有的块石基础挖清，再向下挖了四五尺深，整体扎了钢筋笼子，用混凝土浇筑了一个硕大的圆墩子，"得月亭"就牢固地建立在上面。

从"得月亭"基座，到西岸边，一座曲桥同时建造完毕，这是一座五曲桥，在北部池塘中蜿蜒几下，窄窄的，一米二宽；设计的是麻石栏杆，在亭子建成后安装。

从池塘通向圆沟，原来只有狭沟，这一次开挖很宽，是池塘南面的"大嘴"，两边也用石块镶砌为嶙峋状。从"大嘴"向西到圆沟上的小桥，岸边也用水泥预制块镶砌，光滑整齐；向东一直镶砌到唐生华家东面的宅基范围内，也算是"近水楼台先得月"了。然而，不管是从局部看，还是从整体看，是美观大方的，因为，他家的房屋，在当地就是鹤立鸡群的青灰墙、琉璃瓦的楼房了。

过了水泥基础的保养期，木工进场，开始建造亭子。因为谭木匠是当地有名的雕花能手，唐生华就把他从县人民医院工地调来，还有他的木工队和徒弟们。

谭木匠对图纸看不大懂，岳父龚德昌就讲给他听。铁旺兴介绍，这个亭子建于晚清时期，那时是慈禧老佛爷当政，大多雕梁画栋就出现了"凤在上、龙在下"的图案，包括一些家具，例如雕花床；包括一些宫廷画。原来这个亭子的板枋上有这样的画。雕龙刻凤，谭木匠是会的，但是亭子的四块板枋，有八幅画，都有讲究。徒弟中有建筑职业学校毕业生，就比他会看设计图，讲给他听，谭木匠耐心地听着，便说："依葫芦画瓢，没问题。"

"不能'依葫芦画瓢'！"他们抬起头一看，唐生华站到面前，一个个面红耳赤。他就把设计图展开，一幅一幅雕刻图讲解给他们听。讲完了，还叫谭木匠讲了一幅，满意后才离开。

铁旺兴到老屋找来一些老檀木；谭顺利请木金寺的褚铁匠打了一批锋钢刻刀。就这样一批人建亭子的轮廓，一批人加班加点刻雕廊画栋。组装成功后，唐生华请铁旺兴看，是否满意。铁旺兴和龚德昌天天看着工程进展，看到那些精美雕刻，两人拍手称好。亭子建成，更是喜出望外，现在看到的"得月亭"比过去的更为华美，尤其是亭顶的琉璃瓦，是前所不具的。

唐生华看到他们满意了，一块石头落了地，笑道："还有最后一道工序，就是上油漆。有了彩色的油漆，就更为雍容华贵了，再用清漆一罩，油光锃亮。还有，上面'得月亭'三个字，朝南两根柱子上的对联，最好还要在桥头立一块'重修得月亭碑记'，这些你们有没有打算？"唐生华是"工农兵学员"，"社来社去"的大学生，南京工学院毕业的，读的是土木工程，所以，对这方面比较精通。铁旺兴与龚德昌并没有想到过。原来的打算，只想小弄一下，了却一个念想，万万没有想到，动静搞得这么大，现在，唐生华提出几个问题，又要上一个台阶，他们一时无言以对。

过了一会儿，龚德昌说："这也是一件光宗耀祖的事情，亲家是否找一下老铁家的人，帮你做一些事情，将来有机会回来看看，也能见到他们留在铁记庄的痕迹！"

唐生华说："这个最好！请一个族人书写'得月亭'匾额，柱子上对联要关于月亮的，也由族人写，重修的碑文一个人写，刻在大理石上，后人就记得怎么回事了。"

经他们一说，铁旺兴醒悟过来，想到远在他乡的铁家人，"文化大革命"以后，不少人没有了联系，还不知是否能联系上呢？他陷入沉思。

谭木匠来叫他们几个去吃午饭，今天是谭家新屋完工，办完工酒。

唐生华说："铁大爷，不要急，您想好了告诉我，我再向缪书记汇报。"

说到缪书记，缪书记就到。他是被老谭叫来喝完工酒的，顺便来看看工程进展情况。

唐生华把前面的打算说给他听。缪书记说："这不难，这是铁家的事，一切由铁家来决定，我们要放眼世界，要做统战工作，铁家还有人在香港、在台湾。如果有他们的墨宝，就更好了。"

铁旺兴也想过这事，只是犹豫不决，经缪书记一点拨，立刻有了主意，便说："缪书记，如果您说行，我来想办法联系试试。"

缪书记诚恳地说："要抓紧。等园林建好了，明年清明节，铁家人回来扫墓，就可以搞一个开园仪式！"

铁旺兴又是万万没有想到，共产党里面高人实在是太多了，上有毛主席，下有缪书记，都是高人啊！连忙说："一定照办，一定照办！"

缪书记在唐生华陪同下去谭家吃饭，途中特意关照："叫文化站夏站长来拍几张照片，好让老铁寄给外地亲戚看看。"

唐生华应道："行，我去办。"

又是四家联姻亲眷喝酒庆贺。这次不在外面，而是在三间新瓦房里。还没有砌隔墙的三间屋里，摆了六桌酒席；今天除了传统的"八大碗"，还加了四个冷菜，有荤有素。小孩们早已围坐在一起，没等大人们到齐，就在桌上开吃，先上的冷菜，已经被他们一扫而光。

见缪书记等人进来，小孩们就往外跑，还喊着："去'得月亭'喽！"

缪书记笑道："快来吃吧，一会儿还要上学，'得月亭'天天在那儿，有你们看的！"

领头的谭小龙立即叫住大家，孩子们全都回过身来，老老实实地坐在桌边，等着"八大碗"。

铁旺兴回去后，找出几个老亲的地址，一个个整理了一下，觉得不要扯得太远。先写给香港的姑妈铁善玲，如果她老人家响应，武汉和重庆的就没有问题。因为，早些年他们回来祭祖的时候，都在池塘边说过"得月亭"的事。他在信中详细地记述了重修得月亭的经过，附上照片；并且告诉他们，有消息说，"四类分子"的帽子将被摘除，大陆的政策已经悄然发生变化，有的省开始分田到户……

外地的亲戚很快回信，都赞扬重修"得月亭"，是政府做的好事，建议所有题字都不要铁家人所为，均由政府安排；因为，铁记庄已经不再是铁家私有财产，修成的园林也不再是铁家私家园林，就连京城的小舅爷也这么认为。

铁旺兴只好求助于谭祖华。

谭祖华说："既然他们一个不肯，那就请文化局李局长来办。的确是这样，现在已经不是你铁家的私家花园，顶了一个铁记庄的名，实质是一个小人民公园。"

铁旺兴问："谁去联系？"

谭祖华说："龚先生的事情还没有完成，自然由他去找老同学。'得月亭'三字，要请管书记题，请李局长写一一副对联，都让谭老大刻好。重修的文章就你自己做，让龚亲家书写，刻上去。这样，你俩也可以流芳百世了。"

龚德昌笑他："你一个兵痞，还懂得'流芳百世'？不是常挂在嘴边'斗大的字，不识半筐'吗？"

谭祖华反问他："卖肉的识几个字？"

龚德昌不解。

谭祖华说："卖肉的都不识几个字，但是，他们有两个本事。一是你要买多少肉，他一刀下去就是多少，称给你看，再送你一小块；二是算账快，你报了要多少肉，他肚里早已算好账，刀一落下，账就出来，干净利索。"

两人应道："这倒是真的！"

谭祖华笑道："你们不要'流芳百世'，我还晓得，那就弄个秦宰相一样的名声——'遗臭万年'吧！"

三人哈哈大笑。

正如谭祖华所料，管彤副书记乐意题写了"得月亭"行书匾额。管彤是大学中文系毕业，当过报社编辑，自然写得一手好字，女性的柔润和文人的潇洒，三个字写得俊逸洒脱。她没有署名，对丈夫说："有个纪念就好，名声乃身外之物！"

李局长反复斟酌，还是用王维"明月松间照，清泉石上流"为亭子的对联，用的是隶书，也没有落款。王维是唐代著名的山水诗人，他在写这首《山居秋暝》的时候，也许不会想到会流传千古吧！

因为毕竟是铁记庄发生的事，铁旺兴当仁不让，写了《重修得月亭碑记》，全文如下：

重修得月亭碑记

得月亭，马驮沙铁记庄之一景，清朝晚期，为庄主铁儒翔所建。

岁月沧桑，风雨侵浊，终为遗址。在党和政府关怀下，于乙未年由跃江建筑公司重建。

亭立清池，四柱稳基；亮瓦重檐，四角高挑；龙凤鱼鸟，日月花草；精雕细琢，喜得皓月；曲桥西连，假山花径；亭园呼应，乃民间之佳作也！

旧时为私家之独有，今日为乡里之共苑！

铁旺兴文

龚德昌书

一九七九年十二月

龚德昌将"碑记"送到李局长那儿审核，李局长读罢，拍手称好，只在日期上改了一下；将一九七九年十二月，改为：一九八０年元旦。

龚德昌竖起大拇指，称赞道："领导站得高！新十年伊始，万象更新。经您一改，旧的去了，新的迎来；幸事开局，一切更加美好！"

李七宝一笑了之。

经过一个冬春的忙碌，龚德昌主持的小林园也完工了。转眼就到了清明节。铁旺兴在年前就邀请有关人员回来，一是祭祖，二是品尝美味江鲜，三是参加亭园的开园典礼。

一九八０年的四月一日，农历二月十六日，星期二，是个吉祥的好日子。这天开园。

铁家外地亲戚都有代表回来，尤其是铁善玲的后代，连台湾的也随香港的一起回到马驮沙，县委、县政府以最高规格接待他们，期望他们为家乡的建设出点力。

上午八时，开园仪式正式举行，铁家族人站在"得月亭"四周，其余人等都站在池塘外。在鞭炮声中，管彤副书记亲自挂上自己书写的"得月亭"匾额，黑底金字，经过镂刻，立体感更强，笔锋遒劲，更为潇洒。镌刻在柱子上的王维诗句，用红布遮掩着，由铁善玲的大闺女张铁爱华和李局长共同揭开，稳健而灵活的隶书，还带有篆书韵味，人们惊叹一对文人贤伉俪的横溢才华。

张铁爱华诚恳地要求："管书记，我向您和李局长求字，不知赏脸么？"

管彤拉住她的手，笑盈盈地说："您这个'求'字，我哪里敢受啊！只要不嫌丑怪，就是我的荣幸啦！"

龚德昌精心刻写的碑记，已经竖立在曲桥左边，铁家人象征性地培上几锹土，一片欢笑声中，大家鼓掌祝贺。张铁爱华热泪盈眶，十分激动，连声称赞。

得月亭，坐北朝南，重檐攒夹屋顶，四方形；每边长四米，高六米，为单一结构建筑，大方美观。东西两边有低矮木栏杆，栏杆内按木板长凳，可坐可倚。琉璃瓦屋面，屋脊以下四角翘起；内里有边梁，四面板枋上刻有龙凤、日月、花草以及鱼鸟图案。曲桥由亭北池中向西延伸，与西岸边相接。

一行人来到小林园，一起栽下有纪念意义的"开园树"，铁家人和县领导培土浇水。

亭园西面的小林园，分两个区域。一是山水盆景区。今天的山水盆景，除了龚德昌的一些作品，盛东民的获奖作品也带来了，尤其那座获得国际大奖的"松岩碧水"，引起人们极大的兴趣和惊叹。盛东民介绍，这里好多山水盆景已经在香港和东南亚的一些地区展览过，现在，正积极准备发行一套纪念邮票。

第二个区域是花木区，落叶的树，刚刚返青，一些常绿乔木似乎有了精神；红枫之类矮矮的，要等到夏秋，才繁华茂盛；然而眼前的也俯仰生姿，疏密有致，尤其起伏的土丘上，有一种曲径通幽的感觉。

看到重新修建的"得月亭"小园林，高耸的银杏树，茂盛的香橼树；还有那老屋，都有百年之久的历史了；远离故乡的铁家后人，好像又回到民国年代，感慨万端。纷纷表示，只要有机会，就会为铁记庄、为家乡多做一些事情，作为海外和外地的游子，来回报马驮沙的党和政府对铁记庄园的重视，重建的亭台园林。

第五章

自从铁记庄"得月亭"园林建成之后，谭剑英就不想在宝禾埭小学读书了，老是闹着叫外公往家里送。回到亭园，他总是与几个玩伴在那里嬉闹玩耍，有几次还不小心跌到池塘里，即使如此，他还是快乐无穷，比过去钻那个单调的竹林有趣多了，更是不想去外公家了。

苏老师找他谈心，用鼓励的方法。

苏老师问："在这里学习，还不习惯吗？"

谭剑英直截了当："您去过我们庄园吗？我天天想它！"

苏老师笑着问："我去看过，很美！不过，你有没有想过，它是怎么建起来的？"

谭剑英不假思索地回答："不就是木匠、瓦匠建的吗？我大伯是木匠，三叔是瓦匠。"

苏老师告诉他："你大伯、三叔都是施工的人，在他们前头还有设计师呢。"

谭剑英不明白了，问："设计师是什么样的人？"

苏老师说："画图的人。这个园林，先要画好图纸，你大伯、三叔他们按照图纸施工，造出来的亭子、园林，才会有模有样。"

谭剑英说："我长大了，也要做设计师！"

苏老师笑着说："那可要有文化啊，要有大学水平。像你在那儿天天打闹，有什么出息？只有学好了文化，上了大学，才能当设计师、工程师。不是你想的那么简单的！"

谭剑英不作声了，也一时想不出什么话来，只好抓耳挠腮。

苏老师说："这样吧，马上就要举行全公社说故事比赛了，我让你去比。如果你得了一等奖，我就同意你转到中心小学去读三年级，下学期，你就可以天天看到'得月亭'和花园了。"

谭剑英顿时两眼放光，兴奋地说："当真！"

苏老师笑道："老师哪会骗你呢，你大妈也是老师，她会骗人吗？"

提到大妈龚弘莲，谭剑英不高兴了，因为"换子"没有成功，大妈一直都是用冷冰冰的眼光看他们弟兄仨，和他妈也生分了。他低着头，不说话了。

苏老师见他沉默不语，就来个激将法："怎么，不想比？"

谭剑英说故事，一直在学校里很有名，连四、五年级的也不如他。他在家里时候，从小就跟两个哥哥看书、识字，听爷爷讲故事；以前看连环画小人书，读一年级以后，就看起字书，大多数字不认识，就跳过去，明白大概意思就好。尤其是《中国少年报》、《小学生作文报》，一篇不落地看。陈栋比他差远了。想到这里，谭剑英自信地说："我愿意参加，一定是第一名！"

苏老师让他回教室，看着他瘦削的背影，叹了口气，自言自语道："是个好苗子，如果在条件好的人家，说不定真能成为设计师，可是……"他没敢往下想，只是摇摇头。

期末的故事比赛，谭剑英除了讲了规定的内容之外，又加了一段《三国演义》，说的是"华容道"。评委老师们不住点头称赞，他越发说得眉飞色舞，还把小人书上的动作摆弄起来，有的评委笑起来。他讲完了，老师们鼓掌通过，评他为年级一等奖。宣布结果后，大家以为他离开教室，不觉他非但不想走，还向老师们提问题。

谭剑英问："老师，我看《三国演义》，书里那么多人，弄不清哪个本领大。"

几个老师面面相觑，其中一个年轻的老师说："要说关羽、关云长本领最大，'过五关、斩六将'嘛！"

谭剑英眨了眨眼睛，问："您说关公本领大，为什么三个人打人家吕布一个人，还没有打胜呢？"

老师知道了，这孩子被连环画里的人物弄混淆了，便告诉他："吕布是少年将领，人称'军中吕布、马中赤兔'，就是这个意思，那就吕布本领大喽！"

谭剑英更不明白了，又问："那他怎么给曹操杀了呢？"

见他一副打破砂锅问到底的架势，老师觉得不好回答了，用一句常常形容曹操权倾天下的一句话回答他，让他听不懂，就不会再问下去了，便笑着说："曹操本领大，是因为他'挟天子以令诸侯'。"

谭剑英给噎住了，"诸侯"、"天子"，他不懂，也没有听爷爷说过，大概就是曹操的本领最大了。但转念一想，连环画里有"草船借箭"和"火烧赤壁"的故事，他让东吴的周瑜打败了。他又问："老师，曹操在'火烧赤壁'里被周瑜打败了！"

老师们笑了，一个个咂嘴夸奖：这孩子肚子里的东西真不少！

老师回答他："是周瑜的计谋高于曹操。"

谭剑英又问："周瑜不是被诸葛亮气死了吗？"

老师回答："是诸葛亮本领大啊，比周瑜还略高一筹呢！"

谭剑英又问："诸葛亮'六出祁山'，都没有成功，反被司马懿打败了！"

见他自言自语，老师们发现这孩子不仅记忆力好，还善于分析问题，觉得应当到此为止了。

不料，谭剑英还有问题，又问："老师……"正要起身的几个老师又坐下来，听他还有什么问题。

谭剑英问："老师，司马懿原来在曹操手下也没有被重用呀！"

老师笑了："还是曹操本领大嘛！"

谭剑英更糊涂了："曹操还是被关公抓过啊！"他似乎在自言自语地嘟哝，老师们却听得清楚，哈哈大笑，有的还前俯后仰。苏老师早已在门外等急了，听到笑声，便探头朝里面看。谭剑英看到苏老师，立即跑过去，兴奋地向他汇报："老师，我是第一名！我要转到中心小学来！"

苏老师指指刚才回答他问题的老师，笑道："他就是中心小学的卢校长，你'得罪'他了，你说呀，他还会要你吗？"

卢校长笑着走过来，爱抚地摸着谭剑英的头，感慨地说："真是不简单，恐怕肚子里有'十万个为什么'。下学期来吧，只要苏教导愿意，我是双手欢迎啊！"

梦寐以求的愿望终于要实现了，谭剑英，这个仅七岁的孩子，流下了喜悦的泪水。

暑假过后，谭大龙由五年级考入跃江中学，读初一年级；谭小龙由三年级升入四年级；比他小一岁的谭剑英从宝禾埭小学转到中心小学读三年级了。

铁记庄的孩子中，铁家的铁海良大一点，上初二年级了，小一点的铁娜，上幼儿园中班。谭顺利的大女儿招娣也读四年级，二女儿来娣七岁了，读完幼儿园，上一年级，三女儿等娣，由她母亲带着，在同盛小学上幼儿园。

陈栋因为没有老表谭剑英陪伴，妈妈谭顺芳就把他带在身边，转到自己上班的工厂附近的城北小学读三年级，在厂里要了一间宿舍，平时就不回乡下了。

龚家大女儿大美也读三年级，不和谭剑英一个班；小的是男孩叫龚如松，也是七岁，上一年级。顺便说一下，"文化大革命"时，铁记庄、解圣圩和洪盛庄的三所小学合并到解圣圩小学，统称为"跃江中心小学"。

在跃江中学，谭大龙与长江边的红卫小学考来的同学熟悉了，有名的"皮王"朱锦奇、翁华东等，是他最要好的玩伴了。他们两个还比他大一岁，从小在长江边上捞鱼摸虾、捉蟛蜞、钓螃蟹、放黄鳝闷子，而且非常老练了。没有心思读书的谭大龙，本来是不想上初中的，因为他看到辛苦的母亲独自支撑这个家，压力太大了，在左右摇摆中考上了，在校长龚弘奎的劝说下，只好来读，母亲是不想让他小学毕业就辍学，因为他才十岁啊。

星期天，谭大龙与朱锦奇、翁华东约好，去江边捉蟛蜞。三个人提了个大虾篓子，捉了半虾篓。朱锦奇还从家里拿来一个小铁锅，翁华东带了一把铁锹，挖了一个塘，支锅，水煮蟛蜞。三个人吃着，闹着，连江水涨潮也不觉察。水淹到屁股，才知道找鞋子，却不知其去向。没有办法，三个人只好赤脚回家。

看见赤脚回来的大龙，陈桂兰问他："你怎么赤脚了？"

鞋子被江水冲走了，谭大龙只好说谎话："……同学的脚戳坏了，我给他穿了。"

母亲问："你们做什么去了，怎么把脚戳坏了，严重吗？"

大龙知道说漏了嘴，只好顺着说："去江边捉蟛蜞，被芦柴根戳的。"

小龙和剑英也回来了，听到母亲在审问大哥，就站在旁边听。

陈桂兰看到他俩，就招手："你们两个过来！"

大龙向他俩使了个眼色，两个心领神会。

小龙说："我有两双球鞋，给哥一双。"

母亲和蔼地说："不是说鞋子，是你们要向哥哥学习，别人遇到困难，要去帮助；同学的脚戳坏了，鞋子不能穿，你哥哥宁可打赤脚，也助人为乐，是不是要学呀？"

小弟兄俩齐声："向大哥学习！"

见孩子们都很懂事，母亲笑了。

砌了新屋以后，东面两间给了谭顺利。新房子里是他们的住房，两个大姑娘住在前面老屋，小的随大人住。谭顺利是木工分公司经理了，一间屋整理成一个会客室。谭顺和还是一人，新房子没有分给他；一间新房子给了老二家，三个小孩就把床搬到新屋里，老屋里放三张课桌，一人一张，做完作业，在这里洗澡，到新屋睡觉。

回到房间，大龙一五一十地把实际情况讲给两个弟弟听。本来在看《小学生作文报》的小老三，丢下手中的报纸，叫起来："下个礼拜带我们去！"

小龙加了一句："妈叫我们向你学习，你带还是不带？"

小老三说："肯定要去，说不定能帮你找回球鞋呢，那潮水说不定又把鞋子冲回来呢！"

大龙摆摆手，示意他们别出声，伸出手指，三人拉了勾。

第二个星期天，一大早，小龙就去三叔屋里。

小龙见三叔在低头刷牙，就悄悄地去拿虾篓。

谭顺和抬起头来，漱了嘴，问："你拿虾篓做什么？你又不会钓蟹！"

小龙已经拿到手，便实说："我们去江边芦柴滩捉蟛蜞！"

谭顺和说："小心点！"又走到他身边，教他，"这是虾篓抽子，口大底小，捉了蟛蜞从上面放进去，它就逃不出来了。"小龙会意地点点头。

上午，三人趴在桌上做作业，谁也不影响谁。谭剑英最快，做完了就拿出大哥的《中学生作文报》看起来。

吃过午饭，奶奶李雨妹问："大龙，你的作业做完了吗？"

大龙问："奶奶，做什么？"

奶奶说："我去扒山芋，你去帮我拾。"

小龙上来解围："奶奶，哥哥昨晚就肚子疼，早上还拉肚子，刚才就吃了一点点，马上去卫生院呢！"

剑英添油加醋："奶奶，您烧的夜饭恐怕不卫生，哥哥他中毒了！"

奶奶说："扁豆菜饭，中什么毒？大伙儿不都是好好的，怎么会他一个人中毒呢？"

剑英有点强词夺理："奶奶，我也有点肚子疼……"还做出样子。奶奶心疼起来，说："还不赶快去卫生院，找龚阿姨看！"

仨小子赶紧到屋后的竹园里，拿起藏在那儿的虾篓，直奔江边。

他们没有约朱锦奇和翁华东，来到芦苇滩边。江水还是落潮时分，弟兄仨分了工：小龙站在江滩边看潮水，大龙关照他，站着别动，以防里面的人迷失方向，走不出来，时常喊几声；小老三拎虾篓，大龙只管捉。

只见螃蟹们从小洞里爬出来，在芦苇根边自由自在的，享受着没有水淹的幸福时光；秋阳从芦苇上面斜射下来，一柱、一柱射到芦苇丛中，照到小螃蟹的身上；江边的秋风，吹得芦苇嗦嗦作响……谭剑英可是第一次来到芦苇之中，看到头顶摇曳的芦花，有白的，有花的，还有花里夹白的……不禁想到上午刚在《中学生作文报》上看到的关于描写芦花的句子：

芦花白，芦花美，芦花飘扬在心头。我可爱的家乡白洋淀，是芦花的世界，是美丽的世界……

他神往地看着多彩多姿的芦花，不免想到：白洋淀的芦花，有我们这里长江边的芦花美吗？

"小老三，你发什么呆！快来，我的手被钳住啦！"大龙在喊。

谭剑英赶紧走过去，只见大龙的一只手的两个手指夹住一只肥大的螃蟹的背，另一只手却被另一只螃蟹钳着。他把虾篓伸过去，让他放进一只，再腾出手解决另一只：先放在地上，让它爬，再捉它。很快，弟兄俩捉了大半篓子螃蟹。

两人正捉得起劲，小龙喊他们："大龙……"

大龙应了一声："哎……"觉得离开小龙远了，两人就回头走。

"快出来，涨潮了！"小龙又喊。

弟兄俩立即朝小龙的方向走去。

快到芦苇丛边，谭剑英大叫："哎！大哥，你看，那是什么？"

大龙眼前一亮，一双他的球鞋，头靠头的横在那儿，旁边还有薄薄的浪渣，惊叫："我的鞋！"

小龙怀疑地说："不会是死人的淌到这里，我听说江里经常翻船。"

大龙打了他一个蹋头，骂他："乌鸦嘴，我一穿不就知道了？"

大龙一穿正好，呵呵直笑。

剑英说："一举两得！"

小龙说："回去吧，让奶奶把蟛蜞烧了，大家晚上吃！"

三个小孩背着虾篓，满怀喜悦，一路走，一路唱："日落西山红霞飞，战士打靶把营归……"

回到铁记庄园，几个邻居的小孩围上来。施家双胞，也在中心小学读书，男孩是小龙一班的，叫施一飞，女孩叫施一梅，在另一班；尹家的小孩是剑英一班的，叫尹为民。

尹为民问："小老三，你们干什么去了，还背个虾篓？"

施一飞说："出去做什么，也不带我们，我们帮奶奶拾山芋呢！"

大龙拍拍虾篓："晚上到我家吃蟛蜞。"

施一飞头伸到虾篓口，看到蟛蜞爬着，还有窸窸窣窣的声音，羡慕地说："下次带我们去！"三人点头。

来到奶奶屋里，奶奶正在削坏山芋，准备做晚饭。大龙将虾篓一放，得意地说："奶奶，烧蟛蜞！"

奶奶一看，既好气又好笑，说："你不是肚子疼、拉肚子吗，不能吃这东西！"

大龙卖乖："奶奶，您最疼我了，不要说了。"

奶奶说："蟛蜞不抵螃蟹，不能这么吃，你放这儿，叫爷爷来！"

谭祖华在屋檐下走廊里坐着，早已看到三个孙子喜气洋洋背着虾篓进庄子来，猜到八九分，就尾随而来。

爷爷说："正好奶奶扒了山芋，我们就做蟛蜞汁山芋饼！"

三人不解。爷爷说："你们做作业去吧！晚上吃得上。"

三人没有被批评，十分开心。还有作文没有写，是自由命题，各自在桌上写作文。大龙和小龙都写《捉蟛蜞》，剑英还想着头顶上摇曳的芦花，便写《江边芦花》。

蟛蜞汁山芋饼是怎么做成的呢？大龙写得快，一写完，就来到厨房，想看个究竟。

山芋已经焐在锅里，煮粥的大锅也冒着腾腾的热气。奶奶在爷爷的协助下压榨蟛蜞汁，半虾篓蟛蜞，压出大半钵头蟛蜞汁水，混沌而醇厚，鲜味洋溢开来。

大龙伸头闻了闻，直流口水，奶奶说："做成饼子更鲜呢！你去叫招娣来，帮奶奶剥山芋皮。"

龚弘莲和谭招娣随大龙来到厨房，一起剥山芋皮。

陈桂兰还是老规矩，一下班就直接来厨房，见都在剥山芋皮，丈二和尚摸不着头脑，愣住了。

李雨妹说："桂兰，你去和面。"

陈桂兰到"仓库"去舀了几瓢面粉，舀水慢慢揉着。

李雨妹把螃蜞汁倒在媳妇揉的面里，又把剥了皮的山芋捏碎，加到面盆里，桂兰使劲地揉，使之成为柔软的面团。

陈桂兰揉得差不多了，就拉成长条，掐成一个个小疙瘩。龚弘莲和婆婆就搓成小团团，再摁成饼。

谭大龙麻利地坐到灶膛口，开始烧水。李雨妹将蒸笼按在锅上，一层一层放好小饼子，再盖上笼盖子。

陈桂兰叫儿子起身："大龙，你去做作业，我来烧火。"

谭大龙说："我作业全做好了，还是我烧火，您去歇息吧！"陈桂兰感到儿子大了，知道疼人了，不说什么，出去将自行车推到后排走廊里。

螃蜞汁山芋面饼子真好吃。不但香气沁人，尤其鲜味使人不忍下咽；山芋的微甜和螃蜞汁的鲜美，还有黄里泛红的色泽，看起来也是少见的美食。一大家子人喝着稀粥，吃着饼子，还有其他几家的孩子。

见桌子四周坐不下，谭顺和就坐在门槛上，问："是哪个想到去捉螃蜞的？"

谭大龙朝他看看，有点糊涂，心想，不是你把虾篓借给我们的，怎么明知故问呢？

陈桂兰早已料到大龙几个去捉的，老大家几个丫头是不会去的，只是大家都蛮高兴，难得吃到这种东西，也没有责怪孩子们，反而感到他们有了闯社会的愿望，是件好事。

李雨妹见陈桂兰低头不语，便朝谭顺和说："你别装聋作哑，虾篓不是你的？他们一背回来，我就晓得是你同意他们去的。"

谭剑英看没有受到责骂，就活跃起来："我们还找到大哥的球鞋呢！"

人们把目光一起投向谭大龙，陈桂兰更是茫然。

谭大龙对母亲说："妈，上次球鞋被潮水冲走了，我哄你的，我错了。还算好，塞翁失马，焉知非福！今天去捉螃蜞，发现球鞋又让潮水冲回来了，我还觉得运气好呢！"

陈桂兰低头不语，觉得这三个男孩子越来越大，也越来越难带了。

谭顺和竖起大拇指："大龙毕竟上中学了，肚子里成语也多了！"

谭顺利在外面吃过晚饭回来，酒气熏熏，看到饼子，拿一个就吃。

龚弘莲没有好气地说："天天死在外面喝酒，我看早晚把你喝死！"

谭顺利见没有人制止龚弘莲，就百无聊赖地走了。

谭祖华发话了："老大，你坐下，有事和你说。"

谭顺利就端张小凳，坐在门口。

谭祖华对孩子们说："你们吃好了？……吃好了，就回屋看书、做作业。爷爷和你们爸妈、叔叔讲事情！"

小孩们就接二连三地丢下碗，出去了。

李雨妹把碗筷往锅里放，龚弘莲和陈桂兰也去帮忙。

谭祖华说："老伴，你也别忙，我说事情，不要弄得哗哩哗啦的。"

李雨妹放下手里活计，和媳妇坐下来，听老爷子说事情。

谭祖华说："今天，我在卫生院打了针，到公社缪书记那儿去，听缪书记说，安徽都已经分田到户了，我们这里，就在这几天传达文件，这件事是板上钉钉，不可更改了。我回来想想，这一锅子吃饭这么多年了，从一九四五年我和你妈妈结婚，到今年已经整整三十六年了，如果分田到户，一家人还会不会一起在这锅里吃饭了？"他有点自言自语。

谭顺利说："我们刚才在城里吃饭，大家也议论这件事。"

陈桂兰想，分田到户，肯定是按照农村户口分；老公公、龚弘莲和她仨女儿都是国家户口，不会分到田，婆婆、老大、老三和自家四人，七个农村户口才分到田；这一次肯定要分家了，还会在一个锅里吃饭吗？

龚弘莲早就有分家的想法，现在有了冠冕堂皇的理由，分家更是必然。她不吭声，只等正式分田再说。

谭顺和说："分田到户，不是分田到个人，我们是一户，按户分田，不还在这锅里吃饭吗？"

谭顺利说："你傻啊，不按人口分，怎么分？有的户人多，有的户人少；有国家户口，有农村户口，还有定销户口，全都分田啊，不乱套啦！"

龚弘莲忍不住了，大声说："这有什么争论的，只有农村户口才分到田，我们国家户口有粮票、油票和煤球供应，哪里分到田？"

李雨妹见说不到一块，就说："还没有分呢，到时候再说，船到港直！"

谭祖华听出点意思来了，便说："我也是吹吹风，大家好有个思想准备，到分的时候，才会意见一致。既然这样，就去歇吧！"

大家纷纷离开，只有谭顺和坐着不动。

李雨妹去洗刷锅碗。

谭祖华问："老三，你还有事吗？"

谭顺和直截了当地说："我想和桂兰并起来……老二也走了三年了……"

谭祖华似乎没有听清楚，李雨妹也丢下手中的事情。

谭顺和说："分田到户是毫无疑问了，我们这个家，你们老两口也支撑不了多久！弘莲娘儿四个是国家户口，看她刚才那个态度，还会帮老二家吗；你看，老大每天喝得醉醺醺的，有时晚上赌钱，通宵不回家……"

李雨妹打断他的话，没好声气地说："说你自己的事，别管他的事！"

谭祖华说："也好。不过，不晓得桂兰是什么想法，等有空了，让你妈问一问她。"

谭顺和就是等这句话，抬脚走人。

陈桂兰并没有走远，在老三门前等着他。

老屋廊檐下，悬吊着一盏十五瓦的白炽灯泡，昏黄的光线照不了多远，显得苍白无力。

谭顺和见陈桂兰站在自己屋前，便说："进屋吧！"

陈桂兰说："不要，就在这儿说吧。老三，你下回不要再支持他们三个孩子捞鱼摸虾了，让他们好好读书，我还指望他们有出息呢！"

谭顺和以为什么重要的事，便笑着说："这个没有问题，等我不忙了，我钓蟹给他们吃，他们就不会去了。"

陈桂兰说："老三，三个孩子都在长大，我的话他们也不大听，我又舍不得打他们，你要多花点时间在他们身上，他们蛮听你的。"

谭顺和点点头。

陈桂兰又说："还有一件事。你也老大不小了，该成个家了。我娘家队里有一个丫头，她丈夫出车祸没了，还没有生小孩，人长得还好，我想说给你，好不好？"

谭顺和犹豫了一下，便又笑着说："嫂子，我才不要这样的女的，身上晦气重……"

桂兰忍俊不禁，抿嘴笑了："看不出，你还有这等讲究……那就不说了。你在工地上要注意安全啊，不要什么事都去做；既然是队长，管理好就行了。"

谭顺和说："唐生华今天找过我了，让我到二分公司当经理，和老大一样职务。"

陈桂兰也欣慰地笑笑，似乎这个好消息像一阵清风，把她心头担心分田到户的愁绪吹散了，觉得三年来从未有过的一种释然。她说："功夫不负有心人。当初，你二哥不是夜以继日地干，哪做到厂长呢！我相信你，你肯定会超过老大、老二的！"

谭顺和说："你不要提老大，他做了木工分公司经理，神魂颠倒了。据说和仓库的保管员韩莉好上了，还是个黄花大闺女呢。"

陈桂兰说："你不要听到风，就是雨。圩上人还胡说我跟你有那个关系呢，你说，有吗？"

谭顺和语塞。

陈桂兰又关照他："这个话到此为止，不能让爹妈晓得；只要不从你嘴里说出去，就不管我们的事！"谭顺和点点头。两人各自回去。进门的时候，谭顺和拉熄了廊檐下的灯。

转眼到了秋收，生产队的稻田、山芋田和芋头田都收获完毕。田野一片辽阔，除了一排排村庄、树木，就是等待划分的黑土地。小河边的芦苇，矮小而瘦弱，远没有江滩上的苗壮，稀疏的芦花无精打采地垂下。铁记庄园沟里的菱蓬，因为今年早熟，也开始凋谢；老点的菱角，一个个落到河底，是明年的种子；垂老的蓬叶，再也不会翘起，趴在清灵的水面上，调皮的小青蛙，还伏在上面祈盼着什么……

整个庄园，有了"得月亭"和与之相连的小林园，显得生机盎然。打谷场上干干净净的，两大堆稻草，还是过去一样，整齐地堆在东河边。自留地上的山芋、芋头，也全都扒完；留下的只有蔬菜地，还是那么葱绿……

铁记庄大队是全县分田到户的试点大队。从这里开始，摸索经验，为全面铺开作实践的准备。县委副书记管彤就来到这里挂帅、蹲点，吃住在唐生华家。

每天早上，管彤副书记从住处出发，会同大队干部到生产队去，白天开群众座谈会，如果顺利，晚上就召开生产队社员大会；成熟一个，就分一个，逐步展开，形成全面开花的局面。

最后一个生产队，是管副书记住的铁记庄，这个生产队是最大的小队，铁记庄园东面和西面，圩上还有几十户。全大队就剩收官之战了。管副书记是先难后易，在重修庄园"得月亭"和小林园的时候，她也没有想到会来这里试点分田到户，不禁自笑巧合。

来到谭家，大队长许明亮叫来龚家和铁家，这三家既是连环亲家，情况也是差不多的，都有国家户口与农村户口，能起到举一反三、一通百通的效果。

管副书记把分田承包到户的意义、方法先说了："这次分田到户，是解放思想，实事求是的做法，我们国家原本是农业大国，现在要发展成为工业大国。看你们跃江公社，社办厂、村办厂，在全县是领头的，工厂的人既是农民也是工人，种地就不是主要的事情了。所以，分开种地，可以多收，不会少收，哪个农民肯少收呢？积极性调动起来了，做工的做工，种地的种地；既做工，又种地，上班有钱，种地有粮，两全其美！你们说，是不是这个道理？"

谭祖华听了，茅塞顿开，激动地说："过去，一个生产队的人，全都在田里忙，还是吃不饱。到青黄不接的时候，还要吃救济粮。有了社办工厂、建筑公司、村办厂，上班的人多了，就有了经济收入，生活条件两样了。我相信，分田到户以后，懒汉也会变得勤劳的。"

管彤又说："这次分田到户，不是分给谁，谁就可以随便转让、买卖，与旧社会不同；分给农民的土地，是他们承包的责任田，不许买卖；收的粮食，除了定额上交，余下的全是自己的。打破大呼隆，各人发挥才能，八仙过海，各显神通，就是这个道理！也是国家希望大家充分发挥主观能动性，改变农村落后经济面貌的重大改革措施。"

大家只听，不再作声。管彤接着说："你们几家，有国家户口，生活还过得不错。现在谭家有三人在社办企业上班，也有经济收入。但是单看陈桂兰，就不一样，只有一个人拿工资，没有工分，分田以后不同了。四个人田，要收多少粮啊，起早贪黑，就把地种了，上班还有工资，小孩长大了，还可以找工作，甚至考上大学，到外地去发展。"

大家点头称是。

管彤说到这里，转向谭祖华："谭老爷子，您家的大锅饭能坚持下去吗？"

谭祖华说："这个大锅饭吃了三十六年了。我们家有五个国家户口，七个农村户口，整体扯得过来。像你说的，桂兰母子四个分出去，估计日子很难。"

管彤又问："老大家有四个国家户口，只有一个人有田分，他们会帮陈桂兰种田吗？"

谭祖华一时无法回答。

铁旺兴说："恐怕不会！"

龚德昌说："我姑娘不是这种人！以前放忙假，不也到队里拾棉花，挣工分？"

管彤说："今后和以前可能不一样了，以前是集体化，今后是各种各的责任田。"她没有把意思挑明，让大家思考一下，然后说，"恐怕您家这个大锅饭也吃不长了。"

李雨妹明白了管彤的意思，从自家这件事说起，把分田的事情说了。便说："管书记，生产队分田，我们不管，家里的事，谭老头是一家之主，孩子们要分家，他不会同意的！"

管彤已经达到做工作的目的，心里踏实多了，舒了一口气，心想，生产队全体社员的会议不会有什么事了，笑着对大伙说："晚上社员会，请你们把想法给大家说说，支持我的工作啊！"

谭祖华第一个赞成："我们拥护党的政策，管书记，你放心，我们一定帮你做好工作！"

管彤笑了，和许明亮离开谭家，去其他人家座谈。

晚上，陈桂兰下班回来，照例直接来到厨房，帮婆婆做晚饭。

听到儿媳妇的自行车响声，谭祖华给老伴使了个眼色，正在切山芋的李雨妹放下手中的事，在围裙上擦擦手，就朝门外说："桂兰，到我屋里去，我和你说话。"边说边解下围裙，放在桌边的长凳上。

陈桂兰听了，应了一声，没有进门，停好自行车，随婆婆过去。

龚弘莲也下班回来，见她们离开厨房，便停下自行车，去厨房帮忙，和公公打了个招呼，系上围裙，切山芋。

谭祖华说："那边还有青菜，洗过了，也切一下，一会儿芋头炒青菜。"

龚弘莲一边切，一边想心思。她在想，两人去做什么呢，是不是婆婆给她什么东西，该不会要分家了，塞点什么给她？听公公一说，慌了神，刀口碰破了手指，她"哎哟"一声，丢下菜刀，捏住流血的手指走了出去。

婆婆说了老三谭顺和的意思以后，陈桂兰一声不吭，不说行，也不说不行，只是低着头。她想，顺章也去了三年了，自己为他守寡三年，也是应当的，现在也可以找一个人了，可是，三个男孩，谁会要呢；既然婆婆提出来了，农村小叔子并嫂子的有不少，顺和主动提起，说明他是真心实意，他为人厚道，又勤劳，的确是个可以依赖的人。更何况，马上要分田了，我一个人怎么种得了四个人的田，除非不去上班，那样的话，哪有许多钱供孩子上学啊……转念一想，她为谭顺和介绍娘家那个丧夫的女人，他说的"我才不要这样的女的，身上晦气重"的话，顿时在头顶轰鸣，自己身上的晦气是不是也很重啊……她不敢再想，无奈地长叹一口气。

见儿媳这个样子，婆婆也不好再说什么，又看见大儿媳站在窗外听，便轻声地对陈桂兰说："桂兰，你再想想，不要为难自己啊！"说完，起身走出房门，看到正在走开的龚弘莲，便叫住她，"弘莲，等一下……"

龚弘莲说："我的手切坏了，回去包一下！"

婆婆见她捏住手指，没说什么。

陈桂兰见到龚弘莲听壁脚话，心里不是滋味，觉得这个原来很要好的妯娌变了。

晚上，生产队社员大会在唐生华家召开，虽然有人对分田到户不理解，经过谭祖华一番梳理，大家就没有意见了。最后他还说："别说农村这个大锅饭吃不成了，要分田到户，就是我家那个吃了三十六年的大锅饭，说不定也吃不长了，顶多等我闭了眼，你们会看得见的呦！"说完哈哈大笑。人们有的叹息，有的朝他笑。

田很快分了，因为油菜苗是集体播的种，麦种还在生产队仓库里，要根据分田的数量决定每亩的分配数。上交公粮的指标早已下来，稻谷晒干以后，除了公粮，就一次性分给各户，不再像过去每月分一次。农民的种植也不严格限制，除了规定的种粮面积，种油菜也是或多或少。

谭家共七个农村户口，因为没有明确分家单列，所以就一股脑儿分在一起，水田一块，旱田一块。水田每人八分地，共五亩六分；旱田每人一分，七分地，在庄园内，还是原来的菜地，还多分了二分地。

地一分，陈桂兰没有与其他人商量，就辞去了社办厂的工作，回到农村，一心一意地种地；因为她就要承担三亩二分的任务；老大、老三都当经理了，没有时间种地了，老婆婆种点菜还马马虎虎，叫她下地是不可能了。如果说分了家还好弄，那样收多收少无所谓，不分家，心里反而有一个结，毕竟三个儿子是自己生的，应当承担吃苦耐劳的责任。

早上，见陈桂兰的自行车还在走廊里，公公、婆婆奇怪了，以为她厂里休息。谁知，她一大早就扛着锄头去刚分的大田，薅锄老田埂上的草。还要做一条新田埂，与邻家分清界限，昨天已经讲好，两家各做半条。分田的时候，只画一条线，在田头钉一个石灰桩（打好孔，将石灰灌进去，为界桩），田埂两头都有，不会更改。

谭顺和见陈桂兰下田，也扛起大铁锹去地里，谭顺利看了就扛铁锹去。两个男劳力拉直尼龙绳，挖土做新田埂，他们做毛坯，陈桂兰整理。两人将半条田埂做完，便招呼陈桂兰："回去吃早饭，去上班。"

陈桂兰说："你们先回去，我整完了回去。"老两口等二媳妇回来，一起吃早饭。早饭桌上，李雨妹忍不住问："桂兰，你今天休息？"陈桂兰低眉，不作声。谭祖华说："丫头，有什么心思就直说吧，我们谭家已经对不起你了……"陈桂兰抬起头说："爹，妈，我晓得你们对我好，我也不会忘记顺章的……分田到户了，我应当种这个田，不会拖累他们的！"李雨妹说："有你爸在一天，他们不会提分家的，你何苦呢？"陈桂兰说："妈，我心里有数，我不会被他们戳脊梁骨的，三个小孩是谭家的根，我一定抚养他们成人的。"谭祖华制止李雨妹，敲了敲碗。

在建筑工地上，唐生华去视察工程进度，谭顺和见了，迎上去。

唐经理问："顺和，能不能按时封顶？"

谭顺和说："天气不影响，就没有问题。"

唐生华满意地点点头。

谭顺和说："唐经理，我工地上缺小工。"

唐经理说："不是前几天来了两个？"

谭顺和说："一个不来了，怕晒人。"

唐经理说："好的，我帮你找，还是你自己找？"

谭顺和说："有一个现成的。"

唐经理问："哪个？"

谭顺和说："我二嫂桂兰。"

唐经理说："好的！哎，她不是在公社纺织厂上班吗？"

谭顺和解释说："今天一早就下田干活了，没有去上班，我估计她见到分田到户，考虑田多，不去了。我想，工地上忙的时候，就叫她来，不忙的话，就不叫她；田里有活，她也来不了。"

唐经理知道他家的情况，便说："你让她来吧，算临时工。"

晚饭前，陈桂兰已经早早地来厨房，做好了饭菜。今天不是稀饭，而是新米饭，在门外就闻到醇浓的粳米香味，更不用说弥漫在整个屋里的香气了。

除了香喷喷的新米饭，陈桂兰还去街上买了点肉和两条鲢鱼；摘的扁豆，红红的，鼓鼓的，与肉一起红烧；鲢鱼与粉皮（山芋粉做成）红烧，两大盆；还有田里落市的丝瓜与青豆、小青菜烧的汤，一家人和和美美一起吃饭。

席间，陈桂兰招呼三个侄女儿多吃，不住地夹鱼、肉给她们；表情诚恳而慈善。

谭顺和觉得今晚的饭菜十分反常，好像有什么事情就要发生了，便问："爹，晚上吃大米饭，还头一回，为啥？"

谭祖华说："是你二嫂办的，说犒劳大家。"

李雨妹没有好气对谭顺和："你吃就吃，话哪有那么多？"

陈桂兰站起来，表情严肃地说："爹，妈，大哥，大嫂，今天的晚饭，是我做主办的，我自己拿钱买的菜；有句老话说得好，天下没有不散的宴席；这么大的中国，都把田说分就分了，也是天意；咱们家在一块吃饭也快四十年了，也该分开了。今晚，我们就吃个团圆饭，明天开始，就各归各吧！"说完坐下，低头吃饭。

谭祖华万万没有想到，陈桂兰把这个问题挑明了；他总以为老大家要先提出来，一时也说不出所以然来，心中不免敬佩她的胸怀，只观察老大的神情。

谭顺利表态："这不行，你带三个孩子不容易，这么多田；还是一起种吧，你还去上班，不要待在家里。"

谭顺和说："大嫂说说看！"

龚弘莲本来就想要分家的，既然陈桂兰这么说了，正合她的心意，就说："这次，我在县里评课，得了一等奖，教研室主任说，要调我到城中小学去。如果调成了，三个丫头，我也带走，这个家里，我是不想呆了！"

谭顺利早已看不惯龚弘莲生了仨女儿，便说："也好，到了城里，对小孩读书有好处；我随工地到处跑，也顾不上小孩，弘莲就多吃点苦！"

见老大家一唱一和，谭祖华也无可奈何，只好等老三的反应。一时间，空气凝结了。

还是陈桂兰打破沉默："我明天找施巧郎队长，把田分开来，我们四人一块，你们几个一块。"

谭祖华立即说："不行，田不能分，给人家看笑话！你桂兰在家种田就算了，他们不能再分。只要我老骨头在世一天，这个锅子，那个田，还是一起的，不许再提分的话。"说完，就回自己的屋。

其余的人不再出声，李雨妹说："你们非要把老头子气死才肯歇！"也走了。

谭顺和说："老大，大嫂，你们不要再交粮票、油票了，煤球本也拿去，带到城里用。我老三来支付伙食费；二嫂种田，有粮食，收了麦子，有草烧。过忙的时候，你们能帮就帮，不帮也就算了。"

大龙、小龙和剑英三个孩子齐声叫起来："我们不怕苦，帮妈妈种地。"

招娣、来娣和等娣也应和："我们一起种，不让二婶一个人吃苦！"

陈桂兰看看可爱的孩子，笑道："过去，我一直种田，在厂里也是干活的工人；今后种田，就是农忙紧张，平时也不苦。"

谭顺利和龚弘莲带着三个姑娘走了，屋里只剩下谭顺和与陈桂兰母子，三个小孩看看他们。不知如何是好。

陈桂兰说："老三，等麦子种完了，你帮我找个小工做做；三个小孩，要不少学费呢！"

谭顺和说："这没有问题。你不要再提分田了，过几天，我在工地上找几个人来，突击一下，把麦子种了，你就去我的工地做小工；油菜就起早带晚栽好了。"

陈桂兰笑了，拉着三个孩子说："你们三叔就像你们爸爸，关照你们了！"

孩子们就围到谭顺和身边，谭剑英说："三叔，你就做我爸好了！"

陈桂兰立刻打住："不许瞎说！"

谭顺和笑道："叔叔就是叔叔，三叔会一直爱护你们，培养你们，只要你们将来有出息了，养我老就行了！"

大龙比他们懂事，爽快地说："三叔，他们不养你，我养你！"

小龙说："你那成绩，只能种田，我将来当科学家，我养三叔！"

小老三说："你这个小气鬼，平时就那么抠门，还养别人？不如我来养三叔；三叔要我过继的，三叔，您说是吧？"

谭顺和觉得幸福满满，笑得合不拢嘴，只是答应他们："三个都养我老，我供你们上学！"

回到屋里，龚弘莲与谭顺利嘀咕："既然陈桂兰把话说明了，你现在就去找队长，叫他明早就为我们把田分了；免得夜长梦多，我不想再替他们做伙计！"

谭顺利不作声，倒头便睡。

第二天一早，谭祖华翻身起床，李雨妹说："还早呢，你起来做什么？"

谭祖华无可奈何地说："你昨晚还看不出来，桂兰的态度那么坚决，是改变不了的，我不如做个姿态，去找施巧郎分田。"

施巧郎来到田头，对谭家人说："想不到你们家这么快就散伙了！我看，不要分得太清了，做田埂也浪费地，就一分为二，桂兰一家四人一块，其余一块，中间挖一条墒沟就好了。"

大家没有异议。

就这样，陈桂兰成了纯农户，平时在田里忙碌，一有空就到谭顺和的工地做小工，两人也有一同来去的时候。

大锅饭还是吃着，一直到过年，没有分家；老大交点粮票和钱，没有要老二家交，老三多交，大家庭的生活还是老样子，一直延续着。

第六章

陈桂兰起早贪黑种田，白天到谭顺和的建筑工地做小工，越发劳累，有时渴了，就在工地旁小河里捧水喝；累了，就在工棚旁躺会儿。她终于病倒，是重伤寒，住进了跃江公社卫生院。

重伤寒病，有一个由低热往高热进展的缓慢过程，早期起病很慢。一开始，陈桂兰只感到浑身乏力，不想吃饭。坚持了几天，有时咳嗽，她想，恐怕是感冒了，吃点感冒药就会慢慢好起来。

这天，陈桂兰从工地回来，便去铁慧琪家去找感冒药。

走进铁家四合院，一家人在厢房吃晚饭；陈桂兰打算回头，忍不住一咳嗽，被屋里铁慧琪听到了，叫铁娜："去看看，是哪个？"

铁娜坐在靠门的凳上，脚一跨就到门外，一见是陈桂兰，便叫："婶婶！"

陈桂兰听到铁娜叫她，只好回头。

铁娜又转向屋里喊："爸爸，是小老三妈！"

铁慧琪快步走到屋外，问陈桂兰："桂兰，有事吗？"

陈桂兰无力地说："我恐怕感冒了，想来你家找点感冒药。"

铁慧琪说："我给你看看。"说着用手背靠了靠她的前额，便说："你发热了，有几天了？"

陈桂兰说："没有发热的感觉，就是有点咳嗽。"

铁慧琪说："这是低热，很快就会发高热，而且难退。我先拿点感冒退烧药给你，回去吃了，还是这个样子，明天你就去卫生院检查，说不定是伤寒……"

一听"伤寒"二字，陈桂兰愣住了，结结巴巴地说："不——会——吧！"

铁慧琪说："晚上医生都下班了，也做不了检查，明天上班前，我到你家看一下再说。"

陈桂兰拿到药片，铁娜给她倒了开水。这时，谭剑英来了，见妈妈在吃药，心里很不好受，神色黯然。铁娜拉他坐下，铁慧琪盛面给他吃，他就闷头吃起来。

铁旺兴见他吃得太快，笑着说："锅里还有，你慢慢吃，别噎着！"

铁慧琪看到陈桂兰神情有些恍惚，又倒了一杯水给她，说："你现在是什么也不想吃，只喝水，吃了药片，一会儿就想睡觉了……"看她目光在寻找什么似的，便说，"弘菊今晚值班，海良考上县中之后，在学校住……"陈桂兰点点头。有时候，铁娜也在谭家吃晚饭，一个人在家不热闹，放学后，与谭剑英一同回来，就和他们弟兄一起做作业，不会的地方，还可以问他们。

陈桂兰见儿子吃完一碗，便说："回去吧。"

铁旺兴说："锅里还有，再吃一碗。"

铁娜麻利地拿他的碗，又盛了一碗。谭剑英确实饿了，下午的体育课，他玩累了，也玩饿了。

第二天一早，铁慧琪就来到谭家，远远地看到陈桂兰在菜地里薅草，来到菜地田头。陈桂兰见他，便放下锄头，迎上来。

铁慧琪问："昨晚有没有睡好？"

陈桂兰说："没有睡得着，浑身就像被捆住，难受得不得了，还口干，喝了不少水。"

铁慧琪伸手，又在她额头靠了靠，说："还在发热。你今天不能去工地了，去卫生院检查，八九不离十，是伤寒；再拖一两天，就会高热不退，那就麻烦了。"

铁琪是卫生院长，而且多次到外地大医院进修；要不是眷恋铁记庄，早就调到县人民医院去了。陈桂兰相信他的判断，也知道伤寒的厉害，便说："我马上回去，换身衣服就去。"

谭顺和看到陈桂兰在菜地边与铁慧琪说话，就在厨房门前等她。

陈桂兰回到屋前，放下锄头，说："老三，我今天不去工地了，不舒服好几天了，想到卫生院去看一下。"

谭顺和这几天忙于另一个工地，没有发觉二嫂生病，便说："我陪你去，你就别骑车子了，坐我的自行车去。"

陈桂兰说："也好，我一点气力都没有，也蹬不动。"

三个孩子已经吃完早饭，陆续上学；谭大龙已是初三学生，到了暑假，就要考高中；小龙也是初中一年级学生了，初中生到校早，他俩先走了；谭剑英还在读五年级，铁娜读二年级，他在门口等铁娜一起去学校。

陈桂兰对谭剑英说："妈今天去看病，说不定还要住院；你们仨要听爷爷、奶奶的话，不许淘气！"见铁娜来了，又说，"你替我看好小老三，别让他闯祸！"铁娜使劲点点头。两人一前一后走了。陈桂兰看着他们，心里舒服多了。

李雨妹听到他们说话，从屋里走出来，对谭顺和说："到我这儿拿点钱去，恐怕要用不少钱啊……"

这时的谭家，龚弘莲带着孩子在县城读书，学校有宿舍。龚弘莲在城中小学教书，谭招娣已在县第一中学初中部读初一，二姑娘来娣和三姑娘等娣，都在龚弘莲身边，一个四年级，一个二年级；谭顺利有时在家住，有时去城里，今天就不在家。所以，李雨妹说钱的事，也不用隐晦什么了。

谭顺和说："妈，我身边有钱。"

陈桂兰说："我也有点，怕是不够。老三，不要妈拿，你为我垫一下，发工资时还给你。"

谭顺和责怪妈妈："您一句话，引出这么多啰嗦话，要您担心什么钱……您去问一下爹，要不要给他配点药，我好一起报销。"

已经是暮春时节，气候暖和多了，人们已经穿上春装。谭祖华的身体又熬过了一个冬春；人们常说的"草头枯、草头青"的现象没有出现。所谓"草头枯"，就是重病、多病的人，尤其是老人，很难熬过寒冷的冬天，就会死亡；所谓"草头青"，就指上述之人，会在草长莺飞的季节发病，以致死亡。谭顺章就是在"草头青"时候走的……谭祖华已经起来了，从房间走出来。

谭顺和和陈桂兰叫他："爹！"

老爷子应了一声，问："有那么严重吗？"

谭顺和说："这就去看，谁还希望害大病？"

老爷子说："你们先去看，我一会儿有你妈陪我去，恐怕要落雨了，浑身疼。"

陈桂兰说："叫老三用自行车驮您去吧，我自己骑车去。"

老爷子说："我还没有吃早饭呢。你们先去，我不着急。"说完，折身去厨房，老伴跟着。

谭顺和骑上自行车，启动的时候，陈桂兰抓住后座，坐了上去。

人们大多数在这个时候出门，有上班的，有做生意的，行色匆匆。分田以后，很少有人整天在田里劳作，眼下，田边的蚕豆，黑白的花儿，渐渐从豆角蜕去，青嫩的豆角一天天鼓起来，靠近根上一点的可以摘了；田头是一排油菜地，盛开的油菜花疯长着，下半截已经结角籽粒，初升的阳光下，油菜花金灿灿，喜洋洋；大片的小麦，已经灌足浆水，芒刺向上，大有戳破天的气势……

铁记庄人看到谭老三后面坐着嫂子，已经没有先前那么奇怪了；自从陈桂兰去谭老三工地做小工以后，也有同样的情况。但是，今天不是朝工地方向，而是朝集镇方向，就引起人们议论，还有几个指指点点。

谭顺和心急，顾不得别人，埋头使劲蹬车。陈桂兰几次差点儿跌下来，不是因为车快，而是无力坐住，只好不顾他人，紧靠在谭顺和后面，头靠在他的背上，就如同以前靠在谭顺章后背去看电影一样。这样的感觉已经多少年没有过了，女人的柔情，从她的心底一瞬间涌起，久违的幸福弥漫开来……

到了卫生院，铁慧琪亲自为陈桂兰诊视病情，把脉、听诊、量热度，最后问："你吃早饭了吗？"

"没有!"陈桂兰说。

铁慧琪开了张化验单,递给她:"你去厕所,……要验大便。"又开了张住院单,递给谭顺和,"你去办住院手续。"两人走后,铁慧琪起身,去后面住院部。

龚弘菊已经洗漱完毕,从三楼的宿舍窗口看见丈夫走来,就知道有事,关上门,下来。

铁慧琪告诉她:"陈桂兰得了重伤寒,已经一个礼拜了,还硬挺着;我叫她来住院了。你安排一个隔离房间,一周内不许其他人接触,你晓得的,会传染!"

龚弘菊说:"怎么搞的,弄成这个样子?"

"原因很多,除了饮食和水源传染,劳累过度、抵抗力弱等等,你不要问了,去安排吧!"铁慧琪说。

当铁慧琪来到化验室,陈桂兰的化验报告出来了。他一看,果然是伤寒。

铁慧琪对陈桂兰说:"你去住院部吧,老三已经去替你办手续了;弘菊在准备房间,是重伤寒,会传染的,必须隔离治疗!"

陈桂兰着急地问:"要治疗多少时间?"

铁慧琪说:"正常的话,一个多月。"

陈桂兰听了更加着急了:"没有多少时间,就要过农忙了,我怎么能够住这么长时间啊!"

铁慧琪说:"不是吓唬你,如果你不配合治疗,弄不好会有并发症,不是诱发心肌炎,就是诱发肠穿孔……说了你也不懂!"

这时,谭顺和来了,手里拿着住院通知单。

铁慧琪说:"老三,桂兰得的是伤寒,你怎么让她到这么严重才来看;在你的工地干活,你……说这些没有什么用。你陪她去,弘菊在等你们。"

住院部是一幢三层楼房。一、二层是住院部,顶层是职工宿舍。病房是筒子式,中间走道,病房门对门。龚弘菊把陈桂兰的病房安排在二楼最西边,并且叫医务人员在楼梯口竖一块牌子,上书:隔离区!

陈桂兰看到这样的安排,才认识到病情的严重性,只好听天由命,无可奈何地住下了。

谭祖华吃过早饭,坐在门口晒了一会儿太阳,见儿媳妇没有回来,就对李雨妹说:"恐怕真是伤寒……去看看!"

从铁记庄到卫生院,有三、四里路。老两口性急,紧赶慢赶,一会儿就到了。他们没有去配药,直接到院长室。

铁慧琪正在接电话,看到老两口来了,就打招呼,然后对着话筒说:"对不起,我一会儿给你打过去,我家老长辈来了!"说完,挂了电话。让两人坐下,便去倒水。

谭祖华着急地问："慧琪，桂兰真的得了伤寒症？"

铁慧琪边送上茶杯边说："化验证明，是伤寒。要隔离治疗，已经住下了。"

李雨妹也很急，就不放心地问："你这里能看得好吗？"

铁慧琪笑道："我这里看不好，到哪里都看不好。要大家配合！"

李雨妹问："怎么配合？"

铁琪说："比如说，桂兰担心过大忙，要住院个把月，哪个帮她收麦子、油菜；还有哪个帮她栽秧……"

李雨妹看看谭祖华，谭祖华说："这个没有事，你叫她安心治病；庄稼荒了只一熟，人不治好病就是一世！何况，我家还没有分家，老大和老三会弄的！"

说到这里，谭顺和来了，听到里面的话，就说："过忙的事，我包了。工地上的人，会帮我突击，几天就了事。你们就放心吧！"

谭祖华不接他话茬，反问："你怎么还不去工地？"

铁慧琪解释说："早上医院里事情多，我和弘菊都忙。我叫他前后跑腿，把桂兰安顿好，护士才好去挂水，他也忙了一个早上了！"

李雨妹难过得流下眼泪来。

谭顺和说："弘菊姐已经安排好了。你们不要到后面去，会传染的。在慧琪哥这里治疗，你们还不放心？……我去工地了，今天县里质监站来验收。下了班，我再来。"说完就往门外走。

铁慧琪紧随其后，谭顺和停下脚步。

铁慧琪轻声地对他说："明早，你叫三个孩子别吃早饭，来验一下大便，看看有没有被传染；如果他们没有被传染，其他人就不会被传染。"谭顺和点点头，去上班了。

第二天一清早，谭顺和就把三个小孩叫起来，让他们洗脸刷牙之后，便同他们去卫生院。

在卫生院门诊部走廊里，叔侄四人坐在长凳上，等候医务人员上班。

谭大龙说："三叔，我想去看看妈妈。"小龙和剑英也附和。

谭顺和说："你们今天是来检查的，不能去！你们如果被传染了，也是件麻烦事。"

三人不再说话，低着头，等候医生。

挂号的窗子开了，谭顺和去挂号，缴费；领三个孩子去厕所取样，并且在各人的试杯上写好名字；在门口等三人出来，再去化验室。

铁慧琪正好巡视过来，谭顺和说："哥，这三个孩子想去看看妈妈，行吗？正好把洗换衣服送给她。"

铁慧琪说："昨晚她就开始发高热了，不能去，过几天稳定了，才可以看望。"谭顺和朝他们看看，三人默不作声。

谭顺和说:"我先带他们去吃早饭,一会儿来看化验结果。"

铁慧琪点点头,说:"要来看一下;如果不行的话,他们就得挂水,其他人也得检查!

谭顺和带三个孩子去卫生院东面的木金寺早市吃早点:豆浆和油条、包子。

中学就在集镇后边,小学在医院西边。谭大龙和小龙吃完早饭就去中学,谭剑英随三叔去卫生院。到化验室一看,三个孩子都是正常的,谭顺和松了一口气,笑着对小老三说:"放心好了,没事!上学去吧,我带你。"

铁慧琪正好从住院部向前面来,他也是不放心,来看化验结果的。见谭顺和正朝外走,便叫住他:"老三,你知道结果了?"

谭顺和听到铁慧琪叫他,便转身往回走。告诉他,"我刚才在化验室,医生告诉我了,孩子们没有事。"

铁慧琪如释重负,就对谭顺和讲:"从理论上讲,小孩没被传染,大人就不会感染。桂兰的病,可能是水源传染引起,加上她劳累过度,身体虚弱,免疫力低,才会发病。"

大人说话,谭剑英不懂,眨巴着眼睛听着,全神贯注。

谭顺和问:"你估计一下,桂兰这病要花多少钱?"

铁慧琪看看谭剑英,轻声对谭顺和说:"恐怕要两三千块钱……"

谭剑英听见了,吃了一惊,不免吐了一下舌头。

谭顺和说:"没事,我那儿有。你不要对桂兰讲,我下午再来交点。"

铁慧琪说:"大家想办法,我和弘菊也会支持她的。"

谭顺和没有再说什么,骑自行车把谭剑英顺带到中心小学;向卢校长说明了迟到的原因,卢校长点点头,就让谭剑英进了教室。

晚上,弟兄仨在灯下做作业。

谭剑英说:"大哥、二哥,明天是星期天,我们去拾废铁吧!"

大龙说:"初三不放假,我要补课,你和小龙去吧!"

小龙问:"你怎么想起拾废铁了?"

剑英说:"妈妈住院得花不少钱,三叔和小娜爸爸都帮忙呢,我们自己也要想办法挣点钱。"

大龙放下笔,着急地问:"要多少钱?"

剑英说:"听小娜爸说,妈妈的病,看好了,恐怕要两三千块钱!"

弟兄俩不禁倒抽一口冷气,哑口无言。

过了一会儿,大龙说:"明天我不去补课了,我们一起去拾废铁。下星期开始,要上晚自习,还要交钱、带米。我也不去了,反正我不想考高中……"

小龙说:"这不行!妈妈知道了,要急死的。"

大龙说:"反正妈在医院,一时半会儿也管不着我们。就这样,我们星期天去拾，放学后拾会儿；等妈妈出院了，我们就歇手。"

谭剑英见自己的建议被哥哥采纳，很高兴，埋头写作业。

第二天上午，大龙没有去学校，和弟弟在家看书、做作业。吃过午饭，三个人出发了，大龙把化肥袋子卷起来，塞进书包，小龙拿一把小耙子，剑英拿一把小锹。

大龙说："爸爸原来的锻压厂有废铁，我们就去那儿。"

在大队锻压厂大门旁边，有一个垃圾堆，是煤渣和铁渣的混合垃圾堆。大龙把化肥袋子给剑英，自己用耙子扒，小龙用小锹拨开、寻找，见到小铁块，就拾放到剑英拎着的袋子里。

看门的老大爷见几个孩子在扒垃圾堆，就走出来，刚准备喝止，一看是谭顺章的三个孩子，欲言又止。便心疼地说："孩子们，小心啊，别把手弄坏了！"他指指精加工剩余的车花，"这东西不要碰，最锋利！"

谭剑英礼貌地说："谢谢爷爷！我们天天来拾，您帮我们看好了，别让其他人来拾！"

看门大爷笑着说："一定的，不看僧面看佛面。你们的爸爸，是个好厂长，我们都敬重他的！"

三个人听说到爸爸，停住手，像是泄了气的皮球，感到无助和孤独。

大爷问："怎么啦?"

谭剑英说："我妈妈生病住院了，得不少钱……"

大爷夸他们："怪不得来拾垃圾，想挣钱给妈妈治病，都是好样的！"

这时，厂长从里面出来，看到师傅的三个孩子在拾垃圾，有些不解。看门大爷把他拉到门房里，告诉他实情。

厂长边听边看外面的孩子，说："我正要去黄书记那里办件事；我去请示一下，想办法帮助他们。"

一大堆垃圾，被翻了个底朝天，三人也拾了好几斤废铁了。

大龙看看堆子里还有一些拾不起来的小铁屑子，说："明天，我弄快吸铁石，会'一网打尽'！"

小龙说："路上也有散落的，把吸铁石扣在绳子上，在地上拖，也能'一扫而光'。"

小老三说："不早了，我们赶紧去卖了回家。"

三人趁大爷和厂长说话，不顾凌乱的垃圾堆了，一溜烟去废品收购站。

没等到下班，谭顺和到信用社取了钱，去卫生院。早上听说二嫂高热刚刚开始，不知有没有降下来，心里很着急。

在收费窗口，谭顺和又交了一千块钱，拿了收据，便去住院部。在去住院部的过道上，对面来了穿着白大褂的龚弘菊，谭顺和站在那儿等她。

谭顺和不放心，神色有些焦虑，龚弘菊见状，宽慰他："下午退了点，不发高热了。"

谭顺和问："我能去看看吗？"

龚弘菊笑道："小叔子看嫂嫂，应当的！不过，时间不能太长，不能靠得太近；不然会感染的。"说完，还诡谲地一笑。

谭顺和说声"晓得"，快步去陈桂兰的病房。

病房的门虚掩着。病房里，陈桂兰斜卧着，高烧使她不停劳作的身体一下子虚弱了许多。护士将浅蓝色的窗帘拉上，下午强烈的阳光被友好地挡在外面。她今天已经挂了三千毫升盐水，眯眯糊糊地睡着了。听到有人推门进来，翻过身来，恍惚之间，浮现出丈夫谭顺章的影子，便想坐起来。……瞬间的幻境消失了，眼前是真实的小叔子谭顺和，不免有些失望，就准备下床。

谭顺和快步上前制止她："你不要起来，还是躺下。"

陈桂兰像温顺的妻子，慢慢躺下，朝窗子那边侧卧。

谭顺和将一条白被单盖在她身上。看着她憔悴的面容，十分心疼，不由得坐到床边，把手伸过去，轻轻地抓住她那纤细的手。陈桂兰已经多少年没有这等温存的关怀，这种眷顾的牵手。她没有拒绝，相反握得更紧了；她是多么渴望这样的牵手，而且是非常的希望永不松手……

两人都不说话，沉浸在一种默契的甜蜜之中。陈桂兰的眼泪汩汩地流下来，她没有看他，也不敢看他，看着飘忽的浅蓝的窗帘布；只是心里长久的压抑与痛苦一瞬间完全消失了……谭顺和觉得桂兰是在等待自己的主动，心里后悔一切都是自己的错过。他想到上次桂兰给自己介绍女人，也许是一个试探，自己虽然拒绝了，为什么要说出那句不着调的话呢？

这时，龚弘菊来了，手里端着刚刚熬好的鲫鱼汤，见门开着，估计谭顺和已经走了，径直走进病房。然而，眼前的一幕让她愣住了。谭顺和背对着门，面朝桂兰，上身微倾，两人的手紧紧握着；病房里不是空气凝固了，而是弥漫着温馨的气息！看看手中的鱼汤，她觉得自己来得不是时候，但是，医生的本能告诉她，鱼汤的作用是桂兰此时最需要的呀！龚弘菊下意识地咳了一声。

听到有人来了，谭顺和转过身来，陈桂兰松了手，见是龚弘菊，脸红了，便坐起身。

龚弘菊笑盈盈地说："桂兰，我刚才出去买了两条小鲫鱼，在宿舍里熬了碗汤，你两天一夜没吃东西了，来，喝点鱼汤吧！"

也许是药物的作用，也许是谭顺和的温存，陈桂兰真的想吃东西了，便接过汤碗，慢慢喝着。

谭顺和拉龚弘菊到走廊，摸出一百元钱给龚弘菊，感激地说："谢谢你。弘菊姐，让你操心了！"

龚弘菊推开他的手："都是姊妹，应该的，你放心吧，我会调养好她的；你只要天天来看看她。她就会很快好起来。"

谭顺和说："你只管用好点的药，我刚才又交了一千块钱；如果不够，你知会我，千万别对桂兰说。"

龚弘菊笑道："我知道，光身汉子浑身钱，不用也是浪费了。"

谭顺和被她说得不好意思，就解释："也是慢慢积余起来，本打算买一辆摩托车的，现在派上急需的用场，我高兴！"

龚弘菊说："我懂。"就进病房，谭顺和跟着。

龚弘菊转身，嗔怪他："怎么还不走，要传染的！"

陈桂兰已经喝完鱼汤，心里暖和了许多，也有一点精神了，便对谭顺和说："老三，你先回去吧，你要替我管好三个孩子啊！"

看着桂兰柔情的眼神，谭顺和心里涌起热流，点点头，转身走了。龚弘菊等谭顺和走去，拉开窗帘，扶桂兰来到窗口。看着谭顺和匆匆离去的身影，陈桂兰心里似乎又被谭顺章占住了。叹了口气。

龚弘菊见状，叫了声："桂兰……"

陈桂兰刚刚打开的心扉很快就关上了，知道弘菊想要说什么，就打断她："弘菊，我想睡会儿……谢谢你的鱼汤。"她苦笑了一下，侧身躺下。

龚弘菊伸手摸摸她的额头，觉得又在发烧，就说："你恐怕又在发热了。看来明天还是少不了六瓶水！"说完，拿起汤碗，见鱼肉还在，摇了摇头，带上门，离去。

回到铁记庄，谭顺和找三个小孩，一个也不见，便问妈妈。

李雨妹说："一下午没有见着。"

谭顺和赶紧骑车出庄去找，在交叉路口，见到三人。

孩子们见到三叔，飞跑上来，谭顺和见他们手里拿的东西，问："做什么去了？"

谭剑英喜形于色："我们发财去了！"

谭顺和边走边问："发什么财？"

谭剑英卖关子："你猜！"

小龙来了个干脆："我们下午去拾废铁，卖到三块六毛钱。"

谭顺和笑道："三块六毛钱就算发财了？如果将来你们有了更多的钱，那叫什么？"

谭大龙不作声，他在想，今天没有去补课，明天见到老师说什么呢？

谭小龙说："那就叫发横财！暴发户！"

　　说笑着回到铁记庄。李雨妹已经做好晚饭，还是稀饭，不过有薄薄的面饼。老大一家已经不再回来吃饭。谭顺利偶尔回来，也是晚饭之后，不与他们照面。

　　等孩子们吃得差不多了，谭祖华说："你们三个听着，妈妈住院，不在家里，你们要听爷爷、奶奶和叔叔的话，不许调皮捣蛋，更不许逃学！"说着，朝大龙眇了一眼，大龙低下了头。

　　李雨妹说："刚才，大美爹来过了，说大龙今天没有去上学；初三不再放假，晚上还要上课。大龙啊，你妈生病住院了，你别惹是生非，要去上学，不然的话，我们也不好向你妈交代。"

　　听到这里，谭顺和就去中学校长龚弘奎家，想问个究竟。

　　回到做作业的地方，三个孩子不再说话，埋头做作业。

　　小龙突发奇想，说："我们三个人，大哥还是学习要紧，不再去拾废铁了。我和小老三另外想办法挣钱。我到学校图书室去借几本书，找施一飞他们弄几本，家里还有剪报、作文选，都找出来，我们去摆书摊，出租收钱，这样几天一转，不断循环，就不断来钱。"

　　谭大龙本来想好，为省钱放弃补课、上夜课的；但是，爷爷的话还是要听的，所以，此时的心思和弟弟不一样了。但是，他们的事还要支持，就说："我同桌有《少年文艺》，还有《故事会》，他也没有时间看了，我去借来给你们摆书摊子。"

　　小龙说："那更好。今天卖废铁的钱你拿去用，明天开始，我和小老三中午摆书摊，在中学门口，晚学在小学门口。"

　　剑英问："怎么收钱？"

　　小龙说："五分钱一本，一天。"

　　剑英说："分厚薄，厚的一毛。"

　　大龙说："就五分好了，厚的看的天数多。"

　　三人正说得热闹，谭顺和推门进来。

　　谭顺和绷着脸，问大龙："你一天都没有去上学？初三已经开始冲刺，不再放假，还要上夜课。你没有报名上夜课。你妈要是知道了，还不急死？"

　　谭大龙耷拉着脑袋。两个弟弟也感到事态严重，都不作声。

　　谭顺和坐下来，语重心长地说："刚才我在龚校长家，他说，不管成绩如何，你总要去拼一下。如果放弃自己一次，就会放弃二次、三次……那你一生就不会有奋斗精神。他还说，夜课的钱他已经给你交了；吃一顿晚饭，带点米，伙食费不多，这个，我给你钱去交。"

　　大龙说："我身边有。"

　　谭顺和问："你哪来的钱？"

　　剑英说："今天卖废铁的三块六毛钱。"

谭顺和说："你们一分三，做零花钱。叔叔有钱，替你交！"

小龙知道上夜课的事，他早就看到初三年级的家长们陆续来学校交米交钱，还有远道的拿来行李，下夜课后不回去，寄宿在学校。大龙不想读高中，跟他说过；他没有向妈妈汇报，不料昨天妈妈突然生病，更使大龙坚定了辍学的决心。现在叔叔安排好一切，他心里十分高兴，就说："三叔说得对，去拼搏一下，说不定能考上。"

陈桂兰晚上又发高热，吃点药片，挨到医生上班。

铁慧琪亲自来看，三天之内反复出现高热，还要加强药量。他问桂兰："有没有吃东西？"

陈桂兰无力地说："没有，就是喝水……"

铁慧琪说："马上再去化验大便。我让弘菊做培养，看看病菌变化情况，好更准地配药。"

随身的护士说："我陪她去。"接过铁慧琪开的化验单，陪同陈桂兰去化验。

陈桂兰回到病房，刚躺下，龚弘菊端了熬的大米粥汤，来到病房。陈桂兰见她又端东西来，就坐起来。

龚弘菊说："我刚煮的稀粥，你喝点；我看铁慧琪给你开了不少药，要挂不少时呢！"

陈桂兰问："钱够吗？"

龚弘菊说："昨天老三来，又交了一千块，你放心吧！"

陈桂兰捧着粥碗，一边喝，眼泪一边簌簌地落下。

龚弘菊劝她："小孩子的眼泪都不许掉在碗里，何况，你是个大人呢，还不如小孩子？"

陈桂兰不作声，反而落泪更多。

护士来挂水了，见护士长在，先退了出去，龚弘菊说："你去别的病房吧，我来挂。"

陈桂兰喝完粥，龚弘菊拿毛巾给她揩了嘴，让她躺下，给她挂水。一边挂一边说："上午先挂三瓶，下午再挂三瓶。等我培养出病菌看看，再让慧琪换药；中午，我再给你熬点鱼汤，营养和药物结合起来，体力就会增强，好起来更快……你不要见外，我们是好姊妹！"

陈桂兰的心里被她说得热乎乎的，欲言又止，目送弘菊走出房门；弘菊带上房门时，想起谭老三，又对她娓娓地笑笑。

病菌培养的结果很快出来了，没有什么大问题，铁慧琪和龚弘菊都松了一口气。铁慧琪稍微调整了一下治疗方案，按部就班地给陈桂兰治疗；不过需要时日。这种伤寒症，就是有时高热，有时低热，会经过多次反复的过程，方能彻底痊愈。

谭大龙按照三叔的安排，每天上晚自习，直到九点多才回家，有时顺道去看看妈妈，妈妈鼓励他，争取考上高中，不要辜负叔叔的期望。

谭小龙和谭剑英的书摊开张了没有几天，就发生了变故。

书摊的书，除了谭小龙和谭剑英的一些《作文选》、自制装订成册的作文剪报之外，还向谭小龙的同学尹为良、施一飞及其双胞妹妹施一梅、铁娜及其同学凌芬、左洪坤，还有唐生华的女儿唐菲菲等人借来一些江苏出版的《少年文艺》，上海出版的《故事会》等书籍。这些铁记庄后来户的孩子，出生年月与谭家小孩差不多，所以，平时常在"得月亭"和小林园玩耍；也都在同一学校读书，都是玩伴。铁海良已经在县重点高中读高一，是寄宿生，星期天才回铁记庄，他的一些图书也被妹妹铁娜拿出来，给小龙和剑英摆地摊。

施一飞的爸爸施巧郎，给双胞订了《故事会》，新的一期没有看完，施一飞就给小龙兄弟摆书摊。小龙借给同学陆兴荣，陆兴荣带回家看，不知怎么回事，竟然找不着了。小龙催要几次，陆兴荣也没法还来，施一飞就与小龙发生了争执。

这天中午，在中学门口摆书摊，施一飞再次向小龙讨要那本《故事会》。

施一飞气愤地说："你是不是藏在家里了？"

谭小龙见时间差不多了，就埋头整理书籍准备收摊，没有理睬他。剑英也在帮忙。

施一飞又问："是不是？"

谭小龙抬起头，没好气地回答他："跟你说过多少遍了，你还不相信？你自己去问问陆兴荣好了！"

施一飞见他非但不还书，还振振有词，便上去一脚，把谭小龙刚理好的书，踢得乱七八糟。谭小龙顺手一拉，钩住施一飞的裤脚管，往上一拎，把他掀了个脸朝天。施一飞也不含糊，一骨碌爬起来，把谭小龙码好的书捧过头顶，抛撒了一大片。谭剑英见施一飞发疯，抱住他，弟兄俩把他摔了一跤。好汉打不过双拳，施一飞哭着跑回学校，去报告老师。

谭小龙被老师叫到办公室。

年轻气盛的班主任顾有明老师，让谭小龙面壁思过，下午第一节是体育课，不许他去上。等他下了课来处理他。

顾老师回到办公室，一边埋头批作业，一边批评他："你的学习成绩还可以，就翘尾巴了？小小年纪，不好好读书，摆什么书摊，难道你家就靠你赚钱了？"正好批到谭小龙的数学作业，他拿起来给他看。"……字写得这么差，有时间也好练练字。等到初二、初三功课多了，看你还会有这么好的成绩！

听到顾老师说到"难道你家就靠你赚钱了"。谭小龙想到自己的家境，眼泪不由自主地流下来，而且伤心地抽泣起来。

顾老师的火气被他的眼泪熄灭了，一沓作业也批完了，就去洗脸盆架上拿了毛巾，递给他："擦擦眼泪，没出息！遇到点事就哭鼻子，将来遇到更大的事怎么办？马上要上课了。给我记好了，第一，书摊不许摆了，我知道你家困难，光靠减免点学费，不止事！回头我去找你们大队黄书记，他女儿黄丽芳也是我学生，会给我面子，请他给你家发一点救济；第二，写个保证书，不再惹是生非；第三，向施一飞道个歉，你们还是好同学、好邻居！听到没有？"说到最后，顾老师已经和颜悦色了，就像对自己的孩子一样。

谭小龙不再哭泣，点点头。

陆兴荣的《故事会》找到了，是他爸爸看到这本书上说的故事精彩，带到上班的工厂去看，工余时间看完才带回来。当陆兴荣看到书放在桌上，感到奇怪。爸爸告诉他实情，他就向爸爸要了五块钱，连同书给了谭小龙。谭小龙也没有客气，与几天摆摊的钱一数，竟有十五块八角。他给几个提供书的小伙伴每人一块钱，书也退还，不再摆摊了。他一心认真读书，全县物理竞赛还获得二等奖，考上了大学。这是后话。

本来谭小龙是班里"五讲四美"好少年候选人之一，因为和施一飞打架的事情，被取消了资格。他虽然觉得很懊悔，但毕竟是自己犯了错误。用顾有明老师的话说，给自己一个教训：凡事不能毛手毛脚，要冷静思考。顾老师抽空去了一趟铁记庄大队，黄书记听了他的谈话，在原定的补助陈桂兰治病的款项，又增加了一百元。

陈桂兰的病情逐渐好转，病房里除了谭顺和的身影，看望的人渐渐多了，就连龚弘莲也在一个星期天的下午带着三个女儿来探望她。

谭顺利与仓库保管员韩莉的事情已经达到半公开的状态，在建筑公司是公开的秘密。只是龚弘莲一直住在城里，带着三个孩子读书，根本无暇顾及铁记庄的事情，所以还蒙在鼓里。

韩莉已经有了身孕，谭顺利想生个儿子，也默不作声。眼看韩莉的小肚子一天天大起来，大热天穿着的薄衣服很快掩饰不了，韩莉十分焦急，一再催问谭顺利怎么办。谭顺利左思右想，决定找连襟铁慧琪帮忙，看看韩莉怀的是男是女。如果是女孩，就动员韩莉打胎；如果是男孩，就想办法生下来。并且专程回去跟妈妈李雨妹说了自己的想法，李雨妹想促成陈桂兰换子的，没有成功，现在大儿子的心情，她是理解的；但是，又不好明说，便不置可否。谭顺利以为妈妈也同意了，就放心大胆地去找铁慧琪。

这天下午，谭顺利和韩莉都打扮了一下。谭顺利将头发吹风，定型为"费翔式"，潇洒倜傥，流行的西装配了一条"喇叭裤"，尖头皮鞋擦得锃亮，黑墨镜架在高高的鼻梁上，十分帅气。韩莉，一米六三的个子，洁白的连衣裙，穿在瘦削的身上，显得肥大了些，才二十多岁，扎的马尾小辫，更使她显得青春漂亮、纯真朴实。她坐在谭顺利的"野狼"摩托车后面，来到卫生院。假如谭顺利对她没有什么许诺，她怎么会怀孕呢？

铁慧琪在办公室与外科医生薛常福谈一个病人的手术方案，谭顺利大大咧咧的走了进来。见到连襟，铁慧琪起身迎他，笑道："谭大经理，什么风把你这个大忙人吹来了；桂兰住院一个月了，你怎么才来看她啊！"铁慧琪知道谭家的一些事情，故意调侃一下谭顺利。薛医生见他们有事，就跟院长打了个招呼，出去了，铁慧琪叫住他："老薛，下班等我一下，把明天的事情再研究研究！"薛医生说声"好"，才走开。

铁慧琪给谭顺利倒了一杯白开水，认真地问他："看过桂兰了？"

谭顺利接过水杯说："我刚来，还没有到后面去。……今天，我是专门来找你，有要紧事情请你帮忙的！"说着掏出"万宝路"香烟，发给铁慧琪，铁慧琪不抽烟，摆手拒绝。

铁慧琪说："我一个小医生，能帮你什么忙？"

谭顺利就把他与韩莉的事情说了一下，并且在最后把妈妈李雨妹知道这件事强调了一下。

铁慧琪一边听，一边想，最后说："你这是不负责啊！弘莲当初那么爱你，和国家户口的小伙的恋爱，谈得好好的，硬是断了关系，等你从牢里出来，跟你结婚；嫁给你谭木匠，等于公主下嫁奴才！……就是因为没有生到男孩，你就在外面胡来。……改革开放刚刚开始，你就这么前卫了？"

谭顺利装出无奈的样子，说："我也想与她分手的，哪晓得竟怀孕了，韩莉要流产的，我没有同意，你们都有儿子，我也想要一个，就这样，拖到了今天……"

铁慧琪问："你是不是什么都想好了，如果是男孩，你就要和弘莲离婚了？弘莲愿意吗？"

谭顺利说："不是还不知道男和女吗？我也是走一步看一步，你帮看一下再说吧！"

铁慧琪觉得，谭顺利说的是实话，农村传统观念，使他陷入了重男轻女的魔咒；他宁可不要国家户口的妻子，也要想方设法生个儿子。毕竟是小时候一起长大的玩伴，小时候，自己体弱，家庭成分又不好，老是被同学欺负，总是谭顺利为自己出气；再说，弘莲被歹人强暴，谭顺利及时相救，即使坐牢也毫不后悔。现在也算帮他一回，有了结果，自当别论。想到这里，他起身到衣架上取下自己的白大褂穿上，径自出去。谭顺利懂了，跟在他后面，去知会走廊里等候的韩莉。

龚弘莲觉得病房里有点闷，就拿报纸折成扇子，站到窗口扇风；无意间看到前排屋子的窗口闪过一个熟悉的身影，竟是丈夫谭顺利！她悄然出去，快步走下楼梯。三个姑娘和小龙、剑英在说笑，没有发觉她离开。

铁慧琪把谭顺利和韩莉带到透视室，示意谭顺利留在门外；自己带韩莉进去。透视室的包医生看到院长穿着白大褂，带着一个漂亮女孩进来，瞄了瞄韩莉的小肚子，明白了一切，便自觉地走了出去，顺手关上门。

谭顺利只好坐在门外的长凳上等待结果，烦躁不安，掏出"万宝路"，与包医生抽起来。

龚弘莲来到前排门诊部，看到丈夫坐在透视室门口，没有去惊动他，在走廊最西头观察动静。

不一会儿，铁慧琪陪韩莉走出透视室，神色严肃。韩莉低着头，洁白的连衣裙虽然大了些，还是能看出小肚子凸着。谭顺利和包医生立即站了起来。

龚弘莲看到从透视室出来的，竟是一个二十多岁的漂亮小姑娘，眼睛睁得像个铜铃，嘴巴也张得大大的。看到铁慧琪带着丈夫朝办公室走过来，连忙走进旁边"盛氏针灸室"。等铁慧琪他们进了院长室，关了门，便去看那韩莉。

韩莉离开透视室，坐到原来的地方，那儿空闲。龚弘莲从韩莉身边一经而过，并没有停留，只朝她的小肚子看了看，生了三个孩子的女人，什么都明白了；然而，她一定要从铁慧琪嘴里获得真相，就坐在透视室门口的长凳上，观察院长室的动静。

谭招娣姐妹看不到妈妈，便与二婶告别，下楼去找妈妈，在楼梯口遇到姨妈龚弘菊。龚弘菊奇怪地问："招娣，你们怎么在这儿？"

谭招娣说："我们跟妈妈来看二婶的。"

龚弘菊问："你们怎么知道的？"

谭招娣说："上午我们回庄，听奶奶说的；我妈妈还被奶奶怪罪了，说'到今天才晓得回来，不知人情冷暖'呢！"

龚弘菊问："你妈呢？"

谭招娣说："我们和小龙、小老三玩，不知妈妈去哪儿了。"

龚弘菊说："上楼吧，铁娜在写作业；我宿舍里有饼干，你们去把小龙和小老三叫了一起吃吧！"

谭等娣有礼貌地说："谢谢姨妈！"

龚弘菊到了宿舍，从饼干桶里拿出饼干，分给孩子们。心想，这个弘莲，来了也不与我照面，跑哪儿去了呢？安顿了孩子们，就下楼去找妹妹。

铁慧琪边走边将透视的情况告诉谭顺利，孩子是男性，很健康；还很小，人工流产还来得及，再拖下去，就不能人工流产，否则会出事！其他的没有多说，毕竟是连襟，说多了反而伤和气。他心里明白，谭顺利有胆量能够用斧头砍人，其他的事也能做得出。

谭顺利悬到喉咙口的心终于放到肚子里了，他喜出望外，离开院长办公室，拉起韩莉就往外走，小心地扶她坐上摩托车，一溜烟地开走了。

谭顺利前脚出了办公室，龚弘莲后脚就跟了进来。铁慧琪一看，心想"来者不善"，表面上还笑道："弘莲来啦？"便慢吞吞地脱下白大褂，挂好；去洗脸盆架，从热水瓶里倒点热水，用肥皂擦手，慢慢地洗；擦了又擦，洗了又洗。在这个时间，他一边想对付龚弘莲的话，一边想脱身之计。洗完手，端面盆出去倒水。龚弘莲看出，姐夫在玩缓兵之计，也不作声，看你有什么办法瞒下去！铁慧琪在走廊里，正要往窗外泼水，见老婆来了，如遇救星，松了口气，说："弘菊，你来得正好，弘莲来了，在我办公室呢！我要去与薛常福研究明天手术的事情，你去陪她吧！"说着，把面盆塞到龚弘菊手里。

龚弘菊进了院长室，看到妹妹坐在那儿，神情呆板，像要吵架的样子。故作轻松地说："弘莲，来卫生院，也不到后面去看我，倒是先来看姐夫了？"

龚弘莲心里堵了一肚子气，见姐姐还有心思开玩笑，就没好气地说："看他有什么用？一见我进来，他脚底抹油，溜之大吉！我刚才看他和谭木匠好像在干什么见不得人的事情！"

龚弘菊诧异地问："你和顺利一起来的，我怎么没有看到他？"

龚弘莲委屈地说："我没有那种福气，他被一个小妖精迷住了，说不定什么时候把我们娘儿几个甩了呢！"说着，眼眶也湿润了。

龚弘菊听了，一头雾水，感到莫名其妙，看她流眼泪，觉得是受了什么委屈，就宽慰她："他一个小木匠，妖精还看得上他，怕是癞蛤蟆想吃天鹅肉吧！你一个大美人，堂堂国家教师，借他谭木匠十个胆，也不敢甩你！他敢甩你，你就拉倒，说不定找一个科局级干部呢！"

龚弘莲听姐姐的话意，觉得她真是不知实情。就对她说："我上午带孩子们回铁记庄，把房间整理整理；想把凉席洗洗晾晾，不久放暑假回来住。席子已经被奶奶弄好了。听说桂兰住院，才知道……"

龚弘菊说："平时顺利去你那儿，没有告诉你？"

龚弘莲说："他一直没有去！哪晓得今天在这里看到那个死鬼！你猜他干什么来了，他陪同那个小妖精来找慧琪透视来了，那个小妖精肚子已经这样了……"说着，用手势比画肚子凸起的样子。

龚弘菊被她说得目瞪口呆，联想到铁慧琪刚才怪怪的样子，心里明白了子丑寅卯。

医院下班的铃声响了。龚弘菊说："下班了，你随我到后面去，慧琪已经去薛医生那儿研究明天的手术方案……"

龚弘莲显得很无助，站起身。

龚弘菊说："你也不要胡思乱想，把三个丫头带好；放了暑假，回铁记庄住，看他谭木匠还能弄出什么幺蛾子！"龚弘莲无奈地叹了口气，走出办公室，龚弘菊顺手带上门，姊妹俩朝后楼走去。

第七章

经过一个半月的治疗，陈桂兰病愈出院了。这时，农村大忙已经结束，谭家的农活全是谭顺和从工地上带人回来完成的。其时，农村水稻田已经实行新的种植法：抛秧。即事先将秧苗育成板型，麦子收割以后，耙田整地，喷洒除草剂、施基肥后，就将秧苗连土铲起，掰成小块，抛撒到水田中。这种方法，在分田到户之后，长江两岸普遍推广，带土种植，水稻提前生长，而且产量也很高。

陈桂兰暂时没有去工地上班，就到水稻田里拔拔草、间间苗，进行田间管理。龚弘莲带三个孩子到铁记庄过完暑假，又回到城里去。谭顺利已经不在铁记庄住，铁了心要韩莉生下小孩，韩莉也愿意为谭顺利生儿子。两人的事情公开以后，建筑公司免除了谭顺利分公司经理的职务，谭顺利就自动离开总公司，单干组成建筑队，给农村散户建房，有时也被转为一把手的唐生华叫到急需的工地突击施工。

谭大龙在升学考试中被职业中学录取，他早已打算辍学就业，所以，录取什么学校是无所谓。龚大美比他小一岁，在铁记庄玩伴中两人最要好，也谈得来。得知谭大龙决定弃学就业，就主动约他去看电影。以前，他俩也去看过几回，全是龚大美事先买好票，在县电影院门前等他，去年就看过《少林寺》和《苦菜花》，这次是《青春万岁》。谭大龙拿到职业高中录取通知书，龚大美也期末考试结束，而且很快就要上初三年级的课程了。《青春万岁》这部电影，抓住了二十世纪五十年代初期中学生特有的青春美，表现了一群不同思想性格、充满青春活力的中学生的神态风采，是一曲阳光青年的青春之歌。在电影院里，谭大龙看着银幕上一群中学少女的纯真烂漫，又看看身边的龚大美的兴奋热情，不由得联想起自己的家境。无论与哪种环境、人物相比，都是不可企及，自卑情绪一下子涌上心头，他没有勇气再看下去，便起身离开。龚大美见他离开，便随他猫着腰走向边门，出了电影院。

一走出光线昏暗的电影院，在毒辣辣的太阳光下，水泥地上的热浪只向身上袭来。一身小黄花连衣裙的龚大美，被晒得眼睛发花，嘟着小嘴，跟在谭大龙后面。谭大龙回头看看她，就朝电影院旁边的冷饮店走去。龚大美快步先走进去，到柜台前买了两块大雪糕，递给谭大龙一支，两人坐在冷饮店里吃着。

"大龙，这么好看的电影，你怎么没有看完就出来了？"龚大美不解地问。

谭大龙只顾低头吃雪糕，不吭声。

"我问你话呢！"龚大美踢他的脚。

"都是你们女孩子们的事，跟我们男孩子没有什么关系。"谭大龙牵强附会。

龚大美明知他顾左右而言他，就转了话题："我看，你还是去把职中读完，才十五岁，就参加工作，太早了；听小龙说，你准备跟三叔学瓦工，那么苦……"

谭大龙知道看电影是个借口，龚大美就是来劝自己的。他对这个女孩一直有好感，不仅是因为她长得漂亮，而是她出身于书香门第，知书达理。可是，人家是国家户口，成绩优秀，别说能够考上重点高中，将来还会考上名牌大学，因此，随着年龄的长大，在她面前，他变得说话越来越少了。

见谭大龙不说话，雪糕也吃完了，龚大美起身走出冷饮店。谭大龙跟着，龚大美说："我骑自行车来的，你带我！"

谭大龙没有自己的自行车，但是，他用妈妈的自行车学会了，今天也是骑着妈妈的自行车来的。便指指自行车停放处："我也骑自行车的。"

龚大美瞟了一下，大声地说："你的车放在那儿，回头来拿。今天你必须驮我，谁教你电影不看到底的？"龚大美终于忍不住了，就用这种方法"惩罚"谭大龙，看他是否甘心受罚，她手心里托着车钥匙，伸出手臂。

谭大龙不再作声，用两个手指从龚大美手心里拿来车钥匙，打开车锁，用手擦了擦后座上面的灰尘；又摁一摁车胎，看看气足不足。龚大美看他那么仔细、认真，心中泛起暖暖的涟漪，刚才的怨气顿时消散了，开心地笑起来，露出了一排整齐、洁白的小米牙齿。

坐在谭大龙身后，龚大美用右手搂住他的腰，谭大龙用右手拿她的手，龚大美索性两手都抱住，谭大龙几次没有拿掉，还差点儿跌下来，就随她搂着，直到进了铁记庄，两人才下车步行。

分手的时候，谭大龙诚恳地说："大美，你很快就要补课了，按你的成绩，考县中没有问题，希望你考上，到时候，我有工资了，请你吃饭、看电影。……明天我就随三叔去上班了，以后，我们不要常见面了！"

龚大美眼泪流出来了，除了不舍，更多的是同情，还有的就是说不清的痛楚。谭大龙人品好，为人忠厚，也是一个帅小伙！恐怕就是这些因素，使她割舍不了。她看过不少爱情小说，连《红楼梦》也偷看过；她家的藏书既多又全。这算不算爱情呢？假如算是，我会不会也只有林黛玉的结果呢？越想越难受，泪水更是止不住地流。

谭大龙见她这个样子，反而手足无措了，只是嘟哝："不要这样，不要这样……我们还在一个庄园里，早不见晚见，又不是生离死别……"

听他这句话，龚大美破涕而笑，马上扑上去，抱住她，脸贴在谭大龙的胸口。这个举动大大地出乎谭大龙的意料，十分紧张，赶忙说："有人来了！"

龚大美不理他，听着他"呼、呼、呼"的心跳，偷着笑。

谭大龙说："你爸来了！"

听到爸爸来了，龚大美松开手。转头一看，没人。知道谭大龙骗她，就使劲地捶他，谭大龙任凭她捶，开心地笑了。

来到谭家门口，听见屋里笑声一片，龚大美也不回家了，随大龙进去，看看什么事把他们乐的。

还是弟兄三人做作业的地方，除了小龙和剑英，庄园里的唐菲菲、尹为良、施一飞和他的双胞妹妹施一梅。还有凌芬、铁娜、左洪坤等人，都在看谭剑英的"小记者证"。爱好写作的谭剑英，在订的《中国少年报》和《语文报（小学版）》上，发表了不少文章，有报道学校活动的，也有自己的作文，这两家报刊就聘他为小记者。两本小记者证，在每个同伴手中轮流观看。上面是烫金的"记者证"三个字，里面还有他稚气的照片。他把发表的文章，剪下来，贴在白纸上，虽然都是"豆腐块"，但是，一种成就感使他十分亢奋。铁娜捧着《记者证》，贴在胸口，似乎是自己的荣誉，陶醉在幸福中。

凌芬是铁娜同班同学，才小学三年级学生，就嘲笑铁娜："铁娜，你别把它当作自己的，有本事也弄一个！"

铁娜头一歪："就是自己的！"

施一梅与小龙同班，是初一学生，她就说铁娜："那你就做小老三的老婆！"凌芬紧接着说："我做媒！"

铁娜被她们一唱一和，面红耳赤，她索性走到谭剑英身边，朝他笑："好不好？"

谭剑英十分尴尬，大声喊道："瞎吵！"

这时，谭大龙和龚大美走进来，大家不再闹笑。看到弟弟的记者证，笑着说："祝贺小老三，现在是小记者，将来会做大记者！大家说，是不是？"

大家应和、鼓掌。

谭大龙走到自己的书桌前，所有的初三资料，都整齐地码在哪儿，对龚大美说："这些东西都给你，做错的题目都订正过，你可以参考；等你考上高中，还给我，给小龙看，他今年初二，明年初三，；小老三马上也上初一了，就这样接力吧！"话语里流露出伤感，显现出与他年龄不相称的老成。

吃过晚饭以后，谭顺和再一次劝谭大龙："大龙，我看你还是去读建筑职业学校，毕业后可以到县建筑公司上班。"

谭大龙说："我已经下定决心，不再上学；你不带我，我就去找大伯，跟他学木匠。"

陈桂兰叹了一口气，说："大龙初一的时候，成绩还是蛮好的，他早已思想松懈，不想再读书，就依他算了。让小龙和小老三读吧，看来小龙读书有希望，这次物理竞赛还得了奖，小老三成天看书、写文章，怕会偏科……"

李雨妹也附和儿媳妇："这个家，靠你一个人，也不行，就让大龙跟在你身边，学一门手艺。你当了几年兵，有什么用，不还是回来从头做起？"

谭顺和见她们意见一致，不再说什么。嫂子是个有主见的人，她决定的事情一般改变不了，就说："既然你们都这样说，就依你们，我一定会照顾好大龙，让他从轻省的事情做起；也好跟在施工员身边，做助手，学点理论。"

谭大龙也表态："我看学瓦匠并不难，难的是看图施工，等我学会看图纸，我也去考一个施工技术员。"

陈桂兰笑道："那最好，将来做你三叔助手，也是副经理。"

一家人都笑了，好像大龙已经是副经理了。

八月二十四日，县里召开老干部离休证书颁发大会，共三百零二人。谭祖华在此前办完一切手续，他是新四军连长职务负伤后退下战场的，属于"三八式"老干部；过去就有证书，组织部已经确定他为离休干部。除了荣誉证书，离休干部还有安排生活的物质待遇，一是可以到城里居住，由老干部局安排分房，二是在原地居住，发放一定的经济补助，改善原有居住条件。谭祖华的心病就是第三排屋子，西面的三间还没有造，如果拿到补助费，就把三间屋接起来。老干部局的办事人员，到铁记庄实地考量了，拍了六间老屋的照片，决定补助他两万元人民币，作为修缮费用。谭祖华的原定计划终于有了经济保证，他打算秋收以后建房。

散会回来后，龚德昌和铁旺兴到"得月亭"前迎接谭祖华；龚德昌还买了几个菜，请他吃晚饭，为他祝贺。老一辈几个人，一起生活了几十年，都相处和睦。看到谭祖华老了、老了，能享有离休老干部待遇，连李雨妹也有生活保障了，都为他们高兴。龚德昌和肖秀英，谭祖华和李雨妹，还有铁旺兴，都集中在龚家，几个老人喝酒、摆龙门阵。

谭祖华不无感慨地说："我老谭这辈子也算值得了，一是没有死在战场上，想想那些牺牲的战友，我比他们幸运多了；二是想不到和你们成了儿女亲家，在铁记庄住了几十年……"说着，老泪也淌下了。

铁旺兴也发表感言："我虽然是地主成分，共产党对我家还是照顾的。想想慧琪毕业那时，要不是你老谭去帮他找缪书记安排工作，也不会有今天这个院长！来，我敬你一杯……！"三个人举起小杯子，喝了一口。

龚德昌说："我们能住在铁记庄，还是前辈们处得好，我们几个也可以，希望我们的晚辈像我们一样，好传统要传下去，这样，铁记庄才会越来越兴旺。"

这时，龚弘奎带着两个孩子回来了，肖秀英离席为三人安排吃饭；正好铁慧瑛也骑车到门口。看到一大家子人，十分高兴，立即向大家宣布一条好消息。

铁慧瑛兴奋地说："报告各位长辈一个好消息，我们马驮沙竹器厂的产品出口啦！"

铁旺兴问女儿："这倒是头一回。出口到哪里？"

铁慧瑛骄傲地说："香港和东南亚等地……。"

丈夫龚弘奎说："你有机会去香港了。"

铁慧瑛说："有这个可能，说不定我还可以利用香港的老亲，好做更多的业务。"

铁旺兴说："你去之前告诉我，我替你联系。"

谭祖华和李雨妹见他们说的事情与自己没关系，便起身与他们打招呼，回去了。

这年下半年，农村的建制改革了，生产队改为小组，大队改为村民委员会，人民公社改为乡人民政府。跃江人民公社在一九五八年获得的国务院奖状，仍然挂在政府办公室的墙上，而大院的门口挂上"马驮沙县跃江乡人民政府"的新牌子。

谭顺利虽然离开了跃江乡建筑总公司，唐生华还发挥他的木工特长，安排一些业务给他做，比如他拿手的立模。一些不愿在总公司干的人，也到他身边来。农村开始翻建楼房，不少人找谭顺利，他包工不包料。为人们精打细算，比较准确地核算，他比过去更加忙碌了。

韩莉的预产期，在十月一日。谭顺利事先找铁慧琪和龚弘菊，要求在他们的照顾下，到卫生院生孩子。作为医务人员，人道主义使他们不忍心韩莉流产或引产小生命。龚弘菊想，当年，自己也是深爱着慧琪，才故意怀上孩子的。女人的仁慈的心，大概都是相通的，韩莉也许明知谭顺利的家庭情况，一种畸形的爱让她离不开他，不管发生什么后果，她也要为谭顺利生下儿子。龚弘菊做了丈夫大量的工作，铁慧琪也不说什么了，睁眼闭眼，让龚弘菊处理韩莉生孩子这件事。谭顺利虽然这样，十分顾家，还是不断地给龚弘莲送钱，龚弘莲也爱面子，不与他争吵，更不想在孩子们面前说他什么，有时还故意安排父女一起吃顿饭。

国庆节夜里十点半，韩莉的孩子降生了，是男儿，称了六斤八两。谭顺利并没有先前的那种幸福感，而是在铁慧琪的办公室里一支接一支地抽烟。因为成为事实的现状，如何面对，他一直没有考虑成熟。俗话说，生米煮成熟饭了，怎么办？吃了呗！怎么吃，咽得下去吗？此时此刻，谭顺利倒觉得这饭十分难吃。他现在才晓得需要面对的，是两个女人和四个孩子，如梦初醒的懵懂着，不停地抽烟，烟蒂摁了满满的一烟缸。

铁慧琪走进屋，闻到一屋子烟味，外烟的味道特别浓，立刻把窗户全打开了。他说："谭木匠，你儿子已经来了，六斤八两，还不赶紧去看看？"

谭顺利又接上一支烟，猛抽几口，沉闷地说："有什么好看的，已经生下了，跑不了，反正是我的儿子！"

铁慧琪责怪他："你去关心关心韩莉，女人生孩子，是冒生命危险的；听你的口气，倒是轻描淡写，也是不负责！'

谭顺利摁灭烟头，站起身，拍拍身上的烟灰。他此时已经不理"费翔式"的发型，剃的是平头；也没有穿西服，披一件夹克衫；皮鞋不如先前亮了。他这就去后楼看韩莉和孩子。

龚弘菊走进铁慧琪的办公室，不免呛了一下，连连咳嗽，骂道："这个死木匠，抽多少烟？人家有喜事高兴，是喝醉酒；他倒好，有喜事却是死抽烟，熏死人了！"

铁慧琪说："他是乐极生悲了，抽的是闷烟；我估计他一时半会儿没有想到什么辙，怎么面对两个女人和四个孩子！这锅生米煮成的熟饭，不好吃啊！"

龚弘菊把烟灰倒到外面垃圾桶里，转身对丈夫说："我刚才陪韩莉去病房，韩莉在哭；自己生小孩，一个娘家人也没有，要不是有个桂兰在身边，就是没人照应她。看看可怜！"

铁慧琪不解地问："你把桂兰拉进来做什么？"

龚弘菊说："桂兰下午来配药，我拉她到宿舍，和她说这个事，桂兰没有反对，就留下了。"

铁慧琪说："看来纸是包不住火了，要想办法解决好这个问题，要不然韩莉这个日子怎么过呢？"

龚弘菊问："什么办法，把孩子带回去，让韩莉公开；还是让我妹妹离开，让他们名正言顺？"

铁慧琪说："我也弄不清，得问顺利啊！这种明显的重婚，是法律不允许的！"

在病房，陈桂兰用汤勺喂韩莉喝红糖水，小宝宝闭着眼，睡在年轻的母亲身边。韩莉虽然才二十出头，然而，母亲的幸福感洋溢在她那产后的苍白的脸上，她喝着红糖水，不时地看看身边的宝贝。陈桂兰喂完红糖水，扶韩莉躺下，走出病房。

在病房门口，谭顺利和陈桂兰碰面，谭顺利很诧异。陈桂兰说："你进去吧，母子都很好！"说着，离开病房。

谭顺利快步走到床前，俯身仔细看看儿子，小东西的眼睛睁开了，他俯下去亲吻孩子的额头，一股烟气熏着韩莉。

韩莉怪他："叫你少抽点烟，你不听，你抽这么多的烟做什么？……来，我为你生儿子了，奖励我一下！"韩莉用手指指自己的额头。

谭顺利亲密地吻韩莉的嘴，好久；韩莉双手抱住他的头，心里暖暖的。谭顺利拉开韩莉的手，笑问："不怕烟味了？"

韩莉幸福地笑着说："我不怕！"过了一会，说："儿子怕，以后，只许在外面抽，回屋不许抽！"

谭顺利保证："听你的！……陈桂兰怎么会在这儿，你让她来的？"

韩莉说："我哪晓得？我肚子一疼就进产房，她就在我身边，还安慰我，不要紧张。一直陪我生下孩子，又陪我到这儿，和了红糖水给我喝。"

这时，陈桂兰端了一碗糖水鸡蛋进来。碗中的甜水红红的，鸡蛋白白的，如一幅画。韩莉看了，惊讶地说："太好看了，我怎么舍得吃它？"

陈桂兰笑道："生孩子才有吃，红糖鸡蛋。女人生孩子，要多吃，才会补身体，才有奶水！"

谭顺利歉意地说："桂兰，谢谢你，有你陪韩莉，我就放心了！"

陈桂兰说："最近天气好，砌屋的人家也多；你要多挣钱，今后的负担多重，你是知道的。还有，爸爸的离休补助金快下来了，他一直打算在后面接三间屋的，你抽空回去与他合计合计，选个日子开工，让老三带几个人把房子砌起来。"

谭顺利此时觉得还是陈桂兰有主见，艰难生活的磨砺，使她成为能够掌控全局的人。这一点，不要说一般的农村妇女不如她，就连龚家两个知识女性也不一定比得上。他在暗暗敬佩的同时，眼神中流露出敬重的情态。

韩莉吃完红糖水鸡蛋，见他发愣，便说："桂兰姐说得没错，你赶紧回去砌房子，等我把孩子带回去住了，就把租的房子退了，省不少钱呢！"

陈桂兰笑道："这个不急。你要相信，顺利不差租房子那个钱，他会挣钱！"

铁慧琪和龚弘菊走进病房。

龚弘菊说："你们回去吧，让韩莉休息。有什么话明天再说。今晚，我陪韩莉。"

韩莉说："谢谢大姐。大哥，你是文化人，你给宝宝起个名字吧！"

铁慧琪推托："这个要请算命先生起的。"

龚弘菊爽快地说："今天是国庆节，就叫'国庆'、'谭国庆'，我看蛮响亮的！"

韩莉问谭顺利："好不好？"

谭顺利看看桂兰，陈桂兰说："依弘菊的，就叫'谭国庆'！"

病房里一片笑声，除了龚弘菊，大家散去。

在走廊里，铁慧琪边走边对谭顺利说："顺利，你明天办完事情，就到医院来，我有话跟你说。"谭顺利点点头。

第二天下午，谭顺利按照铁慧琪吩咐，来到卫生院；就是铁慧琪不关照他，他也会来看韩莉的。不过，铁慧琪主动约他来，必定有事情要说。自己半夜回去，也没有睡得着，生儿子的兴奋劲此时发力，香烟不停地抽，估摸着连襟要说的事情；因为昨天在办公室，铁慧琪已经露出了话头，自己也不能做死猪，死猪不怕开水烫，要有两全其美的办法，不能达到十全十美，也要七不离八！自己想了半夜，也没有想出什么头绪，直到天亮才睡，辗转反侧，反而睡不着；索性起来，回到铁记庄园里，与老爹说说建房的事情。

这时的谭祖华，体瘦力衰，大多卧床。谭顺利走近他的床边，端张长板凳坐下，准备摸烟，听到老父亲咳嗽，手又收了回来。

谭顺利说："您打算砌屋的事情，我想了想，九月初八是个好日子，好几家都在那天开工。人家造楼房，花的时间长；我家只砌三间平房，不要多少工，我估计十五个晴天就够了；……也只是暂时住，将来也要翻建楼房，占个地基就行了，不要太考究。"

谭祖华说："和你那头三间一个样，一排房子，不要两样。"

谭顺利说："这个自然。您同意了，我就着人准备材料；不要像过去那样办，现在兴开工、上梁同一天办，您说好不好？"

谭祖华又"通、通、通"咳了一阵，谭顺利走过去为他捶捶背，出去倒了一碗水，放在床头桌上。

谭祖华说："我身体不行了。你是老大，你说好就好。只要看到，我给你们砌的房子，就心满意足了。九月初八，冲什么肖属？"

谭顺利说："冲属龙的。这不要紧，事先通知属龙的不要到现场就是了。今天是农历八月二十六，到九月初一，我先派几个木匠过来，老三到开工的那天组织几个瓦匠来，我们突击几天，就把屋子竖起来。"

谭祖华说："你们弟兄两个要配合好，尤其在外头做事；老三有点看不惯你的作风，我来慢慢做他的工作，也让他离开总公司，你们完全可以也成立一个小型的建筑公司。"

谭顺利说："现在不说这个事，我目前还能运作，老三是唐生华的得力干将，唐生华也照顾我的业务，不能拆他的台，看看形势再说。……没有其他事，我走了。"

父亲摆摆手，儿子走出房门，回头看了父亲一眼。

在大门口，李雨妹叫住他："顺利，你吃早饭啊！"

谭顺利说："我还有事，上工地。"看到陈桂兰挑水，走过去打招呼："桂兰，一早就起来啦！我来挑吧。"到她跟前，问："你……？"

陈桂兰朝他使个眼色，轻声说："我马上去！"挑水进屋。

谭顺利会意地点点头，骑着摩托车走了。

到病房看过韩莉，谭顺利来到铁慧琪的办公室。

铁慧琪说："我约你来，是问问你的打算。我不是吓唬你，'严打'已经从大城市铺开了，除了走私等经济问题，就是刑事犯罪。你是有'前科'的人，这次韩莉的事不处理好，你就是犯了'重婚罪'，也好算'流氓罪'，就是公安机关'严打'的对象，不要掉以轻心！"

谭顺利问："谁告发我，是龚弘莲，还是韩莉？弄我坐牢，她们有什么好果子吃？"

铁慧琪说："亏你还坐过牢！即使她们不去告发你，随便哪个到公安机关、'严打'办公室举报一下，你是一查一个准的对象。现在'严打'，是有指标的，算你一个，你有什么办法？"

经铁慧琪这么一说，谭顺利不禁感到后背阵阵发凉，一时茫然。

铁慧琪说："最好的办法，是做好龚家的工作，动员龚弘莲提出离婚，这样，你才能逃过这一劫！"

谭顺利说："虽然我让韩莉生儿子，却没有想过跟弘莲离婚，这个话，我怎么开得了口？"

铁慧琪摊开手："你不懂一句话，叫做'鱼和熊掌不可兼得'，好事怎么会让你一个人独占？……那你准备接受'严打'？"

谭顺利似乎哀求："求兄弟帮忙，我确实没有什么办法！"

铁慧琪说："昨晚我与弘菊商量了好久。弘菊看到韩莉可怜兮兮的样子，心疼得要命，晚上几乎没有睡，陪着她。在医院生孩子，一个娘家人都没有；大人们有错，孩子是无辜的。假如你谭木匠出什么事，他们孤儿寡母怎么办？所以弘菊让我先找老丈人谈一下，看看老夫子的态度；只要他不反对，就请他做大舅哥的工作，再让大舅哥去跟弘莲说离婚的事。这些环节，就像下一盘棋，走错一着，全盘皆输……不过，估计离婚的条件会十分苛刻，你要有思想准备。"

谭顺利被铁慧琪说得云里雾里，丈二和尚摸不着头脑，只是连声称是："什么条件我都同意，只要保住我儿子和韩莉就行。"

铁慧琪说："这就是你要儿子的代价！"

陈桂兰在病房里陪韩莉。韩莉毕竟年轻，昨晚也是顺产。今天喝了陈桂兰煨的骨头汤，显得有了力气，脸色也比昨晚好看多了。她下床活动活动，陈桂兰陪她说话。

陈桂兰说："韩莉啊，按农村风俗，明天是小孩'三朝'，你想办不办？"

韩莉苦笑："我怀孕后，就没有回过家，家里人、朋友、同学都不晓得；我还到无锡寄信给家里，说在无锡工作。现在突然生了孩子，谁相信，和谁生的？这些乱七八糟的事情，我自己还没有弄清楚。"

陈桂兰说："你怎么这样糊涂呢，生小孩前不同顺利谈好了，就这样不明不白的把孩子生下来了？你们没有商议过孩子生下来以后的打算吗?"

韩莉坐到床边，拉住陈桂兰的手，正准备说什么，孩子哭起来，韩莉赶紧抱起孩子喂奶。

谭顺利又来到病房，陈桂兰刚要开口，谭顺利举手制止她，招手让她到走廊说话。

谭顺利轻声说了刚才铁慧琪的话，陈桂兰越听越紧张，毕竟是一家人，这样对待弘莲公平吗？她内心焦急，脸上神色凝重，觉得这是一件惊天大事了。谭顺利说完，如释重负，走进病房。陈桂兰离开走廊，去找龚弘菊。

韩莉喂完奶，把孩子放进薄被窝，自己也坐进去，倚在床头。

秋天的暖阳从窗外照进来，使病房里有洋洋的温暖。虽然是一楼，更好的就是能看到小花园里的一串红，艳丽地开着；桂花也盛开着，飘来的浓香，给房间增添了温馨。产后的韩莉看着这一切，感受这一切，享受这一切，愉悦的心境早已把陈桂兰先前说的话忘得一干二净。全然不顾走廊里的人在说什么。

谭顺利和陈桂兰说完话，走进病房，抱起襁褓中的儿子，那健康的小脸蛋，红扑扑的，乌黑的头发，肉嘟嘟的小手……他开心地笑了。

韩莉问他："儿子明天'三朝'了，你有打算吗?"

谭顺利只顾看儿子，说："你是功臣，你说吧!"

韩莉听到让自己决定，反而不好说了，陈桂兰的话，让她无奈又无助，她看外面的阳光、风景，沉默不语。

谭顺利抱着儿子。在阳光照进来的屋里转悠，还哼着流行小曲。回头看看韩莉不说话，就说："我对你说过，我妈常说的一句话'船到港直'，这不还在医院吗？'三朝'办不成，就办满月，满月办不成，就等着办'抓鸡'（周岁），终究会大办一次!"说着，看看韩莉，韩莉不作声。

韩莉向他招手："把孩子给我，让他睡。桂兰姐说，睡的孩子聪明，也好带；你这样瞎晃悠，他会不安分的!"

谭顺利放下孩子，说："我有事，要走了，明天'三朝'来陪你，桂兰说了，她今晚陪你。"

韩莉甜甜地笑了，深情地说："你骑车慢点!"目送谭顺利走了，慢慢躺下。

晚上，铁慧琪回到铁记庄。他要与岳父说谭顺利的事情。龚弘奎这几天带谭小龙等学生，参加省级物理竞赛，不在家；铁慧瑛忙于准备参加"广交会"，好几天不回来了；龚大美和弟弟龚如松去妈妈身边，在城里玩两天，国庆节期间，街上好玩!

铁慧琪骑车，从家门口一经而过，拎了水果来到龚家，看到老丈人龚德昌和岳母肖秀英在家，走进院子。

龚德昌见女婿拎着网袋包装的苹果，感到奇怪：以前女婿都是空手来，即使拎东西，也是弘菊的事。便笑着问："你这是做什么，弘菊呢？"

铁慧琪笑道："弘菊一会儿到家。这不是国庆节吗，发的，有两份，送一份过来，你嫌少，我拿回去。"说完，装着转身的样子。

肖秀英看到女婿来了，便招呼他："进屋吧，我来擀点面，你们就不要做晚饭了，全过来吃，他们都不回来，就我和你丈人在家。"

铁慧琪丢下苹果："好，我回去知会他们。"

铁慧琪把自行车推进院子，见父亲在屋里忙什么，就说："您甭弄夜饭了，到弘菊家去吃。"

铁旺兴走出来，问他："有什么事？"

铁慧琪说："我打算晚上与他们说弘莲的事情，你要帮我！"

铁旺兴了解儿子，没有难事不会求自己，说弘莲的事，就是说谭顺利的事了。便问："那姑娘生了？"

铁慧琪点点头，故弄玄虚地说："全国上下在搞'严打'，龚家如果翻脸，谭老大坐牢是小，那丫头弄不好要出人命的，现在，娘家人一个也不晓得她生了小孩。"

铁旺兴也天天听收音机，看铁慧琪带回来的报纸，还在街头看到枪毙犯人的布告，便问儿子："你准备怎么说？"

铁慧琪说："我心里也没有数，只好说起来看；我丈人知书达理，还不懂人命关天的大事？何况，谭老大有什么事，对弘莲和三个孩子有什么好处！"

铁旺兴说："这倒是个理由，我了解他，他还是要面子的。"

这时铁娜回来了，说："爷爷，爸，我在小老三家吃晚饭，他家包了馄饨！我最爱吃了。"

铁慧琪说："好的，吃完了，你在他家玩，我们在外公家吃，吃完了去接你。"

铁娜问："你们吃什么好东西，不叫我？"

铁慧琪笑道："不过是小老三奶奶常做的手擀面，哪有馄饨好吃？"

龚弘菊回来了，自行车上也挂着一个网袋装的苹果。见铁娜出门，问："你去哪儿？"

铁娜说："你们去外公家吃面，我去小老三家吃馄饨。"

龚弘菊笑骂道："脸皮厚，老是在人家吃。……来，把这袋苹果给小老三的奶奶！"

铁娜接过苹果，向谭家走去。

由于出身的家庭和生活条件的不同，龚家的伙食比铁家和谭家讲究得多了。铁家是孤老头，灶上的活计没有肖秀英搞得有条理，不会有滋有味，只有龚弘菊休假，才能难得改善一下。今晚他们一家来吃晚饭，肖秀英精致地做了手擀面，里面还有烩芋头。手擀面厚而宽，烩芋头是将芋头煮熟，剥去皮。面煮在锅里，加过碱的手擀面有点儿淡黄色，而剥了皮的芋头雪白色，差不多能吃了，再放些嫩绿的小青菜。在铁锅里，是淡黄、雪白和嫩绿三色构成的一幅彩色图画……肖秀英看到女婿难得来吃顿饭，还弄了两个菜。一是萝卜烧肉，中午剩的红烧肉，到田里挖了几个白萝卜，改造一下，便成了；二是韭菜炒鸡蛋，韭菜也是菜田割的，鸡蛋是自家养的鸡生的，全都是农家土菜！龚德昌见亲家也来了，拿出一瓶尖庄酒，几个人喝起来。

几小杯酒下肚，老丈人忍不住了，先开话题："小琪啊，今天，你总不会为送几个苹果来的吧？"说着，狡黠的眼光从老花镜中透过来，似乎早已把他的花花肠子看穿了。

龚弘菊打掩护："爸，没有苹果，我们还不能来吃你们的晚饭了？就住在隔壁，掰手指数都数得清，一年到头，我们到你家吃过几顿饭！"说着，还装出生气的样子。

铁慧琪端起酒杯，站起来，恭恭敬敬地说："老泰山，别听弘菊的，我从小就吃你家的饭，不计其数了！小婿的心思让您猜对了，我真有事情求您；不想好酒喝喝，好菜吃吃，反让我差点把正事给忘了；说实话，我好久没吃到丈母娘烧的红烧肉了……来，我单独敬您一杯！"说完，与岳父碰了一下酒杯，一饮而尽。

铁旺兴装着不知情，只顾喝酒。

肖秀英说："都是自家人，不要拐弯抹角，有什么事就直说好了！"

龚弘菊在桌下踢踢丈夫的脚，示意他火候好了，可以说谭顺利的事情了。

铁慧琪给自己又倒了一杯酒，一干而尽，胆子也大了，直截了当说："我连襟和那个小丫头的事情，你们听说了吧？"

肖秀英说："听说了，怎么啦？他酒多了，弘菊，你知道？你说说！"

铁慧琪抢着说："事情闹大了，据说那个丫头，要去告谭木匠强奸……"

肖秀英吃惊地朝龚德昌看看，龚德昌冷静地说："我听弘莲说过，顺利是想借肚子生儿子，是你情我愿的，怎么会是强奸呢？"

铁旺兴说："我今天早上在木金寺看到布告，说马星这个人，去抢了几桶汽油，也强奸了女孩，被判了死刑，枪毙了，并没有人命案件；据说马星的老子是老干部，到省里找老上级说情，面都没有见到。现在'严打'，谭老大摊上了什么罪，就是'严打'的对象。"

龚德昌狐疑，不语。

铁慧琪见他们不作声，又倒了一小杯酒，说："我再敬三位长辈一杯。"说完，又自个儿干了。

龚德昌觉得女婿今晚有点反常，便说："小琪，你不是不喝酒的吗，怎么还能喝？"

龚弘菊说："他经常出去吃饭，练起来的，别担心，我有数！"

铁旺兴举起杯子，和龚德昌碰了碰，三个人也一口喝完。

铁慧琪见龚德昌对谭顺利的事情不怎么关心，便把话题转到龚弘莲身上，他说："弘莲当初是甘心情愿嫁给那个木匠的，您老人家那样反对，也没有什么用；现在，谭木匠摊上这件事，您是高兴呢，还是失望，还是幸灾乐祸，还是想个办法解决呢？"

铁慧琪连珠炮似的发问，把龚德昌的冷静打醒了，他明白了，大女婿是给二女婿当说客来的。自己虽然老了，大道理还是清楚的，刚才一直在想这个问题，只是没有答案啊！他说："弘菊，你出来一下！"顺手拉着肖秀英，走到天井里。

铁慧琪到锅里盛面，清汤清水的芋头手擀面，实在是小酒之后的美食！他先给父亲盛一碗，又盛两碗给岳父、岳母，放在桌上。盛给妻子时，还探头到门外，看他们说什么。

铁慧琪吃完一碗面，他们还没有进来，他就到天井去看，没人，见房间里亮了灯，就对父亲说："赶快回去，等弘菊的消息吧！"

到家里，铁慧琪忐忑不安。

铁旺兴说："都是传宗接代惹的祸啊！"

铁慧琪说："我当时只想生一个，您硬逼着再生一个，幸亏是小子，要不然，您还会逼着生的，当我不晓得，您就怕老铁家断了香火……"

铁旺兴哈哈大笑，觉得儿子今晚的话特别多，酒后吐真言哪。

龚弘菊回来，铁娜跟在后面。铁慧琪见她神情平静，就知道结果了，说明龚弘菊已经把两人商量好的方案落实了，心头的石头终于落了地。

龚弘奎带学生比赛回来后，龚德昌与他说了铁慧琪讲的事情。龚弘奎和父亲冷静地分析了这件事的连锁反应的后果，认为要理智地处理妥当这件事，否则将会影响到弘莲和三个孩子的前途。当年谭顺利坐牢，龚弘莲还没有与他结婚，后来也申诉平反了，是见义勇为的壮举。可是，这次"严打"非常猛烈，就连东海省委副书记的儿子也没有逃过"严打"的死刑，小小的谭木匠能逃过这一劫吗？所以父子俩决定，"丢卒保车"，龚弘奎出面，与妹妹晓之以理，明之以弊，用上面的口号，叫"一切向前看"。

龚弘奎当晚来到城中小学教师宿舍，看到三个孩子在做作业，就把妹妹约到附近的人民公园，沿着环园道路，边走边谈，一开始龚弘莲还争辩几句，后来听到兄长说了这样一段话，才冷静地听他说。

龚弘奎说："你是相信缘分的，当初，你与谭顺利好，是缘分；你遇到歹徒，他正好走到那儿，不早，也不晚，救你于虎狼之口，无缘对面不识君啊！我们反对，你不听，说明你们是有缘分。我的观点，亲情，是经不起冷漠的，我们是亲姊妹。你的三个孩子，也是我们的孩子，哪能受得了冷漠；你相信爱情，爱情经不起谎言，你与谭顺利有爱情吗？你就是感恩，是没有爱情基础的。你一个中师生，他一个小学生，能有多少共同语言？所以，你们的婚姻里存在谎言，迟早会失去。再好的缘分经不住谎言的敷衍，敷衍一时半时还行，时间长了，连缘分也会失去。再深的感情也是有底线的，同床异梦的夫妻有感情吗？人与人相爱，靠的是一颗真心，一种真情……"

龚弘奎的一番开导，龚弘莲的心里亮堂多了，她问："我怎么办呢？"

龚弘奎说："让他提出与你离婚，你这种名存实亡的婚姻没有什么意义了。我去和他讲条件。第一，抚养三个孩子到大学毕业，结婚成家的费用全由他负担；第二，最近，在城里给你买一套房子；第三，谭家的所分财产全归三个孩子，让他扫地出门！"

龚弘莲说："这也太苛刻了吧！他受得了吗？"

龚弘奎咬着牙说："这比坐牢轻多了，他会接受的！不过，三个孩子还是要认爹的，把她们抚养成人、成家，不许忘恩负义！办个协议离婚，不要公开，不要让孩子们晓得。"

龚弘莲苦笑道："他过年过节不回家，纸还能包得住火？"

"想那么多干什么，走一步，算一步。他不是经理吗？在外面施工、出差……理由多了，你怎样，同意吗？"龚弘奎问。

龚弘莲叹口气："我的命没有你们好，我多么羡慕你和嫂嫂，夫唱妇和。"

龚弘奎说："别发什么感慨了，等我与谭木匠说好了，你到场签字就行了。"

龚弘莲关照哥哥："晓得的人越少越好，最好是晚上，我死要面子活受罪，你知道的。"

龚弘奎说："这个自然，就在弘菊卫生院宿舍，好不好？"

龚弘莲不再说什么。

谭顺利与龚弘莲的离婚协议书，在卫生院龚弘菊的宿舍签订。铁慧琪提出，不要将谭顺利扫地出门，那样，对不住上一辈老人；同时，夫妻关系存在的假象也维持不了。陈桂兰提出，龚弘莲要允许谭顺利父女往来，他们存在父女关系，包括将来孩子成家以后，都有往来，亲情断不了。龚弘奎同意他们的观点，补写到协议书上。谭顺利感激涕零，拿针头戳破大拇指，在签字的名字上，摁上鲜红的血罗记。

龚弘奎告诫谭顺利："虽然你们离婚了，只是协议，说合法就合法，说不合法就不合法。你与韩莉、儿子的所有活动都必须低调进行，不要让人们看出是夫妻，暂时也不要去领什么结婚证，你不就是要一个儿子吗？我来想办法到派出所替你报户口，孩子有名字了？"

谭顺利说："叫谭国庆，弘菊给起的。"

龚弘奎说："蛮好，就挂在你的名下，反正你家没有分户。"

龚弘莲也说了几句："顺利，我也说几句，你现在的负担变大了，要好好做事情；儿子有了，不要得意忘形，责任更大了，希望你按照协议书上的条文执行。老三的本事不比你差，大龙也工作了，你低点头，与老三、大龙一起搞，多好！"

铁慧琪说："我签字，是见证人，有监督责任，希望双方严格履行。弘莲的意见很好，桂兰做做老三的工作，一家人干事业，也要学弘莲的胸怀，顾全大局，这样，我们铁记庄人才不被人笑话！"

谭顺利最后表态："我首先感谢弘莲，是我对不起你，你原谅了我，我会记住你的恩情，所有的条件，我会不折不扣的完成，尽到我应尽的责任；我要用实际行动感谢大家对我的宽容与饶恕，一年内，我给弘莲买一套三居室的房子，另一个目标，就是成立'铁记庄建筑公司'。"

大家明白，谭顺利能够说到做到。临别时候，大家故意把两人留在最后。龚弘莲也没有再说什么，把一封信递给他，拔腿就走。

谭顺利拿着信来到韩莉病房，抽开来看。看完之后，默默无语，递给韩莉，韩莉倚着床头，仔细阅读：

情是一天一天换回来的，心是一天一天的处出来的，人生也是一页一页真实的翻过来的。一辈子并不算长，下辈子也未必再能遇见！请好好把握和珍惜你现在身边的人，错过了，也许这辈子就是永远的遗憾了！时常惦记你，才是心里有你的人；一直陪着你，才是最爱你的人！待你忽冷忽热的，也许只留下寂寞；离你时远时近的，也许只需要物质！伪装不出的担心，是真诚；掩饰不住的思念，是真情！不要把暖暖的关心，变成冷冷的寒心；不要把一直的给予，认为是理所当然的。交人，要交出真心；知情，要更知感恩。有情有义的，才能行走江湖；不离不弃的，才能行走人生……

    龚弘莲　八三年十月

韩莉看着看着，泪流满面……

几天之后，谭顺利悄悄地带韩莉与儿子谭国庆，回到典居屋，并没有举行什么仪式。

十月十三日，农历九月初八，谭家开工建房。因为开工与上梁同天，中午自然办了几桌酒席。

谭小龙在省级初中物理竞赛中，获得县区二等奖，是跃江中学唯一的获奖者。谭剑英进初中后，就办起了文学社，取名"青松佼佼文学社"，自任社长。谭大龙随三叔谭顺和学瓦匠，三叔给他买了一辆新"飞鸽牌"自行车。龚大美虽然读初三了，还是经常约大龙看电影，让他看一些建筑类的书籍，都是在看电影之前，到电影院隔壁的"新华书店"买好，散场的时候给他，再一起骑自行车回铁记庄。

陈桂兰身体渐渐恢复，因为自家建房，就没有出去做工。

这年秋收，是分田到户后第一个秋收。稻田一片金黄，有的小块倒伏，是施肥太迟造成的。开镰的时候，人人喜笑颜开，各家依次收割，在公场上轮流脱粒；互帮互助，两台脱粒机日夜工作，飞溅的谷粒伴随着人们是笑声，如钢花般灿烂，在脱粒机上飞扬开去……

第八章

长江下游的春天，是姹紫嫣红的春天。春姑娘迈着轻盈的步子，挥舞着彩色的长袖，飘洒着绵绵的细雨，给太阳以柔化的光采，把长江两岸唤醒了……

马驮沙沿江堤外，是绵延百里的芦苇滩。去年割去的芦苇，今年又长出新芽，江潮一次又一次漫过来，退回去，在水与力的鼓励下，芦苇们你追我赶地生长着。小螃蟹们也走出潮湿阴冷的家，悠悠然到外面世界来晒晒太阳，做做游戏。桃花汛过来之后，江水渐渐暖了，从遥远的大海洄游到长江里的刀鱼、鲥鱼与河豚之美味三鲜也开始上市。这桃红柳绿的季节，正是人们观赏江畔美景、品味长江三鲜的好时节。

这一年，国家给滚滚长江撒下了无数的鳗鱼种苗，让它在母亲河的怀抱里发育成长，再走上人们的餐桌。然而，这些小生灵并不适应江中激流的裹袭，大量的在江边慢水里生活，不少随着北进的江水，身不由己地漂进了内河。

螃蟹港直通长江，闸门开启，运输船先进后出，小鳗鱼苗们随大流经过螃蟹港进了支流。当时，东南省开始大量地人工养殖鳗鱼，都是出口到东瀛国，所以不少人抓住这个商机，携带着大把现金，到马驮沙来疯狂收购，每条二元至四元不等。

像一块磁铁一样，大人和小孩都被港潮吸引过来；人们用绿纱做成趟网，在螃蟹港及其支流捞取小鳗鱼苗，当地人称它为"软金条"，一个个趋之若鹜。谭大龙与三叔谭顺和也是捕捞大军中的积极分子，在潮水进来的时候，他们就从工地回来，抄起捕捞家伙，骑摩托车到近闸口的港边捕捞，那里潮水刚进来，小鳗鱼苗相对多一些。有当地贩子收购，他们再转给东南省来的大贩子；一个多星期下来，叔侄俩卖小鳗鱼苗的收入就有一千多元。

陈桂兰此时已经被谭顺和安排在自己的工地做饭，中、晚两顿，有时工地加班，也要做半夜饭，她没有时间来捞小鳗鱼苗。长江边的人都懂得潮汐涨落的时间规律，除了上班实在走不出的，潮水一来，老老小小，沿着港边，盯着浑浊的江水，看到小鳗鱼苗游来，立即用趟网捞起。

这天放晚学，谭剑英刚走出校门，看到三叔和大龙在港边捞小鳗鱼苗，便把自行车往路边一放，来到他们身边。

谭大龙问他："不上晚自习？"

谭剑英说："今晚放的。"

晚潮的进水，正缓缓地向北方流去，放眼望去，捞取小鳗鱼苗的队伍，在蟛蜞港沿边延伸而去。

谭剑英看到一条，叫起来："那儿，一条！"

谭顺和赶紧把趟网一兜，针一般粗细的银色小鳗鱼苗被兜住了；巧了，不止一条，是三条！谭大龙赶紧双手把它们捧放到水盆里。他们就这样一条一条地捕捞着，直到潮水平静，再也不见小鳗鱼苗的踪影。弟兄俩看着水盆里游着的"软金条"，也有二三十条，十分兴奋。走到桥头，就有贩子在那儿收购，一打听价格，居然涨到了五元钱一条。谭顺和等人们一个一个的数，排队卖。

谭剑英说："我去邮局拿钱。"

谭大龙好奇地问："拿什么钱？我陪你去！"

谭剑英得意地说："我的第一笔稿费。"说着，掏出汇款单，在谭大龙面前扬了扬。

谭大龙问："多少钱？"

谭剑英伸出手巴掌，张开五指。

谭大龙："五块？"

谭剑英收起五指，摇摇头。

谭大龙不屑一顾地："不会只有五毛吧！"

谭剑英点点头，骄傲地说："我写了那么多文章，发表了也不少，学生投稿到报纸，没有稿费，就是给你书报什么的。你别小看这五毛钱，也是我第一个劳动成果啊，是写给县广播站的稿费。王丹青老师把汇款单给我的时候，那样子比我还要激动。他说，跃江中学，只有我写文章拿稿费，谭剑英，想不到，你也能这样了！"

谭大龙听了，受弟弟情绪的感染，笑着说："王丹青老师教过我政治课，他说的是'想勿（读 fe，去声）着'，不是'想不到'；是'能折杠'，不是'能这样'！"

谭剑英被哥哥逗笑了，说："你学他的江南话，还蛮像的，他就是'折杠''港'（音，意思是'讲'）的！"

弟兄俩走进邮电局，取了钱。取钱的时候，柜台上的女服务员让谭剑英按了手罗印，还赞扬他"不简单"。

谭顺和也把鳗鱼苗卖了，在桥头等他们，三人一起骑车回铁记庄。谭大龙骑自行车，让弟弟坐三叔的摩托车。他们并排骑着，说谭剑英的学习问题。

谭顺和问："小老三，眼看就要考高中了，你有把握吗？"

谭大龙说："我看够呛，一天到晚弄文学社，恐怕除了作文还可以，其他科目都不行。"

提到文学社，谭剑英说："不搞了，今天正式停办了。"

谭顺和问："你不是想当作家吗，还组织了许多人，怎么停办了？"

谭大龙说："你家里捣鼓的油印机、刻写的钢板，还有施一飞、尹为良、龚如松那帮伙计怎么办？"

谭剑英恨恨地说："就是龚如松那小子捅的娄子，才把事情搞砸的！"

谭大龙说："我知道了，肯定是你收会员费，发什么会员证，印报刊，发展的人多了，被龚校长知道了，刹你的车吧！"

谭顺和说："怎么回事，说来听听！"

谭剑英就把放学前发生的事情，告诉他们。

从初一到初三，谭剑英的"青松佼佼文学社"的成员，除了铁记庄的伙伴，还有其他村庄的；除了本班、本年级的。还有其他班、其他年级的，搞得像模像样。谭剑英在学校也小有名气，同学们还称他"谭社长"。可是，这次初三年级"月考"，谭剑英的总分成绩在所在的"快班"处于下游，除了语文成绩还可以，其余都不及格。按照年级分班的规定，他是要被降到"慢班"人员之一。降格名单报到校长室，龚弘奎看到有谭剑英的名字，就把他叫到校长室。

龚校长问："小老三，我在初三学生会上说过，升学考试，是全面考核，要综合成绩，你记得不记得？"

谭剑英点点头。

龚校长又说："你二哥小龙爱好物理，在初中就得了省赛二等奖，但是，他全面发展，才能和我家大美一起考入重点高中，单靠物理一门，总分能考到六百三十七分吗？"

谭剑英低着头；虽然顽皮，在事实面前只好服输。

龚校长进一步开导他："自己写点文章，投投稿，也无可厚非，还扩大到其他同学！你看看你那个'青松佼佼文学社'的成员里，有几个是总分尖子，还是理科好的是尖子。只有说'学好数理化，走遍天下都不怕'的，哪有写好文章走天下的？"

谭剑英觉得校长的话有偏颇，便反驳他："您不是文章写得好，才做到校长的？鲁迅先生也是文章写得好，做作家的？"

龚弘奎被他一说，笑起来纠正他："你更错了！我考师范的时候，也考数学的；鲁迅先生开始是学医的，理科很好，后来才弃医从文的。学《藤野先生》时，老师没有讲过？"

谭剑英理屈词穷，再也无话可说。

龚弘奎语重心长地说："你父亲去世早，弟兄三个在我这里读书，都免了学费；大龙已经上班了，你这样下去恐怕也考不上高中……这次降格名单里有你，我就照顾你一下，还留在'快班'吧！不过，你的文学社要停办，或者解散。还收了钱，要不是小松告诉我，我还不知情，影响多不好！小龙和大美的初三资料不都在你那儿吗，你把写文章的时间去从头到尾看一遍，'亡羊补牢，犹未为晚'，突击一个阶段，或许能考个职业中学。"

谭剑英听到要他停办文学社，如雷轰顶，头昂起来，两眼直直地瞪着龚校长。别看他是校长，也是铁记庄的邻居，还是玩伴龚大美和龚如松的爸爸。但是，他的这个举动并没有动摇龚弘奎这位老校长的意志。他当着谭剑英的面，把他的名字从降格名单中划去。然后说："就这样，你下去吧！"

谭剑英的眼泪出来了，抹了一把，头一昂，大步离开了校长室，犹如英雄赴死的气概。经过楼梯口时，教他物理的宋三宝老师朝他看看，他也没有打招呼。

在拐弯的路口，负责分发报纸的王丹青老师叫住他："谭剑英，有你的汇款单。"

谭剑英回头，从王老师手里接过只有五毛钱的汇款单，激动得把刚才的一切全抛弃了。

三人慢慢地骑着车，说笑着，回到铁记庄。

四月九日，县政府召开电话会议，禁止捕捞小鳗鱼苗！所有进水的闸门，在江水涨潮时，一律关闭；只有平潮时才放运输的船只进出。小鳗鱼苗不再大量进入内河，在江边偷捕捞的被列为"不法分子"，也拘捕了不少。甚嚣一时的捕捞"软金条"的高潮很快过去了。不知怎的，此后的岁月，再也没有这样的事情发生过。

陈桂兰在建筑工地做饭，看到运送楼板的杨富贵，便问："杨队长，你们拉一趟楼板多少钱？"

杨富贵说："这要看路的远近，近的五块，远的八块不等。"

陈桂兰心想，做一天饭，就十块钱，如果一天拉两块楼板，不就十六块钱啦？想到小龙上高中资料费收得多；小老三读初三，上夜课、资料费，也花去不少钱；虽然谭老三支持，自己有办法最好不过。中午饭之后，有空余时间，不开夜工更好！想到这里，便问杨富贵："杨队长，有没有临时拉的；比如我，在这里烧饭，下午可以去拉一趟。"

杨富贵说："一般不行，我们生产队包的。不过，看你是谭经理的嫂子，我开个后门，带你拉。"

陈桂兰喜出望外，直说："多谢，多谢！"

杨富贵说："你吃过饭，就骑自行车去宏兴预制场，拉回后，再骑车过来。我们在那儿集中，等公司安排。……你有板车吗？"

陈桂兰说："没有。"

杨富贵说："我家有两辆，儿子怕苦，不拉了，跟他老表打工去了，我转给你一辆。"

陈桂兰问："多少钱？"

杨富贵说："三十。……暂时不收你的钱，到结账时再给好了。"

陈桂兰说："谢谢你！我明天去试试，说不定拉不动。一块楼板有好几百斤吧？"

杨富贵笑道："四五百斤吧。一开始吃力，拉几趟就习惯了。我明天把板车带过去，你直接到预制场就是了。"

陈桂兰说："谢谢你，我明天去试试看。"

宏兴预制场，在宏兴村八组的地皮上，是跃江建筑总公司的专用水泥制品预制场。水泥制品用的大量沙石料、水泥以及钢筋，都是通过它旁边的十圩港运进来的，十圩港是一条比蟛蜞港更宽更深的交通运输港。宏兴预制场在铁记庄西面，有两公里多距离。杨富贵是八组组长，他的妻子生病去世了；才四十多岁，想找一个伴。他经常给工地送楼板及其他水泥预制件，了解陈桂兰的情况。他自己经常想这件事，与她做伴，或者"两头跑"也行（当地的一种婚姻习俗，两个人，尤其中年人结合，不定居在一方，叫"两头跑"）。但是，听说陈桂兰性格刚烈，意志倔强，没有敢请人来介绍，只是等机会再说。哪知，今天陈桂兰主动与自己说拉楼板的事，真是天助我也，杨富贵十分兴奋。一个儿子，二十出头，怕吃拉楼板的苦，随表兄去深圳打工了。他一个人在家，拉楼板的收入还可以，手里有一点积蓄，找陈桂兰这样的人，有一定的经济基础。

第二天下午，陈桂兰拉了一趟楼板，还算顺利，路途不远，六块钱一趟。回到家，谭大龙问她："妈，您下午去哪儿了，发工资也没有找到您，我替您领了。"说着把自己的工资连同妈妈的一起，递给陈桂兰；陈桂兰抽出五块钱给他，说："这个放身边零用。……你去烧点热水，妈脚痛，让我泡一泡。"谭大龙应了一声，便去烧水。

陈桂兰身体虽然早已康复，但是，几年前的那场重伤寒病，使她元气大伤，今天拉了一趟楼板，觉得力不从心，就半躺在床上，等大龙送热水来烫烫脚，恢复恢复，明天好再去拉。

谭大龙拎着热水瓶进来，给妈妈放下洗脚盆，又拿洗脸盆出去，舀点冷水来。

陈桂兰起来，说："我自己来吧，你也洗洗，早点睡；去督促督促小老三，叫他用点心，快考高中了……"

谭大龙知道母亲累了，就说声"晓得了"，出去了。

陈桂兰先倒冷水，再倒热水，用手试试水温，才把脚伸到盆中，慢慢地放下去。热气裹着她白皙的大腿，两只脚在热水里相互搓磨着，轻轻地，柔柔地；水温降了，热气也没有了，她让疲劳的大脚静静地躺在温暖的水床里。谭顺章与她的结婚照，在床头桌上，靠着墙边，她回头看看；再拎起热水瓶，提起脚，往盆里加点热水，把起泡的脚再次伸到热水里，放下热水瓶，泡着。

一阵摩托车声音由远而近，到门口停下来，谭顺和见陈桂兰屋里灯还亮着，就在门口喊："桂兰！"

陈桂兰答应了："哎，你等一下，我马上出来。"她泡了脚，觉得舒服多了，擦了脚，穿上鞋子，出去与谭顺和说话。

陈桂兰问："什么事？"

谭顺和说："刚才老大叫我去吃饭，跟我说组建建筑公司的事情，我不想与他掺和，来听听你的意见。"

陈桂兰知道弟兄俩话说不到一起，但是，从谭顺利处理龚弘莲与韩莉的问题上，她觉得，谭顺利还是有情有义，做了负责任的事情。再说他的业务做得好，与他为人处事的方式方法有关，如果弟兄俩合力干，肯定会做大做强。可是，强扭的瓜不甜啊！想到这里，陈桂兰说："今天，我累了，想早点睡；这件事，你再考虑考虑，你自己拿主意，我不参与你们兄弟的事情。哦，差点忘了，明天下午小龙那儿开家长会，我有事，去不了，你替我去一下！四点钟，别误事！"说完，转身进屋，熄灯休息。

谭顺和见嫂嫂不接话茬，没有明确的态度，心里不是滋味，就垂头丧气地推着摩托车，停到自己屋檐下走廊里。

杨富贵来到跃江建筑总公司唐生华经理的办公室，见门开着，就大大咧咧地走进去。唐生华正埋头批发票，一大摞发票才批了一半，抬头一看，是预制场的板车队长，就放下笔，笑着问："又是来要运费的？"

杨富贵说："我除了要钱，就不能找您大经理有其他事情吗？"

唐生华见他不是来要钱的，就埋头继续批他的发票。

杨富贵说："唐经理，您这样天天麻烦，批这么多发票，不过是专门写您的大名，依我看，还不如雕一个章，刻刻算了。"

唐生华抬起头，笑了，放下笔，夸他："你这倒是个好主意！我明天找人刻一个，那样省事。"

杨富贵笑了："真神在您面前，您也不拜的！……我从前就是刻章的。"

唐生华说："你还'真神'呢，让你刻我的签名章，你正好多刻两个，报发票哪用我批，你自己批就好到财务科拿钱！"说完，哈哈大笑。

杨富贵说："我不想坐牢，就不会干那种事情。您写的字，别人模仿不了。而且，我刻的章有专门的记号，只有天知地知你知我知！"

唐经理赞许地点点头，说："就请你这个'真神'刻一个……你有什么事吗？"

杨富贵吞吞吐吐地说："我私人的事情……想请您帮介绍女人……"

唐经理又一次放下手中笔，好奇地问："给谁介绍？我从来没有做过媒人。"见他不吭声，就问："不会是你自己吧！"

杨富贵点点头。

唐生华哈哈大笑："你就算了吧，一个人吃饱，全家不饿，讨什么老婆？"

杨富贵被他一奚落，信心失去了一半，但还是嘟哝了一句："你们铁记庄的陈桂兰，守寡好几年了，我想……"

唐生华用怀疑的目光打量着穿着普通的杨富贵，笑道："人家那么漂亮能干的陈桂兰，会看得上你杨富贵，你真的是癞蛤蟆想吃天鹅肉了？"

杨富贵说："我就是想请您大经理帮忙啊，哪怕'两头跑'也好；她小孩多，我帮助她还不行？"

唐生华说："这个忙，我恐怕帮不了。据我所知，谭老三想这个事也不止一年两年了，都没有成功，何况你呢！"

杨富贵不死心，缠住唐经理："这种事，他们自家人难说，也许外面人好说呢！"

唐生华见推托不了，勉为其难地说："也罢！既然你这么积极，等我下午到工地上去，问问她看……这是我写的名字，你刻了章，明天上午送来，听我回话吧！"

杨富贵从唐生华手中拿来便签，看他写得龙飞凤舞，便笑道："你这个笔锋，哪个也模仿不了！"说完，离开总经理室。

下午，陈桂兰又去宏兴预制场，随杨富贵一行拉楼板。杨富贵热情地帮她吊起，稳稳地放在平板车上；提一提车手把，看看轻重是否合适。觉得不适中，又将楼板吊起，向板车后身移动几寸，再试试手，觉得行了，便帮她捆绳子。

陈桂兰感激地说："麻烦你了，我自己来！"

一起拉楼板的一个妇女拿杨富贵开玩笑："杨队长，黄鼠狼给鸡拜年啊，你看上人家了？"

另一个妇女也跟着说："别瞎说，人家桂兰哪里会看得上我们队长；队长是学雷锋、做好事罢了。"

那个妇女又说："桂兰，都是过来之人，别不好意思！"

陈桂兰不作声，一笑了之，拉起板车走了。

楼板是拉到谭大龙施工的工地的。谭大龙正和师傅闻先一起检查瓦工砌墙质量。两人拉着皮尺，丈量墙的尺寸是否符合标准。谭大龙本来在墙里，转身到墙头门档口，发现母亲拉着板车，一步一步，艰难地朝工地走来。他立即丢下皮尺，飞奔过去，帮妈妈拉过来。闻先收起皮尺，走出去。

唐生华骑着摩托车来到工地，看到这里瓦工停了，施工的进度也不快，便皱着眉头问闻先："闻先，这几天没有进展啊！"

闻先解释说："正巧几个工地都在立模，木工人手不够。"

唐生华说："怎么不叫谭老大来帮突击几天？"

闻先说："联系过了，他答应明天上午派人进场，连夜立好第二层的模子，我们接着浇腰箍，连续浇完，后天瓦工砌墙。"

唐生华说："要抓紧！特别是安排要紧凑。……谭顺和呢？"

闻先说："谭小龙开家长会，他去县中了。"

唐生华说："我明天晚上来工地，你告诉他！"看到杨富贵在卸楼板，想到杨富贵上午去说陈桂兰的事情，心中明白怎么回事了。他走向陈桂兰，向她招手。陈桂兰见是唐生华，擦擦额头的汗，走过来。

唐生华把陈桂兰带到工地一角，把杨富贵的想法与她说了，并且问她："我晓得谭老三老早就有与你合并过的打算的，不知为什么，你至今没有答应他呢？"

陈桂兰以为唐生华找她，是说儿子大龙的事情，一开始有点紧张。原来是帮杨富贵说事，心里放松了，便向他解释："杨经理，我们都住在铁记庄，家里的一些事也瞒不过大家。不瞒你说，孩子小的时候，我也有过这个念头。眼看着孩子们渐渐地长大了，承蒙你关照，大龙有了工作，也得力了；小龙高一了，在县中成绩还好，这次全国化学竞赛又得奖了，老三今天替我去开家长会；小老三也要考高中了，所以，日子就这样一天一天过去，那个想法就慢慢地淡去了……"

唐生华说："我们农村有个说法，叫'满堂的儿女，不如半床的夫妻'。你总会老的，孩子们说不定哪天会远走高飞；你有个伴，总比这样一个人孤苦过日子要好。"

陈桂兰苦笑着："我这辈子恐怕就是这个命了。我也不想拖累旁人；孩子们越有出息，我越高兴，再苦再累也不在乎，不怕他们远走高飞！你就对杨队长说，我还在考虑老三呢！"

唐生华叹了口气，又一次劝她："你要是真的这样想着老三，他也会愿意的。你看他一直不找人，恐怕就是为了你和孩子们。你辜负了他一片苦心啊！"

陈桂兰说："他这也是害了自己！不过，孩子们都与他合得来，将来他做不动了，孩子们会养他的。"

谭大龙走过来，唐生华不再说什么，走开了。谭大龙了解母亲的性格，她自己决定了的事情，没法让她改变。这次拉楼板的事，她是铁了心要干下去；昨晚那样筋疲力尽，今天还照样来拉，自己只好支持她了。来到母亲身边，他说："妈，我平时下午事情少，可以早点走。隔夜你告诉我送楼板的工地，我用自行车带你，你好轻省点。"

陈桂兰说:"也好。你也跟师傅学了两三年了,大美买了那么多书给你,只要你考上施工员,可以多拿点工资,妈就不拉了!"

谭大龙笑道:"下半年就有一次考试,我想参加。您这次说话要算数,我考上了施工员,您就在工地烧烧饭,别再吃这种苦!到时候我到大伯身边干,说不定工资比这里更高呢!"

陈桂兰开心地笑了说:"一言为定,我答应你!你们有了出息,我当然就享福了,到那时,我什么也不做了……"

唐生华走到杨富贵身边,朝他笑笑,说:"明天把章刻好送来!"没等他回话,便发动摩托车,骑着,一溜烟走了。杨富贵哪里知道,一厢情愿的事情是不会有结果的。

日子一天一天过着,就像马驮沙江水一样,潮涨潮落。在平淡无奇的悠悠岁月里,一切似乎没有什么变化。然而改革开放以后的马驮沙,世事在悄然发生变化。农村的小楼房改变了人们的生活观念,再也没有"懒人",你追我赶地多挣钱,楼房成了这块土地上生活富裕的标志。县城的高楼也越建越多,马驮沙房地产开发公司,应运而生,不少商品房的楼盘,为乡级建筑公司的龙头老大跃江建筑总公司所承建。

这天傍晚,陈桂兰拉着楼板,去较远的一个工地。谭大龙和往常一样,长长的尼龙绳,一头系在母亲拉的车手把旁板车框上,一头扣在自行车后座上;绳子长是为了远近的调节,慢了,就使劲蹬;快了,就停下来。与以往一样,母亲拉着板车,车把上帆布带挂在肩上,保持板车的平稳前行;儿子骑着自行车,使劲蹬着,长长的绳子紧鼓鼓地拉着。

环城公路还没有拓宽,只有五六米宽。谭大龙他们的队伍,经过环城路时,已经较晚,那时还没有路灯。谭大龙第一个过了公路,母亲的板车还在路那边。这时,一辆通州牌照的五吨卡车由北向南疾驶而来,驾驶员没有发现路上横着一根绳子,卡车头部将绳子一带,驾驶员从后视镜看到一个黑影钻进车底,下意识紧急刹车。开门下车一看,倒抽一口冷气:一辆自行车摔在路上,一个小伙子卡在万向节下面,他不禁吓出来一身冷汗。

陈桂兰被拉了一下,向前冲了几步,停下板车,已经看不见儿子,面前却停了一辆卡车。听见谭大龙在车底下哭叫,便奔到车边,看到儿子卡在下面,就责骂驾驶员:"你开的什么车?去赶杀吗!瞎了眼啦,没有看见路上有绳子?"驾驶员没有理她,只顾奔到路边小店的公用电话打电话:"快来东南环城路,人卡在车底下……"

杨富贵爬到卡车底下,将谭大龙慢慢地往外移动,人移到路边,人民医院的救护车也到了。医务人员用担架把谭大龙抬上救护车。救护车一路尖叫,驶向人民医院。

陈桂兰随救护车去人民医院，杨富贵等人看住卡车，等交通警察来处理。

经过 x 光拍摄，谭大龙的脊椎骨断裂，需要立即动手术。人民医院骨科主任郑凯立即组织人员，亲自主刀。他深知，手术失败了，孩子会终身瘫痪。陈桂兰签完字，坐在医院走廊里痛哭不已。她想号啕大哭，可是，在医院里，只好噎着气痛哭。直到铁慧琪、龚弘菊、谭顺利和谭顺和来了，她再也控制不住，号啕大哭起来。韩莉抱着孩子也来了，看到她痛苦的样子，眼泪止不住地流下来。

手术结束后，郑凯走出手术室，一行人推出昏迷着的谭大龙，铁慧琪等人迎上去。郑凯告诉铁慧琪："是脊椎骨断裂，但是，手术没有问题，不会落下瘫痪，你们放心吧！"

铁慧琪感激地说："谢谢您，郑主任，有您'第一刀'，我们就放心了！"

郑凯说："等他醒来，会疼一阵，如果实在吃不消，就打一点麻药，不过，那样会影响恢复。"

铁慧琪说："这孩子从小坚强，……看情况再说吧。"

谭顺利在铁慧琪耳边轻声说了几句，他会意地点点头。

陈桂兰随推车去了病房，看着医生和护士将昏睡的儿子抬到床上，安顿好。她什么也说不出来，还在哭。

铁慧琪和谭顺利来到郑凯的办公室，铁慧琪说："郑主任，给我一个面子，请您和几个医务人员吃个便饭，表示我们的谢意。"

郑凯说："都是自己人，别这么客气！"

铁慧琪说："已经过了饭点，他们回去也迟了……"

这时，一个年轻医生走进来。郑凯说："小陈，你去叫他们几个，忙了一阵子，也饿了。铁院长客气，请大家吃晚饭。"问铁慧琪："到哪儿？"

谭顺利说："就到南苑宾馆。"

郑凯便对小陈说："不早了，你快点同他们去，我随铁院长去。"

回到家里，听说谭大龙被汽车压伤，谭剑英立即骑车到县中，叫上小龙，弟兄俩直奔人民医院。

谭大龙还在昏睡。看到两个儿子来了，陈桂兰一把拉住他们，生怕他俩也发生什么意外似的，两手紧紧地搂着。

护士进来，给谭大龙换吊针瓶，并说："你们家属先回去。今天是手术第一天，我们有医生二十四小时监护。他一会儿就会醒来，你们明天再来！"

龚弘菊和韩莉到门外，龚弘菊说："我们去吃点东西。一会儿顺利他们来了，让他们守着，这里不能缺人！"

陈桂兰说："你们带小龙、小老三去吃，我在这儿守着。"

龚弘菊说："你在这里有什么用，还是我在这儿，你去吃点东西，别硬撑！"

陈桂兰不再说话，也不挪动。

看到陈桂兰没有半点走的意思，韩莉说："我们几个走，小国庆也要吃了。小龙、剑英、弘菊姐走吧！就到我家旁边小饭店，吃完了，拿保温杯给桂兰姐带来。"

几个人随韩莉走出医院。陈桂兰依旧坐在病床旁，流着泪，看着昏迷中的儿子。

南苑宾馆，这个在马驮沙顶级的酒店，是企事业单位的大佬们经常光顾的所在。除了餐饮、住宿，还有高档浴池、歌厅。就连长江对面的江州市也有过来消费的常客。特色烹饪的长江三鲜，驰名长江两岸的蟹黄汤包，更是招牌美味，是食客们必点的珍馐佳肴。

县电光仪器厂厂长羊建平和财务科长谭顺芳一行人，在南苑宾馆吃完晚饭出来，其他人去餐厅旁边的桑拿房洗澡；羊建平多喝了两杯，谭顺芳陪他坐了会，看他能走了，就扶着他走出包厢，手里拿着他的公文包。

跃江印染厂的几个人，从另一个包厢走出来，也是酒足饭饱，其中就有副厂长陈桂根。一个供销员眼尖，指着谭顺芳给陈桂根看。陈桂根发现自己的妻子搀着半老头羊建平，便一个箭步冲上去，酒后的冲动让他失去理智，上去就是一拳。羊建平猝不及防，一个趔趄，冲出去老远，谭顺芳反被绊跌倒地。她抬头一看，是丈夫陈桂根，立刻爬起来，挡在羊建平面前，大声吼道："你这是干什么？发酒疯！"陈桂根又要上去，被几个供销员死死拉住。他两眼通红，困兽犹斗般直往前拽。

这时，铁慧琪、郑凯一行人走进大厅，看到眼前一幕。谭顺利看到谭顺芳和陈桂根，还有妹妹的厂长羊建平，知道是怎么一回事了，没有理他们，与铁慧琪、郑凯等人走进包厢。谭顺和悄悄留下，处理事情。

谭顺和拉着谭顺芳走出大厅。谭顺芳委屈地哭诉："刚才，厂里请客户吃饭，他们几个都去洗澡了；羊厂长多喝了两杯，说等会儿去，我陪他坐了一会。这不，刚出包厢，遇到那个犟怂，不问青红皂白，就打人家羊厂长一拳。你说，叫我以后怎么在厂里工作啊！"

谭顺和说："他也许是酒喝多了，你不要怪他，你还不知道他的脾气？"

羊建平受了陈桂根一拳，酒也醒了一半，就往外走。谭顺和立即上去打招呼："羊厂长，不好意思啊！刚才是我妹夫，他也是酒喝多了，鲁莽了，我代他向您打招呼，请您原谅！"

羊建平摇摇头，又回头看看陈桂根，便说："没什么。好喝酒的人，都不会太理智，我年轻的时候，不知打了多少架呢！小谭，你去陪陪他！我去看他们几个了。"说完，一步三摇地走向浴池。谭顺芳看他歪歪斜斜的样子，生怕他摔倒，就去扶他走向浴室。

谭顺利安排好饭局，从包厢出来看看情况，见事态已经平息，就说："老三，进去吃饭，随他们去！"又朝陈桂根说，"身为副厂长，要有点风度，动手动脚的，不是一个真正男人的做派！"说完，与弟弟一前一后走进包厢。

陈桂根被大舅哥的话说中了。他从一个生产队会计，已经成为乡办厂的副厂长，主管供销，是有点得意忘形，自己也不知几斤几两了；加上平时也听到一些妻子与厂长的流言蜚语，便把半老头的羊厂长与三十多岁的财务科长的关系，定位成不正当的男女关系。今天见到了"事实"，醋劲涌上，恶气冲来，便"该出手时就出手"了。

谭顺芳把羊建平送到浴池吧台，让服务员送他进去休息，就出来找陈桂根。没有看到他的踪影，就去包厢找两个哥哥。她知道谭顺利经常来这里吃饭，以前也遇到过；而从来没有见过谭顺和来这样高档的酒店吃饭消费，今天，连铁慧琪也来了，肯定是家里出什么事了。

谭顺和见门被谭顺芳推开，便起身出来。没有等她开口，就说："大龙被卡车压伤了，脊椎断裂，刚做完手术，我们请郑主任他们吃个饭。我们来的时候，大龙还没有苏醒，你马上去春晖大楼骨科病房，桂兰在那儿。"谭顺芳等不及他再说什么，转身就去门外，叫来一辆出租车，直奔人民医院。

麻醉期已经过去，谭大龙睁开眼睛，看到母亲垂泪，便安慰她："妈，没事，我会很快好起来。"

陈桂兰痛心地说："儿子，是妈对不起你！我去拉什么楼板，把你害成这个样子。妈真是恨死自己了！"

这时谭顺芳走进来，龚弘菊跟在后面，手里拎着保温杯。看到大龙醒了，都围到床边。

陈桂兰问："小龙和小老三呢？"

龚弘菊告诉她："刚才也来的，正好在门口遇到顺芳，就让出租车送他们了。"

陈桂兰问："他们不是骑自行车来的？"

龚弘菊说："今天是黑星夜，没让小老三骑车。顺芳给的钱，她好报销。"

谭顺芳已经打开保温杯，倒出面条，递给陈桂兰。陈桂兰看到喷香的烂面，问龚弘菊："大龙能吃吗？"

龚弘菊说："这几天只能吃流质，也不好下床，更不能翻身。你明天替他擦擦身子，不要躺成褥疮！"

陈桂兰自己觉得饿了，大口吃起面来。龚弘菊把小汤匙拿出来，还有白糖，她倒水和好糖水，用汤匙搅凉，喝点试试，再喂给大龙。

谭顺芳把带来的苹果削了皮，对龚弘菊说："刮点水果给他吃，也好充饥。"

龚弘菊看看谭顺芳，这个已经三十多岁的女人，长期在县城生活，穿着十分洋气，气质也比普通的城市少妇要高雅得多，真可谓"徐娘半老，风韵犹存"。就把不锈钢的小汤匙给了她，自己起身移坐到桂兰身边。

谭顺芳细致地刮着苹果，如浆般的果肉喂到侄儿的嘴里。谭大龙咽着果肉，眼泪从眼角流下来，谭顺芳摸出绣花的手帕，替他擦拭。

铁慧琪一行吃过晚饭，带人们走出包厢。谭顺利扯了一下郑凯的衣角，郑凯不解地看着他。在人们都走出包厢之后，谭顺利塞给郑凯一个鼓鼓的信封。郑凯断然拒绝："你这是做什么？吃顿饭无所谓，你这样做就是骂人了！"

谭顺利说："郑主任，您辛苦了，您不收下，我们实在过意不去。"

郑凯诚恳地说："救死扶伤，实行革命的人道主义。这是我们做医生的天职！是有极少数的医生受患者的红包，可是，你们什么时候听说过我郑凯收过红包？你家铁院长会收红包吗？我看不会！"说完，就走出包厢。

铁慧琪陪郑凯到门口，让他坐上出租车，付了钱，郑凯走了。

谭顺利在吧台付了款，收了发票。

铁慧琪进来，对弟兄俩说："走吧！"

谭顺利说："你先走，我和老三说点事情。"

铁慧琪说："好，你们刚才喝了酒，不要吵起来，在这里影响不好！"

谭顺和说："我没有喝多少，不会的！"

铁慧琪走了。弟兄俩坐在大厅旁边的沙发上说话，服务员送上两杯开水。

谭顺利批评谭顺和："桂兰在你负责的工地烧饭，你怎么让她去拖楼板的呢？"

谭顺和知道老大留他说话，就是会骂他。解释说："我几个工地跑，哪晓得她利用下午的空闲去拉呢！"

谭顺利说："你是装聋作哑！让她多弄点钱。她自己拉拉算了，还搭上个大龙，弄成这个样子！"

谭顺和不与大哥争执，只说："这孩子孝顺，恐怕是看到桂兰拉楼板吃力，加上下午也没有他多少事情，就用这个方法助她妈一臂之力，哪晓得弄巧成拙，给卡车撞上了？"

"不要说这个事情了，反正医药费你去找唐生华处理掉；要不然我来处理！"谭顺利打断他。

谭顺和说："这个没有问题，交警队处理结束，剩余部分我来处理，你就别操心了。等她能够下床走动，就转到慧琪那儿去休养，没有半年，不会好……韩莉现在怎样？"

谭顺利说："孩子也四岁多了，娘家人也认她了，让她常回去，反正我不去。弘莲和孩子我还要照顾好，答应她的房子很快就拿到。等老了，儿子和姑娘都会照顾我！……你怎么说，桂兰还是不肯答应你们并起来过？"

"这事情就算了。我和你不一样，虽然大龙他们三个不是亲生的，我对他们视同己出，等于亲生的。到老了，他们会养我老，送我终的！"谭顺和自我宽慰。

谭顺利叹了口气："不是这样，她就不叫陈桂兰了！老二这个坎，在她心里就是过不去，她要一辈子生活在那个阴影里了！算起来，从七八年到现在，也八年时间了；你对他们那样出心，即使是块铁也会把她焐热。真是个烈女啊！"

谭顺和说："别说了，我们去医院吧！换桂兰回去休息。"

谭顺利说："急什么？我还有事情和你说。"

"还有什么事？"弟弟问。

"我想把建筑公司弄起来。你过来吧，还有大龙。这样也多几个资质，好注册公司。"谭顺利和盘托出自己的打算。

谭顺和沉思了一会，他上次想与陈桂兰商议，桂兰让他自己拿主意，他反复考虑，已经做出了决定，十分肯定地说："我可能不能到你那边去。现在，手上就有三个工地，县农科所大楼，刚刚开工，九层，没有一年下不来！何况，唐生华也给你业务做，我在总公司，对你也有好处。"

谭顺利觉得老三说的是肺腑之言，也是成熟的想法。这样相互照应，对自己更为有利，就不再勉强他。便说："那就让大龙到我这边来。在养伤期间看看书，建工局我有熟人，下半年考个施工员职称，就来我身边当施工员，我也好多开点工资给他；你是集体的，不好弄，我是个体，我说了算！"

谭顺和说："也好，我负责做桂兰的工作。"

谭顺利觉得今晚弟兄俩谈话很融洽，不像过去，总是话不投机，尿不到一个壶里！心情十分愉快，还是老话说得好，打仗亲兄弟，上阵父子兵！弟兄俩并肩走出南苑宾馆。

谭小龙与龚大美在同一个年级，不在一个班。他回到县中，已经快下夜自修。他想告诉龚大美，大龙出事了。在龚大美教室的窗口，敲她的窗玻璃。龚大美看是谭小龙，就把书整理齐了，走出教室。谭小龙在走廊里跟她说了几句，她立刻向老师请假，然后快步朝学校后门跑去。从县中到人民医院只有千把米的路，龚大美出了后门，从东兴街向北，到了康宁路，直朝西奔跑。这个学校的长跑冠军，连大气都没有喘，就到了人民医院。

一见龚大美，所有在场的人都感到吃惊，因为她是一边跑一边哭着来到医院的。龚弘菊看到侄女如此伤心，也被感染了，泪水流出来，更不用说陈桂兰和谭顺芳了。

龚大美不顾在场的人，一下子扑到谭大龙身上；谭大龙疼得皱了一下眉头，龚大美马上起身，掀开被子，看他的伤。大龙说："不能看到，在脊梁骨上……"

龚大美流着泪，抽泣着，哽咽着说："怎么这样不当心，你不是一贯做事谨慎的吗？这一回闯了个大祸？你要是有个三长两短，叫我怎么安心学习？"

"都是我不好，是我害了他……"陈桂兰自责地说。

谭大龙说："妈，不怪您，是我自己没有当心……"

龚弘菊去擦侄女的眼泪，虽然止不住；对大龙说："大龙，你不要说话，要休息。你现在疼不疼？疼得厉害的话，我就叫医生给你打一针。"

谭大龙咬咬牙，说："我挺得住！"

龚大美抓住大龙的手抚摸着，抚摸着；因为人多，她不好意思，要不然，她会俯下身子，用少女的初吻，来吻他心爱的人，抚慰他的创伤。

铁慧琪和谭顺利兄弟来了。

谭顺和说："刚才我和老大商量好了，今晚我在这里值班，你们都回去吧！明天各有各的事情，医院里也不许人多，影响大龙休息，目前是特级护理，有医生呢！"

陈桂兰期期艾艾地说："还是我在这里吧！"

龚弘菊喉咙高了点："你就别犟了！老三没有说错！我们都回去。大美，你再陪一会儿，也回学校，明天还要上课。"

龚大美点点头。她的手还握着谭大龙的手，谭大龙想抽回，也没有成。

人们陆续离开医院。谭顺芳的电光仪器厂，就在人民医院西北面的人民路旁，宿舍就在厂内；谭顺利与她同路，骑摩托车顺带她。铁慧琪一行打出租车，回铁记庄。

这一年，铁记庄的三代人的生活真是有很大变化。

谭大龙伤愈后，下半年考到了建筑工程施工员职称，谭顺利安排他在自己身边，工资是原来的三倍。陈桂兰不再烧饭，而是到谭顺利的工地做韩莉原来的事情，仓库保管员，工资也比以前多了。韩莉的小孩谭国庆下半年上幼儿园了，是马驮沙最好的县机关幼儿园，她就带孩子，不再工作。

铁海良高考没有发挥好，只考了个大专，是江阳水利专科学校。谭小龙和龚大美都上高二了。龚大美与谭大龙谈起了恋爱，龚弘奎夫妇还蒙在鼓里。

谭剑英因为除了语文还好，其他都不行，没有考上普通高中。龚弘奎帮他录取到职业中学，他不去；因为家里有二哥读书，前途无量，上职业中学还不如早点工作。至于做什么，他还没有确定，就在家里写作，做"专业作家"，忙得不亦乐乎。

谭来娣与陈栋都考取了二类高中，是城区的暨阳中学。谭招娣读中师二年级了。

铁海良考上江阳水利专科学校；小小的铁娜也上初中了，是离卫生院不远的跃江中学。

"广交会"上，铁慧瑛的县竹器厂订到了三百多万港元的出口订单，这中间，姑妈张铁爱华做了不少工作。

十一月六日，县政府在深圳华侨宾馆召开马驮沙籍香港侨胞联谊会，铁记庄的后人铁善玲和女儿张铁爱华应邀参加。

陈桂根从那次"南苑宾馆事件"之后，再也不去电光仪器厂了，就连儿子陈栋考高中也没有去看一下；谭顺芳与陈桂兰谈离婚的事，被陈桂兰劝住。

谭祖华已经六十九岁，伤残的身体一年不如一年，到了冬天，就在医院度过。

第九章

时间过得真快，转眼又到了一年的高考季，龚大美与谭小龙都超过起分线，填报志愿了。

面对高考志愿表，龚大美在姓名一栏，填上"龚如玉"，这是父亲龚弘奎给她起的大名，上大学了，她不再用"大美"这个小名。几十页的招生报，她百无聊赖地翻着，看得头疼。前些天，她问过谭小龙了，准备报考什么院校，谭小龙因为一段痛彻心扉的经历，已经决定报考全国唯一有农药专业的西安大学；而她自己只想报考本省的师范院校，读英语专业。可是，一辈子做教师的父亲，却要她报考工科院校；他现在是县招生办主任，录取什么院校是没有问题的。

谭小龙之所以报考农药专业，有什么"痛彻心扉的经历"呢？

铁记庄的陶兰芳，是远近闻名的好媳妇，丈夫在江南的江州服装厂工作，不常回来。其公公是驼背爷爷，庄上人都叫他"驼大大"。驼大大脾气倔，认死理儿，只要儿子一回来，就唠唠叨叨地说陶兰芳的丑话，都是些鸡毛蒜皮的琐事，陶兰芳在丈夫面前也不怎么解释，丈夫责怪她，她也东耳朵进、西耳朵出，习以为常了。去年冬天，下了一场大雪，田里的积雪有尺把深。驼大大因为一件小事与陶兰芳争执，陶兰芳觉得自己并没有错，长期以来，肚子里的窝囊气憋得像河豚，鼓鼓的，实在忍无可忍了，就回了几句嘴。这下子可不得了啦，"常有理"的驼大大暴跳如雷，就满嘴脏话臭骂陶兰芳，什么"婊子"、"讨汉"之类不堪入耳的话也骂出来了。陶兰芳觉得受到从未有过的屈辱，就立马跑到放置农具的厢房里，拿起"二二三乳剂"农药连喝几口，喝完就关上房门，躺在床上哭。驼大大看她从厢房出来，有一股农药味，心想儿媳妇肯定喝药水了，就去推门，哪知，门已经闩上，里面没有动静。驼大大慌了，就在后门口大喊："不好啦，陶兰芳喝了药水了……"

陈桂兰正好在地里挑菜，一听西面驼大大叫唤，就扔下小锹，直奔而去。小龙也在旁边，顾不上菜了，也随母亲去。两人边跑边喊："快来人啊，陶兰芳喝了药水了……"

陈桂兰到了陶兰芳房门口叫喊："兰芳，兰芳，我是桂兰，快开门！"并且使劲敲门。

陶兰芳昏昏然爬起来，拉开门闩。门一开，就口吐白沫，晃了一下，陈桂兰和谭小龙伸手扶住，搀到床上，让她倚在陈桂兰身上。

陈桂兰问："兰芳，你喝的什么药水？"

陶兰芳有气无力地说："二二三乳剂……"

陈桂兰说："小龙，快用肥皂粉和水，让她喝下，吐出来！"

这时，来了端玉梅、端玉萍等几个妇女，就去拿肥皂粉和水。

驼大大在门外听说"二二三乳剂"，大叫："不好了……"

谭顺和来了，赶紧问："什么不好？"

驼大大说："这个'二二三乳剂'瓶里，我和了'一六零五的'……"

陶兰芳喝了肥皂水，正在吐，小龙在房门口叫道："别喝了，赶快送人民医院抢救，她喝的是两种农药的混合药水，毒性特大，会要命的！"

陶兰芳对陈桂兰痛苦地哭道："姊姊，我这下子没命了……我本来是吓吓他的，哪晓得不只是'二二三乳剂'啊……"

谭顺和与几个男劳力已经把椭圆的竹匾榻捆好；妇女们抱了被子铺好，把陶兰芳扶到匾榻上。八个男人轮流抬着，一路狂奔，横田斜道，不走大路，只顾抄近路，深一脚浅一脚；谭小龙也跟在旁边，帮忙扶着匾榻。

到了人民医院急诊部，医生立即迎上来，见陶兰芳眼睛紧闭，就翻看她的瞳孔，又闻到农药味道，就摇摇头："人，没用了，抬回去吧……"

一行人累得浑身是汗，大冷天的，连棉袄也脱掉了，听了医生的话，汗毛直竖，面面相觑。陈桂兰摸摸陶兰芳的鼻孔，早已断气。眼泪无声地淌下来，朝大伙挥挥手，大家就抬着陶兰芳的尸体回铁记庄。

谭小龙蹲在医院走廊里大哭，因为陶兰芳是他心里敬重的人，善良、礼貌、谦和。每年年初一，第一个端红枣茶给爷爷奶奶来吃，非亲非故的，她就是这样的人！这样的好人被农药毒死了，真是冤枉啊！他发誓要读化工专业，要研究出既能治虫又不致死人命的农药来。

就是这个经历，让谭小龙只报考西安大学的农药专业，他有信心；因为在高三的全国化学竞赛中，获得过二等奖。

龚大美丢下考试报，去谭小龙家，看看谭大龙有没有回来。

铁慧瑛与龚弘奎一前一后回来了。铁慧瑛现在是外贸局副局长，比在竹器厂清闲多了。女儿近几天要填志愿，做母亲的也要参谋参谋。夫妻俩看女儿没在家，只看到女儿房间里满桌子摊着考试报，就是没有一个记号，志愿表上，除了"龚如玉"三个字，还是一片空白。

龚弘奎笑着问妻子："慧瑛啊，你是做妈妈的，有没有打算关心一下女儿的前途啊！"

铁慧瑛笑了，反唇相讥："大主任，你是负责高考招生的，有没有心思关心一下自家的考生呢！"

龚弘奎脸一板："我没心思跟你开玩笑，到这个节骨眼上，你是不是该管管孩子了？"

铁慧瑛也眼睛一瞪，喉咙高起来："你一直带着她，她的心思你不晓得，我多咱问过她学习的？再说了，儿大不留爷，我说什么，有用吗？"

龚弘奎被铁慧瑛两梭子一扫，不吭声了，在家里，美女老婆脾气大，每次都是"知书达理"的先生偃旗息鼓。龚弘奎拿起志愿表，填上东南大学、江阳大学的建筑系的几个专业。他隐约觉得女儿在立体思维方面有独特的灵性，因为物理与几何成绩特好；平时也经常与谭大龙去本地几处古建筑逛悠，如果没有爱好，她去那些地方做什么。

看到丈夫为女儿填志愿，铁慧瑛说了声"这还差不多"，便去厨房做晚饭。龚老爷子与铁旺兴去重庆铁旺敏家了，婆婆肖秀英去了娘家好几天了，儿子龚如松暑假补课，不回来，所以，三个人的晚饭快得很。

谭大龙下班回来，见龚大美与小龙在看考试报，便过去打招呼。龚大美已经十七岁，出落成一个亭亭玉立的大姑娘了，炎热的夏天，龚大美穿着紧身的小黄花连衣裙，把身材衬托得更加苗条、秀美。谭大龙已经是大小伙子了，浓眉大眼，身板魁梧，在谭木匠的铁记庄建筑公司里是技术骨干。因为高考，这半年两人见面很少，连电影一次也没有看过，所以，龚大美来谭小龙这里看他填志愿是假，等谭大龙看电影才是真正的目的。

谭大龙看着美丽的龚大美，龚大美也端详着帅气的大龙哥。谭小龙知趣，悄悄地走出去。

没有关门，龚大美一下子抱住了谭大龙，头伏在他宽厚的胸脯上，听到他"咚、咚、咚"的心跳；谭大龙也不由自主地搂住她那纤细的腰，嗅着马尾辫散发的清香；静静地，静静地，时间这时候定格在一对恋人的世界里……

谭大龙先松开龚大美的腰，大美换了个动作，双手吊住大龙的脖子，水灵灵的双眼仰视着大龙的眼睛，调皮地问："看着我，我漂亮吗？

谭大龙脸红了，笑道："天生的美女，马上就是大学生了，是美女大学生啊！"

谭大龙话刚说完，龚大美松了手，，小嘴噘起来，一脸不高兴，低着头。

谭大龙不解，问她："怎么啦，我说错了？"

龚大美嘟哝了一句："我才不想上大学，我工作了，就会天天看到你，一个人到外面去读书，多无聊啊。"

谭大龙双手捧她的脸，就像小时候一样；笑着说："这就是小孩子脾气了！我要不是家庭经济困难，上学到现在，说不定能够与你一起上大学呢！可是，人要生存，就会有各种不同的路要走。你父母都是社会上的人才，你应当为他们争气，不要鼠目寸光……我们是小时候的玩伴，已经过去了，你这就远走高飞吧……"说完，就朝门外走。

龚大美被他这么一说，似乎回到现实中来，一把拉住大龙的手，嗔怪道："你走什么？人家来找你有话说呢！"

谭大龙回过身来，赶紧问："什么事？"

龚大美指着桌上谭小龙的志愿表，上面只填了一项：西安大学，化学系，农药专业。谭大龙说："我懂他心思，兰芳嫂嫂的死，是他的心病了……你填什么专业？"

龚大美眼巴巴地望着他，问他："你希望我读什么专业呢？"

谭大龙认真地说："这要看你的爱好啊！前几年，我们去孤山寺，去四眼井、魁星阁，还有岳庙，我看你对古代建筑蛮有兴趣的，莫非想读建筑系吧？"

龚大美沉吟了一会，扬起头来，说："那时候，我是帮你的，让你树立起搞建筑的信心，我怎么会去搞建筑呢？将来我俩结婚了，都搞建筑，不好！"

谭大龙叹了口气，灰心地说："我不可能与你结婚的！今天为止，我们分道扬镳吧！你去好好地读大学，我安心挣钱，顾好家庭，还要支持小龙读完大学，帮他完成理想……"

龚大美一跺脚，踏在谭大龙脚背上，谭大龙也没吭声。

龚大美说："你还没有给我提参考意见呢！我那么帮你，你也应该回报一下！"

谭大龙见她那认真样，就说："说真的，我希望女孩子都像你两个姑姑。弘莲大妈做老师的，能教育好孩子，我大伯那个样子，你姑姑还那么通情达理，把三个孩子带得好好的；弘菊阿姨做医生的，救死扶伤，是大善人，医德高尚！"

龚大美眼睛一亮，叫道："来！"

谭大龙不明其意，问："做什么？"

龚大美把他的双手巴掌朝自己，自己两个巴掌拍上去，开心地说："再来！"

两人四掌相击，大美说："这就叫心心相印，或者'英雄所见略同'！我就是要读师范大学，毕业后回来做老师，……你就跑不了了，是我的！"

谭大龙被她的热情感染了，笑道："又来了……"

铁慧瑛做好晚饭，出来找女儿。

龚大美也从谭家出来了，看到陈桂兰在菜地里铲雪里蕻菜，谭小龙也在帮拾掇，便走近她，亲切地叫道："婶婶……"

陈桂兰直起腰来，笑着应了一声，没有说话，看着龚家大小姐的美貌，叹了口气，摇摇头。她早就知道这丫头心里有大龙，可是儿子毕竟是个初中生，跑工地的建筑工人；姑娘马上就是大学生了，飞出去的凤凰还会回到草鸡窝来吗！看着她远去的情形，铁慧瑛在门口迎着女儿，陈桂兰又弯下腰……

谭大龙来到菜地，把菜挑回去，母亲指指龚大美，谭大龙装着没看见，装筐往回挑，一垄雪里蕻，是腌菜的。

龚大美回到院里，径直走进自己的房间，看到志愿表已经填好，不禁哑然一笑，自言自语道："这个招办主任，真会行使职权，连女儿的志愿也包办了。"她翻看考试报，把本省的师范院校都打上记号，包括大专。

母亲喊道："大美，出来吃晚饭！"

女儿应声"来了"，走出房间。

龚弘奎嘬着小酒，铁慧瑛还搞了几个小菜。龚大美端起盛好的面，埋头吃起来。

铁慧瑛说："吃点鱼。看你高考，瘦成这样，妈专门犒劳你的！"

女儿很懂事，抬起头来，说："谢谢妈！"给母亲夹一快，也为父亲夹一快，才自己夹一快。

龚弘奎看着女儿，心里想着为她填志愿的事情，估计她是同意的；铁慧瑛也看看女儿，心里猜想她是与小龙商量志愿的，便问："大美，小龙填的什么学校？"

龚大美又沉浸到刚才会大龙的幸福中，一根一根数着吃面条，一边想着心思，父母的话，一点也没有听进去。

龚弘奎发话了："大美，你妈的话听到了吗？"

龚大美这才抬起头来，莫名其妙地看着他们。

铁慧瑛又重复一遍刚才的话，大美说："陶兰芳的事情，对小龙影响是根深蒂固了，他只填'西安大学'，全国只有一所大学有农药专业。"

铁慧瑛问："你的打算呢？"

龚弘奎紧接着问："我帮你填的志愿行吗？我看你录取东南大学，是没有问题的。"

龚大美莞尔一笑，说："谢谢爸爸！不过本女子不去吃建筑饭，要随妈妈去国外逛逛，读外语专业……"

铁慧瑛开心地笑了，嘲讽丈夫："丫头不领你的情，回头到我们外贸局，当翻译；改革开放，生意做到国外去，才是发展的方向！"

龚弘奎说："也好，丫头做文字工作，也有前途。明天，我带一张志愿表回来，你自己重新填一下，就读外语专业吧！"

龚大美心里暗笑：我做什么翻译，我是回来当英语老师的。忽然，她想到去找谭大龙是看电影的，这事情刚才忘了说。她立马放下筷子，说："你们慢慢吃，我有要紧事情！"拔腿就往外跑，没有看到有人进了院门，一头撞到龚弘菊身上。见是姑姑，说声"对不起"，一溜烟跑了。龚弘菊没有在意她，与铁慧琪进了院子。

铁慧瑛招呼铁慧琪和龚弘菊坐下以后，收拾桌子，去厨房沏茶。

龚弘奎不知他们的来意，也不好开口问。因为这个招办主任，是个敏感的职务，已经有不少人找他录取子女、亲戚，大都违反招生原则，对于点头之交者，还可以一推了之，可是，政府机关的就难以招架，所以，一下班他就回到乡下，上班时也躲在县委第一招待所办公，开会时才露一下脸。今天舅哥登门，莫非也是来说情的，因为他知道，铁海良去年已经考走了，而小铁娜才初中毕业，离高考还远着呢！想到这里，便笑盈盈地问：

"哥哥、弘菊，还没有吃晚饭吧？"

铁慧琪没好气地说："还吃晚饭，气都气饱了……"

龚弘奎不解地问："你这次去省委党校镀金了，不是马上提卫生局副局长了？好事临头，还气什么？"

龚弘菊说："你不知道。不为工作，就是他没在家，我也忙，疏忽小娜中考的事情了。"

龚弘奎问："她的成绩不是可以考县中的吗，怎么啦？"

铁慧琪气呼呼地说："你们招办瞎扯淡，初中生懂什么，填什么志愿？还中师、幼师、县中一批，其他还有一批一批的。"

龚弘奎笑道："你们卫生系统有卫生系统的规矩，我们教育系统有教育系统的政策……不过，初中生填志愿，是由家长签字的。"

龚弘菊把铁娜的中师录取通知书往哥哥面前一摊，龚弘奎明白了，生米已经煮成熟饭，不能改了，便开导他们：

"这姑娘有主见，早点工作，有什么不好，高中、大学，要花多少钱啊！"

铁慧琪说："我不同意，她小孩自己签的字，我们不承认，你去帮改过来，让她读县中！"

这就为难龚弘奎了，这可是违反招生原则的事情。不但退档困难，牵涉到市招办、省招办不说，还要有正当理由；牵一发而动全身，实在是没法改。就直截了当对铁慧琪说：

"哥，录取通知书来了，是板上钉钉的事情了，不好更改！如果在录取阶段，是有点余地。这样吧，就让小娜读中师，在读期间，再读一个成人大专；中师毕业时，大专文凭也到手了，毕业分配按大专学历分配，享受大专待遇，也是大学生嘛！"

铁慧瑛端茶进来，听了龚弘奎的话，便说："人家是要子承父业的，海良没上医科，上了水利；小娜呢，他们打算让她穿白大褂的，谁知随了姑父呀！"

铁慧琪知道龚弘奎做事原则，不再强求，便拉起弘菊，往外走，连招呼也没有打一声。

铁娜这时是最开心的日子，当时填志愿，就避开妈妈，模仿爸爸的签字笔迹，在志愿表上签的字。她的目的是不想离开铁记庄，更不想离开谭剑英；虽然谭家经济困难，但是，一个个都有自强不息的奋斗精神，在她小小心灵里打上了很深的烙印，一直使她感动。这时的谭剑英已经在谭顺利的建筑公司上班，验收材料，事情做得井井有条，有空还写写文章，不断向各种报纸、杂志投稿。今天，铁娜到谭剑英的工地，告诉他自己被扬州师范学校幼儿师资班录取的事情。

谭剑英已经脱掉汗臭的工作服，在自来水龙头上冲凉，头发洗了，再抹肥皂，冲身体，健壮的肌肤擦得红红的，连脸上也用肥皂擦了又擦，洗得白里透红。铁娜远远地站在工地门外，看他冲洗，全神贯注，戴着近视眼镜的小眼睛迷蒙地看着；嘴角翘起，笑意漾着。才十四岁的小铁娜，虽然不太懂爱情是什么，她心里头就是喜欢小老三，没有理由，就是喜欢，放弃上县重点中学，报考中师，就是这个理由。

谭剑英冲洗结束，转身进工地办公室换衣服，一抬头，看到铁娜站在栅栏门外，便赶紧进去换了衣服。洁白的汗衫，宽松的裤子，是谭剑英最喜欢穿的夏装；他不像哥哥大龙，总是穿白衬衫和紧身裤子。走出办公室，他潇洒地向铁娜挥挥手，铁娜飞奔进来，白色的连衣裙飘起来，白色的凉鞋，小马尾辫一甩一甩，就像一只蝴蝶飞进来。谭剑英笑了，露出虎牙，这是他最开心的时候的样子。

铁娜来到谭剑英跟前，没等他开口，就说："走，去看电影，票都买好了！"

谭剑英问："什么电影？"

铁娜调皮地一笑："不告诉你，到了电影院自然知道！"

谭剑英把铁娜的小自行车推到工地里，锁好，钥匙给铁娜。铁娜说："我哪有口袋？放你那儿。"

谭剑英推起自己的廿八自行车，走到大门外，骑上车，铁娜捞起连衣裙，往后座一跳，稳稳地坐在他后面。

到了电影院门口，眼尖的铁娜，发现两个熟悉的身影，正拾级而上，她扯了一下谭剑英的后衫，谭剑英下意识地回头，铁娜跳下车，谭剑英跨在车杠上，问："怎么啦？"

铁娜指指台阶上的谭大龙和龚大美。

谭剑英一看，赶紧调转车头，说："去退票，我们去工人文化宫看。"他已经看到大幅剧照，十分醒目：红高粱。巩俐秀美的脸庞，深情的眼睛，将他抓住了。

铁娜想了想，说："恐怕去买不到票……，我们坐到前几排，那是不卖票的。散场时，我们提前出去。"

谭剑英痛快地说："听你的！"

精美的画面，精湛的演技，大胆的镜头，还有演员的形象，高粱地的艳丽景色，给所有观众留下深刻的印象。尤其高粱地里的爱情故事，使多少懵懂爱情的少男少女，使多少被爱情窒息的男男女女以惊天动地的撞击，他们的思绪，他们的情感，就如泄洪的闸门，被撕裂开了，一泻千里……虽然看不清人们的表情，一对一对情侣，他们的手握住了，手心出了汗，甚至有人在黑暗中旁若无人地狂吻。谭大龙的手也被龚大美紧紧地攥着，她靠在他肩上，呼吸急促，两颊滚烫，她看到有人在长时间吻着，恨不得也主动去吻他厚厚的嘴唇；然而，她没有，她希望大龙主动，那才美好，只深情地看着他。大龙也转过头来看看大美，克制自己，黑暗中四只眼睛更加明亮……

铁娜毕竟还小，谭剑英也十分单纯，他们的手并没有碰到一起，只是全神贯注地看故事情节，欣赏画面，感受从未有过的放松和独处。铁娜还不时地问这问那，谭剑英已经看过小说，对故事熟悉。虽然电影已经缩短了，但主要情节、人物还在，而画面美、音乐美、场景恢宏所构成的视觉效果，是文字描写所不及的。

散场以后，谭大龙与龚大美去了四新饭店。在电影院里，谭大龙感受到龚大美的气息，更是感受到龚大美对自己的痴情，然而，爱的烈焰同样烤炙着他的心，虽然很疼，他也要强忍住，否则，会害了大美。谭大龙觉得只有到此为止，才能使龚大美死心。但是，十几年的玩伴，从穿开裆裤玩过家家开始，至今都长大了，还是有感情的，算不算爱情，谭大龙还不会拿捏。他觉得，无论怎样，应当一切从零开始，龚大美应该有她自己的美好生活，而自己在这个家庭还要挑起顶梁柱的担子。因此，看电影过后，再吃碗分手的馄饨，当地风俗，馄饨是元宝，吉祥的象征；吃馄饨也叫"裹嘴"，就是别再说什么了，一切心知肚明，瞎子吃馄饨，叫心里有数。

谭大龙买了筹子，与大美相对而坐，等服务员端上来。龚大美秀丽的脸庞，还保留着刚才的潮红，额头上还有热的汗迹。谭大龙掏出手帕，递给大美，大美笑着接过来，先替大龙擦了擦额头，才自己擦。店里的顾客，不少人投来羡慕的目光：一是两人俊哥靓妹，二是两人互相体贴。

馄饨端上来了，龚大美用调羹往谭大龙碗里拨过去几只，谭大龙说："行了，你自己吃吧！"

龚大美温婉地说："你上班辛苦，肯定早就饿了，多吃点……我刚才在家里吃了面，不饿……"

谭大龙不再推托，大口大口地吃起来。

龚大美笑道："慢点，别烫着，没人跟你抢着吃啊！"她没有吃馄饨，喝了几口汤，用调羹，一点一点地。只是看着谭大龙吃，等他碗里吃完了，就把自己碗里全倒给他。

谭大龙笑道："把次饭给我吃，我是你的垃圾桶啊？"说完，又大口吃起来。

龚大美笑着说："不愿意啊！你就是我的垃圾桶，现在就是，将来也是！"

听龚大美这么一说，谭大龙细嚼慢咽了。心思涌上来。他吃完馄饨，大美给他擦嘴，他拉住手帕，大美没松手，坚持给他擦，完了，说："这是我的手帕……"

谭大龙不与她争，出了门，龚大美说："天还早，我们去人民公园吧，我好多时没去了！"

谭大龙高兴了，他也不想回去，便说："好，今天玩个痛快！"

沿着人民路，两人向北，谭大龙推着自行车，龚大美与他并肩而行。龚大美把马尾辫松下来，任秀发在晚风里飘飞，她不时掠一下，有时，发梢扫到谭大龙的脸上，大龙转过脸看看她。

龚大美指指道旁树，问谭大龙："你知道这是什么树啊！"

谭大龙一笑，回答她："这个哪个不晓得，冬青树嘛！"

龚大美停住脚步，看着树上的白花，意味深长地说："她，还有一个更好听的名字，你晓得吗？"

谭大龙摇摇头。

龚大美继续朝北走，谭大龙跟着。龚大美低声吟道：

"女贞花白草迷离，江南梅雨时。阴阴帘幕万家垂，穿帘双燕飞。朱阁外，碧窗西，行人一舸归。清溪转处柳荫低，当窗人画眉。"

吟完，她看看谭大龙，谭大龙似懂非懂，她说："这是一首赞颂这树花的词，它就是女贞树，女贞树四季婆娑，枝干扶疏，枝叶繁茂，你看，她的形态多么漂亮……"

谭大龙明白了意思，说："叫女贞树，恐怕有故事吧？"

龚大美卖关子了："我就是她，她就是我，这就是故事！"

龚大美不说，谭大龙也不强求，从来都是这样，两人很默契。从四新饭店到人民公园不远，两人已经到了公园门口。至于龚大美吟的词，还有对树的描写，是龚大美用心良苦之笔，这是词话大家王国维的《阮郎归》，在她父亲书房里读到的。

人民公园建于民国六年（1917 年），几十年的不断扩建已经是一个有规模的公园，主要景点有梅花阁、望梅亭、荷花厅、桂花厅、荷花池、兰花房、花廊、水榭、观园桥、露天舞台、游泳池、儿童乐园等，园内有多种花卉盆景，兰花和水石盆景是公园的特色，许多获奖作品还在园内陈列着。谭大龙将自行车停在公园门外，与龚大美并肩步入公园，经过桂花厅，来到荷花园。荷花池内，各个品种的荷花竞相开放。龚大美停下脚步，对谭大龙说："我脚痛，坐会儿吧！"

谭大龙就扶龚大美坐到池边的石凳上，一起观赏荷花。虽然铁记庄园里的池塘也有荷花盛开，可两人哪里敢公开并肩坐下来静心观赏呢！正是暑假，公园游人很多，尤其是刚刚开放的游乐场，吸引了不少中学生玩耍。谭大龙和龚大美全然忘却身后的行人，自顾欣赏荷花的美艳。

龚大美指着一株浅红的并蒂莲问："这叫什么花？"

谭大龙说："这个我晓得，并蒂莲。"说完，朝大美看，等她评判。

龚大美笑笑，把头靠在他肩上，幸福地说："对，就像我俩现在这个样子；我俩就像她俩那个样子……"

谭大龙看着并蒂莲，有些伤感地说："再美的花儿总会凋谢的，不管叫什么，哪怕那并蒂莲，一到秋后，就谢了！我天天从'得月亭'走进走出，看着池里的荷花生长、开花、结莲、凋谢、枯萎……这就叫'好花不常开，好景不常在'啊！"

龚大美听出他话中有话，便顺着他的思路说："只要两个人心在一起，经过多少磨难，感情之花，是不会凋谢、枯萎的！"说完，用纤细的手，拨过谭大龙的头，说："看着我……"

谭大龙看着她秀丽的脸蛋，白皙而微红。

龚大美问："像不像荷花，美不美？"

谭大龙笑道："你不是'大美'吗？我看了多少年了……"

龚大美用小手轻轻地拧他的嘴角，嗔怪道："今天，说现在！"

谭大龙见她生气了，便哄她："今天特美，就像这池中的荷花，是荷花仙子呀！"

龚大美开心地笑了说："这才差不多，问你，咱俩是不是并蒂莲啊？"

谭大龙顾左右而言他："并蒂莲不是两个好女子吗，怎么会有男和女呀？你这是常识性错误！"

龚大美却一本正经地说："你这个傻瓜！并蒂莲是爱情的象征，又叫'合欢莲'，怎么只是两个'好女子'呢？当然指男女之情啦！既然一个茎上生长出的两朵花，那就是同根、同心、同福、同生死的象征！并蒂莲是天生的，不好培植、嫁接。在爱情上，象征永恒；在兄弟情谊上，象征割舍不了。在你家，兄弟和气，相处和睦，也可以叫并蒂莲；在你我关系，就是不折不扣的相爱的并蒂莲……"

谭大龙离开她的话题，打哈哈：“不愧是文科大学生，说起来一套一套的；我这个泥瓦匠，怎么越听越糊涂呢！”

龚大美用小拳头使劲捶他的胸脯，并且骂道：“扫兴，没有共同语言的东西！不玩了，走吧！”

公园的路灯亮起来了，昏昏然，朦胧胧。两人沿着林荫小道，漫不经心地走着。龚大美看到园中有女孩子挽着男孩的手，也把手伸过去，搀住谭大龙的手。本来谭大龙是在右边的，龚大美看到人家是男左女右，她也调皮地从谭大龙面前转到他右边，用左手挽着他的右手。谭大龙觉得刚才的话说重了，便任她挽着。龚大美快活极了，哼起了流行歌曲：走在乡间的小路上……

谭剑英和铁娜看完电影，就回到铁记庄，到了得月亭，两人又坐了一会儿。

铁娜这时才告诉谭剑英：“小老三，我的录取通知书来了，是扬州师范学校幼师班。你有空了，要去看我！”

谭剑英说：“你哥在那上大学，星期天就两个人玩玩，那个古城有玩头！”

铁娜噘起小嘴，不高兴了。

谭剑英说：“别生气，小丫头一生气，就会长难看了。我一定会去看你好了，不过，不是专程去，我是去出差，顺便看看你。”

铁娜撒娇：“我不要你顺便，就要专门去看我，专门陪我去玩！”

谭剑英笑道：“哄你的，也当真？我已经看到扬州电大的招生启事了，说要在我们这里招中专班，半工半读的，我想去试试。”

铁娜马上跳起来：“太好了，你说不定还会到扬州去上课呢！你肯定能考上！你打算考什么专业？”

谭剑英说：“市场营销。我的性格不适合在一棵树上吊死，喜欢走动。我将来要跑供销，挣大钱；像你女孩子，做做孩儿王，蛮好的。”

铁娜赞许地点点头，竖起大拇指，说：“有抱负！我只想做孩儿王。不过，我爸妈也希望我穿白大褂的。可是，不知怎的，我对白色不感兴趣，更不愿意与病人打交道；我喜欢开开心心的过好每一天，到暑假出去旅游旅游……现在，他们还不知道我躲着出来的，看到我的录取通知书，还不知道怎么样呢！”

谭剑英说：“你赶紧回去吧，别再磨蹭了，回去认错好了。你爸爸那么疼你，不会对你怎样的。”

铁娜站起身，抻抻裙子：“少不了一顿骂了……我明天去拿自行车啊！”

谭剑英说：“我替你骑回来。”

两人离开“得月亭”。朦胧的月光下，一对倩影斜映在路上，直到“丁”字路口才分开。

　　等大家吃过晚饭，陈桂兰把三个儿子叫到自己房间。面对一个个长大的儿子，陈桂兰既高兴又担忧。孩子小的时候，首先考虑的是保证他们吃饱、穿暖，虽然生活艰难，也算坚持过来了。她才四十多岁，白发已经爬满两鬓；一直省吃俭用，身体也不算健康，瘦削而显得苍白无力。现在，大儿子已经十八岁了，二儿子也十六岁，考上大学了，小老三十五岁，也是半大小子了。早先，也看到大龙跟大美要好，她心里挺开心的，如果娶到大美做儿媳妇，那也是自己前世里积了厚德；这种念头只动过一次，一闪就过去了。她心里明白，现在是不可能了。儿子只是个建筑工人，收入也是不稳定的，虽然小伙子长得帅气，可是，国家户口的千金小姐，将要上大学的俊丫头，怎么可能成为自己的儿媳妇呢！今天，看到大美从自己家里出来，心里就打了个问号，指着大美知会大龙，大龙头也没抬……如果不趁早把这种事情与儿子挑明了，时间一长，大龙会竹篮打水一场空；还有小龙，考了那么远的大学，做母亲的也放不下心呀！虽然离家去西安上学，还有一段时间，在千里之外的生活是想象不到的，必须在这个时候，跟他说道说道；至于小老三，她更是放不下心，那顽皮、任性、好交朋友的脾气，不是省油的灯，在工地上验收材料，说不定有什么差错，或者搞什么手脚，这个问题平时没少说，但还是要啰唆几句的，必须要他在哥哥面前有保证。同时，每个人说的话都要记下来，大家要按说的去做，不许让她这个做母亲的丢脸，更不能让人家对着谭家人的脊梁骨指指戳戳。

　　看到嫂子一本正经地把三个孩子叫到里屋，谭顺和也走过去。陈桂兰说："三叔，我打算跟他们说些事情，你来做个记录。你看着他们长大，情同父子，在培养他们的过程中，你操心、吃苦，无法计算，将来他们要养你的，所以，今天，我们就算开个家庭会吧！老大他们不在家，奶奶又在医院陪爷爷……"

　　谭顺和笑着问仨孩子："你们同意我参加吗？"

　　仨孩子异口同声："同意！"

　　坐下之后，陈桂兰说："那我先说，说完了，你们表态，画押签字，以后不得更改！"

　　谭大龙倒了两杯水，一杯递给三叔，一杯递给母亲。

　　陈桂兰喝了口水，清清嗓子，说："先说小老三，你今年十五岁了，三叔最惯你，平时给你零花钱，你没有挨过饿，所以长得这么高，你二哥还比你矮一点，他是读书用功，才不得壮；现在你有工作了，要好好干，也像你大哥一样，看看书，考一个施工员，做材料验收员不是长久之计……"

　　谭剑英叫起来："我不做施工员，我不想吃建筑饭一辈子，我的理想是做作家！"

　　谭顺和举手制止他："别插嘴，听你妈说。"

　　陈桂兰笑道："嘿，还想当作家，就凭你个初中生，肚子里有多少书墨水，弄个小记者，就不知天高地厚了？"

谭剑英说："我马上去考电大，以后做供销员。"

陈桂兰："这也差不多，靠船下篙。只要你考上，妈妈无论如何也让你读书！"

谭大龙说："他那个是半工半读的电大，不影响上班。回头叫大伯安排好时间；不过，能不能考上还说不准，先不去说，现在还是做好验收材料工作，不能出差错！"

提到"差错"二字，陈桂兰警觉起来，急切地问："大龙，你说这话，小老三是不是出过什么差错了？'

谭大龙说："这倒没有。"

陈桂兰松了口气，诚恳地告诫小老三："三儿啊，我们农村人有句话，叫'人穷不能志短'。当初，你爸爸去世后，我那么困难，决不做偷鸡摸狗之类丢人的事情，宁可从牙缝里省出来给你们吃，绝不动歪脑筋；就因为这样，才去拉楼板，害得大龙吃了那么大的痛苦……"陈桂兰哽咽着，说不下去了，慈母的眼泪不自主地流下来。

谭剑英站起来，举起右手，握着小拳头，认真地说："三叔，你记下来，我发誓：做正派人，做正当事，不谋不义之财，不做任何缺德事！行了吧？"

谭顺和记下他的话，谭剑英走过去看了，规规矩矩的在这句话后面写上"谭剑英"三个字。

说完小老三，再说老二谭小龙。

陈桂兰看着谭小龙白皙而瘦削的脸庞，十分心疼地说："小龙考得那么远，本地没有你去上的大学吗？人家海良怎么考在本地的？唉！"

谭小龙说："我是有原因的。妈妈，您忘了陶兰芳嫂嫂的事情了？我要考农药专业，哪个晓得全国只有一所大学呢？"

陈桂兰脑中浮现出陶兰芳临死的情境，痛心地说："怎么忘得了，她就是死在我怀里的……你在外面，没有人照顾你，也不能常回来，那么多的路费；我也不能去看你，爷爷的身体是一天不如一天，说不定奶奶身体哪一天病了，我要服侍他们……一开始，你会不服水土，要慢慢来；不过如果生病了，要及时看，还要告诉我们家里，打你大伯的'大哥大'……"

谭顺和说"马上装一部程控电话，有事可以直接打到家里。"

谭小龙说："我也表个态，第一，我读四年大学，不要妈妈一分钱，我打听过了，学校里有勤工俭学，还可以做家教……"

谭顺和说："我与小龙说好了，来回车旅费，伙食费，有我支付，请二嫂放心！我现在支持他，他将来养我。"说完，转身问小龙，"是不是？"

谭小龙移到三叔身边："这是肯定的，三叔的恩情，我会加倍、加十倍百倍报答的！"

陈桂兰笑了，很自然，也很温暖。她说："再说大龙，反正在身边常常说到。不过，今天要说一件重要的事情……"陈桂兰顿了顿，三个孩子的目光一下子聚焦到母亲脸上，连谭顺和也觉得稀奇。

陈桂兰说："就是大龙跟大美的事情。"

两个弟弟和谭顺和又一齐看大龙，大龙脸红了，低下头，听母亲教诲。

陈桂兰说："我晓得你俩从小就合得好，是青梅竹马。如果不是你父亲走得早，也许你能考上大学，就门当户对了。而眼下呢，你大龙要掂量掂量自己，最好离人家远一点；以前还常常看电影，她买书给你，支持你，鼓励你，那是同情，是可怜你，这些不能算是爱情，没有爱情，就不会成为夫妻，就走不远。所以，当妈妈的，今天不是做黄婆娘娘，更不是法海，把话给你挑明了，你就有分寸。你是老大，要给两个弟弟做榜样啊！"

谭大龙抬起头来，低声说："我下午陪她看了一场电影，又到公园去玩了一会，就是彻底分手的意思。她很快就去读大学，我们根本不会再见面了。还有，天天在铁记庄，朝不见晚见的；人家到了大城市，生活的环境，所遇到的人，都不是这个小圈子了，时间会让她忘记过去的一切的……"

谭小龙说："你这样，反而品德高尚。你也明确表个态，让三叔记下来。"

谭大龙搔了搔头皮，为难地看看三叔，觉得这个态不好表达，没有作声，低下头。

谭顺和说："我建议你，第一，大美少不了会给你写信，你就别回；第二，她放假回来约你，你不去。这样，一来二去，大美就不会找你了。"

谭大龙抬起头来，无可奈何地说："三叔，你写下来，我签字。"

见三个儿子都听话，陈桂兰十分宽慰。她朝床头桌上望了望，对他们说："你们的父亲就在这里，三个人一起磕头，表示刚才的话，告诉他了……小龙离家的时候，也到他坟墓烧点纸，道个别……"她说不下去了，泪水又流出来，沿着脸颊往下淌。

三个孩子"扑通"一声，跪在父亲遗像前；谭顺章和蔼地看着他们，就像从前吹笛子、拉二胡给他们听一样，十分享受家庭的温馨。三个孩子磕了三个响头，谭顺和拉他们起来。

月光如水，窗外一个倩影映到屋里，她静静地看着屋里的一切，虽然听不到。陈桂兰一看，是龚大美，立即走到屋外，其他人也跟了出去。

龚大美叫了"婶婶"、"叔叔"，并没有马上离开的意思。谭大龙一见她，先前的情景立刻浮现到眼前，但是，刚才保证的墨迹还未干，虽然心里一阵阵痛，也无法面对。

龚大美低沉地说："明天我爸爸出差去南京，带我玩几天，去看看南京师大的校园。我是来向你们道别的，也许到寒假才回来。小龙，你寒假回来吗?"

谭小龙说："看情况吧，多数不回来。"

龚大美仰面看着天上的明月，叹息一声："那只好'但愿人长久，千里共婵娟'了，我是要回来的，我到南京读师范，就是为了铁记庄，为了铁记庄的人;说不定我的念想来了，星期天也会回来的!"说完，猛然走到谭大龙身边，紧紧地抱住他;谭大龙不知所措，僵直地站着。其余的人已经听出龚大美话里有话，都各自散去。

见人们离去，龚大美立即仰起脸来，将滚烫的嘴唇贴到谭大龙厚厚的嘴唇上……这是她少女的初吻，给了这个青梅竹马的男人，这个一直心仪的男人，这也是一种保证:我，龚大美，以后的龚如玉，守身如玉的龚大美，永远是爱你的人，不管走到哪里，我心中只有你一个白马王子，绝无二心!谭大龙激情的闸门打开了，他也是血性男儿，所谓的保证此时是多么苍白无力!他紧紧地搂住大美的纤细的腰，热烈地吻着，久久地、深情地……

月亮看着他们，作为月老，见证了他们的爱情!

第十章

第二天一早，龚大美就起床了。她洗漱以后，坐到房里书桌前。所有的书籍都已经整理好，有的排放在书橱里，有的打成捆，排放在书橱旁的长凳上。桌上只有梳妆的镜子、梳子，练字的笔墨已经顺到一角。她面对镜子，梳着长长的秀发，梳了又梳……她放下梳子，从抽屉里拿出剪刀，将秀发捋到面前，犹豫了一下，剪下一缕，眼泪无声地流下来……，她轻轻地把剪刀放进抽屉，拿出一只信封，将一缕情丝弯成"u"字形，平放进信封，用钉书钉将封口钉好，久久地端详着，然后，攥在手里，走出房间，到得月亭去等候谭大龙。

谭大龙推着自行车，出门一看，见龚大美在得月亭，他站住了，本打算径直往西出庄园的，可是，龚大美已经看见他了。

龚大美今天是穿的湖蓝色连衣裙，与昨天相比，又是一种情调，她似乎要告别过去的龚大美，显得成熟一些；是的，她马上就是龚如玉了。她目光紧盯着谭大龙，生怕他从西面出庄园。只有几秒钟的犹豫，谭大龙跨上自行车，朝得月亭骑来。

谭大龙把自行车停在池塘边，走进得月亭，与大美打招呼："早啊!"

龚大美一反昨晚的热情，毫无表情地说："我把一个东西给你，如果我不在了，你就把它埋在竹园里；如果我还在，你就白天放在身边，晚上放在枕边……"

谭大龙没好气地责怪她："大清早的，说什么不吉利的话!"

龚大美说："你去上班吧，我马上就要离开这里了。"说着，将攥在手心的信封递给他，叮嘱他，"现在不许看，晚上睡觉时看，每天至少看它一次。你的手帕在我身边，它将永远陪伴着我……"说完，转身就走。

铁慧瑛站在院门口，目睹得月亭的告别。

龚大美又走到谭家，见陈桂兰在水码头上洗衣服，便走过去打招呼："婶婶，早啊!"

陈桂兰直起腰来，捋了捋垂下的头发，答应一声："哎!"

龚大美笑着说,："婶婶，我去南京读书了，过一阵才回来看你们……"

陈桂兰也笑道："好好读书，将来做有用的人啊!像你爸爸妈妈，都做干部!"

龚大美看到父母亲的自行车已经推到门外了，就没再说什么。向陈桂兰挥挥手，回去了。

陈桂兰目送龚大美远去，直到他家三人走出庄园，他们没有从南面出去，而是往西的一条路去了。陈桂兰又蹲下来，用棒槌捶打衣服，小水花被捶得四溅。

这河里的菱蓬又繁茂了，开着小花，白的、红的、粉的、青的，在蓬叶里笑着，有的菱角可以吃了。河岸边的大柳树，枝条茂密，生长旺盛，翠绿的细枝儿，在熏风中飘飞起来。知了热得一夜没有休息好，清早就大声地叫唤着，一只比一只起劲……

谭剑英第一次考电大中专班落榜了，他没有气馁，每天上班时间，除了验收材料，不再写作了，一门心思看考试资料。他打算考企业管理和市场营销专业，所以，家里放一种，下班回去看；办公室放一种，空余时间看。铁娜上学以后，也写信给他，他偶尔回一下，草草几句，像散文诗，作为写作练习。铁娜毕竟小，没有在意他，读书很刻苦。龚弘奎也说话算数，在铁娜上学不久，就给她搞了一个成人大专自学考试的名额。因此，铁娜就不敢懈怠。好在幼师课程不算紧张，师范生活远没有初三一半辛苦，她就能分配好学习时间，大多业余时间用于学习自考的大专教材了。

谭招娣中师毕业了，从小到大，一直眼看小学教师的母亲，白天教书，晚上备课、批作业。先进教师的荣誉，没有给龚弘莲带来一点点幸福，却像一座无形的大山压在她头上。所以，谭招娣听到有同学改行的消息，也不愿意做小学老师了，就到铁记庄建筑公司来找父亲。

谭顺利听她说完改行的愿望，沉思了一会，慢吞吞地说："改行恐怕不是件好办的事情，首先，得问问你舅舅有没有这个可能，第二，你想改行到哪个单位去？……我认为，一个女孩子，做小学老师还是蛮好的，一年那么多星期天，还有寒假、暑假；平时辛苦一点，只有二百多天吧，三分之一是休息啊！"

谭招娣听了父亲的话，并不反对，温文尔雅地说："我听同学说改行的文化部门，好像是文化站……您和文化局李局长不是很熟吗？您去开口，他说不定就会帮忙呢！"

韩莉在旁边也帮着说情："招娣从小到大，脾气和善，不大开口。做小学老师要有虎劲，要不然怎么管得住学生？我看，调皮的小孩，像你儿子国庆，招娣对他就没有办法！你先去打点一下李局长，看他要不要，只要他接收，弘奎大哥那边还不好说？"

韩莉自打生了儿子以后，就把自己当作谭家人了；谭顺利在一些重大问题决定之前，也听听她的意见，所以，她对龚弘莲生的孩子，也不另眼相看，隔三岔五地还去看望龚弘莲和孩子们。韩莉脑子里永远铭刻着谭顺利与龚弘莲协议离婚时，龚弘莲留给谭顺利的信，包括弘莲拿到套房以后，韩莉也一手操办了装修事宜。在这个家庭里，她扮演的角色，都得到了上上下下的认可。

谭顺利吸了一支烟，问女儿："你们都到文教局报到了吗？分配名单有没有决定下来？"

谭招娣说："我们不要去报到，学校直接把我们的档案转到县人事局，人事局转到文教局，听说这几天就要分配到学校了，大多数是分配的乡下学校……"

谭顺利说："你舅舅送大美去南京，还不知道回来了没有……你这个事情，恐怕找他也没有什么大用，招办主任只是副局长级别，做不到人事方面主的……我还是两棒锣鼓一棒敲，直接找李局长的领导管书记，她管文教卫生系统，她能够说了算！"

谭招娣笑了："我就知道爸爸疼我们了，生了儿子没有扔下女儿……"

韩莉也笑着说："你爸爸就是个性情中人，人缘好，这个建筑公司，换一个人，是开不下去的，他如果把女儿都扔了，我还要同他离婚呢，让他孤家寡人一个，老了，到养老院去！"

谭顺利感慨地说："我才不会去那个地方呢！我有儿有女……不说这些岔话了，我今晚就去……现在打个电话约一下。"

谭顺利拿出"大哥大"，从皮包里摸出一本县直机关通讯录，找到李七宝的办公室电话号码，拨过去，一听是通的："喂，李局吗？"

那边声音传来："是我，你那位啊？"

谭顺利："哈哈，我小谭，谭木匠啊！"

那边声音高起来："啊！是谭大经理啊，有何赐教啊？怎么多时听不到你的声音的呢？"

谭顺利一笑："穷忙呗！李局，你那边最近有没有工程做啊？"

听到这里，谭招娣朝父亲瞪眼，轻声说："爸，说正事！"

韩莉朝她摇摇手，示意她别出声。

那边传来声音："有一个小项目，不知你大经理是否看得起啊？"

谭顺利问："要不要招标呀？"

那边传来声音："你什么时候有空，上来面谈吧！电话里说不清。"

谭顺利赶紧说问："您今晚有时间吗？"

那边声音传来："今晚有个会，你明天来吧！"

谭顺利喜出望外："太谢谢了，我明天定好地方，请您喝酒！"

那边说："好的。"搁了电话。

谭招娣急了，质问谭顺利："爸，您怎么只问生意，我的事情不重要吗，连一个字没有提起？"

谭顺利放下"大哥大"，往老板椅上一仰，点上一支烟，朝女儿看了看，说："呆丫头！你问问韩阿姨，这在交际上叫什么？"

谭招娣朝韩莉看。

韩莉说："你是师范生，背的成语不少吧，这叫'投石问路'，又叫'迂回战术'。什么事情哪能直来直去呢？"

谭招娣不再说话，她只好听爸爸安排了。

谭顺利关照她："丫头啊，千万别说出去！管书记与李局长对咱们铁记庄有感情，也尊重爷爷，会帮忙的！"他又问韩莉，"你一大早不去做事，到我这儿来做什么？"

韩莉见谭招娣坐在那儿，不出声。

谭顺利对女儿说："招娣啊，我保证完成任务，好了吧？"

见父亲打了包票，也看出他们有事情要说，谭招娣就起身，与韩莉打了个招呼，离开了办公室。

女儿走了，谭顺利问："什么事？还不能当着我女儿的面说？"

韩莉说："国庆上一年级了，我每天接送，上这个班，实在太不方便了。"

谭顺利大大咧咧的："交给弘莲就好了，你少操点心，多在公司管理上动脑筋。我这么忙，顾了外面，顾不了里面，你让我累死啊？"

韩莉说："这样不好吧！弘莲姐身体不怎么好，三个孩子把她累坏了，还叫她帮我带孩子，我说不过去……"

谭顺利朝她看看："你是不是有了什么计划，说来听听。"

韩莉说："我想，除了接送孩子，在我们住的附近老街开一个发廊。我看过了，那条街上发廊的生意蛮好的……"

谭顺利说："你什么都不会，怎么开啊？"

韩莉见他不反对，就说："现在的安徽技师很多，技术都不错，不光会理发，还会按摩，尤其不少富婆都去找男技师按摩，她们花钱大方，还给技师小费呢！"

谭顺利警觉起来，坐直身体："你也去过吧？"

韩莉笑了："看你紧张的样子！我不是实地体验一下嘛……反正不全是理发。"

谭顺利又仰回去，说："就这样，你看好了地方，就把你做的事情交给小老三。"

韩莉说："小老三不行，没有学过财会……我看唐菲菲从建校毕业了，她读的是财会专业……"

谭顺利说："人家老子是大公司经理，还高兴到我这个小公司来？"

韩莉说："公司再大，也是集体的！你可以给她高工资，他老子做不到；唐菲菲来了，他老子还可以多给你业务呢！你不会嫌钞票多得烫手吧！"

谭顺利哈哈大笑，站了起来："看不出，你还是个女诸葛呀！你去找老唐吧，唐菲菲来上班了，你才能去开发廊！"

韩莉拎起小包，朝他妖媚一笑，走了。

第二天晚上，谭顺利邀请文化局长李七宝到新开的扬子江大酒店吃饭，也叫上谭顺和作陪，女儿谭招娣也一起参加，

李七宝一进包厢，看到谭招娣，问："谭木匠，这姑娘，谁呀？"

谭顺利笑着说："我大女儿……"转身对女儿，"叫李伯伯！"

谭招娣亲切地叫："李伯伯好！"

声音甜得像夜莺。

李七宝应了一声，轻声地嗔怪谭顺利："我们谈事情，叫小孩来做什么？……顺和，是不？"

谭顺和笑着说："李哥，今天，就是为她的事情请您的！"

李七宝不解地问："不是想做工程吗，与小孩有何关系？"

谭顺利递上烟："先吃饭。不说事情……服务员，走菜！"

谭顺和启开"茅台酒"，三人各倒一杯，硕大的高脚杯，一瓶酒三杯没倒满。

李七宝一看，吃惊地问："我头一回喝这么大的酒杯，这杯子多大？"说完，看着富丽堂皇的包厢，"这酒店，我还是第一回来……"

谭顺利自责道："是我做小弟的不是，以后我们常聚；如果我不来，你只顾签单，我来结账！"

李七宝说："这个不需要，我文化局虽然是个清水衙门，饭还是吃得起的！"看着大酒杯，实在胆寒，"换小杯吧！"

漂亮的服务已经开始上菜，笑着说："不好意思，领导，只有这一号酒杯，三两八的，要么用盒子里的小酒杯。"

谭顺利说："就喝大杯，那个'牛眼睛'，喝得不过瘾！"

李七宝说："恭敬不如从命，我今天就豁出去了！不过，你谭木匠不说事情，我这酒喝不下去呀！"

谭顺和端起酒杯，站起来："我先敬李哥一口，第一杯喝完了，才好说事，不然，不显示我们的诚意啊！"说完，一口喝了半杯酒。

李七宝喝完一小碗汤，看到谭家兄弟实在诚恳，就稳稳地端起酒杯，呡了一小口。

谭顺利说："怎么样，不是假酒吧？"

李七宝点点头："正宗飞天茅台！"

谭顺利放心了，领导们天天喝酒，被假酒喝怕了。他也端起酒杯站了起来，叫女儿："招娣，你就用开水，爷俩一起敬李局。"

谭招娣站起来，双手捧起茶杯，恭恭敬敬地："李伯伯，我敬您……"

见父女俩一起敬酒，李七宝也站起身，三人喝了半杯。

李七宝夹了一块菜，嚼了几口，问："谭经理，你刚才说你女儿叫什么名字？"

谭顺利说："招娣，谭招娣……"

李七宝自己喝了一小口，笑道："你个木匠，给这么漂亮的女儿起了个老土的名字。"

谭顺和解释说："李哥，不怪他，是我家老爷子起的；见第一个生的女孩，想下面生孙子，就……"

李七宝打断他的话："不行，这个名字不行……"

谭招娣见李局长对自己的名字感兴趣，就趁机笑着说："李伯伯，在学校里，也有同学笑我名字土气，我又不敢改……李伯伯，您今天帮我改一下吧！"说完，朝谭顺利看看。

谭顺利立刻反应过来，卑怯地说："李哥是文化人，还写了不少书，我们请您重新起名字。来，老三，丫头，我们一起敬！"

三人站起来以后，李七宝也站起来，四人喝尽杯中酒（水）。

坐下以后，谭顺和叫道："服务员，倒酒！"

李七宝不假思索，脱口而出："晓婷，拂晓的'晓'，婷婷玉立的'婷'，'婷'字有女旁，姑娘长的秀气、苗条。"

谭招娣高兴得站起来，："太好了'谭晓婷'，我的大名，以后，我就叫'谭晓婷'……"

谭顺利也笑了："她正是早上生的，'晓'字恰当。……来，谭晓婷，老三，我们再敬李局，感谢给招娣起了好名字，今后，招娣只是小名，在家叫叫……"谭顺利倒了一点酒给女儿，"你就用一点点酒，敬李伯伯……李哥，来一口！"

四人兴致顿起，大喝一口，坐下吃菜。桌上的菜，无比丰盛。长江三鲜是主打菜。夏天的长江刀鱼，是春天预留下来的，过去没有冰箱，是用油浸着保鲜；现在，有了冰箱，也有讲究，一般不直接放入冷藏，要用开水冷后，将长江刀鱼浸入，慢慢冷冻后，放进恒温的冰箱，食用时取出来解冻。今天的刀鱼，就是这样保鲜贮存下来的。鲥鱼也是这样，但是，价格贵得惊人，一般人吃不起，一条鲥鱼，是普通工人半年的工资。河豚倒是新鲜的，浏河一带四季捕到。李局长仔细品尝着美酒佳肴，等着谭顺利说事情。

这时，河豚端上来了，厨师说："各位领导，这是铺油烧的，最为鲜美，按规矩，我先吃，过几分钟，我再来，你们才好吃。"说完，拣了一块河豚肝（俗称"河豚油"），细嚼一会，离开。

谭顺和又站起身，正准备端杯子，李七宝放下筷子，招呼他坐下："说事情吧，如果我喝醉了，你们这个客，就白请了！"

谭顺利等的就是这句话，他指着女儿："李哥，谭招娣，不，谭晓婷，我大女儿，中师毕业了，马上分配，她想改行到文化部门工作，请李局帮忙……"

李七宝笑了："你套我啊！说是做工程，后面还附带一个事情啊……"

谭晓婷急着说："李伯伯，就是为我的，我爸不知道您那儿有工程。"说完求救似的望着叔叔。

谭顺和说："李哥，工程做不做倒是无所谓，我只要把总公司的某个楼盘交给他，他要做大半年。请李哥为我侄女儿改行帮帮忙！"

谭顺利说："李哥，我三个女儿，老大性格内向，为人忠厚，你看得出来。她读的文科，普通话好，你也听得出来。适合做文化工作，比如电视台、广播电台，什么的……"

厨师来了，笑着说："我刚才先吃过河豚了，没有事情吧，请各位领导检验本人的手艺吧！"

大家开始吃河豚，厨师夹了一块河豚皮给李七宝（他坐在主位），李七宝将有刺的一面卷到里面，囫囵吞枣，吃完，夸赞："不错！"厨师笑容可掬地说声"大家慢用"，便离开包厢，顺手关上门。

李七宝心想，教师改行，这不难，文化系统就是他家夫妻店，想去哪个地方，还不是一句话，但是，他不轻易表态，便说："喝酒，喝酒不谈工作！"说完，端起酒杯，喝了一大口。

弟兄俩见他主动喝酒，就觉得有希望了，便举杯向他敬酒，三人一饮而尽。

两杯酒下肚，三人都有点醉醺醺，但是，心里都是明白的。临走的时候，谭顺利将一个厚厚的信封塞进李七宝的公文包里，朝他拍了拍，李七宝点点头，表示心领神会，夹起公文包朝外走去。谭顺和陪他到门外，朝停在旁边的出租车招了招手，司机开上门前坡道，李七宝钻进车里，出租车一溜烟走了，谭顺和看了看车牌号：苏 mz5699.

回到包厢，谭顺利问谭顺和："你说，这事情有没有把握?"

谭顺和说："上什么文化站，干脆上电视台，做记者，那才有油水；不然主持人也行。招娣这么灵秀，比现在的主持人强多了！"

谭招娣打断他："三叔，您喝醉了，说得不着边际了……"

谭顺利说："以后，不叫招娣了，就叫晓婷，老三……这个说不定，丫头，你遇到贵人了！哈哈……"

过了一天，李七宝打电话给谭顺利，让他带谭晓婷到电视台面试，做实习主持人。那天吃过晚饭，回家之后，向夫人管彤汇报了谭顺利的要求，管彤叫他看看档案再说。上班以后，李七宝叫秘书到人事局调来谭招娣个人档案，亲自认真地看了一遍；又把人事科长叫来，叫她审查，然后，指示她办理商调函。

谭顺利立即同女儿去了电视台。一进门，就看到李七宝在大厅等他们。两人并肩走进面试的会议室，谭晓婷跟在后面。

结果是完美的。本来做小学老师的谭招娣，变成电视台主持人的谭晓婷，她拿着改名的介绍信，到电视台上班了。

李局长说的小工程，其实不小，新建的东湖公园的土木工程，要分段实施几年才能完工，总公司招的标，谭顺利的铁记庄建筑公司实施。

谭顺利到唐生华那儿拿合同时，唐生华问她："你小子神啊！拿到这个工程！"

谭顺利谦虚地说："是小工程，沟头岸坎的，没有多少油水。"

唐生华说："你比鬼都精！我在县开发公司盖楼房，利润小得可怜。你那个东西，今天增补一点，明天修改一点，都是看不见的利润。"

谭顺利摇摇手："不说这个了，少不了你酒喝！……怎么样，韩莉来说菲菲的事情了？"

唐生华说："说老实话，我也不想让姑娘在这个公司里上班，毕竟是集体的，有些话不好说，到你那儿只是锻炼，将来，我也要把她弄出去。……哪里只配你的姑娘有好工作，我的姑娘就配吃乡下饭啊！"

谭顺利顺口说："就去锻炼锻炼，我也帮你看看，财会专业，有地方要！"

唐生华说："暂时就放你那儿，过几天，我请你吃饭。"

谭顺利说："还是我请你吧！等东湖公园开工了，我约李局，我们一起喝，他现在的酒量大多了。"

唐生华笑道："改革开放，首先是干部的胃口大开……哈哈！"

谭顺利起身："我走了……"离开唐生华的办公室。

韩莉与谭顺利住的地方叫"毛家厅"，是个大院，为明清时期的建筑群。谭顺利住的小院子，是从一个远迁香港的毛家后裔手中买来的。这是一座具有南方建筑风格的小四合院，与铁记庄铁家和龚家的住宅差不多。铁记庄的四合院，前排是三间五架梁、后两排三间七架梁、两边有各两间三家梁的厢房，进深大一些。谭顺利的小四合院，前面是三间三架梁、后排是三间五架梁的房子，没有厢房，有围墙，属于小四合院。毛家厅老居民，住的是大多这样的四合院。

从毛家大院到老街，只要步行五分钟。老街在明清时期，叫观音街，四九年新中国成立后，改名胜利街。路，还是石板路，岁月将它磨砺得高低不平，政府几次打算改建为水泥路，居民没有同意。两边的房屋，都是明清建筑，一色的粉墙黛瓦；房屋都不高，一律五架梁屋子。日本人占领马驮沙之后，就在这条曾经繁华的街上驻扎，可是大多数居民逃到乡下老家了。日本人见人烟稀少，就责令伪县政府强迫百姓迁搬一部分回来，老街才有点生气。日本人投降后，民国政府大力建设，居民都回到老街，把日本人的痕迹统统清理干净，恢复了老街的本来面目。直到现在，人们不再叫它"观音街"，也不叫它"胜利街"，就叫它"老街"。老字号钱庄"铁记庄"，原来就在这条街上。

老街的居民，大多是原居民，在门面房后面还有房屋。门面房一直都是他人租用，主人一般不开店。一直以来，这些原居民，靠房租生活；宁可上班，也不开店。认为开店没有日夜的忙碌，不如上班舒服，加上他们都是国家户口，有生活保障，衣食无忧，小富即安，不离本土就是这条街原居民的生活习惯。只有乡下人，在农村生活艰难，跑到城里来开个小店，经营一些生活用品、农家用具、五金电器。凡是进城的，都要到老街来转一转，买些平时需要的东西，一是品种齐全，货多成市嘛，二是价格比乡下便宜，连草纸也买回去。

改革开放以后，不少上班族下岗了，就自己回来开店。老街上店面一家挨着一家，匾额一块接着一块，有的还仿古，挂起了旗子，大写"酒"字，风中飘着，而卖的也是散装的曲酒，高粱、小麦、荞麦酿造。大多数铺面还是传统的踏板门，一块一块插到门楣与门槛的嵌槽里，每块板都是用桐油油上几遍，经得起风吹雨打，里面就是柜台，踏板一卸，靠边竖着堆齐。也有少量的现代化门面，像发廊，不仅有霓虹灯闪耀，还有大幅的美人像笑迎顾客。花布店、钟表店、茶叶店、小百货店、日杂店、理发店、小浴室等等，林林总总，行人不慌不忙，挑拣所需的物品，享受老街的味道……以前，韩莉经常陪谭顺利来老街理发，自己有事没事也来逛逛。所以她看中了一家转让的发廊，与谭顺利谈妥以后，就操办起来，里外改造、装潢了，"韩莉美容"的灯箱，在夜幕下十分醒目。

"韩莉美容"开业那天，是九月八日九点八分，虽然不是农历，也有"久发"之意。只见店门对联写着：

不教白发催人老，更喜春风满面生，横批是，笑逐颜开。

谭顺利的一帮哥们全来捧场，噼噼啪啪的响鞭，在老街和暨阳路上震天价响。小店容不下许多人，炸鞭以后，人们就到暨阳路上满江红饭店喝酒吃饭。暨阳路与老街交叉，从老街到满江红饭店走五分钟，"韩莉美容"就在十字路口。

因为谭招娣能够到电视台上班，谭木匠出了力；自己房子装修，韩莉一手操办，所以，"韩莉美容"开业，龚弘莲也把三个女儿一起叫来庆贺。龚弘莲在门口看了看，又到里面看看。在店堂后面，还有三个小包厢，每个包厢里有一张按摩床，墙上都装了空调。走出店门，龚弘莲对韩莉说："市口不错，生意会很好。"韩莉今天打扮得像个新娘，粉红色连衣裙领口很低，胸脯耸起，头发盘得高高的，还插着金簪，化了浓妆，胸前带着玫瑰花，非常时髦靓丽，看起来，比实际年龄小多了。龚弘莲小学老师的工作辛苦，三个孩子全靠她带大，白发已经过早地出现了，皱纹也无情地爬上她的额头，看看韩莉，看看镜中的自己，龚弘莲叹了口气。韩莉似乎有点羞愧，就说："弘莲姐，以后你下了课，就到店里来，・

我让技师给你做做面部按摩，美容美容；还可以带些老师来……。"

龚弘莲苦笑："我是老太婆了，要那么妖干什么？小姑娘做做头发什么的，我介绍她们来……招娣做节目主持，化妆才能上镜，你就到这里来定点，还有广告效应。"她对谭招娣说。

谭等娣说："人家现在是谭晓婷……"

龚弘莲笑道："你能有出息，也改名。"

三姑娘噘着小嘴，说："不管有没有出息，我绝不会改名字！"

韩莉看看墙上的时钟，已到吃饭时间，就说："我们走吧，别让他们等咱们。"

一行人朝满江红饭店走去。"韩莉美容"的招牌，同样朝暨阳路一面挂着，十分显眼。

龚如玉安顿好行囊后，就伏在宿舍里小桌上写信，是给谭大龙的。她不知道谭大龙有没有按她说的去做，是不是每天想着她。她与父亲在南京玩了几天，觉得一切都索然无味，心想，如果是谭大龙陪我玩多好啊！那秦淮河的灯火，玄武湖的碧波，老城墙的厚重，在她眼里，还不如铁记庄的竹园，长江边的芦苇，人民公园的荷花……她写着、写着，仿佛又回到小时候……

记得有一次，谭大龙与龚如玉爬树，上去掏鸟窝，捉小燕子，下来的时候，脚下一滑，龚如玉的裤子"哗啦"一声，从裤管到裤裆全撕破了。小孩子都没穿内裤，她屁股前后全暴露在谭大龙面前；谭大龙从来没有见过女孩子这么白皙的皮肤，愣住了。她立即放了燕子，捞起裤子，叫道："不许看！"

谭大龙被她一叫唤，醒悟过来，大笑："我已经看见了，怎么样？"

龚如玉急了，一松手，裤子又滑下来，大声说："看就看了，既然看了我的全身了，你将来就要娶我，我非你不嫁了……"

谭大龙赶紧帮她拎起裤子，斩钉截铁地说："这个我不赖，你就做我老婆好了，现在就是！"

龚如玉一手提住裤子，一手捏成小拳头，使劲捶他……

想到这里，龚如玉忍俊不禁，自己笑了，又埋头写起来。

谭大龙早就忘记小时候这句玩笑话了。长大成人以后，有了一般家庭同龄人少有的老成持重，更是觉得与龚如玉的距离越来越远了，早已没有了与她百年好合的奢望，所以，龚如玉留下的秀发，只能引起他心中的隐隐阵痛，有时还悔恨出生在这个家庭，虽然只是一瞬间。在信封里，龚如玉的秀发，他用红丝线系着，每晚夜深人静的时候，看一次，就枕着它睡觉……而龚如玉的来信，他从未拆开过，有时候准备拆，耳边响起母亲的教诲和自己的誓言，端详着信封上秀丽的字迹，幻觉中化出她那水灵灵的大眼睛，清秀的脸蛋和苗条的身影。他一封一封看着没有拆开的信封，影像一次又一次浮现。摸着厚厚的信，也有拆开的冲动，但是，又一次一次抑制自己，放下了。

唐菲菲来到门外，叫他："大龙，大龙，你在家吗？"

谭大龙应道："来了！"把信往抽屉里一放，带上门，出去见唐菲菲。

唐菲菲已经到铁记庄建筑公司来上班了，接替韩莉任出纳会计，谭顺利给她较高的工资；财务科与谭大龙的技术科是隔壁，只要谭大龙在办公室，唐菲菲就去与他聊天。这几天，谭大龙去无锡的工地，没在公司，今天回来已经晚了，就直接回家了。

唐菲菲站在暮色里。

唐菲菲比谭大龙大一岁，比龚如玉大两岁。女孩大于男孩，要显得早熟一些，唐菲菲又出身于富裕家庭，所以，不但健康，而且洋气。她略微胖一点，不穿连衣裙，穿的是时兴的衬衫和宽松的长裤，戴着近视眼镜，秀发披散在脑后，身上散发出少女特有的清香。见谭大龙出来，背在身后的双手举起来了。

谭大龙一看，是熟悉的信封，龚如玉来信的信封从未换过，清一色的，上面除了原有的轻描淡写的图案，龚如玉还专门画上两只燕子，他们一同掏鸟窝的燕子……

唐菲菲把信递给谭大龙，说："写得不错，很深情……"

谭大龙一看，信已经拆开，厚厚的有七八张纸，恼怒了，吼道："你这人怎么能这样？私拆他人信件，是犯法的，你不懂啊？"

唐菲菲不服气："这有什么大惊小怪的！拆就拆了，情书嘛，又不是什么机密文件……"说完，扬长而去。

谭大龙无可奈何地摇摇头，拿着信，回到屋里，拿出糨糊，打算重新封起来；粘了一下，糨糊干了，挤不出来。大龙自言自语道，只好看了……他抽出来一看，信是用两种色泽的纸写的：一种粉红色的，是龚如玉写给自己的；另一种白色的稿格纸，是按照自己的口气写给她的。谭大龙奇怪了，怎么还是来回信呢？他展开粉红色的信笺，仔细地看起来。

大龙，我亲爱的：

给你写了那么多信，怎么不回一封呢？我知道你很忙，但也不至于忙得回一封信的时间都没有吧！你成心想把我逼疯啊……

我现在除了读外语专业，还选修了文学课程。在想你的时候，就跑到图书馆里，静静地坐在一角，读点外国文学，在阅读的时候，摘录了一些名句，现在抄写几句给你，也表达我的心里话：

1、这样的爱，一生只有一次。2、我只有一件事要说，就一件事，我以后不会对任何人说，我要你记住：在一个充满混沌不清的宇宙中，这样明确的爱，只会出现一次，不论你活几生几世，以后再也不会出现。3、现在很清楚，我向你走去，你向我走来，已经很久很久。4、只有一个小小的愿望，生命中永远有你。
5、想你的时候，如果你不知道，我会感到孤独；想你的时候，你知道我在想你，
我内心已有慰藉；想你的时候，如果你也在想我，我感到甜蜜……

…………

你如果读到这些话了，你就等于听到我在对你倾诉心声。我是一个走向成熟
的女孩，在感情上是属于既理智又富有激情的那种，你如果一直这样对我冷淡下
去，说不定我会走出我们原有的原始情感，走进别人梦想的世界……

我收不到你的回信，只好装扮两个角色了，我给自己回信，写你对我的情
感！好了，今天给自己的回信，是你对我抄写的语录的读后感。上初中的时候我
们不是总写读后感吗？

祝你

身体健康，工作顺利！

永远爱你的大美（吻你）

一九八八年十一月六日

谭大龙看着龚如玉的信，还有抄录的那些话，内心受到极大地撞击，这种前
所未有的震撼，使他热血沸腾。如果说，月夜的热吻，是毫无准备的接受，没有
感到爱情的滋味，那么，这封直白的爱情宣言，是让他感受一颗少女之心，她已
经没有了矜持，没有了遮掩，就如当年从树上滑下来，撕破裤子一样，一切都袒
露在自己面前……他无所适从，赶紧看她是怎么给她自己回信的。

大美，亲爱的，我未来的妻子：

收到你的来信，我很高兴！你学习那么辛苦，还到图书馆读书，认真地做笔
记。我希望你不要只抄写那些爱情句子，也要抄录描写风景、描写人物的句子，
我看到了，会学到更多的知识。

你对我的爱，我心里明白，中国人不同于外国人，那么直接，那么浪漫。我
对你的爱，是深藏心底的，我决不辜负你的爱，你在外努力读书，我在家勤奋工
作，等到了结婚的时候，我们都不要依赖父母了，我们有自己的世界，自己的幸
福家庭！

大美，你不要太牵挂我，等我有机会，到南京去看你，好吗？

……祝你

学习进步，天天愉快！

永远爱你的大龙

一九八八年十一月十日

谭大龙读完"回信",仿佛掉进一个很深的窟窿,再也找不到自己了。两眼死死地盯着落款,尤其两个相近的日子,龚如玉是多么希望自己收到信之后立刻回信啊!可是,自己做了什么,一封信也没有看,一个字也没有回……他走到桌前,从抽屉里一把抓出刚才塞进去的信。一个多月,龚如玉已经寄来六封信了,这一封是第七封。他的手指甲已经掐住信封,撕开口子……然而,他松手了,未撕开的信,滑落一地;涌动的热血顿时凝固了,如同速冻一样……他冷静下来,他觉得不能撕开,越撕得大,这个伤口会更加疼痛……他把所有的信,整齐地拢起来,今天,被唐菲菲撕开的伤口,决意不再去碰了,他还是回到从前……明天,他要对唐菲菲约法三章,绝不允许她犯第二次,否则,到唐生华那里告她的状!

此后,谭大龙还是不看不回,龚如玉还是继续写着来回信,她一厢情愿地独自在追求爱情的道路上奔跑着……

谭小龙在西安大学读书,非常努力,他不仅主修农药专业,还选修了两个其他专业,一个是电子,一个是新材料。除了课堂、实验室,就是图书馆。学生会给他一份食堂勤工俭学的工作,生活费就自给自足了。他的大学第一学期就生活在教室、图书馆、实验室、食堂和宿舍的世界里。

到学期结束,谭小龙以优异的成绩获得了全额奖学金,一千五百元。对于从未见过这么多钱的谭小龙来说,是一笔财富,在领取钱的时候,他的眼泪出来了。出了财务室,他就去找辅导员牟碧霞老师。

西北风刮得很大,校园里的落叶,被刮得乱飞。肃杀的严寒里,校园里的红叶李还是那么灿烂。红叶李,在西北极普遍,而在大学校园里有着特殊的意义,它是莘莘学子朝气蓬勃的象征,更是师生们敢于探索,敢于创新的精神的写照。校园里匆匆行走的是准备回家过年的新生,离家半年了,尤其是外地的大学生,心早就飞回家了。一些已经大三、大四的学生,有男生、女生在甬道上并肩行走的,也许已经成为恋人了。谭小龙看着他们,觉得都与自己没有关系,他抄近路,向教师办公楼疾步走去。到了楼前,风被大楼挡住了,他放慢脚步,走到楼下,一株鲜红的红叶李树高大繁茂,叶子在风中瑟瑟作响。谭小龙站住了,他伸过手去,想摘一片红叶……手指接触红叶的一刹那,叶子飘起来,他的瘦弱的手指收了回来,他的心,被这寒风中的倔强感动了,觉得红叶李给了他这个南方来的孩子,无限的温暖,无尽的亮色,照亮他求学的道路……

牟碧霞在办公室收拾东西,快放假了,整理一下。牟碧霞是一位中年女教师,带着深度近视眼镜,正背朝着门捆书。谭小龙轻轻地敲门,牟碧霞听到声音,回头一看,见是谭小龙,手里还拿着一个大信封,鼓鼓的,说:"进来!"

谭小龙轻手轻脚地走进办公室,牟碧霞放下手里的事情,坐下来,疑心地问："谭小龙同学，你不回家过年啊？"

谭顺利站到她面前，轻声地说："老师，我不回去，太远了，要花多少路费啊！"

牟碧霞笑了："人家可是要自己掏腰包，你是全额奖学金啊，学校给你出的路费啊！"

谭小龙感激地说："感谢老师厚爱，我，哪里能够得全额奖呀！"

牟老师说："你是凭成绩，还有平时的表现，按标准评定的，并不是老师开后门给你的。再说，你家境困难，这钱正是雪里送炭啊！"

谭小龙说："班里困难的同学，不只是我一个，还有张清泉他们比我更困难，他虽然是本省的，也不打算回去过年；陕西的风俗，我了解到一些，过年是非常隆重的。"

牟碧霞明白了，看看他手里的信封，这个南方孩子是打算把奖学金分给更困难的学生。她脸上浮现出赞许的笑容，近视眼镜后面渗出了激动的泪花。她取下眼镜，摸出手帕擦了擦眼角，和蔼地说：

"谭小龙啊！你自己勤工俭学，靠自己的双手读书、生活，已经不简单了；如果你留着奖学金，下学期可以多花时间在学业上，争取写一些论文，不要浪费青春啊！"

谭小龙说："老师，我想支持张清泉三百元，再拿五百元支持其他困难同学，自己留六七百就行了。我明年还继续勤工俭学，更加勤奋读书，把基础打牢；利用寒假，多看点书，到学期结束，一定写篇论文，争取在校刊上发表。……请老师帮我处理这件事，我自己出面不好……"

牟老师把谭小龙拉到跟前，上下打量着这个瘦瘦的、貌不惊人的南方娃，想到自己的孩子也这么大了，哪有他懂事啊！她关心地问："你穿这点衣服，不冷吗？"

谭小龙说："不冷，进大学后，我就尝试洗冷水澡，直到现在，我还是洗冷水澡，明年打算参加冬泳呢！"他呵呵一笑，露出了与小老三一样的虎牙，他觉得，与老师的距离近了；今天做了一件善事，开心！

牟碧霞看出谭小龙是真心实意，不再推却，就说："好吧，我来安排，把几个特困生叫来，你在场。"

谭小龙连忙摆手："我回避吧！"说完，从信封里摸出八百元钱，放在老师面前，转身出去了。牟碧霞没有再说什么，看着谭小龙的瘦削的背影，又一次赞许地点点头。

龚如玉放寒假了，回到铁记庄。就因为一直没有收到谭大龙的回信，她把行李往家一扔，就迫不及待地去谭家找谭大龙。陈桂兰见龚如玉朝自家走来，就连忙打电话给儿子，知会他："大美回来啦！"

谭大龙在办公室整理一年的资料，听到母亲的电话，立即放下手中的事情，骑上自行车，朝谭剑英的东湖公园工地去。

因为看书，准备考试，谭剑英已经把工地当作家了，宿舍里弄得有模有样，还搞了炊事用具，电热丝炉子，既好做饭，又可取暖。见大哥急呼呼骑车来了，连忙将他迎进屋里。

一进门，谭大龙就说："不好啦，大美回来了，怎么办？"

谭剑英说："什么怎么办？以不变应万变，你怕她吃了你呀！"

谭大龙说："我无法面对啊！她那脾气，你也知道，把她惹急了，她不会去上学的，不是害了她吗？"

谭剑英看的小说多了，就笑道："你以为是小说啊，她不是凡人，哪有为了一点小感情，不上大学的，你是傻啊！"

谭大龙说："我比你了解她，……我决定不在家过年了，去无锡工地值班。你回去告诉妈妈一声，不能说我去了哪里，假如说漏了嘴，麻烦就大了！"

谭剑英看看大哥，竖起大拇指："我大哥有大将风度，将来会超过大伯，做大经理！……好吧，你就在这儿住吧，我，回去了！明天一早，我带点洗漱东西给你。"

西北风刮停了，昏黄的天空中，慢慢悠悠地飘起了雪花。

谭大龙站在工地办公室门口，目送谭剑英骑车回去了，自己觉得失去了什么；他远望的方向是铁记庄，那个一直在心目中的人正在那儿等着他……

雪，下得大起来，天，渐渐地暗下来……

龚如玉一直站在"得月亭"里，眼看着飘雪，却没有等到心上人的身影；她从羽绒服内里口袋里，摸出那块手帕，还有体温，擦了擦眼泪，惆怅地叹了口气，回转身，精神恍惚地回到自家院里……

第十一章

一九八九年的春节，是谭大龙和龚如玉最难熬的春节，也是陈桂兰最揪心的一个春节。

为了不与龚如玉见面，谭大龙躲到公司在无锡的工地。工地位于无锡市郊的河埒口，距锡山、惠山不远，那里有驰名中外的锡惠公园，乾隆帝御封的"天下第二泉"，就在那儿。民族音乐家华彦钧（瞎子阿炳）虽然早已仙逝，而他从做小道士就开始创作的《二泉映月》的美妙音乐，是天下最美的丝竹之天籁之音，不仅缭绕在锡惠山麓、太湖之滨，还远涉重洋，漂洋过海，成为世界文化艺术的瑰宝。谭大龙看过的书里有关介绍，却没有实地看过，他是第一次来无锡。因为放假了，他让留守的"小山东"在工地值班，独自去锡惠公园逛逛。

天空阴沉沉的，飘洒着零星雪花；天不算太冷，风也不大，雪花慵懒地落下，在地面上难以堆积起来，只有山上树叶上、草丛里积留一些下来，点缀其间，叶子的绿，枯草的黄，积雪的白，相映成趣。

谭大龙漫不经心地从工地不远的山边小路走到公园后面，那儿没有门。锡山不高，海拔只有七十五米，他爬到山顶，来到惠山寺，漫无目的的走马观花，东看看，西瞧瞧。到了"天下第二泉"，他驻足观赏，虽然只是初中毕业，却看过不少龚如玉家的藏书，知道"天下第二泉"的由来。唐朝时期，湖北天门人陆羽，因为安史之乱，避居浙江湖州，访遍江南名山名泉，他品评天下名泉二十余种，列江西庐山康王谷帘泉为"天下第一泉"，无锡惠山石泉为"天下第二泉"。后来，清朝乾隆皇帝下江南，亲封为"天下第二泉"，御笔亲书。谭大龙站在御碑前，五个遒劲有力的红色大字就在眼前，他终于看到书中描写的真实景观了。

龚如玉回铁记庄过年，主要是与谭大龙相会的。爷爷龚德昌与铁旺兴爷爷还在重庆，等过年以后，天气暖和了才回来。奶奶肖秀英慢慢地准备着过年的一些事情，父亲龚弘奎早已放假，没事在家看看书，写点古体诗词，母亲铁慧瑛还没有放假，在外贸局与地方上领导和省城的领导之间应酬。龚如玉几次去找陈桂兰问大龙的事情，陈桂兰都借故转移话题，顾左右而言他，龚如玉毕竟还是小姑娘，也不好意思直白，何况陈桂兰总是冷冰冰的，她只好无功而返。

天，开始下小雪。午饭过后，龚如玉在家感到快闷死了，就穿上羽绒服，到外面走走。走到唐菲菲家，没看到唐菲菲，端玉梅告诉她，唐菲菲还在公司忙呢！龚如玉就沿着唐家河边的小路，经过"得月亭"，出了铁记庄园。沿着河外的路去铁记庄建筑公司办公室，办公室在原铁记庄大队部里。

见龚如玉走来，唐菲菲连忙开了办公室的门，迎她进去。唐菲菲自从看了龚如玉寄给谭大龙的信之后，知道他俩的关系不再是小时候的玩伴关系了。她真不明白，好好的一个漂亮的大学生，追求一个做手艺的穷小子，真是前世有缘吗？自己怎么从来没有发现谭大龙有什么过人之处呢！

龚如玉打量着财务室，故作漫不经心地问："菲菲，大龙的办公室在哪里啊？"

唐菲菲快言快语："就在隔壁。"

龚如玉走到隔壁办公室，门关着，站在窗前，看到办公桌上，图纸、资料堆放得整整齐齐，回头问唐菲菲："我回家好几天了，怎么没见到大龙人影子呢？"

唐菲菲惊讶地反问："你不知道啊？他被大伯派到无锡工地值班去了。"

龚如玉心里一愣，便问："也不回来过年？"

唐菲菲说："恐怕不得回来。"

龚如玉追问："在无锡哪个地方？我过了年去南京，从无锡坐火车，好顺便去看看他。你陪我去，好不好？"说着，还笑着。

唐菲菲高兴地说："好，我陪你去。工地在河埒口，距离锡惠公园不远，到时候，我们到公园去玩。"

龚如玉心中窃喜，这个丫头还是小时候脾气，留不住话的；不过她也许觉得没有什么值得隐瞒的。这真是言者无意，听者有心。龚如玉决定，立即去找谭大龙。

龚如玉告别唐菲菲，快步走回去，推起自行车，跟父亲说："爸，我出去一下，看同学！"

龚弘奎头埋在书里，应了一声："早点回来啊！"

龚如玉骑上自行车，飞快地到了街上。她本想去车站乘车的，忽然看到路边停着一辆出租车，她就将自行车往路边小饭店门前一锁，朝出租车里一钻。出租车司机是个中年人，见一个女孩钻进来，问："你去哪儿了？"

龚如玉说："无锡！"

出租车司机说："我在这儿等人……"

龚如玉说："我有急事，要不然还打什么车？……帮帮忙吧，叔叔！"

出租车司机想了一下，问："你到哪儿，舍得多少钱？"

龚如玉说："南门河埒口。"

出租车司机说："算来回，五十块。"

龚如玉早已谋划好，身边一直带着几百元钱。她笑道："就依你，走吧！"

出租车司机见这个黄毛丫头价也不还，心想，到时候还可以再要点。开车就走。

谭大龙见天色不早，就从公园北面的正门出了公园，沿着公路往东走，到了公交站台，等了一会，没见到市区有车来，只见返程的车从红梅公园方向回城。他估计没有公交车了，就快步往回走。

龚如玉坐在出租车内，远远看见一个走路姿态熟悉的身形的人在前面快步走着，她对师傅说："叔叔，开到前面那个人身边停下来。"

出租车司机点点头。车到谭大龙身边停下来，按了一声喇叭。

谭大龙听到喇叭声，停下脚步，转身一看，是马驮沙的出租车，那颜色是蓝白相间的格子，独一无二。正在疑惑，只见车里钻出一个穿着红色羽绒服的女孩，他简直不相信自己的眼睛：竟是半年没见的龚如玉！

龚如玉不顾一切地冲上前去，紧紧地抱住谭大龙，生怕他从手中滑溜走。半年多相思的泪水，汩汩地流下来；谭大龙也低下头去，任龚如玉滚烫的嘴唇强烈地吻着，吻着……

真正的爱情，不是用言语才可以表达的，是发自内心的冲动！假如爱上一个人，整个灵魂都会被他所吸引，为他着迷，甚至丢魂落魄，但愿每一分钟都看到他……见不到的时候，会日思夜念；见到了，就会骤然兴奋，心跳加快，激情燃烧，毫无遮掩地表现出来……龚如玉对于谭大龙，就是这样！

风，似乎停止了，雪花密集多了；远处城里的灯火亮起来了，不远的锡山一片朦胧……

出租车司机被眼前的一幕惊呆了，有点儿不可思议。一个年纪轻轻的漂亮女孩，打车几十公里来追一个男孩，而且在途中不期而遇，在这个飘雪的黄昏……他走出车外，点起一支烟，背朝他们，远眺暮色里锡山、惠山的夜景。

谭大龙发现还有一个人、一辆车，便松开了龚如玉，可她不愿意松开，虽然不再热吻；她看着他，慢慢地解开他军大衣的扣子，把头埋在他胸口，听着他的心跳；谭大龙把大衣裹住她，让自己的体温浸润到她的体内……

出租车司机的一支烟抽完了，大龙说："好啦，有人在呢!?"

龚如玉抬起头说："我不管，谁叫你那样对我的?"

谭大龙无语了，他把她的手慢慢地从腰间挪开，走到出租车司机身边，腼腆地笑笑，说："叔叔，辛苦了！多少钱?"

出租车司机说："先前讲的五十，哪知这路难开，加十块吧，六六大顺嘛！"

谭大龙爽快地说："行！"便摸出六张十元票面的钱给他。

龚如玉走过来，说："我们还得回去，讲好来回路的。大龙，回家过年吧，我不能在外边过夜的，我爸妈……"

谭大龙心想，我那儿也不能住啊，再说了，夜里让她一个人坐车回去，也不放心的，便说："好的，我跟你回去！……叔叔，麻烦您再朝前开二里地，我去工地说一声。"

出租车司机说："好的，你也回去？"

谭大龙笑道："您都看见了，我不送她，行吗？……您说吧，加多少钱？"

出租车司机见他聪明、豪爽，略一思索，说："再加二十。"

谭大龙说："一句话，走吧！"

到了工地，谭大龙对龚如玉说："外面冷，你别下车了，我关照一下就走。"

龚如玉点点头，在车里等他。

"小山东"看到来了一辆车，立即从工棚里走出来，开了临时的大门。一条大黄狗从屋里蹿出来，直奔出租车。

谭大龙对"小山东"说："我送一个人回去，你把门关好，别出去啊！我明早就来。"

"小山东"说："知道，我跟你说的卖苹果的事情，回去就跟你妈说。让她摆个摊，我家的苹果多，好吃！"

谭大龙笑道："忘不了。"

龚如玉在车里见他们老是说话，就推开门，下车等他。大黄狗见到有人下车，立即从大龙身边过来。龚如玉下意识地后退了半步，大黄狗，蹲在她跟前，伸着舌头看着"小山东"。"小山东"吆喝大黄狗："回来！"大黄狗摇着尾巴，回到里面。

谭大龙走过来，龚如玉先上了车，往里面挪了挪，让谭大龙坐。谭大龙关了车门，出租车司机就发动车子，往回开。车里没有空调，龚如玉这时觉得有点冷，就依偎在大龙身上，两只小手伸到大龙军大衣的两个袖管里，感到温馨，幸福地闭上眼睛。

车回到小饭馆门口，小饭馆早已关门。外面的雪也越下越大。龚如玉的自行车还在门口。谭大龙又给了司机二十元钱，司机高兴地与他们告别，按了一下喇叭，扬长而去。谭大龙推着龚如玉的自行车，两人沿着城区到铁记庄的简易公路工农路，走着，交谈着。

谭大龙把龚如玉送到她家院子门口，龚如玉又一次抱住了他，热烈地吻他；谭大龙让她吻着，心怦怦跳，生怕龚家人突然开门，便推她，快步离开。她目送着他走远，才敲自家的门。在热吻心爱的大龙的时候，龚如玉把手里早已捏好的二百元钱，塞到他大衣口袋里，紧张的大龙，一点也不知觉。

铁慧瑛在厨房里洗鱼，听到敲门声，就擦擦手，出来开门。见是女儿，骂道："死丫头，疯哪儿去了？……吃过了？"

龚如玉拍拍身上的雪，将自行车推进院子，轻松地说："和同学玩了半天，又一起看了场电影……饿死了，有什么好吃的？"

铁慧瑛说:"我回来忙了点馄饨,你不是最爱吃的吗?"

女儿往妈妈脸颊吻一下,笑道:"谢谢妈!"

铁慧瑛笑骂:"没个正形,还有两天十八岁了!"说完,去煮馄饨。

谭大龙到母亲屋前,叫道:"妈,我回来了。"

陈桂兰喜出望外,原以为这个年只有小老三一个儿子在家呢,哪晓得老大也回来了,赶紧开门出来。

谭大龙说:"妈,我还没吃呢……"

陈桂兰说:"我包了圆子,妈给你下圆子去。"两人向厨房走去。

谭顺和与谭剑英听到动静,都出来看,见是谭大龙回来了,都到厨房来。

谭剑英拉住大哥,轻声问:"你怎么回来了?"

谭大龙也轻声说:"一会儿再说。"高声叫谭顺和,"三叔,年终奖发啦?"

谭顺和说:"我们明天才发。你不是在无锡值班吗,怎么突然回来了?"

谭大龙说:"去了这么多天,怪想家的,有顺便车,就回来看看你们,我明天一早跟车去。"

陈桂兰在灶台上忙着,小老三在灶门口烧火;灶膛里火很旺,小老三不时地烘烘手。陈桂兰说:"刚才,唐菲菲把你的年终奖带回来了,你大伯重奖你,三千块呢!"

谭大龙说:"是不少,不过,我也吃了不少苦,大伯还是看得见的。小老三,你拿了多少?"

谭剑英说:"我现在是半工半读,只是半个管理人员,哪有多少?要不是大伯的公司,恐怕工资也只好一半。"

陈桂兰说:"也不少,一千五呢!刚才小龙打电话来了,他拿到一千五百块钱奖学金呢,是一等奖……嗨!我的苦日子要直头了,你们都给我争气啊!"

她盛上圆子,动情地说:"我们四个人都吃。还有两天就过年了,大龙明天还要去工地,爷爷奶奶在医院里,小龙在西安,我们今晚吃圆子,也表示团圆吧!"

四人吃着圆子,是糖心的,甜甜地。

陈桂兰说:"你们的工资、奖金都在这儿,过了年,存到信用社,积余起来,将来你们结婚;如果有条件,还可以把房子翻成楼房……"经过苦难的母亲,憧憬着孩子们美好的未来。

谭大龙笑道:"我不结婚,我像三叔……"

陈桂兰打断他的话,严肃地说:"你的那点花花肠子,我心里一清二楚,你别想那心思,等你满了二十岁,就给你找对象,谈好了就结婚。你带个头,下面两个才好跟上。不要等我死了,看不到一个孙男、孙女……"

谭剑英说:"妈!大过年的,还说这种话!您放心,我们都得结婚,生许多孩子，让您看到儿孙满堂。不过，早晚结婚，您不好干涉，二哥读四年大学，说不定还读研究生，我可不会等他，肯定比他早！"

谭顺和笑了："真是不怕难为情，还争着结婚！"

陈桂兰看了看谭顺和，低着头说："老三，你也要考虑考虑，孩子们大了会远走高飞；养你老不假，身边有个伴更好！开过年，你就物色一个，年纪越大越难找。"

谭大龙在盘算自己的事情，等大美还要三年半，那时自己二十二岁，正是结婚年龄……想到这里，不禁笑起来。

谭剑英吃完了，催促大龙："大哥，我有事找你，出去说。"

陈桂兰和谭顺和朝他们看看，弟兄俩走出厨房。

陈桂兰以为俩小子是有意腾出空间，让她与谭顺和说话，便叹了口气，孩子们真是用心良苦啊！

陈桂兰说："老三，我原来也打算与你合起来过的，也算像模像样一家人；可是，你越是对我好，我反而越觉得你二哥就在我身边，死鬼不散的阴魂老是缠着我，有什么法子啊！这辈子，我们只能做姊妹，不能做夫妻了。我这辈子欠你的情，欠你的债，容我下辈子还吧……你还是找一个吧，算我求你了！"

陈桂兰说得恳切，更是肺腑之言，没有半点假话，谭顺和听得出来。然而，他是铁了心不找了，要帮助陈桂兰完成二哥没有完成的事情。既然嫂子说了，也得应付她，他说，"我看看吧……不过，找与不找，我都把他们三个当儿子看待，帮助你让他们成家立业，在所不辞。大龙呢，现在的业务能力可以了，能够独当一面。我看，长期在老大的小公司没有什么前途。过年之后，我去同生华说，给大龙安排个位子，先跟在我身边，单枪匹马负责一个工地，做项目经理，钱也不会比现在少。……我看他家菲菲蛮好的，知根知底，唐家也有经济实力，就一个女儿，如果大龙与她亲事成了，大龙就是有前世修来的福气。"

陈桂兰说："唉，他还在做大美那丫头的'倒头梦'呢！那个丫头看起来倒是心甘情愿的，不过，上了大学，女儿的心思总是活的……这事情不靠谱！说唐菲菲的话，大龙会喜欢吗，人家丫头愿意吗？"

谭顺和说："慢慢来吧，反正小呢。"

陈桂兰起身收拾锅碗。谭顺和走出厨房，看到俩小子在不远处说话，就回到自己的屋里。

谭大龙告诉弟弟："你猜她怎么去的，打车的！还真神了，居然找到河圩口工地去了！"他的手插在大衣口袋里，早已摸到龚大美塞的钱，不知这个丫头什么时候塞进来了，他一头雾水。

谭剑英说："她聪明，肯定是从哪儿打听到的……除了我，还有谁知道你去了无锡的，妈是不会告诉她的。"

谭大龙的脑子飞快地转起来，他说："我到无锡之后，打过电话回来的，是唐菲菲接的……哎呀，不好，这个唐菲菲，专门坏我的事，上次拆信，这次告密……小时候挺乖的，大了怎么这样呢，不晓得拐弯抹角……"

谭剑英问："你明天当真有顺便车？"

谭大龙笑了："怎么没有，汽车站天天有顺便车呀！哈哈……"他摸出一把钱，在弟弟面前一晃，"路费也有。"说完，拿出一半给剑英，"给，给你压岁钱！"

两人有说有笑的回到屋里。

陈桂兰半夜没有睡得着，盘算着如何将大龙与唐菲菲撮合到一块。

龚如玉甜甜地睡了，梦得很香，在异地雪天的拥抱、热吻，又一次重现在梦中……

第二天一早，谭大龙没有与任何人打招呼，就徒步去了车站，乘坐头班车去了无锡。

路上的积雪有寸把深了，天空很清净……

春夏之交，大学里闹腾了。铁海良在读的江阳水利专科学院，坐落在美丽的瘦西湖畔，学生们集会都在东门外公园的广场上。他们与全国的一些大学生一样，把自己当着社会的救世主。这一天，几所本科与大专院校的学生，集合之后，浩浩荡荡地开往市政府。铁海良是大专三年级学生，很快就要毕业了。他组织的水利专科学院的同学，也是游行队伍的一支小分队，负责市府大院东门的示威、静坐。学生们首先在大街上游行，从文合路到淮河路，高举反腐大旗，卡车上的高音喇叭播放激进的歌曲。老百姓站在沿街道旁，目睹学生们整齐有序地行进……

在市府大院南门，武警战士已经筑成人墙，他们一个个全副武装，严阵以待，任学生们往前挤，他们始终手挽手，将学生们挡在外面；东面由公安干警组成队伍把守。铁海良的队伍在门口静坐到夜晚，没有得到什么答复，只好撤回。

铁娜所在的师范学校，以及师院，教育学院，学生们被市教育局的新规定卡得死死的。最折腾的几天里，各所院校组织考试，并且加上了史上最严厉的一条：这次考试，不得补考，缺考者视为自动退学，考试不及格的，将留级一届。教育学院和师院只有极少数人参加"运动"，中师生年龄还小，没有一个离开教室，规规矩矩的参加考试。市教育局的领导分赴各个院校，现场督导。

龚如玉就读的南京师大，大多数学生都上街了，与其他高校的学生混合起来，集结在新街口等闹市区，游行的队伍密得象蚂蚁一样，巨大的横幅标语在阳光下格外醒目：揪出腐败分子！打倒腐败分子！龚如玉已经得到父亲的明确告诫：不得参加运动！学生的任务是读书，做学问，这种毫无意义的"学生运动"

是不利于社会安定团结的。所以，她除了给谭大龙写恋爱的"来回信"，寄托相思之情，就是在图书馆看书。

谭小龙的西安大学，大多数学生参加了运动。谭小龙出身贫寒，家境属于社会底层；出来求学，是为了探求拯救人命的药品。因此，他牢牢记住古训：两耳不闻窗外事，一心只读圣贤书。图书馆、实验室，还有食堂的勤工俭学，使他无暇顾及校门外的事情。同学们随大流而动，他却我行我素。

五月中旬的一个星期六，牟碧霞到图书馆来借书，看到谭小龙没有随同学们上街游行，而在专心致志地看书，就走过去，坐在他对面。

谭小龙看到辅导员来了，赶紧站起来，恭恭敬敬打招呼："牟老师！"

牟碧霞让他坐下，笑道："今天星期六，同学们都上街了，你怎么没有去啊？"

谭小龙说："我怕热闹。有时间去游行，不如多看点书，……老师，我已经选了两个论文题目，准备些资料，觉得底气还是不足，只好抓紧看书了。"

牟碧霞点点头，问："晚上有没有时间多余？比如星期六、星期天……"

谭小龙说："大多在宿舍里看书……什么事？老师，您说！"

牟碧霞笑了："鬼精灵！……是这么回事，既然你不参加运动，就去为我内侄儿补补课，他今年高二，明年考大学。"

谭小龙马上答应："好的，才一年不到，高中课程，我还没有忘掉。……我也好把书带去，他做题目，我看书。"

牟碧霞说："一会儿你去食堂把你的事情做了，随我回去，带你去我哥家熟悉一下。我在办公室等你。"

谭小龙是老实人，老师的话绝不打折扣，他点头答应。

牟碧霞起身离开，谭小龙又站起来，目送她，他敬佩牟碧霞，是个搞科研的老师，对学生运动不怎么认可。

西北的五月，白天气温较高，夜晚还凉；旋转风刮起来，有时很厉害。校园里的红叶李树，花儿早开了，叶子才长出来。这种先开花后长叶子的植物，首先给人们送来的是粉中透白的芬芳，再有鲜红光亮的红叶。满树粉红泛白，随着花期渐短，大多数落英缤纷；旋转风让它们飘起来，落下去……谭小龙走出图书馆，来到红叶李树下，他感叹这种树不屈的傲霜斗雪的风骨，他敬佩这种树枝叶繁茂、色妍而穗浓的旺盛的生命力，他每次看到它，心中就会燃烧这如火如荼的令人振奋的红叶激情。他回想到冬天的紫色的红叶，正是从这样多彩的春天走去，经历风吹雨淋、日晒霜打，越发老成，越发坚强……这些，都是他人生经历中不可缺少的生命元素，是他一个从穷困家庭走出来的大学生的前进动力！

学生们闹腾了一天的街道上，到处是垃圾，一阵阵风刮得遗弃的小彩旗乱飞，吹得矿泉水瓶子乱滚，在这千年古城，增添了无限的沧桑之感。这里可是金戈铁马洗礼的记忆，也是血染疆场的交响，历朝历代的英雄豪杰在这片热土上谱写的是刀枪岁月，显示的是豪迈情怀；不是呼几句口号，游几趟街就能解决什么社会问题的。

谭小龙向本地同学借了一辆自行车，跟在牟碧霞后面慢慢地骑，由南向北，有点顶风，似乎还有点上坡的样子，快不起来。他沿着明城墙骑，看看古老的城墙，看看凌乱的街道，看看昏暗的路灯，看看古老的建筑，心中不禁涌起一种责任，一种感慨，一种欲望，一种凝重……

牟碧霞带着谭小龙到了她哥哥家。他哥哥牟碧玉，是解放化工厂厂长，有一男一女，大的女儿叫牟丽琴，小的儿子叫牟丽军；牟丽琴已经中专毕业，分配在父亲厂里做检验员，补课的就是读高二的丽军。三室一厅的套间里，牟丽军有自己的小天地。谭小龙先到他屋里，牟丽军给他看几张考卷。谭小龙一看，还算中上游成绩，难度比不上自己读的教材，心中有了把握，松了口气。

也许牟碧霞事先就通知了哥哥嫂嫂，晚饭有所准备，是老西安的几道传统菜。谭小龙从牟丽军房间出来，菜已经端上桌子了。谭小龙一看，十分惊讶，来西安读大学快一年了，从未见过这样的美味佳肴！

铺着碎花布的餐桌上。

青花瓷的圆盆里，是一只整鸡，经过清煮、笼蒸、油炸三道工序的葫芦鸡，它色泽金红，皮酥肉嫩，香烂味醇，筷到骨脱。"葫芦鸡"这道菜，从唐代开始，就是"长安第一味"。因为今天是请的小先生，书香门第的牟厂长，专门请厂里小食堂的厨师做的。

第二道菜是"温拌腰丝"。这道菜是由唐代"羊皮花丝"演变而来，是用低档材料烹制为高档菜的代表之一。用猪腰子、粉丝、木耳丝、莴苣丝、洋葱丝温拌而成。由于刀工细致，烹调考究，形成了腰丝脆嫩，味道浓醇，清爽利口，营养搭配的一道名菜。

第三道是一只汤。在透明的玻璃大碗里，盛着"枸杞炖银耳"。它的由来还有两个典故。据传，辅佐刘邦兴汉灭楚的"三杰"之一张良，在隐居期间，经常以银耳清炖为食，寓意"清白"。隋末唐初，房玄龄和杜如晦协助李世民推翻隋朝统治，对唐朝赤胆忠心。人们在雪白的银耳中加入色红似血的枸杞，寓意"清白"与"忠诚"共有，这就创出了红白相间的名羹"枸杞炖银耳"。这道西安菜不仅有红白相间的色泽，香甜可口，还有润肺补肾，生津益气的功能。

主食是"西安羊肉泡馍"。还是青花瓷器皿，精致的大花碗。青的葱、黑的木耳、白的羊肉、酽的羊汤、一块块馍，盛在碗里，不仅是品赏的美食，还是欣赏的一幅水墨丹青。

谭小龙一道道的看，听牟厂长介绍，还没有品尝，却不时咽着口水，这是他有生以来第一次见到的古城名吃！只说家乡的淮扬菜是中国四大名菜之一，却没有系列品尝过，在这历史文化厚重的古都，民间的小吃，是如此精美，它的形成，是那么深邃！谭小龙不禁感到，西北并不遥远，离自己是这么近切，在千里之外的他乡，竟然能够享有家的温馨，匆匆过客的愁绪一下子远去了。他感激地看着牟碧霞，看着牟厂长一家人。

看到谭小龙情入美食，进入忘我的境界。牟碧霞笑着说："不要听我哥说得玄乎，哪有那么多讲究，不就是吃的东西。坐下来吃吧！"

牟厂长的妻子一直没有说话，这时才笑着说："今天就这几样，下回我搞别的给你吃，吃吧！"

吃饭的时候，牟碧霞向他们介绍谭小龙："小谭是我带的班里最优秀的学生，唯一的一等奖奖学金，被他拿了！他品行好，还分了一半奖学金给困难同学，自己靠勤工俭学读书呢。"

牟碧玉说："你给小军补课，我们也给一点报酬。"

谭小龙急忙放下筷子，连声说："不行不行，我也是学生，互相学习，还谈什么报酬？牟老师，我绝不要什么报酬的！……您看，我都毫不客气吃饭了，这么多美味佳肴，那我还要掏伙食费呢！"

牟碧霞笑道："看把你急的！……哥，小谭是南方人，不懂我们这里的风俗，……吃饭吧，先补课再说。"

牟丽琴慢慢地吃着，不时地抬头看看谭小龙。她比谭小龙大两岁，是西北美女。不是说"绥德的汉子米脂的婆姨"吗，牟家就是从陕北米脂出来的。牟丽琴想，这个瘦削的大学生，真有那么多学问吗？

谭小龙抬起头，眼睛与牟丽琴的怀疑的眼光相遇了，不觉耳朵根子一热。西北姑娘就是大方，连看人都是那么火辣，毫不遮掩。一双大眼睛，红扑扑的脸颊；一根大辫子，一件紧身小夹袄，就是全部，也不遮掩什么，就是西北姑娘的实诚。两人的目光相遇，姑娘笑了，露出她特有的甜甜的酒窝。谭小龙低下头，吃起来。

"学生运动"很快过去了，被定性为"动乱"。凡是应届毕业生，都哪里来还到哪里去，一律分配到基层。铁海良本身就出生于地主成分家庭，铁旺兴的地主帽子刚摘去不久，他还是学生运动的小头目。他成绩优秀，本来可以分配到市水利局的，却一下子分到老家来了，到乡水利站工作。

郑浩是马驮沙县副县长郑云武的儿子。说来也巧，县长姓付，叫付立华。人们打招呼很别扭，明明是正县长，却被称呼"副县长"；明明是副县长，却称呼为正县长（音"正"、"郑"相同）。郑云武是常务副县长，管的口子有文卫系统，还有外贸局。郑浩凭父亲的关系，在南师大中文系谋有团委书记的头衔。因为参加学生运动，大学毕业后回到老家，分配到一中做老师，也是团委书记，郑云武让他过渡一下，再到县机关工作，将来在仕途上可以升迁。

龚如玉穿着那件湖蓝连衣裙，参加中文系团组织活动，是关于对学生运动反思的会议，她是班团支部书记。郑浩在几次团组织活动时，就对她有好感，虽然这位身材苗条的姑娘是老乡，但总不与他交谈，甚至在一次舞会上，郑浩邀请她跳舞，也被她拒绝了。郑浩自己觉得个子不高，貌不出众，就不勉强。后来也写过几次情书，龚如玉虽然接受了，看也没看，都被她扔进垃圾箱。郑浩一直写，龚如玉一直扔。

郑浩点名要龚如玉发言。

龚如玉说："对于春夏之交的学生运动，中央已经定性为'动乱'，这是对我们大学生的警醒！什么叫动乱，因动而乱，好好读书，会乱得起来吗？我没有个人意见，也没有什么可讨论的，只有参加者才应该深刻反思！"

一个男生站起来发言："学生运动的初衷是好的，就是反腐败；后来被人利用了，绝大多数学生不是动乱分子。"

又一个同学说："没有得到人民群众的支持，就是学生孤军奋战，成不了气候。"

郑浩说："我们要反思自己的问题，社会的问题，有的已经积重难返了，有的是新生事物。我们学生，还没有什么理论水平，听某个大学教授蛊惑，就盲动起来，是属于政治上的盲动主义。"

一个同学走进会议室，对郑浩耳语几句。郑浩就宣布散会，并且布置："各个团支部要开一次团员会议，贯彻今天的会议精神，把思想统一到中央精神上来。"说完，收拾笔记本，人们走出会议室，他叫龚如玉留下。

郑浩说："我父亲来了，他是到省里活动活动我分配的事情，我估计没有什么好结果，还得回去。……如玉，我爱你，我在老家等你！"

龚如玉矜持地站在那儿，听他表白，并不接话。

郑浩只好自说自话："就这样吧！我在老家等你。"

龚如玉还是不作声，朝门外走去，湖蓝连衣裙的下摆，在六月的熏风中飘起来，她下意识地将了将飘起的长发，想起了去年夏天人民公园的并蒂莲来了。

郑浩见她离开，也跟在后面，到了一个路口，朝她摆摆手，自个儿走了。

此后的一年里，郑浩写给龚如玉的信，如同龚如玉给谭大龙写信一样，有去无回，龚如玉全部扔进垃圾箱，但是龚如玉相信，谭大龙是不会把她的信扔掉的。

牟丽军在谭小龙补习之后，成绩提高很快，在第二年考取了东南大学建筑系，西北的小伙要从十朝古都到六朝都城去看看了。

铁旺兴在重庆不幸突发脑溢血，抢救无效，命丧他乡。铁善良的儿子铁旺敏将他的遗体暂时安放在南岸区殡仪馆，电告铁慧琪去料理后事。铁慧琪接到电话，就与妻子龚弘菊直奔重庆。

在重庆，老铁家各地来的人团聚了。

铁善玲的女儿张铁爱华与女婿张粤生，从香港飞到重庆，同来的还有台湾铁家，是铁善益的两个儿子，铁旺孝和铁旺乡，他们是铁善益后来的二姨太所生。他们没有从政，而是从美国留学后回到台湾，从事高科技电子产业。台湾铁家与香港铁家一直保持联系，所以，兄弟俩一听到堂兄去世的消息，便转道香港，一起赴渝。

在重庆，铁慧琪从长辈那里，了解到一件父亲从未提及的铁记庄往事。

那是发生在民国年间的一件事。马驮沙新建立共产党组织，领导人是省委从上海派来的本地人周刘之，他利用教师的合法身份，发动群众，开展抗日救亡运动。民国二十二年秋天，由于叛徒出卖，周刘之身份暴露，党组织安排他与参加革命的小姑奶奶铁善卿撤回上海，到沪东区负责党的秘密交通工作。

那么，周刘之是怎么避开国民党警察和特务的追杀，平安回到上海的呢？这就是铁记庄的功劳。

铁善良和铁善益年少时，就考取举人，晚清时期，老大铁善良还捐衔担任过浙江的一个知县，他为人低调，每次从衙门回来，轻车简从，到了长江北岸的家乡，就脱掉官服，换上民装，一介书生，回到铁记庄。老二铁善益，在民国元年，当选江苏第三选区国会议员，后来，被任命为县府款产处和救济院的负责人，再后来到了上海，担任国民政府要员，举家迁居上海，最后，随溃败的队伍到了台湾。

铁善良社会经验丰富，是见风使舵的好手，与三教九流、社会名流都有交往，陶玫瑰嫁给弟弟铁善人，就是他与伪警察局长陶老三交往而成，陶玫瑰是陶老三的女儿。铁善良乐善好施，知书达理，不失节操，伪政府要他担任县自治会长，他耻于与汉奸为伍，携带妻儿避居到三县交界的无人管的乡下，闭门谢客。地下党了解铁记庄爱国的情结，也了解铁记庄在伪政府心目中的地位，就安排与周刘之谈恋爱为幌子的铁善卿等人躲避到铁记庄。国民党警察和特务知道铁善益在国民政府做高官，也深知铁善良不是好惹的主；加上铁记庄园那么大，房屋大大小小就有九十几间，护卫庄园的河既宽又深，明目张胆地来搜，如果搜捕不到，陶老三不会善罢甘休的，他们要吃不了兜着走，就放弃了追杀周刘之等人的图谋。铁善人与家人在一个月黑风高之夜，把他们送到铁善良那儿，铁善良派人将周刘之、妹妹铁善卿等人护送到启东，过江去了上海。后来周刘之与铁善卿参加了新四军，结婚生子，新中国成立后，到北京工作，位至副部级高官，在统战部工作期间，还通过香港的铁善玲与台湾的铁善益有过联系。

铁家人回忆往事，倍感骄傲，虽然铁记庄失去往日的风光，但两岸五地的铁家分支，都发展得很好。台湾的铁善益从政府退休后，病故于台北，骨灰还放在家中灵堂，遗愿是有朝一日，与老伴魂归故里。香港铁善玲是姊妹六个中老五，还健在，只等香港回归祖国，回家乡看看。铁慧瑛出差去香港，已经看望过她。张家是民国时期去的香港，铁善玲随铁善益在上海读书，与丈夫张贵成是大学同学，张家从事的外贸事业，在香港一直与大陆有业务往来，铁慧瑛从竹器开始，与东南亚做生意，就是通过张氏的关系。铁善良一家，通过在重庆《新华日报》工作的周刘之，去了重庆，就在那里定居。因为是亲戚，他也算进步人士。在重庆，周刘之是他家常客，所以铁善良的儿子铁旺敏参加了革命，从事职业革命家的生涯，开展统战工作，最高职务是市政协副主席。

对于铁旺兴突然病故，铁旺敏甚为遗憾，铁家人由他召集到重庆，商量的事情有两件，一是在铁记庄园内，安葬所有铁家逝者，如果有什么困难，可以请北京的周刘之的儿子与当地联系，他们现在也是京城的高级干部；二是撰写铁记庄庄谱，不一定只包含铁家，谭家，龚家都可以列入，条件许可的话，重建晚清时期的铁记庄园，作为纪念，也可以作为一个旅游景点。

铁慧琪夫妇、铁慧瑛夫妇虽然为老父亲的突然离世而伤感，却感到一个大家庭的团结与温暖，觉得一直生活在僵化的生活圈子里，没有外地铁家人的思想高度与家国情怀，所以，长辈们商量的事情，就是交给自己的任务，在改革开放的好时代，要重塑铁记庄的形象，让它恢复过去的风采，呈现在后人面前。

铁家人举行铁旺兴的遗体告别仪式之后，回到各自的去处。铁慧琪夫妇与铁慧瑛带着铁家人的希望与梦想，捧着父亲的遗物和骨灰，回到了铁记庄园。

听说老伙计去世了，谭祖华决定离开医院，回去参加铁旺兴的葬礼。他是行伍出身，没有一个人能够阻拦得了，人们用藤躺椅抬他回去，还挂着吊针。

再也见不到老伙计笑眯眯的面容，只有骨灰和遗像，不知照了多少年的照片。谭祖华颤巍巍的挪下躺椅，在谭顺利与谭顺和搀扶下，缓缓下跪，艰难地磕了三个响头，老泪纵横，哽咽无语。龚德昌坐在一旁，他站立不了了，从重庆回来，就如同哑巴一样，一直一言不发。

铁记庄上的人、庄园外的圩上人都来了。

风刮得很大，树叶子吹得满地飞转，高大而苍老的银杏树，落下片片黄叶，也飘落在铁记庄园的屋顶、田间。小花园里，青竹林里，叶子瑟瑟作响，还有一阵阵"呜呜"的声音，乌鸦在老树的枯枝上站着，叫出揪心的哑声……

铁旺兴的骨灰与妻子陶玫瑰合葬在一起，他再也不要每天起早来看望妻子了，分分秒秒住在一起，去继续另一个世界的生活。没有墓碑，只有青竹相伴……

谭祖华再也不肯去医院，也不打吊针。他也觉得这一生已经到了尽头，不愿意在医院里受那个令人窒息的时日之累，药物虽然还能延长一段生命，却不能愉悦自己的灵魂，他从抗战胜利到现在，在铁记庄生活了整整四十五年，已经儿孙满堂，知足了……

这一天，他感到很有精神，就由李雨妹扶着，出来晒晒太阳。没有风，虽然太阳并不灿烂，对于病弱的老人，还是有一些暖意。

陈桂兰见老人出来了，就进去把他的被子抱出来晒晒太阳。自从老人回来以后，陈桂兰就专门护理他，哪儿也不去，在木金寺桥头的苹果摊子也停下来。

谭祖华叫她："桂兰，来！"

陈桂兰晒好被子，到他跟前，问："爹，什么事？"

谭祖华说："你去打电话，叫老大、弘莲回来，我有话跟他们说……"话没有说完，就一阵"通通通"地咳嗽。

陈桂兰知道，老爷子时日不多了，有话要跟离了婚的儿子、儿媳说，便到堂屋，打电话给他们，并且加了一句："爹恐怕不行了，你们赶紧回来！"

太阳渐渐落下了，冬日的余晖洒在西面的田园上，没有什么力气；没有风，但很冷。谭祖华已经回到床上，半倚着。谭顺利用摩托车驮着龚弘莲，回到家里，一停车，就来到父亲床前。

没等他们开口，谭祖华说："老大、弘莲，我快走了，临走之前，有几句话要跟你们说，不然，我走得不安心……"他又咳嗽很长时间。谭顺利为他轻轻地捶背，陈桂兰端来温水，让他喝一口。李雨妹坐在一旁。

龚弘莲虽然性格刚烈，内心却有女人特有的柔情。她已经看出公公是回光返照，即将远行，心里不免悲情顿生，眼泪不自主地流下来。

谭祖华看在眼里，无力地说："弘莲啊，谭家对不起你，我一直心怀愧疚的，碍于老面子，没有说出来，今天我说一声，对不起，弘莲，你受委屈了！"说着，朝龚弘莲深深地点了一下头，以示招呼到了。

他又对谭顺利说："顺利，你也是朝五十岁数的人了，要懂得做事的分寸，弘莲为你养了三个丫头，是你的福气；儿子怎么样，你不一定享到福……我把话说在这儿，你与弘莲要复婚的，记好了！弘莲，看在我快走的老头的面子，你答应我……"

龚弘莲已经泣不成声。这是老人临终交代，不管是否还有可能，她也不忍心老人带着遗憾离开这个世界，她使劲地点点头。

谭祖华满意地笑了，说："你们拉一拉手，给我看看……"

谭顺利主动伸手去拉龚弘莲的手，龚弘莲温顺地让他握着，久违的一股暖流涌上心头，龚弘莲哭得更厉害了。

谭祖华松了一口气，关照他们："还有一件事。我家几代人都住着铁家的房子，虽然是政府安排，也要人家愿意呀！我冲锋陷阵杀日本鬼子，人家铁记庄收的租子，交给政府，支援打仗。我回来了，住铁家房子，帮我成家，几十年的邻居，没有红过脸，他们家对我们有恩啊！今后铁家一旦有什么事情，我们谭家要伸手相助。你是老大，要做这个主。"

谭顺利没有想到父亲有这种安排，也许他预感到了什么，便松开龚弘莲的手，双手握住老人瘦骨嶙峋的双手，坚定地说："爹，您放心，我木匠虽是个粗人，忠孝节义还是懂的，人家敬我一尺，我当敬人家一丈；滴水之恩，当涌泉相报，我做得到！"

谭祖华心里牵挂的事情，就是这两件最重要，有了满意的答复，放心了，就闭上眼睛，身体也缓缓倒过来。

谭顺利见父亲身体倒向自己，下意识地抽回手去抱他。谭祖华用力睁开眼睛，眼皮动了几下，却没有睁开，闭上了，静静地走了……

李雨妹流着泪说："他走了，扶他躺下吧！……弘莲，去打电话，让顺和他们回来吧！"

腊月初一，谭祖华走了，人生七十年岁月，走完了……

龚德昌听到消息，手里的书滑落下来，从椅子上跌到，老伴肖秀英拉不动他，踉踉跄跄走到院外大喊："快来人啊，老头子跌倒啦！"

听到喊声，谭顺利和龚弘莲立即奔来，两人拉他起来，见他两眼呆滞，谭顺利拿出"大哥大"，打通铁慧琪电话，让他立刻派救护车来铁记庄园……

第十二章

积雪消融，阳光普照，虽然春寒料峭，各行各业已经是春潮涌动，尤其是建筑业，开工很早，人们没有等过正月半的元宵节，各个工地就忙起来了。

铁记庄建筑公司承建的东湖公园工地上，湖边的土方已经挖掉，沿边的围堰里，瓦工们正在岸边堆砌石块；沿岸的甬道上坡，木工们正在搭建木架，是九曲回廊。谭大龙头戴安全帽，手捧图纸，边走边看，不时地对照。

唐菲菲骑着小巧的蓝色摩托车，来到工地。他头戴淡紫色的头盔，马尾辫压在脑后；白色的羽绒服紧紧裹着微胖的身体，显得有些臃肿。她将车停在坡上空地上，看到谭大龙就在坡下，便招手大喊："大龙……"

谭大龙循声转过头，见是唐菲菲，估计她有事来工地，就把图纸交给身边的施工员，走上坡去。

谭大龙笑问："你不怕冷啊，到工地上来？"

唐菲菲拿下头盔，一本正经地说："本小姐是专程来下'圣旨'的，你还不下跪接旨？"

谭大龙反唇相讥："没见过圣上派过女钦差啊，本官何跪之有？"

唐菲菲觉得好玩，忍不住笑了，说："大龙，你要离开你大伯的小公司了，到我老爸麾下效劳……"

谭大龙丈二和尚摸不着头脑，看她不像是开玩笑，就问："两家合并了？"

唐菲菲说："你去了不就知道了？我也不清楚。我爸早上上班的时候对我说，叫你去他办公室，究竟怎么回事，他没有说清楚！"

谭大龙责怪她："不问问清楚，稀里糊涂的。"说完，不再理她，下坡走向工地。

唐菲菲又是大喊："快去啊，别让我大冷天的，白跑一趟！"

谭大龙回头应她："晓得啦，你快回去吧！"

唐菲菲重新戴好头盔，踩响摩托，一溜烟走了。

谭大龙向施工员交代几句，就骑上自行车，去跃江建筑总公司。

总公司总经理办公室，在春节前又装潢了，不再是前年谭顺利来拿东湖公园工程合同时的样子，不仅宽敞，而且是非常奢华。宽大的办公桌，老板椅，大沙发，还有大吊灯，都是一流的。两边墙壁上，一幅山水国画，一幅毛体书法《沁园春．雪》。谭大龙走到门口，轻轻地敲敲门，。

唐生华正埋头批发票，听到敲门声，头也没抬，就说："进来！"

谭大龙走进去，叫道："唐总！"

唐生华抬起头来，见是谭大龙，丢下手中的笔，走到沙发旁，说："来啦？坐吧！……还叫什么'唐总'，老邻居，下次就叫伯伯！"

谭大龙被说得不好意思，脸红了，搔搔头。他没有坐下，从工地直接来，军绿球鞋帮上还有黄泥巴，工作服上印的字是"铁记庄建筑公司"，看着整齐洁净的环境，他有点惬，没有坐下。

唐生华走到门口，朝旁边喊了一声："顺和，你过来一下！"听到老总喊人，隔壁办公室的女秘书赶紧过来泡茶。

谭顺和从右边副总办公室过来，看到侄儿站在沙发旁，指着说："坐下吧！"

谭大龙这才坐下。叔叔坐在他左边，唐生华坐在他右边，中间隔着茶几。

唐生华笑问："大龙，菲菲在你们那儿干得怎么样？"

谭大龙回答："她蛮敬业的，好像从来没有出过差错。"

唐生华满意地点点头，和蔼地说："说说你对她的感觉……"

谭大龙不知道说什么是好，看着叔叔。

谭顺和说："你们小时候都在一起玩，初中毕业才分开一段时间，现在又在一个公司上班，不会没有感觉吧……"

谭大龙看看唐生华，想起唐菲菲说的"离开本公司，到我老爸麾下效劳"的话，明白是怎么回事了：唐伯伯是在考自己。于是他说：

"唐伯伯，菲菲十分聪明，虽然脾气有点儿急躁，也是性格爽快的人，我们经常在一起聊天，蛮说得来的。"他最后也用一句讨好的话，试探唐生华。

唐生华愉快地笑了，点起一支"中华牌"香烟，慢悠悠吸起来，狡黠地看着谭大龙，说："我让你把身上的工作服换一下，穿我们总公司的，行不行？"

谭大龙心想，唐菲菲没有说假话，不出声，看看谭顺和。

谭顺和说："唐伯伯看你在小公司干得不错，我们公司正在发展上升阶段，需要你这样的技术人员。我们已经与大伯讲好了，让你来总公司工作。"

谭大龙又看看唐生华。

唐生华接着谭顺和的话说："技术好，贡献就大，待遇也会高。菲菲在你大伯那里拿的工资比较高，去年年终奖就是一万块。你到总公司来，负责一个项目，是项目经理，收入会比小公司翻两番！"

谭大龙听到唐菲菲的年终奖竟比自己多三倍，倒抽了一口冷气；又听到什么"翻两番"，更是不相信自己的耳朵，两眼睁得大大的，连忙端起茶杯喝一口水。

唐生华问他："怎么样？"

谭顺和说："你别担心。现在先跟在我身边，我那个工地到夏天就结束土建了。暑假一开始，唐伯伯就送你去东南大学建筑专业进修，是他的母校，他有关系……"

谭大龙更觉得是"天方夜谭"了，无法相信这是事实，要不是自己的亲叔叔说的，他就是在梦中。他狠狠地在自己的大腿上抓了一把，生疼，才觉得不是在做梦。

谭顺和说："你现在就回大伯那儿，他在办公室等你。办了移交手续，明天就来上班。"

唐生华也向他点点头，表示就是这个意思。

谭大龙懵懵懂懂走出办公室。

外面的太阳更加灿烂；没有一丝风；大院里的梅花盛开了，红的、黄的，小池塘边的垂柳又报出新芽了……

晚上，谭大龙来到母亲身边。

母亲在患了脑中风的奶奶房间里，床头的墙上挂着谭祖华的遗像。去年冬天，谭祖华逝世了，一直有高血压的李雨妹伤心过度，加上天气寒冷，突发了脑中风，经过抢救，生命没有危险了，却落下后遗症。在医院也不是一时半会儿能够治愈的，就回到家里慢慢调养，陈桂兰专门护理她。

脑中风后遗症，是非常麻烦的，临床表现是全身麻木，反应迟钝；再就是中枢神经瘫痪或偏瘫，也就是半身不遂，严重的失去了表达能力。大脑处于残障状态，有时清醒，会脾气暴躁，无端地发作，表现为摔东西，甚至纵火等，其本人是无意识而为之，但是，整个家庭就陷入苦难之中。

李雨妹就是这样的人，她中了右脑，半身瘫痪，躺在床上；话也不能说，大小便失禁；发起脾气来，就摔掉陈桂兰喂她吃的饭碗。陈桂兰本来在木金寺桥头摆摊，专卖"小山东"运来的烟台苹果，价格便宜，口味也好，生意还可以。婆婆中风之后，只好停了买卖，专心在家伺候婆婆。龚弘菊告诉她，这种日子刚刚开始，需要漫长的时日。服侍得好，她的寿命就会延长，清醒过来的希望就更大；如果任其乱来，不闻不问，将不会活多久。想到自己的丈夫早逝，刚把三个孩子拉扯大，日子才算有点儿出头，谁知婆婆得了这种病，陈桂兰就灰心丧气；再想想，这个家庭里，只有她一个女人在家，她不服侍，谁来服侍呢？有时候，婆婆脾气来了，瞪眼睛、摔碗，全然变了另一个人，她也没有办法，忍气吞声拾起碎片，打扫干净，在门外抹两把眼泪，再回去伺候她。只有等她睡熟了，才能够在外面做一点自己的事情，为婆婆洗洗脏衣服。

陈桂兰正在洗婆婆刚换下来的脏衣服，见大龙来了，就连忙放下。谭顺利兄弟商量的大儿子与唐菲菲的事情，都认为是一个两全其美的方案，唐家多为大龙做些事，让大龙有感恩之心，逐步培养与唐菲菲的感情。第一步就是换一个好的工作环境，增加他的经济收入，接下来送他去进修，提高学历，增加专业知识，有发展后劲。谭大龙是十分厚道、又十分孝顺的孩子，从初中辍学就业这件事，唐生华就知道他是个懂事的孩子，他也是看着大龙长大的，愿意接受谭家的方案。陈桂兰想，儿子不会做白眼狼，在这样的安排下，他就会慢慢地忘掉龚如玉，与唐菲菲加深感情，结为秦晋之好。

谭大龙端一张小凳，坐在母亲身边，对母亲说："妈，我要离开大伯的公司了，去三叔的公司……"

陈桂兰在围裙上擦擦手，捋捋谭大龙的乱发，纠正他说："你三叔哪有什么公司，不是人家唐菲菲老子的公司吗？……明天去把头发理短一点，显得有精神。"说完，朝他笑笑，又坐下来在搓板上搓洗。

谭大龙问："您都知道了？"

陈桂兰说："你大伯和三叔都跟我说了。他们是为你好，希望你将来超过他们，你大伯舍得你去吗？"

谭大龙说："上午唐菲菲把我从工地叫回来，先去了总公司，再去大伯那儿，大伯实在是不想让我去，还最后一次征求我的意见，我没有作声，他叹了一口气，说了'君子不挡财路'的话，算是同意了，中午，还叫唐伯伯、三叔一起到扬子江大酒店吃了饭。"

陈桂兰抬起头来问："就你们四个人？"

谭大龙老实地说："还有几个人，菲菲，招娣，她现在叫晓婷，还有李局长……"

听说到唐菲菲也参加，陈桂兰开心地笑了，好像伺候婆婆的一肚子委屈全消除了，谭大龙好久没有看到妈妈这么开心了，他不解地问："妈，你怎么这么高兴呢？"

陈桂兰收拾洗衣服的木盆，笑着说："只配苦命的妈妈成天愁眉苦脸的，不能笑啊？"她把脏水泼向场边，到河边去清汰衣服。捶衣服的木棒拍打着湿漉漉的衣服，水星溅得很高，她的手臂似乎比过去更有力气了……她看到自己的影子，在清凌凌的河水里，头发垂下来，她放下捶衣棒，捋捋头发，头发又垂下来，她蘸点河水，把头发弄湿，再捋，头发不再垂下来。她看着自己水中的影子，虽然那么憔悴，但还是那个俊俏的样子，还是那么年轻，她笑了，看到自己，由衷的笑，久久地……

谭剑英今天送铁娜去车站，经过光明印刷厂新厂房时，铁娜告诉他，这是她一个远房表叔开的，过去与他家没有什么往来，爷爷安葬的时候来的，过年去他家拜年的。距上车的时间还早，两人坐在候车室里说话。

铁娜问谭剑英："你读了二年电大了，是不是快毕业了？"

谭剑英说："就今年暑假。做什么？"

铁娜问他："毕业了，有什么打算？还看那个破工地？"

谭剑英朝他咧咧嘴："我的专业是市场营销和企业管理。我先搞市场营销，光靠书上那点东西不行，一定要到市场上去闯闯；将来是搞企业管理，说不定也弄个厂长、经理当当！"

铁娜笑了，伸出食指戳他的额头，说："好一个小老三，有远大志向！……将来，我可以跟你享福了！"

谭剑英拿开她的手，瞪她一眼："别瞎说，我不会娶你做老婆！我出去闯天下了，你一个幼儿老师怎么能跟流浪汉走？好儿郎志在四方，我不想窝在家里，小龙也不会，让大龙在家陪我妈！"说着，得意地朝铁娜看看，意思是：怎么样？

铁娜急了："你这话当真？"

谭剑英更起劲了："君子一言，驷马难追！"

铁娜更加急了，站起来叫道："那我今天不去上学了，我陪你闯天下！"

候车的乘客听到铁娜尖叫声，朝这边看来。谭剑英连忙护住她的嘴，拉她坐下来。

铁娜不甘心，小手就去撕车票。谭剑英一把握住她的手，她动弹不得。他笑呵呵，小虎牙又露出来，赶紧哄她："我说着玩的。你的书继续读，不是还在读成人大专吗？……我没有钱，哪能娶你呢？你也不害臊，才十六岁，就要嫁人啊，跟我去喝西北风啊？……你耐心等，我发了财，就娶你！"最后一句，说得斩钉截铁，还做了个鬼脸。

铁娜笑了，小手捶他，说："这才像话！你没有钱，我也要嫁你！不许你在外面谈一个女朋友，一个不许！来，拉钩！"谭剑英顺从地伸出左手的小指，两指紧紧地拉住了。

开始检票了。谭剑英帮她拎起包。

铁娜说："回头到我表叔印刷厂去看看，先到那儿跑跑印刷业务。我到了学校，就给他打电话。"

谭剑英高兴了，动情地说："这才像将来嫁我的人，帮我介绍工作……一有消息就赶快告诉我！"

送到车上，铁娜坐在靠窗户的位置，谭剑英就站在窗口与她说话。车轮缓缓启动了，铁娜朝他摆摆手，关上窗户。目送汽车出了车站，谭剑英才离开。

谭大龙走进谭剑英的房间，看他在捣鼓什么。谭剑英正在给铁娜写信，还写了一首小诗。谭剑英是一个嘴硬骨头酥的主，活泼、天真的铁娜，与他开朗、豪爽的性格就是合得来。他们如果走到一起，那真是一对无忧无虑的活宝。写着写着，他自己都笑了，连大龙进来也不晓得。

谭大龙伸头看他写完，说："不错！"

谭剑英转头一看，是大哥，就赶紧收起来，脸红了。

谭大龙笑道："收起来做什么，给我学习学习，我也要写点情诗呀！"

谭剑英也笑道："你老大哪用写什么诗啊，人家大美一直等着你呢！"谭大龙拿起剑英的小诗，仔细地看：

你
是那么美，
我
一点也不帅。
我俩一起长大
在铁记庄园，
两小无猜
走向未来。
……

虽然只有几行，谭大龙啧啧称赞："好诗，好诗啊！"

谭剑英说："送给你，寄给大美。"

谭大龙反问："你不是说，她一直等着我吗，我还求什么爱？你赶紧寄给小铁娜吧！……不闹了，我来和你说件正经事。"

谭剑英说："我也想和你说件事。你先说吧！"

谭大龙坐下来，说："我要离开大伯的公司了，明天就去三叔那儿上班。先随三叔干半年，暑假的时候去南京进修建筑学。"

谭剑英跳起来："有这么好的事情，三叔偏心了；还说对我好，看来是对你最好了。不好怪，你是老大。"

谭大龙说："是大伯、三叔跟唐伯伯商量的。他们看我家困难，这样安排，也许会帮助我家快一点改变现状。你看，人家都一家接着一家翻建楼房，我们弟兄三个，没有楼房，讨老婆也困难……"

谭剑英说："你听他们安排，我倒不一定！我在大伯的公司也干不长了。毕业证很快就到手，我要出去跑供销，不窝在那个工地了。"

谭大龙说："他也拿你没办法。你要说的就这件事吗？"

谭剑英肯定地点点头。

谭大龙说："还有一件事。妈妈现在服侍奶奶，我今天看她，发现她又瘦多了，整天成夜睡不好觉，三叔也没有时间。我看，我们两个来帮助妈妈，你说，好不好？"

谭剑英说："暂时是没有问题。假如你去南京进修，我也出差，那不还是这样吗？"

谭大龙说："你别想那么远。'烂泥萝卜，揩段吃段'，办法总会有的。"

谭剑英说："好的，从今晚就开始。谁先去？"

谭大龙说："与你说好了。我再跟妈说。"说完，出了门，去妈妈那儿。

谭剑英收起情诗，装进一只信封里，伏在桌上写封面。

收到谭剑英的信和小诗，铁娜万分激动，她感到，在车站的真心表白，已经打动了谭剑英。便立即回信，告诉他，表叔那边已经联系好了，表叔同意他去印刷厂跑业务，并且还有工资拿；因为表叔的印刷厂是文教的免税企业。谭剑英收到回信，看了又看，那秀丽的小字，就是铁娜甜甜的小酒窝，谭剑英情不自禁地在"小娜"落款处，吻了又吻。

印刷厂车间，不在新地点，还在中心小学的旧教室里。这个教室，谭剑英小时候在那里读过书，也是他代表宝禾埭小学来讲故事的教室。一共三间，几台老式印刷机，几个工人，几堆纸。所印刷的产品也只是简单的学生练习簿，机关的办公信笺、信封，全县统考的试卷也定点在这里印刷。

谭剑英拿着铁娜的信，去找厂长曲光明。谭剑英平时比较注意修饰，身上总是弄得干净整洁。去的那天，他翻出所有春秋衫，挑出几件老大老二穿过的、半新旧的，试穿，一件淡蓝色的涤卡衣裳，他比较满意。裤子是过年的新裤子。一直光脚穿鞋的小伙子，今天也穿上一双尼龙袜。黄球鞋洗得干干净净的，黄挎包是他随身背的书包，里面一直有他看的书，用的笔和笔记本。他先到新厂房，没见到曲光明，就去中心小学。

曲光明也是铁记庄村的人，原来是教师，谭剑英认识，还教过他数学。铁娜把自己介绍给她远房表叔，也许是曲老师看他家困难，想帮助一下，不知曲老师是否录用自己呢？想着这些，谭剑英来到印刷厂。

曲光明的办公室就在车间隔壁，也是三间教室，一半堆放产品。见谭剑英来了，就进行面试。

曲光明问："谭剑英，你说说跑供销，不，就是跑销售，最根本的一条是什么？"

谭剑英脱口而出："不怕苦，不怕丢面子，死缠烂打……"

曲光明笑起来。

谭剑英不知是说对了，还是说错了，见铁娜的表叔只顾笑，愣住了。

曲光明说："你这不是蛮干嘛！没有什么技术含量。比喻说，知己知彼，百战百胜；诚信第一，质量第一，价格优惠，不坑蒙拐骗……这些书本上有没有？"

谭剑英也笑了，解释说："叔叔，我那个电大是半工半读的，没系统理论……"似乎有点难为情，搔搔后脑勺。

曲光明严肃地说:"商场如战场,蛮干会到处碰壁,牺牲得更快。不过,你刚才说的也需要,叫苦干,跑销售少不了这一条;比起来还是巧干更为重要。我说两个成语,你选一个:事半功倍、事倍功半……"

谭剑英略微思考了一下,说:"事半功倍!"

曲光明说:"谭剑英,你算录取了。这里有一个扬州的单位,你明天去。这是他的名片,你去这个单位找这个人,他是我师范的同学……这是我的名片……马上我叫他们突击,给你印一盒名片……这就算你的第一笔业务,我与同学说妥了,你去订一下合同,不会第一枪就打一个瞎火!"说着笑了,站起来,和蔼地拍拍他的小平头,又说,"你口才那么好,会跑到业务,我相信!"

谭剑英拿着两张名片,放进挎包。

曲光明说:"你到会计那儿借点出差费。车票、住宿票都要收好,回来报销。如果平时不出远差,要在厂里做事,近地方也要跑跑,送送货……"

谭剑英以为跑业务只出差,不在厂里干活,听曲光明一说,心里不免凉了半截,但是,想到第一笔业务是成功的,又觉得曲老师还是照顾自己的,就点点头,跟着他去车间。

谭剑英天生就是个既开朗又有智慧的人,他到印刷厂报到以后,再去大伯那儿辞工。谭顺利听了他的陈述,并没有挽留他。谭顺利认为,男孩子就是要自己出去闯江湖。他想到二弟陈顺章,也是个活跃分子,年轻好胜,什么事情总要去试一下。他不仅是大队小工厂的创办人,在吹拉弹唱,搞文艺方面,也是当年全公社有名气的。谭顺利从谭剑英身上看到了老二的影子,心里感到宽慰。他对侄儿说:

"大伯支持你出去闯!小龙读完大学,还不晓得分配到什么地方,大龙吃建筑饭,恐怕是一辈子的事情了,他将来有了出息,我还可以小船靠大船呢!你就大胆去闯,成功了,大伯也好沾沾你的光;失败了,回来还是有饭吃的。"

谭剑英信心满满:"大伯,您放心,我小老三一脚出了铁记庄园,不混个人样来,是不会回来的!我现在有了中专文凭,还要不断学习,将来有个大学文凭。现在是知识爆炸的时代……"

谭顺利哈哈大笑,侄儿离开的些许不快,已经被他的大话吹得"云想衣裳花想容"了。这一次他没有泼侄儿的冷水。过去说,人有多大胆,地有多大产,那是浮夸;但是,也有一句经典,人是英雄钱是胆,英雄无钱寸步难!没有英雄的胆气,哪能去挣大钱,身无分文,能够充英雄好汉吗!想到这里,谭顺利说:

"好样的!有血性,不愧为老谭家的真种!今天晚上,大伯为你饯行,到南苑宾馆,叫上你哥哥、晓婷他们……"

谭剑英说:"大伯,吃饭就算了吧!我今晚要值班呢!"

谭顺利不解地说:"我已经同意你离开公司了,还去值什么班?"

谭剑英说："我和大哥商量好了，每天晚上让我妈睡觉，我俩轮流在奶奶身边值班，有什么事情，好照顾一下，我妈她……"

谭顺利摆摆手，示意他不要再说下去了，便说："这也不是长久之计，还是我去叫你韩阿姨回来轮流吧。"

谭剑英的话扫了谭顺利的兴，他点起一支烟抽着，想自己的心思。

谭剑英认为自己的目的已经达到了，就起身告辞："大伯，我走啦！"

谭顺利挥挥手，谭剑英转身出了办公室。

掌灯时分，谭顺利来到"韩莉美容"，停下摩托车，看到老街的夜生活开始了，与老街成十字形的暨阳路也是一样。在"韩莉美容"的斜对面暨阳路上，新开了一家大型歌舞厅，叫"大富豪夜总会"，霓虹灯照亮了半条街。与它东北斜对面的"满江红歌舞厅"，门可罗雀，昔日的风光没有了，比起"大富豪夜总会"，是小巫见大巫。"满江红"只有一个小舞池，两三个小包厢唱歌；而"大富豪"有三个层面，每层都装潢得富丽堂皇，金碧辉煌。一层是有大舞池的舞厅，能够容纳百十人跳交谊舞和蹦迪；一层是有大小包厢的歌厅，音响是进口的；还有一层是小包厢的茶座、酒吧，生意人也好，情人也好，跳舞、唱歌累了，到这里歇息，说事情，聊天。对于"韩莉美容"来说，"大富豪"给它增添了不少客源，人们累了，也有到这里洗头、按摩的，韩莉招聘的年轻技师，都是老街上有名的，他们来自安徽南部，既有传统的按摩技法，又有"泰式按摩"。尤其对于穴位的拿捏十分精准，手法轻重也恰到好处。韩莉将他们的提成由一般的四、六（技师四成，店里六成）分成，改为五、五分成。富婆尤其喜欢"小安徽们"按摩。韩莉把美容店交给一个安徽女孩管理，自己与一些富婆、老板唱歌、跳舞，不少时间与几个富婆赌钱。儿子谭国庆已经由龚弘莲帮带，上学、吃住都在那儿。龚弘莲认为，韩莉混迹于灯红酒绿的圈子，不可能带好这个孩子！看到谭木匠辛辛苦苦挣钱，内心有些可怜他。反过来想，三个丫头读书、工作、成家，都离不开他；老爷子临终嘱托，虽然在自己心里掀起涟漪，自己也只好藏在心底，所以，韩莉提出店里忙，把小孩给自己照顾，也顺理成章，何况，她每月都给不少的生活费。

谭顺利是来与韩莉商量晚上回去值班的事情，又没有见到韩莉的人影子，就坐下来理发、刮脸，完了之后，还是不见韩莉回来，就叫一个"小安徽"同他到包厢去按摩。

歌厅的声音渐渐小了，外面的霓虹灯还在闪烁；"韩莉美容"的小师傅们开始打扫。韩莉回来了。

韩莉一进门，一个"小安徽"指指包厢，向她示意，韩莉已经在店门口看到谭顺利的摩托车，会意地点点头。

韩莉走进包厢，开了灯，嗲声嗲气地叫道："老公，什么风把你吹到小店来啦？"

听到韩莉的声音，谭顺利慢吞吞爬起来，揉揉眼睛，问："你今天歇得蛮早的嘛！"

韩莉坐到他身边，嘟着嘴："口袋底朝天了，不散伙，勔手爪子啊？"

谭顺利边朝外走，边嘲笑她："你总是扒儿手打官司，尽是输，这个牌，有什么玩头？"

韩莉跟在后面，笑着说："人在江湖，身不由己呀，都是来美容的常客，我不陪她们，那些富婆愿意来啊，老街上也不只是我一家美容店。"

谭顺利说："回家吧，我有事跟你说！"

韩莉坐在他身后，搂住他的腰，头靠在他背上，这个多少年保留的动作，依然没有变。摩托车从暨阳路向东，拐了一个弯子，再向北，就进了毛家厅大院。

谭顺利进门后，就脱鞋洗脚，这是他的习惯。韩莉不但给他倒水，调好水温，还帮他洗脚，水温低了，又拎起热水瓶，加点热水。谭顺利一边泡着脚，一边对韩莉说："我妈那个样子，恐怕不是一时半会儿能好转的。"

韩莉为他洗着脚，抬起头说："不是桂兰服侍她吗？"

谭顺利说："光桂兰一个人成天整夜地守着，她那个身体，哪里吃得消？老妈的病发起来，脾气暴跳如雷，摔碗、骂人；半身不遂，也是麻木的，大小便经常在身上，虽说她是无意识，可苦了桂兰啊！"

韩莉说："她两个儿子都在你公司里拿钱，你也没有薄了他家……"

谭顺利告诉她："俩小子都要走了，翅膀毛干了，远走高飞了，他们家不再欠我的了……两个孩子都不错，打算轮流替换桂兰，在奶奶身边值夜班。我与你商量，你能不能也抽空回去值值夜班，我们回铁记庄住……"

韩莉说："你在店里也看到了，我走得开吗？尤其是下午到晚上八、九点这段时间里，生意忙得不得了；有时候，我还帮着洗头呢！"

谭顺利晓得她忙，的确走不开，就不再说这件事。

韩莉说："老公，你给我点钱，明天我去翻本。"

谭顺利说："你少去赌了，没意思的……钱在包里，你自己拿。"

韩莉给他擦脚，柔软的毛巾在他脚心摩挲着，使他感到非常惬意，这是韩莉给他洗脚的最后一个程序，也是最拿手的、最舒心的程序。谭顺利感到韩莉今晚特别用心，有一种特有的温暖。他甚至想，今晚韩莉也许是取悦自己，拿钱去赌罢了……不过，这也许是最后一次了，明晚，他要回铁记庄住，每晚陪母亲度过难熬的夜晚，尽到长子的责任。

郑浩从南师大毕业后，回到马驮沙，在第一中学上了半年班，郑云武通过管彤，把他调到县团委学少部，不久又送到省团校培训几个月，回来后担任学少部部长。到了南京，他就去找龚如玉。

又是一个草长莺飞的季节，中山陵的苍松翠柏返青了，春雨过后，更加郁郁葱葱；道旁的一些梨树花、杏树花、茱萸树花，次第盛开了。梨花白，杏花粉，茱萸花鹅黄，把春天的山峦装扮得多姿多彩。

龚如玉穿着紧身短袄，女性的成熟已经显示出来；修长的裤子，一双洁白的运动鞋，马尾辫在脑后一甩一甩，显得阳光、朝气蓬勃。她虽然还在痴情地写信给谭大龙，却都被唐菲菲收在身边，唐菲菲生怕谭大龙发火，没有再拆一封信，按日期顺序扎好、存放在自己房间的抽屉里，有朝一日，还给她。她一点也不知道谭大龙已经去了唐菲菲父亲掌控的乡建筑总公司。她有时也忍不住打电话回去，打到铁记庄建筑公司，都是唐菲菲接的，说谭大龙出去了，不知去了哪个工地。打到谭大龙家里，都有陈桂兰先接，只要听到她的声音，不会让谭大龙接，回话"没回来"，一推了之。所以，她的心有点儿冷，郑浩来约她，她也顺水推舟，不得罪他，还能游山玩水，散散心。

两人从中山陵站下了公交车，肩并肩向山顶拾级而上，郑浩几次要想拉她的手，伸过去，就遭到拒绝，龚如玉还给他一个笑脸，以示歉意；郑浩也不再勉强，他想，心急吃不到热豆腐，只要功夫深，铁棒也能磨成针，我坚持不懈，你龚如玉终究会是我郑浩的。龚如玉呢，她心里只有谭大龙，郑浩在她身边，就是"谭大龙"，这个没有谭大龙帅气的小个子，在她心目中就是青梅竹马的谭大龙，就是白马王子。所以意念决定一切，心里有了这个意念，游玩就十分开心了。可是，她没有想到，这种假象，给郑浩释放的是积极的信号，郑浩更加增添了追求她的信心。

就这样，每逢星期天，郑浩都约龚如玉到南京的景点游玩、爬山、逛商店，也给她买一些小东西，不花什么大钱，龚如玉也有自己的底线，不得罪你，也不让你过于破费，你永远赶不走我心中的人。

时日见长，郑浩越发觉得龚如玉已经成为自己的恋人，他认为，如果她不承认这样的关系，怎么不像当初那样，冷冰冰的；这不是应了一句老话，石头也会被焐热的！他得意地把有了女朋友的消息告诉了父母亲，急于求成的母亲，要求他培训结束后，把未来的媳妇带回来给自己看看。

郑浩培训结束，龚如玉也放暑假了，两人相约一起乘车回家。郑浩的母亲袁倩叫郑云武亲自去车站接他们，自己在家准备了一桌菜，迎接他们回来。

袁倩不是本地人，是从外地大学毕业分配到马驮沙来工作的，开始在宣传部，随着丈夫的升迁，她也步步高升，现在是县妇联主任。袁倩长得高挑漂亮，比郑云武还略微高一点，所以，在公开场合，郑云武经常自嘲，袁倩是自家的花瓶。人们都说，儿子长相随娘，而袁倩的美貌、个子，并没有遗传到郑浩身上，郑浩的的确确是郑云武的真种，模子没有丝毫改变。

下了汽车，铁慧瑛已经在车站出口处等着女儿，她事先得到女儿的电话，要她来接站。龚如玉防止郑浩带她去他家，用金蝉脱壳之计甩掉郑浩，有母亲在场，郑浩不能奈何她了。铁慧瑛见女儿走出来，发现她身边还有一个男孩，心中有数了。郑浩在县团委工作，认识铁慧瑛，更知道她是龚如玉的母亲。见到铁慧瑛，赶紧上前打招呼，亲热地叫道："阿姨，您好……"

铁慧瑛也认识他，当初调动的时候，动静蛮大的，县大院里都知道郑云武的儿子改行是违规的。见郑浩打招呼，就笑笑，接过女儿的旅行包朝外走。转身一看，mz0005 的桑塔纳轿车停在后面，她知道，这是郑云武的专车。没来得及反应，矮胖的郑云武从车内钻出来，铁慧瑛只好站住，与他打招呼："郑县长，来接儿子啊！

郑云武笑道："还接一个人。"他指指她的女儿。

郑浩说："阿姨，我在南京培训期间，常与如玉一起玩……我妈说，想见见她。"

铁慧瑛懵了，女儿并没有说这件事，她不知所以然，只好朝女儿看。

郑云武看出，是儿子没有对龚如玉说清楚，龚如玉也没有对母亲说谈恋爱的事情，就说："铁局，要不然一起去我家坐坐？"

铁慧瑛感到女儿欺骗了自己，进退两难，一时语塞。郑浩乘机拉住龚如玉的手，朝轿车走去。龚如玉觉得已经弄巧成拙，不由自主地随郑浩进了轿车。郑云武见铁慧瑛不肯移步，就钻进轿车副驾驶位置，关上门，司机开车离开。铁慧瑛木然站在原地，女儿的旅行包还在脚旁。

回家以后，铁慧瑛把女儿被郑云武接走的事情告诉了龚弘奎，龚弘奎听了，不作声。

铁慧瑛恨恨地说："死丫头回来了，我要和她说清了，那个郑浩，不行，个子还没有大美高，尖嘴猴腮的！"

龚弘奎这才抬起头来，说："处个朋友，就马上成为恋人了？大惊小怪！当年，你不是也看不起我吗？我穷追不舍，才得到你的？"

铁慧瑛说："那要看你是什么人，如果你长个八怪相，你以为我会跟你？"

龚弘奎懒得与她磨嘴皮子，就慢条斯理地说："等你姑娘回来了，问问还不行？"

铁慧瑛不再理他，端一张长板凳，坐到门口大树下，扇着扇子，等女儿。

吃过晚饭，mz0005 送龚如玉回家。到了铁记庄建筑公司门口，这时的龚如玉才似乎回到现实中来，连忙说："我到了，停车！"

司机停车，郑浩赶紧下车，给她开了车门。龚如玉一下车，在建筑公司门口站了一下，转身就往回走，郑浩与她打招呼，她没有理睬，快步走去。郑浩目送她从前面拐向南面的一条小路，那条路，小轿车是开不进去的，就钻进轿车，回去了。

龚如玉到了"得月亭"，站在那儿，既想去谭家，又想在此等谭大龙，犹豫不决，见到母亲远远地坐在院门口等着自己，就拐进小花园，在茂盛的灌木中、高大的乔木下，慢吞吞走着，她真不情愿马上回去，要清理一下思绪，才好与爸妈说话。

谭大龙骑着崭新的摩托车，后面坐着唐菲菲，由远而近的声响，让龚如玉忍不住回过头来，眼看他们没有进入"得月亭"西边的中间道路，而是沿着南河边的水泥路去了唐菲菲家。龚如玉傻眼了，呆呆地望着他们过去，愣愣地站在小花园里。

铁慧瑛见女儿拐进小花园，也看到谭大龙驭着唐菲菲的摩托车进了唐家院子，就向女儿走来。龚如玉见母亲来了，才觉得有点醒悟，朝她走去，到了母亲身边，抱住她，大哭起来……

第十三章

　　翌日清早，竹园里的鸟儿叽叽喳喳地叫个不停，窗外的竹叶，在夏日的晨风里沙沙作响。龚如玉觉得凉快，想多躺一会儿，打算等谭大龙上班以后，去单位找他。她听着窗外的鸟鸣的清脆、竹风的委婉，考虑如何谈自己对于两人感情的看法。昨晚见到的一幕令她吃惊，母亲想与她谈郑浩的事情，她都没有搭理，只是哭个不停；父亲固然是不闻不问。哭过之后，龚如玉木然躺在床上，没有洗澡，也没有换衣服；至于在郑浩家听到什么，说了什么，全然没有了记忆。满脑子都是谭大龙摩托车后面坐的唐菲菲，以及他们摩托车驶进唐家院子的影子，刺耳的摩托车的轰鸣声，更使她头疼了一夜。她躺在床上，半昏半睡。

　　谭大龙起得很早。他昨晚进铁记庄园的时候，老远就看到了龚如玉，唐菲菲也看到了，还在他后背用手指戳他，暗示了一下。在唐家，他向唐菲菲保证，不再与龚如玉来往。唐菲菲捧出龚如玉所有来信，给他，谭大龙没有看，还是让唐菲菲保管好，说将来有机会还给她。唐菲菲十分赞赏，主动在他的脸颊吻了一口。

　　唐生华在客厅叫道："菲菲，你们下来！"

　　唐菲菲在楼上应了一声，便对谭大龙说："我们下去吧！"

　　谭大龙猛地抱住了她，热烈地吻她厚厚的性感的嘴唇；唐菲菲双手抱住谭大龙的头，把舌头伸进他的嘴里，任性地、贪娈地转着。谭大龙的欲望被她的纵容刺激上来，右手从她的后背向胸前摸来，唐菲菲拉住他的手，没有让他摸来，也不再吻他，抻了抻衣服，手指指楼下。谭大龙松了手，憨厚地一笑，捋捋头发，红着脸先下去。

　　唐生华在看报纸，装着什么也不知道。唐菲菲随谭大龙下来，两人坐到三人沙发上，这是唐生华故意留给他们的位子，他坐在北端的单人沙发里。这时，唐菲菲的母亲端玉梅从厨房过来，她泡了一壶茶，高高的紫砂茶壶，精致的紫砂茶杯，她先给谭大龙倒上，再给女儿倒，然后给丈夫续茶水。茶几边上放着两提（四盒）当地特产"三友牌"猪肉脯，茶几上有一个信封。

　　唐菲菲没有喝茶，而是拿起一个苹果，递给妈妈，撒娇地："给我削……"

　　端玉梅拿起水果盘里的水果刀，削了一个，递给谭大龙，谭大龙递给唐菲菲，唐菲菲没有要，谭大龙放在茶几上。

唐生华从报纸里抬起头，指着信封对谭大龙说："你明天到南京以后，直接到东南大学找我的老师，这是我给他的信，信封上有他家的地址；我已经打电话跟他说好了，说你是我的女婿，他会接待你、安排你学习的。"说完，看看女儿，唐菲菲被他说得不好意思，离开沙发，上楼去了。端玉梅朝谭大龙笑笑，谭大龙脸也红了。

端玉梅接着说："大龙，我们是看着你长大的，你人厚道、聪明。学习回来之后，跟在伯伯身边干，不会比你家大伯差，他一个木匠，还能搞一个私人建筑公司，你会服气？菲菲是学建筑财会的，核算也精明，两人负责一个分公司，肯定发展得好……你们家一个在外面读书，一个还小，你妈也只好指望你翻身了……"

唐生华制止妻子："你说那么远做什么？眼下只说学习的事情。菲菲才二十，大龙还小一岁，离结婚还有三四年呢！学习一年，回来在实际工作中锻炼，才能独当一面，开展工作。所以，先立业，后成家。"

谭大龙认可，点点头。

唐菲菲从楼上下来，手里拿着一个鼓鼓的大信封，里面全是一百元的大钞。她将手里的与茶几上的两个信封交给谭大龙，谭大龙不肯拿装钱的。

唐生华说："你先拿去用。这次学习，所有费用都由公司承担，你不要拿家里的钱；回头报到钱，再还给菲菲就是了；她是出纳会计，把小钱换成大票子，为你准备的，你别辜负了她的一片心意！"

端玉梅又拿起谭大龙放下的苹果，说："吃了吧！我家菲菲还是知书达理的，不比别的女孩子差。……孔融让梨，她刚才让你先吃，对你是真心好。你去南京了，她会经常去看你的。"

被端玉梅一说，谭大龙拿起苹果，吃起来。唐菲菲坐在他身边，看着他吃。谭大龙穿着长袖白衬衫，黝黑的脸庞，方圆神气，浓眉大眼，天庭饱满，鼻梁高挺，耳朵很大，虽然坐在那儿，身板挺直，十分帅气。她为虏获这样英俊的男孩而高兴。说实话，她过去并没有怎么在意谭大龙，龚如玉与他要好，她还不屑一顾呢！随着谭大龙的发育日趋成熟，为人处事日益老练，尤其是弃学顾家的精神，使她重新认识谭大龙，可谓刮目相看了。她也是一个不服输的女孩，龚如玉是大学生怎么啦，好的男孩就配你应该得到吗？我唐菲菲除了稍微胖了一点，哪方面比你差？改革开放后，有钱就有身份、有地位，黑墨水多，满腹经纶支什么用？早先，端玉梅与她说两家大人讨论的培养谭大龙成为她的丈夫的时候，就挑破了她心中的这层窗户纸，她觉得，优越的物质条件足以使谭大龙称心满意成为唐家的乘龙快婿。所以，谭大龙到了总公司，她也离开铁记庄建筑公司，到了总公司。天天与谭大龙在一起，日久生情。谭大龙屈服于现实生活，为了家庭，为了两个弟弟，为了多病赢弱的母亲，他就像当初辍学一样，牺牲个人的情感，放弃龚如玉，听命于长辈的安排，一步步靠近唐菲菲，走进她的生活……

一大早，谭大龙告别了母亲，告别了大伯和叔叔，背了一个书包，走到门外场上，眷恋地朝西面龚家望了望，沿着东河边快步向唐家走去。隔夜，唐菲菲关照他，你也是个大学生了，一切从头开始，所有衣服、用品，都到南京去买，所以，他就背一个书包，轻装出行。

唐菲菲也起得较早。她今天也穿一件合身的连衣裙，龚如玉的那一种，也是湖蓝色的。在客厅等谭大龙。谭大龙一看，指着连衣裙问她："你马上骑摩托车回来，这，行吗？"

唐菲菲看看自己，想到龚如玉的湖蓝连衣裙，反问："不好看吗？"

谭大龙笑着说："非常好看，我说，穿裤子，骑摩托车方便……下回去南京看我，也好穿它呀！"

唐菲菲也觉得不妥，就说："我上去换，你等一下。"

端玉梅从厨房走进客厅，谭大龙叫她："大妈早！"

端玉梅笑着说："不要多少时，你就少叫一个字了。等你明年学习结束回来，就把你和菲菲的事情做一个定规，就改口叫我妈了……"

唐菲菲走下楼梯，花格子短袖衬衫，半长亚麻裤子、白袜子、橘黄凉皮鞋；马尾辫上扎了一条花手帕，刘海上面的发箍蓝光熠熠。谭大龙眼前一亮，十分赏心悦目。

端玉梅说："早点走吧，到汽车站旁边吃点早饭，别误了班次。"

唐菲菲朝楼上喊："爸，我们走啦！"

唐生华应了一声："好！"

唐菲菲拿过谭大龙的书包，背在自己身上，坐在谭大龙后面；摩托车经过"得月亭"，离开庄园。

陈桂兰在河边洗衣服，两人到了河对面，停了下来，唐菲菲向她打招呼，她挥挥手，看着两人由慢而快向北驶去，憔悴的脸上，露出了满意的笑容。

龚如玉实在睡不着。夏日的阳光从竹梢上照下来，密密的"个"字影子斜印在窗台上，映到里面的窗帘上。她起床了，走到窗前，拉开窗帘，推开窗扇。一阵凉爽的风，习习而来，屋后茂盛的竹园里，今年又长出许多新竹。记得上大学之前，每年清明前后，春雨落多了，天气渐渐暖和，燕竹笋争先恐后蹿出地面，她与大龙等小伙伴，就到竹园里挖竹笋；还记得铁爷爷说的"间着挖、拣粗的"话。现在铁爷爷走了，他家的大竹园还在！她不禁想起李清照的词《武陵春》：

风住尘香花已尽，日晚倦梳头。

物是人非事事休，欲语泪先流。

闻说双溪春尚好，也拟泛轻舟。

只恐双溪蚱蜢舟，载不动，许多愁。

想想自己与谭大龙的感情，就像那些嫩竹笋，被挖断了，再也长不成钻天长竹了……她叹了一口气，关上窗扇，拉拢窗帘。从橱柜里拿出那件小黄花连衣裙，在身上比画了一下，在三门橱镜中一照，不是衣服小了，而是身体丰腴了，心想，我成了一个黄花大闺女啊！

洗澡过后，龚如玉将秀发用电吹风吹干；梳呀，对着镜子梳呀，发现自己的眼泡有点肿，就把近视眼镜戴上；还好，看不出来。她来到厨房，掀开锅盖，稀饭还是热的。她盛了一小碗，从碗橱里端出小菜，是黄萝卜干。母亲切得很细，用麻油、醋拌过，散发着芝麻香。

肖秀英听到有声响，就从前排屋里走过来；龚德昌躺在床上，没有知觉。

见奶奶来了，龚如玉也吃完了。与奶奶打招呼："奶奶，您还没吃吧？"

肖秀英说："刚才趁你爸在家，给你爷爷擦了一下身子，人不清醒，也要擦身子……你吃完啦？"

龚如玉麻利地盛了一碗稀饭给奶奶，又从碗橱里端出腐乳，放在奶奶面前，说："奶奶，我吃好了，您慢慢吃，我去看李奶奶……"

肖秀英心里明白，孙女儿去看李雨妹是假，看谭大龙才是实情，可是人家谭大龙已经和唐菲菲好上了，你还去做什么？

谭家人上班去了，陈桂兰在门口晾衣服。

龚如玉来到陈桂兰面前："婶婶，早啊！"

陈桂兰转过身，见是龚如玉，应了一声，并说："大美啊，你什么时候回来的？放假啦？"

龚如玉说："昨晚才回来的。大龙呢，上班去啦？"

这时，李雨妹在房里喊叫："快来啊，我要……"话未说完，她已经小解在身上了。

陈桂兰闻声进屋，龚如玉紧跟在后。

李雨妹两眼圆瞪，吼道："叫你们没听到啊！"

龚如玉闻到味道，捂住鼻子。

陈桂兰说："你出去吧，我给她换裤子。"

龚如玉没有离开，看到陈桂兰一个人不行，就弯下身子帮忙。哪知李雨妹看到她，病魔上身，发作起来，两手向龚如玉面部抓来。龚如玉躲避不及，白皙的嫩脸蛋，被李雨妹的右手抓了三道很深的血痕，白嫩的皮肤哪里经得住脑神经重症的李雨妹乱抓，鲜血渗了出来。

陈桂兰一看，慌了，就大声责怪婆婆："你就是死，也得好好地去死，这么磨难别人，还得了？你还要不要人管你了？"又转向龚如玉，"大美，她一发病，就是这个样子。你看，我的头发，被她揪掉多少，对不住啊！"

龚如玉捂着脸朝家跑，镜子里一照，满脸鲜血，她赶紧用手帕擦。

李雨妹发作过后，任陈桂兰摆布。陈桂兰将她身子推侧过去，脱去脏裤子，打来温水轻轻地给她擦，换上干净裤子，再把她翻过来，平躺着。李雨妹闭上眼睛，安静了。

陈桂兰拿着刚换的脏裤子，从河里舀了水，在木盆里搓洗。

谭剑英出差去扬州，事情办得很顺利。虽然是现成的业务，他也觉得有成就感。这次送货，恰逢次日是星期天，他计划去幼儿师范学校找铁娜，准备在扬州玩一下。可到学校一打听，铁娜被分到陵州市机关幼儿园实习了，还要两个星期才回来。陵州市原来隶属于扬州市，是县级市，到了九六年，成为地级市，马驮沙县更名为牧州市，隶属于陵州市。谭剑英想，怪不得有两个星期没收到回信呢！正好还有班车，他就乘车到陵州，去约铁娜在那里玩一天。

到了陵州市机关幼儿园，谭剑英找到铁娜，铁娜没有想到谭剑英会突然出现在自己面前，喜出望外。幼儿园晚上有活动，铁娜没空出来，两人相约明天早上在幼儿园门口见。谭剑英就在附近找了一家小旅馆住下，晚上在街上独自逛了一会。

第二天一早，谭剑英就起床了。他毕竟年龄还小，与更小的铁娜只是很要好，远没有达到擦出爱情火花的时候，只是内心有一种朦胧的感觉，相互之间有吸引力，没有谭大龙与龚如玉、唐菲菲那种冲动。谭剑英习惯把头发弄成潮湿的样子，早上起来，又洗了头。蓝格子短袖衬衫是新买的，为出差准备。十七岁的少年，不仅有文学青年的梦想，更有青年企业家的梦想。他认为，这两种境界，应该有一个内外兼修的形象，要有谦谦君子的风度。

站在铁娜面前的就是这样的谭剑英。铁娜已经两个多月没见到谭剑英了，她心里就是把他当作未来的爱人，虽然学生不许谈恋爱，她心里就是这样想。起床后，她也认真梳洗打扮。学生服是短袖白衬衫，袖口镶嵌蓝条子，短裙是浅蓝色的，白袜子，黑色皮鞋。小铁娜是圆脸，笑起来有两个酒窝，刘海齐眉，用蝴蝶结扎了两条小辫子，显得天真活泼。一出校门，铁娜就去拉谭剑英的手，谭剑英没有让她拉住，只顾朝前走，铁娜跟在后面，叫道：

"你跑那么快做什么？"

谭剑英放慢脚步，让她与自己并肩，不说话；走几步，朝她看一下；走几步，又朝她看一下。铁娜虽然有点不高兴，也朝他看。见铁娜朝自己看，谭剑英就朝她笑，露出小虎牙；见到谭剑英的小虎牙，铁娜笑了。

他们来到距离幼儿园不远的小吃部，进去吃早饭。

谭剑英去服务台买筹子，两碗雪菜肉丝面。筹子交给服务员，他坐到铁娜对面。

谭剑英这时才仔细地看铁娜，铁娜伸手去抓他的手，谭剑英抽回，她没有握到。谭剑英说：

"你现在是中学生，不能谈恋爱，不许与异性拉手！"

铁娜又一次失望，不高兴了，就嘲笑他："你是大学生了，瞧不起中学生？告诉你，我的成人大专已经通过了一半，也是大学生！"

谭剑英问："你多大？"

铁娜笑骂道："你这个十三点！明知故问。"

谭剑英严肃地说："过了十八岁，才能谈，谈早了，影响学习、事业。"

铁娜没有生气，莞尔一笑，背起谭剑英写给自己的诗：

我在朝霞里远望
你
给我的是笑靥
我在夕阳下眺望
你
给我的是婵娟之夜
我静静地在得月亭
等你
托飞鸿传吟
把你想念
呵
青春是多么美好
把你我的明天
照映
……

"这是谁写给我的？"铁娜朝谭剑英笑，指指两个小酒窝，"看，笑靥！"

谭剑英不作声了，憨憨地笑。

面端上来，银丝面上盖浇雪菜肉丝，宛如一幅画，铁娜指面碗，对谭剑英说："写诗！"

谭剑英略一思考，吟道：

绵绵花丝雨，

落自白云端。

飞燕衔春泥，

点缀似蓬山。

铁娜情不自禁地拍起手来，吃早餐的人全朝他们看，谭剑英埋头吃面，铁娜看看众人，低下头，毫不情愿地用筷头子挑起面条。

郑浩在县团委学少部上班，处理完手头的事情，便去郑云武的办公室，副县长不在办公室；他就去县妇联，妇联主任袁倩埋头看文件，郑浩敲门，袁倩见是儿子，就招手让他进来。

郑浩坐在沙发上，开门见山："妈，您说，龚如玉怎么样？"

袁倩说："你在上班，不要在工作时间谈私人问题，你不看见我在忙吗？"

郑浩说："您给我要个车，我去铁记庄。"

袁倩说："不行！你快去办公室！"说完，又看她的文件。

郑浩见母亲冷落自己，知道她原则性强，就知趣地离开她的办公室，回到自己的办公室。这时，桌上电话铃响，郑浩接听，是会议通知，要他去会议室参加团委会议。他放下电话，去会议室。

大会议室内，除了与会人员，还有电视台的记者，一位男的，扛着摄像机，一位女孩，手持录音话筒，她是谭晓婷。

县团委书记走进来，会议开始。

这是贯彻省团委会议精神的会议，参加人员有县团委组成人员，乡镇、县直机关的团委书记，会议室济济一堂。县团委书记传达以后，几个单位做了大会发言。郑浩做笔记的间隙，就盯着谭晓婷看。这个个子高挑的女孩，经过新闻工作的锻炼，已经蜕变为时尚的社会工作者。虽然穿的是电视台工作服，合身得体，是被她妈妈龚弘莲改制而成，而文静、大方的个人风格还保留着。今天，她不仅是摄像师的助手，还是文字采编人员，会议的新闻稿由她撰写。郑浩开始留意她，打算看看这个女孩是什么背景，能否交朋友。

散会过后，他看到电视台工作人员没有在政府大院食堂吃饭，便骑车回家。母亲袁倩已经提前回家，做好饭菜。

袁倩吃饭时问儿子："浩浩，你说说自己对龚如玉的看法。"

郑浩说："她是个冷面美人，那天到我家来，您见她笑过吗？我们虽然有近一年的交往，却没有深谈过；别说兴趣、爱好，连一句我家情况的问话也没有。"说完，无奈地摇摇头。

袁倩是妇联主任，对女性的了解，尤其对青年女孩的了解，当然是行家里手了。她已经看出，虽然自己家庭条件优越，这个女孩并不稀罕，从龚如玉游离的眼神里，流露的是应付，不想进入恋人的角色，心里恐怕另有其人。不过，她喜欢矜持的女孩，不要看疯疯癫癫的，这么漂亮的姑娘，也是外语系的本科生，是不可多得的，她内心喜欢龚如玉。儿子既然想娶她，光靠他的能力恐怕够呛，还要她与丈夫做些工作。想到这里，就问儿子：

"你究竟是否真正喜欢她？"

郑浩说："您看不出来啊？眼下还是剃头挑子一头热呢。"

袁倩笑了，埋头吃饭。

郑浩见母亲笑，心里有数了，她和父亲会帮助自己的。

谭剑英与铁娜吃完早饭，就去凤城河畔的"梅兰芳纪念馆"参观游览。

"梅兰芳纪念馆"，俗称"梅苑"，是一座明清建筑风格的园林式名人名馆。它位于有千年历史的凤城河畔的凤凰墩子上，三面环水，绿树成荫，风景雅致；既有园林风貌，又有当地古代建筑特色。"梅苑"占地2400平方米，依坡就势，造房置景，亭台楼阁，路转廊迴，花香袭人。

谭剑英与铁娜经过门前广场，来到大门口，仰头看到馆名匾额，谭剑英指着它，对铁娜说："这是国家主席李先念的题词，喏，上面有落款。"

铁娜说："小时候听你爸爸唱锡剧，他会不会京剧啊？"

谭剑英骄傲地说："他会拉京胡，也会唱梅大师的一些唱段，好像叫什么'贵妃醉酒'。走，进去看，说不定可以听到唱段。"

谭剑英排队买了门票，两人检票进去。

铁娜伸手说："把票给我，做纪念。"

谭剑英把票根给她。

在门厅内，一尊巨幅诗词碑刻呈现在他们眼前，是赵朴初先生的书法石刻，他的一首《踏莎行》，谭剑英轻声念道：

"州建南唐，文昌北宋，名城名宦交相重。
月华如练旧亭台，清词范晏人争诵。
朗润明珠，翩仙彩凤，梅郎合受千秋供。
重光殿宇古招提，放翁大笔今堪用。"

谭剑英念完，铁娜指着"梅郎"二字，说："这就是梅兰芳？"谭剑英点头，诗词里还有一些名人，他其实是不知道的。

两人来到"梅亭"。

只见"梅亭"五角攒尖，翻翘举折同生，整个亭子好像傲雪怒放的一朵梅花。梅亭内，梅兰芳先生的大型汉白玉雕像，坐落其间。托坊上刻有《霸王别姬》、

《贵妃醉酒》、《洛神》等五处名剧剧照，栩栩如生。谭剑英和铁娜在梅先生像前伫立。这时，谭剑英拉住铁娜的手，铁娜不解地朝他看，谭剑英郑重地说：

"我们一起向国粹大师致敬"！

铁娜会意，两人一起向梅兰芳先生的塑像深深地鞠了一躬。

鞠躬过后，谭剑英松手，铁娜紧紧抓住不放，朝他调皮地笑。谭剑英环顾一下四周，并没有人看他们，也就算了，反正公园里不比学校，就如同在铁记庄园一样，抓住就抓住吧。铁娜胜利了，开心地朝他笑，两个小酒窝露出来。

他俩来到史料陈列馆。这是由明代建筑的民居移建而成，风格典雅古朴，融严整、质朴而秀丽为一体，形成了"园中园"的格局。梅兰芳饰杨太真的艺术塑像，坐落在水池中央，亭亭玉立，婀娜多姿。谭剑英指着塑像，问铁娜：

"你们幼师排戏吗，像这样的女性姿态，你会演吗？"

铁娜说："只排练小朋友的节目，幼师呀，不排练这样大型的戏剧；至于身段，有形体课，你看……"说着，她摆了一个造型。

谭剑英笑道："跳了不少交谊舞吧？"

铁娜脸红了，反问："你吃醋吗？……这也是一门课程，幼儿老师应当会不少舞，会唱不少歌呀！"

谭剑英说："没有几把刷子，是做不好幼儿老师的，都是基本功啊！不过，想达到梅大师的水平，你是望尘莫及的。"

铁娜点点头。

两人在史料陈列馆边走边看，从《艺术实物展》到《桃李厅》，丰富的文物，图片、实物、资料，系统地介绍了梅兰芳刻苦学艺，创新立派，艺术影响远播海外，桃李满园的辉煌业绩，以及家乡人对他的崇敬与怀念。

到了"梅韵阁"，谭剑英与铁娜在这个古色古香、功能齐全的建筑里，观赏梅兰芳的舞台艺术片和资料片，正好播放《贵妃醉酒》的片段。

谭剑英对铁娜说："我爸会唱这一段。"

他们驻足观赏。

梅兰芳唱道：

海岛冰轮初转腾，见玉兔，见玉兔又早东升。
那冰轮离海岛，乾坤分外明。
皓月当空，恰便是嫦娥离月宫，奴似嫦娥离月宫。

曼妙的姿态，婉转的唱腔，把杨贵妃的哀怨、离愁表现得淋漓尽致，吸引了众多游人聚拢来看。

看完几段戏，谭剑英与铁娜离开梅韵阁，来到兰圃。

兰圃是兰类花草的天下，时值盛夏，各种兰草、兰花茂盛生长、尽情开放，散发着阵阵幽香；水池、假山静驻其间，长廊迂回曲折。一些戏迷、票友，在兰亭里拉着京胡，演唱梅派精彩片段，琴声悠扬，唱腔委婉，在兰圃久久回荡。

谭剑英和铁娜饶有兴趣地仔细观看京剧知识，聆听传来的京腔韵味，获得了前所未有的艺术享受。

出了纪念馆，已到中午，两人沿着街面走，去寻找吃饭的地方。谭剑英说："我们离景点远些，这里贵。"

铁娜说："中午我请客！"

谭剑英说："你个学生，没有钱；我是销售员，有业务费，当然我请你了；再说，工作是你介绍的，我欠你人情呢！"

铁娜说："人情是必须还的，不是现在，留着以后重谢。今天我尽地主之谊，别争，好不好！"

听到铁娜似乎在哀求了，谭剑英朝她笑，不作声了。铁娜高兴了，又来拉他的手，这一次谭剑英没有拒绝，让她拉着。

星期天一大早，郑浩找出一双当地出产的增高皮鞋，擦得锃亮；一件花 T 恤，藏青全毛西裤，三七开的分头，梳得十分整齐。到院子里推出自行车，他今天要去铁记庄。

谭晓婷今天休息，与两个妹妹回铁记庄看望奶奶。龚弘莲准备了麦乳精、奶粉，让她们带去；因为谭国庆在身边，她不能离开。

到了出城的路口，郑浩发现前面三个女孩中有谭晓婷，就用力蹬车，终于追上，他骑到谭晓婷并排，先打招呼："谭记者，这是到哪儿去采访啊？"

谭晓婷不认识郑浩，反问："你是谁啊？"

郑浩笑着说："我是县团委学少部的郑浩。"

谭晓婷笑道："郑部长啊，你这是到哪儿去啊？"

郑浩说："去看我女朋友。"

谭晓婷好奇地问："你是城里人，还到乡下找女朋友？"

郑浩说："是南师大同学……"

谭晓婷明白了，脱口而出："该不会是我们铁记庄的龚大美吧？"

郑浩开心地笑着问："谁？龚如玉吗？"

谭晓婷说："她小名叫龚大美，上大学才叫的龚如玉大名。他和我哥大龙是青梅竹马的玩伴啊，两人挺合得来的，怎么被你追上了呢？"

郑浩说："没有听她说过大龙啊！"

两人说着话，到了转向铁记庄园的小路，不能并排骑车了，郑浩退到后面，让姊妹仨在前面，自己跟在后面。

龚如玉脸上的疤痕明显淡下去了。她坐在镜子前端详自己，因为不出去见太阳，白天，最多到后门外竹园子里坐坐，成天闷闷不乐；有时夜临时分，也到得月亭坐会儿，看到池塘里的荷花，就想到大龙，想到人民公园的并蒂莲……一直见不到谭大龙，他就像人间蒸发了一样。他究竟去哪儿了呢，难道为了躲自己，不回家来住，唐菲菲怎么每天都回来的呢？这些百思不得其解的问题，让她头疼，让她茶不思、饭不食、睡不眠，这个暑假，她瘦得下巴也尖了……

铁慧瑛心里明白女儿的心思，她在女儿面前只字不提郑浩，也不提谭大龙。她怎么启齿问女儿呢？那天夜晚哭着回来，不管她怎么问，女儿就是不说所以然。那天，女儿让自己去车站接她，为何被郑云武接走了呢，难道女儿与郑浩成了恋人了，她不是一直喜欢谭大龙的吗……外贸局的事情实在多，即使是星期天，铁慧瑛也没有正常休息几回，今天在家休息，她想好了，午饭过后，要与女儿好好地谈一次。

谭晓婷摇着车铃，叮铃铃的响，进了铁记庄园，从由南向北的中间道路，来到门前的"丁"字路口，谭晓婷下了车，让两个妹妹先回去，她等郑浩，郑浩到了"丁"字路口下车。

谭晓婷指着西面龚家院子，对郑浩说："那就是龚大美家。"

郑浩说："我没有预约，是不速之客，你陪我去吧！"

谭晓婷笑他："还学少部长呢，儿童团长吧！好，跟我来吧！"

谭晓婷步行在前，郑浩推车在后。到了门口，见院门开着，谭晓婷就喊："大美，大美，你在家吗？"

听到喊声，铁慧瑛走出来。

郑浩见到铁慧瑛，叫她："阿姨好！"

谭晓婷见他俩好像熟悉，就站着不作声。

铁慧瑛向门内叫道："大美……"

谭晓婷对郑浩说："我家住在东头，我先回去看奶奶，你一会儿来玩啊！"对铁慧瑛，"阿姨，再见！"

龚弘奎已经听到谭晓婷的声音，走出书屋。

铁慧瑛介绍："老龚，这是县团委的小郑。"

龚弘奎说："进来吧！"

进退维谷的郑浩松了一口气，随龚弘奎进了书屋。

龚如玉倚在中排堂屋的门框上，看着郑浩随父亲进去，郑浩朝她看。

铁慧瑛对龚弘奎说："你和小郑聊聊，我去木金寺买点菜。"

龚如玉见母亲留他吃饭，就回到自己屋里。

龚弘奎把郑浩引到屋里。已经考上南京邮电大学的龚如松，被父亲逼在书屋里看书，见有人进来，就趁机出去，到谭家去玩了。

龚弘奎如同一位考官，与郑浩交谈起来。

这是一个老屋的书斋，老式书橱里不仅有现代的一些书籍，还有一些线装书，纸张发黄，整齐地排列着，书橱边框贴的标签，标明了年代、类别。墙上挂着几幅字画，也有年代了。这些还是龚德昌的父亲龚敬培收藏的。因为铁记庄园的地位一直为世人认可，即使破四旧，也没有人来。一是因为老革命谭祖华住在这里，镇得住那些人，二是龚家几代教书，桃李满天下，唐生华也是龚家子弟，有人来铁记庄，他就邀请他们去他家喝酒，不会发生影响平静的书斋的事情了。

郑浩环顾书屋，心中钦佩龚家学养渊源之深厚；不像自己家里，没有一顶书橱，父母都是靠权力吃饭。他想到龚如玉一直锁着心扉，不向自己敞开，恐怕是来源于这个书屋吧！

龚弘奎为郑浩沏了一杯茶，郑浩礼貌地接过茶杯，放下；等龚弘奎坐下后，自己才坐到他对面。

龚弘奎拿下老花眼镜，用手帕擦了擦，慢条斯理地说："小郑啊……恕不称衔……"

郑浩连忙说："您是教育界前辈，叫我小郑最好……您说！"

龚弘奎喝了一口茶，问："小郑啊，你与大美认识多久啦？"

郑浩说："我在毕业前才与她接触，回来后没教多久书，就调到县团委，今年上半年到省团校培训半年，在南京经常与如玉见面，算起来，也有一年多了。"

龚弘奎点点头，又问："你对她印象如何？"

郑浩说："她挺优秀的，她文静，漂亮，英语水平也很好，是才女！"

龚弘奎说："你别看她表面啊，这些外表的东西，很容易了解，内心呢？她对你怎样？"

郑浩实事求是地说："我们只是普通朋友，还没有深谈……"

龚弘奎戴上眼镜，看他的书。郑浩站起来，龚弘奎从老花眼镜上面看这个小个子男孩，心中有数了，就对他说："大美上次去看望病重地谭大龙奶奶，被她抓破了脸，一直没有出门，你去看看她吧！"

郑浩起身，走到天井里。

这时，铁慧瑛买菜回来了，见郑浩站在那儿，无所适从，便朝里面喊："大美，你出来，小郑在天井里等你！"

龚如玉听出母亲的话里有话，就走出房门来到天井。

郑浩一看，龚如玉比刚回来的时候憔悴许多，脸上三道指甲划的痕迹依稀露着。龚如玉拿了两张黄藤椅，放在阴凉的地方，自己先坐下，低声说："坐吧……"

郑浩心疼地说："谭大龙奶奶怎么抓你的脸呢，为什么？"

龚如玉还是轻柔地说："她患了脑瘫，大脑失控了。那天，我去看她，正巧发病，我还不知怎么回事，就被她抓着了。难看吗？"

郑浩说："还好，很快就会好的。"

龚如玉自我安慰："无所谓，人家满脸雀斑也无所谓，我初中一个女同学的胎记蓝黑色，占了半张脸，不也是生活得好好的？"

郑浩说："我不会在意的，……如玉，我、我、我爱你！"

龚如玉没有接他的话题，不再说话，仰望青天……

谭顺利骑着摩托车回来了。自从他回铁记庄来住，与谭顺和轮流值夜班，就没有回毛家厅去住，好多时没有见到三个女儿了。昨天大女儿打电话给他，说今天回来看望奶奶，他就买了菜，让桂兰做。一共四个菜，三菜一汤，红烧肉，大扁鱼，炒豆角，小青菜、丝瓜鸡蛋汤、鱼肉买的，其余都是自家田里长的，陈桂兰利用李雨妹睡着的空隙忙的。听到谭顺利停车，陈桂兰盛好饭菜，走出厨房，去叫三个孩子，还有龚如松，一起吃饭，自己守着婆婆。

四个孩子围着桌子坐下。这个老谭家吃了几十年的大食堂，见证了社会的变迁，生活的变化。孩子们看着桌上的鱼肉，不禁想起小时候吃山芋、喝稀饭的情景，红烧肉的香味，大扁鱼的鲜气，使他们食欲大增。谭顺利一个一个地往他们碗里夹肉，眼角渗出感慨的泪水。大女儿十九岁了，二女儿十七，没有考上满意的大学，龚弘莲让她补习，三女儿十四岁，也考取省重点高中县中了。孩子们能够主动回来看奶奶，说明都有孝悌之心，自己的晚年也不会孤独的。他动情地对孩子们说：

"这老屋见证我家生活的变化，是芝麻开花节节高啊！这一碗肉，过去一家十几个人也吃不上，今天，你们痛快地吃……是过上了幸福生活啊！"

谭晓婷平时经常有公家大餐吃，她往妹妹和龚如松碗里夹肉、夹鱼。三个小的狼吞虎咽。

郑浩自从看过龚如玉以后，再没有来铁记庄。他感到龚家屋里很冷，虽然外面烈日炎炎。他觉得谭晓婷比较阳光，是个性格外向的女孩。就去电视台找谭晓婷。谭晓婷都以玩世不恭的态度应付他。有一次，郑浩约她去看电影，谭晓婷推却不过，就陪他去看，谁知，郑浩摸了一下她的马尾辫，她差点儿动怒。散场之后，她直奔"韩莉美容"，一气之下，剪成短发。郑浩再去找她，她再也不理睬。郑浩只好又去南京，约龚如玉出来游玩、吃饭，进一步培养感情。

唐菲菲除了上班，也经常去陈桂兰身边，帮助她做些事情。因为有龚如玉被抓破脸的教训，陈桂兰坚决不让唐菲菲靠近李雨妹。唐菲菲看她老是手洗衣服，就去买了一台洗衣机，叫水电工给她安装，教她使用。陈桂兰觉得这个未过门的媳妇真懂事。唐菲菲经常去南京看望谭大龙，利用星期天，一般不会超过半个月，就去一次。谭大龙渐渐地适应了这种生活，与唐菲菲的感情在一步步发展。

韩莉的赌局越打越大，谭顺利不再提供赌资，美容店的收入远不够她去赌博，只好借钱，甚至不顾高利率，借高利贷……

第十四章

韩莉借钱的第一个对象是谭顺和。

谭顺和是跃江建筑总公司的副总，收入不低，除了接济侄儿，支付家用，有一些积蓄。他已经承诺陈桂兰，帮助三个孩子成家。虽然他们还小，也要未雨绸缪，慢慢准备。第一个计划是翻建楼房，这也要看老大谭顺利的态度，现有的宅基地是谭顺利、谭顺章、谭顺和弟兄三人的，如果谭顺利不支持在老宅基地为三个侄儿建房，就要在别处为他们落实宅基地。他打算等谭大龙明年春节与唐菲菲订婚以后，就落实这件事。如果有唐生华支持，这件事更加好办，他在乡政府的关系没得说。所以，韩莉曾经跟他借过钱，他没有同意。

过了一阵子，韩莉无法在店里待了，她不仅欠人家的赌债，还借了高利贷，过一段时间，还不出本金，必须先还利息，债主催得急迫，她只好又一次去找谭顺和。

在谭顺和的办公室，韩莉从为他介绍对象开始说起。

韩莉说："顺和，你今年四十多岁了，还是一个人过日子，假如哪一天病倒了，连一个端茶送水的人都没有；桂兰又不肯与你并起来过……我认识个女老板，今年三十六岁，丈夫离婚的，想找个伴，帮她打理企业，不知你喜欢不喜欢？"

谭顺和打马虎眼，问："有小孩吗？"

韩莉说："一个男孩，十六岁。"

谭顺和问："她做什么企业，有多大规模？"

韩莉说："一个大型超市，就是暨阳路与人民路交叉口的暨阳路商场。"

谭顺和说："噢，我认识那个女人，她叫邱鹭吧，蛮有能力的。……我是老实巴交的农民，与她不是一路人。这个事，你就别操心了！"

韩莉与邱鹭打牌时答应为她介绍谭顺和。邱鹭表示，谭顺和的条件不错，如果成功了，借给韩莉的三万块钱，就不要她还了。谁知，谭顺和认识邱鹭，连面都没有见，就回绝了，那三万块钱怎么还呢？

谭顺和见韩莉沉默不语，就起身，准备去唐生华办公室谈事情。走到韩莉身边，韩莉一把拉住他。

谭顺和回过身，拨开她的手，厉声问："你做什么？"

韩莉"通"的一声朝他面前一跪。

谭顺和喝道："你这是干什么，有话不能站着说！"

韩莉哀求他："你不答应我，我就不起来。"

谭顺和从当兵到复员，从农村到建筑公司，一步一步努力打拼，当到副总，固然见过不少难堪的场面，也能化解；可是，今天韩莉用这种方式逼自己谈女人，却是少见，就顺口说：

"我答应你，你起来吧！"说完，回到办公桌，坐下听她说。

韩莉麻利地站起来，坐到沙发上，问谭顺和："你什么时候去见面？"

谭顺和根本不想去，就搪塞她说："你哪有空，上午睡觉，下午赌钱，晚上跳舞……"

韩莉见他松口，便说："就明天下午，到七凤茶楼，我们在那儿打牌，你去了，邱鹭肯定与你谈成功的。……你这么帅气！"

谭顺和如见了瘟神，，只好敷衍她："行了，没有别的事，我去唐总那边！"

韩莉说："慢！真还有一事。我目前手头紧，你哥现在又不给我一分钱，我怎么打牌啊，你借点钱给我！"

谭顺和站起来，听她一说，又坐到老板椅上，仔细打量韩莉。今天的韩莉，已经不是当年离家出走，随谭顺利生男孩的韩莉了。头发盘得高高的，如古代女子的发髻，有一种贵妇人的样子；脸上涂脂抹粉，白粉底打得很厚，胭脂红使自己显得年轻；但是，眼眶的黑圈很深，人们常说的"熊猫眼"，是经常熬夜的印记；口红涂得十分浓艳，勾画出性感的轮廓；虽然已经是七岁孩子的母亲，还穿着小姑娘常穿的紧身连衣裙，苗条而丰满；跷着二郎腿，高跟鞋足有十厘米高，黑色锃亮。

韩莉见谭顺和从来没有像今天这样看过自己，心想，你谭顺和也有为美人动心的时候吧！便笑起来，调侃他："大经理，女人一打扮，好看吧？……不像陈桂兰，老气横秋，残枝败叶了……"说着，还站起身，晃了一晃身子。

谭顺和的目光离开韩莉，想到了陈桂兰，深深地叹了一口气。她嫁到谭家时，不是个二十多岁的水灵灵的大姑娘吗，是二哥走得早，谭家把她拖累成这个样子的。与她相比，韩莉就是人渣了。只好打发她尽快离开，自己好去办事。

谭顺和问："你想借多少？"

韩莉以为谭顺和为女人动心了，跟邱鹭的事情，会是米箩里放笆斗——十拿九稳，就狮子大开口："三万！"

谭顺和"腾"地从老板椅站起来，吼道："你以为我这里是银行啊！没有，一分也没有！"

隔壁的唐生华听到这边声音，不知发生了什么事；他早上看到韩莉来找谭顺和的，怎么吵起来了，就过来看情况。

韩莉见唐生华来了，就脸堆笑容与他打招呼。

唐生华问谭顺和："顺和，什么事高喉咙大嗓子的，有话不好慢慢商量吗？"

谭顺和没好气地说："你问问她！"

韩莉哭起来，诉说："唐总，自从我开了美容店，顺利就没给我多少钱；他回铁记庄服侍老娘，住在家里，就没有去过毛家厅，一分钱也没有给我了。我喜欢打个小牌，手气不好，手艺也臭。不打吧，没有朋友来美容店，打吧，输得多。最近，有点小亏空，刚才向顺和借点钱，他就对我吼……"

唐生华明白了，韩莉是赌博输了钱。就问："你借多少？"

韩莉只顾抽泣，不说数字。

唐生华提高了声音："你大清早的，别在办公室哭，不吉利。说话啊！"

韩莉抹去泪水，咬咬牙："三万！"

唐生华也倒抽一口冷气，觉得这个女人变化太大了。三万元钱，能造一间二层楼啊！他对谭顺和说："你打电话，叫顺利来！"

韩莉一听，立马说："别叫他……少点也行。"

谭顺利放下提起的电话机。

唐生华问："少点是多少？"

韩莉犹豫了一下，说："就两万吧！"

唐生华说："顺和，你代顺利写个借条，我批一下，去菲菲那儿拿给她，就一万，我只有这个权限。不过，韩莉，你听好了，从此以后，你再也不许进这个公司的大门。这一万块钱，就算顺利给你的，我扣他的工程款。"说完，就回自己的办公室。

韩莉不再作声，跟在谭顺和后面去财务科，拿到一万元钱就走，也没有再提邱鹭的事情。

韩莉走后，谭顺和明白了，韩莉是有预谋来的，说媒是假，借钱是真。回去后，必须把这件事与大哥说清楚，不然，这个女人还会弄出什么幺蛾子来。而自己更加坚定了不找女人的决心，要找陈桂兰这样的人，太难了！社会上的不正之风，渐渐地使一些女人变坏，不要说开大商场的邱鹭，就是开个小美容店的韩莉，也成为他所不齿的人了。

秋天的南京，暑热消除得比较缓慢，火炉之称的石头城，被整个夏天的烈日炙烤得异常燥热，热量聚集起来，很不容易散发出去，四面不透风，蒸笼般的闷热，所以，秦淮河、玄武湖及长江边，都是人们消暑的好去处。

星期天早上，唐菲菲乘头班车去南京，到了中央门汽车站，近十点钟了。谭大龙算好时间，去接她；从唐菲菲第一次来看他，就有了规律。他接到唐菲菲时，照例接过沉甸甸的旅行包。包里都是端玉梅准备好的本地特产，有牛肉干粒、猪肉脯等。盒装的送给老师，散装的分给同学。虽然是老家的特产，可谭大龙是在有了唐菲菲以后，才尝到这些美味的。

上次分别时，两人相约这次到玄武湖游玩。谭大龙将东西放到宿舍后，与唐菲菲在东南大学附近的小饭馆吃点东西，就去玄武湖。

玄武湖是中国仅存的一座古代皇家园林公园，也是江南最大的城市公园，被誉为"金陵明珠"。巍峨的明城墙，秀丽的九华山，古色古香的鸡鸣寺，在右面拥抱着它，它静静地、美美地迎送八方游人。

五平方公里的玄武湖，湖面碧波荡漾，湖中的绿洲如五朵莲花相连，除了有"北湖"的故称，还有"五洲公园"之美誉。夏末秋初的玄武湖，比起市区要凉爽得多。正如唐代诗人韦庄一首《台城》诗中写道：

江雨霏霏江草齐，
六朝如梦鸟空啼。
无情最是台城柳，
依旧烟笼十里堤。

人们只知道玄武湖建于六朝时期，谁知它经受了历史沧桑、岁月洗礼，在眼下吸引人的不是什么历史掌故，而是"台城柳"的"烟笼十里堤"了。此时此景，游人如织，摩肩接踵，湖面上游船悠荡，湖岸上行人徜徉。

谭大龙和唐菲菲都是第一次游览玄武湖。他们从正门进入，经过翠红堤，来到玄武湖最大的水中绿洲——环洲。环洲是一条形如玉环的绿洲，从南向北，它两边伸向湖中，呵护着湖中另一个小洲——樱洲。

进入环洲，迎面而立的是奇峰妙石的假山瀑布。谭大龙与唐菲菲生平第一次见到这样高峻、奇特的景象。只见形态各异的太湖石，堆砌的假山，或似苍鹰展翅，或似猿猴啸天，或似禽栖兽踞。假山前的"童子拜观音"，是极其珍贵的太湖奇石，属于北宋时代的花纲遗物，其得名于形态的惟妙惟肖。这块奇石高两米多，宽近一米，具有太湖石瘦、透、漏、皱的典型特征，是太湖石精品中之极品。假山之巅，瀑布飞流直下，泻入凿地而围的水池。细小的水珠，在阳光下晶莹剔透，飞溅到游人身上，让人感到凉爽惬意。谭大龙在建设东湖公园时，也按图纸指导工人堆砌了几座太湖石假山，都是些小品景点，还没有"童子拜观音"一块这么高呢！

唐菲菲问谭大龙："你搞建筑好几年了，领略到这种奇石，恐怕还是第一次？"

谭大龙笑道："这不是学习来了吗？"

唐菲菲说："中国的园林，尤其是古典园林，都少不了奇石、假山，这是为什么？"

谭大龙在东南大学进修时看了不少资料，对古建筑、古园林略有涉猎，他说："假山，具有园林的造景功能，具有点景作用。简单说来，就是再现自然界中的奇峰异石、悬崖峭壁、重峦叠嶂、深峡幽谷、泉水洞天、海岛礁石等景观形象。我们在东湖公园的小型假山，只是造景小品，点缀风景；像这种大型假山，具有极大的吸引力，尤其在这样的位置平地而起，给游人有仰视作用，所谓的'高山仰止'，令人对大自然的鬼斧神工肃然起敬。"

唐菲菲竖起大拇指，夸赞他："没白来进修，说起来还一套一套的！"

谭大龙感慨地说："以前，大美买了不少建筑方面书籍给我，有十几本，其中就有园林学，当然少不了关于假山的介绍。"

听到谭大龙提到龚如玉的小名，唐菲菲不高兴了，只顾朝前走。

谭大龙方知真言吐露，对唐菲菲产生了刺激，便赶紧追上她，拉住她的手。唐菲菲任他拉着，她内心知道，谭大龙与龚如玉好了许多年，总是有感情的，她不计较他，朝谭大龙笑笑。

两人从南端的假山瀑布，沿湖边向西，经过"郭璞墩"、"米芾拜石"，两个景点，没有停留，因为"郭璞墩"只是一个衣冠冢，"米芾拜石"只是几块巨石堆叠的一个像。经过的时候看了一下介绍，说郭璞是东晋时期的文学家、科学家，他的风水学，对中国文化的影响很大；米芾是宋代书画家，玩石如命，见到石头就"三叩九拜"。

两人在环洲北端的莲花广场停了下来。这是一个表演区，以荷花、荷叶为构图造型，广场的主要标志，是立于水边的十二米高的"莲花仙子"雕像及四个憨笑可掬的童子塑像。两个童子搀着手，还没有松开。

唐菲菲说："大龙，我俩拜一拜'莲花仙子'，保佑我们一直恩爱美满！"

谭大龙点点头，与唐菲菲站并排，郑重其事地向"莲花仙子"深深地鞠了一躬。

沿着湖边，他们来到风荷苑景点。风荷苑滨水而建，亭台楼榭为六朝建筑风格。木结构的屋子，坐落在楼台上，面向东北。谭大龙与唐菲菲手搀着手，登楼，倚着栏杆，眼下通向樱洲的樱桥，卧于水面，水中倒影飘逸，而东南湖面上是满目的荷花。金陵"北湖"的荷花，不比杭州"西湖"的荷花逊色，也可以堪称"映日荷花别样红"！而现代的荷花，远远胜过古代的荷花了，粉的、红的、紫的……各种色彩美不胜收，构成的画面，别有一番"荷香带风远，莲影向根生"的意境。

看到荷花，谭大龙松开了唐菲菲的手，脑中浮现出人民公园里的并蒂莲了，更浮现出当时与龚如玉坐在那儿赏荷花的心境。他的目光在荷叶里寻找，努力找到并蒂莲，哪怕一株……也许是距离太远，也许是真的没有，谭大龙失望了，对唐菲菲说：

"我们到樱洲去看看！"

唐菲菲全然没有觉察到谭大龙的情绪，随他离开风荷苑，经过月季园，走上樱桥。到了桥中央，唐菲菲站住了，拉谭大龙看湖中倒影，两人一起朝水中一看，倒影清晰地显现在面前，两人不约而同地抬起头来，面红耳赤，相视一笑。他们从来没有看到自己的"合影"，今天看到的却是一对郎才女貌的佳人。唐菲菲抓住谭大龙的手，再向水中看，两人在水中笑了，成了两朵花。

樱洲是樱花树的世界，眼前是枝叶繁茂的樱桃林。古时候，这里产的樱桃是贡果。春天是樱花烂漫的季节，鲜红透亮的樱桃小果子，已于六月成熟采摘，它不再是什么贡品，成为普通人都能享用的水果了。"旧时王谢堂前燕，飞入寻常百姓家"了！穿过三百多米的"樱花长廊"，经过芳桥，他们来到景色最美的梁洲。

梁洲建于梁代，故得名，当下共有十余个景点。谭大龙与唐菲菲进公园时买了游览路线图，拿着对照时间而定游览景点；因为唐菲菲每次来，必须乘坐末班汽车回去，这是她母亲端玉梅的规定，没有结婚，不得在外面过夜。

两人选择了观鱼池。这是一座方形翼角的仿古穿斗式水榭，下衬一潭清水，红色的鲤鱼，有时静静地浮在水面，有时嬉戏游乐，有时沉在水底，也堪比西湖的"花港观鱼"；翠绿的细柳，丝丝贴水，形成水连天、绿映红的画面。他们在栏杆边观赏，鱼儿自由自在的情调感染了他们，两人情不自禁地拉起手来。

除了有建筑特色的景点，谭大龙就一经而过，对于白苑、铜钩井、明代黄州库册遗址、闻鸡亭，他们走马观花，在看完湖神庙和湖心亭一组建筑之后，唐菲菲说：

"我累了，我们去划船吧！"

谭大龙看看手表。

唐菲菲伸头来看，问："准不准？"

谭大龙笑道："你送的东西还会差？我每天中午十二点对时，顶多快几秒。"

唐菲菲倚在他身边，撒娇说："等我们有钱了，给你买一只进口的，像我爸的'英纳格'……"

谭大龙说："这样的就挺好了，我们的任务会很重，不要去考虑过高的物质享受。……走，我们去看一下'览胜楼'，就去划船，一直划到对面车站，你好回去。"

唐菲菲看到有情侣挽着手臂，她也挽起谭大龙的手臂，倚着他的肩膀。

览胜楼是一座两层楼，四角攒尖。匾额书写"湖山览胜楼"。这座楼，始建于六朝初期，是文人雅士们联吟结社之所。湖风拂面，凉爽惬意；柳丝飘荡，与水色相映，正是文人骚客写景抒情的好素材。历史上，从萧统皇帝开始，到唐后主李煜，不知多少文学大家在此吟诗作对，给后人留下了指点江山的激扬文字，也留下了"一江春水向东流"的缱绻情怀。

玄武湖的游船有自划船、机动小船，还有大型游船。唐菲菲去购票处要了一只自划船，两人登船向湖中划去。

西边的太阳照在湖面上，亲密地吻着湖水，波光粼粼。唐菲菲伸手到湖里，觉得十分凉快；她干脆脱了鞋袜，把雪白的脚丫伸到水里，让凉意浸润全身。谭大龙一边关照她"小心点"，一边向北岸划去。

突然，一个熟悉的倩影，出现在右侧不远处的小船上，谭大龙停了下来。那条船由北向南，朝码头划去。划船的人也停下来，朝这边看。

谭大龙看到的不是别人，竟是龚如玉。唐菲菲见大龙不划了，专注地看右边的小船，就转头看去，见是龚如玉。

唐菲菲真有他乡遇故知的激动，大喊："大美，大美……大龙，往他们那边划！"

谭大龙没有划，只是让小船静静地停在水中。那边龚如玉让郑浩开始划船，她的头已经朝另一边侧过去。

唐菲菲十分扫兴，责怪谭大龙："你真是个小心眼！在外地遇到本庄的人，也不打招呼，你看，大美生我们的气了吧！那人是郑浩，大美的男朋友，你还吃醋啊？"

谭大龙天生忠厚，被唐菲菲一怪，倒清醒过来。心想，本来与她龚如玉也没什么，现在两人都有了朋友，挺好的。唐菲菲反而显得大度，主动喊她，自己倒成了心胸狭窄的小人了，不觉有点后悔。他使劲划船，排泄一团糟的心绪。

龚如玉今天穿了一件白色的连衣裙，她现在好像一片随风飘荡的柳叶，郑浩主动约她，她就接受；反正还有一年多就回去实习，到时候，天天看住你谭大龙，看你能躲到哪里去。她坚信，谭大龙是爱她的。唐菲菲家虽然有钱，谭大龙从小就看不惯那个大小姐脾气，像刚才，没有知会大龙，就咋咋呼呼，长久下去，谭大龙受得了？所以，龚如玉有信心；不过，这个郑浩，像个棉花糖，黏住自己，也不算个事情，要想个法子，把他推开。

想到这里，龚如玉对郑浩说："你刚才看到了，刚才那条船上的男孩，就是我原来的男朋友，他叫谭大龙，是跃江建筑总公司的项目经理，我们还没有分手！"

郑浩笑道："只不过是曾经的男朋友。现在，他也有女朋友了，不是喊你的那个女孩吗？她认识你？"

龚如玉摇摇头，坚定地说："你不懂谭大龙，也不懂我。我承认你是我的男朋友了？你要约我，我不好意思回你。说实话，我就把你当同学、校友……"

郑浩不高兴了，但是强作微笑说："我就是要追你。我得不到的，别人也得不到，我有耐心等你。我在这儿撂句话给你，不出多久，他们就会结婚的，农村人结婚早。"

郑浩的这句话击中了龚如玉的软肋。她担心的就是这一点，毕竟人家天天在一起，日久生情啊！她看看谭大龙划的小船已经远去，直接往车站方向去了，他去送唐菲菲了。

郑浩把船靠到码头，两人上了岸。郑浩去结账，龚如玉还站在湖边，朝北面瞭望。

龚如玉见郑浩走过来，就沿着湖边路慢慢走。郑浩说："我们找个地方吃饭去！"

龚如玉说："我弟弟来看我，我要陪他。"

郑浩说："正好一起吃饭。我明天上午回去了。"

龚如玉懒懒地说："随你……"

谭大龙划到北岸，将船交给管理员。在扣船的时候，唐菲菲先去结了账。两人走向中央门汽车站，头也不回。

光明印刷厂增加了印刷扑克牌的业务，毛坯印刷后，有一道工序，叫"上光"。运用的化工助剂，叫"上光剂"，纸牌上光以后，不仅光滑、质量好，还经久耐用。送上光剂的是长江化工助剂厂的业务员彭二，彭二告诉谭剑英，跃江印染厂也用他们厂生产的纺织品柔软剂。谭剑英就去找姑父陈桂根了解情况。陈桂根告诉他，这种柔软剂是加在染料里使用，使产品光亮、柔软，并且告诉他，苏南的丝织业也用。提到江南丝织业，谭剑英立刻想到吴江盛泽，谭家一个远房亲戚肖雪梅就嫁在盛泽。

吴江盛泽，位于江苏省的最南端，处于长江三角洲和太湖地区的中心地带，南接浙江省湖州、嘉兴，北依古城苏州，东临上海，西滨太湖，为沪、宁、杭三角中心，古老的大运河穿镇而过，是鱼米之乡的千年古镇。

盛泽是中国重要的丝绸纺织品生产基地和产品集散地，历史上以"日出万匹，衣被天下"而闻名于世。明清时期就有了更为发达的丝绸织造和更为繁荣的丝绸贸易，与苏州、湖州、杭州同誉为四大"绸都"。

盛泽地区地势低平，河港交叉，湖塘密布，水道纵横如网，属于湖泊相沉积地貌，土为亚黏土，表壳层是高压缩性、高灵敏性土层。气候属于北亚热带季风区，气候温和，四季分明，雨量充沛，无霜期较长。年平均气温摄氏十六度左右，年平均湿度达百分之八十左右，这样优越的条件，适宜稻麦种植，也适宜桑树生长，养蚕、缫丝、纺织就有了得天独厚的优势。

谭剑英随彭二去长江化工助剂厂了解了产品性能，出厂最低价，业务费结算方式等，与彭二约定，共同去闯盛泽市场。

到了盛泽，谭剑英选择了第二印染厂，印的新名片上，他的头衔是马驮沙县长江化工助剂厂供销科长。有了大半年的销售经验，具有一定的市场营销理论，谭剑英对盛泽之行满怀信心。

盛泽第二印染厂的门卫，是一位慈祥的大爷，见来了两个年轻人，友善地接待他们，了解来意后，就指着办公楼，关照他们去供销科，找王科长。供销科在二楼，看到"供销科"的牌子，谭剑英与彭二到了门口，礼貌地敲门，王科长抬头，见是两个陌生后生，便问：

"你们找谁，什么事情？"

谭剑英笑着说："王科长，我们是销售柔软剂的，门口大爷说，这事找您……"

王科长正为最近印染的丝绸有质量不稳定的现象发愁，技术科的也分析怀疑是柔软剂的问题，他已经打算另外找一家试试，见有人找上门来，心里暗喜，又是门卫老爸让来的，就叫他们进去。

谭剑英进去，先递上香烟，再递上名片。

王科长仔细地看了正面，又看了反面的产品介绍，便问："产品种类不少，哪一项做得最好？"

谭剑英实事求是地说："印刷纸品的用得较多，印染纺织品也有，印染丝绸的不多。"

王科长认为，这个年轻人是实在人，不像有的销售员，牛皮吹破天，结果一塌糊涂。便说："看来印染丝绸的不是强项，……人家用了之后有什么反应啊？"

谭剑英还是老实话："刚使用，没有不良反应。"

王科长说："那就不谈了，等你们使用单位有了报告之后，拿来我看，再谈业务，好不好？"

谭剑英说："我们带了一点样品，您是否也试用一下？"

王科长笑了，说："小伙子，性急吃不到热粥，骑马看不得三国。我们这么大的厂，盛泽这么多的厂，天天印染，天天用柔软剂，你还愁没有销路？……等等吧！"

谭剑英不再强求，王科长不是不帮忙，对产品要有十分把握才成。两人告别了王科长，经过门卫时，给大爷发了香烟，大爷问他们事情谈得怎么样，他们如实相告。大爷得知事情没有成功，就说："我回去再跟他说说，你们小青年出来跑业务，很不容易，得帮帮你们……"

谭剑英高兴起来，说："谢谢大爷，……哎，大爷，王科长他……？"

大爷哈哈一笑："我儿子！"

谭剑英灵机一动，想到趁热打铁，去登门拜访，以示诚意，就问："大爷，您家离这儿远吗?"

大爷说:"不远,就在西边王家浜,怎么啦?"

谭剑英笑着,又递上一支烟,说:"没什么。我们走啦!"

回到旅社,谭剑英与彭二商量,理当到王科长家去拜访一下。两人去商场买了两瓶汾酒,三十二元一瓶,还有一盒点心。

看到工人下班了,谭剑英与彭二去三里地外的王家浜。

这是一个典型的江南水乡的村庄,一条南北流向的河流连接几个小湖荡,如纽带。王家浜村被"门"字形的湖荡围着,背北朝南,稻田一片、一片,并不规则;稻穗基本熟了,只剩穗头还有一点青涩,在傍晚的秋风里,微波般的起伏。

王科长家的小院子,也是典型江南民居,三间二层楼,粉墙黛瓦,两侧的厢房是平房,也是粉墙黛瓦。门前有一条东西方向的小河,不远处有一座拱桥,是青砖砌成,有不少年代了。河水清澈,静静地流淌着。河畔是坡田,种植桑树,矮矮的,桑叶很茂盛。系着短裙的女子在采摘桑叶。桑树下是一垄一垄山芋。秋蚕正是发育期,很快就要"上山",吐丝作茧了,眼下正是大量吃桑叶的时候。

谭剑英与彭二拎着酒与点心,来到王科长家。王科长在厢房里给猪喂食,小黑狗见陌生人来了,"汪汪"叫了两声,王科长从厢房出来,见是谭剑英与彭二,就洗洗手,迎他们进了正屋。谭剑英把礼品放在"八仙桌"上。

王科长责怪他们:"你们这是做什么?⋯⋯我不是和你们说得很清楚,等你们使用结果出来了,来谈的吗?"

谭剑英诚恳地说:"我们想请您在印染丝绸的工艺中试用一下⋯⋯,我想啊,王科长,一种产品,在不同地区,不同配方的染料,也许效果不一样⋯⋯"

王科长听了,觉得谭剑英的话有一定的道理,便说:"这样吧,你们回去拿点样品来,先到我们村办厂试一下,我兄弟是厂长。如果效果好,再到我们厂里试用;能够使用,价格比人家低,那就好说了。"

谭剑英十分感激,说:"谢谢王科长,您这样帮忙,我们一定把最优质的产品送来,价格肯定比你们现在的低!"

这时,看门的大爷回来了,将自行车停放在走廊里。见到两个小伙子,笑道:"你们真是兵贵神速啊!"

谭剑英赶紧发香烟,打招呼。

王科长知道是怎么回事了,笑着对父亲说:"阿爸,是您又做好事了!"

王大爷说:"两个孩子不简单啊,这么年轻,就出来闯江湖了。只要能用,就帮助他们。"

王科长说:"我已经答应他们到村办厂试用,如果合格,就到我们厂里用。"

王大爷看到桌上的礼物,就批评他们:"生意还没有做,就破费,不好,你们拿回去!"

谭剑英说:"大爷,我们冒昧登门,失礼了,这点东西,不成敬意。您和王科长帮助我们,我们过意不去。等您有空了,请你们到江北去玩。"

王科长见他们谈得来,就去厨房做晚饭。

王大爷说:"那是一定的。我们村里雪梅就是江北嫁来的,很能干,现在是生产队长。"

谭剑英眼睛一亮:"大爷,您说的雪梅,是不是姓肖?"

王大爷说:"是啊,叫肖雪梅。好像是你们那边江边上哪个村的。"

谭剑英说:"这就对了,是肖家村,我家表亲。我来的时候,说到盛泽,我妈还叫我打听呢!"

王大爷说:"等你们的事情弄成了,我同你去看她。"

谭剑英十分感激,连声说"谢谢"。

王科长的妻子挑着桑叶回来了,楼下东、西屋里养着秋蚕,她把桑叶均匀地撒向蚕宝宝们,蚕宝宝们立刻"巴扎巴扎"吃起来。

谭剑英与彭二辞别王家。回去的路上有说有笑,感到盛泽之行十分幸运。

第二天,他们把带来的样品带了回去,叫助剂厂重新单独为丝绸印染的配方产了样品,并且封了样。没几天,两人带了十公斤样品又去盛泽。王科长陪同他们送到村办印染厂。试用需要几天时间,谭剑英与彭二没有回去,就住在小旅社。白天到镇上古迹看看,晚上还请王大爷喝点江南特有的糯米酿的老白酒。

盛泽镇有好几处古迹和遗址,分布在四处。镇上有一个古建筑,叫先蚕祠,也叫蚕花殿、蚕王殿。先蚕祠位于镇上五龙路口,是清代道光年间盛泽丝业商人公建的,用于祭祀丝绸行业祖师的公祠。公祠为古典庙堂式建筑,正面门楼飞檐斗拱,旁边是八字形清灰砖壁。栅门外的小广场,是香客们集散之处。

谭剑英与彭二来到先蚕祠堂前,眼前是三座拱门。正中门上竖匾写着祠名"先蚕祠",两侧拱门上方分别写着"织云"和"绣锦"。

谭剑英对彭二说:"云锦在清朝是江南织造的贡品,从这四个字看,就可以想象到当年盛泽丝绸业有多么繁荣了!"

他们走进大门,经过门楼,到了院里。院里靠门楼是一座戏楼,戏楼两侧与厢房相通,戏台朝北,青石板铺成的广场,一直延伸到正殿门前,开阔的场地,可以容纳万人看戏。

谭剑英惊讶地看着广场,感慨地对彭二说:"这恐怕就是鲁迅先生写的演出社戏的地方了……"他脑子里立刻浮现出鲁迅先生笔下热闹的社戏场景来。

……最惹眼的是屹立在庄外临河的空地上的一座戏台,模糊在远处的月夜中,和空间几乎分不出界限,我疑心画上见过的仙境,就在这里出现了……不多时，在台上显出人物来，红红绿绿的动……

先蚕祠的正殿雄伟高敞，殿堂里供奉三座塑像，是中华民族的始祖轩辕、神农和嫘祖，上面两块匾额分别刻写"先蚕遗泽"、"衣被苍生"。

谭剑英平时看书多，肚子里有不少民间传说，指着塑像对彭二说："人们只知道轩辕就是黄帝，神农是我国农业的祖先，又称炎帝，通常说的我们是'炎黄子孙'，就是他们的后代。不知道嫘祖，嫘祖是黄帝的妻子，她教会百姓养蚕、缫丝，她是丝绸业的祖师了。大概养蚕的时候，乡民们都要来烧香拜祭他们，祈求保佑苍生，获得丝绸业的繁荣……来，我们也拜一拜，请他们保佑我们的事情获得成功！"说完，两人虔诚地拜了三拜老祖先。

正殿西南方，是一座三层楼，这里是"议事厅"，有月洞相隔。盛泽丝绸业发展到晚清、民国年间，大小丝业近百家，从业者过千人。江南人性格向善，总是求同存异，遇到事情，最好的方法就是和气一团，商议解决。淳朴的民风，是丝绸业发展、壮大的良好基础。议事厅前有水池曲桥，亭榭回廊，树石花卉，环境十分幽雅清逸。虽然有些历史沧桑之感，但在"破四旧"的年代里，它能够幸存下来，还是万幸的。

到了门口，他们遇到一位扫地的老者，好学的谭剑英想探求演戏的内容，究竟什么是"社戏"呢，与鲁迅先生描写的一模一样吗？老者告诉他们，社戏，内容差不多，时间也差不多，盛泽的是"小满戏"。到了小满节气，就开始演戏了。

谭剑英问："为什么要到小满才演戏呢？"

老者说："开始养蚕了。小满节气，麦子、油菜谷粒饱满，桑叶长齐了。下来的日子就是忙碌的时候，直到插秧以后才有闲空；我们这里有一个节，叫'祈蚕节'就在这三天举行，祭拜、演戏。"

谭剑英问："戏要演几天，演哪些剧种，哪些内容啊？"

老者说："连续演出三天。小满前一天演出昆剧，小满这天演出京剧，第三天也演出京剧。内容很讲究，演的都是祥瑞戏剧，要讨吉利的。这个得由丝业公所的头头点定，凡是剧目里有什么私生子、死人的情节，绝对不许演出。"

谭剑英问："是不是'丝绸'的'丝'，与'私生子'的'私'、'死人'的'死'，有谐音忌讳啊？"

老者赞扬他："真聪明！"

两人告别老者，离开先蚕祠。

等了三天，谭剑英与彭二到王科长那儿去听消息。走到门卫，他们将带的两包特产"三友牌猪肉脯"，送给王大爷。王大爷告诉他们，丝绸柔软剂已经在村办厂试用成功了，可以送到厂里来试用了。

两人来到王科长办公室，王科长说："你们等急了吧，时间越长，希望越大……昨天我老弟说，你们的产品是合格的，可以用。只是价格要比人家低一些，叫作'薄利多销'，对不对？"

谭剑英十分激动，功夫不负苦心人，终于能够打进盛泽市场了，眼角渗出泪花。这是喜极而泣啊！他与彭二小声地商量了一个价格，向王科长报了，王科长比较了一下，比原来的进价少了二百元一吨，点点头，问他们：

"你们带合同了吗？"

彭二从包里拿出空白合同，递给王科长，王科长用复写纸垫好，填上型号、吨数、单价、总价以及其他事项。然后给谭剑英看，谭剑英对柔软剂业务不如彭二，他让彭二看，彭二仔细地看了合同，满意地点点头。因为合同上已经盖了他们工厂的合同章，彭二把合同递给王科长。王科长先签字，再从抽屉里拿出合同章盖上，将一份递给谭剑英，谭剑英给彭二，彭二收放到包里。

王科长说："你们回去就送货，货款是一批押一批。关键是质量要稳定，不检验合格，不要出厂，化工产品，不能有丝毫侥幸心理。送到这里，检验不合格，不但拉回去麻烦，恐怕就没有供货的机会了。你们年轻，要摆正做业务的观念，质量第一，诚信第一，这两点不可有半点马虎，否则，生意做不长的！"

谭剑英与彭二只是点头，不说话，专心听取前辈传授经验。

王科长说："我们用完一批，打电话给你们；送第二批的时候，带一些给我兄弟厂里，合同可以补订。"

谭剑英说："王科长，太感谢您了。这次业务做成了，是您真心帮我们，我们不会忘了您的，一定会重谢您！"

王科长明白他的话意，就挥挥手说："别说什么谢字，我们江南的经济条件比你们江北好多了。你们把产品质量搞好了，就是对我们的支持！"

这时，有电话打进来，王科长接听后，是厂长叫他过去。两人告辞，离开办公室，来到门卫。

王大爷关心地问："拿到合同了？"

谭剑英笑道："谢谢大爷，拿到了，先订了五吨。"

王大爷放心了，说："我们江南江北，是一家人……不过，要注意质量啊，出了问题，你们小厂赔不起啊！"

谭剑英拍拍胸脯："大爷，您放心，我们不会让您和王科长失望的。"

盛泽之行没有白费劲，谭剑英与彭二成功地订到了业务。江南人就是爽快！美丽富饶的江南水乡是人杰地灵的地方，不仅物华天宝，更是养育了王大爷、王科长等人心怀慈善，乐于助人的高尚品格。也许正是先蚕祠年复一年感化着盛泽人，他们勤耕于农桑，精纺于丝绸，也使他们常怀感恩之念，永志助人为乐吧！

秋去冬来，盛泽印染丝绸的工厂，大多数缩小产量，有的小厂停工了。谭剑英与彭二做了盛泽三分之一的印染厂部分业务，算起来也有几十万销售额。因为价格因素，又是两人合作，结算业务费时，谭剑英只分到了两千多元。除了车旅费，一些开支，所剩不足千元。那个化工助剂厂的厂长，后来直接与一些印染厂供货，有点欺负年轻人的意思，不如人家王大爷、王科长厚道。春节之前，谭剑英最后一次去了盛泽，告诉王科长，不再跑柔软剂业务了，邀请王科长一家到江北来玩；还有雪梅，已经联系上，算是家庭幸事。后来，盛泽当地人也办起了化工助剂厂，外地人再也做不到盛泽的助剂业务了。

谭小龙已经两年没有回家过年了，他想念母亲、兄弟。陈桂兰也十分想念远在他乡的儿子，有时甚至无法入睡，实在心疼，就把孩子们的照片拿出来看看，泪水也就流下来。

谭剑英回来了，母亲把他叫到自己屋里，问他："小老三，你外面的事情忙得怎么样了？"

谭剑英说："柔软剂那边的账目结清了，除去开支，多了靠一千块钱；印刷厂那边，还要两三天发工资。"

陈桂兰问："你想不想小龙？"

谭剑英说："想，我恨不得天天和他在一起……这么远！……哎，妈，等他打电话回来时，叫他回来过年。"

母亲说："我也曾想过，不过，他不像你，怕花钱。你江南江北跑，花钱有工资，有业务费，他怕花我与三叔的钱。我想去看他，可过年后，你大哥就与菲菲订婚，我去不了；我想让你去一趟西安，看看小龙，我给你路费。好不好？"

谭剑英说："我有钱。听说姑妈厂里研制的'万次引火器'成功了，我想跑这个业务。我去西安，就带几百盒去试卖，赚到钱就是路费。"

陈桂兰笑道："什么'引火器'，不就是火柴吗？你是不是除了睡着了不想钱，时时刻刻都在想做生意赚钱啊！"

谭剑英说："妈，这叫骑马看《三国》，不误事。我明天去买车票、批火柴，后天就出发。"

陈桂兰说："也好！你大哥明天回来，我明天把菲菲叫来一起吃顿馄饨；我用笼蒸一些，带点给小龙。"

第二天中午，唐菲菲到车站把谭大龙接了回来，谭大龙骑着摩托车，唐菲菲坐在后面，谭大龙一直骑到大门口。

龚如玉早已放假，听到摩托车声音，就到院门外来看。她已经从奶奶那儿听说，谭大龙和唐菲菲就要订婚了，她要在他们订婚之前与大龙谈一次，她期待机会的到来。

因为谭剑英要去西安看哥哥，铁娜一早就陪谭剑英去买车票、批火柴，忙到快中午才回来。铁海良在水利站有宿舍，平时不回家，他已经下定决心考研究生，把空余时间用在看书上。铁慧琪的工作在年关特别忙，开会、写总结，也不怎么回来。铁娜放假回来后，要么在陈桂兰身边帮忙，照顾李雨妹，要么去卫生院母亲那边。自打龚如玉脸被李雨妹抓破以后，陈桂兰请铁慧琪搞到进口药，定期让李雨妹服用，所以，她不再有疯癫发作。陈桂兰心里有数，小老三与铁娜还是小玩伴，没有到谭大龙与唐菲菲这一段。

谭大龙回来后，先去唐家，与端玉梅打个招呼。陈桂兰知会他，中午请端玉梅来吃馄饨，不要一个人在家做饭。

龚如玉在得月亭站着。寒冷的风中，她衣着并不厚实；她要看看谭大龙是否彻底绝情，往日的热恋温度是否像河里的水，早已结成厚厚的冰冻。

谭大龙从家里沿着东河边的路去唐家时，就看见龚大美站在得月亭，心里十分难受。自己快要订婚了，也得与曾经的恋人说点什么，有些话与她说明了，她会理解自己；何况，她也有男朋友了，各方面条件远远超过自己，彻底分手已经是必然的了。

从唐家出来，谭大龙沿着南河边去得月亭，他知道龚如玉的脾气，如果不去与她见面，她会一直站下去；他不忍心她这么站下去。

龚如玉首先说话："回来啦？"

谭大龙点点头，关切地说："天冷，我们去你家说话。"

龚如玉说："我喜欢在这里。自从我们前年分别后，今天算是第三次见面，一年一次，如同牛郎织女啊……"

谭大龙不无感慨："是啊，时间是磨刀石啊，会磨去一些舍不得的记忆，我们两人已经被磨得伤痕累累了；现实也是一把无情的尖刀，会戳到人的伤心之处，让鲜血一滴一滴地流下来……"

龚如玉苦笑道："大龙已经不是过去的大龙了，进修之后，进步了，说话也有水平，比喻句子一套一套的，可是，我还是老样子……"

谭大龙怕端玉梅见他与龚如玉在一起，便直接说："大美，我要订婚了，与菲菲……"

龚如玉说："我知道了……你订婚也好，结婚也罢，我龚大美有自己的打算。……哎，你还记得那年讲的冬青树吗，她还有一个名字，你记得吗？"

谭大龙说："女贞树，对不对？"

龚如玉叹了一口气，说道："有故事的树啊！凌冬青翠，有贞守之操。今天，我把故事说给你听，你心里就种上她了。"

谭大龙虽然着急离开，但是，龚如玉还没有说完，他只好听下去。

"相传古代鲁国，有贞操之女见到女贞树负霜青翠，振柯凌风，慕其名节，就在庭院里种满了这种树。秦汉时代，浙江临安，就是现在的杭州，有一个员外，只有一个小女儿，品貌端庄，窈窕动人，还擅长书画，追求的人固然络绎不绝，因为她才十六岁，不肯应答。员外将她许配给有三妻四妾的县令，为的是光宗耀祖。谁知她早已与府中的教书先生私定终身。到了出嫁之日，员外的女儿含恨一头撞死在闺房，表明自己对教书先生的忠贞节操。教书先生得知小姐殉情而亡，忧郁成疾，渐渐形容枯槁，不久去世。到了明朝，浙江都司徐姓司马，到任后听说此事，十分感慨，下令杭州居民在门前都种上女贞树。现在的杭州城还保留着，作为一道风景。"

听完龚如玉讲的故事，谭大龙不禁倒抽了一口冷气，心想，她与郑浩谈着恋爱，心里还有自己啊！可是，自己已经被一个设计好的婚姻禁锢了真正的感情，母亲、家庭、两个弟弟……如果没有丰厚的收入，背后没有强大的经济支撑，"长兄为父"的担子，就无法挑起来，她是否懂得自己的苦衷呢？想到这里，叹了一口气，对她说：

"大美，回去吧！外面太冷了，你冻坏了身体，我也心疼哪！"

龚如玉还不想离开得月亭，谭大龙拉起她冰冷的手，离开得月亭。龚如玉觉得一股暖流顿时涌向心头，恨不得一下子抱住她；她克制自己，由他拉着手，自己紧紧地拽着，跟在他身后，眼泪汩汩地流下来。

到了丁字路口，龚如玉再也克制不了自己，主动松开手，朝自己家跑去，伏在床上号啕大哭。谭大龙站在路口，呆若木鸡，目送着她。

丁字路东面那一头，很多人站在谭家门口往这边看，其中就有唐菲菲……

第十五章

吃馄饨，是马驮沙地方的一种饮食习俗，它不比北方的水饺。北方的水饺，馅心有讲究，白菜的馅心，寓意为"百财"；芹菜的馅心，寓意为"勤劳致富"；韭菜的馅心寓意为"久财"……都以谐音祈求吉祥。而马驮沙人吃馄饨的意义，不是从菜的馅心说的，是从外形与做法说的。外形似元宝，白白的，就如银元宝，有"招财进宝"的含义；做法是，将馅心用筷子挑到小麦粉擀得薄薄的皮子当中，皮子不同于水饺皮子，是长方形，卷起来，再将两头捏结实，以下角相叠，形成元宝形状的馄饨，叫作"裹馄饨"，把两个口子裹结实，称之为"裹嘴"。也就是说，吃了馄饨，不该说的话不要说，话到嘴边留三分，话没有说出来是自己的，如果说出来，就不是自己的了，弄不好祸从口出，惹出是非。

陈桂兰在小老三即将远行时，裹馄饨给他吃，寓意十分明确，尤其在年关将近之时；在大儿子即将订婚之时，更有希望两人团结同心，共沐爱河的意思，所以别看一顿简单的馄饨，着实有民俗的体现，更是一个母亲的良苦用心。

铁娜也被谭剑英约来吃馄饨，她俨然成了谭家人一样，在谭剑英宿舍里帮他整理东西，还特地买了两包简装猪肉脯带给谭小龙。端玉梅和唐菲菲在裹馄饨。

中午时分，谭顺利与谭顺和都回来了，是陈桂兰告诉他们，小老三将去西安看望小龙，让他们回来吃馄饨。谭顺和还从木金寺菜场买了几样冷菜，其中就有闻名远近的"小贾鸡爪"。

第二天一大早，谭大龙骑一辆摩托车，前面挂着两包"万次引火器"，后面坐着剑英；唐菲菲骑着一辆踏板摩托车，后面坐着铁娜，铁娜手里抱着谭剑英的行李包。到了汽车站，谭大龙和唐菲菲关照谭剑英几句，就回去了，铁娜要送谭剑英到无锡，买到火车票，她才放心。

头班汽车到无锡，才八点多钟。一下汽车，谭剑英让铁娜看住行李，一口气飞跑到火车站售票处，排在长长的购票队伍后面。腊月二十二日，还没有到最忙的时候，谭剑英买到一张第十二节车厢的坐票。看时间还早，就与铁娜将行李寄存在小件寄存处，这是大伯谭顺利关照的，因为有火柴，防止被查。

陈桂兰蒸的馄饨，谭剑英没有带，他对母亲说，到了西安，与哥哥吃一顿水饺，就把您的心意带到了。走出寄存处，车站旁边的小吃部门口有人叫唤："无锡小吃，小馄饨、小笼汤包，特产酱排骨……"

谭剑英对铁娜说："我们去买好你回去的汽车票，来这里吃中午饭。"

铁娜笑着说："听你的！"

无锡火车站与汽车站靠在一起，他俩买好汽车票，就在刚才那个小吃部找了个位置坐下来。这是一个私人小吃部，牌子很响亮：车站第一家！铁娜叫服务员，一个大妈，点了两碗小馄饨，两笼小笼包，两盒酱排骨。

小老三笑问："点这么多，吃得了？"

铁娜说："你要坐一天一夜的火车，吃饱点；吃不了，带在路上吃。"

小老三说："想得真周到！"

铁娜做了个鬼脸，抓住他的手。

无锡小笼包，当地人称为"小笼馒头"，以皮薄卤多而享誉江、浙一带，是无锡传统名点，已有百年历史。所选用的是上等面粉做馒头皮子，不发酵，蒸熟后夹起来皮薄而不破，翻身不漏底。卤馅为新鲜猪肉，一吮满口卤，馅多而卤足，味鲜而不腻。谭剑英和铁娜第一次吃，他们先看人家怎么吃，学着。包子端上来，二十多公分大的小笼，一笼八只，小巧，包子顶头捏成一朵花。每人拿一只小碟子，倒点"镇江香醋"，加几丝生姜丝；用筷子轻轻地夹起小笼包，移到碟子里；端起碟子，靠近嘴边，先在薄如蝉翼的包子皮上咬一个小口子，然后，慢慢地吮吸其中滚烫的肉质卤，香而鲜的滋味，就体会出来了。吸完卤汁，连皮与馅一起咀嚼，一点也不觉得油腻。铁娜使劲吃，只吃了五只，余下的被谭剑英一扫而光。同时，他们喝着小馄饨汤，就着酱排骨。

无锡酱排骨兴于清光绪年间，由猪排骨做成，其色泽酱红，肉质酥嫩，汁味浓鲜，咸中带甜。铁娜拆了一盒，小心地，没有损坏包装。她夹了一块给剑英，剑英也夹了一块给她，她没有吃，还是夹给剑英。

谭剑英夹给她，说："你也尝尝。"

铁娜吃了一块，点头赞许；谭剑英也只吃了一块，就把盒子合好，两盒叠起来。他想，小龙哥肯定没有吃过，带去给他吃。

无锡小馄饨，又叫"三鲜小馄饨"，起源于无锡东亭民间。由鲜猪肉、开洋与榨菜制成馅心，煮熟以后，透明薄软；汤很考究，以肉骨头吊汤，些许豆腐干丝、蛋皮丝、紫菜和虾皮为佐料，过去，还有人挑着担子沿街叫卖。馄饨端上来，谭剑英与铁娜没有立即吃，他们觉得是一幅水墨画、工艺品。

吃小笼包子、三鲜小馄饨和酱排骨，让谭剑英大开眼界，他感慨地对铁娜说："小娜，不出家门，并不知道外面的世界什么样子；我去盛泽出差，也看到小笼包子，从来没想去吃，吃面条、米饭就不错了，看来，今天，你是太奢侈了……"

铁娜笑着，将酱排骨扎好，深情地说："小老三，要不是送你远行，来到无锡，我也感受不到江南有这么样的美食，更不会体会到水乡的曼妙……你去西安，会忘不了这'车站第一家'，记得我在等着你!"

谭剑英调侃她："吃完了，一抹嘴，谁还记得你？你就安心读书，别想其他事情!"

铁娜撅起小嘴："不嘛! 要不然，我会放弃学业，找到西安去的!"

谭剑英见她当真了，便说："打住! 我去看望小龙哥，卖完火柴，就回来，你别耍小孩子脾气……时间差不多了，走吧!"墙上的挂钟已经指向十一点三十分。

他俩到寄存处拿了行李。正好喇叭里在喊："去西安的 z256 次列车的旅客，现在开始检票……"谭剑英事先为铁娜买了月台票，铁娜帮谭剑英拎着行李包，谭剑英一手拎一个包着火柴的包，顺利地通过检票口，来到月台。

绿皮火车由东向西，驶入站台，喘着气，缓缓停下来。车厢上挂着（上海——西安、普快）的铁牌。第十二车厢在后头，谭剑英与铁娜一溜小跑，直奔而去。人们拥挤着上车，有的没有买到坐票，想早上去，有一个站的地方。见大家在拥挤，谭剑英不着急，他有座位，和铁娜站在一旁。此时的铁娜，没有了先前的快活样子了，有些哀怨，她了解他，生怕他这一去就不回来了。谭剑英办事果断，从不拖泥带水，一旦决定的事情，九头牛也拉不回来。谭剑英看她样子，知道她的心思，强压离别之情，故作平淡地说：

"过年去你表叔那儿拜年时，向他打个招呼，帮我请个假，不出一个月，我就回来。让他放心，我那些业务单位，一个也不能丢掉。"

铁娜似乎吃到一颗定心丸，立马笑起来，两个小酒窝，深深地显露出来。这时，大喇叭响起来：请没有上车的旅客赶快上车，列车马上就要开了……

铁娜再也忍不住了，上前抱住谭剑英，踮起脚尖，滚烫的嘴唇压到谭剑英的嘴上，谭剑英也抱住她，热烈地吻着，这是一个少女的初吻，忘情之吻……

车厢门口的列车员催促他们："上车吧，列车就要开了!"

谭剑英松开铁娜，拎起两个火柴包，登上车，铁娜拎的包，被列车员接住，列车启动了，缓缓前行，列车员关上车门。

车厢里，谭剑英找到位子，放下东西，头伸到到窗口看铁娜。只见铁娜随着缓行的列车慢跑，谭剑英向她挥手，铁娜也挥着手奔跑；列车越开越快，铁娜看不到谭剑英了，只好慢慢地停下脚步，目送列车远去；谭剑英在窗口看到铁娜，她的身影越来越小，直到看不到……

车厢过道里，站满了旅客，虽然还有部分座位空着，那是留给南京、徐州等大站上车的、到终点站的旅客的，中途下车的只买到站票。火车疾驰，到了南京站，下车的少，上车的却很多，座位大多有人。列车启动后，谭剑英看到车厢结合部，一对夫妇站着，尤其年轻的妻子，已经怀孕，肚子挺着，恐怕有五、六个月了。谭剑英将小包塞到行李架上，两个有火柴的行李包已经塞在座位下。他看着孕妇，心想，到西安还有 1300 公里，要一天一夜，这个孕妇到哪儿下车呢，能坚持多久？又想到自己跑业务时，得到许多好心人的帮助，脑中立刻浮现出盛泽王大爷父子慈祥、友善的笑容，心里立刻涌起一股激情。他起身走到车厢结合处，关切地问那孕妇：

"大姐，你们是回去过年吗？"

孕妇说："是啊，票买迟了，没有买到座位票。"

谭剑英问："你们到哪儿下车？"

孕妇男人说："到郑州。"

谭剑英松了一口气，想做好事，座位给了她，自己也得站一天一夜啊！还好，他们只是到郑州，一半路程。稍一犹豫后，就说："大姐，去坐我的位子吧！我到西安，你到郑州下车了，我还可以坐。"

孕妇男人激动地说："太谢谢你了，小兄弟！她坐会儿，你坐，轮流坐吧！"

谭剑英读到的文章里，有"予人玫瑰、手留余香"之说，他想起来这句话，自己不禁笑了，他说："去坐吧，我年轻，没事的！"

孕妇的男人扶妻子坐到位子上，过道里的旅客看到谭剑英为孕妇让座，主动让出一条道，孕妇好走过去；谭剑英邻座的小伙起身离开座位，让孕妇安稳地坐好，然后才坐下。谭剑英站到车厢接头的地方。

到了郑州车站，已经是第二天中午，孕妇与丈夫下车了，说了许多感激的话，临别时，丈夫还写了一个纸条给谭剑英，是他的姓名、地址，说"有机会来郑州玩"。谭剑英困极了，因为要看住火柴，一直没敢闭眼，他把纸条往口袋里一塞，就倚着车窗睡着了。

龚如玉从寒风中回到家里，发了一宿高烧。起先，铁慧瑛不断地用冷毛巾敷她额头，不断让她喝水，指望她好转；可是，到了下半夜，非但不退烧，反而有点迷糊了。龚弘奎打电话给龚弘菊，让她回来替女儿打吊针。龚弘菊听他们陈述病况，意识到得去人民医院急诊，就打电话给铁慧琪，让他派救护车。打完电话，又通知哥嫂将龚如玉背到大路边，自己骑车回铁记庄。

铁慧瑛给女儿穿了好多衣服，她还是浑身发抖；龚弘奎背起女儿，铁慧瑛又在女儿后背加上丈夫的大衣，往大路走去。救护车来了，铁慧琪从车里出来，几个人抬着担架，迎面遇到龚弘奎等人，众人把龚如玉放到担架上，抬着上救护车。铁慧琪摸摸如玉的额头，说：

"给她打吊针，赶紧退烧！"

医生和护士立即配药，给龚如玉打吊针。救护车闪着蓝光，驶向医院。

人民医院急诊部的医生早已做好准备，救护车一到，立即安排验血，加药，有副局长铁慧琪在场，大家都十分卖力。结果很快出来，初步结论是高热以致昏迷，没有什么大碍，就安排到病房住院，观察治疗。铁慧琪与龚弘奎回去了，龚弘菊陪铁慧瑛在医院。又一瓶葡萄糖水快挂完，龚如玉慢慢睁开眼睛，迷迷糊糊地问：

"这是哪儿啊？"

铁慧瑛见女儿醒来，说："丫头，你醒啦？这里是人民医院。高热把你烧昏迷了……要不是舅舅派救护车，恐怕你就要烧死了。你啊，白天穿那么少，天那么冷，在风口站了那么长时间……"

龚如玉明白了，自己生病了。想到白天与谭大龙在一起的情形，眼泪不由自主地淌下来。铁慧瑛看着女儿瘦削而苍白的面颊，十分心疼，本想再责怪她几句，看她在默默地流泪，也体会到她此时的心情，就忍住不说了，为她拭去眼泪，用母爱抚慰她受伤的心灵。

龚弘菊去叫来护士换吊针，护士对她们说，要多喝水。

铁慧瑛来得仓促，没带什么东西。龚弘菊到护士服务台打电话给铁慧琪，铁慧琪很快送来热水瓶、茶杯等用品，并且说："你回去吧，年底，外贸局忙，我和弘菊在这儿。"

铁慧瑛说："你们都回去，明早叫小娜来陪她就是了。我早上还有会，那个郑副县长要来听汇报。"

龚弘菊说："也好，大美没有什么大问题了，顶多挂两天水，就能回去。等这瓶水挂完了，你也去歇会儿。"

铁慧琪兼任人民医院党支部书记，在人民医院有宿舍，夫妻俩离开病房，回去休息了。

半夜，铁娜一觉醒来，不见了妈妈，就不再睡觉；等了许久，还不见她回来。她以为卫生院有急诊，就下去看，找了一圈，没有发现急诊的迹象。回到宿舍，打电话给铁慧琪，爸爸的宿舍也没有人接电话。她着急了，就打电话到陈桂兰家，也没有人接，谭家电话在老屋的堂屋里，没人听到。无可奈何，铁娜放下电话，在灯下等天亮。不一会儿，电话铃声响起，铁娜一把抓住话筒，听到母亲的声音，知道如玉姐姐病了，爸爸妈妈忙去了。她放下电话，不睡觉了，倚在被窝里看书、等天亮。第二天天一亮，她洗漱完毕，就冒着寒风骑车去了人民医院。

龚如玉住院第二天，郑浩来看望她，见病房里有人，就在门外等着。龚弘菊与铁娜见有人来看龚如玉，就知道是郑浩，母女俩走出病房。

郑浩关上房门，坐到床前，心疼地问："如玉，怎么不当心呢，本来身体体质差，天冷了，更要注意保暖啊！"

龚如玉不作声，把身子朝他侧过来，静静地看着他。郑浩虽然个子不如大龙魁梧高大，是文弱书生，白皙的脸庞，蒜头鼻上架了金丝眼镜，把不好看的鼻子修饰了；米黄色的羽绒服，很得体……郑浩见她脸转过来，就把被子压压，把她吊水的手也焐在被角里。龚如玉感到他的手是热乎乎的，心里感到暖和。她轻声说：

"你不去上班，来这儿做什么？医生马上来查房了，你去上班吧！"

郑浩说："不碍事，我已经离开学少部，任副书记了，这两天办交接，春节后正式上班。"

龚如玉笑了，如一朵白莲花。如果说，以前对郑浩的笑容，都是勉强的，今天的笑，是发自内心，她轻声说："是吗？祝贺你啊！"

郑浩见龚如玉第一次对自己有了坦诚的微笑，感到这个冷美人被自己感动了。的确，龚如玉见到郑浩一进门，心头就热了；她没想到第一时间来看望自己的，不是那个重伤住院的谭大龙，当时自己可是不顾一切地爱，为了鼓励他，恨不得把一个少女的初吻给了他……昨天，龚如玉已经等了一天，他没有来，他真的忘掉我了；否则，别说相爱过，就是作为邻居，小时玩伴，也应该来看看我啊！想到这里，龚如玉觉得自己太可怜了，泪水无声地流下来……

郑浩不知龚如玉此时的心思，就伸手去焐她的手，龚如玉不看他，让他焐热，心里觉得温暖。郑浩热血涌上来，低下头，轻吻大美的额头，龚如玉麻木地让他吻了好久，才把脸转过去，手也松开了，身子侧过去。郑浩心里特别激动，今天终于吻到追求的冷美人了。

查房的医生们来了，他们量体温，看昨天的各种检验报告，并且开出了再次验血的单子。龚弘菊接过单子。

医生走后，龚如玉向郑浩介绍："这是我姑妈、表妹。"又把他介绍给龚弘菊、铁娜，"他叫郑浩。"

郑浩赶紧叫："阿姨好！"

龚弘菊打量他，应了一声。

龚如玉说："你去上班吧！"

郑浩说："好的，我下了班就来。阿姨，再见！"说完离开了病房。

龚如玉拿了洗漱用品去洗漱间洗漱。

铁娜问："妈，他就是姐姐的男朋友？"

龚弘菊说："我看够呛，个子还没有你姐高呢！"

铁娜笑了："我的妈呀，您自由恋爱，还说姐？情人眼里出西施，说男人；女人嘛，情人眼里出潘安啊！"

龚弘菊伸手扭铁娜的嘴，笑骂："你跟那个小老三学坏了！你可要想好了，我是坚决不许你嫁给他，你趁早死了这条心；不要像大美，走到今天，谭家不顾龚家感受，大龙还是与唐菲菲好了，说快订婚了……"

铁娜不作声，心想，她的小老三，恐怕已经到了西安了……

龚如玉走进来，母女俩不再议论，陪她去检验科抽血检验。

下午，检验结果出来了，龚如玉的身体没有大问题，体温也正常了。所配的葡萄糖水挂完后，医生配了药，她们就回去了。在铁记庄，郑浩来看望几次，每次都带些礼物。小铁娜一直陪着她，春节过后，因为谭大龙快订婚，铁娜建议表姐住到她爸爸的宿舍去，龚如玉欣然同意；其间，郑浩邀龚如玉和铁娜到他家做客，郑云武和袁情也非常热情，应允龚如玉暑假回来，就到外贸局实习，直接改行。龚如玉渐渐地恢复了元气，与郑浩的感情也渐渐升温。

上海到西安的火车，奔驰了一天一夜，因为晚点，迟了近两个小时，到了西安，已经是下午两点多钟。走出旅客出口处，谭剑英看到车站前广场上，熙熙攘攘，到处是人。西北的年味比江南水乡浓厚多了！西安火车站是旅客集散地，走了一批，又来一批。谭剑英看到了商机，如果在这里卖火柴，不是有人买吗！他到行李寄存处，将三个包寄存，只拿出十几盒火柴放在书包里。找了个候车旅客多的地方，拿出五盒。还有事先准备的硬纸板牌子：先进科技，万次引火，经久耐用，试划即买。刚刚摆下，就有人围过来。

谭剑英划给他们看，人们很好奇。

"怎么卖的？"有人问。

"六块一盒，十块两盒。"谭剑英回答。

那人摸出十元钱，谭剑英给他两盒。

有人带了头，事情就好办了。不一会儿工夫，小书包里十几盒火柴全卖完了。谭剑英正准备再去拿，这时，两个警察朝这边走来。

人们散开，谭剑英也朝别处走。

"你，站住！"警察喝道。

谭剑英只当没听见，硬着头皮，自顾自走。警察走上来，一把抓住他的后领，他才觉得，警察刚才是叫他。他挣扎了几下，警察松了手。

警察问："你刚才在卖什么？"

谭剑英有点紧张，定了一会神，回答："我们家乡的新产品，万次火柴。"

警察疑惑："什么万次火柴，还有吗？"

谭剑英一愣，怎么能说"有"呢！被你警察抓了，我不倒大霉了！他立即说："没有了！"

警察翻他的包，只剩一盒划过的样品，拿着划了几下，没有熄火，便相信了。于是问："你是什么地方人，来西安做什么？"

谭剑英见他不找卖火柴的岔子，舒了一口气，如实说："我是江苏人，来西安看望我哥哥。"

警察问："你哥哥做什么的？"

谭剑英说："在西安大学读书。"

一听是大学生，警察放心了，便说："你走吧！下次不许来火车站卖东西，尤其火柴之类，是危险品，懂吗？"

谭剑英点点头，没有再说话，向车站外走去。他想，行李暂时不能去拿，还是找到二哥再说。他在广场外，找到站台，乘公交车去西安大学。

到了西安大学门口，谭剑英看看校牌，仰头望望高大的门楼，再朝里面望去，啊！这就是二哥读的大学，西北最大的大学，全国重点大学啊！二哥啊，你千里迢迢来这里求学，为了研制杀虫而不致死人命的农药，为的是一种理想，是一个追求啊！除了紫红叶子旺盛的红叶李子树，还生气勃勃，满眼都是苍凉之感，你在这里两年半了，能坚持过来，你会成功的！谭剑英想到这里，恨不得马上见到哥哥。他走到警卫身边，说明来意，警卫让他到门卫登记。办完登记手续，他拿着出入证进去了。

学校放寒假了，西北的冬天，肃杀而寒冷，谭小龙昨晚打电话回家，知道小老三已经来了，今天没有出门，待在宿舍等他。西安大学有四个门，都有公交站台，他无法知道弟弟坐那路车，到哪个门下。早已过了该到的时间，可是，怎么还没有到呢？他一会儿到这个门方向看看，一会儿到那个门方向看看，总是失望而返回。回到屋里，书看不进去，坐立不安，索性到屋外，到南大门口去等。

这时，一个熟悉的身形出现在甬道上，啊，是小老三！，他飞奔过去。正在东张西望的谭剑英，见有人跑来，是他几百个日日夜夜想念的二哥啊！他飞奔过去，两人相遇，来不及细看对方，紧紧地拥抱，久久地……

送走谭剑英之后，陈桂兰着手准备谭大龙与唐菲菲的订婚的事情。她与端玉梅商量，打算日子定为正月初六或初八；端玉梅认为，订婚也是大事，不要草率，最好请算命先生按肖属排一下，挑最好的日子。陈桂兰被婆婆李雨妹折磨了几年，成天头脑昏沉沉的，精神也有些恍惚，把请算命先生看日子这桩常规做法给忘了。听了端玉梅的建议，就叫谭大龙约唐菲菲，一起去木金寺常九郎瞎子那儿去算命、排日子。

谭大龙的心情糟透了，龚如玉住院了，他十分纠结，是去看望好呢，还是装着不知道？去看吧，自己是快要订婚的人了，无论对于龚如玉，还是对于唐菲菲，都不好解释；不去看吧，个人感情这道坎在心里横着，自己愧对她啊！母亲的话，他没有听进去，也没有去找唐菲菲，自个儿骑上摩托车，直奔庄外，毫无目的地向大路疾驰。

陈桂兰了解大龙此时的矛盾心理，没有勉强他，任他去。她去端玉梅那儿要了唐菲菲的生辰八字，自个儿去木金寺。

瞎子常九郎算命、求课、看日子的地方，就是木金寺东桥头的一个小棚子，石棉瓦搭的。说他是西沙铁算——三郎瞎子的徒弟，因为三郎瞎子有名气，常九郎也就沾了他的光，在木金寺方圆好几里也小有名气，算命的人多，收费也高。陈桂兰到门口一看，见有人在算命，就没有进去，先上市场买菜。转了一圈，买了一些菜，走到桥头，看到谭大龙从北面骑车来了，她就站在路口等他。谭大龙见母亲买好菜了，就停车下来。陈桂兰把菜给他，关照他做饭，照顾奶奶，自己要晚些回去。谭大龙把菜篮子放在踏板上，骑车回去了，陈桂兰去常九郎那儿。

常九郎屋里，一张四仙桌，几条长板凳，屋子矮小，采光不好，一只十五瓦的白炽灯泡吊着，散发出昏黄的光，神秘气氛笼罩在小屋子里。人们赶早市来木金寺，也有顺便来算命、看日子等等。看日子时间短，一般半个小时；算命需要个把小时；如果起家堂课，牵涉到一个家庭许多人，至少也得两个小时，常九郎就安排下午。常九郎的助手是他女人，在农村，她还算一个标致的女子；因为家里穷，姊妹多，父亲早亡，她才嫁给"知名算命先生"常九郎的。她一早陪常九郎来到石棉瓦屋子，烧好开水。门一开，就有人到。她端茶倒水，收钞票；常九郎说什么，她就写什么，给来的人。常九郎的家住木金寺桥西北第二个圩，叫泰兴圩，不远。如果不忙，就回去吃饭，有老母亲做饭；小孩就在桥东中学读书，学校食堂吃午饭。如果忙了，桥头就有小吃部，面条、馄饨、米饭、小炒、砂锅都有。快过年了，小吃部都代百姓加工馒头，成天到晚热气腾腾的，这个时候，熟悉的就拿几个馒头送来，给常九郎夫妇当中午饭。

轮到陈桂兰，快吃饭了，后面再没有别人。

陈桂兰坐到常九郎对面，说："常先生，请你帮我家儿子和他女朋友排一个订婚的日子。"

常九郎细声细气问："你是哪儿人啊？"

他女人说："是铁记庄谭家。"

常九郎眨巴着眼睛，想了一下，反应过来："你是顺章家的吧？桂兰嫂子啊！"

陈桂兰微笑答他："是的，你的记性真好；顺章走的时候，是你师傅三郎先生帮排的日子，你那时还学徒呢，一晃多少年过去了，你现在也是有名的算命先生了！"

常九郎说："混饭吃，都是骗人的，人间哪有什么命运啊！你看我，这是什么命，我还不会算呢！"伤感的眼泪渗出来。

小瞎子老婆骂他："你又瞎说！人家来找你说正事，你却闲扯！快过年了，都忙……"

常九郎擦干泪水，说："好吧，说正事。儿子多大，生日、出生时辰；儿媳多大，生日、出生时辰？

陈桂兰说："儿子今年二十一，端午节早上十一点半生的，女孩大一岁，八月十一，早上九点半生的。"

常九郎说："一个属狗，一个属鸡，肖属相配，不是最好，狗配鸡，这叫作'艰难困苦遇龙鸡'啊！不过，俗话说得好，'女大一，黄金堆屋脊'嘛！女孩年龄大一岁，且出生时辰大一个时辰，这也少有。你打算何时办订婚？"

陈桂兰问："正月里有日子吗？"

常九郎扳着手指算，告诉她："只有一个日子最好，是全双日子。阳历三月二号，按阴历正月十六，星期六啊！十六是二八，发财啊！两个六，六六大顺！恭喜啊！"

陈桂兰很高兴，她想，比初六、初八晚几天，也好充分准备，节前就不用买菜了，过了初十日买菜，既新鲜，又不贵。

常九郎见她沉默，就问："怎么样？"

陈桂兰笑道："好的，请你写喜帖吧！"

常九郎的女人立即拿出裁好的红纸，问："两个孩子叫什么名字？"

陈桂兰告诉她："我儿子叫谭大龙，姑娘叫唐菲菲。"

常九郎女人说："哎呀，是唐经理千金啊！木金寺大美人啊！"她夸了一句，认真写喜帖：

恭祝 谭大龙 唐菲菲于一九九一年正月十六日 订婚之喜

写完后双手递给陈桂兰，以示郑重。陈桂兰收好喜帖，见没有人来了，问："常先生，你刚才说的，两个人肖属不怎么配，碍事吗？请你帮他们算算命，我好心里有数啊！"常九郎笑道："订婚的日子都看好了，给你算，你会相信吗？不过，现在不忙，我帮你好好算算。"

陈桂兰诚恳地说："还是请你说全一点，要不然，我不放心啊！"常九郎说："你也是个苦命的人啊，我不会骗你的，实话实说。你儿子蛮好的，他出生年是庚戌年，纳音为'钗钏金'，我们常说的'金命'。这孩子个性刚毅，外表温和，内在谨严，可得贤妻相助啊！他不宜经商，最好从事技艺方面的工作，有一定的领导能力；没有读大学，早年多苦受磨难，成人之后自然安泰，可成栋梁之材。他有没有受过大的磨难？"

陈桂兰说："顺章走后，我一个人拉扯仨孩子，容易吗？十来岁帮我拉楼板，出了车祸，死里逃生……"

常九郎说："大难不死，必有后福哇！"

常九郎女人为两人续茶水。

常九郎继续说："属狗的人，出生在苦人家，一辈子自我奋斗，不断改善生活环境；他性格上要注意，没有折中观念，认为不是朋友，就是对手，或者敌人，将来做了老板，要讲究为人处世的方法。记好了！"

陈桂兰说："他是这个性子，我会叮嘱他的，不管做不做老板，这个性子不好。"

常九郎说："至于婚姻，还不错。我把女孩算给你听。一九六九年出生的鸡，纳音为'大驿土'，是土鸡，就是俗话所谓的'土命'。这女孩心性聪明。衣禄丰足，凡事比较宽量，有点大大咧咧；但是，对于自己不利时，多于计较，命中有不少灾难，一旦发生且不可抗拒，要当心！财运还好，勤劳致富。她做什么工作？"

陈桂兰说："在建筑公司做会计。"

常九郎说："有帮夫运，将来你儿子做老板，她是当家好手。出生的时辰不算好，由于四柱中巳火克制木金的局面，一生起落较大，幸福与坎坷并存，要有面对困难的勇气，化解矛盾的气度，随机应变，方能顺利度越难关。订婚时不可戴金银，可戴珠宝，结婚也是。两人感情很好；女孩独占欲较强，会使男人觉得苦闷，最坏的结果是你儿子会产生独身主义的想法……"

陈桂兰觉得，一切都被瞎子言中，如果是龚如玉，比大龙小一岁，属猪的，倒是般配，这个唐菲菲倒是有点问题；转而一想，算命只是算个大概，凡事还要靠人为。

常九郎见陈桂兰不作声，便问："订婚酒什么时候办啊？"

陈桂兰说："你说呢？"

常九郎说："从上午九点到下午一点，都是好时辰，一切事情要在这段时间办完。"

陈桂兰十分感谢，常九郎是"六瞎子算命——毫不留情"，好的、孬的全说了，这对以后管理他们，就心里有数了。

有人送馒头来了，陈桂兰才觉得，该吃午饭了，便问："常先生，还有没有指点？"

常九郎说："你打算他们过几年结婚？"

陈桂兰说："三个男孩呢，我想让他早点，带个头。"

常九郎眨眨眼睛说："后年，下半年。……要么，明年上半年。"

陈桂兰笑道："我晓得了，到时候，请你看日子。……今天多少钱？"

常九郎说："给一百吧，本来一百五的，就给一百。"

陈桂兰摸出一百块钱，给了他女人，道了谢，回去了。至于小瞎子算的两个人的"命"，他一直没有给任何人说，直到后来发生的事情，她才觉得瞎子的话，很灵，一语成谶。

西安的春节比起铁记庄所在的南方来，风俗迥然不同，用"热闹红火"来形容，一点也不为过。

谭小龙陪剑英去火车站拿行李，刚回到宿舍，牟丽琴骑着自行车来了。他弟弟丽军从南京回来了，爸爸让她来叫谭小龙去吃晚饭，因为这一天是小年，西安人开始做花馍、包饺子了。

牟丽琴一进门，看到谭剑英，就问："小龙，他是谁？"

谭小龙笑笑："你猜！"

牟丽琴看看谭剑英的脸，摇摇头；又看看一旁的行李，估计是江苏来的。便说："你老乡吧？"

两个人哈哈大笑，前仰后合。

谭小龙说："你仔细看看！"说着，指指自己与谭剑英的脸孔。

牟丽琴反复看，有点儿像，不十分像。

谭小龙不卖关子了，告诉她："我亲弟弟，谭剑英！"

说他弟弟，牟丽琴相信，又奇怪了："一个爷们，怎么叫女娃名儿？"

谭小龙说："我爸生了我哥和我，想要一个女孩，结果还是生了男孩，就取了带'英'的名儿，我们那儿许多女孩的名字都有'英'字。"

谭剑英笑着说："元帅叶剑英，不也'剑英'吗？"

牟丽琴笑了，露出两颗大板牙。说："好家伙，想做元帅，有志气！……不过，你俩长得不太像。"

谭剑英打量这个快言快语的女孩，见她与哥哥说话直爽，哥哥还与她玩幽默，觉得两人关系不一般。牟丽琴穿着宽松的羽绒服，红红的，紧身裤子，高跟皮靴，长筒到膝盖。身材高挑，圆脸红红扑扑，前面剪着齐眉的刘海，长辫子从后脑勺垂下去，直到腰下，发梢扎着红头绳。谭剑英想，这辫子要留多少年啊，洗一次头要多少时间啊！他不禁想起一些描写这样的女子的诗句来了：

脸若银盘，眼似水杏，唇不点而红，眉不画而翠。
眉梢眼角露秀色，声音笑貌显温柔。
真正是：清水出芙蓉，天然去雕饰啊！

牟丽琴不管谭剑英怎样看自己，对小龙说："你弟弟坐哪班车来的？"

谭小龙说："两点多吧。"

牟丽琴笑道："巧了，丽军也是这趟车，晚点到，我去接的，等了两个多小时。"

谭剑英问："他是哪节车厢？"

牟丽琴说："没问他。假如坐在一起，你也不会认识他。不说了，到我家吃饺子去，晚上，我们去城墙看灯。"

谭小龙说："今天就不去了，我弟弟来了，陪他转转。"

牟丽琴爽快地说："这关什么事！我姑姑、姑父、表弟都来，大家热闹热闹，小年了嘛！"

听说老师一家都去，谭小龙为难了，他考虑问题缜密，不作声。

谭剑英看出他的心思，便说："你去吧，我站了十几个钟头火车，累了，随便吃点就休息。"

牟丽琴急了，喉咙高了："你们南方人尽是小心眼，没有气度。小龙，你弟弟怎么不去呢？他更是贵客了，古人还讲，有朋自远方来，不亦说乎呢！走！"说完，就去拉小龙。

谭小龙只好依她。以前牟丽琴来约他出去，他总是婆婆妈妈的，多数是牟丽琴急了，才依随她。便对剑英说："不能把人家的好心当成驴肝肺，恭敬不如从命，我们去吧！"

牟丽琴高兴了："这才像做哥哥的！"

总不能空手去啊，该带点什么礼物，谭剑英想。突然，他想到包里的猪肉脯和酱排骨，他对哥哥使了个眼色，让他们出去。

谭小龙心领神会，对牟丽琴说："我弟弟换双袜子，我们在外面等！"两人走出宿舍。

谭剑英很快拿出两盒酱排骨，打开看，看不出动过的样子。有点舍不得，但是，北方人比南方人更注重礼节，这个南方特产对于他们很有意义。还有猪肉脯，是铁娜专门为哥哥买的，哥哥常说，牟老师对他不错，肯定要去拜年的，猪肉脯就留给老师吧。他把酱排骨盒子扎好。

"小老三，好了吗？"小龙在外面喊。

谭剑英连忙换了袜子，把臭袜子往床底下一扔，拎起酱排骨，带上门，走出去。

牟丽琴见谭剑英出来，就先骑车走了。弟兄俩走到大门外，叫了一辆三轮车，边走边看风景。西安的老城墙，于国庆节前全面修葺完工，正式向市民、游人开放。春节到了，大红的灯笼高挂起来。一九九一年是农历羊年，形形色色的羊灯笼排成长龙，照亮了城墙。在江南水乡，年的氛围还没有形成；虽然也有老习俗，腊月二十四日是小年，而真正的过年要过了腊月二十六日才算开始。

到了牟家，屋里人很多。谭小龙拎着礼品进门，向他们一一打招呼，介绍弟弟。这时，牟丽军从里屋出来，看见谭剑英，似乎认识；谭剑英一眼就看出他，是坐在自己身边座位的小伙子，两人愣住了。

谭小龙看他们表情，反应快，问他们："怎么，你们认识？"

两人点点头，又摇摇头。

牟丽琴问:"究竟是认识,还是不认识,在哪儿?"

两人异口同声:"火车上!"

众人大笑起来。

牟碧霞笑着说:"人家是不打不相识,你俩是不乘火车不相识啊!"

牟丽琴母亲说:"别愣着了,吃饭吧!"

桌上已经放好了菜肴,有冷盘牛肉、羊肉,还有炒菜,都是西安特色佳肴,十分丰盛,谭剑英第一次见到外乡人的待客方式,感到北方人真好客。大家纷纷落座,牟丽琴坐在谭小龙旁边,谭剑英坐在哥哥身边,牟丽军坐在谭剑英身边;几个长辈坐在一起,牟丽琴妈妈在厨房里煮饺子。大家倒酒,陕西名酒"西凤酒",瓷瓶的,是全国十大名酒。因为过年了,大人、小孩都喝,从没喝过酒的小龙、剑英也倒了一小盅。

外面放着礼花,屋里起坐而欢;晚辈敬长辈,同辈相敬,气氛热烈。小酒之后,吃饺子。热腾腾的饺子端上来了,装在青花瓷盘子里,像银元宝,蓝花的盆,银白的饺子,色彩相衬,美丽诱人。饺子,有白菜的、有韭菜的,"百财"、"久财",讨吉祥!

晚饭之后,几个年轻人一起去古城墙看夜景。

有人说,一百年中国看上海,一千年中国看北京,而五千年中国要看西安了!西安与雅典、罗马和开罗并称为世界"四大古都"。从公元前十一世纪到公元十世纪左右,先后有十三个朝代或政权在西安建都或建立政权,历时一千一百余载。公元前二世纪前后,汉武大帝为了扩大西汉地域,派出张骞出使西域,开创了由西安出发,连接欧亚非三洲的"丝绸之路",全长七千多公里,为此后一千多年间中国与西方交流的主要干线,写下了中国古代史的辉煌篇章。

牟丽琴带领谭小龙等人从东面朱雀门登上古城墙,不仅观赏到城墙上的灯笼,还可以俯瞰城内夜景。从一九八四年开始,春节城墙灯会,成为西安最具特色的文化活动,也是新春期间市民参与度最高的传统民族盛会。

西安城墙,又称西安明城墙,是中国现存规模最大,保存完好的古代城垣。墙高十八米,顶宽十二到十四米,底宽十五到十八米。从最高处可以看到,彩灯把整个城墙勾勒出一个长方形的轮廓,周长近十四公里。民国之前的城墙只有东西南北四座城门。正南面叫永宁门,是西安城门中资格最老、沿用时间最长的一座,建于隋朝初年(582 年),开始叫安上门,明朝改为永宁门,也是西安城墙各城门中恢复得最完整、最漂亮的一座。北门叫安远门,东门叫长乐门,西门叫安定门。民国以后,为方便市民出入又开十四座门。

西安城墙始建于隋朝。隋文帝杨坚建立隋朝后,最初居于汉代长安城,是他早年被封为"大兴公"的缘故,他所建"大兴宫"因此而得名,即史书所云

"大兴城"。后来，隋炀帝扩大城廓，形成了周长近三十七公里、面积八十四平方公里的古代最大的都城。

唐高宗李渊于公元六一八年建立唐朝以后，改"大兴城"为"长安城"。唐末战乱，守将宋建改筑城墙，缩小成只有隋末唐初的皇城一般大了。

明朝建立后，朱元璋采纳隐士朱升的"高筑墙、广积粮、缓称王"的建议，全国统一以后，下令各府县普遍筑墙。明洪武二年，大将徐达占领奉元城，即元代改长安为奉元路的奉元城，不久改为西安府，西安由此得名。洪武七年到十一年（1374年—1378年），历时四年，建成现有的明城墙。西墙和南墙利用唐代皇城加长增修，东墙和北墙是扩大新建的。到了明穆宗隆庆二年（1568年），城墙外壁和顶面砌了青砖，是土城墙第一次成为半砖城墙。最初的西安土城墙，是用黄土分层夯打而成，最底用土、石灰及糯米汁混和夯打，异常坚硬。

明思宗崇祯九年（1636年），四座城门修成。每座门楼有三重，即闸楼、箭楼和正楼。闸楼在外，箭楼在中，正楼在内。箭楼与正楼之间的围墙为瓮城。整个城墙，构成了严密的防御体系，城外有宽阔的护城河，是第一道防线。闸楼也叫谯楼，打更与报警，有升降吊桥，为第二道防线。箭楼高三十多米，箭孔密布，用于射箭、瞭望，是第三道防线。正楼高三十二米，长四十余米，歇山顶式，四角翘起，三层重檐，底层有围廊环绕，古色古香，巍峨壮观。瓮城是屯兵的地方，有通向城头的马道，全城共有十一处马道。城墙四个角，有突出城外的角台，是辅助城门。四个角台中，只有西南的为圆形，修葺时保留了唐皇城转角的原型，其余三个均为方形。城墙外侧，每隔一百米有一座马面，也叫"敌台"。每个马面宽二十米，由城墙向外伸出十二米，高低结构与城墙相同。整个西安城墙共有马面九十八座，还有垛口，五千九百八十四个，使城墙外形成为锯齿形。每座马面上，建有可供守军驻守的卡房三间；城墙和马面上有女儿墙，没有垛口，以防士兵跌下去。墙上有既能藏身，又能瞭望、射击的凹形和方孔。

牟丽琴带领他们，一边游玩明城墙，一边给他们讲讲古城墙的历史。她是当地人，读过一些地方志，这是西安地区中小学的乡土教材的内容；她业余爱好就是看书，对西安的历史有较深的了解，所以，她自告奋勇的为伙伴们做讲解员。谭小龙虽然来西安两年半了，没有怎么出来玩过，也很少接触这方面的书籍；这两年，城墙的修葺工作一直不停，城墙内侧刚砌上青砖，使之成为名副其实的砖墙，国庆节才对外开放。谭剑英的好奇心得到了满足，探求知识的欲望更是得到了满足，他深深地感叹道：

"一座城墙，就是一部无字的史书啊！"

古老的城墙上，一串串红灯笼，一杆杆彩旗帜，一根根亮灯管，把它打扮得就像过节的新人。那楼、那墙、那亭台，轮廓被线状灯管点亮，清晰而美丽，整体就是一幅美妙的简笔画！

俯瞰城中的街区，到处流光溢彩。每座建筑物顶部花灯高照，射灯摇曳。城上城下，灯火辉煌，是一个火树银花不夜天的世界。

从东门到南门，几个年轻人走走停停，兴致勃勃。

谭小龙见游人少了，便说："我们回去吧，他俩坐火车几十个小时，累了。我们再约时间，出来玩。"

牟丽琴说："好，我们就从南门下去，坐车回去。"

五个人从南门下去，分头坐车回去。城墙下，游人仰望墙上的景色。

回到西安大学宿舍，弟兄俩说着话，说着说着，谭剑英睡着了。

他梦见铁娜，亲手送给她自己写的一首诗：

巍峨的古老城墙，
千年不变的沧桑；
深深的护城河，
历经艰难的流淌。
青丝并不妖媚，
铜鼎才显刚强；
历朝兵马的雄姿，
守卫万里疆场。
啊！古老的西安，
啊！不朽的城墙，
秦汉的雄风，
盛唐的辉煌！

第十六章

第二天，牟丽军一早就来到西安大学，看望谭小龙兄弟。他们昨晚分手的时候相约，今天去都城隍庙庙会游玩。都城隍庙新年庙会，每年从腊月二十三日开始，到正月十五日结束，已经成为传统。晚上谭小龙与谭剑英商量，把"万次引火器"带到庙会去卖，是好方法。西安有民谣唱道：

城隍庙，九里三。各种买卖在西边；
上至绫罗和绸缎，下至牛笼和马鞍。
……

牟丽军告诉他们，地处西大街的都城隍庙庙会，那儿人山人海，卖东西的人特别多，地摊一个接着一个，他建议每人隔一段距离摆摊，卖起来就快了；卖完了，陪他们逛都城隍庙。于是，谭剑英将"万次引火器"拿出一半，分成三份，装进三个书包，去庙会摆地摊。

从西安大学到都城隍庙，乘七路公交车，经过七站路，到广济街下，步行一会儿就到了西大街。他们先找一个地方吃早餐。牟丽军说："桥梓口'王记葫芦头泡馍'很有名，我们去那儿吃。"

谭小龙和谭剑英跟在他后面，来到桥梓口。只见店招牌写着：王记葫芦头泡馍；并且在店招牌左端挂了一个葫芦。谭小龙是第一次来西大街，更不知道什么是"葫芦头泡馍"，有点儿丈二和尚摸不着头脑的样子。牟丽军见他们有疑虑，就笑道：

"就是猪肠肚子泡馍，早上吃，清淡，合你们口味。"

谭小龙去买筹子，牟丽军哪里肯，他说："谭老师，在西安，我是东道主，理所当然我请客。我爸交代我了，一定要陪好您和剑英；下次到南方了，由你们招待。"

谭小龙不好再说什么，任他尽地主之谊。

牟丽军点了三碗"葫芦头泡馍"和三个肉夹馍。等待的时候，牟丽军向他们介绍了"葫芦头泡馍"是怎么回事。

传说，唐代京城长安，有一种用猪肚肠做的"煎白汤"食物，吃的人很多。一次，御医孙思邈在一家专卖"煎白汤"的小店吃，发现肠子腥味大、油腻重。通过与店主交谈，才知道制作不得法，便从随身携带的药葫芦里倒出西上香、上元桂、汉阴椒等芳香健胃的药物，调入锅中，果然马上香气四溢，猪肠肚美味可口，做成的泡馍成为平民大众青睐的美食。从此，店家的生意日益兴隆。店家不忘医圣指点之恩，把药葫芦一直挂在店门口，并且命名为"葫芦头泡馍"。西安人后来评价它：提起葫芦头，嘴角流涎水。

谭小龙与谭剑英恍然大悟，此葫芦头非彼葫芦头，是葫芦里的药物调制的猪肠肚，这个名字起得真有意思。

"葫芦头泡馍"端上来了，好大的碗！谭小龙兄弟第一次吃，津津有味。这"葫芦头泡馍"味醇汤浓，馍有筋道，肠肚肥而不腻；牟丽军为他们加了香菜、油泼辣子，教他们佐以糖蒜、泡菜，更是美味无穷。

谭剑英问："这么好吃的汤和肠肚，是怎么做出来的呢？"

牟丽军说："听大人们说，需要经过处理肠肚、熬汤、泡馍三道程序，才能够做成这么好吃的'葫芦头泡馍'。'葫芦头'的原料是猪肠肚，要经过十几道工序，才能达到去污、去腥、去腻的要求，做出美味来；汤更讲究，将猪排骨与肥母鸡熬成高汤；泡馍掰成手指甲大小放入碗里，与葫芦头一起泡三、四次，使热汤渗进馍块。"

谭剑英说："我以为南方人吃得精致，哪晓得西北人，吃饭更讲究，把一碗泡馍还做得如此精致！"

谭小龙说："人家这里吃了几千年，我们那儿才多少年，不好比！"

三人品尝"葫芦头泡馍"，咬着肉夹馍，体会美味的同时，也受到古代美食文化的熏陶。

西大街上渐渐热闹起来，腊月二十五，是庙会的第三天，比前两天，来的人多起来。有门面的店铺早已开门了，各种货物摆在柜台上；乡下人进城摆摊的，都在街道两边找空地放置物品。有门面的店主也不霸道，除了当门口，顾客能够有路进出，不能摆摊，其余空地尽管摆好了。谭小龙、谭剑英和牟丽军三人相隔五、六十米，各自找空地摆下摊子；纸板广告只有一张，摆在最西头谭剑英面前。

在"破四旧"之前，这条街就是商业街，曾经好多年被禁止做买卖；改革开放后，又逐渐恢复了往日的繁荣。眼前所有店铺、地摊，各种杂货应有尽有，可以说五花八门，琳琅满目，这是庙会的衍生物——庙会贸易。往来的人多，商机也多。从东到西，几公里长的街道两侧，店铺、地摊，一眼望不到头。小到针头线脑、热水瓶塞子、布鞋松紧带、短裤袜子以及纽扣，大到服装、皮鞋及其床上用品，卖肉的墩子、吃饭的桌凳，等等，令人眼花缭乱。

人们从来没有见过能够划过一万次的火柴，到了谭剑英摊子前，看他划着表演，觉得不可思议，都要买上两盒。出来的时候，他把价格定高了一块钱，一盒七块钱，三盒二十块钱。有的买一盒，也有买两三盒的。他很快就卖完了，就到牟丽军这边来，把广告牌放在牟丽军面前。好奇的人又不断弯下身子试划火柴，买它。

这时，一队高跷队由西往东，一边表演，一边走来。腰鼓咚咚咚，小锣锣铛铛铛铛，还有大小钗子，锵锵锵，这些打击乐器伴奏着。十几人的高跷队员，也各有千秋，身量高的踩的低跷，身量矮的，踩的高跷，一色传统戏装打扮，由开路棍打头儿，随后出现的是肖恩、白蛇、唐僧、丑婆和姜子牙等艺术形象。他们的表演诙谐有趣，粗犷豪放，声情并茂，时有乐哏，受到沿街看客热烈鼓舞和喝彩。

高跷队伍走一会儿，就变一下队形，并不单调。一字长蛇队与双人并排队交叉变换。步伐也有变化，从直行的步子，变为"八"字的步子，令人赞叹，他们不光是跑高跷，还表演有些难险的动作，如小旋风、花膀子、鹞子翻身及大劈叉等。

谭剑英面前，街道较宽，行人见高跷队来了，让到路边上。只见高跷队的一个好手，单跷落地，旋风般转起来；另一位好手也不示弱，来了一个"鹞子翻身"，只见他两跷一抬起，全身往后来了一个三百六十度的全身翻，而且双跷平稳地落在光滑的石板路上，路边的群众一阵叫好；有一位女高跷手，身手更是了得，一个大劈叉，惊得众人目瞪口呆；不能只是劈叉下去，还得站起来。只见那女子双跷一收，"呼"的一声，站立起来，面不改色，神情自若，人们齐声喊"好、好"，拍着响巴掌。

沿街有几个大的门面的商铺门口，摆了八仙桌，桌上放着茶水、点心。高跷队到了这里，店主还放鞭炮迎接，表示慰问。高跷队就歇下来，既休息一下，也喝口茶水，吃块点心。他们十分有礼貌，离开前，还表演一个道谢的高跷动作。

谭小龙也同谭剑英一样，第一次看庙会跑高跷，感到大西北高跷文化内涵的厚重，是集表演、歌舞、杂技为一体的综合文化艺术，看似民间的普通朴实，却是长期文化的积累，长期磨合打造的独有的东方艺术瑰宝。一方水土养一方人，只有在具有高亢的秦腔，具有辽阔的黄土地，在千年古都的西安，才有如此令人惊叹的文化艺术。

人们随着高跷队走，有的沿街寻找想买的东西；也有是纯粹来逛庙会的，没有什么目的。不过，谭剑英的"万次火柴"倒是稀罕东西，来来往往的人，不时有人驻足看看，买它一两盒。谭小龙没有谭剑英行商坐贾的派头，有些腼腆，大三的学生到庙会卖火柴，成了卖火柴的大学生。谭剑英一边看着"西洋镜"式的高跷表演，一边向人们推介"万次引火器"，他的样品，已经从西安火车站划到西大街，没有少一支，万次还没有，当然划不掉了。到了吃午饭时候，他们带来的火柴，全部卖完了。谭剑英高兴极了，欣喜若狂地说："庙会真是好地方！"

收了摊子，三人朝都城隍庙走去。早上出来约好的，如果火柴卖得顺利，就去逛都城隍庙。谭剑英想到，母亲本想带馄饨来给哥哥吃的，自己没有带，打算到西安与哥哥吃一顿饺子，以示带到母亲的关爱。于是，他对谭小龙说：

"哥，我到了西安，还没来得及给妈打一个电话，现在，我们找一个公用电话，打一个电话回家。"

谭小龙应了一声，便来到一个有公用电话的店铺，店铺是卖杂货的，柜台上放着一架程控电话机，旁边写着小牌子：长途，每分钟三角；市内，每次一角。谭小龙拿起话筒，拨通了家里的电话：0523—653116."嘟嘟"两声之后，传来陈桂兰的声音："谁啊？"

谭小龙激动地说："妈，是我，小龙……"

陈桂兰问："小龙啊，小老三到你那儿了吗？"

谭小龙回答："昨天下午就到了，出去到人家吃晚饭，又到古城墙玩到半夜……"

陈桂兰说："到了就好……你们到哪家吃晚饭啊？"

谭小龙说："就是我做过家教的那家，那个小孩也回来了，在火车上还与小老三同座呢！"

陈桂兰笑道："真是千里有缘来相会啊！……你们在做什么呢？"

谭小龙说："我们上午来都城隍庙，这里有庙会，摆摊子卖火柴呢！"

陈桂兰问："怎么样，好卖吗？"

谭小龙兴奋地说："好卖，带来的已经卖掉一半了，这里的庙会要到正月半呢，再来几次就可以卖完了。"

陈桂兰关照他："好卖就好，你开学了，就让小老三回来！"

谭小龙说："好的。要不要让小老三跟您说几句？"

陈桂兰特别疼小老三了，才两天没见，就想他了，便说："你让他听电话。"

谭小龙把听筒给谭剑英。

谭剑英叫道："妈！"

陈桂兰表扬他："你是做生意的精啊！出手蛮顺的呀！"

谭剑英笑了："三个人摆摊，比一个人强多了。哎，妈，这里真好玩，沿街摆摊，有好几里长，没人管，不几天，我们再来，就会卖完了。"

陈桂兰欣慰地说："卖完就好！……你有没有同小龙吃饺子呢？"

谭剑英说："对面就是水饺店，我们马上吃中午饭，我请客，请他们吃水饺。"

陈桂兰问："还有谁？"

谭剑英看了牟丽军一眼，说："就是二哥辅导的那个学生，是他带我们来卖火柴的。"

陈桂兰说："要谢谢人家！……你大哥订婚的日子定下来了，是正月十六，你赶回来啊！"

谭剑英说："我一定能赶回来的，您放心吧！"

陈桂兰说："我挂了，你们吃饭去吧！"

谭剑英还握着听筒，耳机里传来"嘟、嘟、嘟"的声音。谭剑英放下话筒，告诉哥哥：

"大哥是正月十六订婚，妈让我早点回去。"

谭小龙不无感慨地说："可苦了大美了，一对好鸳鸯就这样被拆散了；那个唐菲菲与大哥合得来吗？……大哥是为了家庭，为了我们，才做这个选择，真是难为他了…"

谭剑英说："也不一定是坏事，各人的路只有自己走出去，才晓得什么样子的……别说这个了，走，吃饺子去。"

三人走过街，就到一家水饺店。这个水饺店，不只卖水饺，还卖其他菜。三人看看墙上的菜谱，点了几样。谭剑英坚持请客，牟丽军也不说什么了。西北人，直爽，不喜欢婆婆妈妈的。他给谭剑英参谋，除了水饺，点了炒凉皮、砂锅一品香和羊羹汤，都是西安特色，西北特色。谭剑英看人家吃的，分量很多，就没有多点，主要是陪哥哥吃水饺的。

水饺的做法，很普通，关键是饺子馅的制作，西北水饺与东北水饺有明显区别。西北水饺大多是肉馅，牛肉的、羊肉的，加些葱就做成。这里大多是清真店，没有猪肉的。

砂锅一品香也是清真的。羊羔汤就是羊杂碎做的汤，吃水饺时喝的。来到西安，不吃到地道的炒凉皮，就等于没有来西安，谭剑英这样想。西安炒凉皮，俗称"两搅"，就是不同种类的凉皮混合制成，大米的、面粉的，皮子筋、薄、细、滑，加上上等辣椒及多种调味、香料碾粉和油料熬制成的辣油，调出的凉皮红艳如火、酸辣爽口，再佐以豆芽、芹菜，黄绿相间，色香味俱全。

谭剑英告诉哥哥："本来妈妈蒸馄饨带给你吃的，因为带了火柴，就没有带成，今天，我们哥俩在西安以饺子代替家乡的馄饨，算是团圆之宴；还有牟老弟参加，更增加了哥们儿气氛，谢谢牟老弟！"

牟丽军连忙摇手："不、不、不，我与谭老师是师生关系，一日为师，终身为父，要不是谭老师精心辅导，我也考不取东南大学。我毕业以后不想回西北，要在南方工作。"

谭剑英说："哈哈，你留在南方工作，我说不定找到西北来工作呢！这里的人文精神，比南方厚重啊！从卖火柴来看，在火车站，警察逮着了，问几句就让你走，在南方，抓到派出所再说。老百姓买火柴，七元一盒，二十元三盒，绝不还价，丢钱拿货；要是南方人，还价、再还价，还不一定买。"

谭小龙说："南方北方，各有不同人群，你卖点火柴，是日用品，没什么大的来去，人家懒得跟你计较。凡事不能一叶障目，而不见泰山！"

吃着，说着，两份水饺，一份凉皮，三碗羊羔汤，经济实惠。三人吃完，出了饺子店，去都城隍庙。

西安都城隍庙是中国历史上三大城隍庙之一，统辖西北数省城隍，故称"都城隍庙"。城隍，作为汉族宗教文化中普遍崇祀的重要神祇，由有功于地方民众的名臣、英雄充当，是汉族民间和道教信奉守护城池之神。六百多年来，西安都城隍庙历尽沧桑。原址于明洪武二十年（1387 年）建在东门九曜街，明宣德八年（1433 年），移建于现在的西大街 129 号，直到清代，屡毁屡建。

庙宇规模宏大，分庙院和道院，直到"破四旧"，大多数建筑被破坏，仅存清雍正元年（1723 年）重修的大殿一座。谭剑英等三人所见的这座大殿，面宽五间，进深三间，周围环廊，单檐庑殿顶，斗拱出殿，雄伟壮观；殿顶覆盖蓝色琉璃瓦，前檐格扇门窗的浮雕，雕工精细，花纹明晰，图案优美。这座建筑，完整地保留了明代架梁体系和木雕花饰。殿内立有城隍、判官和小鬼等塑像。整个建筑古朴、巍峨、壮观，显示了古代汉族劳动人民的聪明才智和艺术创造。由于此庙的存在，形成了以它为核心的道教信徒和商贾百工技艺的云集之地。

牟丽军带领谭氏兄弟，走进大殿。有导游在向旅游团介绍都城隍庙的历史沿革，原有风貌，现存建筑的特点，他们就跟在旁边，边听边看。

整个大殿内，城隍古乐绕梁回荡，余音袅袅。城隍古乐，也称为西安古乐、长安古乐。它脱胎于唐代燕乐，后来融入宫廷音乐。唐明皇李隆基还亲自作一曲《雨霖铃》，他不仅是一位精通乐理的作曲家，而且擅长器乐演奏。安史之乱期间，随宫廷乐师的流亡，宫廷音乐就流入民间，并且依托寺庙进行乐事活动，逐步分化为僧、道、俗三个流派，明清时期达到鼎盛阶段，城隍庙古乐社也应运而生，形成了一整套比较完整的古乐曲演奏体系。演奏的古乐曲目主要有：《香山射鼓》、《骊山吟》、《玉门散》、《羽调绿腰》等；演奏形式分为行乐和坐乐，使用的古乐器有笙、笛子（宫调笛、平调笛、梅管笛），打击乐器有钟、鼓、锣、钹等二十余种，形成了结构完整、节奏平稳、速度徐缓、悠扬婉转、情调典雅、庄重大气的宫廷音乐的特征，与一般的民间音乐大相径庭，是中国唯一的历史悠久的传承完整清晰、生命力旺盛的古乐，被誉为"中国古代的交响乐"、"世界音乐活化石"。

虽然是庙会期间，并没有古乐社在现场演奏，只是播放演奏的音乐，这种音乐，不仅在大殿内听到，漫步在昔日毁坏了的建筑物的遗址上，也能听到甬道边小喇叭传出的乐声；在空间阔广的地方，听不到殿内的粗犷与雄浑，却有别样的悠扬与空灵的韵味。

在西安期间，是谭剑英第一次在外地度过春节，对于一个南方小城的孩子来说，简直是另一个世界。他不禁想起，小时候过春节，与小龙一道出去贴"发财"的往事。两人回忆起来，都唏嘘不已。生活条件好一点人家的小孩，穿着新衣，拜年吃果子、拿糖糕；他们两人却穿着旧棉袄，沿圩给人家门框上涂点面糊，贴上写好"发财"二字的红纸片，给人家送去吉祥，高兴的主人给一毛两毛，不高兴的只施舍五分，还有赶叫花子似的，嗤之以鼻，一毛不拔。现在过年，一年比一年好了；像西安西大街的小商小贩，也曾被禁止过，现在又如火如荼的，轮回到往日的繁荣。自己在集体工厂上班，既拿工资，还有业务费，兼职出差卖柔软剂，现在还可以批发火柴到遥远的西安来卖，一块多钱一盒的火柴，能够卖到六七块……这些，在小时候，想也不敢想。小时候不懂得屈辱与尊严的含义，但是，晓得生活所迫，晓得低声下气，有一种与命运抗争的意志。现如今，能够把家乡的"万次火柴"拿到西安来卖，吃到关中的美食，看到古城的雄姿，听到千年古乐，看到不一样的街市，他有一种扬眉吐气的感觉，更加坚定了投身商海的信心，他决定，等到暑假拿到中专毕业证书，就出来闯市场。

谭小龙与牟丽琴若即若离的恋爱，已经谈了一年了，是去年过年的时候，牟碧霞穿的线，牟碧玉与妻子也看好这个南方大学生；虽然谭小龙的个子没有北方男子彪悍，是文弱书生，但是他聪明过人，心眼也好，让他们先接触交流，成不成无所谓，不一定一谈就会成为恋人，发展为夫妻。在这方面，谭小龙处于被动状态，牟丽琴也不怎么有多么强的进攻性。她常常去西安大学，与谭小龙一起看看免费电影，约谭小龙到美食一条街吃点西安小吃，有点像姐弟一样处着。谭剑英看出哥哥与牟家的关系，说到牟丽琴，谭小龙如是说。

谭剑英带去的火柴，在春节期间又去了一趟都城隍庙庙会，全卖掉了。他们弟兄俩，牟家姐弟，四个人分四个地摊，每人做了一个广告牌。谭剑英看准人们过年的喜庆心理，又加了价，卖八元钱一盒，两盒十五元，着实多卖了不少钱。数钱的时候，弟兄俩又想到小时候，贴完"发财"回家数钱的场景，不觉相视一笑，他的两个小虎牙，笑着露了出来。他把卖火柴所得，留下火柴本钱与回去的火车票钱，其余全部给了哥哥。

正月十二日，谭小龙去学生会办事，谭剑英去火车站买了回去的票，是半夜开往上海的列车，有座位。谭小龙与牟丽琴姐弟陪弟弟到美食一条街吃了晚饭，又逛了一会夜市，牟丽琴还买了一些西安特产给谭剑英；谭小龙叫他们回去，自己陪弟弟到火车站去，等他上了火车才回学校。

正月十六日，天气不好，很冷，天空飘着零星小雨。隔夜，是正月十五日，谭顺和与谭剑英已经去渔婆路菜场，将主要的菜买回来了。吃过晚饭，谭顺和帮厨师做肉圆，还有可以先做的冷菜，谭剑英在灶门口烧火。

这一夜，谭大龙彻夜未眠。晚饭后，就到整个铁记庄园转了几转，只要是与龚如玉玩过的地方，他都迟缓地走过。两人爬过的树前，他伫立而望，仰望长高的树，耳边响起幼年龚如玉银铃般的笑声，眼前回放那次龚如玉剐破裤子的画面，龚如玉哭鼻子的脸，还有自己一口咬定娶她的承诺……他觉得无地自容，恨不能钻进地下，只好快步离开。走到得月亭，他想起那个严冷的夜晚，龚如玉讲的"女贞树"的传说，其表面意思十分明显，还是延续那年人民公园没有讲完的故事，而内心的话，谭大龙也是心知肚明，却不能表白什么，在自己决定与唐菲菲订婚的时候。天空没有明月，雨幕遮去他眼前的一切，他看不到多远，他揉揉眼睛，也没用；没有雨声，没有风声，静静地飘忽；应当是月照中天，圆圆的月亮躲到哪里去了，坐到半夜，谭大龙失望地回去了。

谭大龙推开自己的房门，母亲已经坐在那儿等着他了，谭大龙整天失魂落魄的状态，陈桂兰都看在眼里，本想等他订婚之后谈话的打算，只好提前来说了。谭大龙见到母亲，知道她的来意，便说："妈，我累了，想早点睡。"

陈桂兰没有起身，还是要叮嘱几句："大龙啊，不是做妈的狠心，实在是妈妈难啊！……你父亲去世了，妈妈就可以离开这个家，重新嫁人，可是，我舍不得你们仨；你三叔多次提出，与我们合并过，我也想过，可是只要一看到你爸的照片，就想到他的好，妈就一直没有答应三叔；你受伤的那年，妈又有一次改嫁的机会，可是，妈看到你那可怜的样子，又一次放弃……妈不是一定要在你们谭家受罪，可是，妈就是这个命啊……命中注定的呀！"陈桂兰说着话，从流泪到抽泣，再到哽咽，在谭家这么多年，她从来没有对任何人说个苦字，看到儿子经受爱情与婚姻的两难抉择，就一股脑儿倒出一肚子苦水。

谭大龙见妈痛苦的样子，"扑通"一下，跪倒陈桂兰面前，流着泪说："妈，您别说了，孩儿听妈的……"陈桂兰抱住儿子的头，痛哭不已。

一九九一年的春节，比过去造房上梁、老爷子过生日的时候，富裕多了，办酒席不再是八大碗，而是冷盘、热炒加大菜，有二十多个菜了；桌子也不是八仙桌，而是圆桌面，十个人围坐吃喝；酒水也上了档次，洋河大曲升格为卢沟老窖了；不用家里人掌勺，请家宴厨师，连桌子、凳子、盆、碗、碟子等等，都是厨师带来。

春节前，陈桂兰破天荒地做了一套新衣服，到木金寺买了一双人造革皮鞋。因为儿子要订婚了，在两家亲戚面前也要体面一点。她与谭顺利、谭顺和商量，这次只有谭、唐两家，不请龚、铁两家参与，一是考虑到谭大龙与龚如玉的事情，二是考虑到开支问题。两家来人，准备四桌就差不多了。兄弟俩同意陈桂兰的意见，提醒她，要请两个媒人，虽然是现成的事情，也要有形式。陈桂兰想来想去，家里没有人选，她与端玉梅商量，叫谭顺芳代表谭家，请施家代表唐家，施一飞的妈妈端玉萍，是端玉梅的堂妹，而且，两个媒人的肖属也合。

订婚酒从中午十一点开始，放在老堂屋里。谭剑英回来后，整理环境，帮助妈妈做准备工作。铁娜送走表姐以后，回到铁记庄，天天与谭剑英在一起，叫他讲西安之行所见所闻，缠着他写诗。谭剑英给她写了几首，专门为古城写的，除了西安梦托那一首，还有在听了古乐之后，如同穿越了历史，酝酿而成：

> 阿房的宫灯，
> 把轻歌曼舞照亮；
> 未央宫的彩绸，
> 让千娇百媚飞扬。
> 长恨歌曲，
> 迷蒙了帝王的双眼；
> 李杜诗赋，
> 涤荡了世人的胸膛。
> 啊，
> 古老的西安，
> 属于你，千姿百态，
> 属于你，威武雄壮！

铁娜用蝇头小字，工整地抄好两首诗，并且题名：《西安行（二首）》，她要带着，到学校给同学们阅读。她在家里十分思念谭剑英，学习写诗，其中一首，这样写道：

> 我是一股清澈的溪流，
> 缓缓淌过你窄窄的堤坝；
> 我是一泓倒影的清泉，
> 静静依偎在你长长的柳岸……
> 我是温柔的水，
> 你是高峻的山；
> 我仰望蓝天的圆月，
> 你俯瞰大地的江湾……
> ……

谭剑英读后，笑道："诗意的韵味很浓，表达了少女的恋情；可是，不是写给我的……"

铁娜的小手不饶他了，捶他的胸膛，骂道："没心没肺的家伙！"

外面，姑妈谭顺芳喊道："小老三，小娜，出来吃饭！"

谭剑英说："快出去，我知道，逗你玩呢！"

铁娜高兴了，放下诗稿，随他出去，说了句："又不是你订婚，激动什么？"

谭剑英朝她看，铁娜自知说漏了嘴，脸红了。

谭家老屋的堂屋里，四张圆桌方整地摆放着，粉红的塑料台布，平铺在圆桌上，六个冷菜，三荤三素。唐家来了两桌亲友，坐在里面，这里习俗，里面为上席；谭家的亲戚、介绍人、家人坐在外面两桌。谭顺芳在厨房帮忙。陈桂根和儿子陈栋、韩莉和儿子谭国庆以及谭顺利坐在一个桌上。龚弘莲与三个女儿坐在另一桌，还有谭顺和、谭大龙以及谭剑英、铁娜等。

唐生华看看老屋，觉得十分寒酸，要不是看着谭大龙忠厚老实，人品好，肯吃苦，才不将女儿许配给他；还有就是谭家弟兄仨，这个大龙可以作为儿子培养，老了不愁没人照顾，女孩子是不能撑门立户的。如果女婿听话，还可以培养成接班人，甚至可以单独开公司。想着想着，他产生了帮谭大龙建房的念头；因为女儿一过年就二十三岁了，已到法定结婚年龄，谭大龙二十二岁，再过一两年就会结婚，总不能在后排那个光线不好的平房里结婚，即使女儿愿意，做父亲的也不忍心。唐生华决定，给他们造一幢三间二层半的楼房。

端玉梅看丈夫忧心忡忡的样子，在桌下扯了他一把。唐生华从思绪里回到现实，他打开酒瓶，为长辈、兄长、亲友们倒酒，自己也倒了一杯，女儿的订婚酒，要喝的，高兴！

谭顺利端着酒，到唐生华夫妇这桌来敬酒，韩莉也端着酒杯紧随其后。

谭顺利说："唐总，我作为谭家代表，先敬你们……"

韩莉紧接着说："还有我，生华哥、嫂子，谢谢你们，把美丽的菲菲嫁给我家大龙，靓妹配帅哥，天生一对，地造一双，顺利，来，我们一起敬……"

谭顺利只好迁就她，要不是大侄儿喜事，他不会有好脸色给她看，只好说："来，我先干为敬！"

韩莉呡了一小口，准备离开。唐生华没有喝完，立即制止韩莉："你别走，不要高音喇叭挂在树上，尽唱高调；顺利喝完了，你也得喝完，这才像个样子，要不然，就是对我们桌上的长辈不欢迎。"

这一军将得韩莉够呛。谭顺利已经回到自己的桌子，不可能帮她喝酒，韩莉一咬牙，"咕隆"一口，将大半杯酒喝在嘴里，慢慢咽下，唐生华这才坐下去。

龚弘莲和仁女儿看着韩莉出洋相，各有不同的表情。龚弘莲无奈地摇摇头；大女儿谭晓婷鄙夷的斜视她；二女儿谭来娣看也没看，她看那桌上的陈栋，陈栋也朝她看，两人含情脉脉；三女儿谭等娣眇了韩莉一眼，十分轻蔑。

韩莉回到桌子，谭顺利瞪了她一眼，与妹夫陈桂根喝酒。

陈桂兰从厨房端菜出来，先放到里面桌上。端玉梅说："桂兰，你也坐下来吃吧，我们这儿位置空着。

陈桂兰说："没有什么菜，让你们来聚聚；怠慢你们了，我马上来敬酒。……顺和，你先来敬亲家的酒呀！"

谭顺和拉起谭大龙，来到里面桌子。先到唐生华一桌，对他们说："生华哥，嫂子，我与大龙来敬你们，我干了，你们随意！大龙你也少喝点。"说完一饮而尽，谭大龙喝了一小口，脸红了，唐菲菲朝他笑，他走到唐菲菲身边，说：

"菲菲，我俩一起敬敬你爸爸妈妈……"

众人笑起来，介绍人说："今天订婚，要改口的，还'你爸爸妈妈'，直接叫爸爸妈妈就是了，有红包啊！"

唐生华与端玉梅微笑着，等着他叫。

谭大龙一点思想准备也没有，"妈妈"这个称呼，一直都叫着，而"爸爸"这个称呼，已经十多年没有叫过了，他实在开不了口，涨红了脸，愣在那儿。

这时，陈桂兰又端着菜来了，是红烧狮子头，见儿子尴尬的样子，就放下手里的盘子，拿一个酒杯，倒了一小口酒，大方地说："我刚才都叫'亲家'了，你们两个孩子也应改口了。大龙，从今往后，唐伯伯和玉梅大妈，就是你的父母，你的责任更大了……叫呀！"说到这里，陈桂兰眼里已经噙满泪水，她一仰脖子，喝完杯中的酒。

看着妈妈激动，谭大龙憋了一会儿，终于开口了："……爸、妈！"

唐生华与端玉梅齐声应道："哎！"脸上漾着笑容，声音里充满幸福。端玉梅从口袋里摸出红包，鼓鼓的，递给谭大龙，谭大龙犹豫了一下，唐菲菲用手肘碰了他一下，他放下酒杯，双手接过来。

端玉梅拉起女儿，向她示意，唐菲菲倒是很大方，端着开水杯子，靠近陈桂兰，笑着说："我敬您，妈！"

陈桂兰开心地答应："哎！"她没有准备红包，记着算命先生的话，摸出早已准备好的玉镯，给唐菲菲戴上。唐菲菲十分喜欢，左看右看，那玉镯可是陈桂兰一直放在橱柜里的陪嫁，谭顺章去世后，她一次也没有戴过。

谁也没有料到，就在这时，李雨妹颤巍巍地来到堂屋门口。在里面的陈桂兰赶紧走出来；龚弘莲立马站起来，扶住她。

李雨妹高声说："这么多人，也不叫我……"

陈桂兰来了，解释："妈，今天大龙订婚……"

李雨妹仍然高着喉咙："大孙子订婚了，我也高兴！是哪家的闺女？"

这时，端玉梅从里面席位走出来，叫她："大妈，是我家菲菲。"

李雨妹模糊的眼睛在人群里寻找。端玉梅向女儿招手,唐菲菲来到李雨妹跟前,甜甜地叫她:"奶奶!"

李雨妹开心地应道:"哎……你就是我的大孙媳妇啊?"

陈桂兰嗔怪她:"妈,今天是订婚,结婚了才好是孙媳妇。"

李雨妹说:"我刚才都听到叫你'妈妈'了,还不算我孙媳妇?"说完,在身上摸索,结果没有摸到什么,就喊大儿子,"顺利,来!"

谭顺利明白她的意思,想给"叫钱",红包,就连忙到里屋找了红纸,包了二百块钱给她。

李雨妹接过红包,对唐菲菲说:"宝宝,别嫌少,这是奶奶的小意思。"

唐菲菲本不想要,看到奶奶诚恳的样子,心里也愿意做她的孙媳妇,就笑着又叫了声"奶奶,谢谢您",收了红包。

陈桂兰和龚弘莲一直扶着她,陈桂兰说:"您坐下来,吃点东西。"

李雨妹说:"我不坐了,扶我回去躺下。"

陈桂兰和龚弘莲扶她回到房间,闻到她身上的异味,知道她又小便失禁了,龚弘莲说:"你出去招待他们,我来替她换。"

陈桂兰从橱柜里拿出一条棉毛裤,给了龚弘莲,走出去,带上房门。

谭晓婷很懂事,跟在后面,见陈桂兰出来,她走进房间,帮妈妈为奶奶换裤子。

陈桂根也端酒杯去敬唐生华家的亲友,两桌子,两次敬,喝完一杯酒;谭顺利也来到谭顺和桌上,敬酒,这次韩莉没有来;觥筹交错,席间好不热闹。

只有两个年轻人有点心不在焉,看着热闹场面,想着心思,人们沉浸在庆贺谭大龙与唐菲菲喜结秦晋之好的气氛里,他们一点也没有感受到,一个是陈栋,一个是谭来娣。

谭剑英与铁娜有说有笑的,两人一起去给谭大龙、唐菲菲敬酒、送去祝福。

春节过后,龚如玉回到学校,还有半年在校读书,到了暑假,就回到家乡实习。她虽然知道,谭大龙与唐菲菲订婚已成事实,但是,并不甘心承认自己的爱情失败了。每当夜深人静的时候,就独自流泪。写日记陈述心境,已经成为她每天必不可少的一件事。直到暑假,她满满的写了两个日记本,都是潦草地一挥而就,有的还用英文写。

例如:

三月二日星期六阴天,时有小雨夹雪

今天,他订婚了,不是与我;人生的感情有了新的起点,过去的一切,就像黑板上的字,他用毛刷子一抹而去了。他知道我的感受吗?他这一抹,把我的心抹碎了，他在那儿欢笑，我却在这儿流血……我不善于表白，不善于过分亲热，不善于在大庭广众面前张扬，否则，他会订婚吗？我真不甘心哪！

我出身于传统的礼教家庭，祖辈都是读书人，血液里流淌的是孔孟之道，是谦卑、恭良。就是那一层窗户纸，成为我无法逾越的障碍。我恨自己，越是长大了，越是无能，越是不敢爱了；更不敢恨，不敢抗争，更不敢冲破礼教的藩篱……为什么有林黛玉，那时我不懂，现在，我明白了……

六月十六日（端午节）星期日雨

今天，郑浩又来了，去雨花台玩了一天。雨虽然不大，但很恼人，心绪总是纠结着，无法释然。他送来了他母亲包的粽子，煮熟的鸡蛋和咸鸭蛋，不知为什么，我一点也不动心。也许是屈原，也许是先烈们，这样端午的雨，是梅子雨，是吊唁他们的雨水？我在迷茫里分不清，在空荡荡的脑海里分不清，我无法从过去的情感里破茧而出，无法将自己的双脚挪进另一个世界里……

也许就是这样，人是高级动物，不是简单的只满足于衣食住行，就像林黛玉，在丰衣足食的环境里，没有改变优柔寡断的性格，没有勇气去追求精神情感的美好世界，屈服于庞大的物质力量，屈服于猛于野兽的意识枷锁……我的路会像林黛玉一样走下去吗？

送走郑浩，我反觉得他多么可怜，在自怜的同时，更可怜他了……他为什么对我好，我凭什么冷漠地对待他？我自己的命运不好，为什么偏偏要拴住他呢，我拴住了他，还是他拴住了我？

屈子早已说过，路漫漫其修远兮，吾将上下而求索。修远的路，就是人生之路，它既是苟延残喘的生活之路，也是寻寻觅觅的情感之路；上下求索，是否告诉我们，人活着的时候不可求得，到了那个世界还可以求得？他投江之后，求索到了吗？还有那些烈士们……

六月二十九日星期六晴天

我终于不能躲在象牙之塔，就要回去了，要面对两个男孩；一个已经订婚，有了未婚妻，一个是苦苦追求我两年的，他想让我走进一个平静的港湾，现在，我应当有所准备了。

什么叫爱情，是不是都要有形式，没有形式的爱会是什么滋味？没有形式，放在心里，有爱的怜惜，爱的心灵感悟，需要烂在肚子里，哪怕一辈子。为他倾心，有时想为他做点事，想让他高兴，为他分担。没有爱的形式，不要因为他去了天涯海角，爱从心头走过，爱在心底沉淀，可以细数，一路风景，一路情怀，但是，没有形式……

心灵是那么宁静，宠辱不惊；岁月是那么悠长，苦乐年华。这种爱，会随着时光的流转，一天天消逝，也随着我与他的老去，一天天守望……

我就这样准备着，我与他的爱，没有形式……

也许有一天，我与另一个结婚了，这只是一个形式；我此生的爱，没有形式……我的婚姻，也许只是生命里的一个符号，可是，并不会有爱与爱情……

……

这一篇日记写得很长，是龚如玉离开大学的前夜写的。她写写哭哭，哭哭写写，泪水打湿了字字句句。字里行间倾诉了她对爱与爱情的全部理念，这种理念，左右了她以后的人生之路。

谭晓婷因为在去年八月的战台风期间的出色报道，还被台风刮入江中，被评为县先进工作者。县广播电视台分配到一个去北京广电学院进修的名额，理所当然的给了她，所以，春节以后，谭晓婷登上了北上的列车，去北京学习深造。

谭剑英的西安之行，使他视野开阔了，不安心在小县城求生存。他又去西安卖过几次火柴，利用庙会的机会，直到有一次在无锡火车站被检查暴露，没收了，再也不去。

龚德昌的肺衰竭越来越严重，这个植物人的老先生，在清明节前一天撒手人寰，到天堂与两个老兄弟相聚去了……

第十七章

谭大龙与唐菲菲订婚以后，还要到东南大学进修半年，暑假结束后回跃江建筑总公司工作。唐生华将去年半年的学习费用、补助等，于春节前给他全报销了，工资、奖金一分也没有少。唐菲菲没有要他还那五千块钱，而是作为奖励，鼓励他学成归来，更好地工作，做好老爸的助手。谭大龙留了部分学习费用，其余的都交给母亲。在他临走的隔夜，唐生华把母子俩请到家里，一起吃晚饭，席间，唐生华提出帮助谭家造楼房的事情。

陈桂兰早有将平房翻造楼房的打算，也与谭顺和商量过，可是，资金的缺口是个大问题。还有宅基地，也是个问题。现有的宅基是老祖产，三排房子建造于不同年代，前后距离小，不可能三排各分三人。在老宅基上翻造，还要拆老屋。拆老屋，就意味着分家。怎么分，怎么拆，还得与谭顺利商量，他是老大，农村里有"长子为父（扶）"的说法，在大家庭里，老大是主心骨；何况，他有四个孩子，前后两个妻子，没有他的认可，老屋拆不成，新楼房就建不起来。

端玉梅也知道谭家是老爷子一团和气地过了大半世，没有让三个儿子分家，没想到这个时候问题来了。

端玉梅对陈桂兰说："我家菲菲与你家大龙订婚了，不出一两年，就要结婚，总不能让他们在你家平房里结婚吧？……我家楼房砌得早，是二层的，现在人家都砌二层半，前后进深也大了，你家要么不砌，要砌就要超过我家这房子！"

陈桂兰解释说："我肯定会造好楼房，让他们结婚，不会让他们在老房子里结婚的。我最近就与顺利、顺和商量，在宅基地问题上，有了一致意见，就着手解决资金问题……"

端玉梅打断陈桂兰的话，急切地说："如果谭顺利作梗，老房子拆不成，新楼房也盖不成吗？……要不这样，你家反正有三个儿子，让大龙招到我家来，我来把这房子翻成三层楼！"

唐菲菲见妈妈说的话过分了，就责怪她："妈，你说什么呢？大龙妈说不砌楼房了？……我是嫁给他人，又不是嫁给楼房！"

唐生华也拿出了姿态，对妻子说："玉梅，人家大龙是谭家长头孙子，不好招出来的，你不要有这个念头……"又对陈桂兰说，"桂兰、大龙，宅基地的事情，我看这样，你们三家可以由东到西分三份，大龙是小一辈的老大，可以先砌，到了小龙和小老三，宅基地再另想办法；如果这个方案弄不成，就让大龙先出宅，到旁边弄宅基地，好不好？"

陈桂兰看看儿子，谭大龙说："要不要老宅基地，我无所谓，上辈没有分家，到我这儿分家，不太好；我不想为了宅基地，让大伯、三叔为难，我愿意出宅。"

陈桂兰说："分家、拆屋，暂时不可能，我婆婆还在；只有老大提出来，婆婆同意才行，我也打算让大龙出宅。"

唐生华说："你好像早就计划好了，有什么想法？"

陈桂兰说："我家门口到你家屋后，这一片自留地有好几亩，是各家的自留地；其中有我家的，也有你家的，还有施家、尹家、龚家和驼子大大家的……我们两家的并起来，再跟人家换一点，就够了；实在不行，用我家正田，拿二分与他们换一分；我要把这块田换过来，以后小老三也要砌房子。小龙是国家户口了，只能得老屋。将来等顺利翻建楼房，我再给小龙建楼房。"

唐生华笑了，夸赞她："你陈桂兰不是灶台边的农村妇女，是不让须眉的巾帼英雄啊！谋划事情，既全面，也有尺度；玉梅，怎么样，你遇到这样的事情，能说出个子、丑、寅、卯来？"

端玉梅本想说，我不是有你男人吗？话到嘴边，硬是咽了回去；陈桂兰虽然是女流之辈，的确比自己有脑筋。

见妻子不语，唐生华说："桂兰，你先按照你的计划去做，先换地，再打建房报告；要么，先打报告，让村里来帮忙换地……"

唐菲菲说："爸，好了，走一步，瞧一步。你也少不了责任的，房子砌好了，不是大龙一个人住，还有我，你有一大半任务呢！"

唐生华说："这个自然，我怎么会袖手旁观呢？我还指望大龙与你养老送终呢！"

端玉梅朝他翻白眼："新年新气的，你说什么呢！"

陈桂兰起身，拽谭大龙。谭大龙会意，起身，随母亲朝门外走。

唐菲菲说："大龙，上楼坐会儿……"

陈桂兰没有移动脚步，朝门外，一脸冷峻。

谭大龙说："天不早了，我明天还要乘头班车呢！"

唐菲菲看出陈桂兰已经生气了，心里怪母亲说话刺伤了她，也不再说什么。

陈桂兰在前面走，谭大龙在后面跟着。出了唐家院门，陈桂兰没有走近路，从东面河边回去，而是向西，沿河边来到得月亭；走进得月亭，陈桂兰坐在凳上，谭大龙不解其意，跟了进去。

月上柳梢头了，没那么圆，也没那么亮，是一轮冷月。天空被洗过一样，瓦蓝瓦蓝的，怕冷的星星，也是冻僵了的，不怎么亮，也不闪。

母亲站起来，仰头看月；谭大龙从来没有见过母亲来过得月亭，今晚却来看这寒月。他不知道，陈桂兰来到这里，是让他再一次回忆与龚如玉的往事，再一次做抉择；如果今天儿子反悔订婚，还来得及。自己宁可多吃苦，不想再勉强儿子了，她甚至后悔当时与谭顺利、谭顺和的决定。站在那儿，她默默地流泪。她不愿意儿子在人家的眼色下过日子；端玉梅的话，当时就让她芒刺在背，一口气噎在喉咙口，差点儿喷出来，到了得月亭，强压的闷气才吐出来，用泪水释放心中的不快。

谭大龙走近母亲，没有听到母亲说什么话，心里揣摩到她的良苦用心了。母亲不走近路，绕远路，还到得月亭坐下，又站起身，似乎等着什么。今天是正月二十日，天气好，得月亭得月了，他的心境似乎比正月十五那晚宽敞多了……唐菲菲妈妈的话，是有点难听，可财大才气粗啊！母亲带自己来得月亭，难道是让我找回记忆吗？为什么呢？多少年的老邻居了，谁的脾气怎么样，都知道，何况，与唐菲菲结了婚，又不会与他们生活在一起。母亲该不会让自己回过头去找大美吧？订婚前晚，母亲说的话犹在耳边，她怎么会让订了婚的儿子再回到从前呢？自从订婚之后，谭大龙与唐菲菲形影不离，明天就要走了，唐菲菲留自己坐会儿又何妨，母亲为什么硬是逼自己回去，还来得月亭呢？她到底知道自己与大美的关系是什么程度呢？谭大龙不断自问，不断寻找母亲带自己来得月亭的理由；母亲为什么一言不发，她是在等儿子的什么话呢？

陈桂兰终于没有得到儿子的一句话，就走出得月亭，由中路走向丁字路，谭大龙跟在后面。到了丁字路口，陈桂兰站住了，面向西看去。明月之下，两座晚清的老四合院，以及小花园，清晰可见，西面龚家的院落，有高大的银杏树遮住了月光，落下斑驳陆离的影子。老人们都一个一个的去了，已经走过几代人的铁记庄园啊，小辈们接上来了，可也是要走人生的不平坦之路啊！大美啊，别怪我陈桂兰狠心啊，这就是你的命！谭大龙见母亲站着，面向西，还是一言不发，断定了母亲今晚一反常态举动的意图了。他默默地想，母爱是人间大爱，什么其他的爱，包括男女爱情，都无法超越。在不同时期，不同节点，所表现的不同爱意，都有不同的含义。母亲从来没有打骂过三个孩子，可有严厉的话语，有时一个横眉，有时半天的沉默，都是一种教育。今晚，母亲用无声的举止，在给儿子一个"十字路口"，在与儿子对话；更是给远行的儿子上一堂课，再给自己比明月更圆，比蓝天更亮的爱。我母亲是伟大的母亲，我还有什么可说的呢？谭大龙先离开丁字路口，走到自家门口等候母亲。陈桂兰一阵唏嘘之后，见儿子没有反应，而是先回去了，也就放下心来，回到家里。

天空里，寒流行走，却更蓝了；一轮明月，高挂着，更亮了，照在铁记庄园，照在大白果树上，照在得月亭，整个静谧的庄园，如同一幅画；远处的狗吠声传来，更加衬托这儿的宁静……

第二天清晨，唐菲菲就梳洗完毕，将过年新买的踏板摩托车骑到谭家门口，等候谭大龙出来。她深知母亲昨晚的话实在欠妥，也知道大龙母子有了意见，有点儿得理不饶人的意味，就没有强留他们。说到招女婿，不知父母提过多少次，唐菲菲就是不点头。她觉得，父亲身上的铜臭味太重，母亲的势利气息太浓，一个入赘的男孩，换成唐菲菲，也是过不下去的。她昨晚没有睡好，今天起早来门口等大龙，也算负荆请罪吧。

谭大龙早已与唐菲菲约好，今天早上她送他去车站，而且唐菲菲给谭大龙有一条新规定，每天中午下课后，必须与她通电话，在校园小卖部的公用电话亭。她会在公司办公室打过去，或者大龙打过来，否则，她会等，一直等，不去吃饭！谭大龙一晚上也没有睡好，两个女孩在他脑子里打架，直到天亮才蒙了一会儿。他还是决定选择了唐菲菲。她是个过日子的女人，朴实大方，虽然脾气有点糙，龚如玉的理想主义色彩，浪漫主义情怀，很诱人，却有空中楼阁的意味，虽然十分投缘。这个决心不下，说不定到了南京，心血来潮，会跑去找龚如玉的，势必走上危险的歧途。他拎着行李包走出门，看到唐菲菲已经等在门口。外面的西风也很大。他去奶奶房里与她道个别，又去厨房与母亲说一声。唐菲菲已经把行李包放在车踏板上，等大龙出来，让他坐在后面，发动摩托车，缓缓驰去。

陈桂兰走出厨房，看到小两口如同以往一样，有说有笑的，松了一口气，目送他们从得月亭出去，拐向东面，再转弯向北驶去……

跃江乡的党委书记早已换人，眼下的书记是外乡调来的，叫章青松；乡长是本地培养出来的，由大队书记成为副乡长，再由章书记提名选为乡长的，叫陆双星。按照党政主要领导干部分工蹲点骨干企业的规定，章青松书记蹲点印染设备厂，陆双星乡长蹲点建筑总公司，其他副书记、副乡长蹲点化工设备厂、锻压厂等。陆双星经常与唐生华一起接待县里建筑管理部门的领导和重要客户，两个人关系融洽，无话不谈。陆双星是年轻乡长，比章青松小十多岁，所以，十分敬重章书记，建筑总公司有什么重大活动，重大项目签约，他都请章书记到场；章书记也器重他，这时，陆双星已经连任第二任乡长，章书记放手让他开展工作，计划培养他当书记。

唐生华在一次应酬活动之后，与陆双星谈及陈桂兰准备建楼房的事情，请陆双星出面找村里协调置换宅基地。陆双星告诉他，"生建"这一块，是章书记分管，自己不好插手。并且给他出主意，让陈桂兰拿着谭老爷子的荣军证件，去找章书记，章书记会找生建科、村里解决的。唐生华觉得这个比自己小好几岁的乡长，越来越老成持重了。

听了唐生华的建议，陈桂兰觉得是十分可行的主意，她便到婆婆房里的老箱子里，翻出发了黄的公公的荣军证书，去乡党委找章青松书记。

章青松看了谭祖华的荣军证书，听陈桂兰讲述守寡育子、悉心陪护重病婆婆的感人经历，不禁为之动容，眼眶也湿润了。一个从乡镇文书，历练为一方主要领导的章青松，也五十开外了，上有老、下有小的生活，也是能体会到甜酸苦辣的。可陈桂兰只有苦日子，没有甜日子！他倒了一杯热水，端到陈桂兰面前，动情地说：

"桂兰妹子，你是一个了不起的儿媳妇，了不起的妻子，更是一位了不起的母亲，我做干部三十多年了，所遇到的困难户也不少，可是，像你这样的情况，还是第一个……"

陈桂兰说："章书记，老百姓都说，章书记十分体恤民情，关心群众疾苦，乐意帮助困难户解决问题，从不搭架子，要不然，我也不会来找您啊！"

章青松谦虚地说："你过奖了。共产党培养我多年，一直在基层工作，从跟老领导做秘书开始，就亲眼看到他们是怎样关心群众生活的，我是不断地学习他们，才有点为人民服务的能力，这是我们的职责与担当啊！"

陈桂兰感到章书记平易近人，十分谦虚，也不知道说什么好，捧起茶杯，慢慢地喝水。

章青松说："桂兰妹子，宅基地的事情，你别着急，会有办法的，……明天下午要召开各村、企事业单位支部书记会议，我找你们村支书说这件事，让他出面帮你解决困难，到时候，你只要配合他们工作就好了……哎，你说，是唐生华的姑娘与你家定的亲，唐生华怎么不出面呢？"

陈桂兰喃喃地说："我自己的事情，不好意思麻烦他，更何况，他也忙……"

章青松笑了："你是好强啊！这样也好，你自己来说，比他说得更清楚……你看，我刚才都被你打动了……就这样吧，我让许明亮与你联系，好不好？"

陈桂兰站起身，向章青松深深地鞠了一躬，说："谢谢章书记，谢谢章书记……"说完，退出办公室，章青松也起身送她到门外。

晚上，谭顺利和谭顺和回去后，陈桂兰把找章青松书记的经过与他们详细说了一遍，谭剑英也在场。谭顺利认为这个方案好，老宅基留下一份给老二谭小龙；他户口不在家，房子还该有一份的，政策上没有国家户口不许有农村住房这一条，龚家、铁家就是例子。谭顺和认为，不要什么事情都依赖章书记和村里，自家应该主动与换地的邻居打招呼，礼多人不怪；换好地，再把建房报告递上去，审批就快。

陈桂兰说："既然你们都同意了，过两天，我去找老邻居谈换地的事情；这边有一块龚家的，我用西面的一块与他家换，比这边还大一点，靠他家近，就怕老夫子因为大美的原因，不肯换……"

谭顺利说："这不要紧，实在不行，就请老支书出面，当初龚家这块菜地，还是老头子在世的时候，说情分给龚家的；龚家人全是国家户口，本没有自留地的。"

陈桂兰叹了口气:"唉,要是依了大龙,与大美好下去,就不会有这个麻烦了……"

谭剑英说:"妈,您别把人家想得那么坏,说不定别人家同意换地了,他家也愿意呢!"

谭顺和夸奖谭剑英:"小老三这么一说,倒是出了个好主意,先把其他人家说好了,再去龚家说……龚家的事情,不要你去说,让弘莲嫂子去说。"

谭顺利笑道:"你这可是馊主意了,即使弘莲愿意回去说,那老学究愿意吗!当初,他就不同意弘莲跟我,离婚的时候,恨不得让我去坐牢呢!"

陈桂兰说:"你们都别说了,我自有主张,都歇息去吧,今晚我陪妈,最近她好多了,说不定见大孙子定了亲,会奇迹般地好起来呢!我再与她聊聊建楼房的事情……"

这时,唐生华从河边上走过来,谭顺利兄弟在场边等候他。外面刮着冷风。唐生华见他俩等他,就朝他们招手,弟兄俩朝他走去。唐生华转身往回走,弟兄俩就随他到唐家去。

谭顺和将陈桂兰找章书记的情况和刚才家庭会的内容向唐生华作了通报,唐生华仔细地听,最后他归纳:"很清楚了,一是章书记出面让村里解决宅基地批复,二是你们家主动找邻居换地,是这样吧!"

谭家兄弟点头称是。

唐生华说:"还有第三个问题。批一个宅基,还是两个?三个不可能,小龙是国家户口,还有老房子在那儿。"

谭家兄弟相视而望,又把目光投向唐生华。

唐生华:"我看就顺势而为,老大与小老三的宅基一块打报告,乘章书记还在这里,说不定哪天调走了,再来一个书记,不一定帮忙。"

谭顺利说:"不是陆乡长接班吗?你与他……"

唐生华摆摆手:"你又不是没有与官场打过交道……本来管彤升任县委书记的,谁知派来孙建林,她调到市里做统战部长、常委了,级别虽然一样,哪如一方大员有实权?管彤走了,李七宝也退下来了,到政协养老去了;那个郑副县长想转正的,这次也调走了,去里下河地区,虽说是个正县长,哪里有这里副的肥啊!……扯远了,说正事吧!"

谭顺和说:"那还是让桂兰先去跟人家谈换地,等明天章书记与许支书说好了,你再去找一下其他村干部,要不要弄一桌?"

唐生华笑道:"你是属猴的,这么性急?……算一算,要多大的地,需要换多少;你家的、我家的不谈,靠近的几家换一下就好,不要太大,树大招风,别让章书记和村干部为难!"

谭顺利说："那只有四家，龚家、施家、尹家，还有驼大大家……"

唐生华说："施巧郎家交给玉梅去说，巧郎现在是我们公司的小队长，他老婆玉萍是玉梅嫡堂姊妹，也是菲菲媒人，会同意的。"说完转向妻子，端玉梅点点头。

谭顺和说："其余的让桂兰去说，陶兰芳喝农药抢救时，她就死在桂兰怀里的，驼大大会通情达理的。尹家地块小，不会阻拦；至于龚家，刚才说了，最后去说，还有老支书一张王牌……"

唐生华看看手表，觉得时间还早，谈兴正浓；晚上与陆乡长请县计委的领导吃饭，揽一个大工程，喝了不少酒。他见端玉梅还坐在那儿，便说："玉梅，你的任务完成了，我奖励你。"

端玉梅问："奖励什么？"

唐生华好开心，问："你要什么，想奖励什么？"

端玉梅想了想："我要旅游一次！"

唐生华笑道："这个不难，我出差时，带你玩几天，行不行？"

端玉梅说："不行！我要带桂兰一起去，还有菲菲，去南京玩。"

唐生华说："我同意，到时候，我叫陆乡长弄部小车……好了，你去睡吧，我酒多了，再坐会儿；还有，我与他们谈点工作上的事情，你就别待在这儿了！"

端玉梅到厨房拎了两瓶水，一瓶放在茶几边上，自己拎一瓶上楼去了。

等妻子上了楼，唐生华拿来纸笔，在上面画着，轻声说："这是两幢楼房，前面是大龙的，在我屋后，后面是小老三的；间距要大，有院子。再后面是你家老屋，将来翻建统一一排。目前准备造大龙的，比我的房子高一点，两层半，小老三也一样，屋脊略高于大龙的楼房屋脊。将来顺利、顺和、小龙，你们翻成三层楼，从前到后，一幢比一幢高，后代才会发达！……在建大龙的房子的时候，顺便把小老三的也做好基础，暂时不砌，等经济条件许可了，再砌上去。我这个规划，你们说好不好？"

谭顺利说："绝对好！以后我们最后一排，前后进深可大了！"

唐生华说："你不是不懂，将来你们最后那三排，应当建成铁记庄园一流的套间，你家小的四个，你、韩莉、弘莲，都可以有各人的房间；桂兰、顺和、小龙，也都有房间，不像现在的样式。这次大龙与小老三的，我想建成框架式样……"

谭顺和忧虑地说："以后的不要说，眼下要砌的，你还打算框架式，哪有那么多钱啊？"

谭顺利不作声。韩莉赌博输钱，经常找他要钱，他看在儿子份上，总要给她，所以，他基本没有积蓄。

唐生华看看谭顺利，见他低着头，就转向谭顺和，问他："你和桂兰一共有多少积蓄？全拿出来的话。"

谭顺和说："我有多少钱，你是有数的，桂兰的钱，就是大龙、小老三的工资，没有多少……"

唐生华痛快地说："我来打壳子吧，你和桂兰负责装潢好了。"

谭顺利说："这个框架式，打壳子，还有小老三的基础，没有二十五万，下不来，你有多少私房钱？"说完，朝楼上望望。

唐生华苦笑，说："玉梅那手紧的，我还有私房钱？今天，我请陆乡长出面，与县计委主任落实了一个大工程，是县里的投资大厦，地面十八层，过几天就订合同了。我准备派两个分公司上去搞土建，由顺和坐镇指挥，你顺利的公司就算一个，你们弟兄俩还不会把这个小工程顺带完成了？"

谭家弟兄四目相对，都不相信自己的耳朵，唐生华平时大大咧咧的，谁知，他肚子里的功夫挺深的，真是大智若愚！

谭顺利问："老兄，你酒醒了吗，不会还在说醉话吧？"

唐生华指着楼上，小声说："天机不可泄露！此事，天知、地知、你知、他知，而我不知！"说完掩口窃笑。

不知什么时候，唐菲菲站在楼梯口，看到下面烟雾缭绕，他们吸了多少烟？他们也看到唐菲菲，裹着睡袍。唐生华站起来，拍拍身上的烟灰。谭家弟兄起身，走出门，反手带上院子铁门。

这天晚上，县里举行欢送宴会，一是管彤，二是郑云武，各乡镇的一把手，县里四套班子成员都参加了。当管彤敬酒到章青松一桌时，管彤对章青松说：

"我对你们跃江乡，还是很有感情的，分田到户那会儿，我住在铁记庄搞试点，那里的群众非常支持我的工作，尤其是谭老爷子……"

章青松说："他们一家不简单，几代人都没有分家，现在，小一辈快要成家了！"

管彤问："是陈桂兰的儿子吗？"

章青松说："是她家老大。这个女同志找过我了，要求帮她解决宅基地……"

管彤说："不能在庄园上再批宅基地啊！，我当时支持重建得月亭和小园林，只是开始；铁记庄是个有故事的地方，不仅建筑还有晚清时期的，历代庄园主都是开明人士。民国时期，我地下党县委遇到困难，铁记庄还帮助过。我这次到市里负责统战工作，想在这地方做点文章。"

章青松说："陈桂兰打算与邻居换自留地，就在她家门口建房呢！"

管彤说："不能这样！你回去后，要与乡里领导达成共识，铁记庄园里，不再建房，可以另外划出一块地，让庄园里的出宅户，统一安排在一起。"章青松保证："我一定按您的指示办！"

管彤敬他一口酒，深情地说："统战工作，是十分重要的工作，某个细节，就能决定一件大事啊！铁家还有人在台湾，在香港，我们要有远一点的眼光啊！"

章青松说："管书记，您放心，我一定在这方面多学习，多动脑子。"说完，本来不喝酒的章青松，将杯中酒一饮而尽。

管彤与他握手，放心地离开，到其他桌上去敬酒。

第二天下午，全乡支部书记会议结束后，章青松把铁记庄村支部书记许明亮留了下来，与他谈了陈桂兰家建房的事情，并且把管彤的意见跟他交代了，让他到庄园外面物色一块地，庄园里需要建房的出宅户，有个统一的规划。许明亮是本村人，从村主任转为支部书记的，对铁记庄园的历史、变迁了如指掌，对现在的住户更是有一本明明白白的账。他听了章书记的指示，心中有数了，便说：

"章书记，您什么时候有空，到铁记庄去一下，给我们规划规划。"

章青松说："事不迟宜，明天上午，我直接去你们村部。一会儿，我通知生建科居侯平他们，明天一同到现场，把地方定下来。你回去找一下陈桂兰，叫她别张罗换地了。"

许明亮一一答应，离开会场。

铁记庄园，是一个有七十九亩地的椭圆形庄园，东西长，南北稍短，除了后面的河被平整为农田，三面的河流比以前更宽了，年年到河里罱河泥积肥使然。西面通向十圩港，是一条小河；东面的河水通向蛴蜞港，再通长江，是一条可以行船的河流，铁记庄园庄主给它取了个好名字，叫美人港，可能以前这里出过西施一样的浣纱女。河南岸前已经有一排居民，是多年来的老居户，河北面是基本农田，岸坡是农户的自留地，种菜、山芋、芋头等。

章青松从城里下来，骑着自行车，直接到了铁记庄村部，生建科长居侯平带的几个人及许明亮已经在等着他了。昨天，许明亮回来后，就向陈桂兰传达了章书记的指示，陈桂兰立即转告端玉梅，大家不要为宅基地的事情费神了。唐生华听说章书记亲自来规划铁记庄住户的宅基地，十分激动，叫端玉梅烧好开水，在家等候章书记来。

许明亮昨晚回来，连夜召开村两委会议，传达章书记的指示精神，分析村里住户的基本情况，讨论出安排宅基地的初步地块，一是沿着工农路的延伸路段安排，二是沿着庄园东面河岸由西往东安排，都要占用基本农田。

章书记听了汇报，认为，从李博存桥往跃江乡，是工农路延伸段，将来要拓宽造路，不要考虑这个方案。许明亮就带领他们来到庄园东面美人港边，现场实地观察。

这条直通长江的美人港，是当年铁记庄庄主组织开挖的，有二十多米宽。虽然其目的是为庄里运输，客观上起到了防洪排涝的作用，老百姓也受益匪浅。这条长长的河面上，横跨着好几座桥，是一式拱形砖桥，年代虽然已经久远，却坚固如初；港南面的居民到港北劳作、送肥料，都不要绕道，过桥便是。港北岸坡的油菜花盛开了，鹅黄、艳丽，坡下平坦的农田里，小麦返青、拔节，绿油油的。

许明亮指着港北东西走向一溜坡地，向章书记和生建科的同志介绍："这片地块，是三个生产队的农田，从长远来看，三个队的出宅户，可以往这边安排；坡下面切出地来，作为宅基地，离坡远一点，不影响以后疏浚河道。"

章青松表示赞同，他对居候平说："你们生建科让建筑公司搞几套建房图纸，确定一种，内部可以随住户安排，外观必须一致。将来工农路延伸段做好了，那边也可以规划一排居户。"

许明亮说："书记，现在一家都建两间，加楼梯间，东西要十多米，还有两家山墙间小巷两米；前后进深也要十多米，还有小院子，整个宅基地，恐怕要半亩多地……只好用各户的自留地置换。"

章青松说："从他们责任田里调剂。你用自留地置换，他们吃菜怎么办？那些零星地也不成用啊！……小居，这样行不行？"

居候平说："从保护铁记庄园的角度讲，这个规划是好的！我们向国土局出一个报告，有尚方宝剑更好，毕竟占用了基本农田建房；至于用责任田调剂，反正他们每户的公粮国税是核定好的，只要及时缴纳，不会有什么后遗症。"

章青松说："你那个报告赶紧写，趁管书记还没有走，我找她特批一下，国土局那边，我去吧！……小许，你就叫陈桂兰打报告，给她家批两套，小弟兄俩住在一起，就从这西头开始安排，你们村里批好了，交给小居。麦子收了，人家可以准备材料，楼板、沙石、泡石灰，还有砖头，都要上工地……小居啊，放样的时候，你要亲自来丈量，东西要一条线，不要弄个歪歪扭扭！"

许明亮和居候平都一一答应。

章青松用脚步丈量了一下，又往东瞭望了一下，对居候平说："离河边十五米，落实宅基四址；管书记意思，将来要恢复老铁记庄园，那么，美人港沿岸，也可以建一条风光带……"

居候平点点头，把书记的指示在笔记本上。

唐生华从南面走过来，与章青松打招呼："章书记，您一大早就来视察了？"

章青松转过身，笑道："你不是有了东床快婿了，要建房，我替你把几方神圣都请来了，为你出力啊！"

唐生华掏出"大中华"香烟，章青松不抽烟，他知道的，递上去，手又缩回来，他发给其他人，感激地说："谢谢书记，谢谢大家！到我家里坐会儿，就在家里弄点便中饭，表示我的谢意啊！"

章青松说："刚才都把工作安排下去了，大家要回去各自做事，我到庄园里转转；中午，都到建筑公司碰头，生华，你叫食堂加几个菜，他们一起去吃饭。"

唐生华说："好的!"

居候平说："我回去写报告,中午交作业!"

许明亮说:"我马上去叫我师娘写建房报告,与他们几个讨论一下,批好带去。"

章青松说:"你们村干部,生建科的,中午都要去,让唐经理敬你们几杯。"

唐生华笑着答应:"一定,一定!"

人们散去,章青松随许明亮、唐生华走进铁记庄园。

章青松从另外一个乡的副乡长,调到跃江乡,在缪解放身边,先当乡长,缪书记退了,他当书记,算起来也有五六年历史了,他办事雷厉风行,为人正直、朴实,尤其对群众生活,教育工作,是他倾注心血的重中之重。他在跃江乡建立了马驮沙第一个乡镇敬老院,在全县建立了第一个教师新村,第一个"能人新村"。他呕心沥血抓工业,抓农业,抓"三产",在一个五万多人的第一大乡,综合指标考核,创造出全县名列前茅的奇迹,深受全乡人民的爱戴。

虽然来跃江乡工作好几年了,章青松还是第一次到铁记庄园,这个面目全非的晚清庄园。从美人港北,过了桥,沿着圆沟,由北向南,再拐向西,过了圆沟桥,走进庄园,看到得月亭、小林园,他知道这就是管彤支持重修的景点了。唐生华告诉他,是他当副经理那会儿主持修建的。章青松赞许地点点头。他弯下腰,仔细阅读"重修得月亭记"。又抬头看看匾额,柱子上的对联。池塘里的荷花枯萎了,它们在等待春天的温暖,等待夏日的奔放,等待秋天的硕果……

走出得月亭,来到小林园,虽然没有鲜花,园子里各种常青树木,已经开始返青,香樟树、枇杷树、红枫树,枝叶都没有衰落,正在脱衣更新;参天的银杏树,是铁记庄园的标志,章青松抱了一下,只四分之一。他感慨地说:

"树长千年,草木常青,只有人类,是一代一代的轮回……"

唐生华深知书记的学养很深,只听着,不言语。

走到两座四合院前,章青松伫立而视。这两座晚清建筑,没有在"土地改革"和"破四旧"时毁掉,仍然在苍郁树木和青翠竹园掩映下,如垂垂老者,暮气沉沉。铁皮门上的锈迹,墙角的青苔,门楣的缺角,门槛下光滑而凹陷的石板,都在向他诉说过去的故事……

来到陈桂兰家,前后三排房子,是三个历史的记载,一眼就能看出它们的印记。章青松站在房屋的西头,从前往后看。中间的老屋,有些年代了,瓦沟的屋檐下,瓦头有雕花瓦片封头,图案各异;小仰瓦片托着,也是有图案的;屋面雨水、雪水流下来,由此淌水,既美观,又实用,可见当时建筑的匠心!前排的屋子要矮一点,那个年代建的,十分简陋,芦苇编的望笆,上面是薄薄的冷摊瓦,这屋子是当年谭家生活境况的写照。后面一排虽然建得较晚,也比不上中间一排厚实,不是青砖黛瓦,瓦的颜色褪色了,水泥抹的墙面,已经有剥离的痕迹……

章青松觉得，陈桂兰的儿子不适宜在这些老屋子里结婚，他舒了一口气，感到今天又为老百姓做了一件实事！

在许明亮指导下，陈桂兰已经写好建房报告。章青松走进老堂屋，许明亮和陈桂兰站起身。

陈桂兰一声"章书记"还没有叫出口，眼泪一下子涌出眼眶，她似乎要上前跪下去，被章青松扶住了。

章青松说："妹子，你不要激动，我们共产党的干部，就是应当为你们做些事情。当年，谭老爷子把脑袋别在裤腰上打鬼子，出生入死，为了谁，也是为了老百姓……你的困难，我不为你解决，老爷子会拧我耳朵的！"说完，他指指谭祖华的遗像。

轻松、幽默的话语，让陈桂兰破涕而笑，她紧紧地抓住章青松的手，激动地点点头。

章青松说："你放心吧，麦子一收，生建科就来为你家丈地放样，两个儿子砌在一块，你老了随便与哪个过，还是在一起。……生华，既然是亲家，你要多支持，把房子建得硬实点，你看铁家那些老屋，多么牢固！"

唐生华说："我已经有了'计划'，会出大力的！"

章青松说："我走了，乡里还有事。快到十号了，得准备教师的工资，要财政所老刘到几个厂去看看，有没有把教育附加费划过去……中午到你们公司见吧！"

这时，李雨妹在东面房间里叫起来："桂兰……"

陈桂兰轻声对章书记说："我婆婆……"

章青松点点头，站在那儿。

陈桂兰走进房间，扶婆婆小解。自从大孙子订婚以后，生命的力量好像在李雨妹体内复活了，她不再犯什么糊涂，知道喊人帮她解手，扶她下床走几步。等婆婆小解以后，陈桂兰扶她躺到床上，才走出房间。

章青松问："老妈妈怎么样？"

陈桂兰说："比去年好多了。"

章青松说："我进去看看老人家！"说完走进房间。

屋顶小天窗射进来的阳光，很微弱，屋里不怎么明亮，陈桂兰拉亮电灯。

听到有人进来，李雨妹睁开眼睛，清癯的脸，全白了的短发，被子是新的，枕头高高的，她半倚半躺。

章青松俯下身子："大妈，您好啊！"

李雨妹侧过脸来，看看章青松，不认识他，又看看陈桂兰。

陈桂兰说："妈，这是乡里的章书记，专门来看您的。"

李雨妹伸出手来。

章青松握住她那嶙峋的手，许明亮端了凳子，让书记坐下。

章青松说："大妈，您静心养病，会好起来的。现在生活条件，医疗条件都很好，而且越来越好……"

握着章书记热乎乎的手，听着他亲切的话语，李雨妹眼角流下泪水。章青松接过陈桂兰的手帕，轻轻地替李雨妹擦眼泪。从口袋里摸出二百块钱，放在她的床头，深情地说："大妈，这是我的一点心意，您别嫌少……"

李雨妹抽回手，向陈桂兰摆摆手。

陈桂兰知道，不能让她激动，就说："妈，章书记是大好人，您收下吧！"

李雨妹又抓住章青松的手，使劲，再使劲，表达她内心的激动。

陈桂兰说："妈，章书记还有事情，您松手啊！"

李雨妹像个孩子，很听话，松了手，木讷的眼睛放出亮光。章青松起身，走出房门。

走到场边，唐生华指着自家的洋气的楼房，告诉章青松："章书记，那是我家，您去坐会儿？"

章青松不屑一顾，没有理他，径自从谭家门口向西，沿来路出了铁记庄园；到了得月亭，唐生华回去骑摩托车去公司，许明亮陪同章青松步行去村部。

中午，唐生华在建筑公司食堂招待章书记、生建科及铁记庄村两委的人员。谭顺和参加了，章书记不喝酒，他要求谭顺和敬居候平以及许明亮等人，他感谢大家对谭家的格外照顾。

谭顺利与谭顺和下班以后回到铁记庄。谭顺和把中午的情况讲了，陈桂兰也把章书记来过的经过说给他们听。

谭顺利问："老三，你有没有把昨晚生华商量的事情告诉桂兰？"

谭顺和说："还没有。生华听说章书记今早要来，知会我一早去公司了……"

谭顺利说："我来说吧。"他把昨晚唐生华与他俩商量的建房方案说了一遍，陈桂兰边听边想，没有表示可否。谭顺和对陈桂兰的为人处事原则是了解的，当时听了唐生华的方案，一开始觉得可行，可晚上回来一想，觉得不妥，就没有跟桂兰说，现在，老大说出来了，让桂兰定夺。

等谭顺利说完了，陈桂兰冷静地说："麦子还没有到收割的时候，清明刚过，要等到芒种，还有两个月；等建筑公司的图纸出来，算算需要多少钱，再说吧！"

谭顺利见陈桂兰不识唐生华的好，一点也没有欣喜的样子，反而表现得冷漠无事的一般，心里不免有些失望，到口的馒头，怎么不想吃呢？他不得其解。

陈桂兰与他想的根本不一样。建房子，是一个人一生中的大事，她来谭家二十多年了，谭家建了两排房子，尤其后面一排，还是分两次建造的。老爷子没有到公家叙述困难，讨要救济；如果到县委、到民政局去，他都可以凭借荣誉军人的身份，得到一些资助。然而，老爷子没有这样做，而是要求家人节衣缩食，靠全家人劳动所得，积蓄所有而建造房子。现在轮到自己一辈来建造房子，怎么能靠不义之财？假如住进去，能安心吗？她看看老爷子遗像，老人家的眼神里，既有和蔼，又有期许，更深藏着一种威严，她低下头。上午，章书记来家里的言行举止，让陈桂兰心胸豁然开朗，从去年请瞎子算命以后，她的肠子就没有捋直过，期期艾艾地等到儿子顺利订婚。大龙临上学前晚，在唐家听到端玉梅说的招女婿的话，刺得她心痛，当时，她就下定决心，自己造房子，不指望唐家支持一分钱！艰难困苦，玉汝于成。自己是有骨气的女人，既然在谭家门里站着，就要站直了，更不能让人家看到儿子堂堂五尺男儿，在别人面前直不起腰来……大龙与唐菲菲结亲，她的初衷，是让儿子少一些生活的烦恼，多一点物质的优越，也有让唐家分担经济负担的想法；可是唐生华在大龙建房时，竟然出这个主意，而且责任全搁在谭家兄弟头上，让她感到意外。

章书记见到自己去陈述困难，就把它提到议事日程，而且举轻若重，大刀阔斧，迅速地解决了自家的宅基地问题；如果自己出面去换地，一厢情愿的事情，不知求爹爹、拜奶奶，会有什么结果。现在好了，章书记是青天大老爷，老百姓的父母官啊！唐生华这么搞，不是往章书记脸上抹黑吗，不是把谭家往火坑里推吗？想着想着，陈桂兰不是心变硬了，而是变得软了，默默地流下泪来……

谭顺利见陈桂兰流泪，觉得不可思议，应当高兴的事情，反倒伤心了。谭顺利起身，去房里看望妈妈，谭顺和去厨房，准备晚饭。

电话铃响了，是大龙打来的，中午，唐菲菲已经告诉他宅基地的事情，不放心，打电话回来，想问问具体情况。陈桂兰告诉他，这些都是真的，宅基地报告已经递上去了，是许明亮书记亲自办的，乡里章书记亲自来规划的，就在东面河北，还告诉他，同时报了小老三的，两个地基在一起。

谭剑英回来了，见母亲在打电话，就问："妈，是大哥，还是二哥？"

陈桂兰说："你大哥。来，你也说几句。"

谭剑英接过话筒："喂，大哥，你怎么样，到暑假能结业吗？"

谭大龙说："这没问题。我们这个班，就是速成班，一天课程抵得上正式大学生两、三天呢！他们读三年文化课，第四年实习，我们只学主要课程，一年结业。……哎，你知道我在这里遇到谁了？"

谭剑英问："谁呀，小铁娜吗？"

谭大龙笑骂："你是个花痴啊？一提到谁谁谁，就想到铁娜，她是你什么人啊？没出息！"

谭剑英难为情地说："我有点想她。……不会是龚大美吧？"

谭大龙说："只猜女的！我与菲菲订婚了，不再想她了。再猜，是男的。"

谭剑英恍然大悟，肯定是在东南大学读建筑学的牟丽军，便脱口而出："牟丽军？"

谭大龙说："是啊，小龙的小舅子！"

谭剑英说："这怎么可能呢？二哥是大学生，怎么会找一个西北妹子做老婆呢？我见过，学历不高；虽说是米脂的，那个头，可不是貂蝉啊！？"

谭大龙说："不说了，电话费贵；我与菲菲约好了，星期六，我乘末班车回去，到时面谈。"说完，挂了电话。

陈桂兰听弟兄俩说到小龙，就问："说你二哥什么事？"

谭剑英诡谲地一笑，小虎牙露出来，回答母亲："好事！下次二哥打电话回来，您问他。"

陈桂兰说："你这次也占大龙的光了，给你也批一块宅基地，两人靠在一起。你要争气啊，自己挣钱砌楼房，讨老婆，妈不能为你操太多的心啊！"

谭剑英说："妈，我不急。车到山前必有路，船到拐弯自然直！您先考虑两个哥哥的事情，……我在等小娜长大呢！"

陈桂兰笑了，用手指刮小老三的鼻子："不怕难为情，人家会嫁你个穷小子啊？"

谭剑英一本正经地说："您可不能像对大哥那样，……我自由恋爱，不要你们做主。"

陈桂兰笑着说："你有本事了，我高兴还来不及，哪愿意做你的主，还有小龙……"

谭剑英若有所思，认真地说："二哥不会回铁记庄来了，我也不能待在铁记庄，在这里肯定挣不到大钱，我要出去闯……"他自言自语，边说边走出去。

陈桂兰终于松了一口气，向谭祖华遗像鞠了一躬，走出老屋。

外面，天暗下来，铁记庄园自留地的青菜、韭菜、高一点的玉米，一片葱绿……早春的夜啊，天空是敞亮的，谭家东河边的老柳树，枝叶绿了，依依而垂……

第十八章

麦收之后，跃江乡政府生建科长居候平，带领生建科的几个人来到铁记庄，在支书许明亮的陪同下，给谭大龙兄弟的宅基地丈量放线，规定了每户宅基地的"四址"。按照章青松书记的指示，要求所建房屋东西一条线，与美人港平行，距离铁记庄园园沟留十五米，距离美人港边十五米，将来做路；他们使用地图测绘仪精准测量，达到了章书记要求的标准。

谭顺和从统一外观的图纸中，挑选了整体框架、底层大厅的一种结构；两户建在一起，他改两个楼梯为一个共有楼梯，可以节省面积，在两户中间，外面看似两家，内部却是一家。他打算两户一起造，因为这两年，材料价格与人员工资都在飞快上涨。资金问题，他已经与几个分公司经理打过招呼，到时向他们借钱。

这个方案得到了唐生华的认可，却遭到端玉梅的反对。她认为，舌头与牙齿还有磕磕碰碰的，兄弟俩从一个楼梯上下，总有些不方便。陈桂兰考虑的是经济问题，自己没有多少钱，谭顺和的钱只能是借用，终究要还的。驮债借钱太多了，也会给大龙带来更大的压力，因此她不主张两户同时砌上去；何况，小老三还小，房子造了，不住人，也是浪费。

谭大龙与唐菲菲商量，能否说服她母亲，同意三叔的建房方案。唐菲菲回去与母亲商量，端玉梅嗤之以鼻，坚决不同意。谭大龙生气了，两人闹别扭，甚至打算与她分手，被母亲严厉的批评了一顿，他只好作罢。

谭剑英的想法很简单，先有了宅基，总比没有强，至于什么时候砌房子，这个别着急。他知道，为大哥造这个房子，母亲要倾其所有，还得到亲戚家借不少钱；还债的日子会很长。所以，自己的房子，不要母亲操心，自己挣钱自己造，有钱就造上去，没钱哪怕先砌一层；鸟儿筑巢，还是一点一滴衔泥完成呢！谭剑英生来就是无忧无虑的，自寻烦恼的事情，他不干。

意见基本统一之后，陈桂兰与谭顺和商量建房时间，准备材料的计划，筹集资金的途径等事宜。谭顺和计划，即使两户楼房不一起造，两户房子的基础也要一起做，内部结构也一样，下面一层是大厅，楼梯从大厅后部西北角转上去；整个建筑还是框架式，墙体用空心砖。因为在农田建房，地势低，底层铺楼板，也防潮。屋面是小青瓦，屋脊与山头用琉璃瓦。建房时间定在明年秋收之后，所有材料逐步到位，现在就开始准备。陈桂兰觉得，建筑标准还是高了，还可以简单一些，比如，不搞框架式，腰箍式就好了，能节省不少。谭顺和认为，不能落后于现有人家建房标准，否则，端玉梅会不答应的。

陈桂兰否决了唐生华占用公家材料的打算，谭顺和是支持的。他在建筑公司任副总多年，与材料供应商关系较好。他找到钢材供应商，他们愿意用进价提供给他。所用楼板，用线材到宏兴预制厂换，拉到宅基地上，两户要一百多块。浇筑基础、框架和旋转楼梯所需要的线材、螺纹钢，运到老屋。他与运输石料的船老大，到江南山上开票，请他们运输，给运费；船老大们，对谭顺和平时的为人很佩服，见他为侄儿建房，非常感动，都愿意帮忙，不要运费，到时喝口喜酒就行了。船老大们从江南运输沙石料，由螃蜞港到美人港，靠在宅基地港边，谭顺和叫来经常上货的"扁担队"，挑上工地，也是两户一起运来。还有空心砖，谭顺和亲自到窑厂找老板开票，也是成本价，讲义气的浙江老板，还免费运送到工地，也是两户一起购买。这些事情，都是谭顺和掏钱，比起他人，他省了不少钱。每做一桩事情，他都与陈桂兰商量，怎么购买，花了多少钱，什么时候到位，都一笔一笔告诉她，陈桂兰用一个小本子，账目记得清清楚楚。

唐生华见谭顺和、陈桂兰像燕子衔泥，不到半年时间，材料已经基本到位，宅基地上的沙石料、楼板和砖头，堆成几个小山，心里十分宽慰。自己的计划没有被他们采纳，只好等房子造成后，为其装潢，自己出点材料款，让装潢公司帮忙解决。他没有安排谭顺和坐镇投资大厦工地，谭顺利算一个分公司，参与土建，兑现了原先的承诺。

谭顺和一心一意地为大龙、小老三准备材料，让陈桂兰又一次掀起情感的波澜。她对谭顺和的感情，早已超越了普通的叔嫂关系，这么多年来，家里大情小事，都与他商议，听他意见，大多数是照他说的去做，谭顺和就是她的主心骨，她离不开他。然而，局外人以为他俩早在一起了，是不言而喻的夫妻了。陈桂兰不知多少次，想与谭顺和合并起来过日子，也不知多少次看着谭顺和孤身一人进出这个家门，心里总是矛盾着。随着年龄的增长，孩子们长大，她又不知多少次强压燃烧起来的火苗，不知多少次躲在房间里哭泣……

夏至到了，李雨妹让陈桂兰做点馄饨。俗话说，立夏吃馄饨，是送命馄饨，夏至吃馄饨，是救命馄饨。意思是，立夏过后，夏忙来临，直到夏至结束。在过去，辛苦劳作一个夏忙季节，人人要蜕一层皮。从"送命"到"救命"，两顿馄饨就是标志。陈桂兰没有舍得去木金寺买肉，想省一点，就多一点用于建房子。新换的小麦面粉，她擀面为馄饨皮子，切下来的皮子边角，用新换的菜籽油，炸脆皮子头，香喷喷的；用擀面杖压碎，拌到菜里，青黄色相间，真是好看，包成馄饨。陈桂兰做了鸡蛋酱油汤，洒点葱花，将馄饨舀在碗里，端给婆婆。她有点惴惴不安，看着婆婆吃；见婆婆不说什么，还吃得津津有味，就放心了。她笑着问：

"妈，好吃吗？"

李雨妹点点头，咽下一口，说："蛮香的！"

陈桂兰问："是什么香啊？"

李雨妹放下碗，朝媳妇笑，像个小孩："炸皮子香，……还是以前的味道！"说着，向媳妇竖起大拇指。

看到婆婆开心，陈桂兰倒觉得对不起她，心里一酸，眼泪夺眶而出……

李雨妹不解地看着她。陈桂兰抹了眼泪，对婆婆说："妈，我与顺和在积极准备给孩子们盖楼房……今天没有买肉……"

李雨妹说："我晓得的，砌楼房不易啊！过天，让大龙背我去宅基地看看。"

陈桂兰笑了，十分开心，眼泪又来了，向婆婆点点头。

谭大龙暑假结业回来后，唐生华安排他到技术科工作，跟在冯科长身边当助手，同时，考虑到冯科长情绪，便报乡政府批准，任命冯科长为技术副总，坐镇投资大厦工地，这样，谭大龙就有机会参与大项目操练。有时，谭顺和工作忙了，就让大龙去办建房材料。唐菲菲也为他出点主意，还去找父亲帮忙，甚至要把自己的积蓄拿出来。谭大龙告诉她，是三叔在花钱，如果不够，三叔向几个分公司经理借。唐菲菲觉得谭家人真是一条心办事情，将来生活在这个家庭，会很幸福。

龚如玉从南师大回到铁记庄，看到谭大龙积极准备建造爱巢了，唐菲菲也常到宅基地转悠；住了几天，也没有看到谭大龙的影子，就没有再住在铁记庄。郑云武虽然调走了，龚如玉的工作事先已经落实好。袁倩同她到外贸局报到，还是实习生，没有工资，有补助。铁慧瑛是副局长，就将女儿安排在公司办公室，文书兼做翻译。对女儿的心思，她也是瞎子吃馄饨，心里有数，就让女儿住在单位分给自己的宿舍，不要再回铁记庄园。既然郑浩追求她，也许日久生情，石头也会焐热的，两人会走到一起。

铁海良第一次考研，没有成功；但是，他有了一次历练的机会。俗话说，从来没有场外的举子。离所报考的河海大学的起分线，只差十来分，再努力一年，定会考上，所以，他就如隔世之人，住在水利站，除了工作，就是看书、做题目，一直不回铁记庄园，那里发生的事情，他一概不知。

陈栋与谭来娣，高考又一次落榜了。他们从初中二年级开始，就谈恋爱，读书分心了。人家说，表亲是不能结婚的，否则，生的孩子会致残；即使一代不会，隔代肯定会！可是，这两人不信邪，他们认为，谈恋爱，不一定就要结婚；

结了婚，不一定生孩子。从初二谈到高三，成绩是越谈越糟，而感情却越来越深。陈栋长得帅，外甥不离舅家门嘛！谭来娣出落得秀美。陈栋处处关心、体贴表妹，谭来娣时时体会到表哥的呵护的温暖。两人都明白，走的是一条不归路，就是不能割舍对方。就像戏文里、古书里的故事，他们相信，宝哥哥与林妹妹，陆游与唐婉，都是真的，可是，悲剧在他们那个时代发生了，不一定也会在自己身上重演。

龚弘莲为二女儿的又一次高考落榜而失望，决定还让她去补习，谭来娣坚决不再补习，母女俩争执了几次，终于爆发"战争"。

谭来娣说："我去年只差十几分，今年差几十分了，再补习，会差得更多。"

龚弘莲说："你这是什么逻辑，只有越补越好，怎么会'黄杨木，倒长缩'？你的心思在什么地方？"

谭来娣说："这不一定，也有'八年抗战'，考不上的，补习几年，英语只考了六分……"

龚弘莲说："听说小栋也没有达到起分线，你俩原来成绩不是蛮好的，怎么都越来越差了？我真弄不懂！你们在学校与同学谈恋爱了？"

谭来娣不作声，龚弘莲的眼睛严厉地盯住女儿看。

谭来娣转身出门，她怕被母亲逼出实情来。龚弘莲见女儿不接自己的话茬，而是离开，心里犯起了嘀咕。

谭顺芳知道儿子名落孙山，在公司的宿舍训陈栋。陈栋不服，回母亲："天下之路，条条直通罗马，不一定非走考大学这条独木桥！"

谭顺芳没好气地说："十圩港边上的扁担队，一天到晚做苦力，也叫通罗马？"

陈栋说："您别瞧不起他们，他们也有自己幸福，出苦力挣钱回去，家里准备的小菜，弄点老酒，过着'老婆、孩子、热炕头'的日子。……爸爸做个工业公司副经理，您在这儿做财务科长，不与他们一样！……你们一个在乡下，一个在城里，像夫妻吗，这个家，像个家吗？"

谭顺芳见儿子理由很硬，还把扁担队的生活与自己的家庭对比，戳到伤心处了，她气冲天庭，操起鸡毛掸子，胡乱打他。

陈栋双手抱住头，任妈妈痛打。谭顺芳心里对家庭的苦恼，对儿子的恨铁不成钢，一股脑儿发泄出来，拼命打儿子。陈栋实在熬不住了，拉开门，跑下楼去。

谭来娣从家里出来，鬼使神差，正好来到楼下，见陈栋跑出来，就喊他："小栋……"

陈栋见到谭来娣，喜出望外，忘记疼痛，立即奔上去，抱住来娣，流着眼泪；来娣看他手膀子上条条红红的伤痕，心疼地抱住他……

谭顺芳打累了，喘着气，走到窗口吹风，不经意往楼下一看，见儿子与谭来娣紧紧抱着，两眼昏花；她揉揉双眼，再仔细看，这是真的，两人还抱着，不顾行人观看，她两腿一软，瘫倒在地。

天色暗下来，昏黄的路灯渐渐亮起来。谭顺芳从昏迷中醒来，第一个反应，就是给龚弘莲打电话，把刚才的场景向嫂子描述了一遍；龚弘莲听了，话筒从手里滑落下来，一屁股坐到地上。

直到天黑，陈栋与谭来娣都没有回家。

趁着夜色，谭来娣回到铁记庄园，在竹园边上转了一会。儿时的记忆，如同回放的镜头，一幕幕在脑海里浮现。她已经感到，过去的美好，一去不复返了，这个世界，已经没有她生活的空间，她要与陈栋走上爱的不归路了。她解了一根晾晒衣服的尼龙绳子，绕起来，带走。

陈栋与谭来娣分别后，回到宝禾埭。他没有走进自家院子，只在小学操场上转了转，与谭剑英一起上学的情境就在眼前。小老三不是早已辍学，参加工作了？自己与来娣的爱情已经牢不可破，不管世人什么看法！可是无路可走，他已经与来娣约好，只有一条黄泉路，直通罗马……

在木金寺桥头，谭来娣等到了陈栋。两人都不再骑自行车，扔在桥下。谭来娣把绳子给了陈栋，一起向江边快步走去。

长江大桥工地上，凌空跨江弧形的灯火，把夜空照亮，勾勒出美丽的图案，是人间一道风景；江边的芦苇滩，端午节前，采摘芦苇叶的大军，使得芦苇消瘦了许多，而修长的芦苇，还是在江风里嗦嗦作响。一条长长的石阶，由滩边向江心延伸……

陈栋与谭来娣并排坐在石阶尽头的石坡上，双脚伸到江水中，看着下游长江大桥工地的灯火，听着江水静静的流着，还有江中行船的机器声，任凭江水一波一波冲来……

陈栋问："来娣，你怕不怕？"

谭来娣倚在他身旁，反问："你怕啦？"

陈栋问："当初，是谁先递纸条的？"

谭来娣说："我主动的，怎么，你后悔了？"

陈栋抓住来娣的手，拿来绳子，先将自己的左手扎住，扣了死结；谭来娣伸出纤细的右手，让他捆，并用左手帮助他，使之捆结实。

陈栋笑着说："来娣，今晚，我们也就结婚了，可是，至今我还没有吻过你呢！"

谭来娣说："这个，我不好主动，哪有女孩子主动的？……你再不吻我，只好到那个世界了……"说着，闭上眼睛，等待幸福、甜蜜的时刻。

陈栋用右手揽住来娣的头，把她的马尾辫挑到手背上，勾住她的脖子。谭来娣转过脸来，陈栋低下头，轻轻地吻她。谭来娣顿时感到一股热血涌上来，热烈的配合他，将少女柔软的舌头，伸进陈栋火炉般的口腔里，两条滚烫的舌头尽情地撩拨着……慢慢地，陶醉的两人倒了下去，斜躺在石坡上，忘情地吻着，他们要把一生一世的吻，今晚一次就吻完，在来娣的额头、脸颊……任凭江水漫上来……

不一会儿，江水越来越高，两人全身被江水淹没，谭来娣的连衣裙，飘浮起来。陈栋欲起身，却被谭来娣咬住舌头，又死死地拉住他的手，她不想走回头路，要这样静静地走向天国。陈栋又热烈地亲她，任江水无情地没过他们的脸，任凭江浪随江风卷过来……

涨潮时分，正是江畔扳鱼翁扳鱼的好机会，石阶下游，是一弯缓流水域，鱼儿会游到慢水里来，有产卵的，也有觅食的。江堤附近村里的朱松涛老汉，已经在这个石阶下游的水湾里扳鱼好多年了。大号马灯，挂在扳鱼棚子角上，高灯远照，可以看到扳渔网里的鱼；起网时，手里有数，如果没有鱼儿，很轻，就不扳起鱼网。

朱松涛这一网，手里有点分量，他估计是一条不小的鱼，或是一群鱼，扳渔网正要离水的时候，一声"救命"的喊声传来。朱老汉立刻松开扳手轮，转身到鱼棚里拿出四节电池的长电筒，一边跑上石阶，一边朝江面扫照；这时，又一声"救命"声传来，他把手电照去，发现一个人头，在深水区一上一下浮沉，他叫声"不好"，立即脱掉衣裳，纵身跳到江水里，拼命游去。

谭来娣已经喝足了水，只往下沉，陈栋感到生命的脆弱，爱人就这样死去了，他不甘心，拽着她游向岸边，一个浪卷来，又把他卷向江中；只要头露出水面，他就喊一声"救命"，虽然无济于事，他想在喊声里，发泄内心的恐惧和绝望，随来娣慢慢地沉入江底。

朱松涛自幼在江边长大，练就一身好水性，年轻时，还随训练的解放军游过长江，到达南岸。他游到陈栋身后，使劲地往岸边慢水里推。他原以为落水的是一个人，手一推，竟有长发女子在水里，两人还拴在一起。他不顾自己的危险，一手托谭来娣，一手推陈栋，靠双脚踩水；在水中摸到了绳子头，他拉住绳子，仰面踩水，使劲把他们往慢水里拉。

这时，朱老汉的儿子朱锦奇送晚饭过来，看到扳渔网沉在水里，不见老爸，却听到江水里有"咪呼咪呼"的声音，知道老爸又下水救人，便高喊："老爸……"

朱老汉听到儿子喊他，就喊："快下来，救人！"

朱锦奇早已感到事情不妙，脱掉了衣服，从石阶跳入江中，拼命向老爸游去。

父子俩一个在前面拉，一个在后面推，终于把两人救上岸。谭来娣已经没有气息，陈栋哭喊：

"你们救救她吧！她死了，我还要投江的！"

朱锦奇二话没说，弯下身子，嘴对着谭来娣的嘴，猛吸，再猛吸。

看到儿子没有吸出水来，朱松涛说："我来！"他用双手压住谭来娣的小腹，轻轻地、均匀的挤压，对儿子说，"再吸！"就这样，父亲压腹部挤水往上，儿子使劲吸水出来，折腾了十多分钟，终于吸出水了，谭来娣"哗"的一下，呕吐出一大口水，叹了一口气。

见谭来娣苏醒过来，陈栋"扑通"一声跪在朱松涛面前，不住地磕头。

谭来娣又吐了几口水，再也吐不出来，中午就没有吃饭，晚饭也没有吃，食道里没有东西，口腔里也没有呕吐物，要不然，会窒息而死。陈栋扶她坐起来，拍她的背。

朱松涛劝说："小伙子，天无绝人之路，有什么事情不能解决，非要寻短见？俗话说，阎王不寻我，我不会寻阎王！宁在世上挨，不朝土里埋！你们真傻啊！……我在这里扳鱼头二十年了，救过不少人，还捞过许多尸首；今晚，幸亏我儿子来送饭，否则，我恐怕救不了你们俩。"说着，为他们解开绳子。谭来娣手上原来的绳子扣快要散开，如果当初扎得不结实，绳子扣散了，说不定江浪把她卷走了。

江风大起来，从宽阔的江面吹来，夜晚比白天冷了。朱松涛叫儿子赶紧回去，拿两套衣服来，让陈栋和谭来娣换上。朱锦奇的自行车停在江堤上，他骑上自行车，飞快地回去。

朱松涛猜想，两个年轻人肯定是投江殉情的，要不然怎么还捆住手，共同赴死？他没有打破砂锅问到底，就让他们到扳鱼棚子里避风，等衣服。

朱锦奇拿来自己与妻子的衣服。他与谭大龙是初中同学，没有考上高中，就在建筑总公司做瓦工，去年结婚了。两人在棚子里换了衣服，对父子俩千恩万谢。朱松涛把饭分给他们吃，两人坚决不肯吃，想起身告辞。

朱松涛说："你们暂时不要走，等我把话说清楚，再走不晚。"

陈栋被淹的半死，谭来娣从阎王爷那儿转了一遭回来的，昏沉沉的，两人虽然没死成，对于死亡还是后怕的，要不然，陈栋见谭来娣沉下去，不会喊"救命"的；假如朱松涛听不到喊声，他们就随着江水飘走了……

朱松涛问："你们有什么打算，今后的路？"

陈栋说："老爹，我们是表姊妹，家里人反对我们的事……家是不能回了，您和大哥救了我们，给了我们第二次生命，是我们的再生父亲！我们一定会珍惜生命，热爱生活，在社会上做些事情，来报答您，还有大哥。"

朱老爹开心地笑了，说："这就对了！今晚就住到我家去，两人商量好出路，明天出发也不迟，湿衣服晾一晚上，明早就好穿了。"

陈栋看看谭来娣，她点点头。

从江边到朱家，三个人都不说话。陈栋与谭来娣出来，十分仓促，准备赴死的，都没有机会带钱。陈栋想来想去，只有一个人可以去找，就是从小一起读书的谭剑英。到了朱锦奇家圩头上，陈栋对朱锦奇说：

"你先带她去你家，把自行车借我骑一下，我去办点事就回来……"

朱锦奇说："我家就在圩头第三家，你来了就叫门。"

谭来娣拉他到旁边，轻声问他做什么，他说回铁记庄园找谭剑英借点钱，谭来娣叫他把自行车停在竹园后面，穿过竹园，别走前面的路，陈栋点点头，骑自行车而去，谭来娣随朱锦奇回去。

谭剑英还没有睡觉，在灯下看报纸，《中国青年报》看完了，看《西部信息报》，每个角落都看到了，伸个懒腰，准备睡觉。忽然，听到有人敲窗子。他想，不会是铁娜，她刚走一会儿，怎么会又来呢？他开了房门，见走廊里有一个高瘦的黑影，陈栋见门开了，快步走进房间。

谭剑英见陈栋穿着肥大的衣服，头发湿漉漉的，觉得奇怪，刚要问话，被陈栋抬手制止了。谭剑英想，他与来娣的事情，有所耳闻，大龙订婚时，他们眉来眼去，究竟什么情况，不是很清楚；这小子恐怕是东窗事发，逃出来的，要不然会这么狼狈？

陈栋直截了当说："小老三，不用问什么事，也不用问为什么，我只告诉你，我要远离家乡了，可是，现在身无分文，你要是看在我们既是同学，也是表兄弟的关系，借点钱给我；等我在外面立足了，赚了钱自会寄还给你。而且，此事要绝对保密，任何人不能知道！"

谭剑英明白怎么回事了，陈栋要带着来娣私奔了。关于伦理道德，他不去研究，关于手足之情，他会慷慨相助。人世间的爱与恨，本来不是天注定，都是人为的，不过是选择的角度不同，选择的对象不同而已。想到这里，谭剑英不禁同情陈栋与谭来娣了。人是感情动物，不是造人机器，血统论与情感论看起来是水火不相容的，可是，事到临头，要有解决的途径啊！离家出走，不失为权宜之计。他走到抽桌前，拉开抽屉，拿出所有钱，也没有数，递给陈栋。

陈栋把钱卷好，塞进裤兜，转头就走。

谭剑英一把拉住他，诚恳地说："你有了落脚点，就写信给我，寄到光明印刷厂，我绝不告诉任何人；有什么困难，就写信来，我寄钱去。不管有多苦，要对来娣好，否则，我饶不了你！你发誓！"

陈栋面对苍天，双手合十，做出发誓的样子，片刻，他走到屋后，钻进竹园，消失在夜色里。

第二天天没亮，陈栋和谭来娣换上自己的衣服，悄然离开了朱家，到九圩汽渡码头，拦了一辆开往上海的客车，去上海闯荡了。

除了谭剑英，陈家与谭家，好长一段时间再也没有陈栋和谭来娣的消息。

西安大学的三年级学生，大部分安排到实习单位实习。牟碧霞没有安排谭小龙出去实习，推荐给正在攻关甲醛在装潢材料环保项目的课题的申建栋教授，谭小龙既可以参与课题研究，有时间准备考研，还有时间与牟丽琴加深感情培养，牟碧霞看中谭小龙，想让他留校。

谭小龙深感牟碧霞的知遇之恩，听从她的安排。原来的志向是研究可以治虫而不会致死人命的农药，科学的飞快发展，已经有了替代一六零五、一零五九剧毒农药的产品，他的愿望实现了。而环保领域在化工方面有更大的研发空间，民用的装潢材料甲醛超标问题至今没有解决。大量的报道触目惊心，不少儿童、孕妇因此患上白血病，不可治愈，甚至失去生命。谭小龙敏锐地觉察到，这比当初的农药问题，更有挑战性；化学领域的千姿百态，充满了广阔的前景和深奥的学问。

牟丽琴对姑妈的撮合，觉得用心良苦，南方与北方的文化差异，人文精神所致的性格差异，在她与谭小龙的交往中日益显露出来。在感情方面，谭小龙是典型的慢热型男孩，也许他是因为学业没有完成，未曾立业而不想谈恋爱；也许他是因为经济的不富足，而有些自卑，总是不进入角色。牟丽琴显得比他成熟，比他更知人冷暖，在每次约会出去玩的时候，谭小龙总是矛盾的，对于西安的名胜古迹，他很想都去走一走、看一看，可是，昂贵的门票，就让他望而却步。在去兵马俑游玩那一次，他带的钱，原来是够买两张门票的，谁知，涨价了，还是牟丽琴买的。尽管牟丽琴对他说，你现在没有收入，而自己每月有工资，不要把谁花钱的事放在心上，只要两人谈得来，谁花钱是无所谓的事情。她越是这样宽慰他，谭小龙越是心存不安。

现在随申教授搞课题研究，再也不去勤工俭学，不过，申教授每月发给他八十元的生活补助，这比勤工俭学多了一倍，与牟丽琴的工资差不多呢！谭小龙拿了第一个月补助，就主动约牟丽琴，到早已想去的大雁塔游玩。

八月的西安，骄阳似火，天空一片清澈，没有一丝云彩；好多天没有下雨了，地面被高温烤得滚烫，上晒、下蒸，人们都受不了，本地人都躲在家里吹电风扇，不敢出来。只有外地游客，更多的海外游人，向往这世界四大古城之一的奇观，慕名而来。牟丽琴这天休息，不在厂里上班，谭小龙打电话到厂里，没有找到她。他借了一辆自行车，去她家约她。牟丽琴母亲下楼去倒垃圾，见谭小龙破天荒地第一次主动来约女儿，赶紧叫醒还在睡觉的女儿。只有早上凉快些，她就多睡会儿，一听母亲叫唤，牟丽琴一骨碌爬起来，头伸到窗口一看，与楼下的谭小龙挥了一下手，快速梳洗，连辫子也来不及编起来。穿上白色短袖衬衫，乳白色短裙，水晶色凉鞋，准备下楼时，母亲给她拿了一双白色丝袜，让她穿上。桌上盛好的稀饭，已经冷了，她急呼呼的喝了一碗，三下五除二地咬了几口馍，就"噔噔噔"下楼。走到第二层，发现没有带钱包，又"噔噔噔"上楼，母亲已经把她的小包拿着，她莞尔一笑，斜背在身上，又"噔噔噔"下楼。

谭小龙笑道："我打电话到厂里的，才知道你休息，就冒昧地到你家里来了。"

牟丽琴也笑着说："你不会打电话到家里来呀？"一边说话，一边编辫子。

谭小龙看着她如瀑布一般飘垂的长发，说："就用手绢扎一下，蛮好看，别编了，热！"

牟丽琴脸一红，把编了几节的辫子又散开了，用原来扎的手帕扎了一个蝴蝶结，长长的秀发乌黑油亮，一直垂到臀部以下，倒是把肥厚的臀部遮住了。谭小龙看着发愣，牟丽琴转身向后看自己，脸上泛起红晕。

他们没有骑自行车，都有公交卡；天太热了，古城的道路有上坡与下坡，骑车上坡更热了。牟丽琴让谭小龙把自行车锁在楼下，到附近的公交站台乘车。牟丽琴对谭小龙的性格大略了解，他能主动来约自己，肯定是已经规划好了，就不问他去哪里，小鸟依人般随在他身边。谭小龙看了站台的站牌，确定乘坐哪路车。这时，五路车来了，他向牟丽琴伸手，牟丽琴把手给她，谭剑英拉着她的手，上了公交车。

一九九一年的古城西安，还是百业待兴，古迹的修复，方兴未艾，一些古建筑，列入逐步修葺的规划之中。大雁塔周边，还是比较冷清，人们到大雁塔旅游，一是去大慈恩寺烧香祈祷，再就是学习唐代高僧玄奘大师的精神，他积以跬步，行之万里，对佛学孜孜以求终于得道的精神，是后人望尘莫及的；还有大雁塔的雄姿，是古都西安的象征，也是西安的标志。

牟丽琴与谭小龙来到大慈恩寺，走进寺院，只见对联写着：奉释迦诚言力修净土不变，尊弥陀本领决定从生无疑。他们虔诚地买了两股香，点燃插好，又双双走进寺内，双双跪在佛像前，顶礼膜拜。

唐贞观二十二年（648年），太子李治，为追念其生母文德皇后（即长孙氏），祈求冥福，报答慈母恩德，奏请太皇敕建佛寺，赐名"慈恩寺"。寺院建成之初，迎请高僧玄奘担任上座法师，玄奘于此创立了大乘法教法相宗，也叫唯识宗。从此慈恩寺就成为中国大乘佛教的圣地。

走出寺院，谭小龙与牟丽琴远观大雁塔。谭小龙对它的名称与外形，感到名不符实。没有见塔之前，他以为，大雁塔会如同大雁展翅，有翱翔的雄姿，而眼前不就是一座砖木结构的七层宝塔吗？他忍不住问牟丽琴：

"为什么叫'大雁塔'呢？"

牟丽琴见他一脸疑惑，就讲解给他听。

唐僧写的《大唐西域记》，记载了雁塔名称的由来。相传很久以前，摩揭陀国，也就是现代的印度比哈尔邦南部，有一座寺院，这个寺院的和尚，信奉小乘佛教，可吃三净之肉。一天，空中飞来一群大雁，有一位和尚见了，欣喜若狂，信口说，今天大家都没有东西吃了，菩萨应该知道我们饿肚子啊！话音未落，一只大雁就坠死在这个和尚面前。他惊喜万分，遍告寺院内众僧，认为这是如来佛教化他们。于是，在落雁之处，以隆重的仪式葬雁建塔，取名"雁塔"。玄奘于公元六二九——六四五年间，在印度游学时，瞻仰了这座雁塔，回国后，在慈恩寺翻译经文期间，为妥善存放从印度带回的经书、佛像，于六五二年在慈恩寺西院建了一座仿印度雁塔的砖塔，命名为"雁塔"。至于为什么叫"大雁塔"，一说是，"大"，代表大乘佛教的意思，另外一说，是相对后来荐福寺的"小雁塔"而言。

谭小龙听了，恍然大悟，感慨道："不到实地，不知真相，道听途说，望文生义，不可取也！"

牟丽琴说："这座塔的故事多着呢，我来过好几回了，每来一次，都学到一点知识，特别是唐僧的求学精神，是追求真理，追求崇高境界的人不可缺少的。"

谭小龙说："我读过《西游记》，那是神话小说，夸大其词，唐僧真有那么多故事吗？"

牟丽琴笑道："哪有小说里写的那么回事？小说里去西天取经，有师徒四人，还有徒儿们为师傅排忧解难。真正的玄奘，是单人独骑走'丝绸之路'。他在唐贞观三年，也就是公元六二九年从长安出发，经过整整三年的艰难跋涉，行程五万多里，到达佛教圣地天竺。你还记得电视剧《西游记》里《天竺少女》那首歌吗？李玲玉唱的。"说完，她哼唱起来：

> 是谁，送你来到我身边
> 是那圆圆的明月，明月
> 是那潺潺的山泉，是那潺潺的山泉
> 是那潺潺的山泉，山泉
> 我像那戴着露珠的花瓣，花瓣
> 甜甜地把你依恋，依恋
> 噢沙噢沙噢沙里瓦，沙里瓦
> 噢沙噢沙噢沙里瓦，沙里瓦
>
> 是谁，送你来到我身边
> 是那璀璨的星光，星光

是那明媚的蓝天，是那明媚的蓝天

是那明媚的蓝天，蓝天

我愿用那充满纯情的心愿

深深地把你爱怜，爱怜

噢沙噢沙噢沙里瓦沙里瓦

噢沙噢沙噢沙里瓦沙里瓦

······

牟丽琴唱完了，侧脸问谭小龙："好听吗，有没有李姐姐唱得好？"

谭小龙明知牟丽琴唱出心声，却装糊涂，笑道："好是好，可没有李姐姐唱得甜啊！"

牟丽琴嘟着嘴说："人家是专业的，我是鹦鹉学舌······"

谭小龙见她不高兴了，便拉起她的手，诚挚地说："我开玩笑的，你唱得太好了，我都能体会到你是用心在唱了。"

牟丽琴说："装糊涂！"她嫣然一笑。

谭小龙说："继续讲，唐僧到了天竺国，怎么样了？"

牟丽琴说："在那里，玄奘就学于著名的那烂陀寺，拜长老戒贤为师，学成之后，又用五年时间在天竺国寻道，游遍全印度各国。后来，返回那烂陀寺时，做了这座佛教最高学府的主讲，仅次于恩师戒贤大师了。到了唐贞观十九年，也就是公元六四五年唐僧携带经卷六百五十七部，佛像八尊和大量舍利子，载誉回到长安。据说，当时从皇帝到众僧，迎接他的规模空前绝后。贞观二十三年，也就是公元六四九年，大慈恩寺落成，玄奘任首任住持，又兴建大雁塔。

谭小龙为玄奘艰难求学的精神，严谨治学的态度而感动。自己从遥远的长江下游的滨江小县，为了理想，来西北求学，坐火车就三千多里，唐僧步行五万余里，要付出怎样的艰辛？想想自己，一开始还觉得水土不服，生活不习惯，时有举目无亲的寂寞感，比起唐僧来，自己是多么渺小。今天来到大雁塔，第一个收获，就是玄奘大师成为自己人生之路的楷模，今后的路不管多么艰难，要心中有佛，就是玄奘这尊大佛！

牟丽琴见谭小龙沉默不语，知道他在想心思，也不作声，默默地跟在他身后。

走近大雁塔，谭小龙驻足观看，正面第一层石门洞上楣，正书"大雁塔"塔名，在门洞旁边有详细介绍。他走近看到，大雁塔，最初是仿西域窣堵坡形制，砖面土心，不可攀登；后经历代改建、修缮，逐渐由原来西域窣堵坡制演变成具有中原建筑特色的砖仿木结构，成为可登临的楼阁式塔。对联的上联是：历代数鳌头朱墨千秋崇虎榜，下联是：题名附骥尾浮屠七级幻龙门！他抬头仰望，塔上有游人登塔观望。所读的古文里，他读过《岳阳楼记》，也读过《滕王阁序》，其中都有登楼的描写，顿时，他想登塔了，他问牟丽琴：

"你以前登过塔了？"

牟丽琴摇摇头。

谭小龙兴趣盎然，说："我们一起上去，看看里面有哪些东西，是不是真有舍利子；再登高望远，看看西安城全貌，七层，有四、五十米高吧！"

牟丽琴说："六十五米吧？"

谭小龙说："比西安明城墙高多了。"说完，他去售票窗口，看到"登塔十元"，毫不犹豫地买了两张票。

进入南门，洞壁两侧，镶嵌了历代题字名碑以及描写玄奘辉煌一生的《玄奘负笈像碑》和《玄奘译经图碑》。从一层到七层的通天明柱上，悬挂着四幅长联，写有唐代的历史、人物和故事。

一层塔内，介绍古塔常识和名塔图片，展示佛塔的起源与发展，佛塔的结构与分类。塔座登道的东侧墁砖处，平卧一块"玄奘取经跬步足迹石"，上面刻的图案，生动地反映了当年玄奘西天取经的传说故事，体现了他的万里征途、始于跬步的奋斗精神。谭小龙从头看到尾，十分赞叹，心灵产生了从未有过的震撼，完全颠覆了小说里唐僧那种碌碌无为、凡事无能的形象。

牟丽琴明白谭小龙看得仔细的缘由，也许他真的感动了，也许他好不容易来一次，以后再也没有机会来了，也许他坚定了作为榜样的信念，也许他的人生从此得到改变……

两人到了二层室内，见供奉着一尊铜质鎏金的佛祖释迦牟尼佛像，介绍说，是明初宝贵文物，视为"镇塔之宝"。看到人们礼拜佛祖，谭小龙又拉住牟丽琴的手，一同三拜佛祖，愿保佑他们心想事成。

两侧的塔壁上，是两尊菩萨的壁画图像以及几幅历代名人书法，多是唐代诗人登临大雁塔有感而发的诗句。有上官婉儿的"塔类承天涌，门疑待佛开"；岑参的"四角碍向日，七层摩苍穹"；高适的"言是羽翼生，迥出虚空上"等等。谭小龙喜好古诗词，他认真阅读，感到古人描写的大雁塔风景，形神兼备，虚实相融，既有景色，又有佛在心中的意念。牟丽琴虽然看不出诗中意境，但看到谭小龙今天的心情比以往开朗，心里暗暗高兴。

三层塔室正中，一个木座上，存放着珍贵的佛舍利子和大雁塔模型。这些舍利子，是玄奘大师从印度佛寺带回的，一位叫悟谦的法师所赠，属于一乘佛宝。塔的模型，按照一比六十的比例制作，金光闪闪，惟妙惟肖。

古代印度，没有纸张，佛教就将经文刻写在贝叶上，直到当代，还保留这种刻写方法；全世界认识贝叶经的不足十个人。大雁塔四层塔室里，供奉着两片贝叶经，长约四十厘米，宽约七厘米的贝叶上，刻写着密密麻麻的梵文。

到了第五层，见到一通释迦牟尼如来佛的足通碑，也是玄奘法师晚年复制而成。从古到今，素有"见足如见佛，拜足如拜佛"之说。谭小龙看了介绍，又拉着牟丽琴的手，向佛足三鞠躬。牟丽琴一次次与谭小龙拜佛，心中都涌起一阵阵波澜，她所祈求的，是从今往后，谭小龙能够进一步靠近自己，一直拉着自己的手，让自己走进他的心里……

唐代的诗赋，登峰造极，这与唐代的经济发达、文化繁荣分不开的。从帝王到平民，都能吟诗作对。白居易的诗句，就有"妇孺皆知"之说。他考中进士，才二十七岁，激动所致，就登上大雁塔，写下了"慈恩塔下题名处，十七人中最年少"的豪放诗句，表达了他少年得志的喜悦之情。这就是延续下来的"雁塔题名"的故事。唐天宝十一年（公元七五二年）秋天，杜甫与岑参、高适、薛据、储光羲相约，同登大雁塔，凭栏远眺，触景生情，每人赋五言长诗一首。除了薛据的诗赋已经失传，其他四人的传诵至今，千年不衰。大雁塔的第六层，就有他们的佳作。

第七层塔顶，刻有圣洁的莲花藻井。中央为一朵硕大的莲花，花瓣上刻有十四个字，连环为诗句，可以数种念法。谭小龙仰脸向上，那十四个字是：佛、见、人、赞、唐、僧、取、经、还、须、游、西、天、拜。壁上玄奘所著《大唐西域记》，记载了他在印度所闻僧人"埋雁建塔"的传说，向游人解释了最可信的雁塔得名由来。这个故事，牟丽琴已经给谭小龙讲过，他一目十行，观后走到外面，极目四望。

骄阳下的古城西安，历经沧桑，虽然经过十多年的改革开放的洗礼，似乎还像一个步履蹒跚的老人，没有焕发青春。除了在明城墙找到一点当年的力量，一切还是不尽人意。谭小龙不禁想到诗圣杜甫在五诗人的压轴之作，似乎也是描写的千年之后的登塔之所见：

高标跨苍天，烈风无时休。
自非旷古怀，登兹翻百忧。
方知象教力，足可追冥搜。
仰穿龙蛇窟，始出轮撑幽。
七星在北户，河汉声西流。
羲和鞭白日，少昊行清秋。
秦山忽破碎，泾渭不可求。
俯视但一气，焉能辨皇州。
回首叫虞舜，苍梧云正愁。
惜哉瑶池饮，日晏昆仑丘。
黄鹄去不息，哀鸣何所投。

君看随阳雁，各有稻粱谋。

杜甫的这首五言诗，气势恢宏，收放自如，情景交融，寓意深远。

牟丽琴看到谭小龙面对古都风景，却沉思不语，也没有说什么。时近中午，牟丽琴看看火辣辣的太阳，又看看渐渐散去的人群，便提醒谭小龙：

"肚子该饿了吧？"

谭小龙从远处收回目光，转过头来，一语双关，笑道："秀色可餐！"

两人沿着转角木楼梯走下大雁塔，牟丽琴主动拉住谭小龙的手，走过慈恩寺院。虽然又热、又累、又渴、又饿，谭小龙却感到有一种力量在热血中沸腾，有一种精神注入他的灵魂，他的脚步既快捷又有力……

第十九章

去了几次西安，谭剑英对古城的情愫加深了，似乎难以割舍。他在《边关月》一诗中写道：

无垠的苍穹
广袤的天空
有一轮明月
身披千古霞红
啊我远望着你
心怀憧憬的悸动
啊我遥念着你
是沧桑岁月的沉重

你撒向苍茫大地
一片无私的宽容
你眼观世事的变迁
一种激情在涌动
你也有伤感的时候
就露出半个颜容
你也有兴奋的时候
就让星辰快快聚拢

边关冷月
冷月边关
我向往你啊
不仅仅是青春的骚动

谭剑英通过西安卖火柴的经历，对大西北的人文精神，处事风格，有了深层次的了解。他认为，自己的为人慷慨，处事细致，生活潇洒的诸多优势，是融入西部环境，适应那里的工作、创业的基础。他所订的《西部信息报》，是一种信息量大、内容广泛的好报纸。他不仅在上面刊登印刷品广告，获得了一些业务，还在其中学到了广告效应带来的更多知识，非常实惠。《西部信息报》，有许多优惠政策，比如，不定期地给读者免费刊登百字左右的信息。他撤掉了印刷业务的广告，给自己做了个宣传，推销自己，广告词这样写道：

谭剑英，男，现年十八岁，共青团员，扬州广播电视大学市场营销专业毕业。擅长企业管理、市场营销；本人身体健康，独立生活能力强；能诗文。文字处理能力佳；善于交际，与人沟通能力强。愿意寻觅西部地区能够施展抱负、实现理想的工作。联系地址：江苏省马驮沙县跃江乡铁记庄，电话，0523—653116.

广告登出去不久，从甘肃、新疆、陕西、河南等地来了许多信，大部分是县乡企业，还有个别乡镇企业，也有国有企业，都觉得谭剑英年轻、有文化、懂营销，伸来一根根橄榄枝，希望他去洽谈。

一连几个月，谭剑英都十分亢奋，诗兴大发，写了不少抒情诗，其中一首《遥远的星空》写道：

仰望星空，有明亮也有暗淡
遥望星空，有理想也有慨叹
我极目寻找，倾心追寻
哪一颗是我，何处发出光焰

仰望星空，这里是一片湛蓝
遥望星空，那里有一片梦幻
我的心啊，已经巡游天外
有一颗属于我，会意外的璀璨

在众多的来信中，他认真地阅读了西安解放化工厂牟碧玉的来信：

亲爱的谭剑英同志：你好！

我是西安市解放化工厂厂长、法人代表牟碧玉。你还记得吗，你哥哥谭小龙，是我儿子牟丽军的辅导老师，正因为有你哥哥的悉心辅导，丽军才能考上理想的东南大学。那次你来西安看望你哥哥，曾到我家来过，家庭便饭，没有什么好的招待，请你原谅！

我们工厂，是国有企业，虽然规模不大，效益在西安市同类企业还算上游。主要产品是封瓶口的塑胶帽，广泛用于制药、医疗、酿酒等行业，在全国有较大的市场空间。

我们这里的销售人员，缺少南方人的开拓精神，只有小富即安的满足；缺乏南方人永无止境的进取精神，只有浅尝辄止、故步自封的狭隘意识。我的愿望，趁改革开放的大好时机，进一步扩大产能，多占市场份额，把企业做大做强。

看了你的介绍，对你的条件，我十分满意。好在我们已经见过面，对你为人，尤其你在火车上给孕妇让座的善举，我十分欣赏。你哥哥沉稳、多智慧，是学者型人才；你乐于助人，性情豪爽，是驰骋商场的好手！我已经请示上级部门领导批准，真诚地邀请你来古城西安，用你卖火柴的韧劲加盟我们，我期待着你的回复。

牟碧玉

一九九一年八月十六日

谭剑英看完每一封信，要再看一遍，而牟碧玉的来信，他反反复复看了好几遍，并且在信封上打上大大的五角星。他计划再等等，花半年的时间，等待更好的信使到来。他心潮起伏，激动地在房间里来回踱步，又写下了一首《梦回大唐》：

你从远古走来
合了又分，分了又合
你从蛮荒走来
战了又和，和了又战
构成李唐天下
营造贞观盛世
大中华的繁荣鼎盛
是一次又一次地继往开来

历史的滚滚车轮，到了当代
你不是年事已高的老者
改革的号角已经吹响
开放的大门正在打开
建设国富民强的家园
重返久远的小康世界

大中华的伟大振兴，
是一代又一代的梦中情怀

　　铁娜每次回来，都在谭剑英身边。看了许多外地来信，又读了谭剑英的诗作，感到他的梦想远了，心愿野了；她意识到，不知哪一天，谭剑英就会像雾天放出的鸽子，极有可能回不来了，所以，她极力反对谭剑英外出闯荡。有一次，两人发生了从未有过的争执。

　　铁娜指着这些来信，问谭剑英："你真的打算去那些穷困的地方？"

　　谭剑英说："你的话别说得这么难听，好不好！什么叫'穷困的地方'？脚下的马驮沙原来还没有地方，是汪洋一片！"

　　铁娜讥笑他："不是穷地方，那里有金娃娃，等着你去抱呢！"

　　谭剑英毫不让步："不靠自己努力所得，金山银山也会倒塌；靠自己的梦想追寻，再穷再苦的地方，也会创作奇迹！"

　　铁娜说："一个人的愿望，要现实一点，不能向往空中楼阁，不能画饼充饥，更不能纸上谈兵，最美的海市蜃楼，也只是昙花一现！钱钟书先生的《围城》里，有一句经典名言，'围在城里的人想逃出来，城外的人想冲进去'，你就是这样的人！"

　　谭剑英不服气，坚定地说："我的事，你别管！我仰望星空，心中揣着理想，我双脚踏地，走好自己的每一步……"

　　铁娜见自己的劝说无济于事，不再与他争辩，化硬为软，更为柔情地说："看来，你是十八头牛也拉不回头了……可是，你有没有想想，你远走他乡，叫我怎么办？"

　　谭剑英见铁娜认输了，头一扬，开心地笑了，小虎牙露出来，反问："你是我什么人，要牵住我？好男儿志在四方，不为儿女情长所累！"

　　铁娜见他没心没肺，不把自己放在心上，忍不住哭起来，说："你要去千里之外，难道不想想病床上的奶奶，想想拉扯你们仨长大的妈妈，想想在滨江小城的江岸荷塘，想想生你养你的铁记庄园……"

　　谭剑英拿手帕为她擦眼泪，铁娜依偎在他身边。

　　谭剑英不无感慨地说："怎会不想？我才十八岁；正因为我十分在乎这些，才下定决心，外出打拼一回。我学历不高，空有一腔抱负，在这里不能施展。我外出不是一般的打苦工、出死力气；我是去闯市场、搞管理。没有适合我的平台，做不成大事的。我在你表叔的印刷厂已经两年了，给他提了不少建议，可是，他刚愎自用，一条也不采纳，一天到晚只靠关系做业务，陪那些客户打牌、喝酒，不想企业发展。江南的月城小学印刷厂，早就上了进口的彩印设备，连"中华牌"香烟的包装也能印出来，年产值上亿元。不像这个厂，停留在印资料、印试卷、印刷学生簿本的小儿科上，还'光明印刷厂'呢，我看前途一点也不光明！"

铁娜发现，谭剑英在市场上闯了两年，已经不是看工地时候的小老三了。十八岁的小伙子，已经不是笼中之鸟，而是一只雄鹰，他要振翅高飞。现在的谭剑英，除了志向远大，连说话的口气也很大。她不再与他争论，继续翻看他的书信，翻看他的诗稿。翻倒牟碧玉的那封信，看到上面的五角星记号，信的内容也打了许多"G"。铁娜猜想，小老三肯定选中了这一家，她默默地记住了信封上的地址。

马驮沙县经过撤县设市，改名为牧州市，取三国时期孙权在此牧马传说。隶属于新成立的地级市陵州市。几年的招商引资，最大的项目就是紫金大厦，由南京紫金山投资公司与牧州市共同建设，为四星级酒店。建筑方案为地下三层，地上十八层，总投资八千万元。紫金山投资公司占有百分之六十五股份，建设资金由紫金山投资公司出；牧州市以二百亩土地折合为百分之三十五的股份。跃江建筑总公司承建土木工程，后期装潢等土建结束工程再定。唐生华派出实力最强的第一分公司主打，同时让谭顺利的铁记建筑公司参与其中。

韩莉变本加厉的赌博，在当地小打小敲已经不过瘾，参与到一个叫"百家乐"的赌博圈子，经常随他人一起去上海参赌。别说赌博是靠手气，智商是主要因素。韩莉只有初中文化，上场完全拼手气。什么"二八杠"、"沙海""青儿"，从两张牌，到五张牌，最多的二十三章牌，她是来者不拒。说这个"青儿"，就是每人二十三张牌，一共一百二十五张牌，四个人玩，其中有一个人轮流休息，玩的时候是三个人。当地有一种比喻，"二八杠"是小学生玩的，只有两张牌嘛；"沙海"是中学生玩的，有五张牌；而"青儿"是大学生玩的，二十三张牌，抓在手里像一把蒲扇，多难玩，可想而知！

有一次，韩莉被几个好朋友约去打"青儿"。其实，"青儿"牌，她还没有打几回，手痒痒的，一喊就跑。说好每人五万块钱玩玩，坐下来出钱"亮鞘"，就是把约定的赌资一起拿出来，给大家看一下，以免"套铜"，也叫"糠虾钓大鱼"，都是以小骗大的意思。韩莉见她们拿出五搭百元大钞，也不甘示弱，就给她们"亮鞘"。坐下来，按常规，选择位置，三十牌换一次，共打六十牌。牌局很大，一百、二百、三百。韩莉嫌大，说"小来来"，三个女人早已约好，合伙赢她的钱，就奉承她，什么"韩总如何美丽"，什么"谭老板有钱，不在乎你玩玩"等等。韩莉经不住几个"高帽子"一戴，喜笑颜开地开始了。

一开始，三个女人让韩莉赢钱，个把小时，韩莉赢了几千元，三个女人夸她手气好。可是，接下来，她们开始反攻，韩莉再也没有大牌出现，三个女人就像屠夫一样，不但夺回了韩莉赢的钱，还三下五除二，瓜分了韩莉面前的五万元钱。韩莉眼睁睁地看着一大堆红票子没有了，就想翻本。她们也"仗义"，赢得多的借她一万，两个赢得少的借她五千，韩莉分别写了借条。有了两万元本钱，韩莉有了起死回生的信心，换新牌重来。三个人不再疾风扫残云，因为才到下半夜，离天亮还早呢！可是，韩莉面前的两万块，还是渐渐地少了，直到天亮了，韩莉面前"钱与桌子一样高了"。韩莉把牌一推，说声"不来了"，起身出门。到了门外，被晨风一吹，立刻清醒过来，转身进门，说她们三人"连档"，要求退还借条。三人相视会意，把借条退给她。就这样，韩莉一晚上输掉五万元现金。

龚弘莲自从女儿谭来娣失踪以后，变成了另一个人。不管怎样，毕竟是自己身上掉下来的肉，是死是活，杳无音讯，心疼啊！她常常以泪洗面，消瘦憔悴。陈桂兰安排好婆婆，隔三岔五地去城里看望她，打比方劝慰她。韩莉有时来看儿子，也陪她坐会儿，说，国庆在你身边，就是你的儿子。龚弘莲就像犯了什么错，赎罪一样对待谭国庆。过了暑假，三姑娘谭等娣上高三了，暑假就没有放，补课了。这个丫头还算争气，在原来的县中、江苏省牧州高级中学，成绩一直名列前茅，老师们决心培养她考清华、北大。有时，龚弘莲也自己劝自己，一个优秀的女儿，一个儿子，都在身边陪着，北京进修的谭晓婷，经常打电话回来，她没有把来娣的事情告诉晓婷，谭晓婷准备留在北京工作了，龚弘莲还没有答应她。

为了工程的基础建设进度，谭顺利与第一分公司的常小根经理，日夜吃住在工地。有时连续浇注混凝土，两个公司的人马轮流上阵，两个经理也轮流值班。这天，值了一夜班的谭顺利，刚刚在工棚躺下，韩莉来了。韩莉的黑眼眶更深了，像熊猫眼。谭顺利坐在板床上，看到她那样子，既好气又好笑，既可嫌又可怜。估计她又是来要钱，便问：

"是不是又没钱了？"

韩莉冷静地说："我今天不是来要钱的，而是要离婚！"

谭顺利好像没听明白，一夜没睡，觉得头昏沉沉的，就到门外水龙头上冲冲头，捋了一下水，走进工棚，问韩莉："你说什么？"

韩莉平静地说："顺利，我发现，人家找我赌钱，都是看中你是建筑公司老板，有时联手赢我的钱；我没钱了，就不想去赌，她们就说，没事，我们借给你，结果，我越输越多……"

谭顺利问："是高利贷吧？我听说木金寺的许老四放一角的利息……"

韩莉点点头说："我也借了，如果不及时还就得利滚利了……"

谭顺利问："你现在欠了多少债？"

韩莉轻描淡写地说："大概二十多万。"

谭顺利大吃一惊。他想，当初大龙造房子估算造价，也就二十多万；韩莉以前输掉多少不算，现在这么个大窟窿，就是一幢二层半的楼房啊！

韩莉见谭顺利不作声，便催问："我们离婚，好不好？"

谭顺利说："你离了婚，欠人家的债，赖得了？"

韩莉说："你把毛家厅的房子给我，我卖掉还债。"

一听说韩莉要卖房子还赌债，谭顺利怒火中烧，睁大眼睛斥质她："你赌昏头啦？房子是儿子的，将来他要住的！你别白日做梦！想卖房子，还不如把自己卖了！"

韩莉任凭他发火，只是自言自语："我从小姑娘跟了你，离家不归，为你生了儿子，我不是卖给你？现在人老珠黄，还值多少钱？你不肯离婚，不让我卖房子，我只有死路一条；我死了，国庆也没有亲娘了……"说着，她呜呜哭起来。

被韩莉这么一说，谭顺利愣住了，摸出香烟，点着了，猛抽几口，便说："你也别哭了，难道你非要赌啊，吸毒都能戒掉，你个赌瘾戒不掉啊？……让我想想，过两天你再来，我们再商量。"

韩莉不再哭泣，抹了眼泪，回去了。

韩莉走后，谭顺利再也睡不着了，他要想出一个两全其美的办法，既要把韩莉的赌债还了，还要保住毛家厅的小四合院。他搞建筑的，知道那市中心的房子会升值，不能卖。那帮赌鬼，说不定早已觊觎那房子了，一步一步引诱韩莉就范，真够歹毒的；韩莉嗜赌如命，中计不说，还以死相逼，实在是不可救药了。他走到工地上，看到常小根在指挥浇注，侄子大龙也在现场监督，就骑上摩托车，去总公司找弟弟顺和商量。

谭顺和不在公司办公室，到牧州房产开发公司去办事。谭顺利硬着头皮找唐生华，他的办公室在楼梯东边。

唐生华见谭顺利来了，很诧异，便问："你不在工地，到我这里来做什么？有事不能打个电话？"

谭顺利说："这件事情，在电话里说不清。"

唐生华从老板椅里站起来，惊问："什么事？"

谭顺利摆摆手："你坐下，不是工地上的事情。"

唐生华急了一身冷汗，在南郊中学建设中，曾经出过工伤事故，还死了人。他松了一口气，坐下来，在桌上的烟盒里摸出两支烟，扔一支给谭顺利，自己点着了，等他说事。

谭顺利坐在沙发上，点着香烟，说："我要急用一笔钱，手里有点，不够，想请你帮忙。"

唐生华说："大龙造房子，都是顺和在张罗，没有叫你出一分钱啊！以后装潢，我来出钱，也不要你帮忙；你不造房砌屋的，也没有其他什么大事，要一笔钱做什么？"

谭顺利说:"不是我用,是韩莉。"

唐生华想起前年韩莉来公司向谭顺和借钱的事情,也耳闻韩莉赌瘾很大,难道这次闯了大纰漏,逼谭顺利拿钱?唐生华估计谭顺利不止一次给她钱,韩莉掌握他的心理,就是儿子这张王牌!他的烟吸完了,又摸出两支,扔给谭顺利一支,自己点起来,悠然地吸着。

谭顺利见唐生华不接话茬,断定他不肯帮忙。韩莉走了之后,他想了几个弄钱的方案。一是原来唐生华打算在投资大厦工程里弄材料为大龙砌楼房,可以弄到二十万;二是这次参与工程,自己的公司可以分到红利,应该不止二十万;还有下策,就是把铁记庄建筑公司的资产卖给总公司算了,自己弄个现成的分公司经理当当,省得到处找活干。

唐生华一支烟又抽完了,起身说:"上工地,我去看看地下三层进度。"

谭顺利说:"常小根和大龙盯着呢,你还不相信你的王牌军啊?我的事还没有落实呢!"

唐生华说:"现在公司里全力以赴建设紫金山大厦,已经在银行贷了一千万,南京才打了两千万,你知道,一个基础,就是两千万,我哪有钱管你个人的事情?"

谭顺利说:"你坐下,听我慢慢说。韩莉有个方案,要么离婚,把毛家厅的房子给她,卖了还赌债,要么去一死了事。"

唐生华感到事态严重,就问:"欠多少钱,出如此下策?"

谭顺利说:"她说二十多万,我看不止;还向港东的许老四借了高利贷。"

唐生华重视了,又摸烟,一人一支,他猛吸几口,就吸完了;自己掏出一支烟,再吸。他了解谭顺利,不到伤心处,有泪不轻弹,不到山穷水尽,不来低声下气。

谭顺利又把几个方案回忆了一下,见唐生华还是缄默不语,就直截了当说:"生华,看在我们小兄弟一场份上,帮我一把。本打算到工地的材料里弄钱,不敢啊,说不定又要坐牢。毛家厅的房子不能卖,会升值,儿子将来要住。我想来想去,只好把自己公司的盆盆罐罐并给你。没了家产,韩莉也没有赌钱的底气,那些赌鬼不会再找她去赌了。我的家底你是一清二楚,出多少钱,随你,只要把韩莉的事情摆平了,离了婚,与我不再有瓜葛,她怎么生活,我再也管不了……"

唐生华听了谭顺利的方案,为他的仗义而感动,既维护了儿子的财产,又解决了韩莉的债务,还断了韩莉赖以赌博的资源,真是一举多得。

谭顺利问:"怎么样?韩莉还等我话呢!"

唐生华说:"兼并、改制,是目前市场经济发展的趋势,市里已经开始试点,我们乡的棉织厂倒闭了,产权被查氏染整收购。你把那个摊子并过来,还是一样做工程，还是当你的经理，倒是能够变一点现钱，以解燃眉之急。这样吧，一两天之内，我找章书记请示一下，还要开一个班子会议，形成决议。……你妹夫陈桂根，现在是农经公司经理，我在他那儿也贷了款，你急的话，就去贷款，我来担保。等评估了你的资产，办好手续，拿钱还他。"

谭顺利说："我不去找他。现在已经看出名堂了，两个小的至今活不见人，死不见尸的，肯定是陈栋那小子把二丫头拐走了……我的事，还是你一手操办吧！"

唐生华叹了一口气，说："真是作孽啊！……也罢，就叫菲菲办吧，弄多少？"

谭顺利见他爽快，十分高兴，憔悴的黑脸上露出了苦涩的笑容，一闪而过。他说："就弄二十五万，打发她算了。我也是前世里作了孽，遇到这样的人，败家子！"

唐生华感慨地说："毕竟人家年纪轻轻的就跟了你，为你生了儿子，传宗接代啊！你看我，只有丫头的命。……你与韩莉办了离婚手续，要让她还住在那儿，只要房子归你们儿子名下就好，别让人家没有地方住！"

谭顺利说："这个自然。我打算在铁记庄给她一间老屋，如果她不找人，可以住来。"

唐生华说："这个要与桂兰、顺和商量，还有弘莲，毕竟你们没有分家，虽然你是老大，也不能自说自话。"

谭顺利与唐生华说说家常，心里的结松开了，拿起唐生华扔来的香烟，点起来，苦笑着说："你放心，不会损害你女婿利益的，老屋有他的；这个公司将来改制了，没有我的，也没有你的，全是他的了……"

唐生华说："按道理是这样，可是，咸鸭子烧在锅里，还会飞了……不说这些，上工地！"说完起身，拿起衣帽架上的安全帽。走出办公室，谭顺利跟在后面，唐生华关上门。

到了楼梯口，他们遇到谭顺和。

唐生华问："拿到多少？"

谭顺和说："三百万。"

唐生华一拍巴掌，高兴地说："马经理真是够哥们，这次帮了我们大忙；楼盘还没有开工，就预付了一大笔。"

谭顺和说："市里开过会了，要求各相关单位全力支持投资大厦建设，新来的孙书记直接督办。"

唐生华只顾与谭顺和说事情，把谭顺利摞在一边，这时，才发现他还在身边，就对谭顺和说："你现在就去叫菲菲办二十五万现金支票，分五张，我急用；不要对任何人讲，你关照菲菲。"

谭顺和心中有数，唐生华许多大项开支，都是自己经办，他是法人代表，不能留任何痕迹。他点点头，上楼去了。

谭顺利这下彻底放心了，对唐生华说："我瞌睡来了，回去睡觉，晚上还要浇注。"

唐生华相信他，干活是一把好手，握住他的手，很使劲。

得到唐生华的通知，谭顺利到他的办公室，写了借条，唐生华批了"准借"，谭顺利拿着借条，到唐菲菲那里取了二十五万现金支票，五万一张，共五张。然后，约韩莉作了一次长谈。谭顺利告诉她，为了筹钱，把自己的公司卖了，以后不是什么老板，只是一个普通的手艺人。给韩莉分析了赌博的危害，凭她的智商与财力，是不能参与豪赌的；如果像戒鸦片那样戒赌，赌债还了，就不要离婚，毕竟孩子还是需要母爱的。韩莉就时时刻刻都在自己身边，上班、下班，别人不会再找她。韩莉以继续开发廊为由，不肯随他生活。她说，已经离不开灯红酒绿的生活；离婚后，不会再住毛家厅，另外租房子住，不要给孩子留下负面影响；赌博的事，坚决不干了，此后，不会再找谭顺利要一分钱。陈桂兰与龚弘莲也劝韩莉不要离婚，过太平日子，韩莉还是滴水不沾、油盐不进，坚决离婚了事。

两人到了民政局，办了离婚手续。毛家厅房子归谭国庆所有，谭顺利与韩莉可以居住，都不得在那里结婚（复婚可以住）；铁记庄园谭家老宅第三排西面第一间产权归韩莉所有，可以居住，不可以单独拆除，或卖给外姓外族。如果需要建房，可估价给谭顺利，谭顺利协助韩莉另外择宅基地建房。儿子谭国庆由谭顺利抚养，韩莉不承担抚养费。谭顺利一次性补偿韩莉二十五万元人民币，此后，两人不再有任何经济瓜葛。

外面，下起了雷阵雨。韩莉没有带雨具，打车来的。谭顺利拿出车厢里的雨衣，给韩莉穿上，为她扣好纽扣，带好帽子，系好下巴下面的绳子，无限留恋地说："来，让我再驮你一回吧！"

韩莉如当初去跃江卫生院检查怀孕时一样，头靠在他宽厚的后背，两手搂住他的腰。谭顺利踩响摩托车，冲进雨幕之中……

龚如玉在外贸局上班，除了出差，做翻译，平时在办公室，如果没有什么事做。她老是站在窗口，遥望铁记庄园。郑浩在市团委工作，到了周五就来等她，一同出去吃饭，有时去歌舞厅唱歌、跳舞。龚如玉是看客，旁观者，郑浩把她作为"名片"，展示给那些团干部们，都是科局机关、城区中学的，大多是女干部，有的结婚了，也有小姑娘。龚如玉看他们对着屏幕忘乎所以地唱，在舞池里翩翩起舞，感到非常无聊，大多中途不辞而别；去了几次，他们依然故我，潇洒走一回，龚如玉就不再去了。即使郑浩叫她吃饭，饭后，她总有借口离开，随她们去寻欢作乐。

在办公室无事可干，她就用英文写一些东西，有时几句，有时写得很长，吐露心声。她这样写道：

……想你的时候，却不能打电话给你；想你的时候，却不能见到你，不管白天，还是黑夜。因为我知道了，我们无法在一起！这份思念，我只能深深地埋藏在内心深处。面对别人，我要用微笑；想着你的时候，我只好用无奈！我一次又一次地警醒自己，不要再想你，可是，一次又一次都会触及那个不可自拔的思念……

我已经明白，你我的世界，已经有了遥不可及的距离，这种距离，我无能为力缩小它，有时奢念，哪怕是一道彩虹，雨霁之彩虹，让我逾越……外人看我，好工作、好家庭、有好男友，很光鲜，很幸福；可有谁知道我的痛苦，我的悲伤？我多么想回到从前，天天看到你开心的笑容，天天听到你讲乡野故事那浑厚的声音。你浑厚的声音是从稚嫩的童声而来，我一直喜欢听，那些日子，是我生命里最快乐的时光！那时候，我想的，是你真的很爱我，即使不说出来！现在想起来，总有想哭的冲动，却不知道为什么，实在忍不住了，就独自默默地流泪。有人说，时间会让人忘记伤痛；而我不同，时间越长，我的伤痛越深，痛定思痛，痛得就习以为常了……

龚如玉写着写着，眼泪不自主地淌下了，她还是走到窗前，任它尽情地流淌。她没有大哭，也没有啜泣……

又一次，龚如玉这样写道：

……曾经认为，我们有了开始，就会走到最后，因为我们青梅竹马，我的身体已经被你看见。可是，当你与另一个订婚之后，我懵了，我想得到的，你却给了别人！我就开始遗忘过去，可是，越想遗忘，相反越是清晰，觉得又是一次开始。看风吹云淡，也似乎劝慰自己，风过了，没有云遮雾蒙，一切又明朗起来，痛楚更重。真实的你，真实的我，又一次牵手！我用外表的微笑掩盖内心的伤痛；我用李清照来打发思念的时光……这是我陷入无助的世界，空洞的双眸却看不到曾经的你，想用与世隔绝来消除这一切，可是又清新地看到你在笑，我又回到了现实。

……曾经以为，我已经把自己的人生画笔送到了你的手中，期待你绘出我们两人的幸福，可我没有看到多彩的画卷。我二十多岁的年华里，有你陪着，有感动，有欢笑，可你留给我的是太多的伤感，太多的疼痛，有如五味瓶打翻在心里，有了不与年龄相称的老成。

……曾经以为，我爱你，你必须爱我，可老天不公平，把你从我的爱中拉走，也许这是你的权利，你的幸福在你手中，任我如何执着也无济于事，反给自己更多的负担与伤痛。有时候，清晨醒来，阳光穿过薄薄的窗帘照进来，我不觉得温暖，反而觉得是一片凄凉撒进屋来，是一夜里你送来的悲伤；你为什么要在梦中走到我的身边，你为什么要看我少女的酮体？如果哪一天我疯狂地拥抱你，你不得拒绝；如果哪一天我疯狂地吻你，你必须接受，否则，我会死去……

　　龚如玉就这样写着，这样想着，这样痛着……终于有一天，她再也无法排挞内心的这些，就朝紫金大厦工地走去，她不知道为什么。

　　谭大龙与分管技术的副总冯太金十二小时轮流值班，已经在工地上快半个月了，地下基础工程还没有结束。工地上，数台大型搅拌机"呼啦啦"的转个不停，将水泥、石料、中粗砂拌成混凝土，由工人用斗车推着倒到钢筋笼子里；那些力气大的工人，紧握振动棒，上下左右振动混凝土，使之充分搅和，融为一体。谭大龙站在搅拌机旁，监督施工员做下料记录，多少材料，按比例投入，不能有一点差池。当初，为了节约成本，支持地方企业，打算使用马洲水泥厂的水泥，就一个地下工程，可以节省三百万元。技术人员争论不休，最后由投资公司老总拍板，没有读过大学的老总，就八个字，为争执画上句号：百年大计，质量第一！

　　龚如玉走到工地门口，被看门人挡在门外。龚如玉说，找谭大龙。看门人没有见她来过，知道唐菲菲是谭大龙的未婚妻，谭大龙值夜班时，她还来陪过几次。他打量龚如玉，高挑秀美的身材，比唐菲菲苗条；小花连衣裙旧了，但烫得很平贴，小了点，上面的花儿开得很美，裹紧苗条的身材，胸脯凸显，后臀翘起；她的秀发披在后面，长长的，也比唐菲菲的短发好看；白皙、瘦削的鹅蛋脸，眼镜后面是一双忧伤的眼睛；黑色皮带的小腕表，衬托细长的手臂更白、更瘦。看门人告诉龚如玉，谭大龙正在指挥浇注，让她以后再来。看门人打量她时，她已经看到谭大龙了，就站在门外专注地望着那熟悉的身形，看门人说什么，她没有听到。

　　谭大龙面朝里面，背朝门口。推车的朱锦奇，看到门口站着一位美女，就向众人挥挥手，推车等料的男人们"唰"的齐看门口，谭大龙也下意识地转过身来，见是龚如玉来了，就对施工员说了几句，立即朝大门口跑去。

　　龚如玉的眼泪不由自主地出来了，她恨不得扑上去，拥抱他，狂吻他，可是她已经不是两年前的龚如玉，她的矜持，她的自制力，还有里面那么多人……自从那晚得月亭分手后，才第一次见到心爱的人，任凭心底激情涌动，她表现得沉静，只让泪水流着。谭大龙走到跟前，脱下安全帽，头发湿透了，脸晒得黝黑，不过比以前更结实了。两人默默地站着，你看着我，我看着你。

龚如玉低声说："看到你就好了！我走了，你去忙吧！"

谭大龙说："等几天，我就有空了，去看你。"

龚如玉说："不要去找我。明天中午，我们去七凤茶楼，说说话。"

谭大龙是老实人，不会敷衍，说："中午不行，白天还是我当班，下班之后吧。"

龚如玉说："我五点下班，六点到，行不？"

谭大龙笑了，说："好的，我保证六点准时到！"

龚如玉点点头，深情地看了他一眼，走了。

谭大龙目送她骑上自行车，远去，小花连衣裙的下摆，在夏风里飘起来，还有那长长的秀发……

第二天下午，谭大龙提前来到七凤茶楼。他第一次来这个地方。这是一栋三层小楼，西面有弄堂，东面与人家楼屋连体，对面就是工人文化宫。也许是职业习惯所使然，谭大龙站在门口，仔细观察门面样式。在附近的几家茶楼中，七凤茶楼的门面最为豪华。雕花的门框，雕花的巨大窗框，老红木的深颜色，显得厚重而古色古香。雕花的门楣上，"七凤茶楼"四字，是本地一位书法家的墨宝，刚柔相济的笔法，写得行云流水一般。正当谭大龙全神贯注地欣赏门面时，龚如玉来了，他从眼睛的余光里看到穿着湖蓝连衣裙的发小、曾经的恋人，立刻转身迎上去。

两人走进大厅，到底层东面一个包厢坐下。谭大龙关上推拉门，龚如玉又拉开，就半掩着，龚如玉朝他调皮地一笑，甜甜的。这半掩的门，里面可以看到外面，外面也可以看到里面。谭大龙点了两杯咖啡，他关照服务员，他的不要加糖，给龚如玉的多加点糖。七凤茶楼，不仅有各种茶水，还有不少水果、干果，最后还有点心，所以，下午开始，就宾客盈门。

吃的东西来了，咖啡也端来了。龚如玉用勺子搅着咖啡，低头搅着，抬头看看谭大龙。谭大龙穿着短袖T恤衫，白底红条纹，很时尚。

龚如玉问："这衣服不错，菲菲给你买的吧？"

谭大龙皱了一下眉头，不快地说："我俩好不容易坐到一起，别提她，好不好？"

龚如玉不置可否，端起咖啡，呷了一口。

谭大龙问："苦吗？"

龚如玉苦笑了一下，说："你喝一口，苦不苦，不就知道了？"

谭大龙喝了一口，悟出龚如玉话里有话，就说："大美，其实，别人都不知道这杯中物的味道，只有自己知道；俗话说得好哇，天知、地知、你知、我知啊！"说着，心里一酸，眼眶湿润了。

真是心有灵犀，久别的恋人，一个"苦"字，概括了两人同样的心境。两人不再说话，品咖啡，吃水果。

郑浩和第一中学的团委书记罗小曼从外面走进来，有说有笑的。第一中学就在工人文化宫北面，步行来七凤茶楼，不到一刻钟。罗小曼在前，径直上楼，郑浩边走边张望四周，看看有没有熟人。不经意看到东面一个包厢里，坐着龚如玉。他探头一看，还有一个男的，竟然是谭大龙！罗小曼见郑浩没有跟上来，转身下楼，看到郑浩朝东面包厢走去，就大声喊："郑浩，上楼去！"

低头喝咖啡的龚如玉，听到有女人喊郑浩的名字，便抬起头来，这时，郑浩已经站到包厢门口，罗小曼跟在后面。

谭大龙见到是郑浩，站起身打招呼："郑书记，也来喝茶啊！"他看到郑浩身后的罗小曼，说，"一起进来坐吧！"

郑浩看看龚如玉，没有说什么，转身与罗小曼上楼去了。

谭大龙很惶恐，便说："我们走吧，你上去陪他。"

龚如玉说："别管他！那个女人我认识，结过婚，又离了，是一中团委书记，一个语文老师，和郑浩关系不一般，正在托郑浩调到市团委去；我们都在一起吃饭、唱歌、跳舞的。"

谭大龙说："那你就要当心了……"

龚如玉淡淡一笑："我倒无所谓。他搞共青团工作，少不了与这些美女打交道，出格的事情，恐怕他做不出来，人家知道他是有女朋友的。"

谭大龙不再说这个话题，便问她工作的事情："你在外贸局工作顺心吗？"

龚如玉说："现在还是实习，到明年暑假再说。我不想在那儿做下去，成天无所事事。我觉得做老师蛮好的，有起有落，教书辛苦，可有几个月的假期。"

谭大龙说："你是英语专业的，在外贸局做下去，说不定以后有更大的发展空间。做老师，压力大。俗话说，家有三石粮，不做孩儿王。"

龚如玉笑了，她多少年没有这么开心了。听谭大龙说话，仿佛回到铁记庄的生活，过去的谭大龙又回来了！她感叹地说："如果时光倒转，回到小时候多好啊！我就弄不明白，人为什么要长大、变老呢？"

谭大龙笑道："你还是小孩子吗？我们都面对现实，忘记过去吧！你在外贸局，将来可以做一些外贸生意……据说，现在高干子女走私的不少，你可以通过正当渠道，利用铁家的海外关系，做点事情……"

龚如玉用手指塞住耳朵："我不听，我不听……"

谭大龙想把龚如玉的思绪拉回来，可是她不接受，只好作罢，就说："大美，郑浩还在楼上，你上去陪他，我走了！"

龚如玉不情愿地站起身，走到大厅中间，朝楼上望。谭大龙买了单，就朝门外走。龚如玉跟了出来。

外面的路灯亮了，工人文化宫的霓虹灯一闪一闪；唱歌的、跳舞的、看电影的、看录像的男男女女，成双结对地来了。一九九一年的夏季流行服装，把情侣们打扮为小城的一道风景。

谭大龙走到摩托车身边，龚如玉说："你驮我一段……"

谭大龙说："你没有骑车来吗？"

龚如玉狡黠地说："我走过来的，你看我，穿的高跟鞋……"

谭大龙说："好，上车吧！"

龚如玉说："去环城路，东环。"

谭大龙心里忐忑，却感到兴奋，就一溜烟，驶向东环马路。

东环马路是新造的，还没有通车，除了来约会的，没有他人，郑浩带龚如玉来过。到了东北的路尽头，谭大龙停下，龚如玉的手从他的腰间松开，下了车。谭大龙还骑在车上，龚如玉说："下来！"

谭大龙下了车，停稳摩托车。龚如玉快步上去，一把搂住谭大龙的颈脖，疯狂地吻他……

七凤茶楼的楼上包厢里，郑浩正吻着罗小曼，罗小曼微闭着眼睛，浓黑的眉毛微微跳动，长长的眼睫毛也一闪一颤。过了一会儿，罗小曼松开了，舒了一口气，妩媚地说："我们跳舞去吧！"

郑浩问："你要不要吃点东西？"

罗小曼说："一会儿出来吃夜宵吧！"

郑浩拉罗小曼的手，罗小曼不让，走出包厢，两人朝工人文化宫走去。

龚如玉让谭大龙送她回七凤茶楼，她的自行车还在那儿。到了七凤茶楼谭大龙不说什么，骑车离去。龚如玉望着他从路口拐弯向南，失望与惆怅又漫过心头。骑上自行车，慢吞吞的回宿舍。

今晚的约会，龚如玉找回了过往，重拾记忆，心情久久不能平静，又写了一段话：

思念是灵魂深处的盅，是由浓情酝酿。每个人心中皆有，现在看来，不仅只是我有，他也有。或浓或淡，或深或浅；过去的一切，是永远无法忘怀，心里的痛，不止我有，他也有。或远或近，若隐若现的，苦也好，伤也罢，不会属于永远的珍藏，会爆发！

凡尘俗世，孰无烦恼，只有渐渐地拥有坚强。携一缕清风，观高山流水；秉一烛书案，剪西窗夜话。轻拾岁月，那些小园翠竹的韵味，那些上学路上的追逐，那些懵懵懂懂的情爱，那些挥之不去记忆，纵然是穿过经年的栅栏，俨然不只是回眸一笑，泅染了云卷云舒。

这世界上，走得最急的，总是最美的风景，痛的最深的，总是最爱的人。人生的脚步，行走在自己的风景里，心灵会日益成熟；挥一挥衣袖，就学会让一切云淡风轻。浅望幸福，不写忧伤；红尘三千，不道惆怅；不问花开几许，只等浅笑安然。我要用恬淡诠释人生，用理解妥贴宽容。纵使一生再无幸福的日子，也坚信，风雨过后，总会有彩虹凌空！默守心中那份美好，静听岁月低吟浅唱；一方陋室，亦能心境自如，一本书籍，聊作相伴幽香。

回眸往日，岁月静好，远望前程，青春依然……

星期天，郑云武回家，他让郑浩去约龚如玉来吃饭。饭桌上，龚如玉一言不发，只一小口一小口拨拉米粒吃着，想着心思。袁倩用脚踩儿子，郑浩朝她瞪眼睛，不情愿的为龚如玉夹了一块鱼，龚如玉又捡到他碗里。

郑云武问："小龚啊，你到外贸局有几个月了吧？"

龚如玉抬起头，微笑着说："叔叔，三个多月了。"

郑云武又问："工作怎样啊，适应吗？"

龚如玉放下筷子，说："除了出差，平时也没什么事情。叔叔，我不想在那儿干了……"

郑云武不解地问："人家做教师要改行，门都找不到，……他妈，你去找一下季晓红局长，安排点具体工作，比如进出口方面……小龚，好不好？"

龚如玉低着头，嘟哝一句："不是工作方面……"

袁倩问："那是什么？"

龚如玉被逼得只好说出实情："上次开广交会，计委的那人，酒喝多了，竟在大庭广众之前，对我动手动脚的……"

郑云武一听，筷子往桌子上一拍，吼道："反了他个狗日的，花心居然花到我的儿媳妇头上来了！袁倩，你去找一下孙书记！"

袁倩说："你吼什么，那人是谁的人，你不知道？据说，快提副市长了。何况，又没把她怎么样！如玉啊，这事只能在家里说说，不能在外面漏出半个字，官场险恶，人世险恶啊！"

听了袁倩的话，龚如玉不禁觉得毛骨悚然，浑身发凉，借口身体不舒服，放下碗筷，先走了。

见龚如玉走后，袁倩问郑浩："儿子，你与这丫头怎么样啊？"

郑浩说："什么怎么样？老样子！"

郑云武不要听这些，去外面抽烟。

袁倩说："你不能加强攻势啊，等她明年拿了毕业证书，就办事。"

郑浩叹了口气，把七凤茶楼一幕说给母亲听。袁倩听了，觉得有必要找铁慧瑛谈一谈。过了一天，借到外贸局调研妇女工作的机会，袁倩找铁慧瑛单独谈话，说龚如玉与谭大龙单独约会的事情。

听了袁倩说了事情的经过之后，铁慧瑛礼貌地说："袁主任，这件事，我回去问问女儿，是怎么回事。"

袁倩没有得到想要的答复，认为铁慧瑛袒护自己女儿，就没好气地说："你不要只站在自己的角度考虑问题，也要为我们家的面子考虑！这不明摆着吗，与我儿子谈恋爱，还惦记着过去的男友……"

铁慧瑛见袁倩蛮不讲理，就声音高了点："你这是什么话？我的女儿不要名声吗？你说她如何如何，我不要问清楚吗？自己的女儿，做娘的还不了解吗？她与谭大龙，从小是青梅竹马的好玩伴，现在两人都有了工作，谭大龙已经订婚了。他们分别几年，就不能在一起喝喝茶，叙叙旧了？真是小题大做！"

袁倩一直倚官仗势，盛气凌人，料不到被一个小小的副局长奚落一顿，便撂下狠话："你不配合，是不是？走着瞧！"

铁慧瑛更是不吃她这一套，拂手而去。

袁倩气急败坏，等郑云武回来后，把与铁慧瑛的谈话，添油加醋地叙述了一番。郑云武从来就是"妻管严"，不问三七二十一，为老婆出气，便到组织部，一纸公文，把铁慧瑛调到电光仪器厂任厂长，属于降级使用；把龚弘奎的市招办主任也撸掉，那个原来由他提拔的教委主任言听计从，把龚弘奎降到江心滩的长江农场小学做职员。

真是官大一级压死人！他们一时气急败坏，还用过去整人的方法整人，已经不把儿子的婚事当回事了。也许他们会想，除了张屠夫，照样不吃连毛猪头；没有龚如玉，还有李如玉、张如玉……

铁慧瑛离开了外贸局，宿舍自然收了回去，她到电光仪器厂是业务一把手，原来的一把手调走了，宿舍腾出来。她让谭顺利派人整理了一下，龚如玉就搬到那儿住。龚弘奎在教委主任的办公室，书生气发作，就要教委主任告知让他下到小学的说法，教委主任拿出许多人民来信，在他面前一晃，说他招生工作中犯了错误。饱读史书的老学究，当然知道岳飞的故事了。一边说着"莫须有、莫须有"，一边摇着头走出门。

龚弘奎从铁记庄园家里，带了几十本书，就到江心滩的渔民子弟小学报到。校长知道，他是为小人所害，发配而来。老前辈的为人与学养，他是早已耳闻。他不让龚弘奎做任何事情。天高皇帝远，每年只有乡教委的领导来视察两次。市教委的，从来没有脚印落在这里。龚弘奎看看书，养养鸡，种些花草。朝看潮起潮落，晚看云卷云舒，过上"采菊东篱下，悠然见南山"的田园生活。妻子与女儿来看他，他劝慰她们，人生就像这江中潮水，有起有落；无事一身轻，到觉得自在愉快，说不定给他的生命更长的岁月呢！

铁慧瑛与龚弘奎不一样，铁家祖辈的血液里，流传的是不折不挠的豪气！一把手的担当，她有信心干好。

袁倩做了这些，以为龚如玉看不出来，龚如玉想，人在矮檐下，不得不低头！还是上班、下班，陪着母亲。袁倩已经色厉内荏地对外贸局长季晓红下了死命令，要他对龚如玉人身安全负责，对郑家负责。所以，龚如玉出差、做翻译，他都保镖一样跟着，连她的办公室也是单独的，就在季晓红办公室的隔壁。

不过，龚如玉与谭大龙的约会，有了第一次，就会有第二次……

郑浩的舞伴、歌伴，除了罗小曼，还有张小曼，李小曼，她们随叫随到，如影随形……

第二十章

春节过后，牟碧玉送儿子牟丽军到南京东南大学上学，安顿好以后，便从南京乘车到牧州市来。事先，他已经与谭剑英联系过，谭剑英没有料到他这么快就来了，思想上还没有准备好呢！既然人家千里迢迢来了，就要以礼相待；只有面谈之后，才能决定是否跟着他干！隔夜接到牟碧玉的电话，他就到南苑宾馆订了个房间。

从南京到牧州，牟碧玉乘坐的是头班车，近晌午才到达。谭剑英到印刷厂请了假，去汽车站等候。车来了，站在出口处的谭剑英，老远就看到西北汉子牟碧玉，他身材高大、结实，穿着皮夹克，手里拎一个大包，快步走向出口处。见谭剑英招手，快步走来。谭剑英如遇到老朋友一样，上前双手相握，然后接过他的包，走到停车处，让牟碧玉拿包，坐在自行车后座上，驮着他到南苑宾馆。

牧州市城区，已经有了三星级的扬子江宾馆，正在建设的紫金大厦，为四星级；而更早建的南苑宾馆算是一流，虽然没有星级，还请了一位人大副委员长题的词呢！

南苑宾馆坐落在江平路与人民路交叉路口西面，坐北朝南的是一期建筑，全是客房部；路南坐西朝东的是二期建筑，不仅有客房，还有餐饮、歌舞厅。门对面人民路东，就是工人文化宫。南苑宾馆地处闹市口，十分繁忙、热闹。谭剑英领牟碧玉住到二期的新馆。这里不仅客房是新的，更重要的一点，是牧州著名美食出名，除了长江鲜，还有已经注册的"南苑情"蟹黄汤包，与早期"唐辣子汤包"同为全国著名商标，闻名大江南北。一过中秋节，螃蟹上市，开始做汤包了，食客们趋之若鹜。今天，谭剑英要好好的招待这位来自西安古城的企业家，请他品尝牧州美味。

两人在房见里寒暄了几句，谭剑英就请牟碧玉去餐厅吃饭。经过几年市场营销的历练，谭剑英已经掌握察言观色、分析语言、低调应承、利益最小化的运作方法，所谈业务，基本上不会失误。他在西安时，与牟碧玉见过两次，一次是到达西安当天，随二哥去牟家吃晚饭；第二次是随二哥去牟碧霞家拜年，牟碧玉也在场，觉得他憨厚、实诚，直来直去，总是为他人考虑，是一位善良的长者。这次他能够主动到牧州来找他，也算"一顾茅庐"吧，自己算不上诸葛孔明，也无须他"三顾"了。这"一顾",就足以证明他的诚意,所以,谭剑英要尽地主之谊,招待好这位知音大叔。

谭剑英点了一盆冷切牛肉,一盆油炸花生米,算是凉菜,南方的凉菜,都是小盘子,不像北方。热菜两个,一个红烧羊肉,一个白汁鮰鱼。牧洲的"邢长兴红烧羊肉",已经有百年历史,比起西安的红烧羊肉,最大的区别,就是没有腥膻味,看起来色泽红亮,吃起来酥烂醇香。白汁鮰鱼是长江四鲜之一,其他三鲜,鲥鱼已经绝迹,鮰鱼还没有大量上市,上万元一斤,谭剑英吃不起,河豚嘛,苏东坡说过,"拼死吃河豚",河豚剧毒!虽然味美,谭剑英不敢请牟碧玉吃。白汁鮰鱼,既有长江之鲜的美誉,又有清鲜、嫩滑之美味。主食是蟹黄汤包,西安也有灌汤包,谭剑英在那里吃过,是羊肉汤包,味腻而腥,没有牧州的蟹黄汤包口感好。

谭剑英从家里带了一瓶洋河大曲酒,他从木金寺烟酒批发部批发了一箱。初中同学张丽萍,在供销社批发部上班,批发比零售便宜很多。如果送礼就两瓶一送。

牟碧玉看着红烧羊肉和白汁鮰鱼,颜色相映,幽香飘来,十分惊艳。谭剑英给他倒酒,酒杯也不与西安同,是二两半的口杯,不是三钱的"牛眼睛"。牟碧玉还是第一次看到,眼睛睁得大大的。谭剑英给他倒了浅浅的一杯,俗话说,茶七酒八,意思是不可斟满,才是尊重客人;自己陪他喝,不能太少,也倒了比牟碧玉的略浅一些。

谭剑英笑着说:"牟叔叔,欢迎您到牧州来,我敬您一口!"

牟碧玉端起酒杯,谭剑英与他碰了一下,憨厚的西北汉子"咕隆"一口,喝完杯中酒。谭剑英只呡了一小口。牟碧玉见他没有喝下去,眨巴着眼睛,有些不解,谭剑英只好硬着头皮,也一口闷了下去。牟碧玉见他喝完了,竖起大拇指:"好样的!"

谭剑英从来没有喝过这么多酒,但今天不同,人家是求贤若渴,登门相邀,自己是一个毛头小伙,何德何能,让一个国有企业的厂长远道而来。虽然酒精刺激他眼泪都出来了,他还是笑着说:"牟叔叔,我们南方人虽然用大杯喝酒,不是一口干掉,而是二姑娘的琵琶,细细弹(谈),慢慢喝。不同于您那儿,小杯喝,一口一个。"

被谭剑英一说,牟碧玉觉得有点儿唐突,喧宾夺主了,就歉意地打招呼:"我不懂你们这里的喝酒规矩,不好意思!"

谭剑英笑着说:"没关系。来尝尝我们这里的红烧羊肉。"

牟碧玉夹了一块,慢慢嚼着,点头说:"很香,也嫩,肥而不腻。"

谭剑英也吃了一块,很好吃。说实话,他是第一次来南苑宾馆,也是第一次吃到这样美味的"邢长兴羊肉"。

谭剑英又倒酒，还是牟碧玉满一点，自己浅一点，瓶里只剩下一点点了。

谭剑英说："牟叔叔，我们先多吃菜，酒呢，慢慢喝。怎么样，刚才一大口，不要紧吧？"

牟碧玉摇摇头："没事！"

谭剑英请他吃鲥鱼。清蒸的鲥鱼块，白嫩、味鲜，散发出阵阵清新的香味。谭剑英给牟碧玉夹了"划水"的那一块，放到小碗里，说："这是鲥鱼身上最鲜嫩的，叫'划水'，您吃吃看。"

牟碧玉从来没有吃过带刺的鱼，看到长长的"划水刺"，小心翼翼地品尝。谭剑英看着他吃，又为他夹了一块鱼肚子的一大块，没有芒刺。牟碧玉见他不吃，便说："你也吃啊！"

谭剑英说："我们常吃，您难得吃到，多吃点。"

牟碧玉笑着说："你到我们那儿去工作了，我来的机会不就多了？"

谭剑英笑着说："这个，是一定的！"说着，夹了一小块，慢慢咀嚼，觉得是天下美味。其实，与吃红烧羊肉一样，他也是大姑娘坐轿子——第一回呢！

蟹黄汤包端上来了，一笼六只汤包，与平常的肉包子差不多大小，热气腾腾，鼓鼓的，蝉翼般的皮子，是由精白面粉做成，十分透明，可以看到里面的汤汁漾着；汤包的顶端捏着一朵花。服务员是一位亭亭玉立的少女，微笑着站在桌旁，牟碧玉看她一眼，感到稀奇，难道吃汤包还要美女陪着？

谭剑英介绍说："牟叔叔，吃这个汤包，不是容易的事情，有口诀呢！服务员，你给这位老板说说！"

服务员戴上透明的塑料手套，笑眯眯地说："他说的口诀，是十二字的四句三字经，'慢慢移、轻轻提'。就这样，六只汤包，都挤在一起，要把它们分开，叫作'慢慢移'，手要轻，稍微重了，就会弄破皮子；我这么拿起来，就叫'轻轻提'，也要手轻柔，皮子极薄，手重了，皮子就破了。我们是经过专业训练的，熟能生巧；没有经验，拿不起来。'先开窗、后喝汤'六个字，是您吃的方法。开窗的方法好多种，有用牙签拨开皮子，出现小口；有用筷子头戳一个小洞；熟练的就直接嘴凑到包子，咬一小口，汤汁很烫，得慢慢吸。"服务员边介绍，边示范。

牟碧玉看着包子，觉得挺麻烦的，不就是吃个蟹黄汤包吗，这么讲究！他真是"斗大的馒头，无从下口"。服务员耐心地为他开了一个口子，把碟子放在酒杯上，给他倒点镇江香醋，夹一点生姜丝，说，"醋去腥，姜丝驱寒，螃蟹是寒物，吃蟹黄汤包，要吃点生姜丝。"牟碧玉小心翼翼地从"窗口"吸汤，品味了一下，觉得从未感受到的鲜美，还有油而不腻的口感。汤吸完了，再吃里面的蟹肉与蟹黄，黄白相间，非常赏心悦目。他吃了第二只，不想吃了。谭剑英问他："怎么样，牟叔叔？"牟碧玉十分开心，赞许说："天下美味！"

　　服务员又给他拿一只，他已经会吃了，用嘴"开窗"，吸汤、吃皮子。谭剑英就吃了一只，也是第一次。他示意服务员，服务员会意，就给牟碧玉又拿了一只。牟碧玉笑道："太饱了，吃不下了！"

　　谭剑英笑道："牟叔叔，我们这里人，没有吃三只的，吃完四只，叫'事事如意'，如果能吃到六只，就叫'六六大顺'了！"

　　牟碧玉笑道：　"我吃了四只，看来，这次牧州之行，肯定会'事事如意'了。"

　　服务员以为谭剑英在忽悠客人，掩口而笑，还调皮的指指谭剑英，给他拿了最后一只，说："你今天吃了两只，看来'好事成双'了！"谭剑英笑而不语，服务员拿起空笼，笑着走了。

　　蟹黄汤包吃完了，再慢慢喝酒，两人将一瓶酒喝了。谭剑英付了账，陪牟碧玉回到房间。西北汉子能够喝"闷倒驴"的烈性酒，半斤四十二度的洋河大曲，只是毛毛雨。而谭剑英是第一次喝这么多酒，走到外面，被风一吹，头反而昏了，勉强到了房间，倒下就睡。牟碧玉就像父亲一样，为他脱去鞋子，发现袜子底部是缝补的；脱下羽绒服，搬弄他睡到被窝里，为他泡好茶，自己才坐到旁边泡茶、抽烟。

　　谭剑英一觉醒来，已是傍晚，他坐起来，揉揉眼睛。

　　牟碧玉见他醒了，连忙站起身，关切地问："醒啦？还好，没有吐。"

　　谭剑英颇不好意思，便穿衣、穿鞋，下床，去卫生间洗脸。

　　牟碧玉说："你太直爽了；我有酒量，多喝点不要紧，你没有酒量，喝多了伤身体啊！"

　　谭剑英歉意地笑笑，说："牟叔叔，你没有休息吧？辛苦你了！"

　　牟碧玉说："没什么。你是锻炼机会少，以后到西北去，免不了应酬喝酒，要多锻炼。如果遇到划拳喝酒的，那可要有点招架的酒量啊！"

　　谭剑英笑道："您别吓唬我，吓怕了，我就不去了。"

　　牟碧玉笑道："你别担心，我会教你的。学会了划拳，就不一定多喝酒，还能交朋友呢！"

　　谭剑英说："那我就去西安，拜您为师，既学生意之道，又学喝酒之道，两全其美啊！……走，吃饭去。"

　　牟碧玉说："晚上不喝酒了，随便吃点。中午吃了那么多，还没有饿呢！"

　　谭剑英说："也好，我们去排档，小锦江的菜饭不错，我只是耳闻，还没尝过，就在对面三江路上。"

　　三江路，因为原来三江水泥厂在这条路上而得名。这条路西头从人民路开始，东头到十圩港；西头五十米，北靠工人文化宫，南面是居民区，路的两边都是排档，一家挨着一家。五十米往东，两边都是茶楼，从七凤茶楼开始，向东也是一家挨着一家。所有排档，都是下岗职工开的，有姊妹排档，有夫妻排档，有姑嫂排档，稍有姿色的妇女站在路边招揽顾客。他们从太阳落山开始搭棚子，摆桌子，张罗菜肴。这里的排档，不像西安的排档。西安的排档，千篇一律，都是牛羊肉之类，辣味与油烟味弥漫一条街。三江路上的排档，只有淡淡的油烟味，没有辣味。每家排档都有自己的特色。如果是北面千年古镇季家市来的，就有老汁鸡和大肉圆。老汁鸡由百年老汤做成，香酥可口。大肉圆是肉末里加大量的清水搅和做成，水煮或油炸，入口很嫩，一眠就可以咽下；不像扬州狮子头，那么硬扎。如果是西片来的，主打是羊肉，四墩子、太和等，有名的"豁牙齿羊肉"，在这条街是独树一帜；如果是长江边的人，以小鱼小虾、螺丝、河蚌等江鲜、河鲜为主，小鲫鱼烧老黄豆，是不错的下酒菜……中午吃过鱼和羊肉，谭剑英就带牟碧玉走走看看，让他感受小城市吴语侬调的细致与精巧，不像西安秦腔那样粗旷和豪放，从不同的饮食文化也能看出南北地域的很大差异。他们来到小锦江排档，找位置坐下，谭剑英去季市排档，买了四只清水肉圆和一份老汁鸡，让小锦江的老板娘烧了一碗西红柿蛋汤，从大铁锅里盛了两碗咸肉菜饭。

牟碧玉十分欣赏谭剑英的处事方法，即使吃一顿晚饭，还去两个排档，择其特色。不像一般的人，坐到一个排档，不管三七二十一，选喜欢的菜点。在西安，是不可以这样的，否则，排档之间要发生争执，甚至斗殴。南方人精明，但是，相邻友好，各做各的生意，相互包容，使得牟碧玉从风土人情里看到谭剑英另一面与过人之处。

吃完晚饭，两人边逛逛小城夜景，边聊聊事情。不知不觉中，他们从人民中路，走到暨阳路，又沿着暨阳路往西，走到胜利街。看到"韩莉发廊"，谭剑英说："牟叔叔，这是我家阿姨开的，我们去洗洗头。"

走进发廊，韩莉正在为一个中年女人洗头，低着头，没看见谭剑英。谭剑英想，韩莉真的戒赌了，亲自动手做事了，不简单！两个小姑娘把他俩迎到座位上，问："您二位是干洗，还是水洗？"

韩莉转过头来，见是小老三，很是奇怪。

谭剑英叫她："阿姨！"

韩莉笑着问他："小老三，你那么节省的人，还到阿姨发廊来消费？"

谭剑英说："阿姨，您小瞧人了，我现在可是业务员啊！喏，这是西安来的大客户，我就要做大买卖了！"

韩莉看看牟碧玉，像西北汉子，便对一个美女说："给那位大老板干洗！"说完，为洗头的妇女擦干头发，让她坐到位子上，另一个女孩走来，为她吹发、做发型。

韩莉问："小老三，你怎么样，洗头吗？"

谭剑英说："我中午喝醉了，头昏咚咚的，就冲冲算了，我自己洗。"说完，走到洗头水池旁。

韩莉说："还是我给你洗吧！"韩莉一边洗头，一边与他说话。

韩莉问："中午喝了多少酒，到现在还酒气熏熏的？"

谭剑英说："半斤洋河大曲。"

韩莉心疼地说："别瞎喝，你没听说过，醉一次酒，等于生一场肝炎呢，很伤人的！"

谭剑英指指牟碧玉说："我陪大客户，得舍命陪君子啊！我大伯不也是经常这样吗？"

提到谭顺利，韩莉轻声问："我多时不见到他了，他还好吗？"

谭剑英说："他日夜都在大厦工地，我也好久不见他了……您不能去看看他？"

韩莉不再说话。外面来了客人，韩莉为他冲洗干净，给他一块干毛巾，让他自己擦头发。这时，牟碧玉也洗好了，吹干了，觉得比较轻松。

韩莉又去为客人洗头。

谭剑英问："阿姨，多少钱？"

韩莉笑着说："我给你洗头，可贵啦！哈哈，今天阿姨请客，哪天你发了大财，请我吃饭就是了。"

谭剑英说："那我记住了，一定会有这一天的！牟叔叔，我们走吧！"

韩莉双手在为客人干洗，笑着点点头，目送他们离开。

两人从韩莉发廊出来，没有从原路返回，而是从胜利街一直向南，到了江平路交叉口，沿着江平路向东，直到人民路交叉口向南，进了南苑宾馆。一路上两人讨论了初步方案。即如果谭剑英去西安解放化工厂，从事市场营销，暂时享受供销科长待遇；如果业务量大，资金回笼快，可以享受副厂长待遇，还有奖金。工厂有单人宿舍给他。中午和晚上，工厂食堂免费供应吃饭，早上自理。出差报销车旅费，按路途远近报销伙食补贴。谭剑英觉得条件比较优厚，不再打听供销科长、副厂长的待遇具体情况，认为牟碧玉不会诳人的。他感到，西安与这里最大的区别在于，这里的销售，基本工资太低，主要靠提成；那里有较高的基本工资，不是提成，而是奖金，国有企业与乡镇企业，北方与南方，不是一个模式。

牟碧玉觉得事情谈得差不多了，就与谭剑英作别，准备第二天回去，谭剑英没有挽留他；他还要等等看，有没有条件更好的单位，俗话说得好，不能投错行！对牟碧玉说，很快就到清明节了，要祭祖，过了清明节，就会去西安，牟碧玉满意而归。笑着说，在西安等他喝"闷倒驴"。

清明节前夕，陵州市委统战部来牧州调研，管彤部长带队。管彤召开座谈会，点名要铁慧瑛参加。听说铁慧瑛已经离开外贸局，去电光仪器厂了，管彤十分惋惜，认为牧州市领导忽视了铁家在统战工作中的重要作用，但又不好插手地方上人事。散会以后，她与铁慧瑛单独长谈了一次。

管彤看到铁慧瑛精神状态非常好，并没有降级之后的失落感，十分欣慰。她笑问："慧瑛啊，我听说电光仪器厂的老产品，什么整流器、按钮等，在现在的市场上，没有什么竞争力，你去了，有没有开发什么新产品啊？"

铁慧瑛说："我们以前去广交会，看到广东、福建展出的产品中，有一些警用器材，如电警棍，电击枪。现在，我们这里也有个体户私下做。我们调研了市场，国内的警务、保安还没有普遍运用，而且是一些低端产品，暗地里销售。我们计划开发出一些高端的产品，逐级申报，直至公安部。"

管彤说："这倒是与你们厂的生产项目对口的。产品进入警用系列后，就更名为'警用器材公司'，你不做厂长，做总经理！"

铁慧瑛哈哈大笑："管部长，您说对了！我不是中共党员，在外贸局没有站住脚，如果做总经理，非党人士可以吗？我虽然不是外贸局的人了，也要把产品送到广交会上。"

管彤说："你不要有什么顾虑，现在的经济体制，正逐步打破行业隔离，让高科技产品引领市场经济。现在，南方的私营企业很多，哪里规定总经理非要中共党员啊！到时候，你有什么困难找我，我到市里给你找平台，做你的后台老板！"

铁慧瑛激动得站起来，与给她握手，眼泪出来了。她感到，离开了外贸局，从来没有一个人如此坦诚地与自己推心置腹，从来没有像今天这么舒心。管彤在座谈会上的讲话，一些只是吹风的内容，与自己的谈话，才是真正的信号。

管彤语重心长地说："慧瑛啊，还是要加强与铁家老亲的联系，上海的、重庆的、香港的、台湾的，都要广泛的、密切的联系。……清明节快要到了，他们回来扫墓，要好好聚聚，让他们在铁记庄园住几天，到时候，我以统战部长的名义来招待他们。"

铁慧瑛说："他们回来扫墓的准备工作，正在筹划之中，是慧琪在组织。这回，台湾的铁家也有人回来，香港的、重庆的，都到上海集中，包车回来。"

管彤说："太好了！要让他们在家乡走走，看看，为统战工作，为家乡建设多出力。据说，我们与台湾方面的一些工作，将会有突破性的发展，那边与大陆'一个中国'的观念就要确立，两岸的关系正向好的方向发展，所以，两岸的经贸发展、人员往来，将会越来越顺利。"

铁慧瑛说："太好了，哪一天，我们可以把生意做到台湾去，就好了。"

管彤说："一切都会朝好的方向发展，只是时间问题。我一直有个想法，晚清时期的铁记庄园，究竟是什么样子，你父亲在世时，恢复了一个得月亭，还有哪些建筑，你知道吗？"

铁慧瑛摇摇头。

管彤说："我倒是希望把它完全重新建起来。……希望铁家外地人，不必像你们网桥的厉先生捐建人民医院的住院楼；像厉先生的女儿捐建学校的图书馆，它们会在开发、扩建、迁移的过程中拆掉。……我就希望把古色古香的铁记庄园建起来，将来是历史的纪念，也可以作为牧州的历史博物馆。如果有实力，与市政规划相配套，从铁记庄园向东，沿着美人港建设一条苏州、无锡那些古镇一样的街区，直到蟛蜞港，延伸到长江边，打造成一个水系风光带。"

管彤畅想着铁记庄园的重建蓝图，以及一条江河水系风光带的设想，眼睛里闪着憧憬的光芒，她仿佛看到，铁记庄园九十九间半、主次相列、高矮相错的老房子；仿佛看到深深的护庄河上悬着的吊桥，小船由美人港摇进庄来，又摇出庄去，摇到蟛蜞港，摇到长江边……

听着管彤的畅想，铁慧瑛心潮澎湃。她感到，这个大市的女常委、女统战部长极不简单，看问题不是带有狭隘的、片面的观点，而是居高临下，高瞻远瞩地考虑事情，从发展的、长远的视野分析问题。她不禁想起豫剧的一句唱词：谁说女子不如男？

管彤见铁慧瑛不作声，侧脸问她："你觉得怎么样？"

铁慧瑛笑道："举双手赞成！我一定把您的宏伟计划告诉他们，到时候，请您向他们勾画这幅蓝图。"

管彤就是个细心人，对统战工作的每一次机会、每一个对象，都能够抓住情感契机，动之以情，晓之以理。今天能与铁慧瑛交谈，为统战工作做一点贡献，也就觉得非常值得。如果有一天，她的设想成为现实的话，那就是牧州市统战工作的一张名片了。

谭剑英后来收到的外地来信，再也没有比牟碧玉那儿条件更好的企业。他决定去西安了，在寄给铁娜的诗稿里，一首《寄情西安》，更加表明了他的心迹。他写道：

我是炎黄子孙
要寻找祖先的灵魂
我是大地之子
要走遍大都小城
古老的西安啊
我的梦里
我的歌里
都是你青春的升腾

我不是燕雀鹌鹑

守候在屋檐瓦楞

我不是弱小的游鱼

在江湾里苟延偷生

青春的西安啊

我的生命

我的理想

飞进你宽敞的大门

铁娜看了谭剑英的诗，觉得这家伙太过分了，简直就是个疯子，气愤地写了一封信给他。信中写道：

……不要以为，自己是一个救世主；更不要以为，自己是一个飞天大英雄！历史上，不可一世的狂徒，都是为残酷的现实碰得头破血流；空有志向的人，都会被无情的境遇所折服！我认为，你已经十九岁了，不再是懵懂少年，要看到自己所生活的家庭，自己所面临的实际环境！更要看到，有一双眼睛一直盯着你，有一颗心一直为你跳动……也许，我这些话，不符合十七岁的年龄，诚然，你真的一意孤行，那我也黔驴技穷，只好随你浪迹天涯，哪怕马革裹尸，也无怨无悔……

谭剑英看了铁娜的严厉措辞，一个个惊叹号，如受猛击，凉水淋头；那柔情万种的缠绵，铁骨铮铮的誓言，更让他感到铁娜不会放过他。他没有回信，再也不给她写信写诗。即使星期天，她回来了，谭剑英绝不提去西安半个字，陪她看看电影，去歌厅唱唱歌，消磨时间。有时候，谭剑英也想，不去算了；可是，心里好像就有一只小兔子，不停地蹦跶。

这时期，谭剑英唱得最多的是"西北风"歌曲，杭天琪的大部分歌曲，他都会唱，最喜欢的是《黄土高坡》：

我家住在黄土高坡/大风从坡上刮过/不管是东南风还是西北风/都是我的歌 我的歌/我家住在黄土高坡/大风从坡上刮过/不管是东南风还是西北风/都是我的歌 我的歌

我家住在黄土高坡/日头从坡上走过/照着我的窑洞/晒着我的胳膊/还有我的牛跟着我/不管过去了多少岁月/祖祖辈辈留下我/留下我一望无际唱着歌/还有身边这条黄河/哦 哦……

我家住在黄土高坡/四季风从坡上刮过/不管是八百年还是一万年/都是我的歌 我的歌/我家住在黄土高坡/四季风从坡上刮过/不管是八百年还是一万年/都是我的歌 我的歌/哦 哦……

这时，铁娜与他对着干，以柔克刚，主打的是江苏民歌，例如，《九九艳阳天》、《拔根芦柴花》等。她柔情地唱道：

叫呀，我这么里来，我就来了/拔根芦柴花花/清香那个玫瑰玉兰花儿开/
蝴蝶那个恋花啊牵姐那个看呀/啊鸳鸯那个戏水要郎猜/小小的郎儿来/
月下芙蓉牡丹花儿开了/

金黄那个麦割下/秧呀来里栽了/拔根芦柴花花/洗好那个衣服忙把桑来采/
洗好那个哪怕啊黄昏那个后呀/采桑那个哪怕露水湿青苔/小小的郎儿来/
月下芙蓉牡丹花儿开了/

泼辣鱼那个飞又跳/网呀来里抬了/拔根芦柴花花/姐郎那个劳动来呀比赛/
姐胜那个情郎啊山歌那个唱呀/情郎那个胜姐亲桃腮/小小的郎儿来/
月下芙蓉牡丹花儿 开哎

两人心照不宣的唱歌，借歌声表达不同的心态。铁娜明明知道谭剑英是王八吃秤砣，铁了心了，也只好抱着一点挽留的希望，即使非常渺小。

清明节前一天，谭剑英准备好简单的行囊，决定清明节在家祭奠了祖先，再到爷爷、父亲坟上多烧些纸钱，下午就出发去西安。他把一切都做得天衣无缝，无锡开西安的一趟夜班车是十点半，他借口出差，就能离开。就要离开铁记庄园了，不混出个人样来，铁记庄园是回不来了，就像陈栋与谭来娣。

夜，飘着微风细雨的夜，在铁记庄园转了转，回家后，谭剑英忍不住给铁娜写了一封信，还附了诗《致铁娜》，诗中写道：

我
从没有当将军的奢望
就辛勤地在田园
耕耘
我
从没有发大财的理想
就在点滴的事情中

勤奋

有一次
我看你扎的蝴蝶花结
就在旷野里
观察蝴蝶们飞腾
云低气短的日子里
风刮雨飘的瞬间时
她们
美丽的翅膀
她们
鲜花样的生命
只能在那时那刻沉沦

我就思考
假如，我是一只美丽的蝴蝶
应当飞离
暴风骤雨的围城
寻找
适者生存的空间
能够永远欢舞的地方
哪怕是
一个遥远的深坑

我
不做脆弱的蝴蝶
要做翱翔的雄鹰
潮湿的江城气氛里
我生活得
不类不伦

我
不做悠闲的蝴蝶
要做搏击浪涛的大鲸
束缚手脚的狭小天地里

我的呼吸
越来越沉闷

我
不做等着馅饼的人
要做主动远航的巨轮
哪怕我跋完山
涉尽水
也要成为短暂生命的图腾

谭剑英在牧州汽车站寄出的信，铁娜很快就收到了。她知道，她深爱的小老三，义无反顾地去西安了，自己再也无话可说。好强的邻家女孩，哭了又怨，怨了又哭，她不想再对谭剑英说什么"回头是岸"之类的话，这个犟种，是不会听她的了。她就想，你不是也只有凡人的两条腿吗，不是有翅膀的什么雄鹰，也不是什么水里的大鲸鱼！我铁娜也有两条腿，我也认识西安，到暑假拿了毕业证书，就去找你，别以为你会唱《黄土高坡》，我还会唱《信天游》呢！

除了到学校附近的幼儿园上上课，应付毕业考试，铁娜就到图书馆看看书，打发时间。一天，她看到一本《仓央嘉措的情诗》，好奇的读起来。

仓央嘉措，西藏六世达赖喇嘛，在他生命的三十三年里，有十四年的乡村生活，尤其还有一段刻骨铭心的爱情。他虽然是世人敬仰的"活佛"，敬仰的神，可是，他把自己当作具有七情六欲的凡人，心中对美好的大自然的热爱，对纯真爱情的眷恋，毫不掩饰地倾吐出来，毫无顾忌地流淌在笔端。他的诗，写景细致生动，抒发了热爱与向往；写情，彩云般美妙，柔藤与琼枝般缠绵。铁娜为其吸引了，她一口气读完了几十首诗歌，抄下一首《陌上花，相思扣》，寄给谭剑英，没有多写一个字。

《陌上花 相思扣》(仓央嘉措)

前世，我为青莲，你为梵音，一眸擦肩，惊艳了五百年的时光。

花绵绵而绽，音靡靡而绕，低眉含笑间，谁的深情绚烂了三生石上的一见倾心？

今世，你为高山，我为流水，长风为歌，幽弦清音，水流脉脉，岭秀倾情。

你一袭洒脱，温柔了我的眉弯，心舟过去，谁的呼唤，柔婉了谁的一帘幽梦？

从此，晓露痴缠，星光为凭，所有的心思旖旎，所有的呢喃软语，都只为你。

从此，我就在唐诗宋词里痴痴地等，等你的一个凝眸，将我的深情轻拥入梦；我就在水墨丹青里默默地候，候你的目光穿越红尘桑田，轻轻滑过我战栗的灵魂。

我知道，你是我今生最美的相遇，纵隔了天涯海角的距离。

一言相识，仿若倾心已久；但凡交谈，已默默相惜。

你说，我是你今生最美的童话，我的温柔，丰盈了你的传奇；我说，愿得一人心，白首不相离。

始终相信，遇见是上天的恩赐，也许，今生我就是为寻你而来。

想象着，在落满枫红的小径上，与你十指相扣，不求地老天荒，只求莫失莫忘；想象着，在这个冬季，你的柔情微笑，会如雪花般开满我洁白的手臂，沿思念的脉络疯长，我会深情地握住这份幸福，用你的名字取暖。

没有人知道，这世界上，究竟有多少情，属于浅相遇，深相知；更没有人知道，这世界上，究竟有多少情，属于默默相许，寂静欢喜。

于万千人群中，于无涯际的时光里，一个人没有早一步，也没有晚一步，恰巧奔赴到你的人生中来，这，何尝不是一种深深的缘？

谭剑英含着眼泪读了不知多少遍，这首缠绵悱恻的情诗，不是仓央嘉措所作，简直就是铁娜精神世界的宣泄、情感天地的淋漓尽致的写照。在字里行间，谭剑英看到小雨滴的痕迹，谭剑英似乎看到，一滴、一滴，从铁娜长长的眼睫毛末梢滴下来……他不敢再看，锁到抽屉里，全身心投入到工作中。

袁情的妇联主任，平时没有什么具体事情，她是妇联一把手，只要动动嘴，工作还是下面的人做，所以，她隔三岔五地去郑云武任职的地方，住上几天。一般是星期五下午去，星期一回来，妇联有小车，司机送去接回，有时郑云武派车接送。又是一个星期五下午，袁情去郑云武那边了。

郑浩与罗小曼几个女团干部相约，去新开的老大会堂歌舞厅跳舞，一下班就去外贸局等龚如玉。

龚如玉自从有了"保镖"，就常常出差，这次随市政协去深圳招商引资，刚刚回来。在深圳逛街的时候，她看到一家专门卖走私手表的商店里，琳琅满目的展示着各种世界名表，她觉得稀奇，在"英纳格"表柜台前专注的看，她想，要是身边有钱多好啊，为弟弟小松买一块，他带了，一定更加帅气，哈，帅呆了！看着，想着，不仅自笑起来。季晓红局长看她在表柜前不走，还看着自笑，心想，恐怕这女孩看中了哪款手表了，而且是男士手表，估计是想为郑浩买。

季局长问她，她笑而不答。自作聪明的季局长就花了一万多块钱，买了一块，开了发票，连同手表，放在包里。回到外贸局，他把手表给了龚如玉，并且说，你给他吧！

见郑浩来了，季晓红先迎上去，与他打招呼，指着龚如玉的办公室："郑公子，你的大美人在里面呢！"

郑浩知道季局长是郑云武在牧州时提拔的，与自家关系不一般，也不计较他油嘴滑舌，就直接去了龚如玉的办公室。

龚如玉见他来了，便从抽屉里拿出手表，一个精致的小盒子，红色的，扎着金丝带，笑着说："送给你的！"

郑浩喜出望外，打开盒子，一看是一块精美的手表，竟是"英纳格"牌子的世界名表！盒子里面还有发票，他看了数字，傻眼了。看看龚如玉，她沉稳地坐在办公桌后面，不作声。激动不已的郑浩想去抱她，发现办公室的门开着，就去关上门，一个箭步窜到龚如玉身边，抱住她的头，就强烈地吻她。龚如玉猝不及防，咬着牙，只好就范。他的吻，对于龚如玉来说，是麻木的，毫无意义，龚如玉想，你要吻，就吻吧……

季晓红观察这边动静，见到办公室的门关上了，他生怕郑浩会在办公室干出出格的事，袁倩的话在耳边想起，保护龚如玉的职责，不能有不同标准，你儿子还没有与人家结婚，连订婚也没有，一个黄花闺女，我还是要保护啊！于是，他上前重重地敲门。

听到敲门声，龚如玉犹遇救兵，她猜到是季局长，便"腾"地站起来。

郑浩正在享受自己的幸福，被敲门声惊醒了；龚如玉站起身后，他连忙退到办公桌前面，红着脸拉开门；伸头一看，没有人，懊丧地回到龚如玉对面，拿起桌上的手表，戴在手腕上，把换下的旧表扔进垃圾桶。

龚如玉用大龙那块手帕，使劲地擦着嘴唇，喝了一口水，漱漱口，吐到痰盂里，又擦擦嘴。轻描淡写地对郑浩说："这表呢，是外贸局送的，你觉得拿走发票合适呢，就把钱给季局长；如果不想出钱呢，就把发票送给季局长，让他报销！不能让他私人掏腰包，一万多块呢！我只是受人之托，做个顺水人情罢了。"

郑浩说："我说呢，你哪来这么多钱呢？"他毫不犹豫地拿起发票，走进季局长的办公室。

季局长算到他会来，已经泡好了一杯上好的龙井茶，等着他，见他进来，笑容可掬地站起身。

郑浩把手表发票往季晓红面前一放，腆着脸说："季哥哥，谢谢你的好意，还挖空心思拐了一个弯，也谢谢你的美意！不要你掏自己的腰包，还是在账上处理吧！"

季晓红说："郑公子，是龚如玉在深圳看中的，她想给你买，又没有带多少钱，在柜台前犹豫不决，我不就猜到，她想为你买嘛！成人之美的事情，我还是会做的。怎么样，喜欢吗？"

郑浩想，嘴上说得好听，真的成人之美，刚才去敲什么门？可是这话不好说出来，就顺着季局长的话说："季哥哥的眼光不同寻常的，当然是好东西啰！谢谢你呀，季哥哥，等我妈回来，请你到家里吃饭。"

季局长问："袁主任出差啦？"

郑浩说："去我爸那儿了，说是我爸出国考察，沾光吧，出去玩玩。"

季晓红说："那个穷地方，还出国考察，不就是纯粹旅游吗？"

郑浩说："这年头，不是什么都叫改革开放吗？你没听说啊，'紧跟组织部，年年有进步，紧跟宣传部，出国如散步'呀！"

季晓红摇摇头："没听说过，你季哥孤陋寡闻。你以后有空多来坐坐，一来与美人儿加强接触，二来指教指教季哥。"

郑浩习惯地看表，一看，还没有开启，就问："季哥哥，几点了？"季晓红一看，告诉他："五点四十分。怎么，有饭局？要不，我请你们吃饭？"郑浩调好新手表时间，重新戴上。回答他："今天就免了吧，我有地方签单，如玉出差刚回来，我约了罗小曼她们几个，为她接风；你也回去陪陪嫂子吧，好几天没有回家了吧？"

季晓红说："也好，你有空了，打电话给我，随时随地……"

郑浩毫不客气，笑道："说不定哪天在扬子江大酒店签个单什么的，你要给报了呦！"

季晓红也笑了，哈哈大笑，说："我这个饭碗，还是令尊大人给的，你随便在哪里签单，照样报销！"

龚如玉听到笑声，知道他们相谈甚欢，就拎起包，关上门，准备走了。郑浩听到关门声，赶紧出来，季晓红也关上门，跟在后面，三人走下楼梯。

跃江乡在印染设备厂召开大会，章青松书记作报告，总结上半年的成绩与不足，部署下半年全乡工作。全乡机关干部，乡村企业的领导，村级主要干部，都参加了，为一九九二年上半年的主要成就而振奋，尤其是他更为骄傲的是全乡的教育事业，又上了新台阶。他手里拿着《陵州日报》，兴奋地挥舞着报告大家，跃江中学今年的中考，录取率不仅在全市同类中学又名列前茅，而且，省陵中面向十一个县市单独招生，单独考试，不仅考文化知识，还考体育，测体能，报名的两千七百个考生，只录取九十个名额，跃江中学就有三人榜上有名，他们的名字就登载在《陵州日报》上，这在牧州市也是独一无二的。会场上响起热烈的掌声，既是对学校与考生的祝贺，更是对章书记数年来重视教育的褒奖。

散会后，办公室秘书在门口等住他，说组织部长在厂长办公室等他，他感到诧异。问秘书还有谁，秘书说，还有市委办的臧人杰。

臧人杰，市委办公室副主任，章青松认识；组织部长也是熟人。章青松不知他们何事突然来跃江乡，一进门，就向他们打招呼。组织部长也是快要退的人了，什么事情都是和稀泥，做老好人。市委孙书记见他还是配合工作的，就没有动他。上次郑云武去找他处理铁慧瑛和龚弘奎的职务，他找借口铁慧瑛不是中共党员，龚弘奎年龄到了，就按照郑云武的旨意，让办事员开了调令，夫妇俩离开原单位，而且降了级别。这次突然来跃江，是受孙书记的委托，宣布调令的，章青松调任市建工局任党委书记，臧人杰来接他的班。

听到宣布，章青松一时接受不了，组织部长就单独与他谈话。按照常规，应当是先谈好，再实施，对于今天的突然调动，章青松实在想不通。老部长说，今天，我在这里宣布你的调动，说不定明天就有人宣布免我的职务了！你在跃江干了六、七年了吧，成就是有目共睹的，可是，你也五十五了，该休息了。人家比你小一圈，年富力强嘛！而且人家省里也有人。向你透点信息吧，你这块风水宝地，有人来考察过多次啦，来这里，看中它肥啊！跟你说白了，就是过渡一下，副市长的位子等着他呢！孙书记出差了，要我做好你的思想工作，他说，你是老同志了，这点觉悟，党性观念，你还是要有的。你不要有什么想法啦，尽快移交，去建工局吧，那里还等你去召开出征西安的誓师大会呢！

章青松再也无话可说，晚上回到办公室，整理东西。财政所长老刘看到他办公室的灯亮着，就上楼去看。见章青松在整理东西，推门进去，见他正收拾了书法作品，文房四宝，惊讶地问他，为什么？章青松说，"二寸半条子"来了，去建工局养老。人家早就看中这个位子了，我还蒙在鼓里呢！老刘也没有想到，这次调动，一点风声都没有；章青松干得好好的，还有几年就退休了，临了，还要换生疏单位。章青松还是肚子里有点书墨水的人，看得穿官场炎凉，受得了荣辱起落。第二天，就与臧人杰办了交接，直接去建工局报到了。

全国硕士研究生考试结束了。铁海良终于考上了。不过，他没有报考原来的母校、专业，而是报考了东南大学建筑系古建筑专业。清明节的家庭祭扫活动中，台湾、香港、重庆、上海的铁家人都回来了，听了管彤的重建铁记庄园、打造美人港到江边风光带的畅想，都献言献策；回忆古庄园风貌、美人港漕运的情景，都愿意为建设出资出力。铁海良的梦里，时常浮现古色古香的铁记庄园，时常想到古建筑的魅力。作为铁家后代，义不容辞的有担当，有奉献。所以，他认为，东南大学建筑系古建筑专业，有好的导师，六朝古都的南京，有不少古建筑的样板，江南水乡，有不少古迹名镇，都是他孜孜以求的最佳条件。不问蓝图将来是否能够成为现实，一切都要未雨绸缪，一切机会与可能，都是留给有准备的人。

谭小龙没有留校任教，也放弃了直升本校硕士研究生的机会，报考了南京大学化学系。考分比学校的原起分线少了一分，等到降分后录取的，他与谭剑英和牟丽琴吃了一顿饭，分手了；他与生活、学习了四年的古城挥挥手，离开了。

谭等娣没有辜负母亲和老师的厚望与栽培，一帆风顺的考完了所有科目，等到了清华大学桥梁专业的录取通知书。

铁娜一拿到毕业证书，回到铁记庄园，与爸爸、妈妈，还有哥哥，团团圆圆地度过了她在铁记庄园的少女的最后时光，带着他们的不舍，带着谭剑英写给她所有的书信、诗稿，带着一本手抄的《仓央嘉措的情诗》，踏上西去的列车……

第二十一章

谭剑英到了"国营西安解放化工厂"，牟碧玉就召开全厂职工大会，介绍谭剑英是南方来的供销方面成功人士，聘任他为供销科副科长，聘书是西安市雁塔区化工局的，上面有鲜红大印。谭剑英作了热情洋溢的发言，表示为解放化工厂作贡献的决心，要在大西北谱写人生的华丽篇章。

西安解放化工厂，是一个中小型国有企业，供销科分为供应科和销售科，正科长由主管供销的副厂长兼任，副科长主持科室工作。销售科七八个业务员，都是本地人，他们的业务单位大多数在本省，除了出差，就不到厂里上班；即使来了，转转就回去了。每人有销售指标，列表贴在墙上，合同额与销售进度都一目了然。如果所订的合同额完成了，不再增加而是留到明年，下半年不再出差，发发货，催催款；在家打打牌，喝喝酒。

谭剑英觉得很大程度上是厂里没有充分调动他们的积极性，缺少激励机制，除了较高的固定工资，要采用提成的方法，使他们自己主动走出去。牟碧玉以国有企业的规定为由，没有采纳他的建议，谭剑英就不再过问销售科的具体事情。他明白，这个副科长职务，其实就是拿工资的一个头衔，无实质职权。谭剑英逐步熟悉产品，即瓶口胶帽的成分、性能、市场应用范围。先深入车间，从简单的生产流水线开始，对产品的合成原料进行分析，使用强度、柔软度、与玻璃瓶和塑料瓶不同的紧密度，做到心中有数。他一次次送到牟丽琴的化验室，要她反复实验，实验出同中求异、异中求同的技术参数，尤其是在不同温度下的不同参数，必须有所区别，否则，会影响产品的性能与瓶口的密实度。掌握了产品的性能、用途，谭剑英要求牟碧玉重新印刷了产品说明书，并且去工商局备案，发给每个供销员。

在马驮沙老家，谭剑英上班的光明印刷厂，为客户印过不少广告，他自己也是通过广告来到西安的，所以，他建议牟碧玉在有关报刊刊登产品销售广告。牟碧玉没有采纳他的建议，认为广告费很贵，如果没有获得销路，反而会把信息透露给同行企业。谭剑英觉得他太守旧了，原先的热情降低了许多，对牟碧玉的看法角度，大打折扣。

牟丽琴与谭小龙的感情没有发展下去。谭小龙患了肺结核毛病，干咳嗽，尤其晚上，睡下就咳嗽，有时干脆坐起来，反倒不咳嗽，就看书。他对牟丽琴说，自己的毛病，会传染，课题组也不参加了，暂时不再见面。谭剑英去了西安，不同于以往，只在星期天去学校看望哥哥，自己仿佛长大了许多，心思也倾注在工作上，有时候遇到胶帽的配方问题，来找他研究，有不少启发。牟丽琴听姑妈说，谭小龙在准备考研，可以留校任教，也可以直升本校研究生。牟丽琴吃了定心丸，有时做点好吃的，让谭剑英送去，有时在厂医务室配点药片，也让谭剑英带去，不再打搅他，直至谭小龙离开西安。

销售科办公室墙上，挂着全国地图。谭剑英寻找着第一站，他要周密的规划行程、路线，既节省差旅费，又确保一炮打响。他想，瓶口胶帽需求的单位，酿酒厂，制药厂，这些单位都在人口密集地区，农业大省，或者喝酒的人多的地区。除了大西北，中原地区和北方地区也有广大的市场空间。经过反复比较，他的目光定格在河南及安徽北部，沿陇海铁路沿线，寻找客户。

回到宿舍，谭剑英翻找过去的笔记本，有些重要的事情，他都有记录。以前在火车上给让孕妇座位之后，那个男人留给自己的字条，还夹在笔记本里，结果，没有翻找到字条，就仔细地翻看笔记本，翻到第三本，终于找到了记载：丁大伟，家住郑州市吉祥大街，主事胡同。郑州是河南省会，这个有近一亿人口的大省，还愁找不到业务单位？谭剑英决定，第一站就去郑州，找到丁大伟，了解一下那里的市场信息，有的放矢的找到客户。

从郑州火车站下车后，谭剑英到书报亭买了一张市区地图，找到主事胡同的位置，不远，就叫一辆人力三轮车。中年车夫见他手里拿着市区地图，看出谭剑英的精明，只五六里路，谈好价钱，出发！

从火车站到了车水马龙的东大街，向南拐进一个巷子，便是主事胡同。谭剑英付了车钱，站在巷口朝里望去，狭小的街道，宽三米左右，行人稀疏，老石板路一边，挖下水道的碎石、烂泥撂在墙边，还有那斑驳的街门，高低错落的老房子，看出这条胡同十分古老，冷清、落寞。巷子口，有一位修车老人，谭剑英向他打听丁大伟的住址，老人指着不远处的院子，那就是丁大伟的家。谭剑英走进巷子，到了门口，门楣上挂着红底白字的门牌：主事胡同十六号。门开着，里面是一座四合院。他进门问：

"丁大伟同志在这儿住吗？"

从东面房屋出来一位老人，大约八十岁了，鹤发童颜。见天井里站在一个小伙子，南方口音，便问："小伙子，大伟是我孙子，他现在不在家，你找他什么事？"

丁大伟的媳妇抱着孩子，从西厢房出来，见到谭剑英，立刻认出他来，惊喜地叫道："小兄弟，是您哪，快进屋坐。"

丁大爷见孙媳妇认识他，就到天井里迎接谭剑英。

丁大伟媳妇告诉爷爷："爷爷，他就是去年我们回来过年，火车上遇到的活雷锋！"

丁大爷感激地说："谢谢你啊，小伙子！请进屋坐。"

这时，丁大伟从外面回来了，一进院子，见到谭剑英来了，快步走上前，紧紧握住他的手，久久说不出话来。谭剑英告诉他，现在受聘于西安解放化工厂，在销售科工作，主要销售瓶口胶帽，酒厂、药厂、医院等，都是销售对象。

丁大伟笑着说："你来郑州，还是来对了。我爸原来插队的安徽萧县，就有酿酒厂，他在那个酒厂上过班，后来才回城的。"

丁大爷说："大伟爸出去打工了，生了孙子，在家待不住了！大伟，你打电话与你爸联系看看，那厂里有没有熟人做干部的。"

谭剑英说："莫急，大爷，大伟，我们有缘在火车上相识，不一定就要帮我办什么事情；我出差来郑州，就是看看你们。"

丁大伟媳妇笑道："这个是必须的，到了郑州，不来我家，大伟知道了，会生气的呀！"

谭剑英指着大门，刚才进来的时候，是开着的，怎么没有关门呢？就疑惑地问："大爷，刚才我从胡同进来，看到大多数人家的门敞开着，里面没有人，就像你家……"

丁大爷说："这个胡同全长不足三百米，住的人家都和睦相处，互相照应的。胡同口的孟大爷，就是个把门的，进胡同的人，都要经过他那第一关。从北头进出胡同的都是住户，南头热闹，从南头进出的人多，郑州十中在那头。"

谭剑英说："我看这个胡同的样子，恐怕历史不短了吧？"

丁大爷说："这个胡同，我出生的时候就有了，不少于四百年历史。原来叫'张家义巷'。据说，当初这个巷子是半截子，有一段不通，我们这里叫'闷葫芦'，来往行人必须绕道，很不方便。明代万历年间，有一个叫张大维的人，乐善好施，出资把那一段不通的地方买下来，打通一条路，从此南北相通。这一义举受到居民的称赞，就将巷子改名'张家义巷'。明万历二十四年，经公众要求，郑州知府亲自写了《郑州创开义巷记》，差人刻石碑嵌在一堵墙壁上，以表彰张大维的义举，倡导乐善济人，急公好义的精神，从此，这个小胡同就名扬郑州了。"

谭剑英说："怪不得蹬三轮的师傅，一听我报地名，他就知道这里呢！那么，大爷，现在怎么叫'主事胡同'了？"

丁大爷说："又过了十几年，圃田有一个叫做阴化阳的人，中了举人，当上户部主事，把家从郊区搬到张家义巷，有了高官居住，小巷的名声就大起来，改名为主事胡同。清光绪年间，有一个叫孟莹的人中了进士，就是胡同口修车大爷的祖上，做吏部主事，主事胡同的名称就延续下来。有了明清两朝的主事住在这里，叫张家义巷的人渐渐少了，直到现在，胡同的名称没有改过，你看，红底白字的门牌，还是"文革"时的呢！不过记载张家义举的石碑还在墙上，就是碑文模糊了，几百年的沧桑啊！"

他们说话的时候，丁大伟已经打通了在南方打工的父亲的电话，说原来萧县酒厂的同事，现在是厂长，可以联系上。

丁大伟的爱人把小孩给婆婆抱着，自己去市场买菜。

丁大伟说："兄弟，我爸说了，萧县酒厂现任厂长，就是他以前的同事。今天晚了，我爸明天与他联系，说好了，你先去那儿看看。"

真是好人遇到好报，谭剑英真的没有想到，一次不足挂齿的让座，却带来丰厚的回报，不管业务成与不成，丁家几代人的热情十分感人。

丁大爷说："大伟啊，你准备晚饭，我同小谭去胡同走走。"

丁大伟说："好来，您下午还没有出去呢！"

丁大爷带着谭剑英出了门，朝南走去。这条胡同的西侧，是郑州第十中学，围墙是老红砖砌的。胡同里的房子，大多是水泥、砖头砌成，古老的遗迹已经很难看到。走到胡同尽头，《郑州创开义巷记》的石碑还嵌在墙上，许多字迹已经模糊不清。丁大爷边走，边讲述几百年胡同里的逸闻趣事，谭剑英了解到中原首府不同于其他城市的风情，更感受到中原人仁义、厚道、豪爽的侠义心肠。

第二天上午，丁大伟骑自行车送谭剑英去火车站，将萧县酒厂的电话号码给了他，找到厂长，就说是郑州的丁红兵介绍的，一定接待你的。谭剑英已经给了名片，邀请他到西安游览，两人在车站握手作别。后来，谭剑英到西安、京城开公司，邀请丁大伟加盟，报答他的帮助。这是后话。

郑州东行的列车，有很多车次，到萧县不算远，谭剑英就买了慢车票，可以有座位，也可以在窗口看看中原大地的风景。

下午，列车停靠萧县火车站。萧县火车站就在萧县龙城镇，萧县酒厂的位置在龙城镇龙城路一百五十二号。厂名虽然是葡萄酒厂，也生产白酒，月产量有一百多吨，所以瓶口胶帽的需求量很大。

谭剑英与门卫大爷打了招呼，就直奔厂长办公室。

到了厂长室，谭剑英开门见山，说是郑州丁红兵介绍来的，递上名片。厂长是个矮胖子，他也给名片谭剑英。谭剑英一看：薛卫东。他不禁一笑，丁大伟的爸爸叫丁红兵，这位厂长叫薛卫东，都与那场运动有关，一个名字也打上时代的烙印。他从包里拿出胶帽样品，递给薛厂长；薛卫东摸出打火机，点着烧胶帽，烧了好久，胶帽没有丝毫收缩、变形。他吹熄了打火机，点点头。谭剑英没有见过这样的检验方法，睁大眼睛看，见他点头，提到喉咙的心才放下去。

薛厂长问："谭科长，你一个陕西人，怎么认识河南佬丁红兵的？"

看到薛厂长有打火机，谭剑英就拆开一包"延安牌"香烟，递给他一支，将整盒烟放到他面前。"延安牌"香烟，是西安名烟，十元一包。薛厂长抽着烟，看看烟盒，又看看烟丝，点点头。

谭剑英说："薛厂长，不瞒您说，我不是西安人，而是江苏人，应聘到西安工作的。"

薛厂长说："看得出来，你搞销售有点经验。"

谭剑英猜想，他是指自己整包的香烟给他，心想，事情成了，会整条送给你。

谭剑英说："薛厂长，我在老家是搞印刷业务，像酒瓶上贴的标签之类，后在报纸上刊登广告，无意间推销了一下自己，本来是好玩，谁知这家企业的厂长亲自跑到我们那里，诚心诚意邀请我，就这样，我到了西安。"

薛厂长笑了："你这个小伙子，真会玩，还玩到郑州朋友，怎么会认识丁家人的？"

谭剑英就把火车上让座的故事简单说给他听。

薛厂长夸奖他："好小伙，真是活雷锋啊！你的品行这么好，即使没有丁哥的关系，我也会与你做业务，也做好事嘛！"

谭剑英笑道："薛厂长，您过奖了！"他抑制内心的激动，不喜形于色，问，"薛厂长是住在龙城街上吧？"

薛厂长大大咧咧的："不远，就在解放路上。怎么样，晚上到我家去喝一盅，就当我请丁红兵的；他要是不回城，说不定这个厂长轮不到我，他是高中生，我只是初中生啊！"

谭剑英见薛厂长邀请自己上门，觉得业务之事更有把握了，就满口答应："好啊！我一定拜访！"

薛厂长告诉他解放路门牌号码，就去处理其他事情。谭剑英出了厂门，找了一个距离薛厂长家不远的小旅社住下，再上街买点礼物。

北方的天空，成天灰蒙蒙的。这个城镇边上，竖着几个高烟囱，都是制砖窑厂，上升的浓烟，就停留在四周转悠。街道上很脏，好像多时没有扫过，尘土飞扬，牛粪、马屎，到处都是。谭剑英快步行走，找到百货公司。他想，薛卫东是酒厂厂长，洗澡的酒都有，也不知道他喜欢抽什么烟，想到了在老家送毛毯的事，就寻找毛毯。这里要比南方冷得早，送它既大气又实惠。橱窗里只有两条毛毯，还是腈纶的，谭剑英挑了印有牡丹花的一条。

到了旅社，谭剑英大口大口地喝了三四杯凉开水。上次在南苑宾馆陪牟碧玉喝醉后，三叔教他防止醉酒的几个方法，一是吃饱饭，二是喝饱凉开水，三是喝牛奶。到酒厂厂长家喝酒，不会有孬酒，估计头曲为多。听人家说，头曲最好了，酽而香，但易醉人。在办公室里谈得那么投机，到他家能不喝吗？他还说，把自己当作丁红兵一样招待，那个丁叔叔肯定酒量了得。所以，订下房间之后，临出门，拎了两瓶开水，倒了一瓶在面盆里冷，从百货公司回来，水也凉了，就"咕咚咕咚"喝饱了。

路灯亮起来的时候，谭剑英拎着毛毯，去薛厂长家。

这是一座安徽普通民居的小院子，前后两进房子，进深都很小。萧县的待客风俗，女人小孩不上桌，矮矮的桌子，只有南方的八仙桌一半高，坐的也是小矮凳。薛厂长的妻子、儿媳妇，在厨房忙活，薛厂长父子和谭剑英三人吃喝。薛厂长的小孙女坐在爷爷身边，盯着谭剑英看，谭剑英感到失礼了，不知有小孩，没有她的礼物，很是尴尬。心想，明天订了合同，临走也要买东西送过来。看到薛厂长的儿子也抽烟的，他拿出一包"延安牌"香烟，拆开来，发给他们，然后，放在桌上，让他们抽。

北方人用小酒盅喝酒，先是一人四盅，才可吃菜。牛肉炒青椒，豆腐皮烧青菜，肉圆子红烧，红烧鲤鱼……每道菜都有辣，与白酒合起来，辣上加辣。

吃了几筷菜，薛厂长说话了："谭科长，既然我把你请到家里了，你就是我的朋友，业务的事情，你把心放到肚子里，我们今晚只顾喝酒，你喝醉了，明天就能订合同，如果不喝醉了，你就订不成！来，我俩走一个！"

谭剑英笑着说："谢谢！"喝完一个。

薛厂长的儿子为他倒酒，薛厂长说："你放量喝，我家里的酒够你洗澡。这次，我们连干三个。"

谭剑英想，上回能喝半斤，这个小盅子，大概十五个，自己要控制在这个范围之内。为了合同，他豁出去了，连喝三个。喝到第三个，他用大拇指一捺，酒流了点出来，他们看见了，可没有作声。谭剑英觉得，小盅喝酒也有技巧。于是，此后喝酒，一是不喝干，二是大拇指捺，薛厂长看在眼里，心里明白，却笑而不语。谭剑英应付下去就好，自己只要达到好客的目的就行了。就这样，薛家父子俩车轮战，谭剑英喝了二十多杯，向他们打招呼，收兵了。父子俩也感到谭剑英直爽，不是小肚鸡肠之人，十分开心。

吃点馍馍，喝点米汤，谭剑英感到心里舒服多了，可头有的昏沉沉，就起身告辞。临走时，看了一下小女孩，明天买东西的想法又涌上心头。

薛厂长叫儿子送谭剑英到旅社，看他能够洗脸，倒水洗脚，就放心地回去了。谭剑英见他出了门，连脚也不擦了，爬到床上，倒头就睡。

第二天，薛卫东叫供销科长把年内的合同全订给谭剑英。谭剑英去的时候，合同已经写好，盖好公章，一共是二十一万六千元，时间到一九九三年二月。谭剑英看了合同，没有异议。薛厂长叫谭剑英回去以后，盖好厂里公章，寄一份过来，并关照他回去就安排发货，发票寄来，安排货款给他。

谭剑英拿了合同，到百货公司买了儿童玩具，还有一条花裙子，送到薛厂长家里。小姑娘非常高兴，她妈妈看着裙子，直夸谭剑英"你真细心"。

从萧县到徐州，虽然是两个省份，却只有几十公里路程。谭剑英想到徐州看看，留点路费回西安就行。到了徐州，他买了一张徐州地图，看到徐州农药厂是个大厂，就去试试。

徐州农药厂，国有大企业，在市中心。谭剑英找到厂长室，靠十点半才见到厂长，厂长说，这事归贸易公司管，叫他去贸易公司。找到贸易公司，铁将军把门，下午，经理一般不上班。谭剑英只好在火车站附近找一个小旅社住下，第二天再去贸易公司。还是等到十点半，见到贸易公司经理，经理说，这事归采购部管，找到采购部，部长说，下半年订单没有了，明年再来，不过，这事得找厂长，我们做不了主的。谭剑英就像只皮球，被踢来踢去，毫无收获。

谭剑英感到，这种大型企业的运作模式，效率太慢了，那些管理人员，推诿扯皮，不是在干事业，就是虚度光阴，等着拿工资。以后，这种单位，少去。到了火车站，买票回去，一掏衣兜，算好了够买座位票的，昨晚住宿费去掉十元，身上的钱只够买站票了。他一咬牙，买了回西安的站票，所剩几毛钱，就买了两个馒头，填饱肚子，上了火车。

从徐州到西安，又是慢车，又是站着，需要三十九个小时，奔走了几天，谭剑英实在累了，上车的人特别多，他只好在车厢过道的尽头站着，因为那儿空地大。然而，买站票的不只是他一个，太多了。到了半夜，谭剑英实在站不动了，就势靠门边坐下来，打起瞌睡。站站停的慢车，一会儿下，一会儿上，一会儿开，一会儿停，等别的列车先通过。

卖快餐的推车来了，漂亮的列车员叫道："米饭炒菜，五元一份。"谭剑英下意识地摸摸口袋，有二十几万，一纸合同，不能买快餐，他看着推车过去，只好咽口水。一会儿，另一个乘务员推车过来，叫卖："水果、香烟、泡面、火腿肠、矿泉水。"谭剑英闭着眼睛，让她过去。她们一来，他要站起来，让推车通过。她们在白天要来回多少趟，谭剑英则坐会儿，站会儿；站会儿，坐会儿……

火车过了郑州，又是夜车时间，天亮就到西安了。谭剑英实在站不动了，一眼看到有人躺在座位底下，他也找一个空地方，钻了进去，把包垫在头底下，脚朝里面一伸，躺下了。哎，你别说，还真是舒服，虽然又累又饿，他渐渐地睡着了。

出了河南地界，列车员查票，谭剑英被叫醒，拿出票来，一看是站票，列车员说，现在有坐票了，可以去补钱换票。谭剑英说，我现在是"卧铺"，挺好的。苦中作乐，又来了他往日的幽默风趣的劲头儿。漂亮的女列车员被他逗笑了，夸他脑子好，省了钱，还有地方睡觉。她哪里知道，谭剑英是囊中羞涩啊！

到了西安，有气无力的谭剑英，十分吃力地爬上公共汽车，回到解放化工厂。正好牟丽琴上班，远远见到摇摇晃晃的谭剑英，十分奇怪，这人出差的时候，还是好好的，才几天时间，好像病了。快到厂门口，牟丽琴追上他，下了车，谁知，谭剑英手里的包滑落下来，对她说了声"合同"，腿一软，瘫下去。

牟丽琴赶紧去抱他，对门卫大喊："阿姨，快来，谭科长晕倒了！"

门卫阿姨听到喊声，立即来拉谭剑英，见他眼睛闭着，就掐他的人中。牟碧玉也来了，见状下车，一把抱起他，呼喊："小谭，小谭！"谭剑英仍不出声，牟碧玉抱着他直奔门卫旁的医务室。厂医见到厂长抱着谭剑英进来，检查了一下，说："休克了，赶紧打吊针！"

于是，她非常熟练地配药，插针头。牟碧玉放他平躺。牟丽琴拿了毛巾，用温水拧干，捂在他额头上，握住他的手，给他力量。

一瓶葡萄糖水挂完了，谭剑英醒了，看到厂长与牟丽琴，指着床边的包，低声说："合同订到了，二十万……"

牟碧玉说："你别说话，合同事小，生命事大。你怎么啦？"

谭剑英说："没什么，就是累的。"

牟丽琴从包里拿出合同，递给父亲。牟碧玉一看已经盖好公章的合同，激动得热泪盈眶。

躺了一会，谭剑英坐起来，说："我饿极了！"

牟丽琴立即去食堂，叫师傅做了一碗鸡蛋面端来。

谭剑英看到面条，眼里闪出光来。他已经四十多个小时没有吃饭了，还站了二十多个小时，就狼吞虎咽地吃起来，顾不得咀嚼，呼啦呼啦，连汤带水全喝掉。看着空碗，好像肚子里一点东西都没有，便把碗递给牟丽琴，站起来，走出医务室。牟丽琴为他拎着包，跟在他后面。

牟碧玉在合同上盖上公章，叫人寄走；招呼生产科，排计划生产，招呼仓库，准备发货，招呼财务，准备开票。

谭剑英回到自己宿舍，倒在床上，又睡着了。牟丽琴陪着他，用温水为他擦脚……

铁娜到了西安，下火车后，乘出租车到了解放化工厂。看看厂牌，向门卫阿姨一打听，知道谭剑英在这个工厂。门卫阿姨见她长得水灵灵的，戴着金丝眼镜，文质彬彬；皮肤雪白，身材苗条。铁娜告诉阿姨，她是从江苏来，找爱人谭剑英的。阿姨立即把她迎接到屋里，说谭剑英出差了。铁娜一时没了主意；阿姨赶紧打电话给牟碧玉，牟碧玉一听，立即下楼，接铁娜去厂长办公室。

牟碧玉倒水给铁娜喝，看她还是一个学生，怎么会是谭剑英的爱人呢？最多是女朋友。于是，打电话给牟丽琴，牟丽琴来把她带到谭剑英的宿舍。

看到牟丽琴热情、大方，她还有谭剑英的宿舍钥匙，铁娜顿时心生疑窦。牟丽琴看出她的表情，便告诉她，自己是谭小龙的女朋友，谭小龙关照她照顾弟弟的。铁娜的疑虑释然了。牟丽琴看出，这女孩与谭剑英的感情不一般，要不然怎能千里迢迢追到西安来呢？正到午饭时间，等铁娜洗了脸，换了连衣裙，牟丽琴带她去食堂吃饭。

走进职工食堂，人们都把好奇的目光投向洋学生一样的铁娜。牟碧玉带她走进旁边的小餐厅，叫牟丽琴陪她。还叫厨师做了几道不放辣的菜，没有米饭，就吃馍。

牟碧玉问："小姑娘，你叫什么名字？"

铁娜说："我叫铁娜，钢铁的铁，安娜·卡罗琳娜的娜。"

牟碧玉笑道："这个姓不多，名也少，却洋气。你在读大学吗？"

铁娜说："小老三初中毕业就辍学了，我也没有读高中，读的幼儿师范，刚毕业。"

牟碧玉说："不错嘛，分配了吗？"

铁娜说："暑假里分配，一般分到本地幼儿园。"牟碧玉点点头，笑着说："等小谭回来了，我放他几天假，陪你在西安玩玩。"牟丽琴说："我去约小龙，一起玩，西安的名胜古迹可多啦！"铁娜笑了，爽快地说："不着急，来日方长。我来了，不会影响小老三工作的。"

牟丽琴没听小龙说过，便问："哪个是小老三？"

铁娜说："谭剑英啊。小龙也叫小老二，家里还有大龙。因为他们父辈弟兄三人，爷爷、奶奶，还有我爸爸妈妈，都称他们父辈谭老大、老二、老三的，称他们三个，就是小老大、小老二、小老三了。"

牟丽琴与牟碧玉明白了，不断给铁娜夹菜；铁娜确实饿了，低头吃饭。

谭剑英自从第一次出差凯旋之后，信心满满，休息了几天，身体恢复如前，又出发了。有了萧县、徐州的经历，谭剑英认为，吃苦、受累不算什么，世上无难事，只要肯登攀，有了这种精神准备，订单就在那儿等着你；如果坐在家里，不行走在路上，哪里会有合同飞过来呢？不过，徐州回来之后，他有了经验，每次出差，都做了充分准备。他与牟厂长说明了，出差一次，可能要多跑几个地方，多借点车旅费，免得再出现那种捉襟见肘的情况。他随身带着所订合同的复印件，一个星期跑了八个省，从山东的景阳冈酒厂到河北石家庄的藁城酒厂等单位又拿到十几万合同。

这次出差，是一则电视广告启发了他。湖北省襄阳市南漳酒厂在陕西电视台做推销广告，他看了之后，分析这个酒厂的特点。一是这个厂有悠久的酿酒历史，并且是政府整合多家酒厂形成的规模企业，产量很大；二是这个厂的领导，有发展的眼光，派出技术人员到贵州茅台酒厂学习，研制出与贵州茅台酒一样品味的酱香型白酒，而且根据北方人喝酒习惯，酿制的是"大曲酱香型"高度白酒，人们喝得入口，赢得了广大的市场，不仅在华中地区销路很好，在关中地区也是独树一帜。谭剑英从西安坐八九个小时的火车到襄阳市，再乘坐一小时左右的汽车到南漳县，酒厂就在县城。南漳县酒厂的邹厂长，是十分通情达理的领导，听了谭剑英的出差经历，十分感动，更为他能够从鱼米之乡的江苏，来到大西北工作的精神而钦佩，邹厂长将下半年胶帽使用量的一半订给他。当然，谭剑英把价格降到了最低点，他想，薄利多销，只要有利润就好，量大的客户要千方百计揽住。

拿到了十几万销售合同，谭剑英打电话汇报给牟厂长，牟碧玉告诉他，铁娜来了。谭剑英归心似箭，打车到襄阳火车站，买到了中午开往西安的票，返回西安。

谭剑英来西安之后，一直做出差准备工作，出差也是长途，来也匆匆，去也匆匆，顾不得整理宿舍。虽然牟丽琴有时也为他拾掇拾掇，却没有南方女孩子细心。铁娜来后，把他的宿舍彻底打扫了几遍，所有衣服洗了又洗，连一滴油渍也不放过。去街上找了几家窗帘店，选到了满意的，重新换了窗帘。连门锁也换了新的，三把钥匙，给了一把牟丽琴。开始两夜，牟丽琴怕她胆小，陪着她睡，也聊聊谭家的事，说说自己与谭小龙的感情；铁娜一点也不觉得陌生，也不惧怕，第三晚，就叫牟丽琴回去了。牟丽琴去西安大学，把铁娜来西安的事情，告诉了在校等待研究生录取通知书的谭小龙，谭小龙就立即来西安解放化工厂，看望铁娜。

谭剑英的宿舍，谭小龙来过一两回，每次都感到不整洁，不像小老三在家的作派，可是没法说这话，因为他初来乍到，一心一意打拼，只要把个人形象弄得光漂一点，顾不得宿舍了。今天，一进宿舍，谭小龙的心境立刻舒展开来，仿佛回到了铁记庄，看到谭剑英井井有条的宿舍。粉色条子的窗帘，水泥地面上，贴了蓝底白格子塑料地毯，墙壁上，除了原有的全国地图，弟弟去过的地方已经做了记号，两边还贴了小娃娃图片。连床也转了方位，使窗外的阳光不直射到床上，而且，屋内也显得宽敞了。原有的桌子、凳子也换了位置，桌上铺了塑料桌布；而且多了电饭锅、电炒锅，还有新买的碗筷等餐具，就是还没有油盐酱醋。谭小龙看了，不禁心里纳闷，这个小铁娜，不像是来度假的，倒像是"……来到沙家浜——不走了！"

铁娜见谭小龙来了，丢下手里的事情，连忙倒了一杯白开水，递给他说："小龙，听牟丽琴说，你身体不好，就别过来。等小老三回来了，我们一起去看你。"

谭小龙咳嗽，然后说："这怎么行？你来了，丽琴当然要通知我了，丽琴，是不是?"他转问牟丽琴。

牟丽琴说:"第一天来了,我就想约妹妹去看你的,妹妹说,一来把宿舍整理整理,二来等剑英回来一起去,我估计剑英也快回来了,就去告诉你的;刚才,听我爸说,剑英已经订到合同,今晚就可以到西安。"

谭小龙问:"他有没有说几点的火车,什么时候到达?"

牟丽琴说:"好像是中午的车,晚上到站。"

铁娜兴奋地说:"我们去接他!"

谭小龙说:"好啊!接到他,我们一起吃晚饭,我们已经多时没在外面吃饭了;也是为你们俩接风洗尘!"

牟丽琴说:"我爸已经叫我妈在家准备了,一起到我家吃饭,我妈说,欢迎铁娜妹妹,我爸说,剑英又成功了,要祝贺他⋯⋯"

铁娜看着小龙,等他的意见。

谭小龙说:"很好!现在,小老三已经是化工厂的销售骨干了。没来多久,就不断出差。成绩斐然啊!厂长犒劳干将,也是理所当然的,我们就沾光了。"说完,又咳嗽一阵,端起茶杯喝了几口,铁娜为他续水。

铁娜说:"犒劳有功之臣,为什么要厂长私人请客,应当是厂里公款招待啊!"

谭小龙笑了:"你不是刚来,还没有拜望人家大厂长吗?专门拜访,也不合什么常理,就随着小老三去,也有点顺理成章啊!"

铁娜脸红了,低着头说:"那我还得带礼物呢!你,为我出钱!"她抬起头,手指小龙。

谭小龙继续与她开玩笑:"我一个穷学生,哪有钱?现在,你家小老三可是厉害角色,业务量大,收入多啊!"

铁娜笑道:"你就是天生的小气鬼!我离开他小老三,就喝西北风啊?我去拜望厂长,当然自己掏腰包啦,我还要请厂长为我安排工作呢!"

牟丽琴说:"不要客气,都是家里人,没有必要破费。"

谭小龙说:"丽琴,你不知道,我与她开玩笑呢!我们从小一起长大,都了解脾气性格⋯⋯我已经四年没有见到她了,要是小时候,她早就哭鼻子了,现在长大了⋯⋯"

铁娜说:"我们去火车站吧!"

谭小龙说:"还早呢⋯⋯"一阵咳嗽。

牟丽琴为他倒水,轻声问他:"你带了药吗?"

谭小龙说:"我来的时候吃过了。我想躺会儿⋯⋯"

铁娜赶紧走到床边,在席子上铺上床单,让他躺下。谭小龙躺下后,铁娜用另一条床单折成双层,盖在他胸部。牟丽琴想帮忙,就是插不上手,看到铁娜娴熟的动作，觉得与她的年龄很不相符；更觉得自己迟钝，不会关心他人。

陈桂兰看到田里的稻谷全收割结束了，就去木金寺桥头算命先生常九郎那里，请他排排日子，开工、上梁、上宅，还有大龙与菲菲结婚的日子。房子是谭大龙住的，当然要按照他的生辰八字排日子。记性非凡的常九郎，居然还记得谭大龙与唐菲菲的出生年月、农历的生日、出生时辰，很快就排出吉祥的日子和有关事宜。开工的日子，公历一九九二年九月八日，农历八月十二日，时辰是下午三时至五时，属蛇的不要到场。上梁的日子，公历十月二十五日，农历九月三十日，早晨三至五时，属龙的不要到场，上宅日子，一九九三年二月二日，农历正月十一日。结婚日子有两个，一九九三年二月十二日，正月二十一日，还有五月一日，下半年没有日子。常九郎女人把这些写在红纸上，陈桂兰收好，给了钱，常九郎说，收五十元就好，上次，这个棚子，被台风刮歪了，是唐经理派人来加固了一下，不然，早倒了。

陈桂兰回去后，把所有的日子向谭家、唐家作了通报。唐生华与端玉梅商量，只要抓紧，女儿的婚事还是在正月里办了好。唐菲菲把这个决定告诉了谭大龙，谭大龙与妈妈说了，大家就按部就班地开展工作。谭顺和安排人马到时进场开工建房，唐生华则安排装潢公司准备材料，端玉梅为女儿准备嫁妆。

农历八月十二日下午三时，铁记庄园东沟外，美人港北岸，谭家建筑工地上，高高的旗杆上升起红旗，鞭炮齐鸣，港边的树干上贴满了"姜太公在此百无禁忌"的红纸条幅。唱春的徐忠奶奶早已得知喜庆之日，也亮起清脆嘹亮的嗓子，高唱祝贺的民谣小调，她精神矍铄，记忆力惊人。徐忠唱得欢，人们乐得欢。只听她唱道：

主家高造喜气洋，我来恭喜唱吉言，自己唱了精神好，主家听了给喜钱。
山歌好唱口难开，樱桃好吃树难栽；辛辛苦苦华堂造，子孙后代都发财。
丹桂飘香喜洋洋，建筑工人有力量，郎打号子喉咙大，妹唱山歌更嘹亮。
山歌一气唱得欢，恭喜主家发大财，财源好比长江水，一潮高过一潮来！

因为她是陈桂兰娘家宝禾垛村的，陈桂兰端了凳子，请她坐着唱，徐忠奶奶坚持唱完，才坐下。谭大龙端来水，请她喝，她嫌烫嘴，要来矿泉水，咕隆咕隆，一口气喝了大半瓶。陈桂兰感谢她前来捧场，给她二百元喜钱，徐忠只收了一百元，笑着走了。

谭大龙与谭剑英的地基同时建设，中间隔离三米的弄堂。地基为条形基础，山墙与承重墙地基，由稻田平地开挖一米五宽，五十厘米深，用二十二毫米粗的螺纹钢扎成宽一米、高三十五厘米的笼子。第一天挖好地基槽，第二天，搅拌机等机械拉到现场，开始连续浇注混凝土。过了凝固期限，就开始实扁砌砖墙到正负零。正负零上面用十八毫米的螺纹钢扎笼子，浇注混凝土腰箍，腰箍上铺一层楼板。常九郎对陈桂兰说过，楼房下面不能空，要用土填结实了，才能铺楼板；否则，不利于后代发达。谭顺和安排拖拉机，到投资大厦工地拉来多余的土方，加干石灰，一层一层夯结实，然后铺上楼板。

正是秋高气爽的季节，整个农历八月都没有下雨，谭顺和安排工人日夜施工，框架浇注结束，就开始砌墙。两拨工人，轮流上阵，直到上梁，一点没有延误工期。

农历九月三十日，是上梁的日子，按照习俗，岳母家要来暖梁、抛梁、挂红绿、挂万年青。虽然唐菲菲还没有嫁过来，但是已经订婚了，结婚的日子也定了，因此端玉梅做了充分准备，二十九晚上，在谭家办了暖梁酒，请建筑总公司的一干人喝酒、打牌，直到三点。陈桂兰给木工、瓦工头头，准备了红包，上梁之后，他们说了吉言，另外还根据谭家几代不分家、相处和睦的情况，现编了一段"和"字歌：

天上和合日月明，地上和合水结冰；
君臣和合山河稳，军民和合鱼水情；
父子和合山成玉，兄弟和合土变金；
婆媳和合天伦乐，妯娌和合家安宁；
姑嫂和合常来往，姊妹和合骨肉亲。
恭喜谭家和谐好，前程无限万事兴！

两人一唱一和，十分精彩。陈桂兰被他们说得泪流满面，还微笑着送上喜烟、喜钱。在场的人拍手喝彩，争抢他们从梁上抛下的喜糕、喜粽、喜糖。粗粗的正梁上，正中贴着"福"子，挂着红绿布，红的一面朝南，背面绿的，它的两端系着万年青。水泥横梁上贴着"福星高照、紫气东来"。柱子上贴着"上梁逢黄道，竖柱遇紫薇"，以及"童言妇语，一概不忌"。

上梁办喜酒，这一次不比以往，谭家是规模空前。再也不需要家里人操心买菜，多少钱一桌，全部包给家宴师傅。老跃江供销社饭店的赵光祖师傅，在木金寺诸多家宴里，厨艺高人一筹，价格也公道，因为他去买的菜，都是批发价，谭顺和请他操办上梁酒席。道贺的人员，比过去多了，铁记庄的邻居，村队干部，建筑总公司科室的管理人员，分队长以上的干部，谭家的、唐家的亲戚朋友。陈桂兰专程去建工局请章青松书记，没有请到，他去市建安总公司西安办事处检查工作了。

上梁这天，正好是星期天，已经在南大读研的谭小龙，约了东大读研的铁海良，读本科的龚如松、牟丽军一起回铁记庄。陈桂兰打电话给谭剑英，因为铁娜在厂幼儿园上班了，走不开，不能回来。家里人不能参加喜酒宴的，还有谭晓婷、谭来娣和陈栋，人们说起他们，不免产生挂念之情，尤其龚弘莲与谭顺芳夫妇。也许是喜庆的鞭炮声，也许是大孙子高造之喜带来的激奋，奶奶李雨妹居然奇迹般地起床了，一大早，就叫谭大龙把她驮到新房子里，笑着合不拢嘴。

一切都在陈桂兰的预算之中，上梁以后，屋面盖好小瓦，做好屋脊，就算完工了。里外墙身的粉刷，等到干透了才能进行，包括装潢，全部由唐生华安排。谭顺利的铁记庄建筑公司并入总公司以后，木匠出生的谭顺利，被唐生华安排在装潢分公司，任经理。谭顺利根据图纸，对谭大龙的新房子装修到过年，没有影响上宅。

陈桂兰每天去工地看看，谭大龙每天买菜，陈桂兰做饭，端玉梅帮厨，俩亲家母配合得很好。看着粉墙黛瓦的楼房，陈桂兰舒心地笑了好多回。有时，陈桂兰实在憋不住了，问谭顺和花了多少钱。谭顺和告诉她，没有借钱，自己的积蓄差不多够了。陈桂兰看着小叔子为侄儿建房操心劳碌，不但人瘦了一圈，还尽其所有，感动得眼里噙满泪水；脸上还带微笑。

谭大龙回来了，她把小本子拿出来，让谭大龙给算算，谭大龙粗略计算，大约十五万左右。陈桂兰关照他，你记住这笔账，一旦三叔用钱，你们弟兄要及时拿出来。从现在开始，你与唐菲菲，还有小老三都要慢慢结余钱。

到了年底结账，谭大龙将工资、奖金交给母亲，陈桂兰说，你马上就结婚了，家里不再要你交钱，与菲菲一起共同管理。小龙读研，也兼课，有收入，不再要家里负担；小老三上次还寄钱回来，我给他保管。除了给唐家礼金，家里还有点钱，办喜酒的开支，有收人情钱足够。母子俩拉着家常，陈桂兰做了全面的安排。

郑浩向龚如玉提出结婚要求，龚如玉没有答应。她说，自己才二十岁，刚工作，没有思想准备，要再等几年。郑浩没有办法，就向母亲求助。袁倩找到铁慧瑛，铁慧瑛却以"儿大不留爷"，管不了女儿为由，让袁倩碰了个软钉子。袁倩回去，骂郑浩没出息，鼓励他"把生米做成熟饭"。郑浩依计而行，在一次袁倩去郑云武那里的星期天，郑浩让龚如玉帮他整理房间，龚如玉去帮他做事，不料，郑浩动手强暴她，龚如玉奋力反抗，逃出郑家。从此，再也不去他家，尤其是郑浩单独一人的时候。郑浩见龚如玉又回到以前一样，便与离婚的罗小曼更加密切接触，甚至出轨了……

谭晓婷在京进修期间，有一天去王府井书城买书，无意间看到本庄的施一飞也在买书，从小住在铁记庄的两个人，在千里之外的北京不期而遇，真是幸事。

施一飞已经从空军部队考入航空飞行学院，毕业后，是一位翱翔蓝天的雄鹰。从此，两人有了来往。

谭小龙到了南京以后，写了几封信去西安。写给牟丽琴的信，告诉她自己的近况，并说，现在的身体比在西安恢复了许多，也不怎么咳嗽了，是新女友司徒秀敏提供的秘方，请她放心；委婉地说出"有缘没分"之类的话。牟丽琴一开始对这段姻缘就没有抱多大希望，只是姑妈一味撮合；她甚至想，要是他具有谭剑英的性格，说不定会成功。牟丽琴有礼貌地回了一封信，此后再也没有联系。谭小龙写给牟碧霞的信，感谢她对自己的母亲般的关怀，他永远忘不了校园里红叶李子树，那热情奔放的力量，是自己四年坚守的源泉！他要用自己的成果，报答老师的知遇之恩。写给牟碧玉的信，告诉他离开西安的真正原因，是自己患了肺结核，在西安不可治愈；请他原谅自己的自私，牟丽军在南方，他一定会如他们关照自己一样，照顾好他。请牟厂长对弟弟严加管理，如果他干不好，趁早辞退他，免得耽误了工厂的事业。

铁娜和牟丽琴住在一起，在西安玩了一个暑假，谭剑英几乎没有出差，陪着她。快到开学时间，谭剑英还是劝说铁娜回去，而铁娜绝不松口。悄悄地了解到，化工厂的幼儿园都是职工子女，没有正规师范教师，做好了在化工厂当幼儿老师的计划。谭剑英软的不行，就来硬的，与她大吵一场。铁娜来的时候，就与家人说定，非小老三不嫁！龚弘菊就只好放她远走高飞。她横着一条心来的，撵也撵不走，而且掷地有声地说：你来西北献青春，我也会把青春献西北！谭剑英无奈，只好找牟碧玉在自己的宿舍隔壁给她安排了宿舍，请他安排铁娜的工作；牟碧玉找区教育局，弄了一个正式幼儿教师编制，铁娜打电话给母亲，将户口迁了过来，就这样，十七岁的铁娜，开始了她所追求的浪漫爱情之旅……

第二十二章

正月十二日，是谭大龙新屋上宅之日，端玉梅将准备好的嫁妆，全部运了过去。还有九天，女儿就要出嫁了，嫁妆迟早要搬过去，今天是个好日子，就趁早搬过去好了。她没有要陈桂兰的礼金。她想，就一个女儿，多少家产不还是她的；既然嫁给了谭家，也不能让刚建楼房的女婿背多少债。陈桂兰在新屋里摆了两桌酒席，请两家至亲来，共祝乔迁之喜。看着精致而锃亮的家具，陈桂兰向亲家母连声道谢。

因为开学了，铁记庄在外地读书、工作的孩子们，没有能够参加谭大龙与唐菲菲的婚礼。包括北京回来的谭晓婷、施一飞，南京回来的谭小龙、龚如松、铁海良以及牟丽军，还有谭小龙的新女朋友司徒秀敏。

司徒秀敏是南大化学系本科二年级学生，苏北仙城水乡的白净女孩。谭小龙读硕士研究生期间，为导师担任课务。他文质彬彬的外形，娓娓而谈的授课，一丝不苟地实验，得到学生们的好评。在一次做实验时，司徒秀敏故意拖延时间，与他单独相处了一会儿，向他表白了爱慕之心。一来二去，谭小龙与她发展为恋爱关系。春节之前，司徒秀敏坚决要随小龙到铁记庄来，谭小龙也想让母亲看看，哥哥快要结婚了，自己也要努力。见面之后，陈桂兰十分喜欢司徒秀敏，几天的一起生活，陈桂兰对她如同女儿看待，两人谈得十分投缘。

谭剑英一到西安，就写信给在上海打工的陈栋，表兄弟俩一直保持着联系。陈栋与谭来娣在徐家汇百脑汇商场卖电子产品，陈栋是柜台负责人，谭来娣是售货员。谭剑英与铁娜商量，邀请几年不见的两人到西安来过年，看看他们现在的情况；如果在上海不行，就到西安来。陈栋与谭来娣求之不得，老家不能回了，家乡人也见不到，到了西安，就见到小弟兄、小姊妹了。两人提前买好了腊月二十八日晚上去西安的火车票。他们在上海，学到了上海人的精明，也是做生意锻炼的，买了一张卧铺票、一张座位票，两人轮流睡觉。而且是特快列车，只停靠几个大站，二十几个小时就到了。

陈桂兰打电话给谭剑英，让他带铁娜回家过年，也为大龙与菲菲的婚礼祝福。谭剑英以两人年初八上班，抽不出时间为由，搪塞母亲。铁慧琪与龚弘菊不放心铁娜的生活、工作，想去西安看看。铁娜与谭剑英商量，谭剑英没有同意。

因为陈栋与来娣要来，不能把他俩在一起的事情暴露给家人。就让铁娜告诉父母，春节期间要去郑州看望老朋友丁大伟，到了暑假两人回去看他们。铁慧琪与龚弘菊也无话可说，铁娜的一根筋，他们领教过，就寄过去五百元钱以及过年的新衣服；好在儿子海良在家陪他们过年。

为迎接陈栋与来娣的到来，谭剑英与铁娜去超市买了不少食品，荤素全有。两人的世界里，有了锅瓢盆碗交响曲，还添置了冰箱、布制衣柜等必需的家具。铁娜用布帘子，把谭剑英的宿舍一隔两，外面做饭吃饭。谭剑英说，陈栋个子大，床小，不能两人睡。铁娜说，去寄旧市场，看看有没有旧的三人沙发。两人到了寄旧市场，不但买到了三人沙发，还是可以放下靠背、当床睡觉。铁娜看到旧方凳，想买几张。谭剑英问她，有什么用？铁娜说，我的床也小，几张方凳拼在床边上，与来娣两人就能睡了；白天还能坐着吃饭。谭剑英夸她聪明，在大庭广众之下，还亲了她一下，铁娜也美滋滋的。

谭剑英来西安解放化工厂的时间还不到一年，可他的业务量是全厂销售员的总和，还要多一点。除了工作，他的奖金就拿到五千元，这可是一大笔收入。陈桂兰与大龙谈话过后，也对小老三说，不要再往家里寄钱。并且告诉他，唐家没有要礼金钱，还出钱为大龙装潢房子。他的楼房基础也做好了，都是三叔花的钱。母亲身边有钱，留着他娶铁娜的时候用。谭剑英来西安，月工作从一百二十元，提高到一百八十元，仅次于牟碧玉。铁娜的工资是大专待遇，一百二十元。铁娜来后，两人的工资由她管理。铁娜不喜欢西安商场的衣服，大多是广东贩来的，比老家贵得多；如果添置衣服，就给母亲写信，龚弘菊就到牧州商场去买，还叫上铁慧琪，也为小老三买，寄到西安。除了牟家，他们也不结交什么朋友，人情开支也不大。谭剑英不出差，中午、晚上吃食堂，早上，在家煮点稀饭，和馍、鸡蛋吃。谭剑英出差，也非常节省，算好了差旅费过日子，从不透支。有时送点礼品给客户，牟厂长全报销了；谭剑英实事求是，从不多报一分钱。不像老家，业务费提成，业务量大，提成越多，请客送礼由销售员自理。这就是国有企业的弊端。所以，两人基本不用多少钱。铁娜留了招待陈栋和来娣的，其余的钱都存到银行里。看着存积上的数字不断上升，小两口兴奋地拥抱起来。

大年三十下午，在西安火车站出口处，谭剑英和铁娜如期接到了陈栋和谭来娣。四个人一见面，立刻拥抱在一起。陈栋扔下手里的包，紧紧地抱住谭剑英，眼泪无声地流下来；跳长江时，一滴泪也没有流，今天激动啊！谭来娣抱住铁娜，号啕大哭。

两个大男孩拎着包，在前走，两个女孩说着话，跟在后面。他们乘坐公交车直接到闹市区，谭剑英请他们吃西安火锅，涮羊肉。要是在南方，年三十晚上，大街上没有多少餐饮店开门了，人们都回去吃年夜饭、守岁了。可是，西安不同，大饭店举办年夜饭，小饭店照样营业。在西安生活的，不仅有国内五湖四海的人，还有世界各地的朋友，有在这里做生意的，也有来旅游的，不少西亚的人定居在这里。所以，年三十晚上，所有店铺，都要到新年的钟声敲响了，才关门歇业。谭剑英他们找到一家有空位子的火锅店，进去坐下。

谭剑英与铁娜已经习惯了吃辣，不知在上海生活的陈栋、来娣能不能吃辣，就点了一只鸳鸯锅底的，即一半是有辣味的红汤，一半是没有辣味的白汤，菜肴主要是羊肉，还有一些豆制品、素菜，尤其是西安特色臭豆腐。

汤锅与菜端上来，谭剑英指着锅底，问陈栋："这汤锅，一红一白，名字很浪漫，你猜猜看？"

铁娜朝谭来娣笑；陈栋没有吃过火锅，自然猜不到，便向铁娜看。

他们四人，铁娜与谭剑英、陈栋与谭来娣，俩俩对面坐着。铁娜指指小老三与自己，又指指谭来娣与陈栋。陈栋是聪明人，看着锅底，试探着问："是不是叫鸳鸯……"

谭剑英与铁娜大笑起来。

谭来娣也笑了，说："小娜，几年不见，你跟小老三学坏了！"

铁娜嘴不饶人，说："你不跟小栋学坏了，怎么会跑到上海去呢？"

谭来娣低着头说："不怪他，起先，是我先写信给他的……"

谭剑英笑道："还是小栋有福气！小娜可没有追求我呦，可是我追求她的。"说着朝铁娜挤眼睛。

铁娜掐他的嘴，恨恨地说："我是千里迢迢追来的，怎么样？你还不如小栋呢，他们两人比翼双飞！你倒好，把我一个人扔在铁记庄，自己千里走单骑来了。好在我的佛力大无边，无论你翻多少筋斗，还在我的手心里！"

陈栋叹了一口气，说："我们是无路可走，只好出此下策；不像你们，大人都支持。要说鸳鸯，我们可是一对苦命鸳鸯……"说着，歉意地看看来娣。

火锅里沸腾了。

谭剑英说："吃吧！不说那些陈芝麻烂谷子的事了。有句话说得好，一切向前看，阳光总在风雨后！苦鸳鸯也好，甜鸳鸯也好，只要有鸳鸯戏水的自由自在的生活，都是幸福的鸳鸯。来娣，你说对不对？"

铁娜将在白汤里涮好的羊肉放到来娣碗里，来娣看着小老三，点点头。

陈栋看着铁娜涮，自己也在红汤里涮，吃了一口，好辣！谭来娣也试着涮了一块辣的，吃了一口，眼泪都辣出来了。陈栋为她涮白汤的，疼爱地说："你头一次吃，别吃辣的。"

谭来娣没要他涮的，自己又在红汤里涮，边涮边说："来西安，不吃辣，不是白来了？你看小娜，才来半年，倒像个西安女孩了！"

谭剑英笑着说："人家不叫西安女孩，叫西安婆姨；我也不是江苏男孩了，是绥德的汉子！"说完，看看铁娜，防她再来习惯性的掐嘴，躲了过去。

铁娜对他翻了一下白眼："话都不会说，还自诩什么狗屁诗人！话要连起来说，叫，米脂的婆姨绥德的汉，一个吕布一个貂蝉！"

陈栋听了，笑得前仰后合，指着铁娜说："你这个活宝，脸皮多厚，把自己比作中国古代四大美女了！"

铁娜笑道："毫不谦虚地说，本姑娘看过貂蝉的画像了，我觉得她没有我好看呢！"

谭剑英说："你俩不知道，她来西安半年，天天到西安老城墙上磨脸皮子，你看，她的脸皮子比老城砖还要厚……"

铁娜不揞他，而是说："你来得早，更厚！还把自己比作吕布，你有吕布那么英俊、高大吗？一个小矮子！"

谭剑英毫不生气，哈哈一笑，说："哎，你别说呀，上回，我去老城隍庙烧香，看到一个现象，供在案桌的是臭猪头，还真被臭菩萨吃掉半个呢！"

铁娜一时没有悔悟过来他的意思，翻眼睛思考下言。谭来娣倒明白农村里"臭猪头自有臭菩萨吃"的俗语，哈哈大笑。

这一笑不要紧，铁娜悔悟过来了，便咬着牙说："你这个臭猪头，我臭菩萨来吃你！"两个小拳头雨点般捶着小老三。谭剑英穿着羽绒服，任她捶；夹了一块臭豆腐，等着她，她张嘴吃进去。

谭剑英问："臭不臭？"

陈栋与来娣笑得拉住手，防止跌下凳去。

铁娜嚼着臭豆腐，无法说话，还是小拳头发言。

吃完火锅，四人走上古城墙，玩到新年钟声响起，才回去。

第二天是大年初一，谭剑英带铁娜和陈栋、来娣去逛庙会，再到都城隍庙去烧香。街上没有谭剑英卖万次火柴的时候热闹。谭剑英边走，边给他们讲当时的情景。到了庙里，两对恩爱青年男女，买香烧拜，祈求菩萨保佑他们一年顺利，两人恩爱。

白天游览，晚上交谈。谭剑英与铁娜尽地主之谊，带领他们玩了四天，著名的大雁塔、华清池和兵马俑都玩了，陈栋和谭来娣十分开心。谭剑英提前为他们买了两张卧铺票，年初四晚上，送他们上了去上海的特快列车，因为他俩年初六就要上班，不能耽搁。陈栋这次来西安，与谭剑英的交谈中，有一个信息引起谭剑英的注意，就是电子产品，在中国的市场很大，尤其高端的、科技含量超前的，不但销路广，利润空间也很大。这个利好信息，使他内心不仅是风吹涟漪，而是有短时间的冲动，他等待着机遇的到来。

临行时，谭剑英与铁娜没有给他们什么礼物，鼓励他们不忘初衷，坚守爱情，并且写了一首长诗，让铁娜用正楷抄给他们。

爱的信念

在漫漫人生路上
你们是两小无猜
而后把魂与梦相牵
直面艰难 携手而行

在茫茫人海中
你们选择了打拼
无论痛苦还是甜蜜
爱的信念 把一切引领

平淡枯燥的日子里
你们会把童话聆听
相互感动的零零碎碎
延续的是彻骨柔情

让我们拥抱阳光吧
一起淌过泥泞
虽然远隔千山万水
不泯的是眷恋的亲情

山与水永远相依
风与云永远流行
两双手永远相牵
两双脚永远迈进

爱与痛永远相伴
灵与肉永远相凝
乘与除形成感恩
加与减积累永恒

啊！我们都走出青春
回望童年过来的诗吟
我们会走进中年
要面对风吹雨淋

啊！我们会走向暮年
岁月铸就光荣与淡定
有一天回到铁记庄园
带着漂泊他乡的辛勤

与陈栋和谭来娣共勉

谭剑英和铁娜

一九九三年春节 于西安

谭大龙结婚之前，陈桂兰问他，要不要请龚家人，她没有点明龚如玉，谭大龙说要与唐菲菲商量。

谭大龙问："菲菲，我妈问我，我俩结婚那天，要不要请龚大美她一家？"

唐菲菲看着他，谭大龙很沉稳，没有一点心虚的样子，便无所谓地说："龚家与你家是至亲，虽然弘莲阿姨跟你大伯离婚了，你的三个堂姊妹也少不了龚家的血缘；再说了，你们谭家从来没有分过家。即使你过去与大美有多好，我没看见，我不在乎！"

谭大龙说："她与那个郑浩也不知怎么样了。她那个脾气，热起来就像一团火，冷起来就像一块冰，不知郑浩可受得了啊！"

唐菲菲说："你是看戏淌眼泪，替古人担忧愁！人家郑浩条件那么好，她还不满意？真是得福不知福！"

谭大龙不再说什么。

正月十六下午，谭大龙就专门去了一趟外贸公司，到办公室请龚如玉。龚如玉见大龙来看她，喜出望外。因为有季局长办公室在旁边，他们不能关门说话，龚如玉叫谭大龙先到七凤茶楼去，自己马上就到。

在七凤茶楼包厢里，龚如玉主动关上移门，没等服务员来点茶，就抱住谭大龙，热烈地吻起来，谭大龙也不顾外面服务员敲门，让她尽情地吻，自己也控制不住，让激情互相冲击心扉……

还是龚如玉先松开手，停下来，拉开移门，让服务员进来点茶。

龚如玉的心，呼呼呼跳着，满脸通红，平静了一会，她说："大龙，你过几天就结婚了，今天，我请你喝茶，你什么也别说，就喝茶；让我静静地看看你，你也静静地陪我坐一会儿。"

今天，龚如玉点的是红茶，福建大红袍。茶壶端上来，龚如玉先给大龙倒了一小杯，双手端给他，深情地说："你喝了这一杯，是我内心的祝福！听说你已经是第一分公司的经理了，要好好干，将来可以当总经理。"

谭大龙喝完第一杯，龚如玉给他倒了第二杯，意味深长地说："总经理不是好当的，唐菲菲的爸爸迟早会被淘汰，所以，这杯茶，是希望你考一个职称，工程师；先考工程师，再考高级工程师。不要沉溺于儿女情长之中，要居安思危！没有高级职称，草台班子没有前途。像紫金大厦，项目经理是南京的，高级工程师，你知道的。现在，铁记庄园有两个在读土木工程，我表哥海良是研究生，我弟弟小松也有读研打算。他们与我妈，还有我，立志将来重建铁记庄园。你如果资料有困难，他们会帮助你的……你不要辜负我的希望！"

谭大龙点点头，喝下第二杯。龚如玉也给自己倒了一小杯，呡了一口。然后给谭大龙倒了第三杯。

龚如玉说："这第三杯是为我喝的。我爱了你十几年，没有结果。我让你先立业，后成家；等我读完书……可是你呢，边立业，边成家，业未曾立起来，先成家了。既辜负了我的爱，也辜负了我的希望，你说，该不该为我喝？"

谭大龙愧疚地看着她，她的眼泪直往下流。这回，他一定听她的，绝不说话，全神贯注地听她说。他想，别说喝的大红袍，就是农药"一六零五"，也毫不犹豫地喝下去，他慢慢喝下第三杯。龚如玉给他倒上第四杯，自己也倒上一杯，举起杯说：

"这杯茶，是喜酒，以茶代酒，我祝贺你和菲菲新婚快乐，早得贵子！"她主动地碰了一下大龙的茶杯，眼泪流的更快了。

谭大龙放下茶杯，没有喝下去，龚如玉一饮而尽。她摸出手帕，擦眼泪；谭大龙一看，还是在四新饭店那次，被她拿去的自己的手帕，虽然已经旧了，却很平整、洁净。他无奈地叹了一口气，转念想到龚如玉留给自己的青丝，还在家里藏着，他盯住她的秀发看……

龚如玉看着谭大龙没有喝下去，便不再倒茶。擦干泪水，收起手帕。谭大龙以为龚如玉会把手帕还给他，可是，她没有，她拿他的杯子与自己的杯子放到一起，她要带回去，作为今天相会的纪念，她决意此后不再来七凤茶楼，有两个茶杯，独自"两人"一起喝茶。

龚如玉擦干眼泪，给大龙削水果，递给他，告诉大龙："我妈已经跟我说了，后天去你家吃喜酒；她还担心我不去。我怎么不去呢？我们两家是亲戚，我已经约了郑浩，一起去祝贺你们。不过，我知会你，到时不要敬我的酒，我不要你来我身边！"

听了龚如玉的话，谭大龙觉得她大度，也深刻，更感到对不起她，只得点头答应。

服务员进来续水，龚如玉对她说："对你们老板娘说，这两个小杯子，我要带走，让她看看多少钱，一会儿结算在茶钱里。"

服务员没作声，去问老板娘。老板娘给她耳语了几句，她过来回话："老板娘说，她认识你，你喜欢两个小杯子，就送给你，常来就好。"

龚如玉笑道："那就不客气了，谢谢啊！"说完，从包里拿钱给她结账。

服务员说："老板娘说，今天的茶，她请客，不收钱。"

龚如玉收好两个小茶杯，用手帕包好，放到包里，把茶钱丢在茶几上，走出包厢。谭大龙对服务员使了一个眼色，服务员便收了钱。谭大龙随龚如玉出了茶楼。

在茶楼门口，龚如玉认真地说："大龙，你记好了。我龚大美爱上的人，一切都是那个人的，任何人得不到；不管我结婚，还是独身，都是这样生活下去！"说完，朝他深情地一笑，径自离开。

谭大龙看着她渐行渐远的身影，回味刚才的话，觉得龚如玉今天说的话，虽然不多，信息量太大了，字字珠玑，句句名言。可是，最后一句，有点儿没头没脑的，是什么意思呢？

回去以后，谭大龙翻出藏在老屋的那个龚如玉给他的信封，请母亲保管。陈桂兰捏捏，没有问什么，锁到自己的三门橱抽屉里。

谭家这次喜事，在新建华堂里举行。前来祝贺的客人是历次办喜事之最。因为是两家合办，人太多，只好分两天办酒。二十日这天，是总公司的相关人员和村队干部。这次，陈桂兰请到了章青松书记，是许明亮专程到章书记家去请的；陆乡长已经调到市开发区管委会任副主任，唐生华专门到他家请，他也来祝贺。两家亲戚，正日莅临。

龚如玉与郑浩也双双前来，郑浩开着借来的小车，路很窄，勉强开到门口。龚如玉将头发盘成新娘的发型，穿着大红羽绒服，连皮鞋也是红色的。没有化妆，天然去雕饰，清水出芙蓉，令人惊艳，到了大龙的新屋里，唐菲菲被她比了下去，气场超过了唐菲菲，引来众人瞩目。郑浩从车里拿来一束花，是灿烂的红玫瑰，龚如玉递给唐菲菲，与她相拥。见到谭大龙结婚了，郑浩对龚如玉的担心完全消除了，也开怀畅饮，喝了不少酒。

龚如玉与母亲坐在一起，吃了一会儿，向奶奶要了家里钥匙，想回去看看。铁慧瑛知道女儿的心思，就陪着她回到庄园里。两人沿着河边，走到小桥头，全景式看着铁记庄园；站在得月亭前，她看着外公写的、爷爷刻的《重修得月亭记》，冷不丁地问："妈，你有原来庄园的样子吗？"铁慧瑛摇摇头。

龚如玉走过爷爷亲手建的小林园，自言自语道："要是古色古香的庄园重建起来多好啊！……它究竟是什么样子呢？"

铁慧瑛见女儿没有为谭大龙结婚而伤悲，反而想重建庄园的事情，心想，这个丫头心里该多苦啊！

司徒秀敏把已经有男朋友的事情，向父母汇报了。他的父亲司徒伟，是苏北水乡仙城市的工业局长，母亲蒋丹是市人民医院的护士长，司徒秀敏是他们的独女，一颗掌上明珠。听到读大二的姑娘与兼课的硕士研究生谈恋爱，十分满意，总想要看到未来的女婿怎么样。

五月一日，全国放假，司徒秀敏就与谭小龙去仙城，让父母亲看看自己的男朋友。

司徒秀敏，身高一米六０左右，圆脸，圆眼睛，鼻梁高挺，架着方框眼镜；小嘴也是圆的，这样子与牟丽琴有点儿像，不过比牟丽琴苗条、白皙。凡是苏北水乡的姑娘，因为天地钟灵毓秀而玉成，司徒家的女儿也不例外。

谭小龙离开西安以后，回到老家，母亲请铁慧琪找了中医院的王行元老医生，给谭小龙用中药调理、治疗肺病。吃了三十多帖中药后，铁慧琪介绍他到无锡肺科医院去检查，发现结核部分已经钙化，没有大碍了。只是还有点咳嗽，王行元先生说，平时多喝水，最好加点蜂蜜，注意冷暖就行了。

司徒秀敏的家乡，是盛产菜籽油的水乡，一到春天，那里是油菜花的海洋，更是养蜂酿蜜的天然蜂场。小蜜蜂们，从油菜花采花、酿蜜，这种蜜，对止咳、清痰、治疗肺病有明显疗效。谭小龙没有告诉司徒秀敏患过肺结核病，只是有点咳嗽。司徒秀敏看他喝蜂蜜茶，每次回去，都带来水乡特有的油菜花蜂蜜。说来真灵验，谭小龙喝了半年的油菜花蜂蜜茶，咳嗽减少了很多，他十分感激司徒秀敏，两人的感情也快速升温。

自从谭小龙带司徒秀敏回家过年，陈桂兰就认可了这个未来媳妇，谭小龙也当着回事，认真谈恋爱了。大哥已经结婚，自己也二十一岁了，三年研究生毕业后，司徒秀敏也本科毕业了；如果谈成了，就可以结婚，了却母亲的心愿。

五一节假期，正是苏北水乡油菜花开放的鼎盛时期。春日的暖阳，将水际田畴的油菜花，催放得更加灿烂金黄。司徒秀敏的父母，从城里回乡下，陪老父母过节，也让他们一起看看未来的孙女婿，所以，司徒秀敏与谭小龙从南京乘车到县城，直接回老家。见到孙女儿带回一个俊小伙，爷爷奶奶喜笑颜开。谭小龙为眼前的油菜花奇观吸引了，他领略到一幅千岛纵横、万亩金黄的美丽画卷。只见村前屋后，都被盛开的油菜花包围着，从脚下向天边延伸而去；小河水沟，像洁白的绸带，把黄色分成各种几何图形，一块块漂在水面上，真可谓河有万湾多碧水，田无一垛不黄花啊！

司徒爷爷对谭小龙的彬彬有礼的形象十分喜欢，尤其他的话语不多，倾听他人讲话很专神，不像十八岁的孙女儿，叽叽喳喳的，太调皮；这与他二十一岁的年龄很不相符。司徒秀敏提出，与谭小龙下河看菜花，老人饶有兴趣地陪他们去千垛田河之中观赏花海。

他们走到庄头，庄头河边就有小船，每家都有，平时下地，摇船过去。眼下，谁想去河道里观赏油菜花，谁就可以摇出去，回来还扣在岸边就是。老人让两个孩子坐稳了，摇着小篷船，悠悠荡荡地向油菜花的海洋纵深行进。谭小龙的家乡也有油菜花的，盛开在零星碎地，在成片的绿油油的麦子的田头、路边；即使连起来的，也只是一条狭长的带子。如今，坐在小船上，船在水中行，人在花中走，正是风车摇曳千垛翠，扁舟打桨万花黄的秀丽美景。

看着不规则的网格化的田畴，谭小龙好奇地问："爷爷，我们那儿一个村庄、一个村庄合理地、一排一排地分布，田块也是方整化的，河道开挖在村前屋后，一般一个村庄有前后两条河，是东西方向，有的在村中间开一条南北走向的小河。整个沿江地区，每隔两公里左右，由江边向内地有一条几十米宽的大河，进水与排涝。你们这里，这么多河流，把田块隔成一块一块的，为什么呢？"

司徒秀敏说："爷爷，您先给他讲讲地名的故事吧！"

爷爷摇着橹，讲了这里地名的来历。

相传七百多年以前，忽必烈大军横扫江南，南宋王朝已经到了风雨飘摇的境地。为了躲避战乱，苏州出身名门世家的顾六三夫妇，一路逃亡，到江边，又遇到元军追赶。眼见逃生无望，忽见江中漂来一只大缸，两人急忙躲了进去。大缸随波逐流到了江北。顾六三夫妇上岸后，逃到仙城城西，暂住下来；后来选择了城北三十五里外的湖塥村隐居下来，成为此地生民的始祖。顾姓后人为纪念那段水缸救人的故事，特此将湖塥村改名为缸顾村。

谭小龙听了，对地名的来历明白了，可是，这个地貌是怎么回事呢？他问："爷爷，这里的地块，是顾家后人开挖的吗？这纵横交错的河流，星罗棋布的垛田，是怎么形成的？"

司徒爷爷笑着说："你知道兵书里的八卦阵吗？"

谭小龙说："小说里描写过，这里的格局有点像，难道这里是古战场吗？"

司徒爷爷笑了，说："让你猜着了，就是古战场！……我靠岸边，吸袋烟，慢慢给你们讲。"

爷爷靠稳船，将绳子系在河边的树桩上，三人上了岸，在田埂上行走，在花海里漫步。爷爷吸着旱烟，讲着古战场的故事。

相传北宋年间，这里还是一片荒无人烟的沼泽之地。宋金战争期间，金兀术在附近安营扎寨，营寨四周开挖成八卦形战壕，由中间向四周延伸，开挖的泥土，堆成小丘、土圩，作为屏障，防御岳家军袭击。后来，由于江淮上游的泥沙冲击，逐渐使西南、西北的地形不断增高，这里就成了泽国之乡。当年古战场的遗迹早已不复存在，战壕成为河汊、水沟，小丘、土圩成了四周环水的小岛。缸顾的先民们，不断浚河取土，加高小岛上的田地，慢慢地，就形成了目前这样独特的水网垛田地貌。

听了司徒爷爷的介绍，谭小龙了解了这种地貌形成的来历，但是，怎么不像家乡种麦子，而是大面积的种油菜呢？他向爷爷提出了这个问题。

司徒爷爷说："我们回去吧，恐怕秀敏爹妈也回来了，说好今天回来吃饭的。"

在返回的途中，爷爷摇着船，告诉他们，这里的地势特别低，俗话说的"锅底塘"。以前种过小麦、水稻。种小麦吧，春天雨水一多，就全淹了，夏季种水稻，洪涝一来，大多绝收。所以，油菜比小麦生长期短，不会遭遇大雨，立夏左右就能收获，确保有收成。油菜籽收获后，就种蔬菜，比种稻收益好。

谭小龙说，低洼地可以搞养殖业，南方就有成功的，例如南京的高淳，养螃蟹。

爷爷说，这里也有养殖的，本钱大。

说着话，回到出发地点，三人上岸，司徒爷爷扣好小船，上岸，回庄上去。

司徒秀敏的母亲蒋丹帮奶奶做饭，菜很丰盛，都是水乡特产，鱼虾之类；司徒伟站在门口路边，遥望着满目的油菜花，吸着烟，等待他们返回。

自从与谭大龙喝茶、谈心之后，龚如玉对自己也明确了生活要求，要努力从过往里走出来。她爱上了喝茶，从茶楼带回的小杯子，随身带着，在办公室，在宿舍里，夜色的窗帘下，她泡上一壶茶，读一本书。她过去很少读历史书籍，只读现代、外国的作品。现在不同了，她无事就跑新华书店，觅一本古典名著，寻一本史书评说。在春雨绵绵的季节，她读到了一本宋代的书籍，改变了她对于南宋的偏见。对程朱理学，对禅茶之道，对寺院文化，有了初步了解。她时有心得，由茶悟性，由禅悟道。有时，甚至想一下子飞到闽山浙水之间，到那些掩映于葱山清涧之间的古寺名刹，过上一段日子。

她在日记中写道：

倚着临街的小窗，凭栏而听，春雨渐渐沥沥地下着，品味南国来的春茶，苦苦的、涩涩的……任雨丝将琼液染上纸笺，只是低吟，非词非曲；只是浅唱，非怨非恨。遥想那西湖之上，也是小雨吧，不会有涟漪；可是，我这心里呀，有太多的缱绻，不是许仙，也不是白娘子！夜雨之中，细碎地绽放素雅，安静了一幅素描。

时光煮雨，泡一壶酽茶，将过往的人生品味；伴着它的醇厚，慢慢咽下，微醺中，模糊了那湿漉漉的清瘦的孤影，在李清照的余韵里，终将皈依禅意，心生安然。

窗玻璃上，挂着珠帘，紫砂壶里，透着幽香。在这雨夜，我看到了苏堤春晓，听到了灵隐钟声；那一画，千年绵长，那一韵，缠绕时光。我的夜，我的呼吸，滋润的，走在清幽的心路上；我的诗文，我的吟诵，怡淡的，写在记忆的剪影里。看落英缤纷的青葱年华，芬芳了灵魂的青丝，无怨无悔。低眸安静，是两泓清泉的澄明，是远望明天的期盼，也是从容于尘世的涵养，更是质朴生命的清新！

禅音随缘，常绕耳畔，茶韵虽淡，宁静致远……

有时候，龚如玉随市局领导出差，到了香港、东南亚一些地区与国家，考察到那里的人文精神，在领导与客人面前翻译，觉得自己读书所获，也常常派上用场。尤其他们讨论商贸之余，也讨论中国古代文化，这时候，她的译语就充满了唐诗宋词的韵味，深受客商赞扬。有时候，龚如玉把一句枯燥无味的商业语汇，表达得诗情画意。爱好中国文化的客商，谈判间隙的休息时间，约她单独在一旁喝茶聊天，还计划把一些业务给她主办。有时，领导问她谈的内容，她只是笑而不答。从此，龚如玉就留了心眼，客商给她名片，她都收好，不像以前，活动一结束，全扔掉了。

李雨妹能够起床，单独活动了，等于解放了儿媳妇陈桂兰。陈桂兰观察了一个正月，发现婆婆经常单独去找老姊妹肖秀英晒太阳、拉家常。肖秀英七十三岁了，李雨妹才六十四岁呢。她看到大孙子楼房造好了，也结婚了，心里十分愉悦，整天笑呵呵的。陈桂兰想，与端玉梅商量，白天能否帮助照顾婆婆，自己可以外出，做小工，挣点钱。她想，还有两个儿子没有成家，小龙读研究生，假如与司徒秀敏结婚，还要在外面买房子；小老三的房子基础做好了，砌上去还得不少钱；别看谭顺和身强力壮的，一旦有什么三长两短，也得花钱，可他的钱全用于大龙建房了。儿子砌楼房，成了家，她忙得高兴，但是，事情做完之后，陈桂兰反而心存不安，闲着无聊，决定出去挣钱。

做了几十年邻居，端玉梅看着一个寡妇是如何含辛茹苦地把三个孩子拉扯成人，如何吃苦耐劳地坚守在谭家门里，打心眼里钦佩陈桂兰的精神品格；现在成了亲家，也是一家人。一家人不说两家话，好在李雨妹已经能够自理了，就中午来吃个饭，也没什么，端玉梅答应了陈桂兰的请求。

谭大龙与唐菲菲坚决不同意陈桂兰的想法。从筹备建房到现在，母亲操心劳碌，整个人瘦了十几斤，看上去，就像风一吹就要倒的样子，不能出去做小工，干出力气的活。陈桂兰对他们说，待在家里，没有什么事情，如果唐菲菲怀孕了，也好歇下来；出去做点事，有了体力劳动，也能多吃点饭，还省得闲着无事，想那些没用的心思，会让自己健康起来。谭大龙从小都听母亲的，觉得母亲的话，无论怎么想，都是对的。唐菲菲见丈夫支持婆婆，也不再反对。谭大龙就把母亲安排到自己的第一分公司工地。谭顺和知道后，没有同意侄儿的安排，他与老大商量，将陈桂兰安排到装潢公司上班，一是室内工作多，二是体力轻省。谭大龙后悔自作主张，没有与长辈们商量，还是他们考虑问题周到。就这样，谭家上班的人，中午都在外面吃饭，早晚在家吃。唐菲菲结婚没多久就怀孕了，妊娠反应比较强烈，不再上班；工作由建校财会专业毕业的施一梅带着，她与母亲一起做好两家的后勤工作。

谭剑英不断出差，主要是中原以北地区，远到中俄边境的呼伦贝尔的满洲里和黑龙江的绥芬河。他跑遍中国北部地区，一个一个大中城市，一个一个酒厂、药厂。在接触的客户当中，发现了一个牟碧玉亟待解决的问题，即原材料的替代问题。这比他订到合同还要兴奋！回到西安，他反复与牟碧玉讨论，有时彻夜交谈。

这个新配方抛弃了原有的 pvc、pet、pep 等为主要原料，而采用硝化棉即 cn 为主要原料。硝化棉，也叫硝酸纤维素，实际上是纤维素的硝酸酯，白色絮状纤维，无明显杂质，好的硝化棉，溶液透光率达到百分之九十五，最差的也能达到百分之七十五；含氮量比较稳定，在 11.5—12.2 之间，符合粘胶剂生产技术指标。生产胶帽的硝化棉，需要加入不同种类的助剂，其中，必须有酒精和乙醚。乙醚的作用，解决了胶帽有效收缩问题，使用的风险较大，但是，硝化棉与它相溶，没有其他助剂可以替代它。

牟碧玉先在牟丽琴的实验室试验，同时，谭剑英把这个配方寄给谭小龙，请他在南大实验室试验。牟丽琴反复实验了十几天，产品是能够做出了，就是忽好忽孬。谭小龙的试验结果，要比牟丽琴的好得多。牟碧玉决定向化工局送研发新产品可行性报告，同时决定成立新产品研究所，建立分厂，专门开发、生产新产品。化工局很快批准了解放化工厂的报告，指示牟碧玉，学习南方的现成经验，研究所与分厂，实行股份制运作模式，充分发挥谭剑英的主观能动性和创新精神；同时指出，要有准备失败的心理，在开发新产品的同时，继续抓好老产品的生产、销售工作，继续要求谭剑英巩固现有客户，扩大新客户。

牟碧玉得到化工局领导的批示，心里有了底，但是，如何实施这个方案，还要谭剑英具体运作，他与谭剑英探讨这个问题。

牟碧玉对谭剑英说："剑英啊，新产品的形成过程，是非常复杂的，不要性急，局里批准我们试制，要求我们制定一个循序渐进的方案，稳扎稳打地开发。"

谭剑英看着他，通过一年多的相处，牟碧玉十分信任他，但是，有时也"耳朵根子发软"，听信其他销售员的谗言；铁娜有时在门卫，听到阿姨们的议论。所以，这一次的新产品，已有一定的把握，你牟碧玉不重视，我谭剑英是"篮子有把子，拎起来就走的"。所以，他不说什么，只听他说。

牟碧玉见谭剑英没有接着他的话说，心想，这个南方后生，虽然年轻，曾经在老家就历练过多年，来西安不怕吃苦，肯动脑筋，具有新时代的开拓精神；为人处事也不像原来那么容易激动，显得老成持重了，越来越像谭小龙，那么沉稳。既然他能够把新产品的配方拿回来，就说明他是以厂为家了。想到这里，不再兜圈子了，便和盘托出化工局的批复。

牟碧玉和颜悦色地说："剑英啊，局里已经批准了我们的新产品开发、生产的方案，成立研究所和分厂。"

谭剑英睁大眼睛，不相信这是真的。

牟碧玉继续说："我考虑，研究所的所长和分厂厂长都由你来担任。"

谭剑英更加不相信自己的耳朵，他站起来，掏掏耳朵，盯着牟碧玉看。

牟碧玉笑着说："都是真的，我把批复给你看。"

谭剑英接过化工局的红头文件，快速浏览了一遍，又从头到尾仔细看了一遍，恨不得把眼珠子嵌进字里行间去。好久，才抬起头来，把文件还给牟碧玉。

谭剑英觉得，这些都是真的了，便说："所长就让丽琴做吧，分厂厂长还是您兼任，实行股份制，我也没有钱参股啊。"

牟碧玉说："文件你也看了，局里是让我试点。搞股份制，是国有企业的方向。我们厂是老厂了，产品落后，工人年龄老化。这个股份制研究所和分厂，由化工局、老厂和你个人三结合构成；不要你出钱，你现有的市场份额，你的技术专利，经过评估，作为参股条件。"

谭剑英顿时感到千斤担子压在肩上，也顿时看到初到西安解放化工厂时实现梦想的曙光。一个来大西北闯荡的销售人员，锻炼为出色的企业骨干，现在面临的是更大的挑战，浑身的热血直往上涌，觉得自己好像喝了几杯酒一样，浑身燥热。

牟碧玉问他："怎么样，有没有信心？"

谭剑英强压内心的兴奋，喝了口水，说："牟厂长，让我想想。我还要与二哥探讨探讨，他是化工研究生，再让他实验几次，等更加有把握了，我再做决定。"

牟碧玉推心置腹地说："剑英啊，不瞒你说，化工局也有工程师想参与，但是，这个创意是你提出来的，我不能同意他们参与，必须让你享有权力，还有专利啊！"

谭剑英站起来，握住牟碧玉的手，就像当初牟碧玉去牧州邀请他一样，看到了牟碧玉的一片诚意，他感激地说："牟厂长，您考虑问题太周到了，谢谢您！我一定不辜负您和化工局领导的厚望，使新产品尽快试制出来，投向市场。"

牟碧玉说："马上就要放暑假了，你让小龙来西安，在我们厂里住几天，把产品试制出来，实验的方案达到最好，他现在是专家啊！"

谭剑英说："好的，我来与他联系，实在不行，我去南京请他。"

牟碧玉说："这样最好，你来西安一年多了，也回去看看，带上铁娜；车旅费我给报销。"

谭剑英说："牟厂长，您估计这个股份制，我的股份能够占多少，我也好给二哥透点儿风啊！"

牟碧玉说："你控股吧，五十一，厂里与局里四十九。"

谭剑英没有研究过股份制的运作，觉得太多了，就说："不行，不行！还是要国家得大头，个人得小头，厂里占五十一吧！"

牟碧玉笑道："你不要以为，你占的股份多，只是多分红啊，职责与利益是双刃剑！局里的投入，厂里的厂房、设施，都要保值升值的。……你搞成功了，也不能白忙活，也要考虑利益嘛，将来你与铁娜结婚，买房子、生孩子，要用钱哪！"

谭剑英脸红了，说："牟厂长，我没想那么远，只想把事情做好了就行了。"

牟碧玉说："当初，我把你请来，是通过局里的。我们看中你是个人才，局领导说了，对待人才，既要大胆使用，也要无微不至的关心。你一年多的成绩，化工局领导都看得清清楚楚，去年的年终奖，我只报了两千，还是局领导特批五千的，为了此事，全厂供销人员不知纠缠我多少次，我就说，你们也可以拿的，在家看电视、喝酒、看球赛，是没有奖金的！"

谭剑英不再说什么，想到刚才的想法，还冤枉了厂长，有点后悔，就离开了厂长办公室。回去跟铁娜商量请小龙来西安的事情。

铁娜是个浪漫主义者，对新鲜事物非常感兴趣。一听到小老三就要当所长、厂长，十分激动，就说："我亲爱的大所长、大厂长，今晚，我们不去食堂了，出去庆祝一下！"

谭剑英冷静地说："八字还不见一撇，就庆祝；要是产品出来了，你不飞上天啊！"

铁娜笑道："飞上天有什么难的，我们从西安飞到南京去！"

谭剑英哈哈大笑："坐飞机啊？我要你现在就飞！"

铁娜说："这就飞给你看！"她拉着小老三边唱边跳，两只小蜜蜂啊……"

两人跳了一会，坐下来喘气。

铁娜告诉他："你别想请小龙来了，他又有女朋友了，怎么来呀，与牟丽琴一道做实验啊？"

谭剑英笑着说："这有什么关系？恋人不一定就要结婚的，就像你，赖在我这里，就会结婚啊？"

铁娜不饶她，现在不掐他的嘴了，罚他做家务，就指着换下的衣服："快去洗掉，我不和你结婚，你自己洗衣服！今天洗完了，才准吃饭！"

谭剑英去洗盆里泡衣服，抬头问她："还说庆祝我呢，就这样庆祝啊？当心我打电话给你妈，告你的状！"

"天高皇帝远，她管得着吗？快点洗！"铁娜说，"磨磨蹭蹭的，晚了，食堂里没得吃了。"

谭剑英说："我不吃饭，饿一顿，去看电影。"

听到看电影，铁娜立即走过去，拉过洗衣盆，扭着腰说："我来洗吧，你去打饭，省钱看电影，那多浪漫呀！"

谭剑英起身，擦手，说："这还差不多！"拿着饭盆子去食堂。

过了几天，谭小龙给小老三回话，西安是不能来了，司徒秀敏不同意；他已经把在实验室试制胶帽的新配方的想法报告了导师，导师批准了。谭剑英与铁娜乘火车到了南京。弟兄俩专心致志做试验，写记录。尤其对乙醚的比例，实验的次数最多，得出了十几个浓度、固含量的数据，将来可以根据不同客户要求，不同比例配置，生产出质量稳定的产品。司徒秀敏则陪铁娜游览南京的名胜古迹，做后勤工作。

弟兄俩忙了半个多月，实验报告出来了，相关实验数据有十几页。谭小龙在报告单上，盖上南大实验室的大印，并且请导师签了字。

南京之行的目的达到了，谭剑英向牟碧玉做了汇报，告诉他将回老家看望母亲和铁娜父母，兑现春节前的承诺。牟碧玉非常满意，再一次说，包括谭小龙的车旅费，全部由厂里报销。谭剑英与铁娜，谭小龙与司徒秀敏，一起回铁记庄园，度过了十几天的与家人团聚的日子，与小时候的同学，一起开心的交流。开学之前，四人又各奔前程……

第二十三章

在陵州市委常委、统战部长管彤的支持下，无党派人士铁慧瑛带领电光仪器厂的技术人员开发了新产品，主要生产警用器材，有电击棍、拇指手铐、防弹衣等，得到了公安部相关部门的认可，检测合格，颁发了生产许可证。工商局也特事特办，注册了"牧城牌"商标，企业更名为"牧州电光仪器有限公司"，厂长成为总经理。产品有了定向销路，企业的效益也越来越好了。

中国的市场经济刚刚开始，不少市场行为没有真正规范，仿制产品、假冒、伪劣产品，比比皆是，哪种产品利润高，就有人趋之若鹜，更有不法分子浑水摸鱼，肆意扰乱市场秩序，牟取暴利。

"牧城牌"警用器材，只限于国家公安部门以及正规保安公司订购、使用，不向民间市场销售。这就给不法分子有空子可钻。他们盗印商标，在地下小作坊大肆仿造，以暴利销往经济发达地区，如江浙、福建和广东地区。

浙江省临湖市发生了一起黑社会斗殴事件，斗殴人员使用电击棍，致一人重伤，抢救无效死亡。临湖公安侦查发现，凶器之一就是一支"牧州牌"电击棍，商标上很清晰，塑料手柄上还有压制的公司名称，公安人员以此为证，决定到牧州市抓人，而且是法人代表铁慧瑛。

牧州市公安局看了临湖公安的材料，认为事实不清，证据不足，没有同意他们带人离开牧州，而是把铁慧瑛关在城北看守所保护起来。建议临湖公安暂驻牧州，共同侦破此案，临湖公安同意了这一建议。

谭顺芳见到有一群警察直奔铁慧瑛的办公室，没多久就把铁慧瑛铐着手铐带走了。她立即打电话给龚如玉，龚如玉扔下电话就直奔电光仪器公司，到了门口，看到母亲被带上了警车，离开公司。龚如玉立即给郑浩打电话，请他母亲袁倩出面，想办法保护母亲。郑浩接到电话，就去袁倩办公室，袁倩不在。隔壁秘书说，她下基层去了。郑浩就在秘书办公室呼叫母亲的"BB"机。袁倩在乡下检查工作，见到办公室呼叫，就立即回话。听郑浩简单说了铁慧瑛被抓的情况，就打电话询问公安局长沙利庆，沙局长把案件的基本情况告诉了她。袁倩对儿子说，回来再说。

龚如玉在电光仪器公司没有等到郑浩的回音，就直奔谭大龙的紫金大厦工地。谭大龙一时也拿不出什么主意，就呼叫谭剑英的"BB"机，认为小老三脑子活，会分析问题。谭剑英看到呼叫，在出差火车上，无法回话。谭大龙又打电话到谭剑英的单位，牟碧玉接到电话，就立即叫铁娜接电话。铁娜听说姑妈出事了，他哭起来。牟碧玉呼叫谭剑英的"BB 机"，也没有回话。

袁倩在乡下吃过晚饭，才回到城里，龚如玉一直等着她，想在这时得到她的鼎力帮助。

袁倩说："我已经向公安局长打听过了，是电击棍致死人命。牧州城里、城郊，生产这种东西的小作坊太多了，都是冒牌货。这次的事情出在浙江，有人命案。那边的人要把你妈妈带走，是我打了招呼，才暂时羁押在城北看守所的。"

龚如玉边哭边哀求："阿姨，我妈身体不好，请您想想办法，救她出来……"

袁倩说："事情的真相还没有出来，毕竟那边死了人；人家没有证据，怎么会来抓人呢？你要有思想准备，说不定你妈要坐牢的！"

龚如玉跪倒在袁倩面前，苦苦哭着，说不出话来。

郑浩去拉她起来，龚如玉死死赖着，垂泪不起。郑浩说："妈，您一定要想办法，保住阿姨；……说不定她是冤枉的！"

袁倩瞪了郑浩一眼，色厉内荏地问："我帮了你妈，你怎么报答我？"

龚如玉抬起头，脱口而出："什么都依了您！您说的条件，我绝对做到！"

袁倩说："你起来吧，我答应帮忙好了。我的条件是，你尽快与郑浩结婚，不要再拖！"

龚如玉估计她提出这个条件，她略微犹豫了一会，点头答应。

郑浩说："妈，您说结婚，我们的房子呢？"

袁倩说："早就装潢好了，是银河开发公司送的，在银沙新村，你有空陪她去看看。"说完，去房间拿出一串钥匙给了郑浩。

郑浩接过钥匙，拉起龚如玉，就去银沙新村看房子。到了半路，龚如玉回母亲的宿舍，等谭大龙的消息。

铁娜是四点半下班，谭剑英每次出差，两人相约，每天五点，在门卫通电话。谭剑英一下火车，就打电话到门卫，请阿姨叫铁娜接电话。铁娜告诉他，姑妈出事了，把大龙说的情况告诉他。

谭剑英说："你别急呀！大龙也呼叫我的，肯定也是这件事。依我判断，事情没那么简单。小栋是搞电子产品的，我马上打电话给他，让他连夜回家一趟，看看是不是产品质量问题。"

铁娜放心了，还是小老三有主见，比大哥还强。

陈栋接到谭剑英的电话，与谭来娣商量，谭来娣不同意他回去，就给他出主意。

谭来娣说："你打电话给小老三，让他打电话给你妈，叫技术员连夜检测公司的产品，看看有没有电击棍错装高压电源的；按理说，电击棍都是用低压电源，不超过十二伏的，怎么会打死人呢?"

陈栋有点为难，就呼叫谭剑英的"BB"机。谭剑英立即回话，同意来娣的方案。于是，打电话给谭大龙，叫他立即去电光仪器公司，找谭顺芳办事，并且叫姑妈要求技术人员做好保密工作，要求档案室、仓库、技术部门封存所有资料，等待牧州公安局调用。谭大龙知道小老三的新产品在试制之中，事情纷乱复杂，要不然，他那个脾气，会连夜飞回来。他放下电话，立即骑摩托车去城里，唐菲菲也要去，她有身孕在身，谭大龙没允许。

到了电光仪器公司，谭大龙把小老三的建议汇报给谭顺芳和龚如玉，谭顺芳立即与常务副总杜有财商量，快速召集有关人员，处理事情。大家都为随便抓人气愤，觉得总经理是冤枉的，一到公司，按副总们的决定办事。大家忙碌了大半夜，结果出来了。所有出厂产品，都有登记，无一超标；仓库的产品，件件合格，正如谭来娣所说，都是低压电源的产品；有部分三十六伏的，只使人麻木，不可能置人于死地。可以肯定，临湖斗殴使人重伤而丧命的，不会是牧州电光仪器公司的产品！

谭大龙说："姑妈，你们要准备一份公司产品的技术报告，明天，公安局会来现场调查。同时，尽快与公司法律顾问联系，请他们介入此案。首先保住人，不能被外地人带走。"

龚如玉说："郑浩妈答应帮忙了，要不要找管彤阿姨?"

谭顺芳说："不是我们的产品出的事，暂时不要惊动管部长。我们明天去看看你妈，听她的意见。"

谭大龙一回到家，唐菲菲说："小老三又打电话来的，叫你一回来，就呼他，他有事跟你说。"

谭大龙立即呼他，小老三很快回过来，急切地问："事情办得怎么样了?"

谭大龙把情况简单地说了一遍。

谭剑英说："我也考虑到冒牌货问题。你明天暗地里找黑市，买几支当地生产的电击棍，特别注意有他们公司商标的，拿到公司去测，要秘密进行。"

谭大龙估计谭剑英会出这个主意，自己当时也这样想过。他向菲菲拿了钱，第二天，叫朱锦奇等几个"活神"，去黑市打听、购买。

龚如玉一夜未眠，她想得很多。袁倩乘人之危，要求她与郑浩尽快完婚，并且不声不响的准备了新房，连郑浩都不知道。既然答应了袁倩，想拖延结婚的日期，也拖不了多久；但是，母亲不出来，她坚决不结婚。她想到了谭大龙说的司法途径问题，眼前一亮，想到一个人，徐顺喜！

徐顺喜，是她初中同学徐顺娟的哥哥，北大法律系的高才生，毕业后，分配在石家庄检察院工作，如今是副检察长。她听说徐顺喜在牧州名气很大，回来为印染设备厂打官司，没有败诉过。母亲是冤枉的，如果没有好的律师，说不定冤案也会被做实，毕竟那边出了人命。如果去找管彤，她的手，也伸不到浙江临湖啊！只有法律，能够伸张正义，法力无边啊！龚如玉决定，一天亮去找徐顺娟。

徐顺娟上班的牧州市铝材厂，就在木金寺，她是工会干事，爱人是现役青年军官。她母亲就是谭大龙上梁那天"唱春"的徐忠，徐忠以"唱春"的收入，培养儿子读大学，女儿读中专。徐顺喜非常孝顺，读书期间，放假回来，天天捞鱼摸虾，去木金寺卖，钱留着上学用。他饱读法学典律，持有律师执照；为人低调，用法律维护弱势群体，他乐此不疲，只要家乡人请到他，都慨然相助。

徐顺娟听了龚如玉的诉说，觉得案件重大，立即打电话给哥哥，哥哥有模拟手机了，一接到妹妹的电话，了解了铁慧瑛的案情，觉得是个冤案，答应第二天就回来。得到这个消息，龚如玉立即去看守所，看望母亲。

铁慧瑛被关在一个单独的牢房里，她是市政协委员，牧州市著名企业家，看守所又得到沙局长指示，所以，没有像其他犯人，待遇还好。夏末初秋的天气，小牢房里通风透气，也是安静的。见女儿来了，铁慧瑛第一句话就问："你告诉爸爸了吗？"

龚如玉摇摇头，看着母亲，或许也是一夜未眠，脸色憔悴。母亲有严重的胃下垂毛病，茶饭不多，不知有没有吃点什么。她流着眼泪。

铁慧瑛说："别告诉爸爸。他如果知道了，会像狮子一样咆哮的。……你就像爸爸，看似安静，其实内心很烈的。别哭，你看，我不是挺好的，他们没有把我怎么样。"

龚如玉流着泪，把昨天到今天的活动情况讲给母亲听，唯独没有说袁倩要挟的话，只说她愿意帮忙。

铁慧瑛觉得，女儿已经长大，处理事情蛮有计划的，微笑着说："丫头啊，这不是什么大事！身正不怕影子斜。我们产品的质量，每季度，都有公安部的人来抽检，从来没有出过问题。我估计，也是哪个小作坊的冒牌货，要不然怎会死人呢！有一点我就不明白了，这个商标，怎么会流失出去的呢？我们的商标是防伪的，是公安部专门加密印制的，不可能盗印出来。"

龚如玉说："明天，徐顺喜就回来，他会很快弄明白的。"

铁慧瑛说："你给大龙他们说，这件事不要声张，你弟弟、奶奶都不要晓得。"

龚如玉有点儿放心了，不再流泪，点头答应妈妈的话。

牧州电光仪器公司的法律顾问，没有考虑到商标问题。谭大龙买到几支冒牌电击棍，到电光仪器公司秘密测试，一支也不合格，最高的电压竟然达到一千伏。就是这支电击棍上贴着假冒的"牧城牌"商标。

铁慧瑛被抓的第三天下午，徐顺喜回到家乡，他没有回家，直接去检察院，牧州检察院的检察长接待了他。铁慧瑛的案子，一夜之间，牧州城家喻户晓，是当地大案。徐顺喜说明来意之后，检察长陪他到公安招待所，会见两地办案人员，一同分析案情。谭大龙买来的假冒伪劣产品也放到了办案人员面前。

徐顺喜仔细观察浙江临湖公安带来的作案的电击棍，上面有"牧州牌"商标；再仔细观察谭大龙提供的黑市产品，最后观察电光仪器公司的正品。从肉眼上看，都是差不多，然而，他发现商标上有问题，致人之死的电击棍的商标，少一个@！他拿出随身带的高倍放大镜，十分缜密地细看、比较。从商标的印刷、纸张、油墨色彩，到"牧城牌"图案字迹，逐步找出端倪。

徐顺喜虽然是检察机关工作人员，参与的是公诉过程，但，他作为律师，也参与了不少法庭辩护，还经常参与疑案的现场勘查，在石家庄有"徐福尔摩斯"之雅称。有时，工作很忙，家乡人去请他回来出庭辩护，只好开着小车去接他。他安排好手头的工作，上车开始看材料，做到心里有数，不打无把握之仗。到了法庭，胜败的机会就掌握手中了。如果是败诉案件，就劝当事人调解；如果是胜诉案件，也劝对方调解；对方不肯调解，他用渊博的法律知识，严密的逻辑推理，充实的事实分析，使得对方不得不低下头来。所以，本地人讲，遇到徐顺喜，如果对方胜诉的官司，也会败诉。

徐顺喜拿出随身带的高倍照相机，拍下了几个产品的照片，让办案人员去冲洗，又让办案人员去化验电击棍塑料手柄的材料合成成分。两地办案人员，也用他的放大镜一一仔细观看、比较，看出了区别。他们一个个点头称赞，佩服徐顺喜缜密的办案作风。

照片很快就冲洗出来，塑料手柄的材料化验结果也有了，办案人员讨论过后，一致认为：

第一、临湖所发生的斗殴事件，黑社会人员使用的电击棍，所用电源的电压严重超标，商标是伪造的，塑料原料是由回料注塑而成，与牧州电击棍黑市的产品一致，属于假冒伪劣产品；牧州电光仪器有限公司所生产的电击棍，未发现电源的电压超标现象，所用塑料原料是 ppc 新料，商标是公安部定点印制，有工商部门商标标志@为证，是合格产品。第二、临湖黑社会斗殴人员致死者，为伪劣假冒产品击伤而死，应当接受事实，由临湖公安局根据相关法律处理。第三、牧州市警方要配合临湖警方侦破地下电击棍市场及其生产黑窝点，予以严厉打击，对犯罪分子严惩不贷。第四、牧州市电光仪器有限公司的电击棍，符合公安部有关部门质量标准，没有生产、销售伪劣产品。法人代表铁慧瑛无犯罪事实，属于错拘，应予以释放。

牧州与临湖两地公安人员，对徐顺喜在该案的分析、侦查，得出的科学判断，十分信服，为他们以后的刑侦工作，提供了宝贵的经验。牧州政法委的领导邀请临湖公安人员吃了晚饭，欢送他们回去。

龚如玉、谭顺芳等人，一直守在公安招待所，见办案人员出来，立即迎上去，询问结果。徐顺喜一脸轻松，就像以往胜诉时一样；其他人有说有笑的，不要问，就知道结果了。公安局的人开了一辆警车，郑浩也开了一辆小车，一起往城北看守所去。

后来，牧州警方顺藤摸瓜，采取果断行动，打掉许多生产伪造电击棍、电击枪的黑窝点，严惩了不法分子。

铁慧瑛没有涉案，平安回到她的工作岗位。从宿命论的角度讲，她今年四十九岁，本命年，还是"明九"，命中注定有一劫。这件事情，使她度过了这一关，她感到十分庆幸。龚弘奎四十九岁那年，就没有幸免，发配到江心滩。他今年五十一岁了，与铁慧英相加，正好百岁老人！她与女儿商量，一起到江心滩渔民子弟学校，共庆两人百岁华诞。

马驮沙东南的江中，共有七个小岛，潮涨潮落，有时六个，也有时七个，只有三四个有渔民常住。最大的叫作"和平滩"，面积一平方多公里。原来的渔业公司二大队所在地，渔民子弟学校也在这里。春天来了，沙洲上芦苇丛生，柳絮纷飞；到了秋天，不打鱼的渔民就开始割芦苇，打芦席；割柳条，编制柳筐。打鱼的季节，渔民们就看好潮水、气候，适时下江。比如，春天捕捞刀鱼、鲥鱼、鮰鱼、河豚等；麦收时节，可以捕捞大量的江虾；秋雨里的东北风天气，是长江鳗鱼兴风作浪的时候，也是渔民们捕捉的最佳时期。

铁慧瑛与女儿来和平滩那天，天空下着初秋的小雨。

在四面是江的小岛上，龚弘奎已经习惯了孤独的田园生活。有时，他也找点儿学校的事情做做。比如，为寄宿的学生整理宿舍，为他们打扫，孩子们都喜欢这个不上课的老头，听他讲故事，讲马驮沙的来历，江心滩形成的过程，本地民众抗击倭寇的壮举等等。孩子们学到了书本上没有的知识，更加热爱自己的家乡。春天里，蝼蛄出洞，孩子们抓来，放石臼里春，用麻布包起来，压榨出汁水，让龚弘奎做烧饼，很鲜美。龚弘奎小时候做过这样的事情，不生疏。他和面、做烧饼；孩子们帮他烧火，干枯的芦苇，在灶膛里"啪啪"作响，火很旺，烧饼在油锅里滋滋成熟，也有孩子围在灶台旁，矮小的伸长脖子。他们好不开心，也给龚弘奎带来快乐。别的小岛上的学生家长不定期来看望孩子，看到其他老师走马灯似的轮换，只有这个老头，一直没有挪窝，久而久之，就明白怎么回事了。他们带些小鱼干、小虾米，送给龚弘奎；本岛的渔民子弟不寄宿，家长们时常送点新鲜的鱼虾给他。江心滩的生活，是他的世外桃源，给他带来快乐。

铁慧瑛与女儿的到来，龚弘奎十分意外。妻子是女强人，把一个即将倒闭的工厂，扭亏为盈，使之起死回生，成为公安部警用器材定点企业，这么忙的总经理，怎么会有闲情逸致跑到孤岛上来的呢？还有女儿，外贸公司那么忙，经常出差，不是星期天什么的，怎么也有空来的呢？龚弘奎心里纳闷。

龚弘奎的住房是两间，与学生宿舍一排。宿舍十分整洁，生活用品、书籍都摆放得井井有条；房子虽然矮小、潮湿。隔壁的厨房也是很干净，两个水缸里都存了大半缸的水，一口缸里浑浊，一个缸里澄清，铁慧瑛明白，是轮流饮用的。她很欣慰。她想，这个老家伙，原来在家里，是一个油瓶子倒下来都懒得扶起来的书生，现在的小日子过得也算悠闲自在的；她又想，肯定是从头再来，开始会吃了不少苦。女人的柔情油然而生，眼泪在眼眶里打转。

龚如玉看着门外的小雨，看着风中摇曳的芦花，对母亲说："妈，爸，我想去江边走走。"

铁慧瑛正好要与丈夫说说话，就说："打伞去！"

父亲说："丫头，别迷失了方向！学校东面那条路一直到江边，不能走进芦苇滩，会摸不出来……"

龚如玉说声"晓得啰"，便撑起花格子伞，独自走进雨幕里。她的眼前美景，正是：

"目断芦滩修渚，画出江南雨"！

小路两边，零散的住着人家，快到晚饭时辰，渔民们屋里屋外忙着，尤其妇女。她不禁想起几句古诗词：

最爱烟雨中，半掩青罗袂，细雨湿衣看不见，闲花落地听无声

这是芦苇里的小路，渔民人家不怕衣服湿了，那"青罗袂"半掩着，多么勤劳！他们的矮小的屋面上，用旧的水泵管子做的烟囱，袅袅地飘着白烟，与细雨相逢，变成白雾，随着初秋的晚风，飘散开去，在芦花顶上缭绕……芦花还没有全白，有点好像快成熟的粟子，浅黄里有红，像棕色的马尾巴。它们被细雨湿了，垂下头来；江风阵阵吹来，嬉戏它们，芦花们又扬起头来。江风大一阵，它们就扭动纤细的腰肢，舞动起来，好像在欢迎初来江滩的美女。

龚如玉沿着小路，来到江边，极目远眺。江对面有隐约的山峦，下游是茫茫的一片，一眼望不到边。她想起唐人的诗句：

前不见古人，后不见来者。
念天地之悠悠，独怆然而涕下……

有下江的渔民，披着蓑衣，戴着斗笠，摇着小篷船儿，向滩边靠近。这不是雪天，而是霏霏的初秋之暮色，把柳永的词句改一下，便是：

来岸扁舟两三只，江流烟雨与芦白……

这也是一幅水墨画！

龚如玉把目光从渔舟上收回来，沿着江边走着，想着父亲的境遇，真是一生坎坷。"反右"的时候，说了几句真话，被隔离，戴"右派"帽子；"文革"的时候，因为母亲的出身成分，挨批斗，戴高帽子。后来，好不容易受到重用，做了几年招办主任，兢兢业业工作，夹着尾巴做人，不知得罪了什么人，一下子打入冷宫，发配到这江心孤岛。看着雨中江景，龚如玉想到了孟浩然的诗句：

木落雁南度，北风江上寒。
我家襄水曲，遥隔楚云端。
乡泪客中尽，归帆天际看。
迷津欲有问，平海夕漫漫。

父亲已经年过半百，刚才看到他，清癯的脸，头发又白了许多，这首诗，也许就是他的写照。本来有幸福的晚年，却这样无助的生活着……

母亲也与父亲一样，在外贸局想做点事情，却降级到电光仪器厂工作；事业刚有点起色，就遭陷害，差点儿受牢狱之灾。铁娘子的性格，工作做得再好，也没有好的回报。龚如玉抚摸着摇摆的芦苇，看着江中的航船，刘长卿的一首诗浮现在脑际：

猿鸣客散暮江头，人自伤心水自流。
同作逐臣君更远，青山万里一孤舟。

龚如玉知道，母亲也许有此诗描写的心境。母亲的性格桀骜不驯，结果呢，只是"青山万里一孤舟"，离"君"更远了。

再想想自己，从小爱一个人，却没有得到。说恨他吧，反而更爱！自己怎么如此下贱呢？难道真有前世今生之缘？我前世里究竟少了他多少债呢？她不禁念道：

寄山水写情，秋桐促轸，鸳鸯蒙恨，春绣停针。
叹好风妨画扇，明白堕瑶簪

……葭葭萧萧风渐渐，沙汀宿雁破烟飞

……香如故，人空渡，浪打船定花自处。

水徘徊，湿妆台，眉头紧锁，朱颜改

……

有学生寻来，在后面大喊："姐姐，姐姐……"

龚如玉转过身去，三四个小学生朝她跑来，赤着脚，她叫道："慢些，当心戳脚……"快步迎上去。

一个女孩说："姐姐，龚老师叫你回去吃晚饭！"

龚如玉立即将花格子伞罩在他们头上，动情地说："弟弟、妹妹们，姐姐这就跟你们回去。"

到了父亲的小屋前，龚如玉又看到了一幅画，她站住了，叶放翁老先生早已画好的：

萧萧梧叶送寒声，江山秋风动客情。

知有儿童挑促织，夜深篱落一灯明。

这里没有梧桐，而有芦苇；没有促织，而有螃蟹、蟛蜞！画面的意境却是一样的。

父亲的厨房里，几个学生在灶台旁帮忙，长江鳗鱼的鲜味飘出窗口，弥漫到雨丝里……龚如玉走进屋里，螃蟹已经装到餐桌上。鲜红的壳子，厚厚的蟹体，横行霸道的家伙们，这时老实了。母亲一扫从看守所出来时的沮丧之情，又笑出了灿烂的容颜；父亲就像孩子们的家长，课桌拼起来的餐桌旁，安排他们的座位，一人一只的分着螃蟹。龚如玉坐在孩子们中间，江边的愁绪，被回到少年时光的快乐取代了；她仿佛觉得，坐在谭大龙身边，与玩伴们一起吃螃蟹呢！

晚上，龚如玉与一位轮流教学的女老师睡。女老师告诉她，没有一位教师愿意长期在这里工作，为了评职称，只好交流来一学期，或者一年。有时，老师生病，家里有事，校长也请龚老师代课。凡是来和平滩上工作的老师都知道，龚老师是受打击调来的，大家都敬佩他。校长已经在这里工作好几年了，是渔民子弟。考取师范，当年还是在龚老师手里领取的录取通知书。校长知道渔民子弟读书不容易，决心扎根这江心滩，为渔民子弟教育一辈子，哪怕只有一个孩子。校长特别尊重龚老师，也特别照顾他。今天，他去教委开会，要不然，会陪你们吃饭的。最近，校长正想办法，调他到岸上的学校去。龚如玉听了，很感动，觉得人间自有真情在，还是好人多，暖意从心底涌上来，不觉得江滩上只有凄风苦雨。

　　龚弘奎没有向妻子诉说孤寂之苦，而是问她的近况。铁慧瑛将遭人陷害，差点儿坐牢的经过告诉他。龚弘奎听了，对她说，事情远没有完结，她还有劫难。给她出了几个主意，第一，在适当时机，急流勇退，四十九的年龄，可以病退；不要参与改制，企业忙到这个样子，肯定会有人接手，回家歇息算了。第二，目前，要加强企业内部管理，尤其是商标，必须在加密的基础上，做到一号一件，有序号管理，就不会有后顾之忧；不要怕麻烦，开票也要写上产品编号。第三，实行两支笔财务制度，亲戚是财务科长，不能给他人留下话柄。选一个副总，或者是书记，共同把好财务关。铁慧瑛只知道丈夫是书呆子，没想到对她出的主意，很有针对性，都说在她的心坎上。她从看守所出来后，就向轻工业局领导口头提出辞职申请，领导们都知道她能干，就叫她休息几天，调整好精神状态，休息好了再说。龚弘奎说的"适当时机"，铁慧瑛自有办法。

　　铁慧瑛把女儿的婚事说给丈夫听，龚弘奎沉吟不语。

　　铁慧瑛说："丫头一心指望跟大龙好到底的，可是唐生华夫妻俩是一对坏鬼，看中大龙忠厚老实，也抓住陈桂兰经济困难的软肋，先下手为强，先订婚，再造房子，让大龙束手就擒。"

　　龚弘奎说："这有什么办法，人穷志短，古话一点不假。你叫一个寡妇娘，凭什么本事把三个男孩抚养成人，砌房造屋，娶媳妇，生孙子？陈桂兰不简单啊，守寡至今，坚持在谭家门里，吃苦耐劳，个人生活也没有半点风言风语的闲话……"

　　铁慧瑛说："一开始，顺和是想与她并起来过的，陈桂兰一直不松口。古言说，烈女就怕久转。她比烈女还要刚烈啊！……我当初像她，也不会嫁给你……"

　　龚弘奎没有说当年的事情，长叹一声："大美虽然心高气傲，反倒喜欢大龙的，可惜了……"

　　铁慧瑛说："我这次能够很快出来，一开始，郑浩母亲是帮了忙的，是她制止公安局长，不让外地人带我走的，大美已经同意尽快与郑浩结婚了。"

　　龚弘奎说："也许这就是丫头的命了。让她自己拿主意吧！……我担心，丫头哪天一不高兴，反悔了，那个袁倩蛇蝎心肠，加害于你还无所谓，不能加害于丫头啊！这话我不好说，你回去以后，要跟她分析清楚了，权衡利弊，告诉她，古语说的，人在矮檐下，不得不低头，不要由着性子啊！"

　　铁慧瑛点头认可。

　　窗外，芦苇在细雨微风里沙沙作响，江浪卷起的声音也时时袭来……江心滩的夜啊，静静地……悄悄地……

　　袁倩与郑云武确定，十月一日，作为儿子娶亲的大喜日子，让郑浩知会龚如玉。龚如玉告诉了母亲，铁慧瑛写信给龚弘奎，希望他能够回来参加女儿的婚礼。龚弘奎很快回信说，不想回去，等到退休了，才会离开江心滩，回到铁记庄园，他不愿回到尘世中来，坚持过江滩生活。铁慧瑛只好要求郑浩，必须请出介绍人，按照习俗，把一些程序走完；袁倩请季晓红作为介绍人，铁慧瑛请谭顺芳做介绍人，双方介绍人，很快达成共识，筹备结婚事宜。

龚如玉后来确认，母亲之所以无罪释放，是徐顺喜的功劳，想反悔答应袁倩的条件，哪怕独身。从江心滩回来，母亲与她谈了几次，只好认命，委曲求全算了。她绞尽脑汁，思考了几天几夜，决定有条件结婚，否则，宁死不嫁。有了计划过后，等郑浩到外贸局，认真与他谈了一次，结婚的条件是"约法三章"：

第一、双方结婚，不是自愿的，为有条件的婚姻。婚后，双方有自己的生活空间，不得勉强对方做任何不愿意的事情。

第二、婚后双方不得干涉对方工作、生活的权利，工资及其他经济收入，实行"AA"制。

第三、结婚之房产，为双方共同财产，房产证与结婚证同时办理。

龚如玉拟写成书面文字，让他请季晓红担保。郑浩追求龚如玉几年了，终于很快抱得美人归，如获至宝，癞蛤蟆终于吃到天鹅肉了，有点儿飘飘然，看了"结婚协议"的草稿，没有异议，就拿到季局长办公室，请他去打印，一式三份。季局长是他结婚的介绍人，理当证明，就让打字员打印。寥寥数语的"结婚协议"，很快打印完毕。打字员看着内容，觉得好笑，就忍不住笑着送到季局长办公室。郑浩叫来龚如玉，龚如玉仔细看了打印稿，与原稿没有差错，就撕毁原稿，在三张打印稿上面签名。郑浩签名后，季局长才在证明人处签名：季晓红。两人应龚如玉的要求按罗印，季晓红翻出红色印泥盒子，郑浩先按，季晓红按上，龚如玉最后一个按上，一人一份，各自保管。

季局长觉得自己做的介绍人很称职，一手托两家，就是圆满功德了。对于郑云武的提携与栽培，也算报答；对于龚如玉，的确是个人才，她在外事活动中，表现越来越出色，暗地里打算，以后两人可以合作，私下做点外贸业务，发点财。他看出龚如玉协议的内容，自我保护的成分很重，睁一只眼闭一只眼，画押摁罗印，也是有目的的。好人做到底，季晓红请两人到南苑宾馆吃饭，并且叫来夫人，成双成对，以示吉祥。

距离结婚的日子不到一个月，龚如玉开始实施早已既定的计划：为谭大龙生孩子，兑现自己那次七凤茶楼对他的承诺，即"爱上的人，自己的一切都是他的"。她在新华书店买书的时候，留意了女子孕育的有关书籍，买了几本，有时间就拿出来偷偷地看。还特地到卫生局医教科找龚弘菊，探讨怀孕的有关知识。作为姑妈，看到侄女儿能够面对谭大龙已经结婚的事实，走出心理阴影，很快同意与郑浩结婚，已经不错了，十分高兴；还没有结婚，就来打听如何做妈妈、孕育孩子了，更是一个特大的转变，是她始料未及的，龚弘菊看着龚如玉，反复看，龚如玉沉静端庄，没有做作的样子，龚弘菊想，这丫头的脑筋急转弯，未免太快了！

除了向龚弘菊请教，大多数知识都是从书本上得到，龚如玉就是向姑妈证实一下罢了。她从《妇产科学》一书中，研究了如何快速怀孕、如何知晓怀孕的常识，做到烂熟于心。

如何快速怀孕呢？作为女孩，要掌握好排卵期。一般地说，一个月只排出一个卵子，排出后只存活一两天。龚如玉想，只要与他在一起一次，就能怀上，这就要十分准确地把握好排卵期了。她从书中看到：排卵期，一般在下次月经来潮之前十四天左右，下次月经来潮的第一天算起，倒数十四天，或者减去十四天，就是排卵日。龚如玉自己的月经期是稳定的、正常的，从未超前或延迟。她从书上看到，排卵前，人体也有生理反应，可以感觉得到，十分注意就好。假如怀孕了，也有生理反应，最明显的就是体温连续十八天持续高于平常的体温，同时，采用尿检、血检也能够判断。

做了一下理论上、知识上的准备，龚如玉打算具体实施了。她把过去写给谭大龙的"来回信"，装在一个大文件袋里，厚厚的。那件久已不穿的小花连衣裙也翻出来，也用一个文件袋装好，都带到办公室，等待着计算好的基本准确的那个日子。她生怕谭大龙出差，早已叮嘱他，自己快要结婚了，婚前要找他长谈，就如他结婚前一样，让他带好"BB"机，随叫随到。

这一天终于到来，是阳光柔和的下午，外贸局院子里，金桂花开得旺盛，香气满园。龚如玉检查了自己的身体，一切迹象表明，排卵期看似到了。三点半，她呼叫谭大龙，谭大龙及时回话，她让谭大龙骑摩托车到南苑宾馆门口等她。她估计好时间，用一个大塑料袋，装进两个文件袋，打的到南苑宾馆门口，朝谭大龙摩托车后座上一跨，说声"去江边"，谭大龙便发动摩托车，飞快地向江边疾驰。

到了长江大堤，坡下有一条小路可以走到江边，龚如玉早已勘察好的地方，她叫谭大龙停下，她拎着塑料袋，向江边走去。谭大龙锁好摩托车，随她下去。面对滚滚长江水，龚如玉拿出文件袋，放在地上，谭大龙认为是来谈话的，见到东西，不解其意，愣愣地站在她身边。

龚如玉面对长江，冷静地问："菲菲肚子里的孩子怎么样？"

谭大龙与她并排站着，说："都是挺好的，刚检查几天。"

龚如玉又问："你，最近身体怎样，有没有感冒？"

谭大龙拍着厚实的胸脯说："没有啊，还是老样子，感冒的日子，我早就忘了！"

龚如玉转过身来，双手勾住谭大龙的脖子，激烈地吻他，谭大龙感到这是最后一吻，同样十分热烈。龚如玉感到，谭大龙的吻，是真诚的，充满爱的激情；他虽然与唐菲菲结婚了，也快有孩子了，还是爱自己的，她感到，谭大龙心底的烈火在燃烧着，只要将爱的火柴一划，马上就是冲天烈火了……吻过之后，龚如玉看着谭大龙潮红的脸庞，满意地笑了，自己的两腮也是滚烫。

谭大龙拥着她，龚如玉已经感受到一个真正男人的那个力量了，心里激动得"呼呼呼"地跳动，自己的欲望也油然而生。她仰着脸说："今天，你要把我的所有全部拿走，不然，我就送给长江！"

谭大龙猛然想起，她在七凤茶楼的最后的话，低下头，看着她的眼睛。龚如玉的眼睛里，充满了渴望，充满了希冀，也充满了一种绝望，更充满了一种爱恨交加的倔强。

谭大龙松开她，灵魂已经失去控制，他痛苦地强忍着。

龚如玉拿出第一个文件袋，指着说："这是我大学四年写给你的信的底稿，和给自己的回信，本打算烧掉的，留到今天，让你看一下，好付之东流！这是我少女时代的连衣裙，你最喜欢的，放到今天，也让你看最后一眼，付之东流……还有一样，就是我，今天你不拿走，也会付之东流！"

谭大龙明白龚如玉要给的什么了，不好违背，就捧起地上的两个文件袋，拉着她的手，走进芦苇滩……

龚如玉把连衣裙铺在芦苇里的空地上，按书本上的指导，把自己的第一次给了心爱的谭大龙……谭大龙看着她浑身白皙，如初见时一样，却又不一样，凝脂如玉；龚如玉微闭着眼睛，侧着头，脸颊绯红，没有起身的意思。谭大龙无法控制自己，又一次贪婪地获取了她。龚如玉的确希望这样。谭大龙起身后，龚如玉把一个文件袋放到臀部下面，双腿撑起来，用衣服盖住身体。谭大龙叫她起来，她说，要躺会儿。谭大龙就坐在旁边陪着她。她闭着眼睛，似乎睡着了。

西下的阳光，斜射进来；在芦苇秆上跳来跳去的小鸟，偷偷地看着芦苇里发生的故事；龚如玉转过头，睁开眼睛，斜阳照在她脸上，她眯着眼，看芦花已经快白了，在上面摇曳，似乎赞扬她，也似乎嘲笑她；小蜻蜓从芦苇丛里爬过来，谭大龙用芦花让它们咬着，拎起一大串，给龚如玉看，她开心地笑了……大约过了半个多小时，龚如玉觉得时间差不多了，慢慢地起身，穿好衣服。

她拿起文件袋和连衣裙，走向江边，抽出信笺，撒向江中。洁白的信笺在江面上飞舞着，像一只只江鸥，又像一片片云朵，飘飞过后，落入江水，被起伏的江浪卷走……小花连衣裙上，颜色已经褪尽，可是，今天，龚如玉又给它点缀了一朵红色的花儿，她留恋地看了看，抛向江水……她的眼泪不自主地流下来；谭大龙看她抛撒，心里不是滋味。

龚如玉说："大龙，我们的一切都过去了，你没有让我失望，是你给了我第二次生命，我会用一生报答你！"

谭大龙内心如同长江水，起伏翻腾，不知所云，默默地跟在她身后，离开芦苇荡。

正如龚如玉所预算的，此后，每天早上，她下床前，测量一下自己的体温，均超过三十七度，连续十八天，都是如此。她又去做了尿检，HCG 显示，已经怀孕；不放心，再去做了血检，HCG 也显示，她真的怀孕了。她兴奋了好几天，在日记里写道：

小时候，老师教做数学题，一加一，等于二；一乘以一，还是等于一。现在想起来，还是乘法科学，一乘以一等于一，终究会产生新生命，是一乘以一所得，也许，还有等于"N"的可能。

人们都诅咒私生活不检点的女人，说她们是坏女人。可是，有谁知道，她们有怎样的苦衷，又有怎样的无奈？她们不能千篇一律地称之为出轨的女人！

她也许是一个有情有义的、有血性的女人。她很苦、很累、很压抑、也很彷徨。上帝给女人上了紧箍咒，套上了坚守贞操的枷锁。一个有浪漫想法和充满激情的女人，在一次次失望，一次次失落，一次次挣扎之后，她不仅仅只有寂寞中的哭泣，不仅仅只有孤独中的煎熬！她还有企盼，还需要释放，她有这个权利！

不是说，问世间情为何物，非叫人以生死相许吗？没有彼此拥有，没有天长地久，她不累、不弃、不恨、不怨地爱着；她牵挂、动容、感恩、眷恋地等待！那是冬天美丽的童话！它不是肮脏，也不是无耻；它清丽、婉约、淡雅，绵久悠长！它在身体上发出的信息，并没有超出什么伦理道德的范畴，如果是，也是被其绑架了！它比朋友多了一份奉献，比夫妻多了一份浪漫，比红颜知己多了一份超脱！朋友是相互信任，夫妻是相互包容，红颜知己是相互欣赏，而所谓的"坏女人"，是综合了这一切因素的自然结果……为他人所不齿的行为，只有一次两次的窃趣，留下足够回味的许久，就像四月的桃花，只开短暂的几日，很快凋谢；一如烟花，灿烂之后，很快消失了……

我要做怒放一时的桃花，很快有一颗桃红过后的硕果！诚然，我也愿意做让万人瞩目的空中烟花，在俗人唾弃之后，用自己美丽的绽放，赢得无数短暂的喝彩！

——只是需要代价，不只是一乘以一、一加一的数学题，那么简单……

十月一日，郑浩与龚如玉的婚礼，在南苑宾馆宴会大厅隆重举行，中午和晚上都座无虚席。中午是正席，男女双方亲戚悉数到场。郑浩安排了六辆小轿车，到铁记庄园来接亲，龚如玉小时的玩伴施一梅、凌芬，谭小龙与司徒秀敏、弟弟龚如松和表哥铁海良六人送亲，现成的媒人季晓红与谭顺芳一同前往。固执的龚弘奎没有回来，在遥远的江心滩祝福女儿。一切程序过后，小两口到席间敬酒，由于女方父亲没有到场，仪式只得从简。

晚上，是牧州与郑云武现在工作的两地乡镇以上的头头脑脑们以及原来马驮沙县的老同事，还有不少企业家，参加婚宴。大厅没有坐得下，让老板们到包厢坐。袁倩的大皮包都被红包塞破了。郑云武、袁倩带着儿子、儿媳一一敬酒，气氛好不热闹。

南苑宾馆为了答谢郑云武，特地送了一个"总统套房"的最高档房间给他儿子、儿媳欢度新婚之夜，祝贺他们新婚志喜。送走宾客，郑云武与袁倩感到醉醺醺的，让驾驶员送他们回去，再也不管小两口了。

到了"总统套房"，龚如玉处处走走、看看。她到南方出差，也住过高级宾馆，那是在外商面前摆派头，价格不菲啊！今天这总统套房，看标价，就是四个八，真奢侈呀！中午和晚上，郑浩都喝了不少酒，有点把持不住。他从龚如玉身后，冷不丁地抱住她，往床上一扔。龚如玉立即爬起来，厉声问他：

"做什么？"

郑浩看着恼怒的龚如玉，淫笑着："做什么，你不明白？"

龚如玉没好气地说："我不明白！"

郑浩红着眼睛，又上去抱她；龚如玉往旁边一闪，郑浩趴到床上，好久才爬起来。龚如玉防止他再来，就躲到房间一角。

郑浩说："我早已对你垂涎三尺了，今天你是我的老婆了，总该让我如愿以偿了吧！"

龚如玉说："你喝了那么多酒，别想！"

郑浩气急败坏，吼道："你，真不愿意？你再说一遍！"

龚如玉不理他，还是躲在角落里。

郑浩又问："你肯不肯？"

龚如玉坚定地说："休想！你把协议拿出来看看！"

郑浩疯了，醉眼蒙眬里，龚如玉变成了他随心所欲的罗小曼，便恶狠狠地说："好，除了你，我就睡不成女人？什么东西！"说完走出房间，重重地甩着房门。

龚如玉心里明白，郑浩说的女人，就是那个离了婚的罗小曼！心想，巴不得你去与那女人长期鬼混，我才不愿意跟你做那件事呢！

罗小曼喝完郑浩的结婚喜酒，刚到家不久，正在洗漱，听到郑浩叫门，立即去开门。郑浩疯狂地抱起她，走进她的房间……

第二十四章

  又是一个阳光明媚的春天，铁记庄人脱下厚厚的棉衣，轻装上阵，在各自的岗位上施展才能，创造更加丰硕的物质成果。

  唐菲菲生了小孩以后，取了一个很好听的名字：谭旭霞！她是早晨出生的，谭家与唐家都希望她的生命如早晨的彩霞，绚丽多彩。可是，脱下棉装的小旭霞，笑得很可爱，就是不会朝人看，疼爱她的爸爸、妈妈，娇惯着；呵护她的奶奶、外公、外婆更是宠着她，没有发现这一点。别人家的孩子，六、七个月大，也能"打蹬蹬"，大人们逗着玩，扶着孩子独自站立，还可以短时间松开手，所谓的"七坐八爬"，而小旭霞不行，端玉梅扶她，不但不能"打蹬蹬"，还大哭不已。外婆以为宝宝娇气，不再逗她，等她大点儿再训练她。

  施一梅接过唐菲菲的财务出纳会计的账目，发现她有的账目建得不符合财务制度，在电话里也不好说，下班了，回到铁记庄园，找她问个究竟。唐菲菲告诉她，那是一本账外账，总公司的小金库，只有唐生华、谭顺和及她三人知道，现在多了她施一梅。其中的资金都是用于请客送礼，乡里主要领导的开支，不可泄密。现在，施一梅接了这本账，要做得十分隐蔽，平时锁在保险柜里，不可让外人看到。

  这天下班回来，施一梅到唐菲菲家来玩。虽然唐菲菲有新楼房住，但白天都在庄园里娘家，与母亲一起带小旭霞，为谭家做好后勤工作。一进唐家门，施一梅就抱起宝宝，逗她乐。突然，施一梅发现，小旭霞只咧着嘴笑，却不朝她看，两只黑白分明的眼珠子，是呆滞的，毫无光泽。她惊讶了，赶紧把宝宝放到宝宝床里，离开唐家。回去以后，施一梅把她的发现，绘声绘色地告诉母亲端玉萍，端玉萍说什么也不相信，立即跑到堂姐家去，看个究竟。

  唐家与谭家人都下班回来了。陈桂兰做晚饭，谭顺利、谭顺和都回来吃，还有李雨妹。紫金大厦快要封顶了。谭大龙在那里坐镇，经常不回来。唐生华自从有了外孙女，一般应酬都推给谭顺和去，自己就早早地回家了。

  端玉萍一进门，就火急火燎地去抱躺在小孩床里的小旭霞，挠他的夹肢窝，逗她笑；小宝宝被挠痒了，咧嘴直笑，还流着哈喇。端玉萍盯着小宝宝的眼睛，手指在她的眼前晃动，小旭霞没有反应，唐生华见她逗小旭霞，不解其意。端玉萍大喊：

"你们快来看那，小宝宝眼睛不会朝人看！"

这一喊，等于一颗炸雷，大家全都聚拢而来。

端玉梅从厨房跑来，叫道："宝宝，宝宝，看看外婆，看看外婆……"

唐生华过来，看看宝宝。

唐菲菲从楼上下来，跌跌撞撞。

结果是明显的，也是无情的。任他们怎么叫，怎么逗，宝宝始终不看他们，反而哭起来。端玉萍又发现，这孩子虽然哭得厉害，却没有一滴眼泪。

唐生华说："我叫司机把车开来，我们去人民医院。"

端玉梅抱着小旭霞，给她裹了件外套，快步出去。陈桂兰看着唐家三人抱着宝宝，在河对面快步走，心生疑窦，估计是宝宝病了。唐菲菲拿出模拟手机，把情况告诉谭大龙。谭大龙一听，立即骑上摩托车，直奔人民医院。

端玉萍从唐家出来，就往屋后走，把小旭霞的情况告诉陈桂兰；陈桂兰指指房内，示意她小声点，别让婆婆知道。听完端玉萍的话，陈桂兰解开围裙，塞给她说：

"你帮我做晚饭，我去人民医院！"

端玉萍阻拦她说："你去了，有什么用？如果有毛病，一看就知道。我看是胎里生，那么哭，一滴眼泪也没有。"

陈桂兰两眼迷茫，问："你的意思，是没法治了？"

端玉萍点点头，又摇摇头。陈桂兰无所适从，又系上围裙，进屋做晚饭。施一梅一直站在自家门口，向东看着。

陈桂兰六神无主地走到灶台前，锅膛里的柴草已经掉在地上，小火着起来；她立即到水缸里舀了一盆水，泼向火苗，再用脚踩了又踩，火熄了，冒着白烟，陈桂兰用扫帚扫了又扫，倒到屋后垃圾塘里，去堂屋用电话呼叫谭小龙的"BB"机。

谭小龙正在实验室做实验。他现在研究的课题，多了一个洗化项目；因为适应"产学研"相结合的科研要求，导师就把这个课题交给谭小龙。见是家里呼叫，谭小龙叫司徒秀敏回话。

陈桂兰把大龙女儿眼睛有病的情况告诉司徒秀敏，司徒秀敏觉得事情重大，就让小龙听电话。小龙听完母亲的陈述，对她说："妈，您别着急，等他们从医院回去，或者他们在医院治疗，你叫大龙与我联系。……我现在手头正忙着做实验。"

陈桂兰放下电话，呆坐在堂屋里。一会儿，站起身，点起香烛，在谭祖华、谭顺章遗像前拜了三拜，心里祷告：保佑孩子平安无事啊！

铁慧琪接到唐生华的电话，就在人民医院眼科门诊部等他们。经过常规检查，得出的结论是：小旭霞是先天性失聪，在目前的医疗水平上，无法治愈；如果手术，会破坏整个神经系统，后果不堪设想。

这才如晴天霹雳，唐菲菲立即昏倒过去；还是谭大龙手快，随即扶住她。医生立刻来掐她的人中，她才睁开眼睛，看着女儿，痛哭起来。端玉梅看着宝宝可怜的样子，抽泣着。

回到铁记庄，两家人都集中到谭大龙屋里，陈桂兰对大家说了找谭小龙的事情，谭大龙立即呼叫谭小龙。

谭小龙一看是谭大龙，就叫司徒秀敏回话，等会儿给他回话。司徒秀敏告诉谭大龙，小龙手里的事情快完了，等会儿回话。

大龙在电话里说话，带着哭腔，司徒秀敏一听情况，惊得目瞪口呆。

谭小龙仍旧专心致志地做着实验，这是他又一篇论文必需的数据，实验绝不能半途而废，因为这篇论文将发表在国外杂志上。

谭剑英的研究所和分厂已经成立，市化工局投资十六万元资金，作为技术改造投资，参股分红；牟丽琴及其助手，调入研究所，谭小龙让她担任副所长；牟碧玉调整两个车间、两个仓库，数套设备，二十几个工人加入分厂。按原有确定的股份制开始运作。根据乙醚库存的危险性，谭剑英专门设计、改造了一个仓库，在厂区角落。并且向陈栋购买了一套监控系统，安装在乙醚仓库周围。谭剑英谦虚地邀请牟碧玉担任分厂厂长，具体负责生产事宜。自己的角色还是业务员，既销售，又采购，是里外一把抓。新产品批量生产后，市化工局领导与工程师们来剪彩、揭牌。一共有三块牌子：一、解放化工厂分厂，二、解放化工厂研究所，三、南大化学实验基地。化工局与谭剑英签订了承包协议，谭剑英的股份占百分之五十一。

新产品一投放市场，收到广泛好评，尤其是它的收缩密实度，达到最佳效果。这就是乙醚的作用。乙醚与硝化棉相融后，会释放一种无害的成分，通过释放的过程，使得胶帽加强收缩力，使之密封性更加稳定，对于易挥发的白酒、酒精等，更为安全。谭小龙写的实验报告，连同谭剑英写的产品说明书，上报科委，获得了技术专利，西安市科委不但颁发了专利证书，还发给分厂专利费和新产品开发奖金五十万元人民币。对于谭剑英来说，这就是天上掉下的大馅饼，为分厂的流动资金，添砖加瓦。

有了新产品，谭剑英仍以原价向老客户推广，保证产品的销路。他大胆利用广告宣传，大张旗鼓地介绍新产品的优势，著名品牌的西凤酒厂、孔府家酒、孔府宴酒等酒厂，还有出口国外的酒厂纷纷伸来橄榄枝。谭剑英不断地出差，根据分厂产能、资金回笼情况，原材料的供应情况，与这些大酒厂有限度的签订合同，让他们试用。出口酒到国外的酒厂，使用了谭剑英的新产品，改变了过去途中泄漏酒的状况，全部使用他的新产品。

沉浸在喜悦之中的谭剑英，接到不少客户的电话，要求降价；问他们原因，是因为又有新产品上市，价格要低得多。是什么新产品呢？谭剑英立即出差与客户对接，拿到所谓的新产品，回来给牟丽琴化验分析，同时也邮寄给谭小龙化验成分。结果很快出来，原材料主要是 PEP。谭小龙及时向有关客户通报化验结果，阐明自己产品的优势，有的小厂用量不大，就没有计较，可像孔府家酒这些大厂，累计计算，差价就大多了。

牟碧玉说："硝化棉与酒精没有价格下降的余地了，只有在乙醚这一块寻找突破口，现在是一万元多一吨，如果下降到七千元以下，就能确保盈利；否则，客户要求降价，就会亏损。"

谭剑英说："我与二哥联系，看看有没有其他替代产品，与乙醚相当，价格也能下去。"

牟碧玉说："你先稳住客户，生产、发货，都不能停下来，以防不利影响产生。"

谭剑英说："我一定想到办法，中国这么大，不可能只有西安一家工厂生产乙醚，肯定还有其他厂家。您明天就去跟他们砍价，实在不行，只能停产，不能亏损。"

第二天，牟碧玉去化工局找到领导，一同去化工局下属的乙醚生产工厂，要求降价，因为解放化工厂乙醚用量大，一个月，要使用一百多吨，也是大户。经过讨价还价，还有领导斡旋，每吨价格降了三千元，这样，确保新产品正常生产、销售，还有利润。

谭剑英得到这个利好消息，同意客户的降价要求，确保微利。小小的胶帽，数量大，薄利多销，就有利润。在维持现状的基础上，谭剑英还在寻找乙醚及其他原料的供应商。

谭小龙通过同学关系，联系到南京第一人民医院的眼科专家，谭大龙、唐菲菲带着宝宝来诊治眼疾。经过眼科专家的反复检查，诊断，确诊为先天性失聪，无法治愈；而且肯定，孩子的眼睛神经系统与全身神经系统，会逐渐萎缩，直至夭亡。唐菲菲上次急得昏厥了，来的时候，做好了最坏的打算，没有晕倒。但是，毕竟是自己身上掉下来的肉，总不能眼睁睁看着孩子在痛苦中夭折。她恳求专家们为小旭霞配点药，哪怕是做试验也行。专家们商量了一个方案，配了一些神经方面的药，反复强调，世界上没有先例，可以治愈这种病，让他们别抱任何幻想。

唐生华与端玉梅陪同来的，开着公司的小车。没让陈桂兰来。回去以后，没有将实情告诉谭家人。陈桂兰想不去做小工，回来带孙女儿。唐菲菲劝婆婆，还是出去做点事情，孩子有她和母亲带着就好，不忍心让婆婆看着宝宝渐渐夭亡而难受。

龚如玉听说小旭霞的情况，不肯相信，专门买了奶粉、水果等，回铁记庄园来看望。她抱着宝宝，逗她，小旭霞还是那个样子，没有一点好转。龚如玉的小肚子已经隆起来了，她十分担心，这也是谭大龙的孩子，会不会也是个孽种，自己生不出健康的孩子来。看着呆傻的小旭霞，龚如玉不寒而栗。

唐生华与端玉梅，很不甘心，哪怕倾家荡产，也要继续寻医找药。唐生华把总公司的日常工作交给谭顺和统一管理，与端玉梅、唐菲菲带着宝宝去上海第二军医大学附属医院去治疗。上海二军大办公室薄主任是老乡，唐生华通过熟人联系到他。薄主任很快落实专家就诊时间，为小旭霞诊治。专家是眼神经科医学博士孙教授，诊断结论与南京一样。孙教授告诉他们，他在美国华盛顿医学院实习时，见过这种病例，是萎缩性神经衰亡症，不仅仅是眼睛的问题。孙教授要求小孩的父母亲做检查，看看是否有遗传因素。谭大龙没有来，唐菲菲想，谭大龙身体健壮如牛，从不生病，连感冒也少有，在工地上那么辛苦，回家后，吃了就睡；他没有什么不良嗜好，怎么会有身体遗传因素呢？她没有做检查，就带着孩子回去了。

陈桂兰见唐生华他们又带着宝宝去上海治疗，就问大龙："大龙啊，你跟妈说实话，宝宝究竟得的什么病，南京看不好，又去上海？"

谭大龙说："是眼睛毛病。上海二军大附属医院，是解放军医院，医疗水平要比南京高。"

陈桂兰想到常九郎算命的话来，看看儿子忧郁的样子，有点内疚。龚如玉嫁给郑浩，也怀孕了，肯定会生个健康的宝宝。她后悔当初的决定，拆散了大龙与大美，撮合大龙与唐菲菲，生了个头孙女，竟是个有严重毛病的。

陈桂兰问大龙："儿啊，假如宝宝的病治不好，你打算怎么办？"

谭大龙不假思索："还可以生嘛。……我们年纪轻轻，就不应该早结婚，早生孩子，都是您着急的……"

陈桂兰想想，也是这个道理，就不再与他说什么。

唐生华等人从上海回来后，唐菲菲把诊断结果告诉谭大龙，并且说，医生没有开药，说是浪费，时间拖长了，小孩受罪，大人也受罪，让放弃治疗。谭大龙把母亲说的话告诉她，两人相拥而泣。

端玉梅还是不服气，要唐生华去北京找关系，给小宝宝治疗。唐生华说，北京最著名的医院，是协和医院和解放军三0一医院，关系不好找。谭大龙想到谭晓婷在北京，已经进修结业，她没有回来，而是被朝阳区电视台招去了，两所医院都在朝阳区，说不定她能够找到关系。

谭晓婷在朝阳区电视台，既当记者，又是节目主持人。她认识三0一医院的向中华教授，是牧州人，留学英国剑桥大学，医学博士学位，在英国皇家医院实习过。唐生华一听，喜出望外，连忙落实机票，叫小车司机送到上海虹桥机场，飞往北京。唐菲菲记得二军大的孙教授的建议，要她与谭大龙检查身体，希望谭大龙一起去。可是，谭大龙负责的紫金大厦工程，快要封顶了，等他处理的事情太多，他认为，检查身体就在本地医院，连这个事情都做不好，还开什么医院？

向中华博士，不是眼科专家，是肛肠科主任。他帮助联系了眼科的乐教授，乐教授也是留英的，与向中华一批，也在英国皇家医院实习过。谭晓婷到机场接到唐家一行，抱着侄女儿看，发现小宝宝蛮可爱的，怎么会有这种先天性的毛病呢？解放军三〇一医院的眼科，是全国顶级的眼科，这里云集了各个发达国家留学的海归专家，还有外籍专家。专家们会诊结论，与南京、上海的基本一致，建议宝宝的父母，做遗传鉴定。谭大龙没有来，只好放弃检查。乐教授的诊断结论，特别写上：疑似父母遗传因子，引起患儿先天性神经系统萎缩，建议 DNA 检测。

唐生华与端玉梅不懂什么叫 DNA，唐菲菲只有职业中学学历，更不曾听说过这种高科技的东西。

谭晓婷问向中华："向教授，所谓的 DNA，是不是叫作遗传因子？"

向教授解释："所谓的 DNA，是每个人的生命密码，各人的生命密码不尽相同，婴儿是父母 DNA 相结合的产物，有的十分兼容，有的不尽兼容。眼科专家的分析，小宝宝的眼睛问题，不是一般的病况，是神经性问题，而这种神经性问题来自于先天，是遗传所致，父母的 DNA 片段，就是遗传因子。"

谭晓婷虽然只是记者、播音主持，她在北京王府井书城买的书很多，涉猎的知识面也很广，对 DNA 与染色体、遗传学略知一二。她对唐生华他们说：

"伯伯、阿姨、菲菲，你们要相信科学，相信专家的判断。听大龙说，你们已经在南京、上海看过了，恐怕结果差不多，难道还不相信三〇一医院的专家吗？这里是与国际医学前沿接轨的医院……你们要面对现实，回去以后，按照医生的话做吧！"

向中华说："我把电话号码给你们，可以随时与我联系。"

唐生华他们非常感谢向教授的帮助，对他的解释似懂非懂，看看小旭霞，摇头、叹气，回去了。

后来的结果不出专家所料，到六月中旬，小旭霞的身体萎缩成小侏儒，咳嗽不止，窒息而亡。全家人十分悲怆，找一块空地，在半夜里把她掩埋了。

龚如玉怀孕六个月，就请假休息，母亲铁慧瑛也办了提前退休手续。她找到管彤，要求帮助她恢复干部编制。她原来是外贸局副局长，事业编制，而到了电光仪器厂，是职工编制，退休后待遇相差很多。管彤出面找了市委书记孙书记。孙书记原来是市委机关下派到牧州的，对常委、统战部长管彤也很尊重，他让组织部和人事局办理。铁慧瑛在外贸局工作了二十多年，最后职务是副局长，不知什么原因调离的；到电光仪器厂只有几年时间，而且扭亏为盈，按条件，可以改制给她经营，可是她急流勇退，就是高风亮节。组织部与人事局写了联合报告，说明铁慧瑛可以按照原有级别办理退休。孙书记在报告上批示，同意铁慧瑛按照事业编制退休，连同铁慧瑛的申请报告一起入档备案。

江心滩的渔民子弟学校，办学条件太差，师资也不稳定，渔民们不愿把孩子放在那里读书，纷纷要求转到岸上的新港学校读书。新港镇教委采纳了学生家长的意见，向市教委打报告，要求撤并渔民子弟学校，鉴于情况特殊，市教委批准了新港镇教委的报告，并且打报告到市政府，请示财政拨款，建立学生宿舍、扩建校舍。所以，一放暑假，龚弘奎就卷起铺盖，回到铁记庄园。他还没有到退休的年龄，等开学后，还是去新港学校上班。

龚如松暑假毕业，回家来等待分配。这个暑假，是龚家最团圆的季节。母亲陪着怀孕的女儿，看到将有新一代很快来到这个世界，她十分开心。她没有忘记管彤对她说的话，退休之后，政协委员的职务没有退，更有时间做些统战工作。管彤打算，再过两年，从常委的位置上退下来，与铁记庄人一起搞重建铁记庄园的规划。龚如松读的是计算机专业，将分配到邮电局工作。龚弘奎不让他出门，逼他在家看书，希望他不要做绣花枕头，理科生肚子里要有点文科书墨水，多读家里的藏书，尤其是古代作品，让龚家书香门第代代相传。

郑云武在外地当县委书记，让本地的建筑公司去承揽工程，收受贿赂；独断独行的工作作风；卖官鬻爵的钱权交易，被官场对立面抓住把柄，举报信不仅寄到市委，还寄到省委。更有看不惯他的老干部，联名举报。更有受排挤打击的干部，坐到省委信访部门，还有坐到省检察院。省委责成陵州市委彻查。郑云武先是"双规"，后移送司法机关。在这年九月，为儿子大办婚礼不到一年时间，郑云武锒铛入狱，被判处八年徒刑，包括儿子结婚的新房在内的受贿钱财，一律没收。

袁倩失去往日的风头，如严霜打过的秋叶，再也抬不起头来，她自动辞去市妇联主任职务，调到政协工作。郑浩的仕途也受到影响，从市团委书记的位置上，下派到乡下任职，没有了房子，也无颜去接龚如玉回家。早出晚归，都有罗小曼接送，小车就是郑浩为她买的。罗小曼已经是团委副书记，她会报答郑浩一辈子，才三十岁不到的女人，在仕途上还有发展空间。她相信，瘦死的骆驼比马大，更相信，三十年河东、三十年河西的话，劝说郑浩，鼓励他振作精神，从副乡长的位置上努力上进，不到三十岁的小伙子，应当朝气蓬勃的奋斗。话是说得不错，不过罗小曼不知道这样一句话，事非经过不知难；还有一句俗语，火星子不掉在自己屋顶上，不会着急！郑浩已经一蹶不振，下乡上班，应付了事；回到城里，喝酒、唱歌、跳舞，直到半夜，就住在罗小曼家，进进出出，俨然一对夫妻，从不回家，也不去看望龚如玉，真是借酒浇愁，乐不思蜀了。

谭小龙试用了几种乙醚替代产品，效果均不理想，叫谭剑英放弃寻找了替代方案。年仅二十一岁的研究所长，分厂承包者，承受的压力，是可想而知的。他吃饭不香，睡觉不眠，身体一天天消瘦。铁娜见他成天六神不安，担心他长此以往，精神与身体会垮下去，要想办法扭转现状。

一天下班后，铁娜拉着谭剑英走出工厂，到郊外散步。高粱熟了，在西下的夕阳里，丰收在望。看着眼前的美景，谭剑英舒展双臂，似乎有了精神。铁娜飞跑到高粱地里，谭剑英追进去，他们一直朝太阳下山的地方跑。铁娜拼命跑，从不服输的谭剑英，不甘心落在铁娜后面，一鼓作气超越过去。其实，铁娜拼命奔跑，就是要的这个效果，她的目的，就是要谭剑英振奋起来，要一如既往的、阳光地面对困难。

铁娜见谭剑英已经跑得很远，就叫喊："小老三，我肚子疼……"

谭剑英闻声，见铁娜蹲在地上，便立即回头，跑到铁娜身边，拉她起来。铁娜一把抱住他，情不自禁地吻他。虽然在宿舍里不知亲过多少回，可在这成熟的高粱地里，还是第一回，感觉不同寻常。他们以前看过电影《红高粱》，就是西安电影制片厂拍摄的，大概就是在这片高粱地里拍的吧！谭剑英也感受到，铁娜今天的吻，是那么深情，那么有韵味……有时候，谭剑英到铁娜宿舍去，亲她的时候，铁娜似乎在应付，有时候还有点儿嫌烦；而今天，不仅是她主动，还这样柔情。谭剑英心中的烈火燃烧起来，手悄悄地伸向铁娜的肚子，抚摸了一会，手就向胸部移动。铁娜没有拒绝，这是第一次，让他默默地抚摸……铁娜想，只要你小老三能够振作精神，干好事业，我都愿意！说实话，谭剑英犹犹豫豫的，生怕铁娜不愿意，甚至恼火，谁知铁娜特温顺。他也自觉，摸了一会儿，就抽回手，适可而止，是此时此地的最佳境界。

谭剑英笑问："肚子还疼吗？"

铁娜脸颊绯红，就像高粱穗子，低声说："你不是医生吗，感受不到？"

谭剑英幸福地笑了，小虎牙露了出来。

铁娜抱住谭剑英的腰，恢复了平静的神态，看着他说："今天出来的作业，刚才算两道了，还有一道，你心知肚明，现在口述，回去写下来。"

谭剑英搔搔后脑勺："不会又让我写诗吧？"

铁娜说："前几次写的，不是在《西安晚报》副刊发表了？你已经多时不写了，成天愁眉苦脸的，想做曹植啊？你家也没有曹丕。即使做曹植先生，也要写出《洛神赋》啊！过几年，你的事业成功了，要写一首《铁娜赋》，把洛神之美写在我身上。"

谭剑英说："你别臭美。我研究过《洛神赋》，曹植是写的自己，将自己比作美人，我看他是自作多情，我才不写呢，要写，你自己写自己。"

铁娜说："我没有写诗的本事。你现在还没有全部享有我的一切，等我们结婚了，生孩子了，你就会感受到我有多美，那时，你不写，我能饶你吗？"

谭剑英仰望天空，不免有些忧虑，反问铁娜："我会有那一天吗？"

铁娜说："所以说，你要努力，要更加发奋！……每天有美人陪着你，你还不知足啊？快想，此情此景，吟诵几句，回去好好写！"

谭剑英环顾四周，成熟的高粱穗子，大刀一样的高粱叶子，坚实的根基牢牢地扒着土地……他又听到秋风吹来，红高粱婀娜起舞，发出沙沙的声浪；他又看看面前的铁娜，亭亭玉立的女子，不就是一株红高粱吗？

铁娜问他："怎么样，有灵感了？"

谭剑英狡黠一笑："天不早了，回去吧，晚上静下心来写。不过，你要做洛神，也要写！"

铁娜见他高兴了，满口答应。

两人手拉手走出高粱地，回到工厂。

晚上，谭剑英一个人静下心来想问题，铁娜在高粱地里说的作业，是什么意思，带我奔跑，让我超越；过去没有涉及的禁区，今天让……他看看自己的右手，笑了。想到那一片火红的高粱，高粱的形象，高粱的精神；还有铁娜的秀丽的身姿，铁娜的温柔，他的灵感来了，诗兴大发，一口气写出长诗《咏红高粱》。

咏红高粱

天高地广，

一片红高粱！

你扎根在干涸的大地，

身姿婀娜，

秀发飘扬。

秋风里，

夕阳下，

散发出 诱人的芳香。

我捧着你呀，

一束珍珠的飘逸；

我吻着你呀，

羞涩的脸庞。

你旺盛的生命里，

原野不再饥渴，

山川奔腾歌唱，

还有姗姗来迟的徜徉。
我热恋这第二故乡，
我赞美这秋的浩荡，
都说你的舞姿过于纤柔，
却把我带入醉人的酒香……

你从春风里走来，
一路艰辛，
坚守梦想！
你已经成熟，
用铁血丹心铸就荣光。
你热情四射的魅力，
在空气里流淌；
你回报努力的成果，
在嫣红的枝头绽放！
啊！
红高粱，
你不只是有曼妙的身姿，
那是最热烈的奔放；
啊！
红高粱，
你不只是一生的向往，
这是我永远拼搏的力量！

铁娜没有很早睡觉，她在窗户外看到谭剑英屋里的灯亮着，一定是在写"作业"了。回到宿舍，想到当时的应承，也写点什么，给他鼓励鼓励，她尝试着写一些分行的句子，也算一首诗，取名《致爱人》。

致爱人
我懂得你
创业不易
怀着梦想
还有责任与担当
心里会有苦恼
这是难免的

手里会有忧伤

但不要彷徨

在孤独无助的时候

只有一种渴望

不祈求安慰

不存在幻想

只要有我在你身边

就是精神力量

我理解你

前行艰难

背井离乡

有男子汉的脊梁

心里有太多的牵挂

这就是情殇

手里有母亲的目光

也算一种柔肠

在困难重重的时候

只有一种坚强

不要说生活多累

不要讲前途渺茫

只要有我在你身边

就是婀娜多姿的红高粱

第二天清早，谭剑英精神抖擞，面貌焕然一新。见铁娜还没有起来，就去敲她宿舍的门。铁娜已经洗漱完毕，坐在前面窗前，自我欣赏昨晚的大作。听到谭剑英敲门，明白这家伙又来炫耀才华了，便放下诗稿，起身开门。

谭剑英手里拿着《咏红高粱》，笑着说："给，第三道作业。有没有奖励呀？"

铁娜接过他的诗稿，指着书桌："在那儿呢，自己看。我去做早饭，一会儿看你的作业。"说完，去他的宿舍做早饭。

谭剑英读着铁娜的《致爱人》，心绪不能平静，便激动地朗诵起来；铁娜看着他的《咏红高粱》，看到了他的激情，他的信心，心里暗暗高兴，沉浸在幸福之中，以至电饭锅里沸腾了，也不知道，还是谭剑英走过来，掀开锅盖。

昨晚，谭剑英已经清了思路，他想到石化工业发达的东北，那里一定有生产乙醚的化工厂，他决定出差去东北，寻找乙醚的生产厂家。

上班以后，谭剑英把自己的想法汇报给牟碧玉。他说："牟叔叔，目前，我们是靠关系，降了乙醚的价格，如果他们还要涨价，我们就被动了，所以，我们还是要自力更生，千方百计地寻找到自己的供应商。"

牟碧玉说："我也让供应科的采购员设法找，他们还没有找到。"

谭剑英分析："他们没有参股，哪有什么积极性；大锅饭吃惯了，不肯出去，跑市场。现在，国有企业改制的趋势，已经不可逆转，逐渐在全国铺开，我们老家已经开始。"

牟碧玉对谭剑英已经十分了解，凡事他有了比较成熟的想法，才会来认真谈。他问："你有了具体的计划了吧？"

谭剑英说："我准备去一趟东北，那里是石化生产基地，不会缺少生产乙醚的工厂；只要有军工厂生产炸药，就有工厂生产乙醚，它也是硝基苯的原料。"

牟碧玉说："你的想法好。目前生产比较正常，研究所，有丽琴负责；分厂的生产、发货具体事宜，我会安排好，你放心出差。"

谭剑英起身离开办公室，牟碧玉抬手制止他："你等一下，还有一件事跟你说一下。"

谭剑英又坐在他的对面，听他说事。

牟碧玉说："昨天到局里开会，专门讨论各个工厂、企业撤销幼儿园，统一归教育部门管理，时间到寒假为止。说是讨论，其实就是宣布文件。"

谭剑英问："是不是也要遣散幼儿教师？"

牟碧玉说："原来的工厂幼儿老师，都是工人编制，幼儿园不办了，他们就地安排。小娜情况特殊，她来的时候，由人事局直接开介绍信来的，是事业编制。"

谭剑英想了想，说："事业编制与教师编制还有所不同。铁娜的去路有两条，一是由人事局重新安排事业单位，去机关，因为你们厂没有事业编制；二是，人事局与教育部门对接，由教育部门安排到幼儿园工作。"

牟碧玉说："我在会上提了这个问题，局人事科的同志做了记录。"

谭剑英说："牟叔叔，离寒假还有两个月呢，不着急，我出差个把月吧，回来再说；有什么信息，您帮关心吧！"

牟碧玉说："你先拿全国电话簿查查看，找找化工厂什么的，不要无的放矢。"

谭剑英点点头，说声"我知道"，离开办公室。

谭剑英没有把撤销工厂、企业幼儿园的事情告诉铁娜，埋头在办公室翻黄页电话簿，不停地打电话，一个星期的准备工作之后，他决定向东北出发。

铁娜看了电视里播放的全国天气预报，东北早已下雪，气温不断下探。她拿出"波司登"羽绒服，还加班加点，为他织了一条厚厚的绒线裤，用一个大旅行袋包装，关照他，出了关，就要加衣服。

谭剑英从西安去东北，需要在北京转车。东北三省，辽宁、吉林和黑龙江，第一站，辽宁，谭剑英从北京坐火车到了沈阳。在沈阳住了一个星期，电话打了几十个，没有找到生产乙醚的工厂，就北上去长春。

从沈阳到长春，虽然只有三百多公里，可比沈阳冷多了。在火车上，看着一望无际的旷野，白茫茫一片；天空还在下着鹅毛大雪，疾风裹挟它们，打到车窗玻璃上，又重重地落下。快到长春，谭剑英就按照铁娜的吩咐，加了绒线裤，换上加厚的"波司登"。下了车，就在火车站斜对面的旅馆住下。

这家旅馆，叫春意宾馆，谭剑英走近大门一看，墙上有一块黑色石板，很醒目，上面刻着几行字，介绍这座建筑是伪满时期，日本人于一九〇九年建造，起初叫"大和旅馆"，属于"兴亚式"建筑风格。谭剑英是为乙醚而来的，管你什么风格，住下来暖和就好。

办完住宿手续，服务员引导谭剑英到房间去。门一开，里面热烘烘的，比大厅里还要暖和。谭剑英赶紧脱下加的绒线裤和"波司登"。出门时，铁娜反复叮嘱他，热了要脱，冷了要加，不然，都会感冒；那里特别冷，假如感冒了，不会很快好起来，没有人照顾你。房间里没有电话号码本，谭剑英到大厅的小卖部，买了一张长春市区地图，一本长春市电话簿，他指望在这里有收获，不行的话，还要去更远、更冷的黑龙江，大庆是产油基地，那里的石化企业更多。

吃了一包方便面，算是晚饭，谭剑英立即打电话给铁娜，报告她，自己平安到了长春，铁娜等了好几天了，听到小老三的声音，抽泣起来。谭剑英安慰她一番，便钻进被窝，翻找石化企业，做好记号，明天联系这些单位。

第二天上午，谭剑英打了半天电话，毫无收获，有的石化企业，连乙醚名称还没有听说过。

外面的雪，不知什么时候不下了，太阳照在雪地上，反射出强烈的光芒，没有风，很静。谭剑英走出旅社，到大街上看长春的冬天雪景，眼睛发花，就到路旁小店，买了一副墨镜戴着。走着看着，他觉得肚子饿了，才想到还没有吃早饭呢。就在人民大街上，找了一个饭铺，进去吃午饭。

东北的主食，也有大米饭。离开家乡二年多了，其间回去吃了几天米饭，在西北，面食为主。在遥远的长春，吃到香喷喷的大米饭，真是幸运了。看看周围的桌子，大家都喝点小酒，还有划拳的。他们大声说话，大口喝酒，大块吃肉，菜盆子也是特大的。他们交谈也是大大咧咧的，没有什么遮遮掩掩，十分豪放。谭剑英被他们感染了，要了一个"二两半"，烧了一个回锅肉，还有粉条炖大白菜，一个人慢慢喝起来。

在他的右边，桌上四五个人，喝酒聊天。谭剑英仔细分辨他们的说话口音，虽然也是东北人，与沈阳、长春的口音不尽相同，鼻音更为重些。谭剑英估计他们是更向北方的人。谭剑英一边小口地喝酒，一边听着他们聊天。他们聊的也是做化工产品的生意，是吉林市到长春来开公司，销售化工产品，什么 PVC、PEP、塑料粒子的新料、回料等等。言者无意，听着有心！谭剑英喝着酒，吃着肉，粉条炖白菜，还扒了一碗大米饭。酒足饭饱之余，下一步方案也考虑成熟了。

走出饭铺，谭剑英沿着人民大街向南走，这时候，他才有心情看看长春的市容，风景。大街两侧，都是遗留的老式建筑，省政府办公大楼，中国人民银行大楼，中国联通公司、吉林大学第一医学院等等。其建筑风格，是中西结合形成的，"兴亚式"也好，"草帽式"也罢，都采用了缓坡式屋顶和深远挑檐，追求形式的变化，突出水平构图。谭剑英走马观花，一直走到火车站，买了去吉林市的火车票。

回宾馆退房时，在大厅里，遇见了中午吃饭隔壁桌子的几个人，他们也发现谭剑英在哪里见过，朝他看。谭剑英拿下墨镜，上前打招呼，递烟；他们友好地接过香烟，一看是"延安牌"，一个中年人就问："你是从西北来的？"谭剑英点点头。

他又问："来东北做什么生意？"

谭剑英说："化工产品。"

那些人笑了，每人给他一张名片。谭剑英双手接过来，及时拿出自己的名片，每人发一张。他们一看，小小年纪的谭剑英，居然是"研究所所长"、"分厂厂长"，竖起大拇指。

谭剑英又发香烟给他们，歉意地打招呼："对不起，大哥、大叔，我得赶火车了，后会有期。"

他们说："有事您说话，名片上有号码。祝你心想事成！"

谭剑英走出旅社，东北朋友随服务员进房间。

到了吉林市，谭剑英很快找到吉林市化工公司，这个公司从石油冶炼，到化纤产品，是一条龙生产，销售，有许多分厂。其中一个下属工厂，将上游工厂处理的下脚料，生产为乙醚，产量较大，除了正常销售，还有大量积压。这个工厂在远离市区的郊县，公司领导与工厂负责人联系好，派员派车陪同谭剑英去洽谈。

谭剑英推销胶帽，在东北结交了不少朋友，东北人的豪爽与坦诚，热情与质朴，令人感动，在吉林，他又一次感受到这一点。在公司人员的协调下，谭剑英很快落实了乙醚的采购合同。

第一，根据西安解放化工厂的用量大小，乙醚的价格上下浮动，用量越大，下浮的幅度越大；

第二，以五千元一吨为出厂价基数，实行价格浮动，同时，销售基数为每月五十吨，低于这个基数，维持原价，高于这个基数，实行下浮价格，最底下浮点是三千元每吨。

第三，鉴于乙醚是危险品，易燃、易爆、易挥发，由供应方用专门车辆运输，送货到需方工厂，运输费用由需方负责，每次货到结清货款及运费。

谭剑英把洽谈的结果向牟碧玉汇报，牟碧玉赞扬他一番，批准他全权处理，订立合同。谭剑英预算了目前工厂用量，在一百吨左右，与供方敲定，每月送一百吨，每吨下浮到三千元；每次二十吨，正好一个油罐车。

一块久悬的石头终于落地了，谭剑英如释重负。他及时谋划，回去以后，叫牟碧玉成立化工产品门市部，或者叫销售公司，这还是长春吃午饭所遇的启发，主要销售乙醚等化工产品，进出的利润十分可观。

铁娜得到谭剑英的喜讯，激动得一夜没有睡觉。约牟丽琴去看电影，结束以后又去歌厅，唱歌、跳舞，玩到深夜，吃了夜宵，才尽兴而归，没有回厂，在牟丽琴家住了一夜……

第二十五章

谭剑英承包的西安解放化工厂股份制分厂，经过半年的运作，到十二月三十日结算，由化工局负责，以纯利润的百分之五十一分红，谭剑英分得十六万八千二百二十二元；原来的专利与奖金五十万元，不在分红之列，是谭剑英的个人财产，仍然作为流动资金。牟丽琴与牟碧玉，在分厂有较大的贡献，从分厂的分红里获得奖金；化工局的十六万投资红利，仍然留在分厂，作为流动资金，按银行贷款利率计算利息，不参与再分红。在全厂职工大会上，化工局的领导给谭剑英带上大红花，将放大的现金支票送到他手上，请他发言。之后，化工局召开年终总结大会，谭剑英作专题发言，介绍经验体会，被化工局树立为"开拓创新标兵"。

铁娜的银行存折，不再是小钱包了，而是一个鼓鼓的大红包。她每天枕着存折睡觉，做梦都在数钱。幼儿园已经决定解散，人事部门还没有安排她的工作。不过工资还是有的，就是麻烦一点，第一个月的工资是到区财政局领的。

手里有了钱，谭剑英心里痒痒的。从小就有从商经历的他，绝不会把第一桶金闲着。在春节临近之前，他与铁娜商量新的一年规划。

谭剑英说："小娜，过了年，我们又长了一岁，我二十二，你二十；如果在老家，我们都能结婚了。可是，我不想把钱拿回去砌房子、结婚，我要让这笔钱，再生钱！……你还记得我们小时候滚雪球吗？"

铁娜点点头，双手撑着下巴，遥想起小时候的事来了。

那一年冬天的雪，下得很大，接连下了三天三夜，圩上有的人家不结实的猪圈、厨房等小屋，都被压垮了。铁记庄的小伙伴们，有的做雪人，有的打雪仗。谭剑英带着她滚雪球。先用一把稻草做成一个小团子，用雪块凝结成小雪球，把它扩大，再慢慢朝前滚动，先滚成长方形，再转过方位，滚成方形的，再四周转着推，就滚成一个圆圆的大雪球，直到两人推不动了，大龙、小龙等人全来，一直滚到河边，使劲推到河里，那雪球压碎了冰，落进窟窿里……

谭剑英见她不作声，她还"扑哧"笑了一声，问她："想到什么美事了？"

铁娜闪着黑长的眼睫毛说："滚雪球呀！"

谭剑英晓得了，铁娜肯定是想到小时候的事情了，便问："我们继续'滚雪球'，好不好？就用这笔钱做那个雪球芯的草团子，让它越滚越大！"

铁娜看着他说："你现在是化工系统的红人了，不要想歪心思。我看再干一年，说不定能分到三十万，那时候，再用一部分钱滚雪球，好不好？"

谭剑英仔细看看铁娜，觉得她来西安一年半，长进了不少，学会逆向思维考虑问题了，便说："我不会影响分厂工作的，我承包的，知道肩上的担子分量。目前，客户稳定，原料渠道正常，明年的销售合同订得差不多了。我的主要精力放在巩固客源，扩大销售；特别是东北的朋友，等天气暖和了，要去答谢他们。"

铁娜想到自己的工作还没有落实，便说："小老三，假如我没有幼儿老师做了，能做什么呢？"

谭剑英笑她："人家大美教师不做，还改行进机关，现在的外贸生意做得风生水起呢！你不做孩儿王了，不会在机关'一杯茶、一包烟、一张报纸混一天'啊？"

铁娜批评他："这可不像你小老三说的话啊！我才多大？没有孩子们的笑声，我心里会空荡荡的……"

谭剑英说："这还不容易，想办法、找关系，把人事关系转到教委还不行吗？"

铁娜说："我看麻烦。如果年底转好了，就会直接到单位领工资。"

谭剑英安慰她："此事过年以后再说吧。我们考虑一下过年的事情。"

铁娜说："我想回家过年。"

谭剑英说："我同意。不过，有几个问题要考虑好了。"

铁娜说："你说，我听你的。"

谭剑英说："第一件，我妈那边，会叫我们结婚，结婚前，就要把楼房造上去，我得拿钱啊！钱花掉了，活钱变成固定资产，假如有机会，哪有'稻草芯子滚雪球'呢？"

铁娜点点头说："这笔红利，一分都不能动。十六万八千二百二十二，数字挺吉祥，还有二、二、二的，我就像看到一群小鸭子，毛茸茸的……"

谭剑英继续说："第二，大哥与菲菲的孩子没了，这个年他们会开心吗？说是做身体检查，也不知道有没有去。上次听我妈说，大哥暂时不想要孩子。我们回去高高兴兴的，怎么相处呀？"

铁娜说："这个理由不够充分，……算个理由吧。"

谭剑英说："还有小龙，也不回去，说到仙城去，司徒家要他们定亲什么的。"

铁娜笑着说："小老三，你坏透了！说到天亮，你就是不想回去，那好，我就叫我爸妈、哥哥到西安来过年，我们在西安团聚。"

谭剑英说："我也这样想过。但是，来回开支很大呀！"

铁娜说："你这个小气鬼，不会用你的钱，我爸妈用工资嘛！"

谭剑英说："你哥读研要用钱，你不是说，他不住学校，在外面租房住吗！他已经谈女朋友了，也有开支，还有，你妈老是给你寄钱，你是'韩信点兵多多益善'。他们在单位、家里，门面开支会很大，没多少积蓄的。"

铁娜说："那你就用点钱。他们生的美女跟你漂泊他乡，做女婿的不给他们享享福啊！"

谭剑英沉吟不语。

铁娜急了，抱住他的脸，亲了一下，然后说："我奖励你了，答应吧！"

谭剑英故作灵机一动："我们去上海吧！叫你爸妈也去！"

铁娜小拳头使劲捶他："你这个坏鬼，怎么不早说，我还是小时候去过上海。看电视里，东方明珠之夜，黄浦江的外滩，太美了！"她有点陶醉了。

谭剑英见目的已经达到，就说："走，去火车站买票！"

铁娜起身，换衣服，说："给小栋、来娣打个电话……"

谭剑英哈哈大笑："人家早已在那边等着咱们啦！"

铁娜这一次不饶他了，伸手狠狠地掐了他的嘴角……

虽然郑云武坐牢了，袁倩还要强打精神，过好每一个新年。去年因为龚如玉生孩子不久，袁倩与郑浩到铁记庄园接龚如玉母子去城里过年，龚如玉没有同意。今年再不回去，铁慧瑛觉得在情面上说不过去了，就劝女儿回去。郑浩平时与罗小曼鬼混，到了年关才回家。所以，这个新年，袁倩把小夫妻俩拢到一块，还有可爱的小孙子。

郑浩身体极度透支，精神萎靡，瘦得背也有点弯了。只是在家过一个年三十，祭奠一下祖宗，吃顿团圆饭。晚上，袁倩把宝宝抱过去睡，让他们团聚一下。谁知，小家伙一直大哭，任袁倩怎么哄，就是哭个不停，她只好又送给龚如玉。一到母亲怀抱，小家伙老实了。郑浩看着孩子，不说一句话；晚上一个人喝了半瓶"五粮液"，倒头就睡。龚如玉带着孩子，蜷缩在沙发里，一夜没有睡。

第二天，袁倩带他们到乡下给郑浩的爷爷、奶奶拜年，吃过午饭，龚如玉就叫郑浩送他们母子回铁记庄园。

经过几个月的筹备，铁慧瑛的'牧州市铁记庄进出口贸易公司'开业了，好日子正月十六，地点在老街的老宅"铁记庄"，过去的"铁记庄"旧址，铁慧瑛花重金，从原居户手里买的。在春节期间，她拜访了管彤。管彤已经卸任常委，转任陵州市政协主席。她的丈夫李七宝已经从职务上退下来，在盛东民办的人民公园山水盆景厂做顾问，等待退休；同时，他也是铁慧瑛公司的顾问。季晓红身在曹营心在汉，暗地里参与'铁记庄进出口贸易公司'的业务。

人们说，三个女人一台戏，李七宝说，一个女人就能唱一台戏了。铁慧瑛又有了施展才能的平台，利用过去的人脉，还有两个顾问的关系，出口传统的竹编工艺品、竹编日常用品，从香港进口内地紧俏物资。

牧州的城南乡"簸箕圩"和季家市的"竹榻埭"，有传统的编织竹器工艺水平，铁慧瑛去那里组织了编织簸箕专业小组，编制簸箕、淘箩等大件；在季家市镇的"竹榻埭"，组织了编织小品种工艺品，例如竹编台灯架，竹编笔筒，竹编小动物玩具等等。李七宝与山水盆景厂洽谈价格，提供货源，都是水石盆景工艺品。这些产品，经铁慧瑛的公司，出口到香港、台湾以及东南亚地区；铁善玲以及张铁爱华为铁慧瑛在香港注册了一个小公司，名称为"香港腾龙贸易股份有限公司"，法人代表是龚如玉的儿子龚孝严，大量的订单由她们组织而来。季晓红的一些进口业务，也拿到这个贸易公司做，不进他的外贸局，直接转到香港的公司，由香港腾龙贸易股份公司转到铁记庄进出口贸易公司，小到香烟、手表，大到油品、紧俏的化工原料等等，都在经营范围。

龚如玉的角色，不仅仅是翻译，有时去香港就是单独谈生意，独立运作；还有财务，她开始不懂，请唐菲菲指导，帮助她建立账户，一起跑税务部门，怎么开票，怎么办理退税。龚如玉很聪明，不到半年，业务能力提高了，还拿到了涉外会计资格证。

到了暑假，龚弘奎不去上班了，向学校请了病假，在铁慧瑛的公司办公室坐镇，二十四小时值班，看书、看门、带外孙。

春节前，臧人杰书记为开公司的同学苟美芳能够度过年关，到跃江乡农经公司调动三百万资金。农经公司经理陈桂根很为难，农经公司的钱，是当地老百姓的血汗钱，春节前存钱的比较多，春耕生产前，提钱的人都集中而来，一旦拿不出钱，就是"崩盘"，他负不起这个责任，要求唐生华提供担保。

臧人杰打电话给唐生华，叫他来办公室。唐生华立即到来，臧人杰把由他建筑总公司担保的事情说了。唐生华有些犹豫，三百万，不是小数字。臧人杰说，春节以后，他就要到市里当副市长了，临走之前，要把几个没有改制的大企业改制完成，第一个就是建筑总公司。他已经提名唐生华提拔到乡里来，担任主管工业的副乡长，进入公务员序列，市委组织部已经完成考察程序；唐生华到乡里来了，不参加改制，谭顺和是第一副总，理所当然的第一人选。

唐生华的脑筋快速地跟着臧人杰的话语转，都是利好信息。他提出要求，离开总公司之前，要把谭大龙与唐菲菲提为副总，参与改制。臧人杰答应了他。他打电话给唐菲菲，把所有印鉴带身边，到臧人杰的书记办公室来。

陈桂根被叫到书记办公室，带着借款合同。苟美芳已经在会客室等了好久，见臧人杰带领他们来了，便拿出印鉴，签署借款合同。唐生华签字盖章后，立即生效。苟美芳随陈桂根去汇款，他的公司是"牧州市腾达科技有限公司"。陈桂根想，从没见过、也没听说过这个公司，恐怕是一个皮包公司，建筑总公司这三百万，恐怕要打水漂了。

书记办公室只剩下三个人，臧人杰、唐生华、唐菲菲。唐菲菲从包里拿出一个文件袋，里面是刚才父亲叫她带的五万元现金。唐生华说，请臧人杰打招呼开支，臧人杰拿来，往办公室下柜子里一塞，拍拍唐生华的肩头，笑眯眯送他俩出门。

唐生华回到家，叫来谭顺和，把臧人杰的话全盘托出，让他做准备。谭顺和想，全乡的小厂都改制了，还有印染设备厂，工业搪瓷厂和建筑总公司，迟迟不改制，都是肥肉。臧人杰用一个副乡长的官衔给唐生华，就是要在这块肥肉上咬一口，今天，一口就"咬"走三百万，改制的时候肯定还会再咬一口。谭顺和感到，这个书记胃口真大，如果当上副市长，更加不得了！但是，改制是大势所趋，集体的资产只好任人宰割了，大权在他手上呢！

唐生华说，不管他三七二十一，哪怕拿一个空壳子，也是值得的，一个建筑总公司的资质，就值五百万。

谭顺和心知肚明，将来的公司，就是谭大龙与唐菲菲的。唐生华人脉广，他们能够运转起来。唐生华的副乡长，就是臧人杰卖给他的，这个书记来了没有多少时，就陆陆续续从唐生华手里拿走一百多万了；卖公司给谭顺和，还不知要花多少钱呢！眼看着公司员工们几十年积累起来的财富，很快就会瓜分掉，谭顺和有点儿心疼。

春节过后，唐生华的任命很快下来，班子分工时，臧人杰让他分管乡镇工业。乡党委发文，任命谭顺和为建筑总公司总经理，谭大龙、唐菲菲为副总经理。唐生华作为乡领导，到建筑总公司宣布任命，并且给两位副总明确分工，谭大龙分管技术，唐菲菲分管财务，业务仍然有谭顺和兼管，免去冯太金的技术副总，调乡工业公司任副经理。事后，唐生华叫唐菲菲划出三百万给农经公司，带着所有担保手续原件，到臧人杰的办公室，一把火，化为灰烬。

谭剑英与铁娜，乘坐特快列车，于腊月二十九日下午到达上海北站，陈栋、谭来娣已经在出口处等他们。铁娜赶紧到公用电话亭给爸爸、妈妈打电话。铁慧琪与龚弘菊听了很高兴，告诉她，铁海良谈的女朋友洪燕是苏州人，他到女朋友洪燕家去过年；他们要在家过年三十夜，给祖宗烧香、磕头，年初二去上海，会约好海良与洪燕一起去。铁娜回到谭剑英身边，悄悄地告诉他父母的决定。

陈栋与谭来娣的宿舍，是公司员工的集体宿舍，两人没有单独租房住。快过年了，有些员工回去了，宿舍就空着。陈栋与来娣都跟舍友说好，就安排小老三与铁娜住员工宿舍，兄弟俩、姊妹俩也好说说话。谭剑英拎着一个大包，里面有陕西大枣，是那里的特产，还带来一块羊肉，一块牛肉，都是熟的，也是当地的土产。陈栋带他们乘地铁，直接到徐家汇，到公司宿舍。

四个人分别整整一年，再度相会，十分兴奋，又有许多话要说。陈栋与谭来娣，已经跳槽到另一家台资公司，这家公司既有实体，又有门市。陈栋被聘为部门经理，负责进出货的检验与发放；谭来娣是门市部经理，管理四五个员工，出售台资公司先进的电子产品。两人的收入也提高了许多。谭来娣告诉铁娜，在报纸上看到郊区青浦乡下有一家人生活特别困难，小孩已读初中一年级，学习成绩很好。他们去看了，决定负担小孩上学的费用，而且承诺，供他读完大学。铁娜听了十分感动。

聊了一会儿，陈栋约他们去老城隍庙玩。谭剑英没来过上海，问他们，是不是与西安的都城隍庙一样。陈栋说，差不多。不过，上海的，主要是小商品市场，十分热闹，那里的上海小吃，也是全国闻名。

上海老城隍庙，建于明万历年间，也是道教庙宇，这与西安的都城隍庙一样，供奉的城隍都是当地的豪杰，也是一样的。在城隍庙东面，是一座古代私家花园，叫内园；城隍庙的西侧，是占地数十亩的公园，叫豫园。"豫园"的"豫"字，为"平安"、"康泰"之意，也是当地人祈求的愿望。这座公园，也是明末一位潘姓的官宦所建的私家花园，风风雨雨几百年后，现在成为老百姓游玩的江南园林。

陈栋与谭剑英一行到了城隍庙，豫园已经关门，只有小商品市场行人如织，摩肩接踵。人们利用自家门面房，出售仿制的古玩、字画；大人用的折扇，小孩玩的花灯、泥塑木雕小东西。徽商的茶叶店，浙商的绸布店，上海产的糖果、点心，小店一家挨着一家。过年了，人们来逛逛，购买点喜气洋洋的挂件、剪纸、字画回去。书法爱好者排成一排，书写对联。有写好带来，现成的，也有当场挥毫书成，都是喜庆对子，价格很便宜。谭剑英好诗文，就驻足观看。城市春联与农村春联的内容稍有不同。

农村的对联就有：

财源茂盛　　　　人寿年丰
山河千载美　　　　祖国万年春
爆竹一声除旧　　　　桃符万户更新
山清水秀风光好　　　　鸟语花香气象新

城市春联是：

春燕剪柳　　　　喜鹊登门
花动朱梅雪　　　　城凝碧树烟

红梅铮骨傲雪　　　　桃李笑颜迎春
昨夜春风才入户　　　　今朝杨柳半垂堤

　　谭剑英比较了面前的诸多对联，城市气息与海派文化气息特别浓厚，更有诗情画意之作。

华堂来紫燕　　　　乔木倚青云
寒雪梅中尽　　　　春风柳上归
春到碧桃书上　　　　莺歌绿柳楼前
桃红复合春雨　　　　柳绿更带朝烟
茶香入座午阴静　　　　华气侵帘春昼长
帘外微风斜燕影　　　　水边疏竹近人家
……

　　谭剑英专注地欣赏着书法，品赏着诗义，陈栋他们走远了，他也不知道，似蜜蜂醉入花丛，如春燕喜归雀巢！

　　上海的小吃，有些年代了，逐渐形成了特有的海派饮食文化。上海的小吃不同于西安的小吃，没有麻辣味；以清淡、鲜美、可口著称，形式有蒸、煮、炸、烙等，品种很多，人们最亲睐的"三主件"，是汤包、百叶和油面筋。

　　刚才在小商品市场，铁娜买了梨膏糖，几个人边走边吃，也是上海的著名小吃。四人找一个小店坐下。快过年了呀，吃点上海油豆腐线粉汤、上海生煎小馒头、上海海棠糕。几种小吃，清淡可口，也经济实惠，还有吉祥之意。

　　油豆腐线粉汤，是上海地区汉族传统小吃。上海人"干点"配"湿点"，是习惯的饮食方法。湿点的油豆腐线粉汤是保留节目。虽然看上去有点清汤寡水，配上生煎小馒头等油腻干点心，则是绝配。谭剑英对新鲜事物特别好奇，他站在厨房外，看烧制过程：锅里汤水翻滚，铁丝勺子里线粉在汤里烫煮，香气四溢。

　　生煎小馒头，起源于民国年代。原来是茶楼、老虎灶兼营的点心，馅心以鲜猪肉加皮冻为主。后来，有了专营店，馅心也增加了鸡肉、虾仁等多样品种。生煎小馒头都是现煎现吃，不得着急。正所谓：吃生煎小馒头不可性急，性急的吃不到生煎馒头。谭剑英看着女点心师煎着。半发酵的面包皮，上面撒些芝麻，排放在平底锅内，用素油煎，边煎边喷水，逐渐煎熟，底部金黄，硬得带有香脆；馒头上面除了些许芝麻，是白色、松软；里面肉馅鲜嫩，稍带卤汁。咬嚼时还有芝麻香和小葱的香味。

　　海棠糕也是上海著名传统小吃。它是用特制的模具灌浆烘烤制作，形状像海棠花，色呈紫酱红，香甜松软，色、香、味、形俱佳。

　　四人津津有味地喝着油豆腐线粉汤，品尝生煎小馒头和海棠糕，十分惬意。清淡可口的家乡味，谭剑英与铁娜已经久违了，吃到上海小吃，犹如回到铁记庄园。

　　年三十晚上，黄浦江外滩的灯光与刚建成的东方明珠塔的灯光交相辉映，把浦江两岸装扮成一衣带水的不夜城。

　　陈栋等四人在家吃过晚饭，到外滩游玩。南起延安东路，北到外白渡桥，三里长的沿江马路西侧，矗立着几十座大厦，古典雅致，风格迥异，是旧上海金融中心、外贸机构集中区，十里洋场的真实写照。

　　上海外滩以其独特的地理位置及近百年来经济活动领域，对上海乃至对中国的影响，使其具有十分丰富的文化内涵。黄浦江面的潮汐，岸边的长堤，俯仰生姿的绿化带，广场上的伟人雕像，美轮美奂的灯光秀，构成了最具特色的海派景观。四人边走边看，摄影的快手，拉他们选了几个角度拍照，十元一张，立等可取。四人拍了两张照片，一张背向江对面的东方明珠塔，一张背向最高的近代建筑，各保存一张。

　　谭剑英为上海的现代化气息吸引了，他感到，西安发展的步伐太慢了，上海作为中国的东方大都市，真是突飞猛进。过去夸张的说法，一天等于二十年，这在上海，一点也不夸张。昨天在老城隍庙，还在旧上海漫步，今天到了外滩，彷佛时空穿越，到了另一个世界。他的脑海里，立刻产生了到上海来"滚雪球"的冲动。他伏在江畔栏杆上，看着对面高耸入云的东方明珠塔，思绪如脱缰的野马，漫无边际地奔跑着。

　　大年初二上午，铁慧琪与龚弘菊从牧州乘汽车来上海，九点半就到了；铁海良与洪燕从苏州来，很近，几乎同时与父母亲到达汽车站北广场。铁娜与谭剑英早就等候在那里，接他们四人去徐家汇的旅馆。

　　到了宾馆，龚弘菊仔细看着半年不见的女儿，觉得她还没有长大。铁娜像乖巧的小猫，朝母亲怀里钻，拿出他们的存折给她看，还把年三十晚上拍的照片给她看。

　　龚弘菊一看照片，发现了几年不见的姨侄女谭来娣，惊讶地问："怎么，你们晓得来娣在上海？还有小栋？"

　　铁娜感到不妙，连忙抢过照片，塞进包里。

　　龚弘菊着急地追问："死丫头，你想急死我呀，快告诉我，他们在哪里，现在怎么样？"

　　铁慧琪从厕所里出来，关上房门，指指隔壁房间，儿子与洪燕在那边。铁娜拿出照片，给爸爸看。

　　铁慧琪看着照片说："这还用问，不就在上海嘛，两人一定在一起，看样子，生活得不错嘛！"

龚弘菊说:"你别'嘛'呀'嘛'的,打官腔!丫头,他们有没有在一起,有没有生孩子?"

铁娜反问:"您怎么不问,我有没有与小老三住在一起?瞎想!人家没有住在一起,也没有生孩子,才多大呀!……哎,不过他们挺有爱心的,认养了一个贫困学生,决定资助那孩子读完大学呢!"

龚弘菊松了一口气,说:"不能生孩子啊!菲菲生了个孩子,还不是近亲,夭亡了;他俩是近亲,生的孩子,肯定是残障儿啊!"

铁娜两眼圆睁,被母亲吓着了。

铁慧琪冷静地说:"他们是不打算要孩子了,所以才认养孩子啊!"

铁海良与洪燕、谭剑英敲门,他们不再说谭来娣的事情,开门,出去吃饭。

等父母他们出去,铁娜拉谭剑英进来,与他说了暴露陈栋、来娣的事情。谭剑英没有责怪她,反而表扬她:傻人做了聪明事,窗户纸被她捅破了,正好让家里人知道,两个人生活得很好的。

到了旅馆门口,在公用电话亭,谭剑英呼叫陈栋的 BB 机,一会儿陈栋回过电话来。

谭剑英说:"小栋,你叫来娣,一起来吃饭,我们就在附近的'小上海饭店'。"

只听陈栋说:"不好吧……"

谭剑英说:"小娜已经把你们的情况跟铁叔叔、阿姨说了,他们想急于见到你们!"

陈栋说:"好吧,我上去叫来娣。"

铁慧琪站在一旁,见谭剑英使用的 BB 机,不方便,就对龚弘菊说:"帮我记好了,回去让我姐从香港带两个手机,给小老三和小娜。"

龚弘菊说:"儿子、媳妇呢?"

铁慧琪说:"等他们工作了,再说。"

上海的寒冬,比北方冷多了,潮湿的海洋气候,冷空气里水分比重很大,湿冷的寒气,直往衣服里钻。在北方习惯了的谭剑英与铁娜,到了南方反而不适应了。

进了饭店,谭剑英要了一个包厢,让铁娜在门口等陈栋与来娣,他陪铁慧琪他们到包厢坐。

因为与洪燕第一次见面,谭剑英把菜谱递给洪燕,笑着说:"请苏州美女点菜,上海菜与苏州菜的口味差不多。"

洪燕笑笑,把菜谱递给龚弘菊:"请阿姨点,我不会点菜。"

洪燕,比铁海良小四岁,真正的江南水乡小女孩,比铁娜高挑、苗条,尤其是瓜子脸,是典型的东方美女模样,一直带着淡淡的微笑;虽然第一次见到几位小姊妹、弟兄，她一点也不觉得生疏，落落大方。

龚弘菊又把菜谱给了谭剑英，假装嗔怪："小老三，你别滑头。谁点菜，谁买单。你舍不得请我们与燕子吃饭？哈哈哈！"

谭剑英的脸红了一下，说："我点得不好吃，您别怪我！"

铁慧琪说："你就点吧，我们随便。"

这时，陈栋与谭来娣走进包厢，来娣见到姨妈，立即上去，抱住她，大哭起来。铁娜立即关上门。陈栋与铁慧琪握手，摸出"上海牌"香烟，拆包递给他，铁慧琪不抽烟，摇摇手，拉陈栋坐下说话。铁娜拉谭剑英出去，到服务台点菜。铁海良与洪燕走出包厢，到饭店外溜达溜达。

"小上海饭店"的菜谱，大多是本帮菜，图文并茂，菜肴的色泽都在照片上显现出来。

铁娜看到五颜六色的"八宝饭"，说："我点一个'八宝饭'，很好看。"

谭剑英就叫服务员写上。服务员说："我们这里的特色菜还有松鼠黄鱼、虾子大乌参，砂锅全家福、炸春卷、扣三丝……"一边介绍，一边指着给他们看。

铁娜问："什么叫'扣三丝?"

服务员笑着介绍："扣三丝，也是上海名菜，这道菜有一个非常讨口彩的名称——金山银山堆成山，是个有寓意的菜，也是本地过年、结婚必备的菜，用肉丝、鸡肉丝和冬笋丝做的，要不要来一份？"

铁娜说："你写，八宝饭，扣三丝，松鼠黄鱼，虾子大乌参，砂锅全家福，炸春卷，有了六道。小老三，你点两个！"

服务员说："再点两个素的，西兰花炒木耳，冬瓜开洋，就好了。"

谭剑英叫他写上，问铁娜："吃什么主食？"

铁娜说："八宝饭。"一看有面条和汤团，就叫服务员各写一份。

服务员又问："喝不喝酒？"

谭剑英说："过年嘛，肯定要喝的。有什么酒？"

服务员说："我们这里只有上海老酒，就是黄酒。"

谭剑英说："好的，来两瓶。"

服务员说："要不要来几个凉菜？"

谭剑英说："你帮点，也要上海特色。"

服务员指着菜谱："白斩鸡，爆鱼，两个荤的；蒜香拌云丝，就是胡萝卜与黄瓜切的丝，再来一个腰果、银耳拌香芹，好不好？"

铁娜一看，那个什么"虾子大乌参"，挺贵的，指着给小老三看，谭剑英一笑，把菜谱合上，拉她进包厢。

门外的铁海良，见铁娜进去，也与洪燕回到包厢里。

三对年轻人。一对老夫妻，八个人好不热闹。女孩子不喝酒，铁娜要了一瓶可口可乐，给谭来娣和洪燕倒上。谭剑英给铁慧琪夫妇倒了酒，再给铁海良、陈栋满上。谭剑英双手捧起酒杯，深情地说："伯伯、大妈，祝你们新年快乐，身体健康！"举杯一饮而尽。

洪燕拉起铁海良，一起敬长辈的酒，洪燕说："叔叔、阿姨，新年好！"她微笑着呡了一口可乐，海良一口干了。

陈栋与来娣也敬长辈的酒，说了祝福的话语，又敬了海良与洪燕，敬了谭剑英与铁娜，都说了祝福的话。

见谭剑英又倒上酒了，铁娜说："小老三，今天，我们是东道主，一起来敬大家。我们虽然分散在五湖四海，但是，根还在铁记庄园！来，为我们的明天更美好，干杯！"大家干了杯中酒，以及可乐。

谭剑英与铁娜分别倒酒与可乐。铁慧琪说："孩子们，看到你们朝气蓬勃，在外面干得很好，我们开心！弘菊，来，我们也鼓励鼓励他们，敬孩子们，祝愿你们幸福美满，事业有成，常回家看看！干杯！"

小辈们接受长辈的祝福，尤其是谭来娣，早已热泪盈眶。

在上海期间，铁慧琪、龚弘菊带领孩子们游玩了东方明珠塔、锦江乐园、繁华的南京路。谭剑英与陈栋只陪他们玩了一天，两人在宿舍里讨论下一步的发展方向。

谭剑英鼓励陈栋出来单干，已经掌握了供货渠道，在百脑汇租一个铺位，小两口是"鸡子啄米，粒粒下肚"。为老板干，只有死工资和一些奖金。台资的老板太精明，员工永远发不到财的。

陈栋认为，目前基础还不牢固，手里有没有多少流动资金，一时半会没有能力单干。

谭剑英想拿十万元给陈栋，合伙开店铺。陈栋不同意，而是建议他在西安开一个门市，他可以从别的渠道发货到西安。谭剑英觉得，陈栋做事谨慎，生怕赔本；他离得远，分厂事情多，管不到。陈栋还要积聚力量，自己也尊重铁娜的意见，大家再准备一两年，共图发展。

谭剑英说："小栋，小娜原来的工作，说不定干不成了，我已经考虑给她开一个小公司，主要经营化工原料与产品；如果从你这里进货，在那里卖，工商局会不会认为经营范围有问题？"

陈栋说："这个我不懂。你回去注册公司的时候，可以申请主营什么，兼营什么。如果两种不能兼顾，我认为，电子产品为主，利润不比化工产品差；如果包括安装，利润更高。"

谭剑英实事求是告诉他："去年半年分红，分得十六万，今年顺利的话，三十万没有问题，那时就有能力开两个公司，所以现在只能选一个。"

陈栋说："我与来娣再干一年，也能有几万收入，到时候，我们在上海联合开一个小公司。"

谭剑英说："西安的改制刚刚开始，我那个分厂就是试验田，说不定什么时候说改就改，我也要做好打算。"

陈栋说："即使改制，那个老牟也离不开你；当初把你邀请去，最后会给你说法的。我估计，你再干一两年没有问题。"

谭剑英说："今年干到过年，我们回去过年。你与来娣也别躲躲藏藏了，铁伯伯他们回去以后一透风，一年下来，大家也不会有什么说法了。到时候，我们再规划以后的事情。小栋，我们是表兄弟，从小就要好，来娣又是嫡堂姊妹，我们联手做点事情，也许将来对铁记庄有所贡献。"

陈栋说："我与来娣说好了，结了婚，不生孩子。现在认养一个，以后有条件了，多认养几个。周恩来与邓颖超没有亲生孩子，可是，他们抚养了许多烈士的孩子。"

谭剑英说："你们境界很高，只要你们需要，我肯定支持你们！"

回到西安，铁娜被安排到雁塔区政府工作，做文秘，她放弃了，办理停薪留职。注册了"西安雁塔化工电子有限公司"，主营化工原料、产品，兼营电子产品，她是法人代表。从此，铁娜成为自谋职业的社会人员。谭剑英的化工分厂的业务，仍然十分饱和。除了少量出差，就把一部分精力放在铁娜的业务上。他出差到吉林，进一步巩固了乙醚供应商的关系，适当给经办人一些好处，增加了供应量，由铁娜销售。找到送名片的吉林朋友，请他们发来塑料粒子，销售给当地的塑料产品加工厂。一年下来，顺风顺水，铁娜的公司赚了几十万。谭剑英的分厂没有改制，一年的分红，除了个人所得税，到铁娜存折的，就是六十九万。

谭大龙在唐生华与端玉梅反复劝说下，去市人民医院做了身体的常规检查，各项指标完全正常。唐菲菲生怕自己的身体有什么问题，也单独去检查了，没有发现什么问题。他们都认为，医生就是大惊小怪，危言耸听。时间一长，他们就把医生的关于 DNA 与染色体的说法抛到九霄云外了。两人都是公司的副总，要为三叔分担责任，谭大龙还兼任第一分公司的经理，非常忙。唐菲菲也不是成天坐在办公室了，不断到各个分公司催收款项，紧紧抓住一切可以回笼资金的机会。

为了谭顺和能够顺利改制成功，以防藏人杰另有图谋，唐生华与苟美芳打得火热，证实了陈桂根的估猜，苟美芳的所谓科技公司，就是皮包公司。他运用微型录音机，录取了苟美芳的谈话录音，得知三百万元早已进了藏人杰老婆的账户，就胸有成竹地与藏人杰周旋。藏人杰不断地把一些开支发票给唐生华到唐菲菲那里去报销；唐生华利用副乡长的身份，也派支一些到其他两个厂去，两个厂长都知道，将来改制，唐生华能够起到作用；还有的也拿到工业公司去报销，巧妙地将藏人杰的费用分流出去，减轻建筑总公司的负担。

藏人杰调任副市长的确切消息很快传开，他着手改制建筑总公司。一天，将谭顺和叫到他的办公室谈话。

唐生华与谭顺和商量好对策，就是"言听计从，见机行事"。一接到电话，谭顺和立马到藏人杰的办公室。

藏人杰说："谭总，你虽然当总经理时间不长，却能够抱个金娃娃，吃个落地桃子。按照改制政策的规定，改制企业，优先由现任一把手认购。经过评估，建筑总公司的现有资产是三千万元，如果改制给你，你有没有实力接受？"

谭顺和说："藏书记，别说三千万，就是三十万，我也拿不出来。我没有能力接受，你还是改制给别人吧！"

藏人杰说："我的同学苟美芳有实力，你真不想接受，我就通过招标的形式，让他来接受。"

谭顺和已经从唐生华那里得到消息，苟美芳就是个皮包公司，没有实力，而且藏人杰已经把三百万拿走了。便不露声色地说："藏书记，我回去与唐生华、谭大龙、唐菲菲商量一下，看看他们是什么态度。"

藏人杰说："要尽快，过了这个村，就没有那个店了！"

谭顺和回去后，连夜召开家庭会议，唐生华把苟美芳转走三百万的录音放给大家听。最后决定，再给藏人杰二百万，希望藏人杰以五百万的现金成交，实行改制。他所说的三千万，以烂尾工程要不到钱，以职工保险未交足够等等理由缩水，成为五百万，以资产抵押到银行贷款收购。在唐菲菲准备现金的时候，大家都不主动去，静候藏人杰的消息。

乡长汪业勤在党委会上明确反对改制建筑总公司，几个副书记和委员更不同意招标给外乡人，藏人杰的提议没有通过。眼看自己要离开这个乡，事情没有办成，有点不甘心。如果改制不成，不但捞不到一把，连原来的三百万也保不住。他只有让唐生华的女儿女婿得到更大的实惠，才没有风险。那个谭顺和，难道回去没有与唐生华商量吗？怎么一点消息也没有呢？他心里不踏实，还是主动打电话给唐生华，他相信唐生华有办法使得企业改制到他家的名下。

唐生华见藏人杰熬不住了，就调好微型录音机，与谭顺和一起到藏人杰的办公室。

两人一进门，藏人杰就关上门，轻声说："汪业勤他们听说把公司改制给谭顺和，不服气，看来你们要做些工作了。

两人只听不说。

藏人杰估计他们商量好了，只等自己表态。他说："昨天，又开了党委会，争论到半夜，最后决定，一千万，改制给你们。"

谭顺和把在家商量的"理由"，阐述了一遍。

唐生华也说："臧书记，你帮想想办法。"

臧人杰明白了，他们已经形成一致意见，只愿五百万接受改制结果。有点儿气急败坏，用手指着谭顺和："你真是个蜡烛！谁都知道，公司的资质就值五百万，你谭顺和不派当总经理，这五百万，不是我臧人杰白送你的？唐生华也没有得到！"

唐生华见机会来了，就打圆场说："臧书记，您不要急。我负责与几位党委委员打招呼，还有几个副乡长，老干部；顺和，你去与菲菲想办法准备钱，砸锅卖铁也有改制过来，你要为大龙和菲菲考虑啊！臧书记也体谅我们，默认我们的困难，就按现金五百万改制，在三天内搞定。……你到公司，立即叫菲菲准备好二百万，明晚送给臧书记。"

臧人杰一听二百万，心里一抖，但故意说："我这边不急，你们把他们摆平了，我好说话。"

唐生华问："臧书记，现金还是支票？"

臧人杰迫不及待地说："还是提现，明天晚上送到我家。你们一起去，我请你们吃饭。"

谭顺和强调了一遍："臧书记，二百万，一分不少，一定准时送到，六点。"

见谭顺和表态了，臧人杰舒了一口气，对谭顺和说："老谭，你别怪我刚才态度不好。你们知道，我走了，就不定能够改制给你。哪个不说，现在的建筑总公司，就是唐生华家的，你谭顺和不过是傀儡。"

谭顺和说："谢谢书记！"

唐生华说："我们走吧，赶紧去办事。"

小金库账上还有一千多万，谭顺和带着谭大龙送钱。给了汪业勤二十万，还有一个副书记十万，其余的委员、副乡长五万；退下来的乡主要领导，每人一万。所有拿钱的人，都表态帮忙。为了防止汪业勤作梗，谭顺和给他的存单，是唐菲菲的名字，谭顺和说，事成之后，将密码告诉他，随时取钱，汪业勤也不好说什么，只好表示不唱反调。

唐菲菲的保险柜里，有几十万现金，她叫小车司机开着车，与谭大龙跑了一天的银行，把二百万元钱现金，装进四个蛇皮袋，放到谭顺和的办公室。五点半，谭顺和叫一个老战友开车来，把钱拉到南苑宾馆，然后，送走战友，叫一辆三轮车，把钱拉到臧人杰家去，唐生华已经在那里等了。

臧人杰的别墅，坐落在西郊横港边上，独门独院。臧人杰已经安排了小车，谭顺和直接把蛇皮袋，装到后备厢里，他叫老婆一起，开车走了。

跃江建筑总公司的改制顺利进行，更名为"铁记庄建安股份有限总公司"，在产权移交签字仪式上，市发改委、市建工局的领导、乡党委、政府班子成员，还有未改制的印染设备厂、工业搪瓷厂的领导，一起见证改制成功。

最后，臧人杰讲话，他说："同志们，明天，我就要到市里报到上班了。乡里工作，暂时有汪业勤同志负责。改制以后的'铁记庄建安股份有限总公司'，是一个名副其实的民营企业了。希望你们继续发扬传统作风，发挥民营企业在社会主义市场经济中的积极作用，建造出更多、更好的建筑精品，为地方税收、为当地人民的福祉做出更大的贡献！"

谭顺和也表态发言，三个感谢。一是感谢市体改委、乡党委、政府的信任与支持；二是感谢公司管理人员的信任与支持；三是感谢全体员工的理解与信任。一个承诺：决心发奋努力，学习苏南经验，扩大业务，为广大员工创造更多的就业机会，使全体员工获得更多的财富。

市体改委领导也表态发言，祝贺跃江建筑总公司改制成功，将会把这里的经验向全市推广。

全体与会人员，在公司大食堂共进午餐，酒足饭饱之后，拿着纪念品，尽兴而归。

谭小龙与司徒秀敏又一次被司徒伟夫妇招到仙城，希望他们尽快确定婚姻关系。谭小龙以考博为由，推迟婚约，司徒伟夫妇也没有办法，只好听女儿的。

施一飞已经从航空飞行学院毕业，分配到北京空军部队，做飞行员，他与谭晓婷的爱情也在缓慢发展，两人都比较忙，很少相聚。

龚弘莲与谭顺芳得知陈栋与谭来娣在上海，立即乘汽车去看望他们，他们见到了杳无音讯的孩子，相拥而泣。

乡农经公司解散，幸亏唐生华的三百万填了一个大窟窿，要不然会出大事；西片的个别乡镇，老百姓没有及时拿到钱，连乡政府的办公室也被砸了。陈桂根回到名存实亡的工业公司，因为所有的企业都改制结束。谭大龙安排他到建安总公司工作，主管仓库，给他较高的工资，延续交保险。

郑浩患了肝硬化，一直住院，不久转为肝癌晚期，最后肝昏迷而亡。临终前，龚如玉带着孩子去看他，他无力地拉住龚如玉，流着眼泪，说了几句话，说对不起如玉与孩子，没有财产留给他们，希望她把孩子养大，最后给了龚如玉一个密封的信封，让她收好，以后有用场；龚如玉看也没看，流着眼泪，放进包里。遗体告别时，龚如玉臂佩黑纱，搀着带着孝的孩子，泪流不止。送走郑浩，龚如玉回到铁记庄园，再也没有进郑家门……

第二十六章

在谭剑英与铁娜鼓励下，陈栋从上海乘火车到无锡，等候他们，四人一起回铁记庄园过年。

自从谭顺芳与嫂子龚弘莲去上海看过孩子，陈桂根与谭顺利也去看了，做父母的，都心疼孩子，看到他们在外漂泊，没有家人照顾，心里不免有内疚之感；既然他们相爱，就没有再责怪他们的必要了，过去表姊妹结婚的也是常事……两个孩子都十分懂事，没有把投江殉情的事情说出来。陈桂根到舅哥公司工作，感到寄人篱下了，就主动与谭顺芳和好，结束了分居十几年的生活。两人商量，拿出各人的积蓄，在城区买了一个中套的房子，谭顺利去简单装潢了，准备给陈栋与谭来娣结婚以后住。

铁记庄人，见到陈栋与谭来娣回来了，大人、小孩都纷纷来看他们。他们离开铁记庄园好几年了。人们看到现在的陈栋，高大英俊。俗话说，外甥不离舅家门，他的潇洒的形象，与谭大龙似乎一模一样的，只比谭大龙瘦点；虽然是严冬，他里面穿的是西装，外面披着外套；人家都穿棉皮鞋或者保暖的耐克鞋，陈栋的单皮鞋擦得锃亮；小分头吹成三七开，俨然小老板的派头。谭来娣仍旧如在家一样，保留学生时代的马尾辫，不像龚如玉、唐菲菲，早已告别过去，剪了短发。她身穿薄薄的白色羽绒服，里面红色羊毛衫的高领，裹着她细长的脖子，十分艳丽；一双高跟皮靴，更使她的双腿修长美丽。人们看到了十分洋气的一对，似乎看到他们在外面工作很好，十分幸福；更让人们看到了两个表兄妹更加亲密，更加恩爱……他们把从上海带回来的大白兔奶糖，分发给大家。

龚如玉一听谭来娣回来了，抱着孩子，来谭家看她。

见到龚如玉的孩子，谭来娣赶紧抱过来。她看看龚如玉，看看孩子，十分激动。龚如玉比自己大三岁，孩子都三岁了，还有几天就四岁了；自己却不可能有孩子，一种酸楚从心底泛起，只一刹那，又压回去了。

谭来娣说："大美姐，孩子长得极像你了，是奶油小生的脸，讨人喜欢；不过，一双眼睛不像，不是丹凤眼，我看像一个人，哎，婶婶，像你的眼睛，你们看，太像了！"她看着陈桂兰说。

陈桂兰抱过孩子来，也看看宝宝，摇头说："不像，一点也不像！……大美，这孩子起名字了吗?"

龚如玉说:"去年年底报的户口,他奶奶同意的,随我姓,叫龚孝严。"

陈桂兰说:"这个名字,文化高,人们不太懂。"

陈栋解释说:"舅妈,孝的意思,不难懂,就是孝顺,这个'严'字,在古文里,是指父亲,还有一个'慈'字,指母亲,就是古人讲的'严父慈母'。蒋介石的两个儿子,一个叫蒋孝严。一个叫蒋孝慈。"

陈桂兰不理解龚如玉儿子这个名字,心里纳闷:那个郑浩已经不在了,还给儿子起这个名字,怪不得那个袁倩让他姓龚呢!是要这孩子一辈子孝顺亡灵了。

龚如玉突然说:"我不准备再找人了,我打算把孩子寄名给大龙,让大龙和菲菲认他为干儿子。"

在场的人一听,面面相觑,不解其意。

这时,谭大龙与唐菲菲来到谭家老屋,看望陈栋、谭来娣。

唐菲菲说:"妈,把宝宝给我抱抱,让我也沾沾喜气,过了年,也生一个男宝宝。"说完,在宝宝脸上亲了一口。

陈桂兰笑着把宝宝给她,附在她耳边,轻轻地说了龚如玉刚才的话。

唐菲菲听了,哈哈大笑:"太好了,先有个干儿子,再生自己的儿子,大龙,认不认这个干儿子?"

谭大龙一时语塞,看着龚如玉。龚如玉深情地望着他,希望他想起当时芦苇滩的情景,更希望他抓住机会认了儿子。

陈栋说:"大龙哥,这宝宝起的名字叫孝严,认了他做干儿子,你将来有福享受,'孝严',孝敬父亲啊!"

唐菲菲已经与龚如玉结为好姊妹,在她手把手地帮教和全程带领下,龚如玉不仅考到了涉外会计证书,还与工商、税务等部门打通关系,使得母亲的公司工作顺利,李七宝与季晓红参与运作,公司发展很快。

唐菲菲把孩子塞到谭大龙手里,撒娇地说:"宝宝,叫爸爸、爸爸!"

谭大龙接过孩子,看着他;宝宝的眼睛睁得圆圆的,看着谭大龙,过了一会儿,清脆地叫道:"爸、爸爸!"

众人惊呆了,屏住呼吸,然后哄笑起来。谭大龙面红耳赤,唐菲菲笑得弯下了腰,陈桂兰喜极而泣。在农村有一种说法,有了干儿子或者干女儿押子的,下面就会接二连三的生孩子。谭大龙与唐菲菲的孩子没有会说话,就夭折了,现在有干儿子叫"爸爸",明年儿媳妇就会怀上,所以,希望他们高兴。龚如玉看着谭大龙,谭大龙的眼睛一直看着宝宝。

龚如玉凑过去,对宝宝说:"宝宝,你再叫一声'爸爸',爸爸就会答应了。"

龚孝严小宝宝,朝大龙翻眼睛,又叫他:"爸爸!"声音像百灵鸟,在人们等待谭大龙答应的时候，小孝严又接连叫几声，等谭大龙闷声闷气地答应了一声，小孝严才不叫，还咧着小嘴笑呢！

唐菲菲身边总是不缺少红包，她摸出一个大的，从大龙手里抱来宝宝，把红包塞到他手里，笑盈盈地说："宝宝，干妈给你钱，你叫'干妈'！"

龚如玉笑着说："他不会叫干妈，只会叫'妈'。宝宝，叫'妈'！"

宝宝转过头来，叫龚如玉："妈妈！"

龚如玉指着唐菲菲，从他手里拿红包，在他面前晃晃，教他："听话，叫她'妈'！"

小孝严看看唐菲菲，看看红包，咧嘴笑了，叫："妈妈……"

唐菲菲高兴地在他的小脸上亲了一口，说："这个小财迷，有钱就是妈，来，妈再给一个。"说着，又摸出一个红包给他，这一次，小孝严抓过红包，也在唐菲菲脸上亲了一下，说："谢谢妈！"

听到屋里热闹，李雨妹也进来了。看到唐菲菲手里抱着孩子，她知道是龚如玉的宝宝。因为她经常带着孩子来谭家玩，李雨妹也经常去肖秀英那里聊家常，所以小孝严与她熟稔，见奶奶来了，要去她身边，叫唤着"奶奶……"

唐菲菲把小孝严放在地上，让他自己走过去。

在谭剑英等人没有回来之前，铁记庄人已经安排了吃饭日程，一家一天轮流。为儿子媳妇、女儿女婿接风的第一餐，是铁家安排。在铁记庄园，大家都认为铁家的老大位置，尊重铁家。这几年，铁家也没有办什么事情，难得请老邻居们聚一回。铁娜已经出去三年了，她死死盯住小老三，小老三即使想甩，也甩不了她，两人恩爱，还如小时候玩家家一样。儿子海良与洪燕的恋爱关系也确定了，今年回家过年。所以铁慧琪与龚弘菊十分重视这次聚会，就在他们回来的腊月二十九，请来家宴，在家办酒。他的四合院里，前后屋里摆满了桌子，厨师在天井里搭锅烧菜。老辈人只剩下李雨妹和肖秀英，坐在上席。中年一辈的，铁家夫妇不上桌，帮厨师忙，龚家夫妇俩，没有回来，还在公司处理事情，给一些关系户送点年礼，打打招呼，谭家与唐家只有陈桂兰和端玉梅来了，谭顺和与唐生华也在外面送礼，没回来。小辈们都来了，铁家前面的施家、尹家和西面的左家和凌家的小孩们，都被铁娜约来了。外地回来的铁海良与洪燕，谭剑英与铁娜，陈栋与谭来娣，西南财大的凌芬，还有牟丽军，他打算春节过后在谭顺和的公司干。谭晓婷与施一飞没有回来，还有谭等娣，他们在北京过年；谭小龙去了仙城，与司徒秀敏陪父母过年。铁记庄园里有了小孝严，算是四世同堂了。

第二天是年三十，铁慧瑛在南苑宾馆摆了几桌，除了铁记庄园的住户，还邀请了管彤一家、季晓红一家以及有关业务人员，特别两个竹编组的头头，一起吃年夜饭。

年初一中午，谭家与唐家一起办，在谭大龙的新屋，楼上楼下摆满了桌子，还是赵光祖师傅掌勺，谭家的小辈帮忙，气氛非常热闹。龚如玉看到谭大龙的客厅有观世音菩萨龛子，就灵机一动，揽着小孝严去磕头，拜观音奶奶。陈桂兰已经准备了红包，及时的送去。刚到四岁的小孝严，似乎懂事了不少，站起身，接过红包，甜甜地叫："谢谢奶奶！"陈桂兰高兴地抱过来，让龚如玉去吃饭。

唐菲菲走过来，弯着腰问："宝宝，叫我什么？"

小孝严脱口而出："妈妈……"

唐菲菲给他红包，他立即送给龚如玉。

唐生华与端玉梅十分吃惊，唐菲菲揽着孩子，走到父母身边："宝宝，叫爷爷、奶奶！"

小孝严甜甜地叫他们："爷爷！奶奶！"

端玉梅没有带钱，唐菲菲摸一个红包给她，端玉梅给了小孝严，他又跑去龚如玉身边，把红包给了妈妈。

唐菲菲告诉爸妈："我和大龙前天看望小栋和来娣，刚认的干儿子。"

端玉梅听了，心里暗喜：女儿想要孩子了！

大家逗小孝严玩，个个都给他红包，龚如玉收了一大捧。

在天天走亲戚、喝酒之后，谭剑英与陈栋商量了今年的规划。

谭剑英说："从我与铁娜经营一年的情形看，还是专门公司好运作。我建议，你们在百脑汇商场旁边，租间门面房，开一个电子产品销售公司，业务量可大可小，要比里面的铺位有影响力。"

陈栋说："上海与西安的情况不完全同。客户中有熟客，也有生客；熟客来过几回，还不一定固定在一个地方，何况生客呢！百脑汇市场那么大，就是卖电子产品、数码产品的就有几百个铺位，人们习惯了到商场里面去淘自己需要的、价廉物美的东西。所以，我还是想在里面找铺位，哪怕两个。"

谭剑英感慨地说："浙江、上海人就是精明，不止货比三家，恐怕要货比整个百脑汇啊！"

陈栋说："的确如此。特别温州人，鸡蛋里要寻出骨头来，找你商品的刺，讨价还价。过去，我在百脑汇的经验是，一口价到底，不买拉倒！那是替老板做生意，有底线的。假如自己做生意，利润空间掌握在自己手里，赚多赚少更有灵活性。"

谭剑英说："我倒是认为，一口价是最好的营销方法。你进价多少，控制一个毛利，就一口价，做到薄利多销。"

陈栋说："你不懂上海滩做生意的规矩。你那样做，叫低价抛售，属于恶性竞争，会引起整个行业的不满，说不定招来麻烦，铺位被砸了，还不知谁干的。

如果与客户磨合好了，关系到位，才可以一口价交易。"

谭剑英说："你说搞两个铺位，是否可行？"

陈栋说："百脑汇有规定，一个执照，最多只能摆两个柜台。"

谭剑英说："你就去申请两个，一个专卖监控设备，一个卖其他电子、数码产品。"

陈栋说："我先搞一个试试。搞两个的话，租金高，流动资金大；如果有了固定客户，还要给铺底资金，流动资金的需求量更大。"

谭剑英想了一会，说："一个也是干，两个也是干，与其干一个，不如两个一起干。这样，另一个铺位的租金我来出，所有的流动资金都是我来出；你与来娣租房子住，大一点，可以做仓库，租金也是我来；请一个小姑娘站柜台。"

陈栋知道，谭剑英一旦做了决定，肯定劝不了，便问："你能出多少钱？"

谭剑英说："你初步估算一下，起步资金需要多少，要我投多少？"

陈栋用笔在纸上计算，列出清单，说："产品全部是高端的，从台湾、日本、韩国进货，按你刚才的计划，大概需要二十万。"

谭剑英拿过清单一看，果断地说："好，我先出二十万。不管你需要多少流动资金，只要把生意做好、做大，我随时可以追加资金给你！"

铁娜与谭来娣知道了他们的方案，铁娜笑了，说："你们两个，不会在上海滩大干一场吧？"

谭剑英哈哈大笑，小虎牙暴露无遗："就只许黄金荣、杜月笙他们纵横江湖，不许我们在上海滩有一席之地吗？"

陈栋说："在上海做生意，还是讲信用的多，其他地方的，就难说了，有的地方是白道黑道一起搞，生意不好做。上海对私营小企业、股份公司的管理和保护，是十分到位的。"

谭剑英说："改革开放，鱼龙混杂。我们不管他们，做好自己的生意。除了西安、上海，我们也可以到深圳、北京去发展！"

铁娜警告他说："小老三！你的心又野出去啦？真是人心没足时！现在比较稳定，就一步一个脚印，办好目前的事情！你有点曹操的脾气，心比天大！"

谭剑英见铁娜态度严肃，就与她说："上次把我比作曹植，今天又把我比作曹操，一会儿是儿子，一会儿做老子；上次你要我写《铁娜赋》，那你今天就是我丫头了！"

谭来娣听出小老三在说笑话，掩着嘴笑。

铁娜笑骂："你还想做曹操，没有诸葛亮，不能成大事！"

谭剑英又笑说："我一会儿是绥德的汉子，一会儿是奸雄曹操，不都是坏在你这个米脂的婆姨手里了，哪能得到诸葛亮啊！"

铁娜说："你别贫了，一叶障目，不见泰山，诸葛先生不就坐在你的对面？

你不三顾茅庐，人家不会给你隆中之对的!"

谭来娣说："好啦，都是自家人，你别抬举一个，打压一个。小栋也不是什么诸葛亮，小老三也不是曹操，就惺惺惜惺惺，一起做点事情好了。"

谭剑英问："小娜，你妈给你的新年礼物呢?"

铁娜问："做什么?"

"拿出来，让小栋看看，是不是水货。"谭剑英说。

铁娜从包里拿出一个诺基亚手机，给陈栋看。

陈栋一看，很快反应，说："这是香港生产的，不是水货，上海市场上要五六千块钱。"

谭剑英说："归你了! 我也不三顾茅庐了，送手机，赚大钱! 铁娜的一样，我回头叫大美带一个摩托罗拉的，把模拟手机换了。现在的电子产品发展得太快了。BB 机没几年，出来模拟手机，还不到一年，数字手机就出来了，意想不到!"

铁娜突然想起一件事，问来娣："来娣姐，春节前，你们有没有去青浦乡下，看望那个孩子?"

谭来娣说："看过了。那孩子评到了三好学生，我们发了奖金给他，还给了钱让他读书用。"

铁娜又问："家里有没有买肉过年?"

谭来娣说："没在意。"

铁娜说："去上海后，你们再去一趟青浦，如果家庭实在困难的话，我们来资助一下，小老三，好不好?"

谭剑英笑道："这是宰相的事情，本皇不管!"

四人笑了。

确定了在上海开设两个铺位的方案，铁娜把身边的钱，拿出一部分给谭来娣，让他们先去启动，一到西安就打足二十万给她。年初五，四人在牧州汽车站相拥分别。谭剑英先去南京，看一下小龙与司徒秀敏，再去西安。陈栋乘坐直达徐家汇的班车，东去上海。

临走之前，陈桂兰陪小老三与铁娜到新宅基地看看，希望他们快点建起楼房来，准备结婚。铁娜认为，暂时不回来住，还是不花钱在固定资产上。虽然现在也算百万富翁了，一下子拿出二十万给陈栋开店，造房子也得二十万，如果陈栋那边发展得好，还要追加资金，自己的西安公司还要流动资金，不能把钱花光了。就对陈桂兰说，现在还没有建楼房的经济能力，我们还小，暂时也不结婚，过两年再说。陈桂兰见儿子听铁娜的，也不再提建房的事情。

看到从工农路到铁记庄园的路，一直没有改造，谭剑英有点责怪大龙，自己天天走的路，有时还开小汽车，不仅坑坑洼洼，还很窄。他建议大龙，与队长施巧郎和许支书商量，解决拓宽道路的土地问题，路面问题叫三叔解决，谭剑英出资一万元，略表心意。后来谭顺和让工程队分两次做路，半幅先浇筑，后再半幅浇筑，一直延伸到得月亭的河外。

到了清明节，铁家外地族人又回到铁记庄园。

在铁慧琪与铁慧瑛的努力下，管彤专门找了孙书记，特批了宅基，在铁慧琪住宅的西面，建造了铁家祠堂，一个小院子，三间七架梁瓦房。瓦房前面栽了几棵松柏，以及牧州市市树香橼树。祠堂里供奉着从铁慧琪屋子里搬移来的铁家在马驮沙列祖列宗的牌位。所有台湾的、香港的、上海的、重庆的铁家后裔，来了两代人士。铁善益大房生的大儿子铁旺户夫妇以及子女，女儿铁旺荷夫妇以及儿女，从上海来；铁善益二房生的两个儿子铁旺孝夫妇以及子女、铁旺乡夫妇以及子女转道香港，与铁善玲以及张铁爱华、张粤生夫妇一起来；铁善良的儿子铁旺敏夫妇以及子女，从重庆来。铁善益与二房妻子，终于叶落归根，骨灰安葬于铁记庄园竹园里，与铁善人夫妇的坟墓毗邻。

管彤专门从陵州回来，会同牧州市政协的同志，与铁家人座谈，通报本地经济发展的大好形势，介绍招商引资的优惠政策，真诚地希望台资、港资落户牧州，为家乡的建设事业，经济发展，做些实实在在的事情；本地政府一定放宽政策，提供最大的方便，使之做好、做大、做强。回乡的海外游子，对政府给予铁家的关怀，重建了祠堂，还要重建铁记庄园的设想，十分感谢，更是十分感激，看到做了实事，也有具体措施，就觉得要有回报。当即表态，第一，向牧州市捐资一千万元人民币，用于公益事业；第二，投资建立台湾电子工业园；第三，张粤生将广东的服装公司，在牧州建立分公司。管彤与牧州市政协、招商部门的领导，十分兴奋，将协调有关部门及时对接、洽谈具体方案，尽快让座谈的意向落地生根。

过年不久，由于年龄的原因，铁慧琪从副局长的位置上退了下来，转到政协工作，基本上不天天上班，也参与到招商引资的工作中来，帮助铁慧瑛做些事情。铁海良与洪燕商量、决定了结婚时间，学校分给铁海良一套房子，铁慧琪去请人装潢了两个月，准备办事。

铁慧瑛除了确保乡下两个竹器编织组的货源稳定，又收购了原来外贸局下属的竹器编织厂，让儿子龚如松去管理，成为公司的生产基地。根据龚如玉在香港市场的考察，发现儿童玩具的市场较大，铁慧瑛到扬州的玩具厂请来了师傅，建了一个车间，开发出口儿童毛绒玩具；李七宝也在里面划了一块地方，改造了厂房，建立了自己的生产水石盆景的车间。盛东民去世后，公园的山水盆景工艺厂，不少技师跳槽到这里，制作了很多精品，在香港工艺品博览会上展出、销售，订单达到供不应求的地步。

业务太忙，龚如玉从外贸局辞职了，与母亲一起，放开手脚大干，不断往来于大陆、香港、东北亚、日本等地，与爱好中国文化、中国工艺品的有关协会、民间团体经常交流，稳定了外贸出口业务，还帮助陈栋建立了供货渠道，为母亲的公司联系到不少进口业务。有一些地区的客商，只想与香港地区做生意，张铁爱华就让她管理香港腾龙公司。龚如玉经常在香港住一阶段，小孝严的干妈唐菲菲也隔三岔五地随他们母子来香港玩几天，买些港货回去。

牧州招商台资的计划很快落实了，在滨江经济开发区，专门规划了苏北最大的台商电子产业园，谭顺和的建安总公司，承揽了园区建设，一期工程很快开工，在紫金大厦完工之后，谭大龙移师新工地。

按照商量好的方案，陈栋与谭来娣在徐家汇百脑汇商场租了两个铺位，二楼、三楼各一个。在台资公司干了两年以后，又回到百脑汇。一些曾经在他铺位进货的客商，又回到了他的身边。楼上铺位有谭来娣负责，没有请售货员；二楼铺位比较忙，陈栋请了一个外地女孩站柜台。为了给顾客以老板的形象，陈栋穿得像上海小开，客户来了，陪他们喝喝茶，聊聊行情；如果客户办事就走，他送上一盒两盒茶叶，或者几包进口香烟、上海点心之类。如果到了饭点，陪客人到楼下"小上海饭店"吃个便饭，他总是面带微笑，迎来送往，客户量不断扩大。业务所销售的产品，都是从日本、中国台湾那边过来，质量比广东货稳定。龚如玉的香港公司经销那边的产品，陈栋就逐步缩小原来的进货渠道，让龚如玉往这边发货，既节省了中转的费用，也让龚如玉的香港公司获得利润，真是应了那句老话，肥水不流外人田！有谭剑英作为经济后盾，陈栋的生意越做越大。

谭剑英的化工分厂还是业务稳定，利润丰厚。吉林化工公司的领导到西安旅游，谭剑英不但全程陪同，招待吃住，临走还送他们纪念品。东北汉子觉得这个"西北汉子"很重情义，在以前的价格基础上，又给他降了一点，特别是塑料粒子，利润空间更大。谭剑英生怕铁娜的公司进出量太大，招人眼红，就设法减去这个中间环节。他大胆地让供需两家订立合同，供方直接发货给铁娜的公司仓库，需方拿汇票来提货。东北朋友将他的业务费打到他个人账户，他就写一张白纸条子，连同汇票寄给供货商。这样运作，既节省了公司费用，又神不知鬼不觉的赚了钱。铁娜的公司人手不够，谭剑英就专程去郑州，请来丁大伟，丁大伟认为离家不远，欣然前来，主要是有时接到安装业务，需要现场安装，谭剑英就叫丁大伟负责，铁娜公司的电子产品业务越做越大。

牟丽琴后来谈的男朋友，是化工局的技术员符炜，两人发展很快，五月一日就办喜事。因为东北朋友来玩，喜日当天，谭剑英与铁娜不得出席，就提前去牟家祝贺，给牟丽琴一个万元红包。牟丽琴十分感动，从谭剑英身上，又一次看到了谭小龙的影子；她还是想，如果谭小龙像他弟弟这样重情义，说不定早就结婚了。牟碧玉叫妻子搞了几个菜，两人喝酒，牟碧玉已经教会了谭剑英划拳，就你一拳，我一拳的划，你一杯，我一杯的喝酒，两人喝了不少，牟碧玉的心里话，一边喝酒，一边吐露出来。

牟碧玉说："我儿子已经到你叔叔的公司去上班了。看来，我没有留得住小龙，丽军却被大龙留住了。我就不明白，那么大的南京，找不到工作，反而到小小的马驮沙去！"

谭剑英劝他："这就像我当初，怎么会到您这边干，是一样的，士为知己者死嘛！"

牟碧玉说："你说这话，我爱听；但是，你怎么不娶我姑娘，我俩不是知己啊？"

谭剑英瞟了一眼铁娜，发现铁娜并不在意。

铁娜笑着说："牟叔叔，都是怪我不好！如果我不来盯住他，您说的，可能成为事实的。"

牟碧玉说："不谈了，看来我儿子只好交给你们谭家了，请你们千万要照顾好他！"

谭剑英说："您别考虑他了。现在的年轻人，与您过去不一样。像我们铁记庄园青年人，留在老家的很少，有去北京的，有去上海的，小娜家表姐，还把公司开到香港呢！明年香港就要回归祖国了，一国两制，港人治港，说不定她将来还会定居香港呢！就说丽军，也不一定一直在我们那里干，或者考研，或者跳槽，水往低处流，人往高处走嘛！"

牟碧玉说："我们西北人，没有你们南方人那么多花花肠子，一方水土养一方人，丽琴如果像小娜，还不会追到南京去？"

这时，牟丽琴与新郎来敬酒，谭剑英与铁娜，很有礼貌地站起来，一饮而尽。

等他们离开，谭剑英看着新郎官的背影，对牟碧玉说："牟叔叔，您有没有考虑女婿接班啊？如果改制了，正好把企业改制给他。我们那里很多企业都是这样的，子承父业。"

牟碧玉说："现在改制的，都是亏损企业，国家甩包袱了，工人下岗，自谋出路，闹事的不少。我们厂的情况，你是知道的，年年有上缴，除了税收还要上缴财政。如果不是你来了，研制出新产品，又开辟原料新市场，扩大了产能，恐怕也倒闭了。"

铁娜想到了一个问题，便问："牟叔叔，假如您的厂改制了，原来的专利费和奖金，会不会全部给我们？"

牟碧玉说："这个你们放心，一分都不会少，五十万！我招聘他来，是通过市人才交流中心的，他所有的档案，每年的业绩，我写的评语，专利证书是全的。要是改制，我首先要提出这件事情，把专利转让了，这笔钱就是你的。不过，你不能再转，全国只有一个专利号。"

铁娜附在谭剑英耳边，轻声地用家乡话说："这老头没有喝醉啊！"

谭剑英倒满酒，也给牟碧玉倒满，和铁娜站起来，举起杯，斩钉截铁地说："牟叔叔，我的为人，您是知道的。今天，我一诺千金，改制以后，我把所有的客户，一一介绍给您，拿钱走人，不再从事这个行当，绝不违背市场游戏规则！铁娜，喝！"

牟碧玉要的就是这个承诺，专利、市场，是他必须掌控了，才能接受改制。他笑着站起来，举杯，三人干杯。

谭剑英说："牟叔叔，您让女婿下厂来干吧，我带他。"

牟碧玉摇摇头，酒喝多了，不再说话，还要划拳喝酒。

暑假里，谭小龙又被司徒伟召去，要他尽快确定与女儿的婚姻关系，因为副市长的儿子一直看中她，是女儿上两届的高中校友，现在市府工作。因为女儿不想回仙城，要做随谭小龙在科技领域夫唱妇随的知性伉俪，一直不答应父母的话。现在，司徒伟、蒋丹夫妇，只好早些让谭小龙下决心了。

谭小龙非常爱司徒秀敏，不仅是她长得如同水中荷花，清纯可人，与他做学问的心智正好一致；自己身体不佳的时候，给自己调理，天天陪在身边；现在虽然好了，还常常咳嗽，秀敏总是每天一早给自己调好菜花蜂蜜茶，随身带着。按他过去对牟丽琴的态度，早就分手了。这几年做学问的历练，沉溺于一个接一个课题研究之中。过去的师生，如今还是师生，秀敏是很好的助手，真是难舍难分了。而且，母亲也十分喜欢这个嘴很甜的水乡女孩，多次催促他定下来。

到了仙城，他们又去了一回乡下。这时的油菜，早已收获了，昔日的千垛花海，只好等待来年春天了。八卦图一样的田畴沟河里，有的种了莲蓬，小花儿开着，小红菱结果了；田里垛上大多种了蔬菜，也有荒芜的。爷爷陪他们摇着船，到了自家河塘里，摘点菱角，到田里铲点青菜，鱼虾自然是有的。爷爷说，十月一号来，就有大螃蟹吃了，中华泓膏大闸蟹，已经打入香港市场，三百块港币一只呢！

回到仙城，司徒伟与谭小龙和女儿摊牌了。

司徒伟语重心长地说："小龙啊，你与秀敏也谈了不少时间了。你二十四，秀敏二十一，定下来吧，别犹豫了！"

谭小龙说："叔叔，我也想尽快定下来，可我们还小啊，等我的博士学位拿到了，秀敏的硕士学位也有了，那时再定不迟呀！"

蒋丹笑着说："孩子，我们做父母的意思，如果你不下决心……我不明说了，你是聪明人……"

司徒秀敏从小就听父母的话，可这一次她要听小龙的。如果小龙不做决定，她会一直等下去。看到母亲吞吞吐吐、欲言又止的神情，知道她想说什么，就对谭小龙说："师傅，你就答应我爸妈吧！"她一直不叫谭小龙名字，也不叫他老师，就叫他师傅，习惯了。

谭小龙见全家十分真诚，尤其是秀敏的母亲，到嘴边的话，没有说出来，虽然秀敏表示过，不会去谈副市长公子，宁可不嫁！但是，换位思考，黄花大闺女是婚恋市场的抢手货，不愁嫁不出去，可是，男孩呢，好木头淌不过三道坝头，谁不想择优而取之啊！想到这里，谭小龙点点头，算是答应了。

司徒秀敏笑了，当着父母的面，毫无顾忌地亲了谭小龙一下。

司徒伟只当没有看见，按自己设计好的思路说："小龙啊，听秀敏说，你家有弟兄三个，你哥哥已经结婚了，弟弟在外面工作，也有青梅竹马的女朋友了，秀敏嫁到你家，你妈可真幸福啊！我与秀敏妈妈羡慕啊！"

谭小龙说："我父亲去世早，我妈拉扯我们弟兄仨，实在不容易，我们都要孝顺她，不让她再受苦受累了。"

蒋丹说："你妈妈真了不起，是女中豪杰！要是我，早就被生活的重担，精神的负担压垮了。"

司徒伟深有感触，他说："这就是做母亲的伟大之处！秀敏妈妈也不容易，生秀敏的时候，难产，接生的医生没有办法，让我选择，保大人还是保孩子？我当然要大人、小孩全保了。医生说，只好一个。我就说，保大人吧，孩子还可以再生。秀敏妈妈说，保孩子吧，不然，我死了，孩子也没了，就更加悲惨了！我那时实在是叫天天不应，叫地地不鸣，只好听天由命了。医生们想方设法，生下秀敏，再抢救她妈妈，才保住母女平安。"

秀敏在一旁流着眼泪，依偎到母亲怀里。

谭小龙被故事感动极了，眼眶湿润了，拿下眼镜，擦眼泪，司徒伟慈祥地递上纸巾。他说："所以说啊，天下的母爱都是一样的。秀敏妈妈也不想女儿嫁到外地去，希望天天看见女儿在身边；可是，她不理解母亲的心，决意跟你好下去，是儿大不留爷啊！我们做父母的也不好干涉她的恋爱自由，不会毁掉她的幸福，只要有一点点精神慰藉，就心满意足了。"

做父亲的拳拳之心，对孩子的疼爱，女儿离开家庭的无奈，均言于溢表。谭小龙许久没有父爱了，听了司徒伟的话，内心掀起了波澜，站起来，激动地说："叔叔，阿姨，只要秀敏与我在一起，我答应你们的所有要求，你们就把我当作儿子吧！"

夫妇俩开心地笑了，他们要的就是这句话，这个态度。如果不是计划生育政策，如果不是端着公家的饭碗，如果不是生育难产的畏惧，他们说不定真会生一个儿子。苏北流行的生育规律，就是"先开花、后结果"。"先开花"，指先生女儿，女儿一枝花；"后结果"，就是生儿子，男孩有巴子嘛！

司徒伟说："你回去做母亲的思想工作，你就做我的儿子，秀敏给你妈做姑娘，换一下；你在我家结婚，让秀敏从你家出嫁，好不好啊！哈哈哈！"

谭小龙说："这个一定，既然您二老愿意把秀敏许配给我，我母亲会非常喜欢。她也是通情达理的人，会想得通！"

司徒伟还想说什么，妻子扯了一下他的衣角，紧接着说："孩子，过一阵子，国庆节吧，我们去拜望你妈妈，两头亲家也认认门，我们再接她来仙城看看，了解我们的家庭情况。"

司徒秀敏跳起来："还是我妈有人情味；我爸全是说大道理。师傅，你说对不？"

谭小龙笑笑，不置可否。

一家人在仙城大酒店吃了一顿海鲜大餐。谭小龙因为有咳嗽的毛病，医生叫他尽量少吃海产品，吃得很少。公款吃喝是司徒局长的家常便饭，吃完之后，局长签了字，饭店经理早已打了两个小蒲包，让他带回去。

第二天，司徒伟除了昨晚的海鲜，还让司机买来许多水乡特产，让司机开着小车送小两口回铁记庄园。临上车，妈妈还轻声问女儿，小龙有没有领会爸爸的意思，秀敏说，你把人家当书呆子啊，他也是农村出来的，乡村风俗谁不懂呀，你们不就是要招女婿吗，还有必要挑明吗？

做父母的真是煞费苦心哪！为了一个名义，兜了一个大圈子，终于如愿以偿了！司徒伟又与谭小龙单独说了一会话，夫妇俩喜笑颜开地送他们上车，挥手让小车开走。

其实，司徒秀敏早已把父母想招婿的事情跟谭小龙说过了，她考大学时，父母只许她报考医学院，好回仙城工作。在交志愿表的时候，司徒秀敏把第一志愿的位置换了，才录取到南大的化学专业。司徒秀敏本心不想回经济落后的仙城。自从大二时遇到谭小龙，带他回去见父母，当时父母没有当回事，只让她带谭小龙到乡下转了一下，在城里没有把女儿有了男朋友的事情，泄漏出去。人家介绍男孩，他们都说，孩子还小，等几年再说。现在有副市长的公子，做父母的该重视了，可是，女儿油盐不进，父母只好拿出杀手锏了。司徒秀敏了解谭小龙，深爱自己，如果这点小考验过不去的话，分手也毫无怨言，让初恋当作最美好的记忆，所以，来仙城前，她一点也没有透露父母的心思，看"师傅"能否应对得了。结果证明了自己的眼光与爱情，没有选错人！

谭小龙对于自己的婚事早已深思熟虑。自己在学术方面略有建树，会一直走下去，不会回铁记庄园了。如果与司徒秀敏结婚，单位有房子分，也不常住老家，像大龙、小老三要造房子。老屋有一间祖产，做个房间就行了。司徒家也有房间，不过是过春节住几天。母亲不是普通的农村妇女，更不是鼠目寸光的一般女人，是识大体、顾大局的，会通情达理的伟大女性，她会设身处地地为另一个母亲想，会理解另一个母亲的愿望的。

路已经做好了，小车一直开到家门口。母亲已经不需要成天做小工了，在三叔的公司办公室打扫，上午去一两个小时，就完成工作，中午回家做饭，照顾婆婆，做好一家后勤工作，不再麻烦亲家母了。陈桂兰看到小汽车径自开到门口，是小龙与秀敏回来了，赶紧迎接，接过司机拿出的东西。她留司机吃晚饭，司机说了声"回去还有事，谢谢"，就回去了。谭小龙叫母亲做晚饭，海鲜、水产全烧了，请几家都来。

看着几包新鲜的东西，不仅有海鲜，还有大鱼、大虾……陈桂兰犯愁了，她从来没做过海鲜，这么多东西，不处理掉，就坏掉，浪费了，枉费了亲家的一片好心。陈桂兰到堂屋，打电话给大龙，让他找一个饭店，请大家吃海鲜、鱼鲜等等。谭大龙听说小龙回来了，立即打电话给唐菲菲，唐菲菲立即订了扬子江大酒店的最大的包厢，接着打电话给干亲龚如玉，现在都有手机，全是龚如玉从香港买的，方便，一会儿，全通知到位。

扬子江大酒店，是一个四星级酒店，集住宿、餐饮、娱乐、休闲于一体，是牧州市政府接待定点酒店。它坐落在城郊，对面就是台湾电子工业园，谭大龙的工地就在里面。铁家的台商过来，都吃住在这里，也是铁记庄建安股份有限总公司的定点饭店，唐菲菲就订在这里吃晚饭。

扬子江大酒店的最大的包厢，是一个穹隆形的包厢，里面只有一张大圆桌，可以坐二十人用餐，落地窗里面，半扇形地排列着沙发、茶几，上面摆放着几种时令水果；墙上挂着当时最大的电视机，还有卡拉 Ok……

铁记庄园里四家人，除了在外面的，还有两位老人没来，基本上全到了。

谭小龙首先向大家隆重介绍了未婚妻司徒秀敏，以及她的家庭情况。他十分激动地说："各位长辈，我亲爱的妈妈，姊妹们：昨天，秀敏的爸爸妈妈已经决定，把他们美丽、大方、娴静、贤惠的千金交给我了，让我们十月一号订婚。现在，我郑重邀请我的助手、爱人司徒秀敏一起，向大家宣布这个喜讯，敬大家一杯酒！"司徒秀敏幸福地依偎在他的身边，举起酒杯。全桌上的人站了起来，祝福他们，干了杯中酒。

龚如玉坐在谭小龙对面，专注地看着司徒秀敏。司徒秀敏个子不算高，但是，脸上充满灵气，水灵灵的眼睛忽闪忽闪的，会说话一样，一根长辫子，很粗，从脑后挽到面前，刘海剪得很齐，特有水乡女孩的气质。

司徒秀敏被龚如玉看得不好意思，觉得龚如玉带有审美的眼光，很友善。她转眼看到小孝严，就拿出准备好的红包，走过去。

龚如玉笑着对宝宝说："宝宝，叫婶婶……"

小孝严还没有叫出声，司徒秀敏的脸红得像熟透的枣子了，急忙说："叫阿姨，宝宝，不叫阿姨，不给……"

小孝严经常去香港，去铁慧瑛的公司，一点也不认生，叫道："阿姨好……婶婶好……"

一桌子的人哄堂大笑，秀敏给了红包，捂住脸回到小龙身边。

坐在孝严旁边的唐菲菲，笑得眼泪出来了，就逗他："宝宝，叫我大妈，她是婶婶，我是大妈！"

孝严看看妈妈，龚如玉含笑不语。小孝严突然说："不，不是大妈，是干妈，妈妈！"

唐菲菲更加高兴，歪着身子，指着谭大龙，问他："叫他什么？"

小孝严脱口而出："爸爸，干爸爸！"

几个月的时间，龚如玉调教孩子十分成功，这个香港公司未来的老板，需要单亲母亲呕心沥血！她相信，陈桂兰婶婶能够把三个孩子培养成人，一个小孝严，我肯定会培养好的。

哄笑过后，大家喝酒、喝饮料，吃海鲜、鱼鲜等等，觥筹交错。

谭大龙说："小龙，你们今晚就住在这里吧！我们有一个房间长期包着，最近，台湾客人不在这里，空着。"

小龙说："不住这里，秀敏说了，好多时没有和妈说话了，春节也没有回来，她要陪妈说说话。"

大龙说："天气这么热，家里也没有空调……"

陈桂兰说："没有空调不碍事。秀敏和菲菲一样，是我女儿，娘儿俩难得到一起，要说说话……"

龚如玉说："我出个主意……"

大家把目光转向她。

龚如玉接着说："婶婶和秀敏妹妹住在这里，妹妹什么时候走，就陪婆婆一直住；至于小龙师傅落下的课嘛……回南京去补上！"

大家听如玉慢条斯理地说出主意，一开始，没有悔悟过来，最后一句，引起哄堂大笑。谭小龙不明其意，丈二和尚摸不着头脑。

龚如玉又说："同意的举手！"

大家在笑声里举手赞成，小孝严也举起小手臂，站到凳子上。

陈桂兰看到小孝严调皮的小手，笑得开心，说："你们的手都放下，没用，只有我干孙子这一票，我同意了。生活了大半辈子了，还没有住过大宾馆，今天就在这里享受享受。丫头，我们娘俩就住在这里。"最后的话，是对司徒秀敏说的。

大家鼓掌，又举杯喝酒。

晚上，司徒秀敏把母亲生自己的时候，难产的经过说了，陈桂兰难过得哭湿了半个枕头；至于招婿的事情，她没有露出半点口声。

见到龚如玉的孩子那么可爱，端玉梅又在女儿面前嘀嘀咕咕。唐菲菲都以工作太忙，改制以后，多做了不少事情推托了；谭大龙也是这样，没有心思要孩子，就回母亲，明年再说。

到了十月一日前，谭小龙已经做通了母亲的思想工作。陈桂兰叹息一声，说，你是国家的人了，铁记庄园这个小庙，已经装不下大菩萨了！做谁的儿子，我不管了，只要你们小两口恩恩爱爱过日子，我就心甘情愿！

十月一日，国庆节，谭小龙与司徒秀敏在牧州订婚。司徒伟、蒋丹夫妇，还约了一些亲戚、好友，一起来铁记庄园，为女儿、女婿举行订婚仪式。他们通过市政府接待处，事先订好扬子江大酒店，邀请谭家所有亲戚，还有铁记庄园的所有邻居，大摆宴席，二十几桌的大厅，济济一堂，喜气洋洋！一切费用都是司徒家出，连小两口的订婚戒指，也是秀敏母亲准备的。陈桂兰也表示了婆婆的心意，把一直没有戴的结婚金戒指，认真地戴在二儿媳妇的手指上……

第二十七章

西安解放化工厂终于改制了。谭剑英是外地招聘人员，不可以参加改制，雁塔区化工局一纸公文，将其解聘。

年底结账分红，谭剑英分得红利八十一万三千元，通过化工局见证，化工厂将这笔钱划给谭剑英，连同原来作为流动资金的专利费与奖金五十万元一起给他。谭剑英与牟碧玉办理了专利转让手续，并且承诺，从此离开化工胶帽生产、销售行业，也纸笔为凭，写了承诺书。化工局起先投资建立研究所和分厂的十六万元，连本带利，划给化工局。解放化工厂的净资产，评估了不到二百万元，改制给牟碧玉。改制的钱给所有工人交足保险，然后全员分流、下岗，实行再就业，国有企业的大包袱就这样甩掉了，牟碧玉重新组建自己的私营性质胶帽公司。

牟碧玉事先与谭剑英商量过，希望两人合伙干，他没有答应。谭剑英除了原有的化工原料业务，和电子监控业务，他已经把触角伸到了中原、华北和东北地区，像鹰隼一样，寻找新的目标与商机；因为他已经知道，大哥在三叔的支持下，越干越大，龚如玉不但在国内做生意，还在香港开公司，都比自己发展得快，如果还在相对闭塞的西安，还在小小的解放化工厂与牟碧玉分一杯羹，就会被大哥他们甩得更远。所以，他与铁娜商量，彻底离开化工厂，从事新行当，在利润更大的市场里博弈。铁娜也看到他不断出远差，一直在外面东奔西走，顾这顾那，实在太累，希望他利用改制的机会，彻底脱身，离开西安，到上海与陈栋一起开一个公司，专业做一行，做大做强。几年的分红，自己公司的利润，加上专利费与奖金五十万，也积累了近五百万元资金，陈栋那边还没有算账。如果与陈栋合开，资金不成问题了。

牟碧玉见谭剑英执意不参与他的公司，觉得他恐怕想回去结婚、生子了。他想，谭剑英来了几年，不仅给自己管理的国有企业创造了效益，还把专利留了下来，还有市场，真是够爷们的，而且给自己带来了全新的管理理念和开拓、创新的精神！他又想到了去年女儿结婚时，谭剑英在家喝酒时说的话，便叫来女婿符炜和女儿，邀请谭剑英与铁娜到家里喝酒，谈事情。

牟碧玉说："小谭，前几天，咱爷俩的账目有没有结清，你如果想到遗漏的，我还可以到公司拿，现在公司是我自己的了，不像过去，凡事要请示。"

谭剑英说："牟叔叔，都结清了。即使有什么遗漏的小账目，也没必要算倒耙账！已经是你个人的钱，我怎么还要呢？"

"那，我问你，我俩是不是一拍两散啦？"牟碧玉眯着眼问。

谭剑英笑道："那哪能呢？牟叔叔，您还没有喝几口，就说醉话啦？如果您不聘我来西安，怎么会有新产品，没有我哥的支持，也不会及时申请到专利；您不设法成立研究所、分厂，我也没有那么多的收入啊！我俩是一个绳子上的两只蚂蚱！哈哈哈"

铁娜也说："牟叔叔，丽军已经在我们那边工作，也开始谈女朋友了，是我们的小姊妹，现在是公司的财务总监，丽军是技术总监，两人是琴瑟和谐，十分有缘，您说，我们与您分得开吗？"

牟丽琴与丈夫符炜也坐到桌上，符炜倒酒给牟丽琴，也给自己倒了一杯，两人站起来，敬谭剑英的酒。

符炜说："谭厂长，铁娜妹妹，我俩敬你们一杯！"

铁娜走过去，拿下牟丽琴的酒杯，将自己的水杯换给她，责怪符炜："姐夫，你看看，宝宝都有了，不能让姐喝酒！家里人，还搞这么正式，何必呢？小老三，你说是不是？"

谭剑英笑道："这是符合科学育儿的话，幼儿老师，永远是宝宝的保护神！姐，你就以茶代酒吧！"他向铁娜翘了一下大拇指，与他们碰杯，一饮而尽。

符炜坐下去，又给谭剑英和自己倒酒，谭剑英朝牟碧玉看，牟碧玉装着没看见，谭剑英想，有备而来啊！

符炜端起酒杯，手伸向谭剑英；谭剑英指指牟碧玉，符炜尴尬地一笑，转向牟碧玉："老泰山，贤婿敬您一杯酒！"

铁娜笑，牟碧玉才五十出头，不见老；女婿对丈人，也没有自称"贤婿"的。这人咬文嚼字，弄巧成拙。

牟碧玉端起酒杯，没有喝完。符炜看出来了，老丈人不满意，又给自己倒满，站起来，改口说："岳父大人，请接受小婿一敬！"这下牟碧玉一口喝完，符炜松了一口气，喝完坐下。

谭剑英说："还有一下子，才能坐下。"

符炜觉得有道理，敬三杯，牟丽琴给丈夫倒，谭剑英给牟碧玉倒，然后给自己倒满。

符炜又站起来，笑着对丈人说："爸，我再敬您一杯，我先干了，您随意！"他把小酒杯与丈人的酒杯碰了一下，自己干了。

牟碧玉这次更满意了，一声"爸"，听了舒坦，他喝干杯中酒。

谭剑英还是第一次与符炜喝酒，以前，符炜总是敲边鼓，牟碧玉不让他上正桌。如今，自己已不是什么分厂厂长、研究所所长了，牟碧玉才让他来平起平坐。可是，这小子说话有点儿见风使舵，不像吃技术饭的，倒是跑江湖的好料子，估计是牟碧玉让他来表现表现的，他觉得要防他们一手。

符炜吃了几块肉，又开始倒酒，敬谭剑英。他说："谭厂长，小娜不喝酒，现在，我以徒弟的身份，敬师傅的酒。"

铁娜立即反驳："哎、哎，我不喝酒，喝水呀！你敬师傅酒，也得敬师母呀！这杯子里，不是你倒给姐的酒？如果师母不同意，师傅也不会收徒弟啊！"

谭剑英看出端倪了，今天喝酒的目的来了。他笑笑，表示赞成铁娜的话。

牟碧玉哈哈大笑："你这个幼儿老师，还没有结婚，就做师母啦？"

符炜凑他耳边："准师母。"

牟碧玉说："准师母，不错，准师母。"

铁娜不让步："不管是'准师母'，还是'不准师母'，就是师母！"

全桌的人笑得前仰后合，连厨房里的牟丽琴妈妈，也出来看热闹，莫名其妙地跟着笑。

谭剑英认真地说："你别叫我师傅，会折杀我的，小娜也不同意；都是小兄弟、小姊妹。我看这样，你诚心诚意跟我跑市场的话，我们都用大碗，一口头喝掉，就算定规。"

牟丽琴傻了，睁大眼睛，她从来没见过符炜喝过一大碗酒。

牟碧玉见好戏开始了，想到当初谭剑英初生牛犊不怕虎，第一次见面，经得住自己喝酒的考验，来到西北；现在倒好，这小子还学会了这一套，拿来对付女婿来了，更佩服谭剑英的精明。他说："丽琴，就拿剑英从山东带给我的原浆酒，孔府家宴。那酒度数低，我们就学习景阳冈的武松，来个三碗不过冈！"

牟丽琴走进房间，拎出一坛子酒来，上面的招牌，正是"三碗不过冈"。

铁娜见气氛上来了，就主动去拆封。牟丽琴从厨房拿来三个大碗，铁娜给他们满上，也给自己倒了一小杯，尝尝味道，也助助兴。

符炜看着碗里漾着的酒，山东曲酒的香味，淡淡的飘出来，他仿佛看到梁山好汉喝酒的状态，就双手捧起碗，高声说："爸，谭厂长，噢，兄弟，妹妹，我们一起干了！"他边洒边喝，咕咚咕咚喝下去了。

谭剑英也一口气喝完，嘴吖里也流点出来；生姜还是老的辣，牟碧玉一滴都没有流出来，喝干了。

铁娜又给他们倒满。

符炜看看碗里的酒，有点儿胆寒，朝牟丽琴看。牟丽琴鼓励他，"堂堂的西北汉子，还喝不过南方伢子，不算好汉！"

谭剑英朝牟丽琴竖起大拇指，表示赞同。

铁娜笑道："我这里也倒了一小杯，敬你们，祝姐生一个胖小子，祝姐夫的事业更上一层楼!"

符炜没有办法,知道铁娜会不依不饶,就勉强站起来,高高的个子,晃了晃。见铁娜走到他与牟丽琴中间,只好应付,又喝干了。

铁娜见他喝完,才喝酒,还说:"一点不辣,像白开水!"又拎起酒坛子,给符炜倒满。

谭剑英看铁娜还会作弄符炜,就主动站起来,端着酒碗,走到牟碧玉身边,说:"牟叔叔,我来敬您,我干了,您随意。"说完,喝了一半,喘口气,见牟碧玉认真地喝着,赶紧喝掉。然后问铁娜:"坛子里还有多少?"

铁娜说:"上面写的十五斤,才倒了七碗,你想喝完啊?"

谭剑英呵呵一笑,说:"今儿高兴,我中专生收了一个本科生徒弟,婆姨还没结婚,就做了师母,高兴,再倒!"

铁娜见他有点多了,扯他衣角,他用手掐铁娜手背;铁娜明白了,这家伙装醉,与东北人喝酒,他常常用这个伎俩,灌醉东北朋友。看来,今晚的符炜,要倒下了。她同时给他与牟碧玉倒满。

牟碧玉知道谭剑英的酒量,到西安来,他锻炼出来了。有时候,两人划拳,用小杯他也能喝一瓶"闷倒驴",作弊二三两,实打实喝掉七八两,还不醉。于是,牟碧玉说:"符炜,我今天叫你来,就是拜师的,你不把师傅喝痛快了,师傅怎么会教你市场营销的秘诀呢?在商场上,只有英雄,没有狗熊,喝不好酒的人,是上不了商场的!"

符炜原来不知道谭剑英的酒量,早知道他这么能喝,就不来了。真是应了那些老话,逼上梁山,舍命陪君子了!牟丽琴鼓励他,"你摸一摸宝宝,涨涨精神,喝趴师傅,他就带你闯关东!"

谭剑英站起来,酒碗也端起来了,故意手抖,洒点出来。符炜看了丈人一眼,丈人转过头;他只好硬着头皮,端起碗,站起身。这一次,是谭剑英一滴不洒地喝完,并且把碗竖起来,让他看;符炜喝了一半,见谭剑英已经喝干,只好喝下去,放下碗,坐到凳上,伏在桌上了。

牟碧玉见差不多了,就说:"小娜,给小老三再倒半碗,留点下次喝;喝完了,我们还要谈事情。"

铁娜给谭剑英倒了小半碗。

牟碧玉对丽琴说:"你扶他上床吧,不到天亮不会醒过来。"

丽琴的母亲出来,与铁娜一起搀符炜去丽琴房间。丽琴为他脱鞋,将他移进被窝,守着他,关上房门。

牟碧玉说:"小谭啊,今天是五月十号,明天,我们订一个合同,我聘你为供销顾问,把业务和原材料的渠道,逐步转到符炜的名下,给你年薪二十万,一年一结账。好不好?"

谭剑英说："到年底，符炜就可以独当一面，我保证。至于钱呢，我不要了。"

牟碧玉说："你的业务单位，我都知道。请你带符炜，就是家里的事情太多了，重新招聘工人，改制以后的工商、税务证件等等，没有两三个月，不会正常办好。"

谭剑英说："牟叔叔，我们爷儿俩，就像当初我来的时候一样，不要写什么合同、协议，我带符炜干到过年，你看着办，行不？"

牟碧玉点点头，对妻子说："你也来敬一下小谭！"她笑着端起碗，先喝了，谭剑英喝完小半碗酒。

牟碧玉对铁娜说："小娜，倒酒，爷俩划一气！"

铁娜专门倒酒，两人划拳、喝酒，什么"五魁首"啊、"六六顺"呀，一直划到半夜。不知是牟碧玉故意的，还是谭剑英划拳精明了，牟碧玉终于也趴下了，铁娜扶着摇摇晃晃的谭剑英，回到宿舍。

谭大龙与唐菲菲被两个母亲催急了，才与谭小龙联系，去南京做 DNA 染色体检测，得出的结果是，两人不能生育成正常身体的孩子，专家建议不要生。回到铁记庄园，唐菲菲为谭大龙办理去香港的签证，与龚如玉约好，去香港再检测一次。龚如玉与姑奶奶张铁爱华商量，她最小的女儿廖张小伊在香港大学医学院附属医院工作，可以检测。龚如玉让谭大龙和唐菲菲去香港检查。

即将回归祖国的香港，英国人早已停止了投资建设。爱国的香港人士，为迎接游子的百年回归，一直努力工作，做好一切准备，回到母亲的怀抱。尤其像铁善善玲这个大家庭，在造船业、房地产业、进出口贸易诸多领域，团结了广大爱国爱港人士，通过民间的组织形式，开展工作，赢得了海外华人的赞誉。一个旧香港将告别屈辱的历史，东方明珠将回到母亲的怀抱。

到了香港，距离预约的时间还有几天，龚如玉陪谭大龙和唐菲菲游玩了几个景点。

谭大龙是第一次来香港，龚如玉安排他们住在香格里拉酒店，在这里可以看到迷人的维多利亚港的夜景。

维多利亚港的夜景，与日本函馆、意大利的那不列斯并称世界三大最美夜景。这里既有灯火璀璨、繁华喧闹的大都市风情，也有白云、山冈和湿暖的海风，中西方文化在这里交融，增添了夜景的独特魅力。

龚如玉带着小孝严，陪同谭大龙、唐菲菲，来到尖沙咀，逛逛商场，买点小东西，在海滩边走走，西餐店吃点汉堡包、牛排。夜幕降临，他们仰望太平山上和高楼大厦上美轮美奂的灯光，面前街区五光十色的霓虹灯，感到繁荣的香港，夜生活要比白天更为美妙。见到游船在海湾里游弋，小孝严叫道："妈，干妈，干爸，我要开船！"

龚如玉说："你还小，不会开。我们上去看叔叔开，好不好？"

小孝严说："好！妈，我长大了，来开船！"

龚如玉笑道："那你就快快长吧！"

他们走到码头，乘海上观光船，观看维多利亚港两岸的夜景。香港岛和九龙半岛，高楼大厦密布，层层叠叠，万家灯火相互辉映。小孝严听着轮船的汽笛，看着彩灯装饰的游船，开心地在走道上走来走去，友好的游客，你也抱抱，她也吻他一下。

到了体检这一天，张铁爱华陪他们到女儿工作的医院，做 DNA 染色体基因检测。

龚如玉早已拆开郑浩给她的信封，里面是一块送给他的手表，一缕他的头发，还有一封信。信中说了三件事，一是表明此生娶到龚如玉为妻，没有白活一回；二是将手表留给儿子，算是纪念；三是请龚如玉做一个亲子鉴定，证明儿子不是他与龚如玉所生，免得袁情纠缠她，孩子归她抚养，与郑家无关。看了信，龚如玉默默地流泪，觉得自己对不住郑浩，辜负了他的一片真爱；是过分的自私，一根筋的脾气，害了他。斯人已去，只好愿他在天堂里找到幸福。龚如玉携小孝严去安葬他乡下老家的墓地，烧纸葬表。她也不枉费郑浩的苦心，决定这次也做一下 DNA 检测，把报告留着，如有可能，将来让小孝严认亲生父亲。

过了几天，他们去拿检测报告，香港的检测更为详细具体，谭大龙与唐菲菲的染色体，竟然是几十万人里极其少的，是不能匹配的染色体，进一步确定，所生孩子绝对是残障的，而且很快就会夭折的。

谭大龙与唐菲菲终于死心，相信以前的诊断与检测的结果了。年轻人不像中老年人，他们见了结果，只愣了一会，很快视为平常。

龚如玉看了自己的报告，在意料之中，她自己清楚，孩子就是谭大龙的；她又看看谭大龙的 DNA 结果，正好与自己的组成小孝严的，完全匹配。唐菲菲也看她的报告，没看明白。医生是单独给他们讲解检测报告，尊重个人隐私。

唐菲菲想回去了，闷闷不乐；谭大龙也有点落魄。龚如玉带着小孝严，陪同他们回去，让小孝严与他们玩，使他们开心。

回到铁记庄，谭大龙和唐菲菲向家长们如实汇报了检测结果。陈桂兰听了，沉默不语，躲在房间里，打了自己几个耳光，悔恨当初的决定。谭顺利与谭顺和也觉得大龙的悲剧是自己造成的。端玉梅二话不说，要求唐菲菲离婚，才二十八岁，重找一个还来得及。唐菲菲听了，非常生气，与母亲大吵一场，一直不再回娘家。

季晓红由外贸局调任市政府办公室副主任兼招商局局长，市政府发挥他多年与外商打交道的能力，主持招商引资工作，在级别上比原来高半级。他上任以后与铁慧瑛联手，给张粤生在滨江经济开发区征了一块地，一百二十亩，以最低的出让金，使之成功。张粤生的儿子张汉翔、女婿廖冰考察了牧州市场，认为牧州有传统的服装加工小产业，也有大量的熟练缝纫工，用工费用比广东低多了。他们决定，将东莞的西服生产流水线，搬迁两条来牧州。

七月一日，香港回归祖国，张粤生回去参加活动，留张汉翔、廖冰举行奠基仪式。管彤受牧州市政府的邀请，回来参加奠基仪式。牧州市四套班子领导、管彤、张汉翔、廖冰挥锹培土奠基，鞭炮齐鸣。结束之后，除了有重要活动的领导，季晓红主持召开座谈会，管彤也参加了，散会后，季晓红代表市府请大家午餐，共庆香港回归，共庆"牧州张氏服装有限公司"奠基。

改制后的牧州市电光仪器公司，没有发挥出私营企业的优势，每况愈下。公安部开始将部分警用器材、装备，逐步放开采购渠道，向市场经济过渡。铁慧瑛离开后，更是缺失了不少人脉关系，不少中层干部、技术人员、供销人员纷纷离开，回去组织小作坊生产，就像牧州城北的独山镇的空调产业一样，从总厂分散开去。这个企业是岌岌可危了。

牧州市城建开发公司，是计划委员会直属房地产开发公司，看中了城边上的一块地，在电光仪器公司旁边，准备开发商品房。电光仪器公司的总经理杜文生，听到这个消息，到马路对面竹编厂，找铁慧瑛商量。

铁慧瑛成天忙得焦头烂额，进口、出口；发货、进货，劳心劳力，头发都花白了。龚如玉常住香港，不怎么回来。儿子龚如松发现出口的毛绒儿童玩具出口量愈来愈大，龚如玉不仅打入东南亚国家，还远销美国，尤其"圣诞老人"的订单一早就来了，需要扩大生产。铁慧瑛就让他到扬州玩具市场去考察，落实定点的生产厂家，专门为他们定制，回来后贴上省内著名商标"铁记庄牌"，所以，龚如松也有独当一面的工作。铁慧瑛听了杜文生的意思，立即打电话给谭顺和。

谭顺和正在开会，一看是铁慧瑛的电话，就摁掉。今天的会议非常重要，是股东大会，主要议程是讨论公司上台阶，成立房地产公司的大事。改制以后，谭顺和作为董事长兼总经理，将公司的股权分到分公司，财务会计、经理以上人员，持股分红。公司的产能、效益，都比改制前翻了几番，有了获得感的股东们，都十分支持谭顺和的工作；连几个想出去单干的分公司经理也不想走了。谭大龙已经考到工程师职称，决心向高级职称努力。讨论决定：成立铁记庄房地产开发股份有限公司，谭大龙为总经理。实行独立核算，自负盈亏，对"铁记庄建安股份有限公司"上缴利润，作为红利分给股东。决议形成之后，宣布散会。谭顺和回电话给铁慧瑛。

谭顺和抱歉地说："大姐，不好意思，刚才开股东大会，您有什么指示？"

铁慧瑛陪杜文生喝茶，不时看表，一听到手机响了，便接过来："小弟啊，你这两年赚得盆钵皆满，忘了姐姐了，也没有功夫到我这边来坐坐？"

谭顺和笑道："还不是沾了'铁'字招牌的光！您在哪里，我现在过去。"

"我在老竹编厂，你过来吧，有事情跟你商量。"铁慧瑛说。

谭顺和说："好来，我一会儿就到。"

司机一见到谭顺和急匆匆下楼，立即发动小车，很快把谭顺和送到铁慧瑛工厂。

一进办公室，发现装修得很时尚，还是欧式风格。谭顺和说："大姐，什么时候搬到这里来了，这么前卫？"

铁慧瑛一边给他沏茶，一边说："这是儿子的办公室；还不是顺利给他捣鼓的，说是搞外贸的，有老外来，李局长给他弄的图纸。"

杜文生站起来，给谭顺和发香烟；谭顺和接过来，放下，示意不抽。自从改制以后，谭顺和烟酒、打牌都戒掉了，一心筹划事业，才有鸟枪换炮的今天，他要把公司干成上市公司，才交给谭大龙。

铁慧瑛说："我来介绍一下，杜文生，对面公司的老板，文化大革命生的，才叫这个名字。他父亲原来是我们电光仪器公司的常务副总杜有财，改制的时候，公司改制给他了。现在市场经济，老企业不好搞，老杜费尽心机，还是无回天之力，就告老还乡，交给小杜来搞。小杜呢，也没有东山再起的信心，听说公司旁边开发房产，打算把公司卖掉，或者找合作伙伴，开发房产。……小杜，这就是大名鼎鼎的'铁记庄建安股份有限总公司'谭总，谭顺和。"

谭顺和起身，伸手与杜文生握手，递给他名片。

杜文生，瘦削的身材，不高；抽烟很厉害，牙齿很黑，一会儿工夫，烟灰缸里就有好几个烟蒂；眼圈发黑，一看就知道他经常熬夜。西装穿在他的身上，又大又长。谭顺和想，这种人怎么会搞好企业？

杜文生接过谭顺和给的名片，说："谭总，久仰大名，有时候，我没事到这边坐坐，常听小松说到您，事业心强，顾全大局，至今还没有成家……"

谭顺和听到这里，皱了一下眉头，却笑着说："不少人夸过我，杜总这样夸人的，我还是第一次听到。哈哈哈！"

杜文生有点自觉措辞不当，说自己的想法："我觉得，现在搞企业吃力，搞贸易省劲，我天天看到铁阿姨这边车水马龙的……"

铁慧瑛笑着说："我是逼上梁山，如果当时不急流勇退的话，电光仪器公司这个落地桃子也轮不到你的老子，你们是拾了个大便宜，还在这里卖乖！"

杜文生说："我不想搞了，把公司卖掉，有了本钱，也跟你们做做生意。铁阿姨说，等谭总您来商量。"

谭顺和说："你现在不是股份公司吗？回去与股东们商量，形成一个书面文件，交给我姐；我们再商议，采用一个有利于你个人的方案。既然我姐说你拾到了便宜，我们就让你拾得舒服，姐，您说是吗？"

铁慧瑛笑道："小杜啊，你看谭总多痛快，算是答应啦，回去准备谈判材料吧！"

杜文生心里高兴，哪有什么股东，改制时都是干股，一个个早已滚蛋，只要回去跟老头子说一声，就好交易。与他们打了招呼，走了。

谭顺和问："大姐，听说人民路要拓宽，你们两边的工厂要拆掉不少了。"

铁慧瑛忙，没有听到这话，便拿起手机，打季晓红的手机："喂，季主任吗……"

季晓红一看是铁慧瑛的号码，走到走廊里接电话："大姐，是我，什么事？"

铁慧瑛说："听说，人民路拓宽，要拆我们两边的厂房啊？"

季晓红说："做路的方案定下来了，……这样吧，我手头有点事，下了班，我去找您。"

铁慧瑛说："好的，你忙。"

谭顺和证实了这个消息，他想拿下做路工程，公司有这个资质。

谭顺和说："姐，我看，您先把电光仪器公司接过来，继续生产原来的产品，老产品不行的话，趁台资企业没有投产，让他们先期在这里生产。到拆迁的时候，多得补偿金。"

铁慧瑛说："杜文生就是认为我会买它，继续生产。我不要那些废铜烂铁，让它一文不值。他不是要卖地皮吗，就先谈地皮，后谈设备。……上次听大美说，你和大龙在筹备房地产开发公司，怎么样了？"

谭顺和说："前期的准备工作结束了，刚才您给我打电话时，我们开股东大会，形成了决议，下面就跑批文。计委有个下属的城建开发公司，暂时还不改制，我们是民营，与他们争饭吃，恐怕要跑不少路。"

铁慧瑛问："你打算叫什么名称，谁负责，投资多少注册资金？"

"名称还是挂铁记庄，叫'牧州铁记庄房地产开发股份有限公司'，法人代表是大龙、总经理也是他，注册资金两千万。"

铁慧瑛想了一下，说："两千万少了，到省里批，恐怕批不下来；即使找人，也帮不了忙。你们这样还是小打小闹，不能与城建开发公司抗衡……这样好不好，我们联手搞，这个市场很大，南方已经搞得风生水起的。"

谭顺和问："怎么个联手法？"

铁慧瑛说："我的公司投两千万，大美的香港公司投一千万。有了五千万注册，批下来就快。"

谭顺和只想小步起跑，意料不到有这等好事可以做大，心里想，铁慧瑛母女这几年搞外贸，赚了这么多钱，还说我赚得盆钵满满，她这是金山银山啊！

铁慧瑛见谭顺和在想心思，便说："当然，我的钱，不是我一个人的，还有李局长、季晓红的，我做主，他们会同意的。大美的钱，倒是她自己的，这个丫头，吃苦啊！上次进口菜籽油，风险很大，当然，成功了，效益也不菲。生了个儿子，做单亲妈妈，不容易，我也只好当孙子来养了。"

谭顺和脑子灵，飞快地运转，他决定借助她们的力量，使得谭大龙的事业做大，斩钉截铁地说："那干脆叫大美控股，发展好了，可以在香港上市。"

铁慧瑛看看谭顺和，见他眼睛里闪着睿智的光芒，便说："这个主意好！那就叫大美去姑奶奶那边融点资，她注册两千万元，你们注册一千九百万元，我出一千一百万元，让大龙放开手脚干，我们好多分红，也不枉过去大美对他的一片痴情。"

谭顺和问："那法人代表呢？"

"还是让大龙做。我们还要利用唐生华的关系，他人脉广，女婿是这么大公司的法人代表、老总，他就不顾你的事情了，会一心扑在上面。"

谭顺和说："我是让大龙再历练几年，当了一把手，才有斤两担子。到时候，我全身而退，让他搞一个集团公司。"

铁慧瑛感慨地说："兄弟啊，真是难为你啊！守住一个陈桂兰，守住一份真情。我要让大美以陈桂兰与你为榜样，守住自己的一个天地，做好一份事业。"

季晓红赶紧处理好手头的事情，立即赶到铁慧瑛这边来。谭顺和与他打了招呼，走了。

谭顺和的消息是准确的，电光仪器公司与这边的竹编厂，都受人民路扩建影响，都要拆除二十米，为有偿征用，也可以到滨江经济开发区置换土地。剩下厂区的土地也可以由政府统一征用，企业到滨江经济开发区置换土地，政府对于厂房没有补偿。季晓红把政策讲解给铁慧瑛听。

怪不得杜文生急于卖公司呢？她笑道，跟老娘玩，你嫩着呢！她想到了谭顺和的建议，把公司资质也买过来，到台湾电子产业园换一块地，从事老本行，把老技术员、老销售员重新召回来，实行股份制。其实，李七宝和季晓红每做一笔业务，都拿走应得的钱，刚才对谭顺和说的只是借口。铁慧瑛感激管彤的知遇之恩，牢记她关于统战的教诲，为重建铁记庄园积蓄财力。谭大龙的房地产公司的批文，还得靠李七宝去跑。

铁慧瑛与女儿长谈了好几次，劝她去看看郑云武和袁倩，龚如玉决意不从；问她是否还想与谭大龙终归于好，她也表示了覆水难收的意思；问她在香港是否有人了，她也矢口否认。她明确表态，这一生只爱一个人，只生一个孩子，要学习陈桂兰与谭顺和，再也没有爱情，只有工作，抚养孩子。铁慧瑛知道她心里有多苦，更知道女儿的脾气，父母的基因，遗传给她的是外柔内刚的性格，是冷面热肠的情怀。铁慧瑛把与谭顺和商量的组建"铁记庄房地产开发股份有限公司"的方案给她讲了。龚如玉一听，"腾"得跳起来，两眼放出少有的光芒，死死盯着妈妈的眼睛，一眨也不眨。铁慧瑛也坚定的看着她的眼睛，认真而严肃地点点头。母女俩商量，总经理给谭大龙担任，法人代表、董事长必须由铁家人担任，张铁爱华才会支持，铁慧瑛就让女儿出任"江苏铁记庄房地产开发股份有限公司"的法人代表和董事长。

龚如玉从此不再与谭大龙单独见面，尽管他约了好几次；有事只是在电话里说。她每次都是冷冷地要求谭大龙，抓好房地产开发公司的筹备工作，忘掉儿女情长，不要分心，要掂量掂量大家交给他的担子的分量。她按照母亲的旨意，筹足三千一百万元人民币给谭大龙注册，在签订协议的这一天，才不得不与谭大龙见面，可是，她的身份不同了。

这是"江苏铁记庄房地产开发股份有限公司"第一次股东大会。李七宝跑到这一个可以跨省开发的大牌子，而且是与港商合资的企业，就是为将来在香港上市准备的。

谭顺和、谭大龙、唐菲菲为一方，张铁爱华、铁慧瑛、龚如玉、龚如松为一方，立协议如下：

1、公司名称：江苏铁记庄房地产开发股份有限公司。

2、董事会：董事长、法人代表：龚如玉。总经理，谭大龙。执行董事，张铁爱华、谭顺和、铁慧瑛；董事，唐菲菲、龚如松。

3、注册资金：五千万元人民币。分红比例：张铁爱华、龚如玉，两千万元；谭大龙，一千五百万元；铁慧瑛，六百万元；龚如松，五百万元；谭顺和与唐菲菲各二百万元。

4、实行总经理负责制，定期向董事会报告工作。公司暂时设置：财务部，聘任凌芬为财务总监；工程部，由谭大龙兼管；技术部，聘任洪燕为技术总监。部门总监实行年薪制，暂时不参与分红。

董事会明确第一个开发项目是电光仪器公司和竹编厂两块地。

散会之后，龚如玉让其他人离开了，就留谭大龙与唐菲菲夫妇吃饭、说事情。

在香港玩的时候，龚如玉从来不与他们谈工作上的事情；即使唐菲菲一个人去香港，龚如玉也不带她去腾龙公司，自从张铁爱华将"香港腾龙贸易公司"转到龚孝严名下，龚如玉就与儿子办理了香港公民永久居住证。唐菲菲去了，都安排她住酒店，陪着她。这一次作为董事长，成立房地产开发公司，正是她在香港房地产市场得到的启发，与大龙电话里讨论过，再由大龙向谭顺和建议的。看到事情进展十分顺利，她很开心。通过亲子鉴定，她已经从儿女情长里走出来了；有时看看过去的日记、心得，觉得那时太天真，太浪漫了……从香港回来，她一个人最后一次去了郑浩的坟头，将他留的头发，还有 DNA 检测报告，一起烧了……

龚如玉说："我在听医生讲我的检测报告的时候，打听过了，母亲是可以怀孕的，购买专家教授的捐献的精子，我表姑廖张小伊的那个医院就有。我希望大龙不要有什么顾虑，趁菲菲年轻，早点怀一个孩子，不要有小栋与来娣的想法，你们将来有了万贯家财，也要有人继承。如果你们愿意的话，我就请小伊姑姑落实。"

唐菲菲低着头说："我妈一听到检测结果，就罚我与大龙离婚，到今天我还没有回家去。"

龚如玉笑了，十分甜蜜："我正好没有丈夫，你离了大龙，我嫁他，物归原主。哈哈哈！"

谭大龙说："你这是玩世不恭的开心话啊，我怎么会与菲菲离婚呢？菲菲为了我，为了我们家庭，做了多少事情，吃了多少苦，我不会与她离；即使她妈逼她离婚了，我也不会再婚。"

龚如玉说："好了，工作紧张，开个玩笑，大家放松放松。你也别臭美，当真了？我现在忙得屁颠屁颠的，满世界地跑，还有闲工夫找老公吗？……言归正传，你谭大龙还是要解放思想，让菲菲去香港受孕，生一个智商高的宝宝。"

唐菲菲担心地问："不会弄错吧，搞成艾滋病的，不得了。"

"这个医院有保证，检验十分细致的，不必担心。"龚大美说。

唐菲菲说："现在这么忙，哪有时间啊？"

"生儿育女，是天经地义的！也是给父母亲一个交代。我生了小孝严，就有工作劲头，要多赚钱，让儿子幸福。"龚如玉说。

谭大龙笑着说："菲菲，我要是女人，就我生；你有怀孕的肚子，你就生吧！神不知鬼不觉的肚子大了，生出宝宝来，我妈喜欢，你妈更喜欢。"

唐菲菲见丈夫同意生育方案，就兴奋地对龚如玉说："董事长同志，请您为董事做点实事，让我们早得贵子！"

龚如玉说："我是讨好你们，希望你们生龙凤胎呢！哈哈……"

十月一日，"江苏铁记庄房地产开发股份有限公司"挂牌成立，办公地点暂时设在"牧州铁记庄建安股份有限总公司"内。管彤与新来的市委书记柳剑到场剪彩、揭牌。一个大门，两个公司，一套班子，两块阵地。从此，中港合资的房地产开发公司在牧州大地上，开始了前所未有的大手笔。第一个项目，投标电光仪器公司与竹编厂地块，以六百六十六万元中标，建造商品房。

铁慧瑛以最低价收购了电光仪器公司，与竹编厂合并，到滨江经济开发区置换了更大的一块土地，规划建设：进出口贸易公司，主要是仓库，龚如松为总经理；山水景观公司；玩具公司；电光仪器公司。三个公司组成铁记庄实业股份有限责任公司，铁慧瑛为总经理；在主干道边上，大门两侧，规划建造综合办公室楼一幢，以上企业均在这里办公；建造"江苏铁记庄房地产开发股份有限公司"办公楼一幢，将牧州建安股份有限公司的技术科剥离出来，成立"江苏铁记庄建筑设计研究院"，聘任铁海良为院长，也在这栋楼里办公；以上三个股份公司和一个研究院的董事长，均为龚如玉。

当时，牧州的房地产市场，是城建开发公司一家独大，房价相对较高。铁海良组织人马，很快设计出比较前卫的房型，由洪燕出图，一律为六层、小栋公寓楼，中套三居室，九十八平方米，大套三居室，一百二十八平方米。经市物价局核算，每平方米均价略高于城建开发公司。董事会研究决定，略低于城建开发公司的价格，经物价局核实同意，挂牌上市。龚如玉通过关系，到上海请来有经验的销售团队，在工地外宣传促销。团队根据以往促销做法，实行阶梯优惠法，即预付全款、半款的优惠价有较大落差，一是为了尽量"拿他的馒头塞他的嘴"，二是尽量少贷款。由于房型好，优惠力度大，电光仪器公司地块的一期楼盘很快销售一空，高大的广告牌上写着大字：售罄。

唐菲菲与谭大龙统一了观点，随龚如玉去香港做了人工授精，她没有要龚如玉出资，是端玉梅拿出一笔私房钱给她。端玉梅认为，生的孩子，与谭家没有血缘关系，不会姓谭，随唐姓，她嘴里不说，心里想着，所以，拿钱爽快。在香港医院，廖张小伊找了关系，给唐菲菲匹配了双胞胎，是龚如玉暗示的。在怀孕的初期，龚如玉有实际经验，一直陪着忧心忡忡的唐菲菲，让她静心等待怀孕结果。她也不好明说自己怀孕的经历，只是隔几天陪她去医院检查一次，不多久，医院很快确定了怀孕结果，唐菲菲拿着化验单，激动地抱着龚如玉哭了。在香港度过了三个月稳定期，龚如玉送唐菲菲回到铁记庄园。

到了年底，谭剑英把应当传授给符炜的供销渠道、客户朋友，毫无保留地交给符炜，他不再过问联络、发货了。春节前夕，牟碧玉没有食言，给谭剑英二十万元，并且说，如果有了新的销售渠道，利润对分；谭剑英笑着回答，义务服务。铁娜的公司，有了谭剑英专心运作，一年又赚了一百多万。陈栋在上海，也走出百脑汇，成立了"上海谭氏弱电工程股份有限公司"。虽然还没有门面，在出租屋里办公，但是，终于走出小打小闹的范围，从单一的销售，开始了包括安装调试以及售后服务的一条龙运作模式。挂牌那天，谭剑英与铁娜专门乘飞机去上海，两人第一次坐飞机，下飞机的时候，谭剑英问铁娜，怎么来的？铁娜想到了当年说的笑话，莞尔一笑，回答他：不知道！

铁海良经不住姑妈铁慧瑛的苦口婆心的劝说，让他回忆当初读研究生的初衷，希望他从现在就着手，做重建晚清、民初时期的铁记庄园的规划，不要辜负政府对铁记庄园的关怀与厚爱，对得起管彤长期以来重视和愿景。洪燕也说，现在为房地产公司的事情，南京、牧州两头跑，要不是宁通一级公路通车了，时间都浪费在路上了。铁慧琪与龚弘菊也做他的思想工作，让他回来，挑起建筑设计研究院的担子，牧州的大开发刚刚开始，需要建筑设计的很多。连牟丽军都兼职为人家设计，他看到施家楼上房间的灯，经常亮到深夜，一打听施一梅，说是牟丽军又接到设计项目了。

春节前，铁海良辞去了留校的工作，回家拿钱去购置了学校分的婚房，锁在那里。按照铁慧瑛的方案，将谭顺和公司有技术员职称以上的人员，组成建筑设计研究院，临时挂牌在建安公司内工作，主要为两个公司技术服务，因为铁海良与洪燕都具有建筑高级工程师职称，可以担任大项目的技术资质进行招投标；同时，开展商业活动，为其他客户设计建筑图纸。

过了年，谭晓婷二十七岁了，施一飞二十六岁，两人的恋爱长跑到了交汇点，正月初六，两家在新落成的紫金大厦举行婚礼，一对青梅竹马的恋人，走进婚姻的殿堂。施家除了本地亲戚，还有远道而来的牟碧玉夫妇，就在这天，施家双胞胎，儿子结婚，女儿订婚，真可谓双喜临门。龚如玉笑着戳戳唐菲菲隆起的肚子，笑道，才几个月，就这么大，恐怕也是双胞胎。唐菲菲笑着说，都叫你干妈！

表兄姊妹陈栋与谭来娣也结婚了，在宝禾埭乡下办酒。老屋的楼上，重新装潢了，也是谭顺利帮忙，算送的人情。小的结婚，老的破镜重圆，三代人喜气洋洋。

见到两个女儿都出嫁了，谭顺利向龚弘莲提出复婚的要求，龚弘莲指着来喝喜酒的韩莉，又指着谭国庆，对他说，等你把两个孩子忙完了，再说。我一个人过惯了，就这样吧！

谭剑英与陈栋商量，他在西安再干一年，其间到天津、北京看看，一九九九年就搬过去。陈栋觉得小老三这两年更加成熟了，一定协助他，做大做强。

紫金大厦的会议厅里，金碧辉煌，光彩夺目。正月初八下午，这里欢声笑语，喜气满堂。龚如玉以董事长的身份，组织了铁记庄园新年茶话会。除了铁记庄园人员，还邀请了一贯支持、帮助过的朋友们，特别是陵州市政协主席管彤以及季晓红、李七宝等嘉宾。在管彤致辞后，龚如玉即兴发言，她阐述了筹办铁记庄集团公司的设想，为香港上市做准备，希望铁记庄人抱团取暖，在业务上互惠互利，交相融合，做到你中有我，我中有你，一年内再上一个新台阶，争取进入新世纪后，成立铁记庄集团公司，并且在香港挂牌上市。而且第一次在公开场合，亮出了管彤所一直念念不忘的重建清末、民国初铁记庄园的设想。

　　四代铁记庄人，看到台上演讲的龚如玉，好像都不认识她了。她穿着职业装，西装、领带，头发烫成下摆小波卷，略施粉黛，面带职场少有的孩子般的微笑。演讲时，不时露出整齐的皓齿，蠕动淡红唇膏的小嘴，富有激情而不缺乏柔美，虽有忧虑而不缺乏信心，抑扬顿挫的话语，伴以少而有力的手势，越发表现了她的成熟与智慧。谭剑英发现，几年没见，回来几次也没有与她单独交谈，现在看来，她的思维具有极大的发散力，她的视野具有高远的前瞻性！她的短跑速度简直就是超人才有的，自己落后得太远了；有时候，还觉得自己在外面混得不错，手里也有几百万，还沾沾自喜。现在看来，是夜郎自大了……

　　这一年春节期间的雪，下得好大呀！田野里，看不到庄稼，积雪就像厚厚的羽绒被子，覆盖在上面；铁记庄园里的竹园，压趴了一大片，虽然看似狼藉，却洁白里有翠绿，生命的力量倔强地张扬着……

　　铁娜与谭剑英又回到从前，在铁记庄园里，滚起了一个大雪球；可是，他们滚的还不算大，龚如玉带着刚五岁的儿子龚孝严，滚的雪球更大、更多，她的红围巾，在白雪的映衬下，非常艳丽；谭大龙帮他们滚着，腆着肚子的唐菲菲，在一旁开心地看着，笑着……

第二十八章

牧州市委、市政府为纪念牧州籍老革命家周刘之同志诞辰九十周年，要求市电视台拍摄专题片《周刘之在马驮沙》。市电视台的领导与在北京工作的谭晓婷联系，希望她联系到老部长周刘之的后人。谭晓婷在以往的采访中，接触过北京军区空军某基地司令周怀骥少将，也接触过中国公安大学副校长刘怀沙教授，他们都是周刘之同志的儿子。周刘之的父亲姓周，母亲姓刘，弟兄俩一个随爷爷姓，一个随奶奶姓；骥和沙，都是马驮沙的别称，他们的姓名都有纪念意义。谭晓婷落实好采访时间，安排牧州市电视台新闻工作者赴京工作。

谭晓婷在一次采访周怀骥将军的时候，周将军介绍自己是江苏马驮沙人，而且讲述了父亲早期在老家从事革命斗争的日子里，有一段与铁记庄园的生死之缘，母亲就是铁记庄的铁善卿。谭晓婷激动地告诉他，自己就是江苏马驮沙人，而且住在铁记庄园里，并且说，未婚夫施一飞也是铁记庄人，在他的空军基地，是一名歼击机飞行员。周怀骥就认了她这个小老乡，还亲自接见了施一飞。

《周刘之在马驮沙》专题片，根据周怀沙弟兄的建议，拍摄了铁记庄园的局部景观，而当年周刘之、铁善卿等人以铁记庄园为掩护，开展革命斗争，后转危为安，脱险离开马驮沙，那时的房屋早已在土改时期拆除了。现在是尹家的住处。管彤看了专题片，就与牧州市委柳剑书记联系，谈了重建铁记庄园的设想。孙书记已经调离牧州，省委决定尝试长江两岸联动开发，充分利用长江岸线优势，大力发展江北经济。调派了江南地级市的江州市委副书记柳剑，到对岸任地级市陵州市委副书记兼牧州市委书记。柳剑书记欣然同意了管彤的建议，亲自到铁记庄园暗访，看到高大粗壮的银杏树，还有两座前后三进的院子，掩映在古树，青竹之间。他估计，这就是庄园的最早建筑了，心里立刻浮想起一个偌大的老式庄园的蓝图。

谭晓婷利用访问周怀沙的机会，与他闲聊起谭剑英，是她堂弟。他已经来北京发展，从事的是警用安防器械行当，请周教授有机会时给予关照。刘怀沙早年陪父亲回过老家，去过铁记庄园，还到谭祖华家里坐坐，他知道铁记庄的铁家、龚家、谭家，三大姓，都有联姻关系，还调侃说，他与谭家也是亲戚。刘教授虽然从副院长的职位上退下来了，他还是教授、博士生导师，非常爽快地答应帮忙。谭晓婷与施一飞常去周怀骥家去作客，让谭顺利寄些家乡土特产，"三友牌"猪肉脯、老岸的香沙芋等等，专门送去。周将军就把谭晓婷与施一飞当作自己的孩子，无话不谈。他也退下来了，有人找他聊天，十分开心。谭晓婷不经意间说了，谭剑英想在中关村征块地、建办公楼的意思，周将军立即答应，先打电话，后写了字条，让她去找丰台区的一个领导，是他的老部下，转业到地方的。

在谭晓婷的精心运作下，谭剑英在丰台区的中关村二期，有了一块二十亩的地皮，并且办好了在京开办公司的全部手续。就这样，谭剑英西安、北京两头跑。

铁海良到谭剑英的工地，实地测量，根据容积率，为他设计图纸，地上主楼七层，局部九层，三千九百六十六平方米，地下一层，为车库；还有生活用房。谭顺和决定扶持谭剑英上马！他知道，谭大龙的经济实力，已经是要风得风，要雨得雨。他看得出来，龚如玉在全力支持谭大龙扩大事业空间，双方都在努力实现利益最大化。他也悄悄地去了一趟北京，实地考察了那块地，反复审核了铁海良设计的施工图与效果图，预算了基建、装潢资金，紧打紧算也要六百万元。他与谭大龙、唐菲菲商量，从建安总公司拿出这笔钱，支持小老三上马。两人没有说半个不字。谭顺和专门与陈桂兰谈了这件事。

陈桂兰问："你和大龙拿这么多钱给小老三造房子，唐生华知道了，没有意见？"

谭顺和说："我本来不想告诉大龙、菲菲的，只跟一梅说一下，钱就汇到小老三账上；这样做，是故意考验大龙与菲菲，他们听话，我就多帮他们几年；如果不听话，我就去小老三那里，哪怕帮他跑跑腿也好……"

陈桂兰站起来，到抽屉桌上，拿了把梳子，为谭顺和梳头。拿梳子的时候，顺手把谭顺章的遗像反转过去。谭顺和在外面没有女人，陈桂兰是知道的，从来没有人对他温存过。谭顺和觉得，陈桂兰的手有些抖颤，梳子在他稀疏的发间走得很慢……两人都不说话。屋里的灯很暗，外面的月光很亮，薄薄的窗帘没有挡得住偷偷溜进来的光线，一直射到谭顺和的头上……

陈桂兰为谭顺和拔掉几根白发，叹息一声，放下梳子，在他身后，双手迟疑的摸到谭顺和脸上；谭顺和的眼泪默默地流下来，流到陈桂兰的指尖，也流到她的心里……

谭顺和就这样流着泪，从来没有过；陈桂兰就这样在谭顺和有了皱纹的脸上摩挲着，也流着泪，好久，好久……突然，陈桂兰走到谭顺和面前，捧起他的脸，看着他流泪的双眼，哭着说："顺和，我们并起来吧……"

谭顺和缓缓地站起来，双手搂住陈桂兰瘦削的腰，在她的额头小心翼翼地吻着；陈桂兰仰起脸，把嘴唇送给他……没有声息，只有远处狗叫，一声长、一声短……

谭顺和如同在梦幻里游走，似乎飘行在云端……猛然，他松开陈桂兰，滚烫的嘴唇也离开了她依然柔情的嘴唇，离开了陈桂兰的房间。陈桂兰看着谭顺和离开的背影，怔怔地愣在那儿好久，心想，大概是太迟了……

过了不久，谭顺和派了一个工程队赴京，从打基础到装潢结束，半年时间，谭剑英北京公司的基建就完成了。

谭晓婷带谭剑英拜访了刘怀沙教授。刘教授建议他在专业知识方面，要加强充电，最好的办法，是参加公安大学的函授学习，既能系统的学习刑侦理论，又能获取文凭，对以后的事业发展会有帮助，走得更好、更远。谭剑英决定亡羊补牢，急起直追，与陈栋一道，参加学习，争取获得文凭。

唐菲菲的龙凤胎生下来了，十分健康；为了安全起见，进行的剖腹产。看着两个可爱的小宝贝，两家人特别开心。唐菲菲与谭大龙商量，女儿先出生，就叫大宝，儿子后出生，叫小宝，到上学再取姓名；还得请有学问的干妈龚如玉取名字。

端玉梅不答应，她要求男孩姓唐，为唐家传宗接代。她毫不隐讳地对谭大龙说：“你大龙要瞎子吃馄饨，心里有数。菲菲十月怀胎，是有功劳的，儿子应当归她，你不费一点力气，得一个丫头，已经是福气上上了！”

谭大龙自知之明，也知道岳母的脾气，任她怎么说，低头不语。

唐菲菲见母亲的话太让人生气，态度也太过分了，就没好气地说：“妈，我生孩子才几天，你就为这事情，唠叨好几回了，你是成心烦我不得安神啊！”

端玉梅横着眼睛说：“你一出院，就去派出所报户口，不许拖！”

唐菲菲说：“大美还在英国，我要等她回来起名字，没有名字怎么报户口？”

端玉梅说：“等她做什么？丫头姓谭，就叫谭大宝，儿子姓唐，叫唐小宝。没得商量！”

唐菲菲说：“俗气死了，不好！我的事情，不要你做主。我要睡了，……头要炸开了！”

谭大龙扶她躺下，去倒点热水在毛巾上，拧干，等凉了一点，敷在她的额头。唐菲菲闭上眼睛。谭大龙走出房间，坐到走廊的凳上。陈桂兰坐在那儿，里面的话，她都听得一清二楚。

陈桂兰说：“大龙，你现在已经是做父亲的人了，心胸要大度一点。姓什么，没那么重要。争男、争女，有那么重要吗？不是有句话，怎么说的，男孩是‘的确良’，女孩是‘棉毛衫’，还是暖和的‘小棉袄’！……妈妈姓陈，嫁到谭家来，生你们三个儿子，也没有一个随我姓陈的，妈妈不照样把你们拉扯大，不还是你们的母亲？小龙将来的孩子也是随司徒姓，他是招了女婿，做妈妈的还不要接受这个事实，跑到仙城去闹吗？你一贯听妈妈的话，这次更加要听，不要与你丈母娘斗气，随她怎么弄，顺其自然；再说了，我都不去争，你争什么？"

谭大龙嘟哝一句："菲菲没有那个意思，她就与她妈犟。"

"一会儿你去劝劝菲菲，不要把这件事放在心上。坐月子，不能生气，会伤身体、伤神……要不，等你丈母娘走了，我去劝劝她……"陈桂兰说。

谭大龙说："这样最好，菲菲还怕您想不通呢！"

见女儿闭着眼睛不理睬自己，端玉梅悻悻然走出来，顺手带上门，看了陈桂兰和大龙一眼，走了。

唐菲菲见妈妈走了，叫道："大龙……"

谭大龙闻声推门进去，陈桂兰跟在后面。唐菲菲见到头发花白的婆婆，叫了一声"妈……"，痛哭起来。

陈桂兰弯下腰，拿敷在额头的毛巾，替她擦泪水，劝慰她："丫头，好丫头，千万别哭，会落下毛病的，以后，你的眼睛坏了，眼泪永远不会干……"

唐菲菲哭得更厉害了，拉住婆婆粗糙的手。

陈桂兰也流下泪来。这个孩子不容易，先是生了一个先天性残障儿，夭折了。做妈妈的，怎么不伤心呢！听大龙说，菲菲不知躲在被窝里哭了多少回。这次，幸亏龚如玉想办法，怀了孩子，又是剖腹产，大人小孩都平安无事，算是一块石头落了地，亲家母一是争男孩，二是姓唐，让丫头为难极了。常九郎算命也不准，说两人婚后不幸福，不是过得蛮好的？要是依了亲家母，两人不就离婚了，可是丫头不肯，还是眷恋大龙的。陈桂兰自己擦干泪，再为唐菲菲擦。唐菲菲看着慈祥的婆婆，不知说什么好。

陈桂兰说："丫头啊，你在月子里头，一定要养好身体，尽快恢复起来，外界的任何事情，都当耳边风，再大的事情，也不要放在心上，更不要为什么姓呀，名呀，与妈妈争执，不管妈妈怎么说，你答应妈妈，妈妈开心了，就不烦你了，你也就省心了。老话怎么说的，世上本无事，庸人自扰之……答应我，好不好？"

唐菲菲听了婆婆一席话，心里敞亮多了，刚才抑在胸口的一口气，终于吐出来了。她为婆婆的宽大的胸襟而感动，眼泪又无声地流下来，点点头。陈桂兰为她擦干泪水，等她平静了，起身，离开房间，在走廊里揩了几把眼泪，走了。

母亲走了，谭大龙靠近唐菲菲，握住她的手。

龚如玉从英国回来了，带了一大把圣诞老人、圣诞树的订单。虽然国际金融危机的风暴开始蔓延开来，西方人的圣诞节，还是在有序的筹划中。谭大龙与唐菲菲的龙凤胎宝宝满月的前一天，她回到了铁记庄园。

端玉梅陪着菲菲，两个小宝贝睡在摇篮里。见龚如玉开着轿车来到门口场上，唐菲菲出门迎接。龚如玉首先把一束康乃馨鲜花递给菲菲，又从轿车后座上拿出两个绒毛小熊，端玉梅想接，龚如玉没有理睬她，径直送到小宝宝的摇篮里。

唐菲菲说："妈，你看着宝宝，我跟大美说说话。"

没等妈妈答应，唐菲菲就拉着龚如玉的手，上楼去。

唐菲菲与龚如玉说了妈妈争儿子、争姓的情况，向她讨教处理办法。

谭大龙已经在电话里告诉了龚如玉，她已经劝过大龙了，人的姓名，只不过是社会活动中一个代号，不必在意。她自己的孩子，没有父亲，只好随自己姓龚。郑家没有理由争，老的坐牢，小的走了，姓了郑，也不利于孩子成长，何况，袁倩也是同意的。谭大龙不再有想法了，对唐菲菲一如既往的好。

龚如玉说："你现在就听大龙妈妈的话，别为这件事伤脑筋，也不要与你妈赌气。明天满月了，一是给宝宝剃头，二是报户口，就按你妈说的办，让她开心。至于以后的事情，到开学读书再说，你想怎么改，就怎么改，他们怎么知道？在家里不还是大宝、小宝的喊？你说是不是？"

唐菲菲豁然开朗，也笑出声来说："都是你的心眼好，我要是有你的水平，恐怕不会跟我妈犟。"

龚如玉说："明天吃满月酒，我再劝劝大龙，要把精力放在事业上，这些婆婆妈妈的琐屑之事，统统抛到九霄云外。……小老三打电话给我，说是元旦开业，要我先去看看。你赶快养好身子，过了双满月，我们一起去北京玩几天。"

唐菲菲笑了，抱住龚如玉，还孩子般的在她美丽的额头亲了一下。

龚如玉也开心，两人走下楼。龚如玉先抱起一个宝宝，唐菲菲又把另一个抱给她，她一手抱一个，亲他们，很开心。

唐菲菲晃着小熊，开心地说："大宝、小宝，叫干妈！"

两个小宝贝睁圆眼睛，看着龚如玉。她笑道："人家还不会叫人呢，宝宝，对吧？你们的妈妈太急啦！，我可不好做干妈，我是单亲妈妈，不合适！婶婶，对吧！"最后一句是对端玉梅说的。端玉梅勉强笑道："也不一定。最好照你说的……"

龚如玉哈哈一笑，算是回答。

孩子哭了，她说："菲菲，抱过去，恐怕要吃了。"

端玉梅接过一个，唐菲菲接过一个。龚如玉从包里拿出两张英镑，一个宝宝一张，笑着说："将来出国啊！"

龚如玉走了，开着小车，进了铁记庄园。她要去看一下陈桂兰，这个真正的婆婆，对孙子、孙女儿的姓名事情，肯定是心里有个坎子，去劝劝她。

陈桂兰在河那边，早已看到龚如玉的红色小轿车，而且还有特别的标志，她是与港商合资企业的董事长，轿车挂的是黑牌照，牌号是 Mz6666。她烧好开水在锅里，如果龚如玉来庄里，就请他吃鸡蛋茶。这是农村款待贵客、至亲的礼节，她已经好久没见龚如玉了。现在龚如玉对大龙，还是一如既往的出心，拿出那么多钱，帮大龙办了房地产开发公司，几千万那……她想，这么多钱，开什么公司呀，放在银行里吃利息，几代人也吃不完呀！

龚如玉把车开到"丁"字路口，拿着她在英国为"婆婆"买的一件春秋衫，步行到谭家去。陈桂兰见龚如玉从西面过来了，赶紧朝锅里打鸡蛋，共四个。灶膛里的火小了，洁白的鸡蛋，在开水里慢慢地翻滚着；陈桂兰把浮在水面的鸡蛋衣子撇起来，倒在糟水缸里，见不老不嫩的鸡蛋好了，带点水，舀到碗里，撒几粒盐花。龚如玉站在厨房门外，看着腰板还是那么挺直的陈桂兰，可是，头发大多白了，她才五十岁吧……一阵酸楚涌上心头……如果她与大龙生的孩子可以公开，她一定不会再让她吃苦，而是带着孙子，享天伦之乐……然而，很难做到了。只好有空来看看她，表达自己的心意就好了……

陈桂兰端着鸡蛋茶碗，拿着筷子，转过身来。

龚如玉轻轻地叫她："婶婶……"

陈桂兰开心的应答："哎……，丫头啊，还是过年看见你的，快，来趁热吃口婶婶为你烧的茶。"马驮沙人，给亲戚烧水鸡蛋，叫"鸡蛋茶"，简称"茶"。

龚如玉突然感到回到了从前，一个乖巧的小女孩子，跟在大龙一起，吃他妈妈烧的水鸡蛋。

堂屋里，老八仙桌，长板凳，是龚如玉小时候经常吃饭的；原先在厨房里，现在，吃饭的人少了，搬到堂屋来。堂屋的黑色大理石地面上，扫帚扫了几十年，恐怕还不止，这屋子还是铁家的，有一百几十年了吧，地面黑黑的，锃光发亮。中堂下面，谭爷爷与顺章叔叔的遗像，一高一低的并排放在香几台上，他们看着每一个进屋的人。龚如玉走过去，拿起香几台上的香，各点三支，给他们拜三拜，心里念道，过些时候，把你们的重孙子、孙子带来磕头。

龚如玉坐到八仙桌上，陈桂兰把筷子给她；生怕桌上有灰尘，陈桂兰一直没有放下来。龚如玉坐下来，吃婶婶烧的水鸡蛋。按乡间风俗，最多吃三只，要留一只的；龚如玉吃了两只，推开碗，笑着说："真好吃，婶。"

陈桂兰笑道："你们小时候，跟大龙他们，你都吃两个，他们吃一个……这铁锅子，河里活水，烧的家养的老母鸡蛋，鲜啊，香啊！你不是外人，别老规矩了，全吃了，婶婶高兴！"

龚如玉不再客气，她慢慢地品尝，回味童年时光……连同咸沾沾的茶水，略带点儿腥味，也喝完了。陈桂兰递上叠得整齐的手帕，笑盈盈地给她擦嘴。她看着上面绣的荷花，不忍心，只在唇边掠了一下，调皮地说："婶婶，我与您换！"

陈桂兰说："换什么，你喜欢的话，婶婶送给你。"

龚如玉拿出衣服，笑道："就用这件衣裳换！"

这是一件中西结合设计的夹袄，不仅面料、夹里布料讲究，做工也十分精致。深蓝色的面料上，精美而点缀式的图案是吉祥的、喜庆的。陈桂兰看了，喜笑颜开。

龚如玉说："您试试，合不合身？"

陈桂兰脱掉外衣，穿上新衣，十分贴身，只是比原来的衣服紧了一些，低头一看，女人的线条，显露出来，她还红了一下脸。龚如玉看了，开心地叫道："婶，简直是为您定做的……我的记性真好，挑的时候，老是以我的身材比画，还找了几个英国大婶试穿，我太有才了……走，到您房间里照照镜子，看看您多么漂亮！"

龚如玉拉着陈桂兰，走进她的房间。还是那么阴暗的房间，窗帘一直闭着，龚如玉拉开窗帘，房间里敞亮多了。原来靠在抽屉桌上的谭顺章的照片，不见了；那晚谭顺和走后，陈桂兰把它收进抽屉里。陈桂兰照了镜子以后，觉得过去的陈桂兰又回来了，见龚如玉在笑，她慢慢地脱下来，对她说："我穿不出去，给你妈穿吧！"

龚如玉哈哈大笑："我妈那个子，快成水桶了，她再不管住嘴，就别想买到现成的衣裳。明天孙子、孙女儿满月，您就穿它；马上跟我走，到韩莉阿姨那儿，把头发弄一下，包您年轻十岁！"

听到龚如玉说到这句话，陈桂兰动心了。那晚，自己已经放下以前的矜持，愿意……可是，顺和反而离开了，难道是嫌弃自己老了，还是其他原因，他才四十七岁，就不想男女之间的事了……想到这里，心里怦怦地跳。

龚如玉见陈桂兰捏住衣服，想着心思，脸上的迟疑、伤感被她察觉了。她依偎到陈桂兰身边，动情地说："婶，您比我妈细心，会疼人，您要是我的妈，多好啊！这里没有外人，就让我叫您一声'妈'吧，妈……"

陈桂兰还没有走出自己的心思，突然听到龚如玉叫自己"妈"，不相信自己的耳朵，一时回不过神来，疑惑地看着她。

龚如玉笑着，认真地看着她。她终于笑了，泪水浸润出来，在眼眶里打转，心绪转到龚如玉这里。她想，如果不是自己目光短浅，这不就是我的儿媳妇吗？理所当然的叫我"妈"了。可是，事实已经无法改变，自己不要有半点奢望，还是做"婶"吧！激动过后，陈桂兰沉静地回到现实中来，诚恳地说：

"丫头啊，还是叫婶婶好了，假如你一定这样想，就放在心里吧。你现在是做大事的人，不好由着性子来。再说，你儿子不是叫我奶奶吗，就是我孙子了。好不好？"

龚如玉撒娇了，噘着小嘴说："不好！"她抱住陈桂兰，就像女儿一样，吻她的面颊，不断地叫"妈、妈……"

陈桂兰只是笑，不理她。龚如玉说："小老三打电话给我，元旦开业之前，让我去一下北京，谈点业务上的事情，我想等菲菲双满月以后就去，和菲菲去玩几天，您也跟我们一起去！"

陈桂兰说:"只听他三叔说,造了大楼,也不知道怎样了。这个小老三,在西安也不会赚到多少钱,连家里房子还没有砌上去,又到北京瞎折腾!哎,都是跟你学的,不消停!"说着,用手指头点她的额头。

龚如玉说:"小老三天生胆子大,他去西北的时候,我还没有起步,我妈,海外关系,还有市里领导的支持,众人拾柴火焰高,我才干得顺手;小老三单枪匹马,不容易啊。前两年,我从香港给他和小栋发货,他们做了不少业务,摸到门路了。我想去看看,打算叫我妈的公司生产小老三他们所需要的电子产品,能够省下不少中间环节的费用……宝宝的奶奶,我的妈妈,您懂这些吗?"又调皮地亲了陈桂兰一下。

陈桂兰轻轻地捏她的小嘴,假装很严肃:"不许乱叫……我不懂你说的,到时候就随你们去,看看小老三的房子;也好帮菲菲带宝宝。"

龚如玉看出陈桂兰心思,就说:"我们娘儿俩的时候,我叫您妈,您要答应,要不然,一是在大庭广众面前叫,二是,不帮小老三做事情……"说完,歪着头,等陈桂兰表态。

陈桂兰见她诚恳,又用"不帮小老三"要挟她,只好默认,但是,不表态。

龚如玉见这一招奏效,就像乖巧的女儿一样,依偎在陈桂兰的怀里,仰起脸,轻轻地叫:"妈……"

陈桂兰低下头,深情地注视着龚如玉,看到她的美丽的眼里,流露出祈求的神情,温情的泪水汩汩地流下面颊,就点点头,算是答应了。她心底里多么疼爱这个知书达理的姑娘,更理解一个失去丈夫、失去温馨家庭女人的心境。她是多么需要一个家的温馨,一个爱的港湾啊,自己不就是这样走过来的吗!龚如玉见陈桂兰点头了,这无声的应承,让她找到了婆婆的慈祥与疼爱。她知足了……她站起身,说:"妈,走,我们去韩莉阿姨那儿,做头发。"

陈桂兰想起那晚的情景,谭顺和的背影又显现在眼前,痛快地答应:"好,我也去烫一下,年轻一点。顺便帮顺和买一套西装……"

龚如玉万万没有想到,"妈妈"的脑筋转得真快。陪陈桂兰去做了头发,给谭顺和买了西服和皮鞋,龚如玉才去看儿子。

第二天,陈桂兰穿着龚如玉买的新夹袄,谭顺和穿着陈桂兰买的新西服,参加满月喜宴。龚如玉穿着时尚的旗袍,长发又留起来了,盘在后脑勺,气质高雅。带着龚孝严,坐在陈桂兰、谭顺和一桌,俨然一家人。

季晓红告诉铁慧瑛,老城区改造开始启动,柳书记打算将市政府大院以及周边地块一起开发,建成商居楼。拆迁完了就招标。铁慧瑛说,要与股东们商量,能否竞标。

铁慧瑛叫来女儿,讨论招标的事情。

铁慧瑛说："金融危机对我们的外贸，或多或少的产生影响，除了山水盆景、玩具的出口，金银珠宝的进口，其他业务逐渐少了。幸亏有房地产公司，目前的市场刚刚开始，我们要集中精力，抢抓机遇，不放过每一个商机，做好房地产这篇大文章。"

龚如玉说："如果去竞标城区改造这一块，就先放下竹编厂那一块。"

铁慧瑛说："不能停下来！还是用老办法，你去把那些会搞促销的上海人请来，一开工，就开盘，在资金方面不会紧张。"

龚如玉说："要与顺和叔叔商量一下，其他工程能否缓一缓，几头并进，需要不少工程队。"

铁慧瑛说："他会调度好，可以突出重点，交叉进行。……柳书记刚来不久，很有气魄，他要在改造旧城区的同时，打造新城区，就在铁记庄园前面，我已经看到大致的规划图。"

龚如玉说："这次的标的，恐怕要千把万，我们要请季局长拿到改造地块草图，再叫海良去实地勘察一下，做一个可行性预算，再开董事会讨论，不能驼子翻筋斗，两头不着实。大家都要清楚，这个项目，哪怕不赚钱，要志在必得，做出更加靓丽的招牌。"

铁慧瑛笑道："这几年，你没有白看那么多书，也没有满世界的白跑，胜过妈了！"

龚如玉毫不谦虚："难道董事长是容易当的，没有这个肚子，能吃这个泻药？"

铁慧瑛笑了，说："说你胖，你还真喘气了？你哪里像个大学生董事长，净说土话！应该说，没有金刚钻，怎揽瓷器活。"

龚如玉说："意思一样。我是土洋结合的董事长，从铁记庄园出来的，不忘本！"

铁慧瑛拿女儿开心，问："董事长去了一趟西欧，落实了不少订单，下面还有什么新指示？"

龚如玉用小拳头捶妈妈："妈，女强人，不要太谦虚。口口声声董事长的，叫得我浑身起鸡皮疙瘩。……哎，妈，真有一件好事，给您做。电光仪器公司投产了吗？"

铁慧瑛说："厂房还没有完工。怎么，有订单了？"

龚如玉说："太慢了。人家深圳速度，三天一层楼，三十天一座大厦就封顶了。您那个标准化厂房怎么那么慢？"

铁慧瑛说："你看你，现在的腔调，黑心肠子！今年夏天持续高温，工人都是起早带晚地干，这个进度已经不错了。先盖的玩具公司四栋，山水盆景公司四栋，管彤的儿子李兴勋辞去副检察长的职位，回来经商了，日夜在公司忙碌，做得有模有样的，管彤才放心了，我能拖他的后腿？外贸仓库四栋，也急着用。最后建电光仪器公司四栋……你作为董事长，不去工地看看，乱下结论。"

龚如玉说："有您盯着，还有顺和叔、大龙，我就不要去多管。这就叫大权独揽，小权分散……小老三的北京公司快开业了，过去，都是我发产品给他；我想，以后电光仪器公司就生产贴牌产品，直接给他供货。"

铁慧瑛问："他叫什么公司，什么时候开业？"

龚如玉翻开手机说："我来看一下信息，叫……'北京铁记庄电子工程有限公司'，元旦开业。"

铁慧瑛算了算时间，说："我们厂年前基建完成，安装调试设备，过了年就投产。"

龚如玉问："还是那些老爷设备，不可能生产出台湾的那些高科技产品。"

铁慧瑛说："电子产业园的基建还没有结束，设备来了一些，我让他们转了一条生产线给我，大龙用工程款抵货款。我就能够用这条生产线为小老三生产需要的产品，行不行？"

龚如玉提醒母亲："你要与慧平叔叔做好技术协议，贴他的牌，给多少费用，小葱拌豆腐，一清二楚。以前，我让他们发货到香港，说得明白，贴人家的牌，与他们无关。那是在香港，现在在内地，在一块地面上，一家人不能造矛盾。不是我泼冷水，与台湾人做生意，要防着点，他们心机深。您看，那个产业园，早已开工，进度那么慢，是有原因的。"

铁慧瑛陷入沉思。

虽然决定离开西安，谭剑英不忘留下阵地，扩展新业务。他重操旧技，在《华商报》、《西安晚报》、《临汾晚报》和《山西商业讯息报》等报刊，普发广告，推销电子监控在居民小区、公安破案、大型商场等领域的广泛应用。有不少垂询者，一听报价，不再联系。

临汾市结合"平安城市工程"建设，决定使用电子远程监控摄像设备，因为价格昂贵，科技含量高，所以，市公安局首先在下面一个小县城试点。

谭剑英首先开设讲座，向全市大队长以上干部介绍产品的性能、安装过程、调试期限以及摄像原理、解读方法。干警们第一次听到许多新名词，似懂非懂。只好干中学，先试点，后铺开。

木神县经济发达，但是，犯罪率也高。公安局长主动要求率先安装。谭剑英反复看了城区平面图，与陈栋初步规划了安装摄像头的范围，得到批准后，订立合同，划出预付款，让龚如玉的香港公司发货。谭剑英让陈栋调来人马，丁大伟也来了；在当地招了几个临时工，一个月就安装、调试结束。

真是无巧不成书。谭剑英回到北京不几天，木神县就发生了命案，一个女青年，在街道巷口被歹徒杀害了。刑侦人员在现场勘察发现，女青年没有遭到性侵，身上钱财被歹徒抢劫一空。刑侦人员通过回放探头录像，发现这个女青年走进小巷之后，有一个男子尾随而来，拐弯角处，歹徒从身后袭击女人；女人反抗，很快倒下，歹徒抢走钱财，逃之夭夭。

根据录像的影像分析，木神县刑警拘捕了二十多个形体差不多的嫌疑犯。最后基本确定其中三人，进行审问。然而，这三人都是外来人员，挖煤的同乡人，都不承认犯罪杀人。在这种情况下，临汾市公安局长要求谭剑英前来协助破案。毫无破案经历的谭剑英，真是赶鸭子上架，自己也只有皮毛知识，怎么能参与破案呢？他思前想后，忽然想到了刘教授。他请谭晓婷立即来"救火"。谭晓婷一下班，就从朝阳区来接他，一同去刘怀沙教授住的东城区家里。刘教授听了谭剑英的介绍，就安排他的硕士研究生鲁珉随他去木神县。

经过鲁珉反复比对、分析，得出结论，这三人都不是作案嫌疑人；先前十几个人当中，也没有，叫他们放人。木神县公安局刑侦人员不服气，谭剑英就解读影像给他们看，他们三人的身高、胖瘦、走路特征，都跟作案歹徒不相符；而根据三人分别交代，案发当晚，三人在一起，没有一个人单独外出，都没有作案时间。

鲁珉分析说，从影像看出，歹徒得手后，没有犹豫，从原路返回，立即奔向巷口，很快消失了。这就可以判断，这个歹徒很可能是本地人；那时还没有穿棉衣，也没有乔装，更有可能是熟悉女青年的人。

根据鲁珉的案情分析，刑侦人员重新调来了他们可能疏忽了的其他道路口的摄像记录，在一个极易疏忽的"死角"，找到了歹徒的行踪。狡猾的犯罪嫌疑人，作案之后并没有立即回家，在外面兜了几个圈子，才回家。锁定犯罪嫌疑人，刑侦人员走访调查后发现，这个狡猾的家伙，又外出了。刑侦人员就兵分两路，家里派人蹲守，外面前往他打工的城市捉拿归案。

其实，歹徒没有离开木神县，在亲戚家躲了几天，听说抓了三个杀人犯，有了替罪羊，到临汾逍遥玩乐，所抢夺的钱花得差不多了，就回老家。刚到巷口，被逮个正着。经过审讯，歹徒对犯罪事实供认不讳。他与被害者在一个城市打工，是熟悉的，得知被害人回家，估计她带了不少钱，就心生歹念，相约一起回家。到了木神，已经很晚，歹徒请她吃了夜宵，送她回家；毫无防范意识的女孩，见他抢钱，奋力反抗，歹徒残忍地掐她喉咙，直至气绝。

摄像监控与影像回放的作用，使得一个重大杀人案很快侦破，抓到真凶，绳之以法。证明了高科技在"平安城市工程"中的作用。木神县在一些死角补装了一些摄像头。临汾市及时在全市各县推广，与谭剑英签订了安装、调试、服务的一条龙运作合同，期限定在明年第二季度结束。这是谭剑英与陈栋接到的第一个大项目，所获利润也是相当可观的。他把陈栋从上海调来，坐镇指挥，使工程及时、优质完成，受到临汾市领导的好评。木神县公安局与临汾市公安局都送了锦旗，开业那天，谭剑英挂在办公室墙上，十分醒目。

从木神回到北京后，谭剑英专门去刘怀沙教授家里，感谢他的帮助。刘教授说，公司以后的业务，少不了这样的情形出现。设备先进，需要使用者水平跟进；如果先进的设备不断更新，总是跑在使用者的前面，这中间有结合部，需要供应商去磨合。谭剑英听他一说，有点儿束手无策。刘教授再一次建议他，读公安大学的远程教育专业，既可以系统的学到刑侦理论知识，又可以获得从事这个行业不可缺少的文凭。他告诉谭剑英，远程教育是宽进严出，必须下苦功夫，才能获得文凭。谭剑英请刘教授帮他和陈栋报名，保证刻苦攻读，拿到文凭。刘教授见谭剑英有事业心，是个料子，打算培养他，欣然答应为他报名，并且说，以后跟他读在职研究生。

龚如玉带着小孝严，陈桂兰与唐菲菲抱着双胞，从上海虹桥机场起飞，到了北京。谭晓婷开车去机场接她们一行，到宾馆住下后，谭晓婷打电话给谭剑英，谭剑英开着他的白色金杯面包车，到宾馆与她们会面。

陈桂兰一见谭剑英，他又瘦又黑，心疼地问："小老三，你是不是病了，怎么这个样子？"

谭剑英笑道："刚从山西回来，接了一个大工程，忙啊。我把小栋调过去了；这边的事情也挺多的，幸亏招娣姐帮忙、跑腿，少走弯路……"

陈桂兰转向谭晓婷："招娣呀，难为你了！你们是亲姊妹，你来北京早，要多帮衬小老三啊！"

谭晓婷笑道："婶，我晓得的，看到兄弟发达了，我也高兴，一笔写不出两个'谭'字嘛！"

谭剑英拿出三个红包，一大两小；大的给龚孝严，小的给双胞。龚孝严看看他，收了红包，礼貌地："谢谢叔叔！"把红包给了妈妈。

谭剑英摸着他的小平头，看他有点儿大哥小时候的样子，不禁哑然失笑。

小孝严说："妈，我饿了，想吃烤鸭！"

陈桂兰说："小老三，快弄晚饭！招娣，一飞来不来？"

谭晓婷说："刚升了个中队长，忙呢。"

龚如玉说："上全聚德吧，我请大家！"

谭剑英笑着说："姐，你到北京来打兄弟，还要你请客？那下次去香港，还要我买单，我可没有港币呦！"

陈桂兰很开心，说："丫头们，就让男士请客！我想啊，小老三请大家吃顿鸭子，还是有这个钱的！"

谭剑英说："我妈说得对，走吧！"

唐菲菲开了一句口："不是我妈？"

龚如玉拉住谭晓婷说："也是我们的妈。大妈、婶婶，都是妈！妈，对不对？"

陈桂兰十分高兴，说："都是有出息的好孩子！"

北京全聚德烤鸭，历史悠久，是中国超过百年历史的美食，享誉全球。

在车上，大家说笑，谭剑英开车，去前门大街全聚德本部。

小孝严对谭晓婷说："阿姨，给我讲故事……"

谭晓婷笑道："你想听什么故事啊？"

小孝严说："北京的故事。"

谭晓婷想了一下，说："阿姨就给你讲全聚德的故事，好不好？"

小孝严应道："好的。"

谭晓婷讲："大约一百五十年以前，北京郊外一个叫杨全仁的农民，逃荒到了北京城，在前门肉市场买鸭子。他为人忠厚老实，做生意诚实本分，老幼无欺，大家都来买他的鸭子，所以呀，生意非常好，几年下来，就积余了一些钱……"

小孝严问："阿姨，杨全仁，是'仁义'的'仁'吗？'全聚德'的'全'字，也是他名字里一个字？"

谭晓婷夸他："真聪明。后来他开店，就在店名里取一个'全'字；'仁'、'德'，两个字，一个意思。做生意，老幼无欺，就是'仁德'的表现。"

龚如玉说："你别插嘴，有什么问题，先记着，听阿姨讲完了，再问。"

谭晓婷一笑："被他一问，倒是忘了，我说到哪儿了？"

小孝严紧接着说："'几年下来，就积余了一些钱……'"

谭晓婷摸了一下他的头，夸他一句，继续讲："记性真好！后来，肉市场上一个干果店倒闭关门了，杨全仁看那个市口蛮好，就盘下来，开了烤炉铺子，开始烤鸭子卖，并且取名'全聚德'。"

小孝严问："现在呢？我们去的还是杨家的店铺吗？"

谭晓婷说："还是杨家的'全聚德'，已经是第五代了。不但在国内开了许多分店，也开到了国外，香港回归以后，也开了分店。"

龚如玉说："那就是一个招牌，不正宗，只有北京的全聚德，才是正宗的木烤鸭子。"

到了前门大街"全聚德"店门口，大家下车。小孝严站在门口，看着店面并不豪华，招牌上的字也不怎么样，还没有外公写得好呢！他指着招牌问妈妈："妈妈，古人写店牌，都是这样反着写吗？"

龚如玉说："一般是这样写，左边为上，由上往下写。就像门对子一样，上联贴在门左边，下联贴在右边。门楣也是从右边往左边写，还记得外公家的大门对吗？"

小孝严眨了眨眼睛，说："中间两扇门，上联是，虎跃龙腾，下联是，风调雨顺，今年是虎年，外公说的，门对写虎。"

龚如玉问："门框上呢？"

小孝严背出："丑去寅来千里锦，牛奔虎啸九州春。去年是牛年，丑牛。"

龚如玉又问："门楣呢，什么顺序写的？"

小孝严说："紫气东来！从左往右写的。"

谭晓婷说："外公是大学问家，你妈没有接班，弃文经商了，可惜呀！你小孝严姓了龚，一定要跟外公好好学，将来做文学家！……进去吧。"

小孝严站着不走，发现"德"字是个错别字，"心"上少了一横。你别看他才五岁，已经跟外公写了上千个字，熟读二百多首唐诗宋词了。

龚如玉说："你们先进去吧，这小东西看出什么名堂了。儿子，你又有什么幺蛾子？"

小孝严指着招牌："妈妈，'全'是杨全仁名字里的'全'；'德'与'仁'一个意思，为什么不用'仁'字，还写了一个少一笔的'德'字呢？"

龚如玉笑道："你这个小东西，哪来这么多的'为什么'，打破砂锅璺（问）到底？"

谭晓婷摇摇头："阿姨也不清楚，只有传说故事可以解释。进去吧，坐下来，阿姨讲给你听。"

谭剑英早已找好位置，点好了"烤鸭两吃"，等待现烤现吃。

谭晓婷问："孝严，这个'德'字，多少笔画？"

小孝严蘸了茶水，在桌上工工整整地写，然后说："十五画。店牌上少一横，只有十四画。"

谭晓婷讲："据说，杨全仁起初开店，请了十三个伙计，加他本人，是十四人，这个'德'字就十四画，有人说，是故意写成这样的。……还有一种说法，比较可信。开业那天，杨全仁请人喝酒，一个叫钱子龙的秀才也来了，杨全仁听说他的字写得好，就请他写店牌，结果，钱秀才多喝了两杯，写的时候忘了一笔。人家说，这是错字，钱秀才哪肯承认！杨老板笑着说，'心'字上面少一横，就是少了一把刀，我们十四个人，就是这个'德'字，安心干活，店才能开得长久。现在看来，这句话应验了，一个逃荒的，来到北京，烤鸭店开了一百五十多年，至今越来越红火，也是杨家这个'德'字好啊！孝严，你别看这个'错字'招牌，挂在这里一百五十多年啦！"

小孝严问题又来了："妈妈，究竟是不是错字啊？"

龚如玉说："妈妈也弄不清楚。哎，宝贝，你打电话问外公吧！"

小孝严拿来妈妈的手机，拨通龚弘奎的手机："外公，是我！"

只听那边声音："宝宝，你们到北京啦？"

小孝严说："外公，我们在全聚德吃烤鸭呢，我发现店牌上'德'字的'心'上，少一横，是错别字吗？"

外公说："这个'德'字，千百年来，多一笔、少一笔都写，不算错字，少了一笔，属于异体字，书法可以写，平时不写，还是写十五画。"

小孝严挂了电话，自言自语道："异体字？"

烤鸭上来了，是正宗的果木烤鸭。厨师把整只烤鸭端上来，只见烤鸭色泽枣红，光亮油润。小孝严想用手去摸，被龚如玉轻轻地拍了一下。双胞孩子哭了，陈桂兰陪唐菲菲去卫生间奶孩子。

厨师当场展示刀功，将鸭肉切成薄薄的片儿，每一片有皮，有肉有油；皮层酥脆，外焦内嫩。表层皮肉切下来，装在一个盘子里，再把还可以切下来的肉切成薄片，然后，把鸭骨架子拿去，用砂锅炖汤，加些素菜，做成第二吃，鲜美的汤。

谭晓婷拿着春卷皮子，在上面抹些甜面酱，放几丝大葱丝，夹两块鸭肉片，卷起来，递给陈桂兰："婶婶，尝尝看。"

龚如玉教小孝严包，小孝严十分聪明，很快包好了，递给奶奶。

陈桂兰说："奶奶这里有，你自己吃吧！"

小孝严不肯，陈桂兰只好拿过来，递给唐菲菲。

谭剑英包好了给小孝严，小孝严拿过来，有滋有味地吃起来。

大家吃着，嚼在嘴里，感到全聚德的烤鸭名不虚传，皮是酥的，肉是嫩的，佐以酱、葱，十分鲜美。

元旦之前，谭剑英将西安的事情处理完毕，离开他工作、创业、生活了四年多的第二故乡，与牟碧玉等人告别，到了创业的第三故乡—北京。

元旦这天，谭剑英邀请了铁记庄园的有关主要人员，相聚北京。铁慧瑛邀请了公安部有关部门的老领导，谭晓婷接来周怀骥和刘怀沙的所有家人，陈栋和谭来娣也来了。虽然"北京铁记庄电子工程有限公司"的大楼没有旁边的央企大楼高大，但是，牧州人、铁记庄人来京创业，也是有气魄的。尤其周怀骥、刘怀沙兄弟，见到铁慧琪、铁慧瑛以及香港的铁善玲的外孙张汉翔，重庆来的铁旺敏，是他们的老朋友、老亲了，铁善益上海、台湾的孙子辈也来了，铁旺乡的儿子铁慧平，现在是牧州电子产业园的负责人；他们非常开心，乡音交流，乡情交融。两岸五地的铁记庄人，都来京为谭剑英捧场，谭剑英喜出望外，更加增添了奋斗的信心。

谭大龙开发的第一个商品房楼盘，也在元旦这天交付市民，一把把新钥匙交到用户手里。楼盘小区的大门口，八点开始，鞭炮一直炸了二十九分钟。人们喜笑颜开，拿着钥匙，去看新房子。龚如玉作为董事长，穿着贴身的旗袍，盘着头发，戴着金丝眼镜，微笑地递着钥匙，与大家握手，感谢信任，表示祝贺。谭大龙、唐菲菲，还有凌芬一起分发钥匙。

过了元旦，旧城改造项目招标，"江苏铁记庄房地产开发股份有限公司"中标了，标的是一千一百一十九万，比城建开发公司多了一百五十万元人民币。柳剑书记亲自宣布结果，笑着与龚如玉握手，不但祝贺她成功中标，还夸她年纪虽轻，手笔很大，豪爽地表示，一定会支持她，做她的后台老板。

这个世纪的最后一个春节，有三个"九"的吉祥数字，一九九九的年份，铁记庄人又办了几件喜庆的事情。

谭家双喜，谭小龙与司徒秀敏结婚，谭剑英娶铁娜。

铁家也是双喜，铁海良与洪燕结婚，铁娜出嫁。

施一梅与牟丽军结婚，西安的牟家又来牧州，这次来了全家福，三代人；还向谭剑英、铁娜送了一个大大的红包。

在几家策划办喜事的时候，龚如玉建议，移风易俗，新事新办，不排什么日子，就在正月初九，好日子，四个"九"，有"天长地久"的寓意。这一天，在紫金大厦举行集体婚礼；谭小龙与司徒秀敏也要参加，中午举行仪式后，下午铁记庄派车，还有送亲的，一起去仙城，司徒家晚上在那里举行庆祝酒宴。

大家都赞成龚如玉的建议，尤其是陈桂兰，夸她想得周到。两个儿子一同结婚，在老屋里做了两个房间，初八晚上，还在家里办了几桌暖房酒，两房媳妇，在老屋里结婚，吃了糖心团圆，她非常满足，开心。龚如玉看着谭顺和与陈桂兰一样高兴，轻声问陈桂兰，妈，您与顺和叔什么时候办事啊！陈桂兰笑而不答。

铁慧瑛请管彤做证婚人，为四对新人证婚，管彤欣然应允，而且带着儿孙一家，来祝贺铁记庄园又一个喜庆的春天！

龚如玉穿着新做的紫罗兰呢制旗袍，与唐菲菲坐在大厅一角，带着儿子，欣赏自己导演的喜庆场面……

第二十九章

权衡利弊之后，谭剑英与陈栋决定，将上海的公司转让给一位浙江商人经营，所有人马并入北京公司，人员、资金集中在一处，定位于中北部开拓市场。谭剑英在北京丰台区人才市场招聘电子设备高端技术人员，开始开发自己品牌的新产品。经刘怀沙介绍，他参加了公安大学的考察团，去韩国考察了电子产品在军事、警界的应用，开拓了眼界。他与陈栋开始了公安大学远程教育的学习，有问题的时候，陈栋辅导他。尤其英语，谭剑英底子差，学得很吃力，陈栋穿插辅导一些高中英语基础知识，使之前后连贯起来。谭剑英每天只睡四个小时的觉，铁娜非常心疼他，但是也理解他，专门请厨师给他开了食谱，补助他的营养。

"牧州铁记庄电子仪器公司"开始投产了，生产贴牌台湾技术的电子产品；铁慧瑛与堂弟铁慧平签订了技术协作协议，有偿贴牌。这样，谭剑英就直接向铁慧瑛订购，龚如玉少从香港发货，谭剑英的公司获得更多利润。

刘怀沙教授的一个学生，是江西铁路公安局副局长，以副代正主持工作，在北京出差期间，拜望导师，谭剑英正好去看望刘教授，刘怀沙就介绍他们相识。两人互换名片，以便以后联系。谭剑英认真地看他的名片：覃胜虎，江西铁路公安局副局长，二级警监。谭剑英邀请他去公司指导工作，刘教授很乐意陪同前往。

北京铁记庄电子工程有限公司，坐落在中关村二期纬三路一百八十八号，坐西朝东，在高楼林立的钢铁丛林里，它是个小个子，然而，人貌不可面相，海水不可斗量，这座不起眼的小楼里，内容却令人咂舌！

第一层，除了接待室，是各种各类产品仓库，货架上井井有条地排放着，分门别类，一目了然。如果发货，十分方便。

第二层，产品陈列室、模拟演示室和技术培训室。陈列室内，上海百脑汇的所有电子产品应有尽有，有民用的，也有警用的；有国产的，也有进口的，当然，贴牌了，就是进口的。有普通的，也有高、精、尖的。模拟演示室如同公安大学的实验室，这是刘教授专门请他们实验室主任指导设置的，可操作性很强，可以让人们尽可能、尽快地了解这个公司产品的科技含量和广泛的实用性。当初，中关村管委会有关部门批准公司入驻，就是看中这个小个子的大作用。

第三层，是办公区。谭剑英的总经理办公室在最东头，一间简单的办公室，两间会客室，喝茶、谈事情；三间小会议室，再到中间楼梯。中间有走廊，也从东头起，两个副总办公室，依次是财务部，仓储部。再到楼梯。楼梯西面全部是技术部，开发部，工程部等。

第四层，公司业绩展示陈列室。所展示的是近几年上海、西安两个公司的项目现场图片。谭剑英与陈栋都有最现代的富士照相机，每次施工现场情况，领导座谈会，签订合同的场面，工程成功验收的聚会，都使人历历在目。还有不少单位赠送的锦旗，依次挂着。覃副局长表示，回去向领导汇报，建议在铁路沿线、列车上设置电子监控系统，给它们装上千里眼、顺风耳，加强平安铁路建设。

没过多久，江西省公安厅来了一个考察团，在北京铁记庄电子工程公司参观，听取讲解，看现场模拟。最后，提出两个要求：第一，在江西境内铁路沿线，安装电子监控系统，清晰度要超过木神县的科技含量，最好有红外线摄像技术；第二，防止列车上实施隐蔽犯罪，在所辖铁路段运行列车的每节车厢，安装远程语音分析系统，并且做好预算，参与竞标。

这个利好消息，让谭剑英激动不已，觉得自己当初的决定非常英明，如果还在西安小打小敲，永远没有大的平台，见不到大场面，接不到大业务。现在好了，自己在中国的硅谷，有了一席之地，人们的目光就会投向这里，商机就会随之而来。他立即联系龚如玉，向她传去所需高科技产品目录；立即从施工现场召回陈栋，讨论投标方案。

谭剑英从人才市场反复筛选，他从对口专业、人员结构、出生地初选，然后面试，最后录取了五人。中国公安大学本科毕业生，刑侦专业，栗海泉，男，二十五岁，湖南湘西凤凰人。中国公安大学本科毕业生，黄海滨，男，二十七岁，山东日照人。北京电子科技大学，电子测控专业，本科毕业生，林晓丽，女，二十三岁，北京丰台区人。软件开发专业，本科毕业生，蒋柳章，男，二十五岁，浙江奉化人，与林晓丽同校，恋人。中国科技大学，物理系，硕士，卜闽，三十岁，福建石狮人，北漂多年。

谭剑英成立开发部，卜闽为临时召集人。他们是公司的宝贝，安排单人宿舍，公寓式房间；专门设立小食堂，请来厨师，让他们有家的感觉，有舒适的工作环境，更有报效公司的氛围。

龚如玉一收到谭剑英的文件，立即飞赴北京，带来所需产品的样品。卜闽和他的团队挑选了几件适合江西方面所需，价位适中的产品，直接进口，还有几件的进口价格太昂贵，估计对方接受不了，谭剑英要求他们开发，并且列出时间表。他们日夜加班，尽快设计出符合国内市场，而且是高端技术的，具有专利的产品。

龚如玉看到谭剑英事业发展顺利，而且势头很猛；同时感到，国内警用电子产品的需求市场的潜力很大，简直是不可限量。她有了新的设想，叫强强联合。

龚如玉在谭剑英简陋的办公室里踱着步，手里捧着自带的茶杯。她说："小老三，你开业也快五个月了，陈列室什么的，弄得还像模像样，对知识分子也搞得人家口服心服，可你这个老总的办公室，太寒碜了吧？"

谭剑英说："姐姐哎，我的这些东西，都是三叔定的，我没掏出一分钱，怎么好意思提要求呢；比起西安来，已经是鸟枪换炮了！"

龚如玉说："你是不是觉得自己发展得太快了？前几年，我也有这种想法。第一次进口菜籽油的时候，一笔就赚了五百万，我看到账上一排数字，眼都直了。后来做了几笔，有了积累。进口的老板虽说开的油厂，实际上，生产的油，都是亏本，靠进口回来灌装，才赚到钱。"

谭剑英十分惊讶，估计是走私。问她："现在还做吗？"

龚如玉坐下来，老式木沙发。实话实说："那个老板从政了，估计是买的官，清朝叫捐官，铁家老人善良老爷爷，就捐过知县……他的油厂转型做电镀，给儿子打理。原来还欠我们钱，给我妈写了欠条，她负责去要，我不管了。从那时开始，我就有了胆子，脑子里天天转着一个非常大的梦想，怎么才做得大呢？哎，房地产市场可是个大金盆，我盯住它！现在的柳书记，气魄极大，从未见过……"

谭剑英有点羡慕，可是人家第一桶金，太多了，自己是望尘莫及，只好立足北京，慢慢发展。他问："这次江西的产品，估计阿姨的公司能生产多少？"

龚如玉说："你不能依赖她，我们可以从以色列、意大利进口，这些产品高端、前卫，不好仿造，也不能贴牌，否则就是侵权。你在洽谈的时候要说清楚，价格要高一点，保质期长，我与供应商谈多长时间，你就定保质多长时间。"

谭剑英说："这下我就放心了。不过，我没有多少流动资金啊，你要支持我。"

龚如玉故意问："你不是说，房子基建是三叔支持的，你没有花钱，怎么哭穷呢？"

谭剑英老实说："我在西安是积累了五六百万，可小栋只有几十万。山西的项目投下去靠三百万，要到验收才有百分之九十五的货款。这里的各种执照、手续也用了不少钱。你看这墙上的，一块块都是大钱啊！"

龚如玉见火候到了，就说："我支持你，不过，你要听我的建议。第一，重新装潢一下你的办公室和隔壁的茶座式会客室。人家香港、国外的老板，都有小酒吧；我估计，今后来的客人大都是公安的官员，人家那些个办公室简直就是小宫殿。还要买一辆 A6 奥迪车，你用金杯接我，我无所谓，接送领导像话吗？老板要像个老板的样子，不光是小分头梳的光亮就行！暂时先以房产做抵押，贷点款，以后与我结账时，扣掉一辆车钱，算姐送弟一辆奥迪，下次接送姐。好不好？"

谭剑英站起来说："谢谢姐，我接受建议，很高兴地接受你的车。"给她倒水。

龚如玉笑道："你看新闻看多了，还用外交辞令，'很高兴地接受'，哈哈！……第二，你用技术参股我妈的公司，别让那几个宝贝浪费了。你搞一套远程传输系统，把她那个电子公司的技术活揽过来，有偿服务，增加你的效益，还能解决那里的技术难题，过两年，我来接管，让我妈休息，我们年轻人一起干！"

谭剑英笑道："俗话说，请神容易送神难。我还愁这些大学生、研究生没事干，会跑路呢！"

龚如玉说："我看看他们的资料。"

谭剑英把花名册给她，龚如玉看了，说："不错，福建、湖南那儿的，生活条件不好，地区经济也不发达，留得住，高才生回去了，也没有用武之地。"

谭剑英介绍："林晓丽与小蒋在谈恋爱，也留得住，小山东祖辈是打鱼的，苦人家出生，与我差不多。"

龚如玉放下花名册，笑道："你是慧眼识英才呢，还是惺惺惜惺惺啊？"

谭剑英被她说中了，心想，这个龚如玉太厉害了，把别人的心思猜得一清二楚。转念想到她说的人才利用的话题，便问她："姐姐，你说说方案。"

龚如玉认真地说："我准备年内把几个铁记庄的公司，整合成集团公司。现在不是爆发了金融危机吗？我想逆势而上，想到小时候，我们在发大水时候，在排水沟看那些鱼儿朝上游戏水的情景吗？"

"我们几个去捉鱼，裤头子都弄湿了，你还跌在稻田里头呢！"谭剑英想到那情景，笑得小虎牙露出来了。

龚如玉说："我看，这商场跟捉鱼差不多，鱼儿见水流越急，越想游上去，就想无限风光在险峰，去看个究竟，鱼儿们具有挑战精神。我们小时候就是弄潮儿，现在也是弄潮儿！香港与台湾等四小龙，经济开始萧条，市场疲软，市民要寻找投资渠道。集团公司整合好了，明年就在香港上市。我不是有香港腾龙公司吗，合并起来。融进资金，发展我们的各个产业。这样做，你小老三不眼红？公司在北京，不可以与我们整合一起，只好请你参股铁记庄电子仪器公司，也算集团一分子。"

谭剑英有点不解，便问："姐姐，你怎么总是短跑加长跑，不想歇脚啊？你是运动健将吗？"

"你说对了。我当时与大龙谈恋爱，他不理我，我心里闷啊！经常靠跑步发泄。我在大学里，做了四年团支部书记，带头体育训练。女生一百米的记录，至今还保留着；三千米长跑，当年是年级第一名。想想我的爱情，也是一百米短跑，没有跑好，成绩不好；至于长跑，我还在慢跑，争取不落到难堪的地步。事业嘛，就这样跑。我在高中、大学，还打乒乓球，还拿过年级单打冠军，其奥秘就是长短结合，刁傻结合，快慢结合，高低结合，动静结合……"龚如玉自言自语。

谭剑英被她一口气说得云里雾里，打了一个跑步的比喻，扯到她的爱情；又说打乒乓球，一系列话，真不懂她的故事有多少……

龚如玉喝了一口水，接着说："我计划筹建的集团公司，名称是，江苏铁记庄集团股份公司。我做董事长，凌芬不是西南财大的？她做财务总监，将来负责股市。所有的子公司，不设董事长，只有总经理。有六个子公司，你三叔一个，大龙一个，我让他做集团总经理；你家两个。海良的设计院，铁家一个。我妈的电子公司，小松的进出口公司，我家两个。管彤儿子李兴勋的山水盆景公司，算一个。一共六个子公司，还有香港一个，小孝严是总经理，哈哈！"

谭剑英看龚如玉如数家珍说着，感到她描述的是铁记庄园的一个商业航母，她要掌控这个航母，驶向哪里？她要那么多钱干什么？不就是个数字吗，好玩吗？从她刚才讲的一些事，有的还是风险较大。大哥任总经理，他愿意与她一起冒险吗？我搭上去，是什么角色呢？

龚如玉见谭剑英在想心思，放下杯子，去卫生间了。

江西的工程，很快中标了，两个项目，都在龚如玉与谭剑英的共同努力下，顺利完工，验收合格。对于谭剑英来说，既是大订单，更是高科技产品的一次实践，也是公司能力的最好体现。在国内警界，率先使用了三种高科技设备。即司法取证软件（Encase）、司法分析软件（FTk）和手机取证系统（ecllebrite）。有谭剑英手里的精英们开发，交给铁记庄电子仪器公司生产。安装之后，谭剑英带领卜闽等人去南昌，给铁路刑警们培训，让他们掌握使用方法，在以后的破案中理论结合实际，及时、快速破案。事实证明，北京铁记庄电子工程公司，没有让覃副局长失望，他们后来运用先进的电子设备，及时破获了几起重大案件，其中破获的重大团伙贩毒案、拐卖儿童案等，在全国影响很大，受到公安部的表彰。

铁慧瑛按照女儿的建议，将公司的资产重新评估，谭剑英以科技队伍加盟，占公司百分之二十的股份，成立"牧州铁记庄高新科技股份有限公司"。这样两家合力，科研与生产相结合，国际前沿的新技术、新产品，可以及时消化吸收，永远跑在同行业的前头。

经过国际顶级规划师的规划设计，牧州市新城区的蓝图很快描绘出来。柳剑召开市委常委会，讨论了几次，统一认识，征求市人大、市政协的意见，最后报省市有关部门批准，开始具体实施。新城区定位于滨江开发区以东的十圩港至蟛蜞港，为扇形地貌，以"水之魂"为主题。北面沿着平江路，南面至长江边。其中，市行政中心选址在铁记庄园地块。柳剑亲自在规划图上画了一个 u 形状标志，留住铁记庄园，整个建设框架向南平移了三百米。他亲笔写上：此处建设牧州市博物馆、铁记庄园旧貌。

大拆迁之前，柳书记请管彤一道，来铁记庄园召开座谈会。唐生华事先安排端玉梅烧了开水，座谈会就在他家召开。

柳剑首先介绍了新城区的建设方案、功能及其意义，突出了在长江两岸联动开发中的作用，对于提升城市功能，助推招商引资，发展地方经济，改善百姓生活，做了详细说明。管彤回顾了铁记庄园的历史沿革，指出其在每个历史阶段所做得贡献，尤其对早期地下党的掩护、化险为夷，送他们平安转移，冒了巨大风险；抗日战争、解放战争大量捐粮、捐钱，倾囊而出，拿出所有余粮支持解放军渡江作战。现在，铁记庄园铁家、龚家、谭家还有唐家团结一心，创办经济实体，在改革开放的新时代做出贡献，积蓄财力，为重建铁记庄园而努力。

撤乡并镇后，原来跃江乡建制撤销，建立滨江新区办事处，唐生华现在是办事处副主任，他受主要领导的委托，参加会议，给老邻居们说明了拆迁的要求、补偿、安置政策，进行拆迁动员。

唐生华首先表态，拥护市委的决定，不折不扣地按照滨江新区的拆迁时间表执行，及时做好拆迁工作，决不与政府讨价还价。

龚弘奎问，他们住的老房子不拆迁，还能住下去吗？柳书记回答，这个庄园，只保留原来铁家的建筑，其余与整个拆迁同步进行。三家住户，暂时还住在老屋里，等新房子建好了，再搬出去。他还亲切地对龚弘奎说，重建之后，你还可以继续在这里看书，帮助管理。他还关照唐生华，对保留老房子的三家，在安置新房面积的时候，要适当照顾，让他们走得开心，拆得安心，将来住得称心。

庄园上的住户都纷纷表态，支持拆迁，决不拖后腿。陈桂兰感到庆幸，小老三的楼房幸亏没有造上去，否则可惜了……

散了座谈会，柳剑与管彤留下了，与几位公司的负责人继续座谈。

柳剑先给大家打招呼："同志们，我的工作很忙，只好再次承诺对如玉董事长说的话，当后台老板！所以，具体工作还是大家做，管主席快要退下来，年底市里两会以后，她就无官一身轻了。她一直有个愿望，就是重建铁记庄园，发挥这个古建筑园林的现代作用，联络好外地老铁家子孙后代的感情，共同为统战工作，为改革开放做点贡献。前些年，管主席在牧州工作时主持修建了得月亭，那时受条件限制，这次可以改大一点。所以，我代表市委、市政府，请管主席担任重建工作的联络员，她很乐意，有空了，她就来看看，你们有什么想法，就与她讲。管主席，好不好？"

管彤说："谢谢书记信任，我当仁不让。大家同意吗？"

铁慧瑛很激动，立即表态："我们听书记的，听管主席的，一定建好老庄园！"

管彤说："我开始参加工作，就在政协，后到统战部，直到现在又到政协，都与统战分不开。老一辈革命家周总理的统战思想，是毛泽东思想的一部分，它丰富了毛泽东思想。直到今天，我们的统战政策，还是老传统，中央的一些统战方针也是离不开毛泽东思想，所以，我一直想，在牧州，当时的马驮沙，对于铁记庄园历史地位的评价，应当是独一无二的，是统战工作极好的范例，不仅对于历史，而且对于今天的改革开放，都具有伟大的意义，这就是我为什么一直坚持重建铁记庄园的想法，不是有什么个人恩怨、情感，是对历史的尊重。柳书记来到牧州，使牧州的各项工作，走上了快车道。过去好几年，我们这里的招商引资，不见成效，外商来牧州，稍微一转，吃了特色名点，长江三鲜，回去就杳无音讯。柳书记来了，外商蜂拥而至，现在不是他们挑我们，而是我们挑他们了。柳书记听了我重建铁记庄园的建议，非常重视，亲自修改规划图，落实重建的大政方针。我们谢谢柳书记。"说完，管彤带头鼓掌，大家热烈鼓掌。

柳剑问："如玉啊，老城区工程进展怎样了？最近我在这南面转，也没有去看。"

龚如玉说："一开始，周边的老百姓嫌吵，不许晚上施工，后来三叔、大龙他们调整了施工时间。起早上班，早上六点，晚上九点，就不再影响他们休息了。现在到了三层，再有两个月可以封顶。"

柳剑说："你们建好了这一块，前面有一条步行街，两边都是商铺，等设计图出来了，你们可以去投标，希望你们拿到两幢楼。"

龚如玉脑筋一转，急切地说："柳书记，您先把步行街的效果图展示在我们工地面前，让市民对这条流光溢彩的商业街先睹为快，好争着来买房子呀！"

柳剑笑得很开心，手指着她："绝顶聪明！"他立即拿出手机，打给主管的柯副市长，要求他立即办理龚如玉的建议。

龚如玉看着柳剑的手机，十分普通，便说："柳书记，您那手机落后了，我送您一个新的。"

柳剑摇摇手："不行啊，如玉同志。我想换手机，还要到今天？你别嫌它落后，前年不是很时髦？你搞电子产品的，科技日新月异，谁能追得上？再说了，我来牧州时，四十岁生日，我女儿送的呢！"

大家笑了，为柳书记的真诚与廉洁而感动。

谭顺和说："柳书记，现有老房子有铁家、龚家和我家中间一排，我们事先已经商量过了，我们不要补偿，也不要多加住房面积。还有，重建的资金，由铁记庄的几个公司出。原来说九十九间半屋子，现在有三十二间。重建的房子、花园，重开后面的河道等，大约五六百万就好了。"

柳剑思考了一下，问龚如玉："如玉，你说说看。"

龚如玉说："三叔估计的造价，恐怕不够。现在的砖瓦，质量不能与过去比。

我们看到，一百多年的房子，没有一点裂缝，砖瓦没有掉一个角，主要是烧制的问题，现在很难找。我到欧洲去看过，重修或者重建的古建筑，所用砖瓦都是专门建窑定制、定烧。我国的一些古城墙，也是这样。所以，单烧六十几间屋的砖瓦，还得找到这种土质的地方，请到健在的老师傅指导制坯、烧制，代价不会小。"

柳剑笑道："你不要夸大其词。我可没有一分钱给你们呦！"

龚如玉着急地说："不、不、不，柳书记，管阿姨，我是说，修旧如旧，建旧更得要像旧的。海良是古建筑专业研究生，我们探讨过，重建的风格一定要一致；我看家里的屋梁、柱子的木料也不一般。"

龚弘奎说："都是金丝楠木，只有板壁是杉木的。"

铁慧琪说："当时，这种房子一共五座，一式样三进三间的院子。重建三个院子，是主要建筑，考究一点，其他房子没有这么高的要求。"

龚如玉说："回头叫海良问问奶奶，再去香港一次，善玲太太虽然快百岁了，神情好着呢，让她回忆回忆。"

柳剑说："我多给点工程你们做，你们多赚钱。如玉说得对，重建的铁记庄园，要有晚清的面貌。"

"具体的事情有舅舅和我爸去做，我负责筹钱，分步实施，五年之内，庄园里的建筑全部完工。"龚如玉满怀信心地说。

管彤笑了："小小年纪，别夸海口，说点具体的，让柳书记放心，你不要搞一个烂尾工程，让市里来收边。"

龚如玉把筹建集团公司，到香港上市的计划说了一遍，惊得两位大领导拍红了手掌心。

柳剑说："我上次说你年纪轻轻，手笔不小；今天我看到的不是大手笔，而是一个小巨人，站在长江大桥桥头堡上了。你这可是牧州第一家到香港上市的公司！到开锣的那一天，我与管主席去香港，为你助阵！"

龚如玉站起来，小孩一般开心，伸出纤细的小指："柳书记，拉钩上吊，一百年不变，……我小时候与大龙不知拉过多少回。来，我们拉钩，不许反悔啊哦！"

柳剑受她情绪感染，伸出右手的小指，与她拉了一下，并且说："你可别让我失望呦！"

龚如玉说："一定不会！"

柳剑看看手表，说："我要去开会了，得先走一步。管主席，你与他们聊。"说完，拿出手机，打电话给驾驶员，在等候的时候，又到庄园里转转。

司徒秀敏与谭小龙结婚不久，怀孕了，妊娠反应强烈，只好请假休息。谭小龙也不好叫母亲伺候她，就送她回到仙城。做护士出身的蒋丹一是十分高兴，二是倍加护理，谭小龙就安心工作了。

司徒伟非常开心，妻子根据妊娠反应规律，告诉丈夫，估计是个男孩。孕妇在妊娠开始阶段，恶心、呕吐的时间长，且有反复，比较强烈，还有，喜欢吃酸的东西。司徒秀敏不仅妊娠反应强烈，而且喜欢吃酸的水果；越吃酸的，就越吐得厉害，过了两个月，才缓解下来。

蒋丹对丈夫说："你要招女婿的，孙子快要出世了。有什么打算啊？"

司徒伟说："这要什么打算，孙子生下来，我就是爷爷，你就是奶奶！"

"你是装糊涂呢，还是真不知道啊？"妻子问。

司徒伟说："你卖什么关子呀，有话直说吧！"

"女儿说了，你要为孙子买一套房子，作为见面礼，她不想带孩子住典租屋。"妻子说。

司徒伟说："这个我不问，钱不都在你那儿吗，有多少钱，就买多大的房子。"

妻子说："市中心与浦东，价格不一样。秀敏说，上海人说的，宁有浦西一张床，也不要浦东一套房。"

司徒伟说："他们不是在张江工业园上班吗，就在浦东买，可以买大点，那里空气好，与仙城差不多。"

"秀敏不肯，还要你买辆车，你欠她陪嫁呢。"蒋丹说。

司徒伟说："你有多少钱，就办多少事。别再烦我，对你说，今年换届，我可能进市政府。"

蒋丹说："年过半百了，歇息吧，到上海带带孙子，我也退下来，陪陪你，帮孩子们做做饭，不要几年，宝宝上学了，就要接送。"

司徒伟说："我不去跑，也不去争，组织部找我谈过话了，叫我物色接班人，要不然，我也不知道。"

蒋丹就说："那我叫小龙看房子了？你继续当官，我去上海。"

司徒伟说："你先叫他买房子，还要装修。秀敏生了孩子，有产假，还可以请假，暂时不用上班。等孩子上幼儿园了，你也退休了，再去不迟。"

"你以为人家研究所也是你的一亩三分地呀，说不上班就不上班啦？"蒋丹笑着说。

司徒伟说："随你吧，睡觉。"

得到秀敏的消息，谭小龙很高兴，利用节假日，看了几个房型。考虑的将来五个人住，母亲来了，六个人，他在浦东挑了一个大户型。市中心没有太大的，寸土寸金，太贵了。秀敏过了反应期，与妈妈一起到上海市中心，反复找，决意在那里买。

不久，换届选举，司徒伟升任副市长，还是主管工业。他为官清廉，没有多少积蓄，反对女儿在市区买房，同意女婿的方案。妈妈疼爱女儿，也考虑谭小龙招婿的心理，就与丈夫商量，可以向亲戚们借一点。司徒伟认为，亲戚们都在乡下，不富裕；过去进城来找他办事，他没有帮一个人办过，这时去借钱，不去碰一鼻子灰才怪呢！还是有多大的瓜，扦多少皮，不要死要面子活受罪。妻子见丈夫死活不依，只好到娘家亲戚去借钱，一定满足女儿的心愿。

谭小龙把司徒家准备在上海买房的事情告诉两个弟兄，谭大龙说，可以支持他，在浦东单独买一套，以后家里人去上海，有个落脚的地方，钱由他出。只要他在司徒家过得和谐、幸福，不要为房子的事情烦恼，安心做好本职工作，成为铁记庄园出去的科学家。谭小龙告诉秀敏，秀敏激动得不得了，直夸他们兄弟义气。谭剑英暂时没有能力支持小龙，只好打招呼，请大龙全力支持。

陈桂兰知道后，日夜睡不着，成天忧心忡忡。唐菲菲看在眼里，对大龙说，赶紧去买，让妈妈放心。利用双休日，谭大龙就陪同母亲，带着唐菲菲和双胞，去上海玩，同时到浦东看房子。他们在小龙与秀敏工作的张江高新园区附近，订了一套一百二十平方米的电梯房。唐菲菲一看，对门的一套也没有卖出去，就让谭大龙也买下来，以后派用场，还会升值。谭大龙同意了，唐菲菲付了两套房子的定金。因为缴全款有优惠，回去不几天，唐菲菲就筹备足二百万元去上海，一次性交清两套房子的钱。

陈桂兰知道，谭大龙都是在公司拿的钱，就问谭顺和知道不知道。

谭顺和说："大龙跟我说过的，是我叫小梅支的钱。"

陈桂兰："顺利晓得吗？"

谭顺和说："暂时没告诉他。小龙的钱，是我出的，大龙的钱，是他与菲菲两人的，以后分红的时候要扣的。顺利已经拿了不少钱，他给弘莲，也给韩莉、招娣、来娣结婚……"

陈桂兰说："你们兄弟，从来没有为钱红过脸，过去穷，有难同当，还处得好；现在都有钱了，更要有福同享，处得更好。你是老三，可现在是老大的老板，要为他多考虑。"

谭顺和看着陈桂兰祈求的眼神，叹了一口气，说："他那里，是个无底洞啊！还有三丫头，留学回来，工作、结婚、房子；还有国庆……"

"说到三丫头，我倒想起大丫头招娣了。听说暂时不想要孩子，因为没有房子。……我在北京的时候，招娣忙前忙后，客气的不得了。我说，顺和，施巧郎虽然是分公司经理，我看也没有多少钱，不可能有钱去北京买房子，你安排些钱，让招娣也买一个房子，让老大不要有意见。"陈桂兰恳切地说。

谭顺和说："现在只有大龙的公司里账上钱多。你跟老大去说，当我不知道，好人给你做。"说完，笑笑。

陈桂兰说:"这事情就这样,还有,……上次,我跟你说的我俩的事,你怎么想?"陈桂兰终于开口了。

谭顺和嘴唇动了动,没有说出来,走了。

谭顺利听到陈桂兰帮他女儿买房子出主意,立即找兄弟,谭顺和已经与谭大龙说好了,从他的公司打一百万到谭剑英账上,让谭晓婷去取钱买房,让哥哥去谭大龙那儿办理手续,将来分红的时候结算。谭顺利很开心,感到陈桂兰想得周到,专门找她,表示谢意。

陈桂兰说:"你是老大,以前,家里的担子挑得多。大龙不上学了,还是你带他出道,没有你手把手地教他,他哪来这么大本事。他的婚事,你也操了不少心。我都记着呢!"

谭顺利说:"只怪我走了弯路,不然,公司开到现在,说不定也搞大了……"

陈桂兰说:"这个世上,什么药都有,就是没有后悔药。你今年五十四了,说这些没有意思,好在孩子们有出息了,你会有福享。招娣的房子有了,她就没有什么事情了,也定心定意生孩子;来娣,你不要愁,在小老三身边,不会亏待她和小栋;等娣是留学生,不要你问事;小国庆,大家一起培养他……"

谭顺利说:"桂兰,你老是为大家操心,你自己也要想开点,还是与顺和并起来好。"

近来,陈桂兰已经两次表明,可是,谭顺和就是不开口,不知他心里想什么。就对谭顺利说:"他的事情多,再等等吧!"

谭顺利不再说什么,再去与李雨妹说话。

谭剑英还在东北出差,听到大龙打钱给谭晓婷买房子,非常高兴,立即告诉铁娜,通知谭晓婷取钱买房。谭晓婷得到父亲的消息,还有点儿不相信,接到铁娜的电话,才知道一百万就躺在谭剑英账上,与施一飞开始看房,找关系砍价,也是交了全款。北京的房价与上海差不多,谭晓婷选房,有意往谭剑英公司这边近些,一是价位低些,也可以常来常往。

上海与北京的几套房子交付之后,谭顺利负责装潢,上海的流线型与北京的古色古香,都符合主人的审美观。谭晓婷的江南风格,十分令人赏心悦目,谭剑英和铁娜看了,羡慕不已。

经张铁爱华介绍,龚如玉在香港与一个叫戴维的美国建造师认识。戴维是中国通,市政规划设计师,知道龚如玉的公司做进出口贸易,其中有山水盆景,就希望到她的公司拜访。张铁爱华陪戴维到香港腾龙公司办公室,陪戴维喝普洱茶。张铁爱华与他聊天,谈江南丝绸,桂林山水,扬州园林……龚如玉认真听他们交谈,有时也说一两句,希望从他的谈吐之间寻找到商机。这个从事园林建筑的市政设计大师,还没有到过古老而开放的中国,向往之情,溢于言表,更为陈列的各种山水盆景、假山雕琢，缩微的亭台等工艺品所吸引。龚如玉陪他喝了三道茶，故意说有约会，礼貌地让他离开，试探他以后会不会再来。

第二天下午，戴维打电话给龚如玉，请她单独一聚，到旺角一家咖啡厅见面。

龚如玉重新做了发型，略施粉黛，嘴唇抹了淡淡的唇膏，光亮性感；旗袍上绣的荷花，如飘浮在湖面上，蓝底红花，美艳而清秀；穿着高跟鞋的长腿，使她更显得玉树临风，高贵而典雅。她照着镜子，不相信这是半老徐娘的自己，二十八岁了，还真是风韵犹存……她打了个电话给廖张小伊，一道赴约。

旺角是香港最有名的闹市区，在一家高档咖啡厅，高大帅气的戴维已经在窗口的座位等着龚如玉。见她带了一个女孩过来，不禁皱了一下眉头，可是很快被龚如玉的美丽吸引住了。戴维常来香港，还是第一次欣赏到东方美女的魅力，龚如玉低眉浅笑，步态轻盈。她不浅薄，很成熟；她不浮躁，很大气；她不矫揉造作，十分端庄自然。戴维的眼球定格在龚大美身上。

龚如玉向戴维介绍："我表妹，小伊……"，小伊一愣，明明是姑姑，怎么降格为表妹了？见龚如玉向她挤了一下眼，便会意地伸出手臂，戴维轻轻地搭了一下她的手。

龚如玉又向小伊介绍："新朋友，美利坚合众国著名的市政大师，戴维。"然后主动伸手给他，戴维低下头，轻吻她的手背。坐下之后，各自点了咖啡，巴西咖啡豆现磨的，香气四溢。

小伊问戴维："戴维先生，是否有意向与我们美丽的龚如玉小姐做点生意？"

戴维说："最近几年，大陆不少官员的家属或者亲戚移民美国，大多数买了别墅。他们喜欢中国的园林，假山、亭子，有些建造师没有理解中国文化，依葫芦画瓢……"

小伊笑了，女医生白皙的小脸，如同一朵花："哈哈，你个老美，还会中国的比喻，真是意料不到！"

龚如玉笑道："戴维是中国通，读过不少中国书籍，尤其是园林建筑方面，比我们精通。"

戴维见龚如玉夸奖他，认为是抬举他，连忙说："No，No，No！在你们面前，我是班门弄斧，不足挂齿……"

小伊说："又来了，成语还一个接一个。"说着，向他翘大拇指。

戴维说："小伊小姐，幽默风趣，和一般的香港女孩不同，见到你，我很开心，也是我的荣幸……最近，我在做一个项目，想加一些中国元素……"

小伊说："你是找对人了。中国的园林、盆景、假山，亭台楼阁，具有中国古诗雅韵，没有中国文化的底蕴，对古代园林的研究，只会点皮毛，就像看中国京剧……"说的这里，她搅动杯子里咖啡，低头不语，卖关子。

龚大美窃笑。

戴维急切地问："龚小姐，京剧我喜欢，这与园林有什么关系？"

龚如玉说："我表妹糊弄你呢！看京剧的话，要有古文化功底，她的意思说，外行看热闹，内行看门道；她说的皮毛，就是你说的'葫芦'。"

龚如玉觉得小伊不像个医生，像张铁爱华，很会谈事情，第一次见面，就与戴维侃侃而谈，是香港文化与大陆文化的区别。

戴维见两个美女喝着咖啡，不说话，就说："我正在设计一个公园，有几个足球场大，我想标新立异，有中国园林一块，你们帮我参考吧！"

龚如玉眼睛放出兴奋的光芒，问："哪个城市？"

戴维说："旧金山，那里的华人很多！"

龚如玉眼睛更亮了，脑子里立刻显现铁海良沙盘中铁记庄园的模型。一个大胆的构思出来了。她喝着咖啡，看着街景，尤其那些林立的高楼，十分失望，只有铁记庄园里晚清的九十九间半屋舍，后面的茂林修竹，南面圆沟上的吊桥，河边泊着的小船……

戴维问她："我回去把设计图传给你，你看是不是加一个小园林？"

龚如玉开心地笑了，故意问："你说什么？帮你设计？要不要去施工，材料呢，空运去吗？"

龚如玉连珠炮似的发问，不仅把戴维问懵了，连小伊也摇摇头，似乎没听清。

戴维摊开双手，示意没有听明白。

龚如玉又用英语重复了一遍，语速放慢了。

戴维连声说："is，is！"

龚如玉站起身："OK！"与戴维握手，笑容漾着，不再见到她进门时的矜持。

回去的路上，龚如向小伊打招呼，说了许多对不起，感谢她的配合。小伊说，没关系，两人年龄相仿，就按姐妹相称。龚如玉说，铁海良就是古建筑的研究生，算专家，正在做恢复铁记庄园的规划，如果戴维真的传图纸给她，就让铁海良添加古园林：出口中国园林。

十二月二十九日，这个世纪的最后第二天，龚如玉决定举行集团公司成立大会。天公作美，下起了第一场雪，龚如玉看着纷飞的雪花，心潮起伏，瑞雪兆丰年啊！再过两天，就九九归一，岁月又要从零开始，从新世纪、新起点开始，她也二十九岁了，三十而立，要在新世纪第一缕阳光照到之前，用一个集团公司拥抱它！

紫金大厦巨大的大厅，被装饰得金碧辉煌，灯光璀璨。牧州市四套班子主要领导，以前帮助过跃江建筑公司发展的老领导、老同志全都邀请到场。龚如玉一袭紫罗兰旗袍，胸前佩戴胸花，盘在后脑勺的发髻上，插了银簪，身材更为修长。她仪态大方地站在大厅门口迎接每一位来宾。尤其难能可贵的是，她让季晓红接来了袁倩和保外就医的郑云武，送他们到老同志嘉宾席就座。两人进门时，龚如玉还叫了"爸"和"妈"，令两人激动得直掉泪。这也是管彤统战工作思想给她的启发。

仪式开始，主持人季晓红宣布："江苏铁记庄集团股份公司"成立庆典开始，外面鞭炮齐鸣，飞向雪空，室内喜庆的《喜洋洋》乐曲响起。他接着宣布：

集团公司董事长、法人代表：龚如玉，总经理，谭大龙，财务总监，凌芬，子公司单位以及总经理：

1、江苏铁记庄房地产开发股份有限公司，总经理，谭大龙（兼）；2、江苏铁记庄建筑设计研究院股份有限公司，总经理，铁海良；3、牧州铁记庄建安股份有限总公司，总经理，谭顺和；4、牧州铁记庄进出口贸易股份有限公司，总经理，龚如松；5、牧州铁记庄山水盆景园林有限股份公司，总经理，李兴勋；6、牧州铁记庄高新科技股份有限公司，总经理，铁慧瑛；7、香港腾龙贸易股份有限公司，总经理，龚孝严。

人们以最热烈的掌声祝贺集团公司成立。柳剑书记作了即兴讲话，他口若悬河，滔滔不绝，妙语连珠，新词不断，除了祝贺，还有支持，赢得了阵阵掌声。龚如玉发言热情洋溢，充满信心，她感谢来宾的光临，感谢领导的支持，感谢所有员工的信任，决心带领大家抱团取暖，奋发有为，为地方经济发展，为改革开放的伟大事业做出更大的贡献。

柳书记与龚如玉共同揭牌，全场举起斟满红酒的杯子，干杯祝贺。

第三十章

"牧州张氏服装有限公司"建成投产了，是港商张粤生的独资公司，主要生产品牌西服。柳剑书记介绍江州市新桥毛纺集团与他合作，提供优质西服面料，为江南企业扩大市场。张氏所生产的西服，除了少量的在国内销售，大量出口意大利等西方国家。张粤生让女婿廖冰在牧州负责，这样，女儿廖张小伊就经常来牧州，龚如玉有空就陪她到江南一些古镇旅游。

铁旺孝的儿子铁慧平的"台湾电子产业园"也建成投产了，大量的电子产品销往国内一些知名大型企业，包括西安长江彩电，大连海澜冰箱等。铁慧平还介绍其他电子生产企业进驻产业园，特别是生产芯片的企业，大量的产品出口到韩国、印度等国家。柳剑十分关心台资企业的发展，经常让铁慧瑛陪他来视察，让工商、税务、发改委等单位，做好服务工作，开通绿色通道，切实解决一些困难，使台商们十分感动，台商们又陆续介绍一些台资来牧州投资兴业，台湾电子产业园很快就满园开花，使牧州的外向型经济有了长足的发展。

龚如玉拿到戴维传过来的旧金山城市公园设计图，及时与铁海良商量中国园林部分的设计方案。

龚如玉说："海良，我的设想，是设计、建设全包下来，做一个出口的小园林，你看看如何在他的图纸上设计。"

铁海良说："古典园林，最著名的是一些私家花园，苏州的、扬州的，可以参照；那些私家花园都不大。"

龚如玉说："恐怕不能全盘照抄，只能借鉴一点，比如一个亭台，一座水榭，假山什么的，让人家看着想着，似乎在哪里见过，又不是那儿的东西。"

铁海良看着戴维的设计图，考虑了一个设计方案，他说："根据戴维的设计图，可以在人工湖的一边做设计，依山傍水的意境，亭台、水榭等等。"

"我的想法，把我们铁记庄园的一些元素加到里面，比如得月亭为中心的小林园，我们住的老宅，荷花池、小河、小船、垂柳……"龚如玉幻想着。

铁海良笑道："你也有私心啊！这个创意不错，将来让我们的孩子去美国留学，还可以看到我家的房子！"

龚如玉看着铁记庄园的沙盘，觉得还没有完成，就说："你赶紧把这个沙盘完善了，其中增加一个，就是老街上的老字号钱庄的房子，也移过来，不要忘了……图纸出来了，我带到香港去给善玲太太看看，她比李雨妹奶奶和我奶奶更清楚老庄园是什么样子；最近她的身体不太好，毕竟九十九岁了……"

铁海良说："我尽快完成，一同去请她看。……你说的烧制砖瓦的地方，我想起常州那边有，你什么时候去看看，定下来！"

龚如玉想了一下，说："姜堰溱潼那边的土质与苏南的土质差不多，看价格与烧制的质量再说。"

铁海良说："不是普通的窑、普通的师傅都能烧制，应当有专门烧制的工艺和独特的窑，你不要东跑西走的，就到常州湖塘那边去落实，那里有专门烧制仿古砖瓦的。"

龚如玉说："过几天，小伊来呢，我陪她去同里古镇玩，顺便去看看，也要看看价格，做预算时才心中有数。"

铁海良问："如果戴维那边说好了，是不是与铁记庄园一起建设？"

龚如玉说："只能一个一个建，人手才集中；最好是旧金山那边先建，资金就不会紧张。"

铁海良表示赞同。

廖张小伊又来牧州，从香港直飞上海虹桥机场，龚如玉派驾驶员去接她。

廖张小伊在丈夫公司玩了几天，龚如玉处理完几件事情，就自己开着车，陪她去同里古镇游玩。

在同里，她俩游览了古典园林，观看了民居和古桥。

同里的古典园林，在一个小镇上，创造了人与自然和谐相处的居住环境，其中最具特色的两处，是退思园和陈家花园。

退思园虽然位居小镇，却是苏州园林的代表作之一，建于清朝光绪年间，面积不大，却小巧玲珑，集苏州园林之精华于一体。整个园林由四个部分构成，为东西横向布局，表明了园主人任兰生退隐后藏而不露的心境。

退思园围绕"退思补过"的主题展开，厅堂、内宅、中庭和花园四个部分，外简内深，布局独特。亭台楼阁，廊坊桥榭，厅堂房轩，一应俱全。园中央的小荷花池，建筑物皆贴水而建，体量小巧，与山水相衬。所以，退思园别称"贴水园"。整个园林素净淡雅，朴实无华，给人以清新、幽静的世外桃源的感觉。龚如玉与小伊一边观看，一边听导游小姐介绍，印象特别深刻。

陈家花园，是明朝御史陈王道的私家花园，其亭台楼阁构造精致。"清远堂"是花园的核心建筑，凭水而建，四面廊窗，四望皆景。小兰亭俏立山顶，独眠云间；景明轩与水流云轩隔水玉立。浮云翠画舫静泊柳岸，好像待人渡津。绿筼山房和深松读书楼，是主人静读诗书与古贤圣人对话之处。闲坐园中，景色尽收眼底：假山临水耸峙，山涧流水潺潺，长廊蜿蜒通幽，石桥临水锁澜，廊桥飞虹卧波，池水清澈倒影，林树葱郁，秀草翠绿，鲜花笑意盎然……

正是春游旺季，来自四面八方的游客，都为同里古典园林的精美而赞叹。虽然人们不太懂得建筑原理，但它通过空间渗透与层次变化，造成了丰富而深远的流动视角，使得人们移步换景，就能品味一草一木的诗情，一砖一瓦的画意。

廖张小伊第一次见到古典园林的精致，赞叹不已。她想到了戴维谈的事情，问龚如玉："戴维有没有与你联系？"

龚如玉告诉她："他已经把设计图传过来了，海良已经开始构思设计。"

小伊说："如果移一座这样的小花园过去，戴维一定喜欢。"

龚如玉说："整体模仿不好，工程量又太大，只能参照一些景点。回去以后，我带你看铁记庄园，那里的房舍、小林园、河流，修竹，也是可以参考的，总之，在他的公园里，中国园林只能陪衬，不能喧宾夺主。"

两人在沿河边的小饭店，吃点小鱼小虾，还有江南的银丝面，下午去看民居、古桥。

导游小姐陪同她们，介绍如画似歌的江南水乡田园美景。

同里的民居与铁记庄园的老宅差不多，更具古典特色。建筑的布局有横向的，也有纵向的以及宅院并行的三种。原来，铁记庄园就有五座宅院并排的格局。同里的民居，平面布局一般为厅、宅、园三部分；或前宅后园，或左宅右园，有三进、四进，最多达到九进。

同里民居的天井，具有天人合一的哲学理念。石板铺地，两侧庭院用砖、卵石、陶片和瓷片铺成花式；屋檐用滴水瓦，让雨水下滴归堂，有"肥水不外流"之含义。清一色的白墙、灰砖、黑瓦，如水墨丹青。

同里是著名的江南水乡小镇，大多民居依河而建，河街水巷交织如网，大小古桥星罗棋布，三桥两步，五步一登，回转相接，桥桥相望，构成了"东西南北桥相望，水道脉分棹鳞次"的水乡景色，宋、元、明、清各个时期建造的桥，还完好地静卧在河水之上，见证了水乡的历史静静地流淌……

看着同里水乡的美景，龚如玉不禁想起一首唐诗，轻轻地吟诵出来：

君到姑苏见，人家尽枕河。
古宫闲地少，水巷小桥多。
夜市卖菱藕，春船载绮罗。
遥知未眠月，乡思在渔歌。

小伊问她："你吟诵的这首诗，恰如其分的描绘了眼前的水乡美景，谁写的？"

龚如玉说："是晚唐著名诗人杜荀鹤，送友人来江南水乡游玩之时写的，惟妙惟肖啊！"

小伊笑着说："你今天也是陪友人来玩的，写一首给我啊！"

龚如玉叹息一声，歉意地说："一是我没有杜荀鹤老先生的水平，二是，这几年做了商人，文化就荒废了；好在小时候父亲逼得厉害，背了不少诗词……以后吧，一定写给你。"

晚上，两人到百年老店"谷香村"吃了特色小吃，三丝鱼卷、青团等，观看了大型室内情景剧《水墨同里》，在河边小旅社住了一个晚上，第二天去湖塘镇找砖窑。

湖塘镇，是太湖边上的江南名镇，从古到今，是烧制青砖、小瓦的最佳地方。随着改革开放的发展，大量的小砖窑逐步停办，大轮窑不烧青砖小瓦，只烧红砖、大红瓦，为高楼大厦所用。向镇上老者打听，龚如玉她们找到了"园林仿古砖瓦厂"。

园林仿古砖瓦厂，坐落在湖滨村的湖边上，远远望去，小山丘似的四座窑，连成一排，竖着高低不等的烟囱。龚如玉与廖张小伊开车到了窑厂办公室。厂长魏志儒是一位须髯飘飘的长者。龚如玉一见，老人鹤发童颜，精神矍铄，就知道老人是一位经验丰富、具有传统烧制技艺的专家，内心十分崇拜，双手递上名片。魏志儒一看名片，年纪轻轻的女孩，竟是一个集团公司的董事长，有建安公司，还有房地产开发公司，进出口公司等，一定有业务，慕名而来的，也给她们名片，带她们参观窑厂。

魏志儒介绍，我国砖瓦生产的历史源远流长，早在两千多年前，我国劳动人民就用青砖构建宫殿、府邸等。春秋战国时期，北方战乱不断，民不聊生；而南方社会相对稳定，北方的工匠艺人大量南迁，带来了先进的技术和工具，促进了南方经济的繁荣，人民的生活条件超过了北方。砖瓦作为主要建筑材料，因此大量生产，逐渐形成规模，制砖和烧窑技术在当时就十分成熟了。

龚如玉问，为什么特有这一块土地能够烧制成优质砖瓦，而江北建房也到江南来买瓦呢？

魏志儒老人弯下腰，抓了一把土给她看，介绍说，这种黏土，含铁量较高，具有"黏而不烂"的特点，称为"铁屑黄泥"。虽然有点夸张了，可是，这种黄泥做成的砖瓦，敲之有声，断之无孔，耐风耐雨耐腐蚀，千年不坏。说着，魏志儒老人拾起一块瓦片，用砖头敲击，响声果然清脆，断面上也不见细微小孔。老人接着说，因此，历朝历代的宫廷建筑，都用这里的砖瓦，像故宫、十三陵……

龚如玉问，现在的这些产品，还保留手工工艺吗？

魏志儒告诉她，工艺技术是传承与创新相结合。他的师傅刚去世没几年，徒弟很多，他自己也带了不少徒弟，另外，还高薪聘请了古建筑方面的大学生。手工制作与机械制作相结合，满足各方需求。他带龚如玉和小伊看散堆的产品，都是仿古建筑所需要的。砖头有：金砖、青砖；方砖、条砖；城砖、望砖、皇道砖等。瓦有：盖瓦、仰瓦、条瓦、斜沟瓦；滴水、花边、勾头等。砖瓦的品种、规格不下百余种。

回到办公室，魏志儒老人的徒弟已经泡好了江南红茶，老人给龚如玉倒上一杯，龚如玉给了小伊，才接过第二杯。

龚如玉看着他的名片，笑着说："魏老先生，您这里地方选得不错，水陆交通方便，还可以到湖里取土，成本不会很高吧？"

魏志儒说："因为环保部门抓得紧，关了不少这种窑了；做的人也少了，这种苦活计，没有高工资没有人来做，你刚才看到了，工人灰头土脸的，很辛苦；就说取土吧，湖里的土不能全用，还要到有丘陵的地方买土；要求高的还要加些配方好的成分，质量才有保证。"

龚如玉说："我们公司正准备做两个项目，重建一个晚清的庄园，还一个是出口的小园林，需要不少仿古的砖瓦。"

魏志儒笑道："你来我这里，算是找对地方了！这里生产的砖瓦，都是用于复古的、仿古的建筑，公家的多，私人的极少。像苏州的北寺塔、玄妙观、西园等；北京的一些老四合院，无锡的影视城。出口的有澳大利亚、法国、加拿大、德国等等。西方人认为，这是一种文化，它的清逸、幽远的品质，获得有识之士的青睐。"

龚如玉看价格表，有的十分贵，她放在茶几上，喝着茶，思考着。

魏志儒捋了一下长胡须，笑道："董事长，价目表只是参考价，只作为客户预算参考；真正落实的时候，还可以商量，只会给您优惠，您董事长亲自大老远跑来了，老夫自会卖个人情的！"

龚如玉等的就是这样的态度，买卖心不同嘛。她嫣然一笑："老先生，您也不是一般的商人，不是专门为钱做生意的，做的是文化产业，也是传承文化……我们很快就出图了，到时候还请您老指导呢！"

魏志儒说："在厂里，我也不做什么具体事情了，空时间有的是；如果看得起老夫，我就去你那个庄园看看。"

龚如玉把价目表放到包里，站起身，伸出双手，连说"欢迎，欢迎"，与他握手告别。

魏志儒叫徒弟给龚如玉一包青砖小瓦的样品，送她们上车，目送她们沿着湖边的公路远去。

谭剑英的宣传手段，从报刊的广告，延伸到电视台、电脑平台，业务量不断扩大。北京地区的业务单位一个接着一个，刚刚完成了几个商城的监控安装，大兴的一个现代化的养猪场，为了迎接验收，老板要建立监控系统，管理生猪生活、休眠动态，投资近百万元。从电视台广告看到谭剑英的单位，最后一个通知他去洽谈。

谭剑英一接到电话，立即开着奥迪轿车疾驰而去，到了养猪场大门口，门卫见是好车，开门放他进去。见到老板，一个精明的小伙子，说话直率，直奔主题，因为他约了三家，没料到谭剑英来得这么快。谭剑英拿出手提电脑，向老板演示了产品性能，播放了几个场面的使用效果，并且建议，因地制宜，不需要使用过度高清的设备，会节省不少钱。老板见他也是年轻人，为人坦诚，不是唯利是图的奸商，就爽快地落实了安装数量，谈妥了价格，签订了合同，让财务付给他预付款。当另外两家赶到时，猪场老板还挖苦他们，没有诚意，办事效率也不高！两人面面相觑，摇摇头，看着谭剑英的奥迪扬长而去。

北京电视台的领导，看到北京铁记庄电子工程有限公司的广告，在一个展会上又看到他们的产品展示，就到公司参观了产品陈列室，取消了维修、保养老设备的计划，以谭剑英公司的先进的设备替代了老旧设备。谭剑英让利销售，多了一个宣传渠道，由媒体人传递公司信息，比起自己出去做宣传，有事半功倍的效果。

谭剑英的远程学习第二年了，更加需要多花时间，而且工作量也越来越大，无法照顾到肚子越来越大的铁娜，就把她送回铁记庄园，让母亲照顾他。谭家已经拆掉前后两排，只剩中间的铁家老屋。龚弘菊见到女儿回来了，就请假照顾她，经常去检查，科学地安排她的饮食起居。媳妇洪燕也怀孕了，龚弘菊两个一起照顾，十分开心。谭晓婷快要生产，才回到铁记庄，龚弘莲把她接到城里，悉心照料她。施一梅怀孕晚一点，还上班；铁记庄的房子已经拆除，就在公司里安顿了一家人，母亲端玉萍有时去看看谭晓婷，大部分时间在女儿身边。

经过两年的研发、攻关，卜闽和他的团队开发了多种刑侦电子高端产品，被公安部、最高检察院列入采购名录。例如模糊视频图像处理系统（DDG—J1000A），警用视频摘要系统，刑侦语音分析系统（LVA6.5），互联网信息监控黑匣子（DDG—N1999A）以及光盘审讯实录系统等等，广泛运用于公检法和武警部门。

陈栋回铁记庄那年，与谭来娣一起去看望了救命恩人朱松涛、朱锦奇父子，就让朱锦奇跟他们出去干；朱松涛还要扳鱼，不得离开。随着长江大桥的建成，沿江开发的步伐加快了，开发商建码头，朱松涛的扳鱼棚子、扳渔网均被拆除，扳鱼大半辈子的老人，经年累月生活在江边，习惯了，突然无事可做，仿佛失去了一切，整天闷闷不乐，不久生病了，竟是肝癌晚期，一个月光景，就撒手人寰。陈栋一得到消息，如丧考妣，与谭来娣连夜乘长途汽车回到马驮沙。

小两口看着朱老汉的遗像，江水里奋不顾身的情景，犹在眼前；江边拳拳之心的嘱咐，还像刚刚叙说。他们久久地跪在那里，泣不成声。如果不是老人跳江相救，不是朱锦奇及时赶到，他们早已葬身鱼腹，久离人世了……陪朱锦奇办完丧事，陈栋与他长谈到半夜。

陈栋说："老父亲走了，你们一家还要过日子。你在家也没有收入高的工作，就随我去北京干吧！"

朱锦奇说："我妈身体不好，家里有几亩地，两个孩子，靠我老婆一个人，顾不过来呀！"

陈栋给他算账："种几亩地，做瓦工，也只好糊个家用，两个孩子慢慢长大了，用钱的日子多着呢！你要想远点！"

朱锦奇犹豫了一下，问："听说你们搞的那个东西很高级，我一个初中生去了，能弄什么呀？"

陈栋笑了："不是叫你去设计，只是安装；还可以接业务，我是副总，还会让救命恩人吃亏吗？"

朱锦奇心动了，低着头说："一年大概多少钱？"

陈栋爽快地说："不低于十万，吃住全是公司的。"

朱锦奇抬起头，眼里闪着希望的光，问："我老婆有活干吗？她是职中毕业的……"

陈栋说："有啊，后勤、食堂、打扫都要人，正准备招厨师，她会烧菜吗？"

朱锦奇露出笑容说："职中的旅游班，有烹饪课，她学过；没事的时候，也出去跟家宴帮厨。"

陈栋一拍大腿："那就两人都去！"

朱锦奇说："好是好，田可以请人种，就是俩孩子……"

陈栋说："孩子都带去，那里有学校，我还资助了两个贫困的孩子，学校的监控就是我们做的；还有，我与来娣不是没有孩子吗，帮你们带！"

朱锦奇说："明天与我妈商量，她同意了，我就跟你们去。"

陈栋说："不要着急，明天，我陪你办了老人的头七，如果到了断七，百日，还可以回来，要与你妈说清楚，……我在家还要住几天，陪陪我妈；来娣想到上海青浦去一下，看看我们资助的孩子，下半年读高三了，来娣想让他考北京的大学。"

朱锦奇心里轻松多了，失去父亲的悲痛，被陈栋温暖的话语安慰之后，有些平复。

第二天，朱家一次性办完了所有七数，包括断七仪式，朱母让朱锦奇夫妇带着孩子，安心去北京。朱锦奇与几个小时候玩伴说好了，治虫的时候帮忙打一下农药，收割的时候帮叫一下收割机，回来谢他们，一个个都答应得好好的，母亲叫他放心，说实在不能种了，田就给人家种；在外面好好工作，带好孩子，要经常给家里打电话……

陈栋与谭来娣去青浦看那个资助的孩子，已经是个大小伙子了。他们陪他去街上买了些衣服、鞋子；与老师交流了学习情况，成绩还算上游，考大学没有问题。他们鼓励他考北京的大学，可以就近照顾他，孩子十分感激，表示一定努力，争取考到北京去。他们到孩子家里，给了学习费用，叮嘱家长，有事打电话，他们会及时帮助处理。孩子的家长也千恩万谢，感激不尽。

回到家里，陈栋叫来娣给朱母三千块钱，作为零用；请她把他们作为儿子、儿媳妇；告诉她，自己不能生孩子，朱锦奇的孩子就是他们的孩子，一定培养他们成长，将来为家庭、为社会做贡献。老人含泪感谢，夸他们是见过大世面的人，有出息，要朱锦奇夫妇争气，报答人家。

戴维看到龚如玉传过去的设计图，非常满意，立即打电话给她，要求到中国来看看铁记庄园和中国园林。龚如玉与李兴勋商量，请管彤与外事部门探讨一下，如何接待戴维。外事部门很快回复，因为是私人访问，只要有合法的出入境手续，就可以按照接待外商的规格接待他；领导是否接见，到时候视情况而定。龚如玉给戴维回话，邀请他来中国。

龚如玉请李兴勋、铁海良陪同戴维参观访问，行程安排三天。第一天在牧州，参观铁记庄园和建安总公司与山水盆景公司；第二天游览扬州何园与瘦西湖；第三天游览上海外滩与东方明珠塔，从浦东国际机场返回。戴维接受安排，欣然而来。

听女儿说，有老外来参观庄园，龚弘奎回到铁记庄园书屋，把天井拾掇了，干干净净，花鲜草翠。他留恋地看着住了半个多世纪的老宅，真有依依不舍的感觉，好在柳剑、管彤的执着，不但老宅保住了，还要重建拆除了的六十几间房舍。他小时候就有印象，那些房子，大多数是建筑精品，可惜土改时拆除了，那些好木头不知被什么人弄走了，瓦现在还盖在圩上人家的屋面上。他只有一个愿望，所有藏书就捐在这里，自己有生之年可以常来坐坐，翻翻典籍；带着小外孙，教他多读书，无论长大了做什么，读书还是必要的。如果女儿从小不读那么多诗词、典籍，没有学养，做生意也是做不像的，儿子也是一样。小外孙六岁了，正是强化学习的最佳时期，三岁看小，七岁看老，基础还是早点打扎实，以后才学得轻松啊！儿媳妇也有身孕了，不管是孙子，还是孙女儿，自己也可以教育他（她）啊！

驾驶员开车下了高速公路，打电话给龚如玉，她就回到铁记庄园。把小孝严送到陈桂兰身边，让铁娜带他玩。

龚如玉坐到得月亭里，池塘里荷花盛开了，她看着荷花，回忆美好的往事。她的爱情已经悄悄远去，而见证过去的得月亭还在，小林园还在；那株她爬上去又滑下来的树高了、粗了，枝叶繁茂，一切美好的故事，在脑际弥漫开去……池塘里的荷莲，虽亭亭玉立，花儿也有几种颜色，可是没有人民公园的并蒂莲呀，也许，这就是不能收获爱情的原因吧？……铁记庄园的房舍只剩下老屋了，静静地守候在庄园中间，还有这个亭子以及爷爷亲手建的小林园……轿车喇叭声从东北角传来，龚如玉从思绪里回到现实，转身望去，戴维已经从车里下来，迈着大步朝庄园走来；龚如玉站在桥头迎接他。

戴维到了桥头，龚如玉笑着迎上去；戴维拥抱她，龚如玉让他象征性的抱了一下，领他看得月亭，告诉他，这是庄主的后代铁爷爷与自己的爷爷在世时，根据原始亭子复建的。戴维仔细看了重建碑文，看看木枋上的雕刻，赞赏重建的技艺也是十分精湛。

离开得月亭，走进小林园。龚如玉告诉戴维，这个小林园的设计师，是她爷爷龚德昌，爷爷过去是老庄园的教书先生。这个小林园的特点是假山与林木搭配，河边的垂柳与河里的菱蓬相映，尤其是青石假山，不同于太湖石假山，虽然不高，却有力拔千仞的精神，与松、竹、梅搭配，更加彰显了这些植物的灵气。

到了龚家院子门口，没有高大的石库门，龚如玉介绍，江北的古建筑与江南的区别就在这里，里面没有太大的区别，她家是三进三间两厢的民居结构的庭院。

龚如玉带领戴维走进庭院，小院里的梅花与桂花树，有不同的品种，虽然不是开花的季节，却郁郁葱葱；廊檐下花盆里，兰花散发着幽香……强烈的阳光照射到天井里，天地之气相接，是小院生机所在。戴维特别注意房屋的结构，处处是中国传统文化的元素。楠木梁柱，不敷色彩，加工讲究，则外施水磨，刷上薄薄的清水漆，木质外露，柔和圆润。门窗隔扇，板壁龛格等部分，精雕细刻，图案生动清晰。墙砖小瓦全是青黛本色，简朴典雅。

戴维为这座古色古香的庭院吸引住了，直喊"ok，ok"！

龚如玉向书房叫道："爸，来客人了！"

戴着老花眼镜的龚弘奎从书房走出来，慢条斯理。戴维赶紧迎上去，伸出双手，略弯了腰，礼貌地叫他："龚先生好！"

龚弘奎与他握手，让座。茶水已经泡好，龚弘奎倒掉第一道，又倒上第二道，稍等片刻，给戴维斟茶。

龚如玉坐在父亲身边，介绍戴维："爸，戴维是美国旧金山的市政建筑设计大师，中国通呦！他在旧金山市区设计了一座公园，那里的华人多，他想在公园里加上中国古典园林，让东西方文化在一个公园里并存。"

戴维点点头，表示正是这个意思。

龚弘奎问："会不会不伦不类啊？"

戴维说："这个公园有三个部分，一边是西方式的，一边是中国式的，中间有一个人工湖。西方式的没有什么建筑物，只是草地、林木，有一个运动场地；中国式的，要在人工湖的边上建水榭、亭台，再建一些假山、屋子，就像您这个庭院，游人可以休息，欣赏。市政公司已经同意了如玉小姐传过去的图纸和建设方案了。"

龚如玉说："也不要搞多少建筑，因地制宜，小中见大，就好。"

戴维点头称是。

龚孝严玩得满头大汗，回来了，后面跟着铁娜。龚如玉立即去迎儿子，到井里打水给他洗脸、擦汗，轻声跟他说："有客人来了，要懂礼貌，你这个狼狈样子去见客人，就是没礼貌。"

龚弘奎又给戴维斟茶；戴维看着龚如玉对儿子那么细心，那么疼爱，这么年轻美貌的女子，竟然有这么大的孩子，很吃惊。

龚如玉替儿子洗擦完毕，招呼铁娜，铁娜才从门口进来，腆着肚子。

龚如玉带两人走进客厅，歉意地对戴维说："这是我儿子，龚孝严，六岁。"

小孝严很乖巧，向戴维打招呼："叔叔好！"

龚如玉又介绍铁娜："我表妹，铁娜；设计师铁海良，是她哥哥。你别看她年纪轻，可是北京一家高科技公司的老板娘，回来待产的。"

铁娜被表姐说得脸红，戴维主动与她握手，打招呼。

戴维问："龚小姐，你儿子上学了吗？"

龚如玉自豪地说："还要一年去学校读书；不过，他现在的文化水平，已经超过小学三年级了，我爸教育的！宝宝，背几首宋词给叔叔听听。"

小孝严问外公："外公，背哪位的？"

龚弘奎笑道："你想到哪位，就背哪位的。"

小孝严搔搔后脑勺，说："那就辛弃疾的《生查子》。"他背诵：

生查子·独游西岩

青山非不佳，未解留侬住。赤脚踏沧浪，为爱清溪故。

朝来山鸟啼，劝上高山处。我意不关渠，自要寻兰处。

龚弘奎对戴维说："这首词里，有你所需要的意境，青山、清溪、山鸟，构成了一幅美景，处处有诗意。辛弃疾是宋代爱国主义诗人，大多数诗词豪放、苍凉，像这种婉约风格的词作很少。还有一首《鹊桥仙》也有这种情调，孝严，背给叔叔听。"

小孝严背诵：

鹊桥仙·己酉山行书所见

松冈避暑，茅檐避雨，闲去闲来几度？醉扶怪石看飞泉，又却是，前回醒处。

东家娶妇，西家归女，灯火门前笑语。酿成千年稻花香，夜夜费，一天风露。

戴维被小孝严抑扬顿挫的朗诵吸引了，小孝严对词作意境的理解，都流露在红扑扑的小脸上。龚弘奎给他喝茶，小孝严也学着外公喝茶的样子，呡了一小口。铁娜只笑。

龚如玉说："我小时候也背过这首词。这是辛老先生闲居江西上饶写的乡村美景，最好的句子'酿成千顷稻花香'，广为传诵，'稻花香'几个字已经被一家酒厂注册为商标。'稻花香'酒，也是古代文化的传承啊！"

小孝严兴趣来了，笑着说："我再背一首李清照的……"

龚如玉说："好啦，以后叔叔还会来的……跟阿姨去玩吧，外公与叔叔有事情……小娜，带他去你家。"

铁娜向戴维点了一下头，带着小孝严回到自己娘家，母亲与洪燕都在。

离开铁记庄园，龚如玉带着戴维到海良工作的建筑设计研究院，在建安总公司里面。谭顺和在接待室陪他们坐了一会，就去铁海良那边。戴维认真看铁海良为他准备的公园沙盘，觉得少了点什么，摇摇头。

谭顺和说："因为有一个小湖，可以考虑在湖边上建一段九曲长廊，就在这个地方……"他指着沙盘的湖边。

戴维对九曲长廊没有印象，疑虑地看着龚如玉。

铁海良介绍说："九曲，就是九个弯折；中国文化里，有九为大之说。九曲长廊，曲径通幽……不过，建一条九曲长廊，要增加不少投入，优质木材用得多，雕梁画栋，人工也多……"

"明天，我陪他去扬州旅游，到何园看一下。你电脑里有没有何园的图案？"龚如玉说。

海良说："只有概貌，没有分解图。"

谭顺和说："你先给他看一下，让他有个初步印象。明天到实地看了，他就了解构造的复杂性。"

铁海良打开图案，向戴维介绍："何园的长廊是两层的，一千五百米，建议你，不要超过四百米，因地制宜。"

戴维看了一会，没有看出什么名堂，站起身说："明天，去参观了何园，再说吧！据说，何园是晚清江南第一花园，名扬海外。"

铁海良说："何家是书香门第，家学渊源，不仅有两院院士，也有学者生活在美国。"

龚如玉说："明天回来再定方案；设计好了，再谈实施方案。三叔，一起去吃晚饭，您要与戴维多沟通。如果戴维把工程给我们做，您要挂帅，海良配合，到旧金山住一阶段。"

谭顺和笑道："我正好出去旅游一趟，本命年啦！"

龚如玉立即说："海良，记着，我们要为三叔过生日！"

"我不过生日的，希望你们这个项目做成了，我就开心，我就退下来，你们年轻人干下去！"谭顺和说。

戴维在想预算，突然说："一定会干成的！别的不说，就看如玉小姐的气质、为人，还有美貌，我也要把工程给你们做！"

龚如玉伸出纤美的手，与戴维握了一下，甜甜的浅笑，说了声"谢谢"。

第二天，铁海良开车，龚如玉、谭顺和、李兴勋等人，陪戴维去扬州。上午到何园，下午到瘦西湖，都请导游小姐介绍。

到了何园门口。戴维见圆洞门上写着"寄啸山庄"四个字，不解地问："何家花园怎么叫'寄啸山庄'呢？"

导游解释："何园建于清朝光绪年间，是担任过湖北汉黄道台、江汉关监督的何芷舠先生所建的私家花园，他四十九岁退隐，历时十三载，建成之后，何芷舠亲笔书写园名'寄啸山庄'。"

戴维问："有什么意义吗？"

导游说："为官退隐，是中国古代很多官宦的处事方法。晋代陶渊明'不为五斗米折腰'，就退隐乡野，过着'采菊东篱下，悠然见南山'的田园生活。何芷舠也附庸风雅，自比陶渊明，从陶渊明诗句'倚南窗以寄傲'，'登东皋以舒啸'里取'寄'和'啸'二字得名，后人大多以何家花园称呼，简称'何园'。"

走进圆洞门，导游介绍：全园分三个部分，北边是东花园、西花园两部分；南部是住宅区。何园集扬州园林精髓于大成，并且很好的借鉴西洋建筑元素，成为中国园林史上一个奇葩。除了它的整体结构巧妙，九十八间房屋，厅堂布置合理，亭台楼阁也别具匠心，园中蕴藏的四个"天下第一"为世人赞叹。

戴维问："哪四个'天下第一'？"

导游小姐笑着说："我们走马观花，到了那里，我详细讲给你们听。"

进入东园部分，前面呈现两座厅堂。导游指着南面的一座山墙上面镶嵌的"影凤穿牡丹"的雕砖，告诉他们，那是晚清时期保留至今的、一件不可多得的砖雕工艺品。下面种的牡丹花，所以，这厅堂叫牡丹厅。他们走进牡丹厅，里面结构优雅，雕刻精致。

从牡丹厅往北看，是船厅，厅似船型，台阶前以鹅卵石、瓦片铺地，花纹作水波状，给人以水居的意境；厅堂北面铺设丹凤朝阳，象征吉祥、长寿。导游告诉大家，主人名字里"舫"字"舟"旁，所以建了船厅纪念，并且在正面两柱子上书有对联：月作主人梅作客，花为四壁船为家。

西园是何园的主体，以水池居中，池中央便是"水心亭"。导游介绍，那就是"天下第一亭"！因为这座亭子，是中国绝无仅有的水中戏台，戏子在此演出，专供主人以及宾客观赏、纳凉的，曼妙的歌声飘荡水面，回到空间，有奇妙的音响效果，这也是天下第一的。

水池北面，是蝴蝶厅，导游小姐指着歇山顶式建筑，四角伸出，远远翘起，就像展翅起舞的蝴蝶。这是主人宴请宾客的"宴会厅"。

水池西面，古木相映，绿茵野趣，花丛拥立，是桂花厅，门前所种的金桂、银桂、丹桂和四季桂而得名。

水池南面是全园最高处，太湖石假山高十四米，有险壁、悬崖、奇峰、幽岩，走盘山曲道，达到山顶，下到山脚空谷通幽。戴维好奇，也有探险精神，就爬到山头，放眼整个何园，美景尽收眼底。他从洞中下来，直呼过瘾。

"第二个'天下第一'，要数'天下第一廊'了。四百多米的复式长廊，把西园参差不齐的楼台连接起来。廊的东西两面有漏窗，折扇形、花瓶形、梅朵形、海棠形等，如同一个个画窗，在长廊里，可以随意看到何园的不同角度的景色，因此，这些漏窗，被称为'天下第一窗'。"导游小姐介绍说。

戴维是有目的来看何园长廊的，他不仅为曲折的复式长廊所赞叹，更惊叹这些花窗了。花窗上图案精美，窗外景色迷人，一景两个"天下第一"，令人叹为观止！

从长廊曲折南行，导游告诉戴维，主人为何辞官返乡，全是为了母亲，尽孝子之心，所以，赡养母亲，让她颐养天年，也是建园目的之一。为母亲建的"赏月楼"，具有中西合璧的艺术特点，廊旁刻影"延年益寿"字样花案铁栏，都是从法国定制运回来的。她指着地面介绍，鹅卵石铺成了"松鹤延年"，也独具匠心。

南面是楠木厅，以名贵木材金丝楠木建成，主人会客的地方。它的后面是玉绣楼，两层，共二十八间，小姐的闺房。

导游小姐带领他们到北面的片石山房。告诉戴维，为什么叫"寄啸山庄"，这山，就是"天下第一山"，它不是以山的高耸、峻峭而得名，是一个人而得名。她介绍，清朝初年，这座花园叫"双槐园"，这里还有一棵大槐树了，原来两棵。画坛巨匠石涛买下"双槐园"，选石造园，取名为"片石山房"。门楣上这四个字，是移用他的墨宝。何园的这个园中园，廊、亭、厅、假山与水都达到和谐统一，给人以动中有静、静中有动的意境，在有限的空间里给人以无限的遐思。

走出何园，四个"天下第一"的画面，在戴维的脑海里深深地打上了烙印，他一直幻想着旧金山公园里也应该有何园的影子。导游小姐告诉他，何家人已经远走他乡，远的定居海外，包括美国，戴维更加坚定信心，让在旧金山的中国人要看到中国园林！

下午去瘦西湖，戴维没有多大的游兴了。坐着小船，看岸边亭台水榭，水畔杨柳，湖里荷花；一些仿建，给他人工湖畔的建筑，有借鉴作用，他甚至想，瘦西湖，不过是一条河罢了！

因为安排了柳剑接见戴维，龚如玉一行就早一点回去。晚饭前，柳剑书记在紫金大厦亲切接见了戴维。

柳剑说："中美两国建交以来，不仅在经贸方面有了广泛的往来，在文化方面也有逐步的交流。这次戴维先生与牧州建筑业有好的合作，既是经贸往来，也是文化往来，希望双方以诚信相待，以质量为本，搞好这次合作，为两国人民的友谊做贡献。"

戴维说："我第一次来中国，不但受到热情的接待，更为中国园林的精妙绝伦的布局，精致无比的构造，不可复制的设计，深深地感动了。西方文化简约，直来直去，比不上东方文化的博大精深，回味无穷啊！"

柳剑说："这是历史的问题呀！中国有五千年文化积淀，造园也有两千多年历史，是一代又一代能工巧匠们不断创造，才有今天中国园林的美不胜收！你去看了何园了，主人建园就花去十几年光阴，有实力，有智慧，更耐得住寂寞啊！他的父亲何俊，和他的儿子何声灏，是有名的'祖孙翰林'，他的两个孙子何世桢、何世枚兄弟留学你们美国，成为'兄弟洋博士'，回国后创办大学，实业救国；还有孙子何适与曾孙女何怡成了国画大师黄宾虹的学生，被誉为'父女画家'，都是驰名国内外的丹青高手。第四代孙何祚庥、何祚榕、外孙王承书是我国杰出的两院院士，第一颗原子弹就是王承书参与设计的，当然，何家对中国革命与建设做出了巨大贡献，出了六位共产党员。"

戴维表示赞同，他说："我们美国文化也是外来文化，历史很短，不能与中国相比。所以，我想为传播中国文化做点事情，正好在香港遇到美丽而能干的龚如玉小姐，有了共建旧金山公园的设想，给了我一个非常好的平台。"

柳剑笑道："这就叫缘分，讲缘分也是中国文化的一部分。他们的集团公司很有实力，很快就会在香港上市，希望你们的合作，是一个良好的开端。"

戴维说："一定，一定！"

会见以后，柳剑招待戴维品尝了中国淮扬菜，管彤、季晓红、铁慧英、铁海良、谭顺和、李兴勋和龚如玉陪同。

在山水盆景公司，双方签订了合作备忘录，交换了设计图修改意见。结束后，龚如玉陪同戴维去上海旅游；晚上，戴维乘机返回美国。

　　下半年，铁记庄的喜事太多了。

　　前后生了五个世纪宝贝，龚弘奎老先生给孩子们的名字，起了一个"元"字，是新世纪元年，有一元复始，万象更新的含义。他们各自以"元"字为中间排名，再起名。谭小龙与司徒秀敏生的女孩，取名司徒元鹤，仙城是丹顶鹤的故乡，这个名字有纪念意义。谭剑英与铁娜生的是男孩，取名谭元恺，愿宝宝永远快乐。施一飞与谭晓婷生的女孩，取名施元婷，很和谐，父母名里各一个字。铁海良与洪燕生的男孩，取名铁元进，寓意生下来就进取、进步……牟丽军与施一梅生的男孩，取名牟元安，既寓意平安，也有怀念西安、长安的意思。

　　几家商量，在二〇〇一年元旦，集体举办庆生喜宴，四面八方的铁记庄人，亲朋好友，全都回来，欢聚一堂。

　　城中旧城区改造的楼盘顺利竣工，元旦上午，市民们开开心心地拿到了新房钥匙。

　　老竹编厂地块建楼工程、铁记庄园重建工程、工农新村安置区工程、集团公司总部大楼，四处同时鸣炮开工。柳剑与管彤亲自到铁记庄园工地，钉上喜桩，祝贺开工重建。龚如玉在集团公司大楼工地，谭大龙在老竹编厂工地，谭顺和在工农新村工地主持开工仪式。

　　喜庆的事情一起办，中午的紫金大厦宴会大厅，宾朋满座，共庆吉祥…

第三十一章

元旦过后，整整一个月就是春节了，为孙子、孙女办完喜事之后，陈桂兰想办谭顺和的五十岁生日。

现代人都讲什么本命年，过四十九岁生日，可农村的老规矩还是庆祝五十大寿，到了五十岁，才是人的知天命之年。陈桂兰想，谭顺和大半辈子都为她和三个孩子操心劳碌，孩子们已经成家立业，都有自己的工作，他也应该歇息了。要不是为了她的仨孩子，他也许早就成家了，有自己的老婆、孩子、热被窝；自己的命硬，伤了谭顺章，假如与他合并一起过，恐怕也是不行啊！开始是自己不愿意，后来想与他并，他几次都不理会，为什么呢？想了许多时，没有答案，只好去找常九郎算命。常九郎是算命不留情的，便说她，妻子大三，男人步步瘫，老话就这样说的，陈桂兰比谭顺和大三岁，不好配。两人就这样生活，还算太太平平的。常九郎劝她，年纪轻的日子都过来了，就这样算了，孩子们会养谭顺和的。常九郎算的结局，谭顺和会不会知道，也许他早已算过命了，只是不作声罢了！也真是难为他了，他一如既往地为三个孩子尽心尽力，老大、老二都在上海买了房子，给小老三在北京造办公楼……陈桂兰想着，眼泪流出来，她自己这辈子吃尽了谭家的苦，还连累谭顺和，他的五十大寿，要趁孩子们春节在家，提前办了。她算了一下，这一年过正生日的，年长的还有肖秀英，过了年是八十大寿了，龚家不会不办。她与龚弘奎商量，还是一起办，热闹热闹。

龚弘奎留恋老屋，与季晓红打了招呼，最后住一些日子。他不再去老街的办公室，人家有事到开发区去找铁慧瑛，所以，与陈桂兰天天见面。龚弘奎听了陈桂兰的建议，十分高兴，他本打算到母亲过生日那天，请几个佛头来讲经的；正月里办，请佛头讲经，是否妥当？陈桂兰认为，圩上人家都拆迁了，住得五零四散的；庄园上就住三家，人少了，不热闹，还是不请的好。龚弘奎表示，等问了女儿再说。

陈桂兰约了谭顺利与龚弘莲商量，他们都同意了。谭晓婷在北京买房子，也是老三支的钱，他对老大十分尊重，对老大提出的要求，没有打过折扣；要不是他逼得谭顺利限制韩莉的放任，韩莉也不可能浪子回头，戒了赌博，埋头把发廊开下来。虽然他是老大，也心悦诚服老三的厚道与齐心，更佩服他的领导能力，总公司上下，没有一个不服从他的。龚弘莲打算，还有半年，谭国庆就考大学了，再管理他半年，就办理病退，去北京，帮大姑娘带孩子，也可以常见到来娣，还有留学回来在清华大学工作的三丫头等娣，所以，她支持大办。

谭大龙弟兄们更是响应母亲的号召，三人出钱，建议年初二就办。按老规矩，"中面晚酒"。牟丽军知道了，建议还是年初六，他爸爸、妈妈一定要来的，年初二赶不上。综合大家的意见，时间定于年初五，这一天是"财神日子"，地点放在南苑宾馆，范围就是亲戚，也比紫金大厦、扬子江大酒店节省，中午在庄园里吃寿面，晚上南苑宾馆办酒。

日子定了以后，陈桂兰去建安总公司跟谭顺和面谈。

谭顺和见嫂子来了，估计又是谈合并一起过的事情，因为春节快到了，他的事情忙，绝大多数时间在几个工地上转，回去都很晚，有事应酬，就不回去了；陈桂兰以为他躲着她。不过，话又得说回来，说谭顺和没有躲陈桂兰的意思，也是假的。在年轻时候，谭顺和一心一意要与嫂子并起来过，共同培养孩子，解除陈桂兰的后顾之忧；可是，被她几次拒绝之后，就下定决心，熄灭了心底的火苗，尊重嫂子的选择，理解她的苦衷，觉得只要心里有她就好了。那次嫂子给他买西服，压抑的火苗一下子又蹿上来，但他很快强压下去了，更加体会到陈桂兰心里一直是有他的，他满足了，其他的都不重要。所以，当嫂子再次表白时，他立即离开，生怕心底的防线一下子崩溃掉；那是一个多么美好的夜晚啊！……在他心目中，陈桂兰纯洁、善良、美丽、端庄，形象是女神般的高大，不能玷污这种圣洁！只要她能够还在谭家，都在一个屋檐下生活，天天看到他，穿她给洗的衣服，吃她做的饭，都是幸福的，他知足了……

陈桂兰来建安总公司，也略微打扮了一下。龚如玉给她买了新羽绒服，嫩绿色的，下摆还绣了小花，波司登牌的；紫红色的高领毛衣，是她自己织的；紧身裤，黑皮鞋。特别是头发，焗油了，黑亮有光泽。日子舒坦了，脸上的气色也有了红晕，腮帮儿不再皱着，有些鼓起来；双眼皮的眼睛，再也不像以前，总是低垂着，而是闪着清澈的波，一直紧锁的眉头，舒展开来。年轮在她的身上似乎倒转，她变得年轻了！

谭顺和见嫂子进来，立即放下手里的事情，起身迎她进门，给她倒水，陈桂兰坐下后，他才在另一张单人沙发坐下。

陈桂兰说："老三，你今年四十九了，过年五十。我和老大，还有几个孩子商量，打算年初五为你过生日，正月初五，财神日，也乘孩子们都在家，提前办；还有肖大妈，八十大寿，两家一起办，你说好不好？"

谭顺和笑道："你们都商量好了，还有什么好不好的？就依了你们……我一个人，本不过什么生日的；每天顺顺当当的，等于天天过生日。"

陈桂兰说："俗话说，五十知天命。人那，过了五十岁，就不同以前了，有些事情，想法也不同以往了，看得淡，想得开……孩子们都大了，成家立业，远走高飞了。我看啊，你也该歇息了……"

谭顺和说："桂兰，不瞒你说，我也有这个打算。过了年，我不想在这里做了；到小老三那边看看，靠他过一阵子。上次他告诉我说，准备让小栋去东北设立办事处，缺少人手，我想去帮帮他，也出去玩玩。"

陈桂兰说："他们的事情，是问不完的，你就别操那个心吧！现在有小栋，还有朱锦奇，郑州的丁大伟几个，亲戚朋友里，他会找到人，连大学生能招到，什么人找不到？再说了，东北那么冷，你别去……现在说过生日的事情。"

谭顺和不再说什么，想如何退出建安总公司。

陈桂兰说："老三，你走了，是不是打算让大龙回来？"

谭顺和说："唐生华与我谈过好几回了，他就是这个意思。大美那个集团的房地产开发公司，只是一个壳子，施工人员都是这边的，大龙过来就是两个公司合并。"

"合并起来恐怕不可能呀，大美成立集团公司，准备上市，子公司不可减少。"陈桂兰肯定地说。

谭顺和说："大龙与唐生华恐怕有了计划，我只要做好撤退的准备就好了。"

陈桂兰着急地问："你给小老三砌大楼的钱怎么办的，他还过来了吗？"

谭顺和说："我都解决好了，包括老大给大姑娘买房子的钱，小龙、大龙在上海买房子的钱，账面上做好了，没有后遗症。再说了，我做了几年老总，分红也应该有这么多钱的，他唐生华说不出口的。"

陈桂兰放心了，便说："公司的事情，我不管你们。办了生日酒，你再做打算吧！……我回去了。"

谭顺和看着步履有力的嫂子，心里一阵温暖；五十年来，自己没有过一次生日，这一次，她积极来操办，感到自己长期的付出没有白费。孩子们都大了，都有自己的事业，自己该急流勇退了……

春节前，陈桂兰与龚弘奎筹备生日喜宴，龚如玉为集团上市做准备，经过一年的努力，集团公司基本具备了香港上市的各个条件。他召集各子公司负责人开会，讨论确定集团公司在香港上市的时间表和路线图，也为旧金山园林工程打基础。

谭大龙经不住唐生华的反复分析，得知三叔同意唐生华的意见，决定回到建安总公司。唐生华得寸进尺，要求谭大龙脱离集团公司，出来单干，让建安总公司成为唐家的天下。端玉梅与唐菲菲也认为这是最佳方案。在集团公司，两个人拿的钱，还没有谭顺和一个人拿的多；而这个公司，要不是唐生华做什么副乡长，就是理所当然的改制给他的，让谭顺和兄弟捞了那么多钱，每年还上缴集团公司管理费，真是不甘心。他们蛊惑谭大龙出来单干，管它什么上市不上市。

谭大龙知道，回到建安总公司，三叔是愿意的，自己占的股份最多，分红自然最多，但是，他没有想到脱离龚如玉的集团公司，他在集团和房地产开发公司兼职总经理，也会分到不少，只是起步阶段，龚如玉跟他打过招呼，集团公司上市之前，只发工资，不分红，所有资金，都为公司上市做准备。在感情上，他已经辜负了龚如玉，在她事业需要帮助的时候，必须帮她。可是，唐家要建安总公司脱离集团公司，他万万没有想到，一时不肯决定。

端玉梅说："大龙啊，你犹豫什么？第一，你有工程师资质，第二，公司的元老，都是你爸的老部下，他反正在政府办事处没有实权，不如到公司帮你坐镇，联系业务……"

唐菲菲说："妈，大龙不是没有能力干，是不想让公司离开集团。"

端玉梅冷笑一声，说："哏！恐怕是不想离开龚大美吧？她没有嫁人，带着孩子，守着寡，拉着你为她赚钱，养人家儿子啊！不是有个外国人追她吧，你还做什么电灯泡呢？"

唐菲菲叫起来："妈，你说得这么难听做什么？大龙要是想大美的话，第一个宝宝没了，不就离婚了？人家还帮忙，让我生了双胞，你怎么没有一点感恩之心呢？"

端玉梅嗤之以鼻："你还帮着说话？除了她，南京、上海，还有北京，也可以帮你生的！她是黄鼠狼给鸡拜年，没安好心，拉拢你们帮她一家门赚钱，她龚大美把你们卖了，你们还帮她数钱呢！"

唐生华见母女俩争执不下，立即制止她们："你们别吵了，七岔八岔，不在正题上。我说大龙，是这个道理，不管白猫黑猫，捉住老鼠，就是好猫。别人搞什么集团公司，上市公司，那是人家的事情，有多少能耐，办多大的事情！我们这个家庭，怎么发展，也应当有个规划，不能烂泥萝卜，揩段吃段！我的意见，大龙先把建安总公司接过来，跟你三叔换一个位置，再从集团撤来。我也退居二线了，帮你们打理，现在滨江大开发，在这个地盘上，我的老面子还有用，建设的项目肯定会拿到不少。"

谭大龙看着双胞，他们十分讨人喜欢。家有儿女，多么幸福！再想想唐家，对自己视同己出，丈人的话不无道理，如果单干了，鸡子啄米，粒粒下肚。自己有资质，丈人有人脉，菲菲精通财务，他不再犹豫，决定单干！

腊月二十六日，建安总公司召开股东大会，谭顺和学习尧舜，禅让董事长职务，并且做了说明。唐生华坐镇会场，老部下们不好回拗，一致举手同意。施一梅已经做好分红方案，谭顺和也批准了，都开好现金支票，发给股东们。唐菲菲收回了公司的所有印鉴，唐家正式接管建安总公司。

对谭家叔侄自愿换岗的做法，龚如玉十分不满，心里认为，这是唐家在后面操纵谭大龙这样干。眼看就要过年了，她不再说什么，只等春节后，两位长辈的生日办完再说。她让凌芬把各子公司的报表交给她，要在春节期间仔细研究，做好上市准备；同时，让凌芬到有关部门打招呼，争取所有工作开展顺利。

大年初五，只限于亲戚关系的庆祝肖秀英、谭顺和的生日的活动如期举行。除了正常的形式，多了一个拜寿仪式。这在马驮沙已经少见了。中午吃寿面之前，要敬菩萨，放鞭炮，两家各自进行，都在铁记庄园老屋里。肖秀英是四世同堂，三代人依次拜寿，向老寿星磕头。谭顺和有母亲健在，没有要大龙一辈磕头，只让几个宝宝拜了一下，他十分开心。晚上，与两家联姻的亲戚们，到南苑宾馆喝酒祝寿。

年初六中午，谭家人再聚首，讨论谭顺和是否去北京的事情。唐菲菲在没有征求谭大龙的意见的情况下，突然向大家宣布了建安总公司脱离集团公司、单独干的决定。大家毫无思想准备，所有人目瞪口呆，有了不同的声音。

谭顺和立即表态："这恐怕不是你个人的意思，应当是唐家的集体意志，菲菲，是不是？"

唐菲菲低头不语。

谭小龙戴着深度近视眼镜，埋头看书，听了三叔的话，感到带着火药味，就抬起头说："三叔，人各有志！三国开头就说，分久必合，合久必分……"他支持谭大龙的态度，不言而喻。

谭剑英却不同意这个观点，说："在北京，公司都向集约化发展，抱团取暖。比如，重大项目招标，小公司连标书都买不到；尤其像建筑业这种劳动密集型企业，能够有重组的机会，就不错了……当然，小地方，小打小敲，自当别论。"

陈桂兰不好说什么，因为她支持谭顺和到小老三那里去，只好让大龙去接班；可是没有意料到唐家要他单干，心里不免一阵痛苦，龚如玉一口一声甜甜地叫着"妈"，犹在耳边。

谭顺和还想挽留大龙，便说："大龙、菲菲，你们想单干，我不反对。不过，你们有没有想过，现在的建筑业，就像小老三说的，早已不是小打小敲的时代，如果想揽一个大工程，你们的资质不够的。集团公司有建筑设计研究院，研究生好几个，海良、洪燕都有高级职称，能够担任大项目经理，你们单干了，没有与集团开发公司竞争的实力。集团公司少了你们，照样上市，一旦上市了，股票一发行，融资渠道就敞开了……"

听了谭顺和的分析，谭顺利说："这样说来，我的装潢公司的活，也会变少了，还不如出来单干，成立自己的装潢公司。"

谭晓婷反对，说："爸，您这是拆大龙的台！你多大年纪啦，还成立个小公司？在大龙的公司做做现成事情好了。"

铁娜感到，大龙不可能回头，也表态发言了："还是小龙有水平，说得精辟！我也看到书里这样说……"

小龙听到知音，从书里抬起头，等铁娜的高见，铁娜故意卖一个关子，才说："大概是《红楼梦》吧，叫作'千里搭长棚，没有个不散的宴席'！"

谭大龙此时如坐针毡，看看唐菲菲，希望她表态，收回决定；唐菲菲起身，带着孩子离开老屋，向外走。谭大龙也站起身，离开大家，追上菲菲，抱起一个孩子，两人走出铁记庄园。

谭剑英朝铁娜跷起大拇指，赞扬她给大龙下了台阶。

陈桂兰直叹气、流泪。

铁娜把孩子塞给奶奶，孩子看着奶奶流眼泪，一个声的叫唤"奶奶、奶奶"，也哭起来，陈桂兰抱着他，到后面竹园去了。

谭剑英说："三叔，这个情况有点突然，但也是必然的。您还是到大美的房地产开发公司去，帮大美把公司上市的事情办完了再说，我也是股东，支持她！再说，那么多工程，大龙是不会管它了，我们还是要支持大美，不能说分就分了，老邻居几代人，还是要有铁记庄园情结。"

谭小龙不再表态，埋头看他的书。

谭顺和心情很复杂，听了小老三的话，觉得有道理。大龙这样做，实在是窝囊，听任唐家摆布，这么大的事情，也不与自己来商量，就擅自决定，以后有苦头子吃。小龙是事不关己，高高挂起，知识分子就是这个样子……想不到自己辛辛苦苦培养的三个孩子，都变了，真是应了那句老话，一娘生九生子……他要考虑小老三的话了……

龚如玉听了铁娜透露的信息，知道谭大龙是决意离开自己了，真是"问君能有几多愁，恰似一江春水向东流"了。一气之下，带着孩子去了香港。

年初八上班，铁慧瑛找谭顺和、谭大龙、龚如松、铁海良以及李兴勋等子公司的负责人开会，解决谭大龙离开集团公司后相关事宜，形成统一意见：

第一，同意谭大龙和唐菲菲辞去集团公司所有职务，不再享有集团公司股份，回到建安总公司，建安总公司脱离集团公司。谭顺和代理房地产开发公司总经理职务，将原来谭大龙的股份转到谭顺和名下；接受施一梅到集团公司任职，接替唐菲菲的财务工作，享有唐菲菲原来的股份。

第二，同意谭顺利成立"江苏铁记庄装潢、装饰股份有限公司"，为集团旗下子公司，谭顺利任总经理，韩莉为财务负责人。

第三，集团原有基建项目，划分工农新村安置区全部工程给建安总公司，其他项目归集团公司。谭顺和、谭大龙协助凌芬、唐菲菲，做好资金分拆工作，及时办理移交手续。

第四，集团公司暂时租用建安总公司的房屋，谭顺和与谭大龙签订租赁合同，等集团公司大楼竣工后撤出。

谭大龙向唐生华汇报了会议决定，唐生华觉得铁慧瑛还是通情达理的，这就叫"好聚好散"；却认为谭顺利做得不对，过河拆桥，在这个时候，把装潢公司拉出去，非但没有帮侄儿，还"助纣为虐"，会在建安总公司带一个坏头，说不定还有人效仿，跑到谭顺和那边去。这个谭顺和，说好了去北京小老三那儿的，怎么被铁慧瑛勾引住了，还拿了大龙的股份。五十岁的人了，不知是怎么想的？谭顺和怎么想的，唐生华当然不会想到！那天谭大龙宣布离开集团公司之后，谭顺和说的话意，谭大龙没有领会，他想让大龙别离开集团公司，留在集团里面，利大于弊，离开了，弊大于利。大龙没有理会他的苦心，他反复思考，还是要争取自己在集团公司有一席之地，给大龙一个回旋的余地，一旦建安总公司撑不下去了，可以让大龙再回来。所以，铁慧瑛找他谈加盟集团公司的时候，他稍微推辞了一番，在铁慧瑛满足了他的条件之后，答应出任房地产开发公司总经理；会议宣布"代"字，是等龚如玉回来正式任命。叔叔关爱侄儿的用心良苦，唐生华怎么会想得到呢？

陈桂兰再也找不到大儿子，即使见到，他也是沉着脸，三言两语搪塞母亲，就去办他的事情，不再多说什么。陈桂兰想，儿子大了，学会躲着娘了；这孩子变了，不像以前那么忠厚，听娘的话了，似乎只认钱，不认人了。她想找唐菲菲谈谈，可是，两人已经搬出去住，留着两个孩子上幼儿园，由端玉梅带着，自己也没法去河那边看孩子了。因为工农新村安置区的工地就在旁边，唐生华干脆把办公室安在家里。唐生华得意的就是这个工程，三十多幢六层楼，要建不少时间，利润也可观。

陈桂兰也好久见不着谭顺和了，她就找到集团公司办公大楼基建工地，想与他说说心里话。谭顺和已经不去建安总公司办公室，铁慧英在她的公司给他安排了一个临时办公室，而且有宿舍，吃住在工地。谭顺和决心已定，要在半年内建好办公大楼。见嫂子来了，谭顺和迎她到办公室谈话。

进了谭顺和的办公室，陈桂兰觉得，与他在建安总公司的办公室不好比，一张普通的办公桌，几张折叠椅；办公桌后面，是一张钢丝床，也是折叠的，被褥整齐地放在一旁，很整洁。谭顺和是一个人过日子，习惯了，个人形象也讲究，还是军人的风采。可是，陈桂兰觉得寒酸，鼻尖酸酸的。她强忍住痛楚之情，来的目的就是劝他离开铁家的公司，回去帮大龙，或者去北京小老三那儿。

听明白嫂子的来意，谭顺和捋了一下思路，便说："二嫂，我今年五十岁了，为人处事，会考虑得更加成熟。以前呢，我所做的一切，都是为了谭家，为了你和三个孩子，现在总算完成任务了。承蒙你们为我办了生日，我也把它当作人生的阶段总结，以后的日子，我会安排好，做事也好，处理家庭关系也好，我会多为自己着想。"他没有把来集团公司的真正意图告诉嫂子。

陈桂兰想了想说："老三，你的意思，我晓得了，我和三个孩子亏欠你的，会慢慢报答的。以前说的，你帮我把三个孩子拉扯大、成家立业，他们以后会养你老的，这不会变……不要想，大龙这样做，就不会养你了，就算他不养你，还有小龙、小老三。只要我在一天，他们就会听话的，这个，你放心好了。"

谭顺和笑道："二嫂，他们是谭家的子孙，我有责任和义务培养、帮助他们，不图什么回报。我本来想，把建安总公司丢给大龙，让他两副担子一肩挑，把事业做大点，自己到小老三那边去，享几年清福的；可是，没想到唐家让大龙单干！唐家的心大呀，想逼迫大美把房地产开发公司也交出去。他们是利用大美对大龙的感情，做缺德的事情！想想大美，为了做一件对得起祖宗，对得起后人的事情，帮助她妈妈重建铁记庄园，而且不要政府一分钱，慧瑛吃苦吃辣不算，大美也甘心情愿想方设法多赚钱，把公司做大做强。现在的集团公司，你刚才看见了，十六幢标准厂房，多少人有工作，房地产开发公司成立以来，做多少工程，不少人有了工作，有很高的收入，这个集团公司，带动多少人就业啊！"谭顺和有些激动，军人的热血，在他身上沸腾；面对嫂子，在谭家含辛茹苦大半辈子的嫂子，他没有高喉咙、大嗓子，还是像平常那样尊重她，和颜悦色地说话。

陈桂兰知道，谭顺和的脾气与上面两个哥哥不同，就像他父亲谭祖华，一旦有什么决定，十八头牛也拉不回头的。听了谭顺和一番话，她已经明白他的底牌，他是决意不会回唐家的公司，也不会去北京；房地产开发公司的工地很多，少不了一个管理经验丰富的人，唐生华的釜底抽薪之术，被铁慧瑛破掉了。想到这么回事，她觉得，唐生华夫妇够狠毒的，而儿子老实，却被他们裹着蜂蜜的毒计蒙住了，她有点儿不寒而栗。

铁慧瑛来找谭顺和说事，见陈桂兰在里面，就走开了。谭顺和一见，便起身出去。走到门口，转身对陈桂兰说："二嫂，你先回去吧，等大美回来了，让她去看你！"

铁慧瑛见谭顺和出来了，就边走边说："刚才大美打电话来，说我善玲姑奶奶快不行了，让我们过去，家里的事情全靠你了；我们办完事情就回来。噢，告诉你一个好消息，那个戴维又去香港了……"

谭顺和说："你放心，我一定兑现答应你的承诺，一心一意做好工作。你快去快回，过了正月半，我要调些人马过来，突击把大楼建上去，步行街那边德裕广场快要招标了。"

铁慧瑛笑道："我相信你，几十年的老邻居了，谁的为人处事怎么样，大家心知肚明！我走了。"说完，去龚如松的进出口公司。

陈桂兰看他们谈事，就悄悄地离开了。

铁善玲看了龚如玉带去的铁记庄园复原图纸、效果图，还有铁海良在沙盘上拍的照片，肯定了图纸；得知工程已经开工了，激动了好几天。在正月十二这一天，开始昏迷不醒，大陆与台湾的亲戚都来了，她回光返照，睁开眼，留下几条遗嘱，就永远地睡着了，享年一百岁。

铁善玲的遗嘱：

一、骨灰的一半在香港靠老伴，一半回到铁记庄园，与家人安葬在一起。

二、捐资二百万元人民币，助建铁记庄园。

三、张氏服装公司满了免税期，资产捐赠给地方政府。

四、张氏集团在长江边建一个中型造船厂，为家乡投资兴业。

办完丧事，铁家人讨论铁善玲老人的遗嘱，第一步，带着部分骨灰回铁记庄园，与几个哥哥安葬在一起；第二步，划给铁慧瑛二百万元，用于重建铁记庄园；第三步，与牧州市领导洽谈投资建造船厂的相关事宜，由张粤生女婿廖冰负责；第四步，捐出服装公司。形成一致意见，各自回去，铁慧瑛与女儿等人回到牧州。

在香港的日子里，龚如玉前前后后回忆了与谭大龙的情感经历，觉得自己还是爱他的；既然爱一个人，就不计较他的任何作为，她不再怨他，也不再生自己的气。前面的路还很长，自己的事业也很艰巨。今年三十岁了，三十而立，年内要完成公司上市的大事。在香港的日子里，龚如玉读了几本民国才女林徽因的书，把一些感触很深的段落摘抄下来：

终于明白，有些路，只能一个人走。那些邀约好同行的人，一起相伴雨季，走过年华，但有一天终会在某个渡口离散。红尘陌上，独自行走，绿萝拂过衣襟，青云打湿诺言。山和水可以两两相望，日与月可以毫无瓜葛。那时候，只一个人的浮世清欢，一个人的细水长流。……

都说世相迷离，我们常常在如烟似海中丢失自己，而凡尘缭绕的烟火，又总是呛得你我不敢自由的呼吸。千帆过尽，回首当年，那份纯情的梦早已渐行渐远，如今岁月留下的，只是满目荒凉……

有人说，爱上一座城，是因为城中住在某个喜欢的人。其实不然，爱上一座城，也许是因为城里的一道生动的风景，为一段青梅往事，为一座熟悉的宅院。或许，仅仅为的只是这座。就像爱上一个人，有时候不需要任何理由，没有前因，也无关风月，只要爱了……

我们应当相信，每一个人都是带着使命来到人间的。无论他多么平凡渺小，多么微不足道，总有一个角落会让他搁置，总有一个人需要他的存在。有些人在属于自己的狭小世界里，守着安稳的幸福的生活，不惊不扰地过一生，有些人在纷扰的世俗中，以华丽的姿态尽情地演绎着一场场悲喜人生……

每个人都知道天下没有不散的宴席，可还是信誓旦旦地承诺永远。永远到底有多远？多少人问过这句话。有人说，永远是明天；也有人说，永远是一辈子；还有人说，永远是永生永世。或许他们都说对了，或许都说错了，又或许人间原本就没有什么是永远。你曾经千里迢迢赶赴一场盟约，有一天也会骤然离去，再相逢已成隔世……

龚如玉就这样读着，也这样摘抄，而且断断续续地写了一些自己的感悟：

我站在春天的路口，依偎在它的怀抱，看柳叶渲染了春色，看一片片花开花落。虽然春寒料峭，从春江水暖里，呼吸到温婉的气息，暖情、暖意、暖暖的岁月……

因为懂得，一切美好，因为存在，温暖相随。花儿不会因为你流离，来年不再盛开；人却因为你的错过，转身成为陌路。纵算山穷水尽，落叶成空，那老去的年华，依然可以风情万种；纵然岁月朦胧，天涯西东，依然可以觅寻当年遗落的影踪……

有些故事，除了回忆，谁也不会挽留；有些无奈，除了沉默，谁也不会表白；有些东西，除了自己，谁也不会懂悟。来了，走了，聚了，散了……红尘里，相思未尽；风起了，吹皱一江春水。春来了，开始四季更替，生命的轮回。眼前的春色、春叶，经过炎日夏季，就会更绿，成为金黄……人生一世，草木一秋，是一个完美的过程，如有来生，我愿为一棵树……

那是一世的长情，谱写一首长相思；会温暖多少凄凉，滋润多少青丝，化作多少烟雨，弥漫多少世间爱情……

云水禅心，花开如梦，流年在时光的树上，开出淡雅的花；岁月在时光的心里，留下刻骨铭心的爱。浅浅的相遇，静静地收藏，看这记忆的山水、绿荫，云雾缭绕。一弯晓月，几声鸟鸣，几许花开花落，最不愿说沧海桑田，还是镜里烟花，流年去远……

修得千世，才可同舟；修得万年，方能共济。芸芸众生里，没有谁是唯一，却有人总是你，一生心甘情愿的迷失……遥远的记忆，江中的月影，和春风翻起的情思。相望不能相语，相聚不能相依，美丽与遐思，有心就懂……

　　　……

在香港的日子里，龚如玉与证券事务所反复协商，还有一些工作必须做好，下半年上市就没有什么问题了。她带了几盒冬虫夏草，回到铁记庄园。

陈桂兰在晾衣服，天气暖和起来，她把谭顺和的一些衣服拿出来晒晒。陈桂兰见龚如玉来了，赶紧晾好，在门口等她。

龚如玉三步并着两步，快跑过去，叫了一声"妈"，抱住她，大哭起来，所有的委屈，倾泄而出。。

陈桂兰拍着她的后背，轻声说："孩子，别哭，新年新气的，哭了不好！来，让妈妈看看，瘦多了！"见她带着黑袖套，便说，"你是集团大公司的董事长，别带着这个出来，还是挂在家里……"

龚如玉立即摘下来，放到口袋里；陈桂兰给她擦了眼泪，领她进屋。龚如玉把东西放下，如以前一样，点上香，给谭祖华和谭顺章各拜了三拜，然后起身与陈桂兰说话。

陈桂兰十分内疚的说："丫头啊，都是大龙没志气，进了唐家的圈套了，让你受委屈了……"

龚如玉说："妈，没事的，有顺利叔和顺和叔帮我，房地产公司倒不了。大龙就是个傻子，集团公司老总不做，去小公司。您看好了，将来他会明白，也会后悔走这一步的。"

陈桂兰说："丫头呀，你们小时候一起长大，大龙他文化水平不高，站不高，看不远；唐家又强势，他也是无可奈何，前几天看见他，瘦了许多，心事重重……"

龚如玉说："等我有空了，找他谈一次。这有什么忧愁的，既然决定了的事情，就好好干。他什么时候想通了，就回来，我还是接受他的。"

陈桂兰放心了。原本以为，龚如玉不会原谅大龙，现在看来，她只想看看大龙的笑话，等他吃后悔药。人嘛，总是有一时的怨恨，时间长了，也许一切会烟消云散了。

龚如玉去李雨妹屋里打了个招呼，才离开谭家。

正月十八日，"铁记庄装潢、装饰公司"成立，龚如玉让弟弟龚如松参股，占百分之二十五的股份，谭顺利为总经理。见谭顺利东山再起，又干起自己的公司，韩莉关掉发廊，到谭顺利身边帮忙，到竹编厂工地管理材料。

谭剑英的业务做得更广了，他与陈栋商量，去长春建立东北办事处；因为那边的业务洽谈、设备安装逐渐频繁起来，陈栋和朱锦奇就常住长春；丁大伟负责施工，哪里有了工程，就奔赴哪里，他的妻子是公司仓库保管员，孩子在公司附近幼儿园。

在大连市，陈栋从商场的监控做起，渐渐地拓展到街道、公园，甚至公安系统。大连东山开发区工程，得到市政府的肯定；只要坐在总部大楼的监控室里，就可以看到整个开发区的全貌和分区镜头。因为中央首长要来开发区视察工作，也会到东山公园与老百姓互动，所以，大连公安局专门要求在整个东山公园安装监控设备，直接连接到公安局指挥大厅。陈栋立即叫铁慧瑛的公司以及其他供应商发货，在当地招聘临时工，加班加点安装，赶在中央领导到达之前调试结束。几百万元的大订单，使得陈栋在东北的声名鹊起，业务一直做到吉林的白城、黑龙江的齐齐哈尔乃至内蒙古的呼伦贝尔。

在呼伦贝尔市，不仅有美丽的大草原，更有非常丰富的矿产资源和广袤的原始森林。然而，生产力的发展相对滞后，城市管理也不及发达地区。交通信号灯还是陈旧的单面立柱式。看到谭剑英的广告，额尔古纳公安局主动与他联系，谭剑英亲自从北京飞到海拉尔，洽谈之后，立即安装了多面式交通信号灯，同时安装了闯红灯摄像系统，使额尔古纳市的交通管理更加便捷。在人烟稀少的地区，汽车驾驶员违章的很多，交通事故频频发生。他们在公路上安装了超速车辆测速电子卡口设备，布控了一百多个摄像头，如有车辆超速，就会被实时拍照，并且储存在卡口的系统里；一旦发生事故，可以调出数据进行比对。

根河市是呼伦贝尔地区最北端的一个县级市，距漠河只有一百多公里，其中一个乡镇更是人烟稀少，只有政府机构，没有什么居民，高寒而荒凉。为了治安的需要，公安局给整个辖区安装了电子监控系统，大量安装无线摄像头。派出所就在乡政府内，可以在那里看到整个辖区的情况，并且与市公安局联网，市里对那里的情况也是一目了然。

现代化的电子监控设备，不仅对高寒地区的管理提供了方便，而且对预防犯罪，打击犯罪分子起到很大作用。过去一些肇事现象，犯罪行为，得到有效遏制，社会治安，人民生活得到改善，额尔古纳市公安局，给北京铁记庄电子工程公司送来锦旗，并且在呼伦贝尔市推广经验，给谭剑英介绍业务。因此，即使在后来的"非典"时期，他们的业务也没有受到影响。后来一直做到中蒙、中俄边境地区，边防线上也安装了他们的高清摄像头。

出身贫寒的谭剑英，看到贫困地区的生活水平十分低下，连警察的家庭也不富裕，就想为他们做点事情。有时候也捐出一些钱给牧民学校，去光荣院慰问老伤残军人，献一点爱心，出一点微薄之力。

在额尔古纳，谭剑英听到公安局的王副局长说，警察小常的父亲生了重病，因为无钱治疗，公安局的同志捐款，让他治疗。谭剑英二话没说，联系了北京三0一医院的老乡向中华教授，安排常大爷去住院治疗。

向中华教授立即安排床位，谭剑英陪同小常和他父亲乘飞机到北京，谭晓婷在机场接他们，开车直奔医院。

常大爷的检查结果很快出来，直肠癌中期，如果拖下去，将不可治愈。医生开出缴款单，谭剑英一看，数目不小，就带着银行卡去服务台刷卡。并且对向教授说，小常是少数民族地区的警察，希望他们尽心治好他的父亲，不要怕花钱，人的生命重要，钱可以救命，除此之外，便是没有什么大用的身外之物。但是没有钱……触景生情，他想到自己的父亲，如果当年经济条件好，如现在有钱，去大医院治疗，也许会从死神手里夺回生命……谭晓婷看他凄切的样子，安慰他。

安顿好小常父子，谭剑英回到公司。做手术那天，向教授亲自主刀，成功切除了病灶，经过切片化验，发现不是移动性肿瘤，不会很快扩散。小常不再愁眉苦脸，半个月以后，常大爷就出院了。谭剑英又买了机票，送父子俩上飞机，回到家乡。

谭剑英资助警察父亲治病的事迹，很快在呼伦贝尔大草原传开，报刊、电视台的记者都来采访他，当地主要领导也亲切接见他，褒扬他的乐善好施、治病救人的高尚品德。从此，谭剑英的业务招标，都十分顺利，都是薄利营销。他的挣钱观，做生意的价值观，都提高到新的境界。

高考之后，谭国庆考取了中国人民公安大学，开学后，就到北京上学。陈栋资助的贫困生也顺利考取了北京电子工程学院，就在中关村里面，离谭剑英的公司很近，不需要住校。

朱锦奇的一儿一女，都由谭剑英安排在公司所在地学校读书。谭剑英与陈栋又承担了两位外来务工人员子女读书费用。在教师节这一天，谭剑英与陈栋给小学校的老师每人捐了一台手提电脑，尊师重教，他们都感到知识的重要，老师的可贵。

龚弘莲办理了病退手续，到北京为谭晓婷带孩子。在清华大学工作的谭等娣与左洪坤谈恋爱了；来娣在公司里做出纳。三个女儿和她一手带大的谭国庆都在北京，她十分开心。每到周末，孩子们带她去城里转转，看看名胜古迹，吃点北京小吃，心里的阴霾也渐渐散去，多病的身体也一天天好起来。

经过多次修改，戴维的旧金山公园中国园林部分的建设方案终于确定下来，戴维邀请龚如玉去美国签订合同。龚如玉咨询了法律顾问，法律顾问指出，在中国签订合同为好，而且要严密地做好条款，连细节也要考虑周全。因为我国的法律还不健全，美国的法律条款非常苛刻。龚如玉以公司事务繁忙走不出为由，邀请戴维到中国来谈。戴维拖了半个月，见龚如玉没有动静，只好与律师约翰一起，带着合同文本，来中国作最后的洽谈。

会面之后，双方对合同的条款，存在很大分歧，不得不开会讨论。

龚如玉首先表态："戴维先生，您一定记得我们柳书记接见您的时候的谈话，中美两国的经贸往来，应当是什么态度，也是给我们作的指示。诚信、互惠互利，这是基本原则，我们先谈，谈好了，还请柳书记出席签字仪式。"

戴维说："我们对中国的建筑不甚了解，这个项目上有细节很多，一项一项地谈吧！"

谭顺和说："我谈土建部分。图纸上已经对房屋、回廊、亭台等的技术要求标得清清楚楚，你们在造价上下浮了那么多，我们根本做不了。"

戴维说："我也是请建造预算师精确计算过，怎么做不下来呢？"

谭顺和说："砖瓦一项，将是定制定烧，不是流水线生产；滴水、勾头都是手工制作，雕刻图案花纹，工价高，一块勾头三块钱，接近于零点五美元。所以，我们没有乱报价，你们否决了原有的造价，这个工程我们做不了。"

谭顺利说："我是木雕师傅出身，对木工雕刻方面，有发言权。一是木材，必须要硬质木材，经过软化过程，才不变形，不是随便什么木材都能够雕梁画栋的，二是手工雕琢多，极少用机械制作，工程量很大，我们的报价就是建造仿古建筑的价格。听说您去扬州何园看了，人家一个花园建造了十几年，都是很多能工巧匠慢慢精雕细刻成功的。您不能既要马儿好，又要马儿不吃草……"说完，他笑笑。

戴维不懂谭顺利最后一句话的比喻义，朝龚如玉看，龚如玉就用英语说"鱼和熊掌不可兼得"的成语，戴维才明白，笑了，又翻译给约翰听。

龚如玉说："我们重建铁记庄园的工程很快就开始了。我已经请江南砖瓦厂的魏志儒老先生来看过了，他支持我们建好仿古建筑，只等我下单子生产砖瓦。如果你们定不下来，我就不等了。"

戴维老实地说："对于预算，我不精通，只会大致计算。晚上，我与那些市政预算师联系，跟他们说明白，如果他们固执己见，我们只好暂时放弃；他们什么时候想通了，什么时候再建不迟，反正地方空在那儿，大不了暂时种上树。"说完，他摊开双手，表示无能为力。

龚如玉笑着说："戴维先生，我们中国有句古话，叫作'买卖不成仁义在'。就是说，生意没有做得成，我们还是朋友！现在有句时尚的话，叫'一切向前看'，这个'前'，是前面的'前'，不是'金钱'的'钱'。至于合作的项目，任何时候都可以谈，我们集团的大门是敞开的……怎么样，今天晚上，我请您和律师先生跳舞，放松放松？"

戴维正为合同没有谈得拢而发愁，一听龚如玉主动邀请他们跳舞，激动起来，喜笑颜开，说："鄙人求之不得，求之不得！"他指指律师，意思是谁陪他跳呢？

龚如玉笑道："我们公司人才济济，跳舞的高手太多了，都是大学生，谁不会跳？我安排财务总监凌芬陪他跳，凌芬可是西南财大的校花呦！"

戴维翻译给约翰，约翰也笑了。

晚上，吃过西餐，龚如玉包下了紫金大厦的舞池，与凌芬、洪燕、铁海良，还有李兴勋和妻子黎晖，一起来到舞池，让老外看看中国俊男靓妹的风采。

约翰与凌芬跳的时候，问她："贵公司一年的产值是多少？"

凌芬说："十六、七个亿。"见他没有反应，才知道他不如戴维，不懂中文，就用英语重复了一下，并且告诉他，是人民币。

约翰明白了，点点头，心想，这个公司有实力，又问："你们谈业务都是一口价吗？"

凌芬笑着用英语回答他："都是招投标，标的一旦决定了，没有讨价还价。"

约翰不再说什么，与她跳着慢三步。

一曲终了，大家休息了一会，慢四步曲子响起，交换舞伴，龚如玉陪约翰跳，凌芬陪戴维跳。约翰觉得龚如玉身材高挑，自己矮了许多，摊开手，不想跳，光彩照人的龚如玉，已经换了晚装，笑盈盈地邀请他，约翰才笑着与她走进舞池。

龚如玉对约翰说："我与戴维也是萍水相逢，用中国人的话说，是千里有缘才相会；今天很荣幸地认识律师先生，也是一种缘分。"

约翰听龚如玉的英语十分流利，是地地道道的英式英语，十分诧异，便问："龚小姐，您读的什么大学？"

龚如玉笑道："南京师范大学，外语系。"

约翰点点头，又问："听说你们公司生意做得很大，一年有十六、七个亿？"

龚如玉知道凌芬实话实说，紧接着说："不不，那只是三个子公司的业绩，不包括进出口公司和香港公司的在内。全部加起来，有三十多个亿。没有这样的实力，不可能到港股上市呀。"

约翰问："你们进出口公司做哪些业务呢？"

龚如玉笑道："约翰先生是否想参与我们做生意？"

约翰笑道："随便问问，看看我有没有机会。"

龚如玉告诉他："除了飞机大炮，烟土军火，其他什么都做，包括这次与你们合作的中国园林……"

约翰不再说什么，一曲跳完，回到位置上，喝红酒，相互举杯，气氛非常融洽。

第二天双方继续谈判，还是不能达成协议。龚如玉与谭顺和等人统一口径，绝不降价，因为在国内搞工程，一旦亏损，可以与甲方商量解决，而与外国人做生意，没有丝毫余地，这方面，龚如玉有经验教训。同时，她吃透了戴维这个中国通的心理，他一定会把中国园林的事情做成。所以，龚如玉就像钓鱼一样，大鱼在水里挣扎的时间越长，说明鱼儿越大，等它精疲力竭了，才能甘心情愿地上岸来。

戴维与约翰的中国之行，无功而返，带来的合同文本，一字未动，又带了回去。龚如玉让谭顺和等人写了一份详细的工程说明,给他们带回去,客客气气地送他们到浦东国际机场,返回美国。

城中步行街两边的商业楼开始招标,首先是德裕广场,主体的双子楼,唐生华通过关系,也拿到了标书。龚如玉关照铁海良,不得在他们的标书上签字,因为建安总公司没有一个技术职称符合要求的,即使投标,也会一票否决。牟丽军先做标书,铁海良审核的时候,下浮了三个百分点,因为龚如玉指示他们,这是市中心的标志性建筑,既要创省优工程,又不要看多少利润,打响集团公司的牌子是第一位!

柳剑亲自到开标现场,监督开标,投标的六、七家公司都到现场。结果很快出来,以铁海良挂帅的江苏铁记庄房地产开发公司,中标"德裕广场"的两万多平方米的"双子大楼",唐生华只好眼睁睁看着铁海良签字,拿走标书。如果在过去,哪有什么招标不招标的,紫金大厦的工程,不就是领导说了算,多花钱就能搞定。谭大龙没有到场,什么结果,他心知肚明;唐生华无可奈何离开会场。龚如玉早有预料,柳书记承诺多给工程,不是营私舞弊,以权谋私,而是要求公平、公正、公开地竞争,所以,她让铁海良他们反复而精确地测算,工程必定是囊中之物了。她没有到开标现场,晚上,只是请招标办的工作人员吃了一顿饭,以表谢意。

元旦之前,竹编厂住宅楼已经竣工,交付居民;集团办公大楼早已装修结束。谭顺和为了各个工程的进度顺利,及时完成,经龚如玉同意,接收了西郊建安总公司的三个分公司加盟。唐生华手下的两个分公司经理常小根和施巧郎,要求加盟房地产开发公司,谭顺和让他们签订了责任状,并且到公证处公证,才同意他们暂时作为临时施工单位,列入房地产开发公司管理序列,不加入集团。两个经理找唐生华谈判,唐生华没有满足他们的要求,只好同意他们离开建安总公司,出去单干,他让唐菲菲把他们的股份红利结算清楚,让他们跑路。这样,谭顺和的房地产开发股份公司,有了五个分公司。

元旦上午,集团公司大楼落成、挂牌仪式在八点五十九分进行。龚如玉请柳剑来与管彤两人揭牌。"江苏铁记庄集团公司"方形铜牌子下,七个子公司的竖牌子依次挂着:

江苏（香港）腾龙贸易股份有限公司
江苏铁记庄建筑设计研究院股份有限公司
江苏铁记庄进出口贸易股份有限公司
江苏铁记庄山水盆景、景观工程股份有限公司
江苏铁记庄高新科技股份有限公司

江苏铁记庄房地产开发股份有限公司

江苏铁记庄装潢、装饰股份有限公司

揭牌之后，所有股东、管理人员召开大会，欢聚一堂，总结一年的工作，表彰一线职工，公布股东分红数目。凌芬开出现金支票，谭剑英也分得二百万元红利。大家都没有领现金支票，为集团上市，为新的一年提供资金支持。龚如玉重新任命了集团公司高层管理人员：

集团总裁：龚如玉。

常务副总裁：谭顺和，兼任房地产开发公司总经理。

副总裁：铁慧瑛，兼任高新科技公司总经理

副总裁：铁海良，兼任建筑设计研究院公司总经理

龚如松，进出口公司总经理

李兴勋，山水盆景、景观工程公司总经理

谭顺利，装潢、装饰公司总经理

龚如玉，兼任香港腾龙贸易公司总经理

凌芬，集团财务总监

散会以后，谭剑英回去看望母亲，也到工农新村安置房工地看望哥哥谭大龙……

第三十二章

铁记庄园重建工程开始施工。总指挥谭顺和作了具体分工，木工方面，由谭顺利负责，首先采购硬质木材回来，用传统的方式，沉到河底浸泡，吸足水分之后，再捞上来，搁在阴凉通风的地方干燥，然后锯成各种规格的板材，以备使用；做栋梁之材料，也是浸泡之后，吸足水分，然后阴干；金丝楠木再难买到，以硬质木材取代。这种传统的处理方法，使木材彻底"软化"，此后永不变形、开裂，不被虫蛀，没有一年半载，达不到这样的效果。土建方面，由施一梅的父亲施巧郎的分公司负责，先期做好所有建筑的基础，一律采用整体基础。方圆七十多亩庄园四周的圆沟，后边已经填平，需要重新开挖，掘土机挖一个轮廓，不太深，宽了，规划中的荷花园，再抽干河水进行人工修改，利于圆沟沿岸用块石垒成坚固的堤岸。龚如玉与铁海良去湖塘仿古砖瓦厂订购砖瓦，到其他石材市场订购条石、水磨石、麻石，必须与老屋的一模一样。李兴勋负责园林方面，根据设计，选好各种树木，采购回来，栽种一起，基建结束后移栽到位。

经过预算，整个重建工程需要资金八百万元到一千万元人民币。龚如玉与谭顺和商量，木材一项首先安排，香港铁善玲捐助的二百万元购买木材；砖瓦部分的资金，先从进出口公司划拨，从制坯到烧成，也得半年时间。谭剑英让铁慧瑛从往来款里划出一百万元，作为重建铁记庄园的捐资。等到木材能够使用了，开始土建，土建结束后，可以安装花格、门窗、廊檐以及室内木刻饰品。全部工程争取在二〇〇五年竣工。

戴维回去之后，说服了当地市政部门，落实了中国园林在旧金山公园的建设项目，邀请龚如玉等人去旧金山实地考察，做出准确的预算，订立合同，尽快开工建设。龚如玉与谭顺和、铁海良三人一同前往。临出发前，龚如玉查阅了旧金山城市的相关资料，对那里的风俗习惯，人文理念，作了初步了解，以适应旅行应对的需要。

旧金山，是美国加利福尼亚州的一个县市合一的城市，位于太平洋与圣弗朗西斯科湾之间的半岛北端，十九世纪中叶，在采金热中迅速发展，华侨称之为"金山"，后来区别于澳大利亚的墨尔本，改称"旧金山"，华人称"三藩市"。

当地人口来源主要是中国人和意大利人，在七十多万居民中，华人有二十五万之多，世界最为著名的"唐人街"，就在旧金山。这也许就是戴维极力建造中国式园林的最终原因吧，龚如玉想。

旧金山是一个半岛，一座山城，更是一座美丽的海滨城市，服务业是主要产业，还有世界金融中心的美称，城南面有美国著名的"硅谷"。这座历史并不悠久的小城，却出现了三十多位诺贝尔奖获得者，住着许多世界著名的艺术家、作家和演员。

经过近十二个小时的飞行，龚如玉等人到达旧金山机场，戴维与约翰提前到出口处迎接他们。那里的时差比中国上海晚十六个小时，到了那里，是中午时分。戴维将他们安顿在唐人街口斜对面的宾馆里，然后，陪他们去唐人街吃饭。

在全世界，各地有不少唐人街，但是，旧金山的唐人街是最大的，已经有一百二十几年的历史。入口处，有一座中式牌楼，深绿琉璃瓦盖顶，几条雕龙活灵活现，刻有孙中山字体"天下为公"；牌楼下面，一对石狮子蹲着，是唐人街的"守护者"。所有这些，都是中华文化的象征。龚如玉一行驻足观望，心里不禁涌起一股暖流，她想，这里寄托了海外侨胞多少的乡愁啊！

戴维对唐人街十分熟悉，带领龚如玉一行走进街道。他介绍，这个街区，有十六条街口，住居着十多万华人。龚如玉看看古老陈旧的街面，与旁边的高楼大厦格格不入，很不协调。在繁华的金融商业街一角，唐人街是一个老区，房屋都比较低矮、陈旧。然而，居民和游人，都为浓厚的东方文化的气息所吸引，礼品店、发廊、珠宝店、海鲜店、日用百货店，大饭店、小吃店，一家挨着一家。中国的春节刚过不久，唐人街上空挂满了红灯笼，换了新招牌，中国书法与对联内容相得益彰，到处都是中国味道，中国风情。龚如玉他们走着，听到的都是中国话，见到的都是中国传统风格，连一些外国人与中国人说话，也用汉语。他们的自豪感油然而生，更加钦佩先辈们用鲜血与生命，在这里建立了一块属于自己的领地，也更加坚定了在这里为同胞们建好中国园林的信心。

戴维带领龚如玉一行来到一家中国餐馆，龚如玉抬头一看：扬州餐馆！她向戴维竖起大拇指，笑着说："名不虚传的中国通！"

唐人街上的中国餐馆，也是分门别类的。有"北京小馆"、川味的"御食园"、"麻辣一品"，广东风味的"岭南小馆"，西北风味的"清真马家"等等，应有尽有。

戴维很得意。这是他有心而为之，因为龚如玉带领他与约翰到扬州旅游过，吃扬州小吃；柳剑书记又请他尝了淮扬菜。老板郑克农，是一个五十开外的扬州后人，见进来三个中国人，笑脸相迎，并且用汉语与谭顺和打招呼，谭顺和很诧异。

龚如玉说："三叔，这条街上都是中国人，他们都会说汉语。请问老板，您尊姓?"龚如玉笑着问。

郑克农笑容可掬，温和地说："鄙人免尊姓郑，名鸿，字克农。祖上是江苏扬州的。姑娘，你们来自哪里呀?"

龚如玉掩口笑了好久，才说："真是他乡遇故知啊！我们也是扬州的，东面的马驮沙，听说过吗?"

郑克农笑着摇摇头，却很快就说："一家人，一家人，快请坐，请坐!"

戴维平时也经常到唐人街来闲逛，吃中餐，精通中国文化，说得一口流利的汉语，就说："老板，给我们做几道中国菜。"

郑克农笑道："你们平时都吃美式中国菜；今天，家里人来了，我给大家做几道地地道道的淮扬菜。"

戴维不解地问："有什么区别吗?"

郑克农说："比方说，扬州炒饭，我们家乡的做法，有鸡蛋、小葱米就好，而这里的，除了鸡蛋，还有火腿肠，加酱油，口味很重，没有正宗扬州炒饭清淡可口。"

戴维点头说："的确如此!"

郑克农与大伙打招呼："我去做菜，你们喝茶啊!"说完，撩起门帘，进厨房去了。

龚如玉打量扬州餐馆的室内环境，布置也是中国式样。店堂正中，关公菩萨龛台，挂在半墙上；菩萨像前，有两支蜡烛点着，不过是电子的，一直亮着。一边墙上挂着山水画，是黄山迎客松；另一面墙上是中国书法的匾额，隶书的"大展宏图"。饭桌一式是八仙桌，凳子是长条板凳，吧台也是中国样式的长柜台，都是原木，没有油漆，古色古香的。

看着周围吃中国菜的顾客，正如郑克农所言，西兰花不是清炒，也是红汤；冷切的猪耳朵，也是红油烧成；鸡丁，也是酱爆；肉片烧茄子，也加了酱油……这些，都不是正宗的淮扬菜，郑老板也许是迎合当地人或者老外们的口味吧，龚如玉想。

郑老板给家里人亲自烧菜，端菜。第一道，是糖醋排骨，红润油亮，这是淮扬菜中的精品，江南一带特别流行；第二道，清蒸鲈鱼，上面盖着青白的葱丝、鲜红的辣椒丝，点缀在雪白的鱼身上，鲜美好看；第三道，炒三鲜，是海鲜类，几种海鲜，色泽搭配，恰到好处；第四道，三菇烩时素，草菇、蘑菇和香菇，还有嫩绿的小青菜，虽然是一道素菜，也有几种颜色搭配；第五道，青椒土豆丝；第六道，西红柿蛋汤，最后上来一大盆扬州炒饭。

龚如玉一行人见了，有回家的感觉！荤素搭配，清淡实惠，色香味俱佳，令人食欲陡增，更不要说，早已饥肠辘辘了。郑老乡真是善解人意啊！

郑克农坐在一旁，看他们吃饭，请他们提意见；戴维连声说"好吃"，有点儿狼吞虎咽了，而且说，以后来唐人街吃中餐，就定点扬州餐馆。

结账的时候，郑克农不肯收钱，说是请老乡的客。但是，美国人 AA 制习惯了，戴维不肯让郑老板破费，郑老板只好收了他的钱。龚如玉给了郑克农名片，希望他回家乡看看，她在扬州迎接他；郑克农十分开心，含笑送他们离开。午饭后，戴维送龚如玉一行去旅馆休息，倒倒时差；约好晚上来，请他们去海边吃海鲜，看大桥夜景，明天再谈事情。

旧金山的夜景，十分迷人，尤其是海滨。华灯初上，戴维开车来接龚如玉一行，到旧金山著名景点"渔人码头"，品尝海鲜，观赏夜景。约翰和几个建造师已经在餐馆等待他们。

渔人码头，在旧金山是最充满欢乐的地方了。这里原来是意大利渔民出海的港口。附近沿海盛产螃蟹、鲍鱼、鳕鱼、虾子等上等海鲜。渔民们有的自己捕捞自己卖，也有贩卖的，久而久之，逐渐形成了一景。戴维边开车边介绍给坐在前排的龚如玉听。到了停车场，戴维停好车，带领他们走进街区。这里已经不是普通的渔民码头了，而是一个非常美丽的观光区，五颜六色的店家门面，装饰新颖，小巧而玲珑，洁净而亮丽。日用品商店，餐厅，排档，画廊，古董古玩店，纪念品店，以及博物馆等，吸引了大量的市民和游人。

早春二月，清新、寒冷的海风，吹拂着已经来临的黄昏的夜，落单、复归的鸥鸟，不疾不徐地展翅翻飞。龚如玉站在海边，任腥润的海风，从海面上吹来。这里的气温与家乡差不多，就是更为潮湿。现在直面的是真正的汪洋大海，不是"极目楚天舒"的长江；站在海边，呼吸的是真正的海空一体的气息，不是近在咫尺的催眠……不远处的海湾大桥，漂亮的灯盏，勾画出一幅无比绚丽的画卷；虽然美国的电压只有一百一十伏，却丝毫不影响它放射出灿烂的光芒！龚如玉一点也不觉得冷，任海风吹起她的长发，觉得心情从未有过的舒畅，从未有过的美好……

"外面冷，我们去餐厅吧！"戴维情不自禁地拉起龚如玉的手，有点儿凉；龚如玉没有拒绝他，朝他嫣然一笑，任他拉着，如同一对恋人，走进餐厅；到了门口，戴维松开她的手。谭顺和与铁海良，在较远的地方看风景，见他们进去，也向餐厅走去。

戴维向包厢里同事们介绍龚如玉一行，他们递上中、英文名片，龚如玉最后递的名片上，既有香港公司的头衔，也有铁记庄集团总裁的头衔，那些市政建造师，见她年纪很轻，却端庄大方，仪态可人，统领很大的企业，都肃然起敬。

这家海鲜餐厅，是自助餐形式，西方人习惯了 AA 制，戴维也不请其他人的客，主要是他的事务所的同事来与龚如玉一行熟悉一下，为明天的谈判热身；他是中国通，懂得"来而不往非礼也"的道理，在中国，都是受龚如玉他们款待，在旧金山，他要尽地主之谊。龚如玉陪谭顺和拿了餐具，到一溜海鲜里挑选，有鳕鱼、金枪鱼、鲑鱼，都切成薄片或者鱼块；还有新做的梭子蟹。虾子的做法很多，椒盐的、生炒的、盐水的；还有虾仁炒沙拉，一应俱全。大家喝点饮料，品尝海鲜，不时交谈几句，气氛十分融洽。

第二天上午，戴维接龚如玉一行去公园现场实地考察。公园位于市区中心，老建筑已经拆除，中间的人工湖也在开挖之中，椭圆形的公园，为南北走向，大约有三十多亩，在丘陵地势的旧金山，是一块不多见的平地。谭顺和建议，就在人工湖的东边，沿湖建一条长廊，两座凉亭，一座轩堂，间或几座假山，有太湖石的，也有青皮石的，有高有矮。不一定建造工程复杂的房屋，这样可以减少预算。

戴维征求其他建造师的意见，他们摊开设计图，认为古建筑房屋在旧金山还是空白，不可缺少；如果建起来，可以在里面陈列中国字画，开一个书吧，专门提供中国国学书籍，让更多的旧金山华人后代了解源远流长的中国文化。至于造价问题，可以向市政厅解释清楚，宁可一次性投入，把事情办好，也不能留下遗憾。

等待戴维和其他建造师去市政厅确定方案，龚如玉一行就在约翰的带领下，去参观他与戴维合伙开的山水盆景园，在旧金山郊区。他们从李兴勋的山水盆景公司进口的水石盆景，销路很好，约翰介绍，不只是旧金山的华人喜爱它，其他市民也十分欣赏这种艺术的魅力，一些名人、书画家、著名演员经常光顾这里。约翰表示，还想到西雅图等沿海城市开分店。龚如玉祝贺他们的成功，更加为牧州的特色产品能够有好的海外市场而骄傲。

第三天，建筑师们的方案得到了市政厅的批准，约定到戴维的工作室讨论造价。谭顺和与铁海良反复计算，按照一比三的毛利润，抛出了最后的造价。戴维与其他建造师闭门商量，觉得还是高了，而且差距很大。双方会谈时，没有形成统一的意见，戴维觉得，其他建造师以及市政厅的官员，必须到中国去，看一看实际建筑，有了直观感受，再做最后定夺。

龚如玉带领他们到唐人街参观了一些街头建筑，比如那里一些提供行人小憩的开放式的亭轩，样式也是中国式的，只是构造简单些，相对矮了，不显得轩昂华贵；在湖边建的，可以有雕花的门窗，花纹图案，显示中国古建筑元素。那些建造师摇摇头，摊开手，表示无法想象，还是要到中国看一看。龚如玉表示热烈欢迎。

虽然美国之行，还是没有达成协议，但是，距离海外项目的目标越来越近了。戴维等人办事认真的态度，使谭顺和非常佩服，他觉得此行没有白来，应当放下身段，虚心地向这些年轻人学习，他们的敬业精神，对客观事物的探求精神，科学的处理问题的态度，都是难能可贵的！有了这些，才能造出无愧于后代的建筑精品。龚如玉一行，满怀希望，回到家乡。

谭剑英在鄂温克自治旗施工过程中，了解到这个少数民族，是中国比较特殊的民族，其中一支驯鹿部落，已经是中国最后的狩猎部落。国家为他们建造定点居住区，让他们改变大山里原始的生活状况，到山下的文明社会中来。谭剑英与陈栋商量，为他们的居民区捐建一所希望小学。因为人口不多，建设资金也不大，陈栋十分赞成。谭剑英请公安局的领导向市领导提出申请，市领导很快接见了他，听取他的捐建计划。谭剑英根据事先的调查研究，建议采用砖混结构的校舍，如同海拉尔市区的校舍，防止火灾，不要全木材结构；室内可以安装供暖设备，孩子们冬天也可以上学，预计需要一百五十万元人民币。市领导表示赞赏，接受他们的捐助。谭剑英立即让铁娜汇了全款到市教育局账上，教育局立即着手建设。

在学校建设过程中，谭剑英利用出差的机会，经常到现场看施工进度。因为九月份之后，当地的气温，就逐渐向零下降下去，越来越冷，所以，学校必须在九月一号开学前建好，既不影响开学，又保证工程的质量。每次到施工现场，谭剑英都要请工人们吃一顿饭，喝点酒，鼓励他们加快进度。工人们见这个南方小伙子这么热情，更是干劲十足，如期完成了任务。

九月一日开学这一天，谭剑英、陈栋与市领导一起，参加升旗仪式，听着嘹亮的国歌在山峦之间回响，看着鲜艳的五星红旗冉冉升起，谭剑英心中的爱国热情迸发了，眼里闪着激动的泪光。

回去之后，谭剑英的心情久久不能平静，写下了一首长诗：

鄂温克，明天的希望
走了很远的路
来自西伯利亚远方
穿过那么多艰辛
还迟疑在远古他乡
守望的是历史的永恒
眷恋的有茂林山冈
一个古老的民族
大家庭里欢聚一堂

说是岁月的蛮荒
不舍那生命的苍凉
牧马人驰骋在草原
心仪的绿草地黑牛白羊
农耕者不再回首

在青稞与菜花里徜徉
最后的狩猎部落啊
依然眷恋丛林的故乡

青葱的草木一眼无望
洁白的桦树向蓝天高扬
呼伦贝尔湖两手相牵
额尔古纳河静静地流淌
鄂温克骁勇不屈的雄鹰
拥抱着青山绿水翱翔
这片热土上生生不息
不老的千秋梦想

知识是人类前行的明灯
文明是社会腾飞的翅膀
走出大山的鄂温克人啊
精神家园是明天的希望
愿那原始的力量再出发
追寻梦里没有浮现的地方
大团结的手臂挽起来
到处是欢声笑语的海洋
……

谭剑英把诗稿投给《呼伦贝尔晚报》副刊，很快发表了，对鄂温克民族的歌颂与美好的祝愿，洋溢在字里行间。他将报纸带回去，铁娜看了，笑着说，多时不写诗了，还没有被铜臭气醺昏头脑，保留着初衷。谭剑英说，还欠她一首诗，等哪天有空了，灵感来了，一定写给她。他们想起来了，那还是西安的承诺，铁娜开心地笑了。

谭剑英与陈栋的远程学习满四年了，各门课程都通过了考试，两人都拿到了中国公安大学的本科毕业文凭。他们并没有停下来，又一起报考了刘怀沙教授的硕士研究生。

谭大龙觉得，老是躲着龚如玉，也不是事儿。他没有让唐菲菲知道，去铁记庄集团公司找龚如玉，要求她将德裕广场的工程，分包一部分给他的建安总公司做。

龚如玉在母亲的高新科技公司商量事情，要求铁慧瑛将股权再让一些给谭剑英，只要占百分之五十一即可，谭剑英多出点资金，以利集团公司顺利在香港上市。母亲理解女儿的心思，同意她的方案。在办公室，利用视频通话，她与谭剑英落实了方案，谭剑英将很快把资金划到铁慧瑛的账上。

除了工作，做母亲的非常关心女儿的婚姻问题，她觉得，女儿这样一个人生活下去，越拖下去，年龄越大，越难再找到合适的人。听丈夫说，那个戴维还不错，铁慧瑛就与女儿聊起来。龚如玉告诉母亲，戴维有这个意思，但是，她不想找外国人，心里还是有原来的那个人，恐怕这辈子也不会忘得了。母亲知道女儿的脾气，不好再说什么，只是关照她，孩子八岁了，需要母爱，要多腾出点时间陪陪他。龚如玉接受母亲的提醒，正好明天是星期天，决定带儿子去上海的海底世界玩。

她的私人秘书姜丰岚打电话给她，说谭大龙来找她。龚如玉立即离开母亲的办公室，回自己的办公室，会见好多时没有见到的"冤家"。

龚如玉的总裁办公区，占了第三层楼四分之一的地方，从楼梯口往东，走廊过道的朝阳的几间都是。依次是办公室、接待室、茶座、健身房，她与儿子的宿舍。走廊北面是总裁秘书办公室、会议室、乒乓球室、棋牌室。

她的办公室是中西结合的布置。办公桌上，插着小旗子，有中华人民共和国国旗，也有香港特区区旗，一高一低。视频电话和电脑在办公桌左边，右边是文件筐，秘书姜丰岚会及时把各个子公司的相关文件放在文件筐内，等她审阅后转发或者存档。后面一排书橱，里面有她学生时代读过的所有书籍，有不少中外名著，好多英文原著。她再也没有时间回炉深造了，只好在工作之余啃那些大部头著作，外贸的、金融的、流通的，还有法律方面的，比较全面；她不让自己落伍于日新月异的时代，跟上改革开放的步伐，做一个名副其实的"弄潮儿"。

办公桌对面的墙上，挂着她亲手书写的一首词，是宋代浪漫主义词作大家苏轼的《水龙吟．次韵章质夫杨花词》，全词如下：

似花还似非花，也无人惜从教坠。
抛家旁路，思量却是，无情有思。
萦损柔肠，困酣娇眼，欲开还闭。
梦随风万里，寻郎去处，又还被、莺呼起。

不恨此花飞尽，恨西园、落红难缀。
晓来雨过，遗踪何在，一池萍碎。
春色三分，二分尘土，一分流水。
细看来、不是杨花，点点是离人泪。

全词意象朦胧，明咏杨花，暗咏思情，离形聚神从虚处描写，笔致轻灵飞动，抒情幽怨缠绵。龚如玉的意思十分明显，表达了她对曾经的恋人谭大龙的一腔柔情与永恒的怀念。落款龚如玉书，更是表明了守身如玉的节操情怀。行草结合的书法风格，给人以字如词情一样的行云流水，酣畅淋漓。

北边墙上是透明的玻璃窗，湖蓝色的窗帘，平时是闭着的；南面是落地窗，也是湖蓝色的窗帘。吊顶是流线型风格，各种灯的配合，既华贵又协调。

一进入她的办公室，就可以感受到，人文精神与现代气息相交融，果断干练与孜孜不倦相结合的氛围，一眼就能看出女主人的事业心、为人品格与学识修养。

姜丰岚把谭大龙从她的办公室引过来，他们一进门，龚如玉从文件里抬起头来。姜丰岚请谭大龙去接待室，龚如玉叫她到茶室泡茶。茶室可以内外进出，都有门相通。从接待室到茶室以至宿舍，都有内室门相通。茶室东面墙上，挂着一幅硕大的"禅"字，是她父亲龚弘奎的墨宝；西面墙上，是一幅水墨山水画——铁记庄园。南北窗户，都与办公室一样。

泡茶之后，姜丰岚离开茶室，关上办公室的门。

龚如玉给谭大龙倒茶，侧着头问："大龙，你那么忙，怎么有空来看我，不怕唐家说你什么吗？"

谭大龙喝了一口茶，觉得龚如玉的态度有些冷漠，就像这茶室的格调；然而，为什么来的，他不得不说。

龚如玉见他不出声，就自己低头喝茶。她想，谭大龙无事不登三宝殿，肯定有事求她，不管你怎么说，业务的事情，不会再有瓜葛了，除非回到自己身边来……她抬起头来，再给谭大龙倒茶。

谭大龙直截了当地说："大美，上次德裕广场工程你们中标以后，我就有预感，建安总公司再也难得到大的工程了，被三叔说中了。德裕广场工程量那么大，你是否能够分包一些给我做？"

龚如玉只顾喝茶，沉吟不语，更不接谭大龙的话茬。谭大龙见龚如玉不说话，又一口喝完茶。

龚如玉继续给他倒上，再续水泡第二次，边倒水，边说：

"大龙啊，你没有必要为业务的事情操心，有菲菲爸爸呢！你只要把现有安置区的工程做好了，后面还在拆迁，继续有业务，我不会去争那些工程。至于德裕广场项目，是三叔负责，我管不了；你真想做，直接找三叔就行了。"

谭大龙听了她这句话，不知真假，疑惑地看着她，觉得现在的龚如玉，说话似乎没有以前直爽，有点使人捉摸不透。他不再喝茶，既然她叫他找三叔，他就去找三叔，便想起身，去找谭顺和。

龚如玉见状，一股怨气从心底泛起来，便说："大龙，你别着急走！这茶，也算顶级的好茶，才喝了头一道，不喝到第三道，可惜了。你既然来了，就再喝会儿，也听我说几句心里话。"

谭大龙已经直起身，又坐下，喝了杯中茶。龚如玉给他倒上，自己也喝了，再倒上。叹了一口气，说：

"大龙啊，你我都是三十而立之人了，前面的路，要有个很好的规划。小时候，我们在铁记庄园沟里游泳，能够游到对岸的，都是你们男孩子，我游到当中就退回来，怕游不动了，会淹死……在大学毕业的时候，我本来可以读研究生的，外交部到学校外语系挑翻译，我也是候选人之一，我都放弃了，回到铁记庄来，就是为了一个人……谁知道，我想错了，我所爱的人，他不爱我，与别人结婚了……我那时是多么的彷徨，多么的无奈啊！"

谭大龙见她流下泪，抽出茶几上的纸巾，递给她，劝她说："大美，过去的事情，甭再提了……你现在不是挺好的？"

龚如玉接过谭大龙的纸巾，擦了一下泪，继续说："我妈妈被人陷害，你和小老三都帮助我，使她幸免于难，我十分感动，心想，你对我还是有感情的，所以，我就想方设法感谢你，还有唐家……我原以为，一个人在社会上生活，就像我们小时候游泳，有能力就游过去，没有能力就回头……我在外贸局工作，学到了不少东西，视野也开阔了，原来的想法也随之改变，有句歌词唱得对，爱拼才会赢！要拼搏一下，看看能否闯过关……毕竟我们都大了，有了独自的见解，不像小时候了，游到河对岸，是一致的方向，有更加美丽的风景。不过，我也常常想自己，也想到你，我们为什么不能相向而行呢，总要扭着劲呢？只要想到这里，我就从头到尾想我们两人的事情，百思不得其解，找不到答案。你能告诉我，为什么吗？"说到这里，龚如玉满脸迷茫，抬起企求的眼神，以女子的柔情与无奈，等待谭大龙给自己一个满意的答案。

谭大龙哪有什么答案？听龚如玉一开始说了几句话，他就觉得来错了，根本就不该来找龚如玉要工程做，这不是自讨没趣，送上门来受唠叨吗？俗话说，耳不听，心不恼。龚如玉说到小时候的故事，说到她的一些经历，谭大龙都是心知肚明的，她就是坚持不放弃，即使快要与郑浩结婚，还把女人的第一次给了自己……他也是长期陷入这种情感的折磨之中，无法挣脱，又不想挣脱……他没有理由，只相信命运，自己就是在矛盾的命运里挣扎。自己工作早，结婚早，而且唐家经济殷实。自己的终身大事解决了，对于家庭，对于守寡的母亲，都是莫大的支撑和安慰。自古忠孝不能两全，而今，对于自己来说，爱情与孝顺也是不能两全啊，孰轻孰重，他只好选择其一，放弃其二。后来，郑浩英年早逝，他与唐菲菲又不能生孩子，唐家也同意他与唐菲菲离婚的，他是有机会与龚如玉聚首的，可是他没有这样做。既然与唐菲菲结婚了，还有两个可爱的孩子，就这样过下去，也没有其他想法了……至于离开集团公司，离开龚如玉，更是他摆脱痛苦的情感折磨的明智之举。龚如玉的话语，责怪也好，怨恨也好，他是无动于衷了……至于业务，有得做也行，没得做也罢，总之一个原则，不会再回集团公司了，这是他刚才踏进集团公司大门时，就想好了的！

龚如玉见谭大龙低头不语，以为他被自己说动心了，脸上浮起笑容，嘴角微微翘起，给谭大龙倒上第三道茶，对他说："大龙，这第三道茶，是最浓酽，最幽香的。小姜见你来了，泡的是上好的普洱……怎么样，还是回到集团来吧，帮帮我……你看我一个女人，带着个孩子……这么大的摊子，多难啊？"

谭大龙抬起头来，两人的眼神相遇了，她的期许，她的渴望，她的无助，还有她的真诚，谭大龙都感受到了，早先的龚如玉，又回来了，他不是女强人，而是一个柔弱女子啊……谭大龙垂下眼睑，摇摇头，站起身，向门外走去。

龚如玉茫然看着谭大龙拉开门，离开她的办公室，在走廊里快步走去，没有再向她里面看一眼……

戴维终于和市政厅主管、设计师们再一次形成一致意见，决定到中国来，实地考察水乡园林以及古建筑。在烟花三月，戴维等人来到中国。

龚如玉与谭顺和、铁海良到浦东国际机场迎接他们，分乘两辆轿车先到苏州，游玩了古镇周庄，"天下第一园林"——拙政园，再直奔扬州，参观何园、瘦西湖，最后到牧州谈判。这一次，来了一位旧金山市政厅的官员，他是工程的最后拍板人。经过两天的谈判，双方求同存异，达成共识，决定签订合同。龚如玉邀请柳剑书记和管彤出席签字仪式，柳剑祝贺中美双方旧金山园林工程合作成功，希望铁记庄集团公司保质保量、尽快施工、及时竣工，给旧金山的华人以及其他美国人民展示中国园林和中国文化的魅力，发扬光大，永远留存。

晚宴之后，柳剑与管彤等人离开了。龚如玉举行舞会，庆祝合作成功。仍旧包了紫金大厦的舞厅，多了两个老外，龚如玉叫姜丰岚约她的同学一起，陪老外跳舞。

戴维与龚如玉跳舞期间，谈起了私人问题。

戴维问她："如玉小姐，听说您一个人生活好几年了，这么年轻，不想再谈了？"

龚如玉笑道："怎么不想，要有合适的呀！"

戴维说："有一个人，从第一次见到您，就为您倾心了，直到今天，他要向您表白了。"

龚如玉明白，戴维说的是他自己，也许，戴维努力促成旧金山公园内中国园林的事情，这也是因素之一。然而，她装糊涂，笑着说："是吗？我可是个丧夫之人，还带着八岁的儿子，已经没有被爱的权利了……"

戴维还是不直说，他懂得中国式的求爱，必须含蓄点，便说："他知道您的一切情况，不会在意的！"

此时，一曲终了，他俩走出舞池，坐到沙发上，姜丰岚端来红酒，龚如玉端着酒杯，走到旧金山市政厅官员面前，向他敬酒，并且邀请他跳舞。这次跳的是快三步，其他人没有下池，观看他们翩翩起舞。市政厅官员带着龚如玉跳着花步。官员风流倜傥，龚如玉如蝴蝶轻飞，互相配合，出神入化。其他人看他们跳得优雅、轻盈，也纷纷走进舞池。姜丰岚邀请戴维，凌芬邀请约翰，黎晖和洪燕邀请另外两位客人……最后，响起华尔兹的乐曲，他们尽兴地跳起来，舞会达到高潮。

舞会结束后，戴维回到龚如玉身边，想与她说什么，龚如玉对大家说："各位，明天，公司的员工还要上班，美国的朋友也要回去了，今晚的活动到此结束，祝大家晚安！"姜丰岚将总裁的话翻译了一遍，所有人听了，纷纷离开舞厅。龚如玉与秘书姜丰岚送美国客人回房间。在戴维房间门口，戴维又想说什么，龚如玉用手势制止了他，与他拥抱了一下，便与姜丰岚离开了。姜丰岚用英语说"明早八点见"，向戴维挥手告别。

戴维一行回到旧金山以后，按照合同，很快汇来第一笔预付金。谭顺利立即购买硬质木材，沉到庄园河里浸渍；龚如玉去湖塘仿古砖瓦厂定制砖瓦。合同规定，材料全部由中方供应，用集装箱从上海运到旧金山码头；施工人员由美方负责，中方派人到现场指导施工。

在谈判过程中，约翰也发挥了重要作用，促使市政厅官员下决心拍板，基本上全部按照龚如玉的要求执行。李兴勋辞职回来后，父亲李七宝就不再过问公司的事情，李兴勋聪明、勤奋，很快地进入了角色，公司运作得顺风顺水。约翰与他早有了业务关系，做律师出身的约翰，和做检察官出身的李兴勋，都是精明人，真是高手对决；可是，约翰不懂水石盆景的实际计价方法，比如，李兴勋说，某某小松树是来自黄山峭壁的黄山松，十分名贵，约翰就被其造型所迷住了，不肯放手，只好按照李兴勋的报价购买。当然，约翰也是进价贵了，出价也高，获利更多。两人配合默契，生意就越做越大。

戴维除了与约翰合伙做生意，在李兴勋去旧金山的时候，不止一次地请他成人之美，帮忙说龚如玉的事情。李兴勋早已知道龚如玉的情况，这种不可能的事情，检察官是不会轻易启齿的，但是，为了做生意，他只好与戴维打马虎眼，敷衍了之。

戴维经常请李兴勋吃美国西餐，喝巴西咖啡，两人谈完业务上的事情，就聊其他事情。有一次喝咖啡时，戴维说到龚如玉的事情。他恳切地说：

"李总，上次在你们公司签订合同之后，在跳舞时，我委婉地向如玉小姐求爱，她没有什么表示，分别的时候，还主动拥抱了我，什么意思啊？"

李兴勋笑道："你们西方人不是很直接吗，为什么不向她明确表白呢？"

戴维苦笑了一下，解释说："也许是我读的中国书籍太多了，潜移默化的受到中国文化的影响，怕太唐突了，会伤害她。所以，相信中国式婚姻的媒妁之言，想请你做红娘啊！哈哈！"

李兴勋摇摇头，反问他："您觉得我适合做这个红娘吗？"

戴维想到李兴勋过去的身份，便歉意地说："我知道，您以前是一名检察官，现在又是如玉小姐的部下，不会做媒婆的；不过，您太太黎晖可以呀！"

戴维真是太认真了，李兴勋只好答应他："我会去让黎晖侧面问问，也不知道总裁会不会喜欢您。中国有句俗语，叫做'剃头挑子一头热'，您懂吗？"

戴维摇摇头，表示不懂。

李兴勋解释给他听："剃头，就是理发。过去，剃头师傅挑着担子走街串巷，为老百姓剃头。担子，也就是挑子，一头有小板凳、理发工具等，另一头是一个煤球炉子，可以烧热水的，一直着火的，叫一头热。"他边说边比画。

戴维似懂非懂，眨巴着眼睛。

李兴勋建议他："你们不是有电子邮箱吗，就给她写信，试探试探再说。我们中国人觉得，谈恋爱比你们西方人有意思，您看过《西厢记》吗？"

戴维有点不好意思，笑着说："不就是还要红娘啊？……我先写信试试，您帮助我，好吗？"

李兴勋觉得戴维很有才气，做事也认真，怕是真的爱上龚如玉了，便点点头。

戴维见李兴勋愿意做红娘了，就问起他心里的疑惑："李总，有件事我不明白，你们中国的年轻人，能够考上大学，做到公务员，甚至当了官，比如像您，为什么要弃官经商呢？"

李兴勋没有想到这个美国人会问他这么尖锐的问题，斟酌了一下，谨慎地回答他："我国的高考制度，与别的国家不同，有的录取学科，是"服从"一栏而录取，专业或许不能满足考生的愿望；毕业之后，到了工作岗位，更是不能适应，即使当了官，也有改行的。我们总裁龚如玉小姐，读的师范大学，本来做教师的，改行到外贸局做翻译，也是公务员，可是，辞职下海了，现在成了大老板……中国有这么一句古话，叫作'君子爱财，取之有道'，做公务员也好，做生意也罢，都是为了生存。有较高的经济收入，就能生活得好一点，这是人之常情，没有您想的那么复杂。比如，您开建造师事务所，约翰开律师事务所，两人还合伙做生意；如果您是美国公务员，就不可以做生意，这个与我国是一样的。我不想做公务员了，想做生意，就选择后者了……哈哈哈！如果我现在还在办着案子，会坐到大洋彼岸来与您喝咖啡吗？"

戴维实在佩服检察官的口才，他回答得句句在情在理，丝毫涉及不到具体内容，就事论事，滴水不漏，就心悦诚服地说："李总如果在政界发展下去，会有很好的前途，可惜了……"

李兴勋深有感触地说："在商言商了，说不定我更会'柳暗花明又一村'呢……你们俩可以在唐人街开一个分店，还可以到其他海滨城市拓展市场……我打算做到欧洲去，有钱人的别墅里，特别希望看到青山绿水，我们的青皮石山水盆景的市场前途非常广阔……"

戴维狡黠地一笑，回到原来的话题，说："您帮助我的事情成了，我会报之以李，帮您把生意做大！赚更多的钱！"

李兴勋冷静地说："这个自然！可是，您别忘了，我们是整体发展，集团公司即将在香港上市，不是为了哪个个人发财。我们总裁龚如玉小姐真不简单，是一个有理想、有抱负的实业家，现在集团对国家的税收贡献，在当地占前五位，要不然，柳剑书记这么重视，还亲自接见您，请您吃饭？他是个廉洁奉公的清官，从来不乱花公款的。您也知道了，我们集团除了出资重建铁记庄园，还要出资打造滨江风光带，使之成为江边最美的旅游名胜……"

戴维感到，龚如玉不是一般的女性，能够团结李兴勋这样有水平的检察官，一起做事，更加增强了他不懈追求的希望……

谭小龙的岳父司徒副市长主管工业，收到海滨化工园区的人民来信，反映污染严重的问题，便带着环保部门的主要领导，去微服私访。发现那里的情况十分糟糕，整个园区上空污染的气味十分浓重，令人有呼吸困难的感觉。他下令化工园区立即整改，要求环保部门重新审查所有化工企业的产品以及排污措施，做到能够整改的整改到位，整改之后仍然不能达标的，立即关闭停产。并且声明，谁不愿意得罪人，自动辞职；渎职推诿的，就地免职！不久，结果很快出来，几个部门的联合报告送到司徒副市长的办公桌上，四家从江南招商引资来的企业，所生产的产品不但气味排放无法达标，污水排放也无法达标。厂方抓住招商引资的协议有关优惠条款不放，拒不接受整改要求，更不同意停产。

司徒伟向新来的市委书记蓝海汇报了情况，陈情利弊，建议立即关闭这四家污染严重的企业，否则对老百姓无法交代。他进一步说明，不仅大气受到污染，污水也直接排放到海里，污染了沿海水域，对养殖业后患无穷。蓝书记立即召集四家企业老板开座谈会，向他们宣传政策法规，将司徒伟的建议作为硬杠子，要求他们不折不扣的执行，并且掷地有声地告诫他们：现在仙城地区，所需要的不是 GDP，而是蓝天白云，青山绿水！如果抱着老皇历，想与政府讨价还价，政府可以奉陪到底！那些重污染的企业老总，再也没有与政府抗衡的底气，只好停产整顿。其中，有的企业的产品，无法整改达标，就找司徒伟，申请关门，要求给予适当补偿。司徒伟亲自到其中的"徐氏化工责任有限公司"调研、座谈，发现老板徐少仁比较实事求是，真是有具体困难，就建议他更换产品。

徐少仁与浙江老家的弟兄商量，大家都支持他将产品更新换代，帮助他寻找新产品。精明的徐少仁，打听到司徒伟的女婿谭小龙在上海的一家化学研究所工作，便请他帮忙。司徒伟热情地把女婿谭小龙介绍给他。

谭小龙在攻读博士学位期间，就主持研究无害洗化产品的课题。看起来平时使用的洗发水、沐浴露等民用产品，大多数是超标的，对人体危害性指标是潜在的，只要经过精细分析，就会发现有害物质因素。到了化学研究所，他的专业更加适合民用化要求。研究所实行"产、学、研一体化"以后，已经有不少科研成果在一些大中型洗化产品企业落户，一方面使得最新科研成果走向市场，另一方面，研究所也获得利益，减少国家的经费负担。产、学、研一体化，是利国利民的创新之举。

浙江商人徐少仁，四十多岁，他同那个年代的同龄人一样，没有读什么书，从业很早，凭着精明与努力，把一个用水缸搅拌普通化学产品的小作坊，发展成为规模企业。在家乡清理重污染化工企业时，被仙城招商引资到了海滨化工园区，成立了"徐氏化工责任有限公司"。司徒伟介绍他去找谭小龙，他真是求之不得。

谭小龙陪徐少仁到领导那儿申请项目，然后陪领导到仙城考察，在海滨化工园区实地指导徐少仁进行技术改造，使之尽快小批量投产。

根据平等互利的原则和有关科研成果转让的规定，研究所与徐少仁签订了转让协议，明确研究所转让的范围，在华东三省一市只限于这一家。徐少仁要求，科研成果转让金一次性付清，免得以后算账麻烦。

谭小龙已经参与过几次这样的活动，一般是科研成果参股，实行利润分红，不是一锤子买卖。他说："徐老板，您做化工产品好多年了，应该知道产品更新换代的速度很快。您原来的产品之所以占有一定的市场份额，靠的成本低，出厂价也低，属于低档产品。我们知道，这种产品早已被新产品替代了，就是因为重污染，淘汰了。您的方法不是长久之计，哪一天有了新产品替代现在的产品，您还要更新换代……"

徐少仁被谭小龙一针见血地挑明了利害关系，所谓的精明人，一下子傻了眼，不知说什么好。

谭小龙分析给他听："您目前所使用的产品配方，我们会持续跟踪，市场上会把这种产品与其他产品比较，会很快选择这种产品；然而，人家失去市场份额，就会开发新产品，再把您挤出市场。这种情况下，我们研究所的新产品会及时跟上来，保持一直领先的水平，您的产品，就能够在市场上一枝独秀，永远立于不败之地。"

徐少仁这时清楚了，他二话没说，同意了谭小龙的方案。在司徒副市长的见证下，研究所与徐少仁签订了长期合作的协议书，成立了"仙城洗化股份有限公司"。仙城市科委将其列为市高新科技企业，上报省科技厅，使得企业获得一笔技改经费。在司徒副市长协调下，其他三家整改的企业，也淘汰了老产品，找到了新产品。

司徒秀敏被徐少仁聘任为技术副总，谭小龙让她辞去研究所的工作，回到家乡，一方面专职做技术负责人，可以有较高的收入；另一方面带好孩子，做一个贤妻良母。徐少仁非常感谢司徒副市长和谭小龙，只要谭小龙回仙城，他就派车接送。后来，崇启大桥通车了，谭小龙来去就更加方便了。研究所有新配方出来，立即让徐少仁更换，他的产品在市场上独占鳌头。

后来，司徒伟退居二线，徐少仁聘请他做企业顾问，司徒家就成为徐少仁这位精明的浙商的"摇钱树"了。

第三十三章

"江苏铁记庄集团股份有限公司",到香港上市的条件已经基本成熟,各项指标符合港股证券公司的要求,并且得到中国证监会的批准,圣诞节之后,将在香港联合交易所 H 股上市,日期选在二00三年元月八日,农历二00二年腊月初六,星期三,这是个好日子。牧州市市委书记柳剑亲自到场,于上午十点零八分敲锣开盘,挂牌交易。集团公司中层以上管理人员都是股东,还有一些顾问,如李兴勋的父亲李七宝、母亲管彤。他的妻子黎晖已经从市政府辞职,在山水盆景公司管理财务,也是股东。臧人杰案发被捕后,季晓红已经升任副市长兼任滨江新城区一把手,他的妻子是集团公司顾问,成为股东。戴维和约翰与集团公司业务往来频繁,两人也持有集团公司不少股份;更不用说香港的张家、廖家和台湾、上海以及重庆的铁家后代,都是铁记庄集团公司的股东。股东人数已经超过了港股一百人的基数,资金也远远超过规定的一亿港元。

铁记庄集团股份有限公司在香港联合交易所 H 股上市,标志着牧州的外向型经济迈出了一大步,县级市的私营企业,能够在香港上市,也证明了其县域经济较强的发展势头,在牧州私营企业中起到了引领作用,极大地鼓舞了企业家们的信心。从香港回来之后,柳剑书记专门召开有关部门负责人和规模企业老总座谈会,请龚如玉介绍集团公司在港股上市的历程,传授一些做法和经验。他鼓励企业家门敢于走出海外,不仅业务上要拓展海外市场,融资渠道也要延伸到海外金融领域,以此助推本地区的企业快速发展,做大做强;要求政府各个职能部门做好企业的服务工作,为企业排忧解难,简化程序,提供方便。

在香港期间,戴维又通过张铁爱华做龚如玉的工作,请她撮合与龚如玉的婚恋关系。因为戴维请李兴勋与黎晖出面,均没有得到准确的消息,发给龚如玉的电子邮件,也没有回音。他想,现在,龚如玉完成了集团公司上市的大事,只要凌芬加强股市管理,龚如玉就轻松多了,应该有时间考虑自己的事情了。张铁爱华当初将戴维介绍给龚如玉相识,也有这个想法,让孤儿寡母有个好的归宿。现在看来,他们已经通过两年多的交往,应该可以朝前走一步了。股市开盘以后,张铁爱华留下内侄孙女儿,专门谈她的个人问题。

七十多岁的张铁爱华,头发全白了,亮如银丝,烫成小波浪;面貌清癯,也没有什么皱纹，可谓鹤发童颜。看到龚如玉这几年在自己的栽培下，进步很快。给她的那个腾龙贸易公司，借香港自由贸易市场的平台，掘到第一桶金以后，她没有停下来，而是加快步伐，以年轻知性女性独特的敏锐与细致，抓住了一切可以利用的机会，哪怕稍纵即逝的商业信息，她都毫不懈怠，做出最大的努力，使之成功。旧金山公园的中国园林部分，如果不是那次与戴维的初见，如果没有她牢牢抓住戴维不放，就没有机会、也不可能做成。这个事情做成了，向海外炎黄子孙所在地推介，可以说，商机无限了。张铁爱华欣赏这个女孩子！她也观察戴维不少年了。将近四十岁的美国男子，为了事业，至今还没有成家，是一般人做不到的。事业成功了，在香港就有不少他参与设计的市政工程，与香港的一些建筑商也有比较密切的合作关系。他为旧金山公园定位的水系主题、中西合璧的基本格调，受到同行与专家们的肯定，在众多的方案里脱颖而出，显示出他的学贯中西的知识面和艺术灵感的卓然超群。如果龚如玉与他结合了，是绝配的良缘佳偶。

龚如玉听了姑奶奶的一番话，觉得句句在理。说实话，对戴维的为人、学识，龚如玉是十分欣赏的，尤其是他做事的态度，十分执着。只要他认为对的，形成的理念，不会轻易放弃，一直坚持，不在时间上急躁，也不为枝节问题所动摇；虽然缺少东方人的圆滑与中庸，西方人坚持真理，不为他动的文化熏陶，已经在他心中根深蒂固。龚如玉想，一个人的优点过于出色，也许就是他的缺点。正如一位哲人所云，真理重复一万遍，也许就成了谬论！还有一点，欣赏与爱情，有时是可以画等号的，如果不欣赏对方，何来爱慕之情！也可以说，欣赏一个人，是产生爱情的基础，由喜欢而生情，是普遍的爱情规律了。那些年轻漂亮的女明星，能够与有钱的半老头结婚，可能是欣赏他的事业成就，为人风度，由此生情，爱情也好，友情也罢，总之，是从欣赏开始的。然而，龚如玉不是娱乐圈的明星，也不是很容易被打动，轻易欣赏他人的一般女性。她执拗，一根筋，只要认了死理，很难改变她。谭大龙这个人，在一般人看来，没有什么可以欣赏的，除了帅气，其他的，真不值得欣赏；但是，龚如玉就是欣赏他。这不是一朝一夕的念头，是岁岁年年、日日夜夜潜移默化中形成的；即使他有不对的地方，龚如玉也会迁就他、原谅他，即使他选择了唐菲菲，走自己的路，龚如玉还是尊重他，帮助他们。为了这个男人，她无怨无悔爱一场！在她心目中，谭大龙就是一块磐石，别人难以撼动，有时候，连她自己也不知道为什么！

张铁爱华问龚如玉："丫头啊，你与戴维也认识两年多了，来来往往好多次，怎么样，能够定下来吗?"

龚如玉说："奶奶，说实话，戴维这个人，的确优秀。人长得帅气，学识渊博，学贯中西，是不可多得的人才。如果我是没有结婚的女孩，没有一个九岁的儿子，肯定会爱上他的；可是，现在的实际状况，已经不允许我有这个非分之想了……"

张铁爱华笑道："人家不是不晓得你的情况啊，戴维昨天还跟我说呢，很喜欢你的儿子，结婚过后，可以不生孩子，他会爱屋及乌的！"

龚如玉叹了一口气，只好和盘托出了，她说："奶奶，您不晓得，我从小到大，不喜欢别的男孩子，心里只有一个人……"

张铁爱华说："我听小伊说过。你那个青梅竹马呀，人家不是已经结婚了？上次来香港做试管婴儿的，我们一起吃过饭，那老实巴交的样子，哪能与英俊潇洒的戴维比呀？"

龚如玉欲言又止，似乎哀求张铁爱华别说了……

张铁爱华觉得事情不是那么简单，以女人的心理分析，龚如玉肯定另有隐情，便问："丫头啊，你说实话，你是否跟他一直保持着关系啊？"

刚才，龚如玉想把儿子是谭大龙的事情告诉姑奶奶的，一听她的问话，惊得睁大眼睛，好像什么也不能瞒过她！话到嘴边，她又咽回去，低头不语。

见龚如玉不作声，姑奶奶觉得内侄孙女默认了，便说了一句："你呀，真不懂事，这样下去，很危险的！"说完，离开客厅。

真是冤枉龚如玉了，姑奶奶没有说得全对！龚如玉双手抱住头，手指插进头发里，低下头，流下泪来。

正当龚如玉准备回牧州的时候，中国京剧院到香港演出传统剧目《白蛇传》的消息传来，主演白素贞的是京剧青衣新秀李胜素。龚如玉在电视里看过她的表演，十分喜欢她靓丽的形象，梅派的唱腔；更觉得白娘子对爱情的坚贞与不舍，正是心中的理想与追求。想到戴维，自己无法与他直截了当说出拒绝的话，也不忍心让他再等下去，就想通过这部戏曲，委婉地表明自己的态度。她约戴维，来香港看京剧《白蛇传》。

戴维参加集团公司开盘仪式后，请张铁爱华说龚如玉的事情，没有立即回美国，在朋友那边办事，等待张铁爱华的消息。接到龚如玉主动约他看戏的电话，觉得张铁爱华的工作做成功了，便告诉龚如玉，他还在香港，处理其他事情，将买好戏票去接她。龚如玉知道，他也许是个借口，待在香港就是等姑奶奶的消息，真为戴维的执着所感动，心里便想起一个人来，立即酝酿了一个计划，玉成他的婚事。

京剧《白蛇传》，与《牛郎织女》、《孟姜女》及《梁山伯与祝英台》为中国四大民间传说，其内容包括借伞、盗仙草、水漫金山、断桥、雷峰塔、祭塔等情节。据史学家探源考证，《白蛇传》的故事起源于北宋时期，发源地在今河南鹤壁黑山之麓、淇河之滨的许家沟。黑山又名金山。早在魏晋时期，左思就在《魏都赋》中记载了"连眉配牧子"的爱情故事：牧子套黄牛，游黑山之中，后与连眉女结合，俱去，人莫能追。后来，这个故事衍化为"白蛇闹许仙"的故事，连眉女衍变为白蛇。相传，"白蛇闹许仙"的白蛇精，被一位姓许的老人从猛兽口中救生，白蛇为报答许家救命之恩，嫁给了许家后人牧童许仙。婚后，她经常用草药为村民治病，使得附近金山寺的香火逐渐冷落；黑鹰转世的金山寺长老法海和尚十分恼火，决心破坏许仙的婚姻，置白蛇于死地，于是引出了盗仙草、水漫金山等情节。明代冯梦龙《警世通言》有《白娘子永镇雷峰塔》的故事。

到了清代，白蛇传的故事广为盛行，有《义妖传》弹词及各种戏曲。据说，当年乾隆皇帝下江南，江浙地方官员知道他喜欢看戏，就组织了几十个昆曲戏剧创作者，创作了昆剧《白蛇传》。他们把传说的地点移花接木，写到了宋朝时期的杭州、苏州和镇江，故事情节更加复杂。主人公白素贞，是一个千年修炼的蛇妖，为了报答书生许仙前世的救命之恩，化为人间美女去报恩，后来，遇到青蛇精小青，结伴而行。白素贞施展法力，巧施妙计，在杭州西子湖游湖、借伞，与许仙相识，并嫁给他。金山寺的法海和尚告诉许仙，白素贞是蛇妖，让他在端午节给白素贞喝雄黄酒，白素贞就不得不现出原形，将许仙吓死。白素贞上天庭盗取仙草，救活许仙。法海将许仙骗到金山寺，将其软禁，白素贞与小青一起和法海斗法，水漫镇江金山寺，因此伤害了其他生灵，这下，白素贞犯了天条，在生下孩子以后，被法海收入钵内，镇压于杭州雷峰塔下。后来，白素贞的儿子长大，考中状元，到雷峰塔前祭母，将母亲救出，全家团聚。

乾隆皇帝不仅为昆曲唱腔的幽婉动听而吸引，更为剧中的场景，杭州的西湖，苏州的园林、镇江的宝塔而动容，更不要说跌宕起伏、引人入胜的剧情了，他大赞其美。得到皇帝的首肯，昆剧《白蛇传》就在全国流传开来。

新中国成立后，艺术家们将有关故事情节改编了许多剧种，京剧更为优秀，中国京剧四大名旦荀慧生、尚小云、程砚秋和梅兰芳都演过。梅兰芳从昆曲演起，后拜师学艺，学习京剧，在唱腔、身段、化妆等方面注入新的元素，自成体系，形成独特的"梅派"。他的儿子梅葆玖继承了他的衣钵，又传给了李胜素，把《白蛇传》的表演艺术发扬光大，淋漓尽致的表现了白素贞敢于冲破神与人的界限，为了爱情牺牲一切的反抗精神和坚强意志的主题思想。

戴维饶有兴致地观看剧情的一步步发展，为白素贞的艺术形象所吸引，尤其李胜素的清晰的咬字，婉转的唱腔，婀娜的身段，传神的表演，牢牢地吸引住他的眼球。可以说，戴维是屏住呼吸从头看到尾的，他为中国的国粹艺术而惊叹，为人物的命运而感叹，不知不觉中，曲终戏散了。

然而，龚如玉所看到的是对主人公白素贞命运多舛的同情；为其执着的爱情观、以德报恩的传统观，不畏艰难的抗争观所折服。她从小看过白蛇传的故事，书面文字的描写虽然细腻，却没有戏剧舞台所表现的震撼。今晚看了戏曲，她的心里更加坚定了自己的爱情观，也默默地希望戴维能够看出这一点，体会出请他看戏的良苦用心。走出大剧院，戴维送龚如玉回去，龚如玉还沉浸在戏曲的情节之中，要戴维陪她沿海边走一走。

戴维问她："如玉，我请你姑奶奶说的事情，你考虑好了吗？我……"

龚如玉把脖子往风衣的高领里缩了缩，站到路边，面对维多利亚港湾。虽然十点多了，东方明珠依然那么璀璨！她伏在栏杆上，看着美丽的夜景，对戴维说："戴维，我姑奶奶跟我说了……之前，李兴勋与黎晖也都说了……我知道，你一个大男人难以启齿，没有直接表达出来，也是对我的一种尊重，我感谢你……明天，我就要回去了，今晚，约你看的这部戏，你也回去想一想，也换位思考一下，假如你是我，也许慢慢地会想明白，真的，戴维……"龚如玉转过身来，双眼深情地看着戴维，继续说，"我俩真的不合适，不是你不优秀，而是我的心里装的东西太多了，填得满满的，甚至让我窒息。就像一个人搬家之前，想把一些旧家具扔掉，换上新的，再乔迁到新居。我不是这样的人，旧的东西，一件也舍不得放弃，对新东西，有的能够接受，有的却很排外，甚至因为陌生而感到恐惧……"

戴维伸出双手，握住她有点冷的手，就如在旧金山的海滨那个夜晚，龚如玉转过身来，戴维轻轻地吻了一下她的额头，诚恳地说："如玉，你别说了，……我送你回去吧！"

龚如玉感到戴维的手很烫，想抽回自己的手，戴维却握得更紧了，她让他握着，愧疚地说："戴维，我们永远是好朋友，好兄妹。你对我事业的支持，我感激你；你对我的爱，更会给我力量！假以时日，你会走出我的影子，找到心仪的女孩。如果你真的想在中国找一个东方女性，我一定帮你如愿……"

戴维松开她的手，龚如玉把手插进风衣口袋里。海风吹起她披肩的长发，心里感到如释重负，她再也不会为因为戴维的事情犯难了。人家毕竟是聪明人，血液里还有西方文化的血统，他很快就会想通的。如果考虑中国女孩，秘书姜丰岚倒是一个合适的人选。

第二天，龚如玉向姑奶奶说了与戴维看《白蛇传》的事情，戴维已经有数了，不会再提这件事。她请张铁爱华不要生气，除了这件事，所有的事情都听她的。因为爸爸与舅舅春节期间过六十岁生日，请她回去过几天。张铁爱华明白这个"小精灵"的心思了，再也不问她个人的情事，答应回去参加龚弘奎与铁慧琪的庆生喜事。

从此，戴维不再想龚如玉的心思了，几次来中国，谈完业务，都到龚如玉的办公室的茶座坐坐，喝喝茶，聊聊天。龚如玉有意让姜丰岚陪着，让他更多的了解她。姜丰岚身材苗条，与龚如玉差不多高，白皙的瓜子脸上，两个小酒窝，盛满笑意，充满了感染力。她泡茶、滤茶、倒茶，动作轻，手势俏；坐在那儿，静若处子，从不言语。戴维只是与龚如玉喝茶，还是留恋地看着她的一举一动，并不在意身边还有一个人。

　　拆迁之后，铁记庄的老邻居们分散典居在临时住处，等待工农新村安居工程全部竣工后分房；可是，庄园的老规矩还没有丢，一家有喜事，家家都会参加。牟碧玉邀请施巧郎一家去西安过年，北京的施一飞、谭晓婷及其女儿施元婷，牧州的牟丽军、施一梅及其儿子牟元安，先后去了西安。施巧郎与端玉萍给两家送了人情钱，打了招呼，去亲家那边过年了。

　　庆生的日子还是定在"财神日子"，年初五。铁慧琪与龚弘奎都是六十岁，一起办。铁记庄园的谭家、唐家以及其他人家都到紫金大厦吃寿面、喝喜酒。龚如玉与铁海良商量，集团公司上市了，借此机会乐和乐和，也请方方面面的朋友吃顿饭，拜个年，感谢他们的帮助和支持，安排在年初四晚上。集团公司内部人员与亲戚们，在年初五晚上欢聚一堂，祝贺两位寿星六十大寿。

　　吃饭的时候，谭大龙与唐菲菲以及弟兄妯娌带着小孩坐在一桌，龚如玉来到他们桌上，给干儿子、干女儿红包。其他孩子们也一人一个，谭剑英让铁娜抱起孩子，腾出位子让龚如玉坐下来，一起吃饭。龚如玉坐到唐菲菲对面，这才看清楚她的脸色，觉得她愁眉苦脸的，精神萎靡，看她的眼神也游离不定。唐菲菲见龚如玉盯住她看，便低头夹菜给孩子吃，男孩说"我要干妈"，唐菲菲便抱过来给龚如玉。谭剑英又与铁娜挪了位子，让唐菲菲靠龚如玉坐，龚如玉让孩子坐在她的大腿上，夹东西给他吃。

　　唐菲菲问她："大美，过了年，你也三十二了，与戴维的事情怎么样了？"

　　龚如玉听她说话的声音极小，不如以前的大嗓门了，便问："你怎么啦，喉咙有毛病了？"

　　唐菲菲摇摇头，指指胸脯，无力地说："这里，还有腋下，也疼……"

　　龚如玉连忙把孩子塞给谭剑英，拉起唐菲菲就走。

　　在卫生间，唐菲菲脱下衣服，露出左边乳房，在内上相（靠近胸口的乳房下部），让龚如玉摸，龚如玉摸到一个硬块，再仔细看，这个乳房比另一个小点，乳头也陷下去，皮肤也不光滑。

　　唐菲菲穿好衣服，叹了一口气。

　　龚如玉急切地问："有多久了，去医院看过了？"

　　唐菲菲说："开始的时候，一点感觉也没有，洗澡的时候，发现乳房一个大，一个小了，和原来不一样，才摸到一个核子，到卫生院去看，妇产科的医生说是小叶增生，没事的，吃点药，休息休息，就好了。到了下半年，开始疼，一阵一阵的，我就到人民医院妇产科去看，医生说，还能推得动，吃消炎药，就会消除的。可是，三个月了，虽然没有变大，可疼的次数多了，有时腋下也疼……"

　　龚如玉看过不少医书，当初是为了确保为大龙生孩子，除了那个方面的，她也顺便看了女人相关器官的知识。她突然想起，唐菲菲乳房的这些症状，有点像乳腺癌！她不禁打了个寒战……这时，有人进卫生间来，她俩回到大厅。

铁慧瑛等女儿来，一起去敬大家的酒。龚如玉到谭剑英的桌上拿酒杯，与谭剑英耳语了几句，叫他走的时候等她一会，谭剑英点点头。

龚如玉随父母、和弟弟、弟媳敬酒，到了姑妈龚弘菊身边，拉她离席，询问乳腺癌发病及治疗方面情况。龚弘菊很是吃惊，着急地问，她是否得了这种病。龚如玉告诉她，不是自己，是为朋友打听的，龚弘菊才松了一口气，向她简单地说了乳腺癌发病症状，并且强调，如果疼痛起来，已经是中晚期了。

酒席上，虽然谭顺利与韩莉、谭国庆坐在一桌，他还走到龚弘莲桌上，与她谈复婚的事情，过两年也大办六十岁生日。龚弘莲没有答应他，只说现在过得蛮好的，复婚不复婚不影响他的六十大寿。希望他把事情做好了，别拖龚如玉的后腿。谭顺利只好作罢，灰溜溜地回到自己的桌上。韩莉看着他，嘴角露出讥笑，她也多次提出复婚的要求，谭顺利坚决不答应，有时想起韩莉以前的赌博的情形，就心有余悸，与她复婚的念头就烟消云散了。

客散主人安。散席之后，亲友们在桌上打包，将没有吃过的肉圆、蹄膀之类带回家去。春节期间，大家都"年饱"，不吃多少；龚如玉与铁海良安排得丰盛，大家不肯浪费，纷纷打包。陈桂兰与龚弘菊更是勤俭持家之人，连半条鱼也打包带走，龚如玉把一些装好的食品袋，给了陈桂兰。

谭剑英让铁娜带孩子先到车里等，他在大厅门口等龚如玉。龚如玉让铁海良去结账，朝谭剑英走来。

谭剑英问龚如玉："什么事？"

龚如玉先与他谈了几句公事，然后，就说唐菲菲的病情。

谭剑英恍然大悟。对龚如玉说："我从香港回来，带东西给双胞，和铁娜去看她，她不冷不热的，我以为她看到集团公司上市了，她与大龙不高兴，原来是生大病啦？"

龚如玉点点头说："我刚才与她交流了，让她到外面去看。我想，你在北京人头熟悉，找一个这方面的专家，争取一下子给她治好。年纪轻啊……"

见龚如玉叹气，眼泪流下来了，谭剑英也一阵难过，便说："大美，你别难过。我让铁娜做她的工作，让她妈妈陪她去北京治疗，就到三０一医院，向教授会帮忙的。"

龚如玉建议："你对大龙说，把孩子交给你妈带，我也会经常回去看他们；让他安心工作，如果做手术，他再去陪菲菲。"

谭剑英忧虑地说："恐怕还要放化疗，需要好几个疗程。大龙也不可能一直在那里，工地上那么多事情……"

龚如玉说："那就请保姆。"

诉端玉梅，唐菲菲需要在这里做一个小手术，几天就可以回去了。端玉梅打电话给唐生华。唐生华觉得事情大了，就立即与谭大龙连夜坐大巴去北京。

龚如玉正在香港出差，听到谭剑英的电话，从香港直飞北京，去医院看望唐菲菲。

唐菲菲看到来了许多人，意识到自己的病很严重了，心事重重。龚如玉看了病理切片报告：乳腺CA低分化，什么都明白了。她忍不住跑到病房门外，紧咬着嘴唇，控制住不哭出声来。

谭大龙和唐生华同意治疗方案，在上面签了字。

根据国际最领先的治疗方法，采用联合治疗法，即在手术前，先进行一个化疗过程，休息一周后，再施行手术。这种方法，能够首先控制病灶，因为唐菲菲的腋下疼痛，就是癌细胞开始转移的迹象。手术采用靶向治疗的方法，可以得到局部性控制。

为了陪护唐菲菲，谭晓婷让母亲龚弘莲到医院与端玉梅轮流值班。唐生华和谭大龙帮不上什么忙，只好回去，工地上需要他们。

手术十分成功，除了乳腺病灶、腋下淋巴也全部清理，等待恢复二十天以后，进行体检，开始放化疗。

朱锦奇的妻子在谭剑英的公司做厨师，为小食堂做饭，有客人来，也能做出几道淮扬菜。谭剑英叫她每天买一只小甲鱼，煨成汤，让司机送到医院；有时也买点牡蛎、黄鳝，增加唐菲菲的营养。医生为她开了一些抗癌药，其中包括纯中药人参皂苷RH2，还有大量补硒的硒维康口嚼片，既加快术后恢复及手术创面的愈合，防止化疗期间的反应，也能维持白细胞的稳定。

谭大龙不放心妻子手术后的恢复情况，一次又一次到北京来看望她，见她精神状态还不错，手术创面恢复得很好，就放心了。唐菲菲想回去看看两个孩子，谭大龙告诉她，有母亲带得好好的，不必担心，要配合医生，一心治好病，家里任何事情也不要牵挂。龚弘莲也时常安慰她，给她讲《钢铁是怎样炼成的》和张海迪的故事，鼓励她坚定信心，与病魔做斗争。

术后二十天，专家们开始给唐菲菲放化疗，使用进口药物。前期三个疗程，每个疗程相隔半个月至二十天，视白细胞的情况而定。端玉梅见放化疗就是挂水，想省点住院费，打算间隔期间，到谭剑英公司去住。铁娜劝她，尽量不要来回跑；不要怕花这个钱，谭剑英可以出钱，只要唐菲菲身体很快好起来，就是大事情，其他的不要考虑。端玉梅不再提钱的问题，感到老谭家的人，一个个都是真心实意地帮助唐菲菲，当着自家人对待；还有龚如玉，也时常打电话询问病情，安慰唐菲菲，比亲姊妹还上心。

三个放化疗过程结束后，还需要休息两到三个月，身体恢复到一定的程度，再进行三个疗程的放化疗。离开铁记庄几个月了，唐菲菲回去休息、疗养。这一次她不去住租的屋子，到家里住。乡下空气新鲜，可以自由活动。谭大龙依了她，很少去工地，在家陪她，有时候带她去江边走走，看看芦苇滩，看看江景，看看长江大桥……唐生华不再在家里办公，回到建安总公司办公室。

唐菲菲天天看到蹦蹦跳跳的双胞，心情十分好，吃的东西也慢慢多起来。陈桂兰每天起早到木金寺菜场看看，有野生甲鱼、黄鳝、泥鳅，买回来养着，送给端玉梅炖汤给儿媳妇吃，看她气色好转，一直吊着的心，才稍微放下来。龚如玉从香港带一些进口的蛋白粉，让唐菲菲和开水喝。两个半月后，铁慧琪同唐菲菲去人民医院体检了一次，医生认为可以去化疗了，谭大龙陪唐菲菲、端玉梅再去北京，到三〇一医院，进行第二阶段的放化疗，这次，谭大龙一直陪着她，没有回去。

工农新村安置区的工程，正在紧锣密鼓施工，少了常小根和施巧郎两个骨干分公司，建安总公司施工力量紧张，为了赶进度，唐生华只好安排工人加班加点地干。就在谭大龙陪唐菲菲在京治疗的阶段，建安总公司工地出大事了。第十三幢住宅楼屋面施工时，瓦工朱金海失足跌到地面，头颅着地，当场死亡。

朱锦奇一得到堂兄死亡的消息，就向陈栋请了假，从长春直飞上海，转乘汽车回到牧州。陈栋第一时间把这个消息汇报给谭剑英，谭剑英立即打电话给朱锦奇。因为在飞机上，朱锦奇关机，下了飞机，朱锦奇打开手机一看，有谭剑英的来电，就立即拨了过去。心急如焚的谭剑英一看是朱锦奇来电，就与他谈事故处理的看法：第一，人死不能复生，劝朱家面对现实，赔偿的什么条件，都可以谈，不要闹事；第二，希望朱锦奇看在他的面子上，做好协调工作，他委派朱锦奇全权处理，有什么事情，不要打电话给谭大龙，直接与他联系。朱锦奇心里有数，就打算按照谭剑英的吩咐去做。谭剑英赶到医院，见谭大龙还没有知道事故，就把他的手机拿过来，换上自己另一个手机号，说免得长途加漫游，两人可以直接联系；并且以医院里不能使用手机为由，把唐菲菲和端玉梅的手机收起来，带回公司，暂时封锁消息。

朱锦奇一回到木金寺，在桥头被圩上人拉到建安总公司。他到门口一看，朱金海的尸体用门板搁在公司大门口，白布横幅拉在门上面，"还朱金海人命，谭大龙滚出来"的黑字，十分醒目，有精神毛病的堂嫂与两个侄儿跪在那儿，大伯、伯母也站在一边落泪。朱锦奇走到堂哥前面，想到父亲去世时，还在东奔西走为丧事操劳的大活人，今天突然躺在这里了，悲由心生，泪如泉涌。快近五月的天气，很热了，虽然才有一天，尸体已经有了异味，苍蝇在尸体四周飞来飞去。

朱锦奇拉起堂嫂和侄儿，走到大伯身边，劝他们，事情已经发生了，要想办法解决，不要在这里闹；先把人弄回去，用冰棺保护好，等事情解决了，才会火化。他可以作为朱家的全权代表，与建安总公司谈判，有什么要求，告诉他，相信唐生华是老干部，会答应要求的。

朱锦奇的伯父觉得侄儿的话在情在理，看到儿子的尸体已经晒了一天，不忍心看下去，就让圩上人将朱金海的尸体抬回去，他跟朱锦奇进去，找唐生华谈赔偿的事情。

谭顺利、谭顺和都在建安总公司会议室里，与唐生华商量解决方案，根据保险公司赔偿条款，可以赔偿近三十万，这显然不能满足朱家的要求，朱家要求一百万。理由是两个长辈，妻子身体不好，两个儿子还没有成家。双方差距太大，才出现陈尸公司门口的情况。他们见朱锦奇和他伯父进来，起身相迎。

朱锦奇到北京锻炼了几年，又到东北办事处处理业务，不仅具有一定的谈判能力，也提高了为人处事的修养。因为以前在谭顺和手下干过，所以，他十分尊重谭顺和；唐生华见朱家有朱锦奇来谈事情，松了一口气。

朱锦奇开门见山："唐乡长，两位老总，现在，我代表朱家跟你们谈事情。原来的要求，先放在一边，你们也只派一个代表，先谈一个初步方案，再各自讨论决定。我提议顺和叔与我两人先谈……"

原来的朱家代表，在一旁杀气腾腾站着，朱锦奇朝他们挥挥手，他们离开了会议室。朱锦奇叫他们回去办理事情，并且从包里拿出一万块钱给他们。

朱金海的父亲听到侄儿的建议，也不否认，坐在一旁，等他们的谈判结果。

谭顺和带朱锦奇到自己原来的办公室。

谭顺和问："小朱，你有没有与他们商量赔偿的数额啊？"

朱锦奇说："我回来的时候，小老三就关照，做好协调工作。您放心，朱家不会蛮不讲理的。"

谭顺和说："我们咨询过保险公司了，按照他们的规定，不会超过三十万；如果你们有更高的要求，只好建安总公司出钱赔偿。"

朱锦奇说："我看，保险公司的只好算一部分，死了人，建安总公司要赔的。我大伯家的情况明摆在那儿。上有老，下有小。老人要养老送终。两个儿子快要成家。我哥的身体，还可以干二十年，不成问题，一年三、四万净收入，加起来也会有七八十万……眼下，大龙陪菲菲治病，不要打扰他，我看，长痛不如短痛，就按八十万定下来，您说呢？"

谭顺和笑道："你这样算账，很精明！你先回去谈，最好不要超过这个数目。你也知道，大龙脱离了集团公司，日子并不好过……"

朱锦奇拍着胸脯保证："绝不会超过，我跟他们从六十万谈起，慢慢加上去。现在，他们回去了，我也得赶紧回去。"

谭顺和十分满意，觉得朱锦奇做中间人很称职，答应了他的意见，让他回去与朱家敲定，来公司签订协议。

朱锦奇与伯父回到圩上，集中起朱家主要人士，讨论索赔方案，七嘴八舌地讨论了个把小时，基本同意八十万的方案。他打电话给谭剑英，汇报了具体情况，谭剑英说，八十万就八十万，一条人命还不抵上海浦东的一套房子啊！朱锦奇立即带领两个侄儿，到建安总公司签订索赔协议。谭顺和已经接到谭剑英的电话，就按照他的意见办；并且对唐生华说，钱不够，他让龚如玉集团公司代支出，以后还过去。

第二天，谭顺和与朱锦奇等人到公证处作了司法公证，再到保险公司赔付到二十七万五千多元，先拿回去，按照协议，火化了尸体，其余款项一次性付清。谭顺和给龚如玉说明情况，龚如玉让凌芬安排五十万汇到建安总公司账户上。谭顺和写了借条。

谭大龙与唐菲菲回到家后，朱金海的事情都解决了，其他人也没有告诉他。唐菲菲回来后，看到孩子，心情好一点。谭大龙十分担心她的病情很快恶变，不再过问建安总公司的具体事情，全部扔给唐生华，成天陪着唐菲菲，孩子也不用陈桂兰接送，自己接送孩子，为唐菲菲做吃的，全天候与她在一起。

下半年，铁记庄园重建工程与旧金山公园中国园林部分同时开工，因为木材都可以使用了。谭顺利集中雕刻的工匠们，机械与手工并举，锯、刨、凿、刻、雕，全面铺开。仿古砖瓦也运到工地，谭顺和带着姜丰岚到旧金山公园施工现场，指导第一阶段施工，等当地师傅放了样，开始建筑基础，才回国内。铁海良协助施巧郎建铁记庄园，在做好的基础上按图纸土建。根据铁慧琪和龚如玉的建议，把老街的老字号"铁记庄钱庄"也复制到庄园里来，铁海良就安排在庄园西南角河边建造。

德裕广场工程封顶了，进入内部装修阶段。铁记庄房地产公司投标的"美人港风光带工程"，中标了。按照设计要求，一千五百米的美人港两岸，与铁记庄园形成一样风格的建筑体系。

秋去冬来，气候渐冷。唐菲菲感到食欲下降，消瘦乏力，一天不如一天。谭大龙劝她再去北京看看，她自己知道时日不多，只想挨过寒冬，希望到了春天，一切也许会好起来……

第三十四章

　　草长莺飞，春光明媚的季节，是一元复始、万象更新的好时光。对于一个久病的人来说，就是有了新的希望；尤其是唐菲菲。大半年的治疗，并没有能够治愈凶恶的乳腺癌，到了冬天，她已经骨瘦如柴；过去的那个茁壮、充满活力的唐菲菲不见了，只好指望着春暖花开时，阳光灿烂的日子，给她带来生机。

　　俗话说，草头枯，草头青，对于重病之人和年老体衰的人，都是不利的季节。虽然挨过了严冬，春天也会发病，尤其唐菲菲这样的癌症患者，难逃厄运降临。唐菲菲能够熬过寒冬，因为二十四小时有暖空调陪伴，也算撑到春节。

　　这一年，谭剑英与龚如松都是三十岁，按照习俗，他们的岳父、母要来祝贺；三十而立，也是人生的一个重要的里程碑！铁记庄园多年的惯例，集中在春节期间办喜事。然而，陈桂兰见唐菲菲身体一天不如一天，十分痛苦。她跟龚弘菊商量，等待小老三过生日的正日，铁家人到北京去办。龚弘菊转告给哥哥龚弘奎，他体会到陈桂兰的难处，就与铁慧瑛商量，过了年初一，一家人到苏州洪家去拜访，也好在那儿把儿子的生日庆典办了。龚如玉与姜丰岚在春节前就去了旧金山，戴维邀请她俩去美国过春节，也安排姜丰岚与父母见面。从腊月二十六回到家，铁娜就成天陪着唐菲菲；司徒秀敏年初二回来，也一直陪到初八。这一年的春节，铁记庄园的邻居们是分散开去了，没有团聚一次。

　　唐菲菲坚持每天出来晒一会儿太阳，只要没有风的日子。与小姊妹们有句没句的聊聊天。谭晓婷三姊妹也常来与唐菲菲说说宽心的话。唐菲菲下午睡一会儿，谭家孩子们就去跟初中、高中的同学聚会，互相走动，交流各自的生活、工作。搞实业的、贸易的都互通信息，各自寻找商机。

　　谭剑英在北京的朋友圈子，越来越大，不仅有客户，也有外地朋友，更多的是家乡人。回来之后，市工商联邀请十几位在京创业、工作有成就的企业家、名人，召开春节茶话会。市委书记柳剑亲自到会与大家交谈，介绍家乡经济发展的好势头，建议他们成立一个老乡会、同乡会、商会之类的社会团体，为家乡招商引资，推介牧州的美食、土特产、大桥风光、旅游特色等到北京去。谭剑英与几个早一些进京的老总商量，成立了一个筹备小组，着手建立"江苏牧州（北京）商会"。所以，这年春节，谭剑英几乎天天在外面忙碌、应酬。

姊妹们陆续离家外出了，唐菲菲感到难耐的寂寞又来了。虽然有母亲和婆婆陪着，谭大龙也一步不离身边，她还是感到心里越来越堵得慌。她自己知道，不管他人怎样劝，可残酷的现实摆在面前，身上的癌细胞正在扩散，无情地吞噬着白细胞，也开始疼痛，注射止痛药杜冷丁的次数增多了……她将不久于人世，才三十五岁，正是好年华，怎么甘心呢？……要是当初不去生双胞，也可以一走了之，毫无牵挂。可是，现在的情况，是害了两个孩子啊！唐菲菲一直没有看到龚如玉，心里犯疑，怎么不来看我呢，我有话对她说呀！

在龚如玉的促进下，戴维与姜丰岚的恋情升温很快。自从陪谭顺和去旧金山公园中国园林开工以后，姜丰岚作为翻译，要与谭顺和经常飞赴旧金山。戴维一直在工地上盯着，不允许现场施工改动中国设计。有时谭顺和先回来，姜丰岚还在旧金山呆一阵子。有时候，戴维也专程来牧州，加强对姜丰岚的攻势。龚如玉见他们谈得差不多了，就介绍戴维与姜丰岚的父母亲见面。除了年龄问题，姜家人没有其他异议。龚如玉劝他们，如果戴维是一个年轻的毛头小伙子，会有什么成就，有什么事业？戴维还不到四十岁，比小姜大十多岁，成熟的男人，肯定会疼小姜的！见姜家人不作声，龚如玉又说，戴维是个中国通，懂中华民族的礼仪；不是纯粹的西方人，只讲实际主义，缺乏人情味，小姜要是嫁给他，不会吃亏的。可是，姜家拿出最后一招，要求戴维加入中国国籍，让他"倒插门"，否则免谈！这下可难坏了龚如玉这个红娘，她不好去说这件事，只有看姜丰岚的了。

其实，姜丰岚虽然也是外国语专业毕业的大学生，接触到西方文化，可是，骨子里头非常传统，参加工作之前，没有真正谈过恋爱，其父母管得够严的，现在，岂肯把她嫁到国外去呢？龚如玉介绍戴维，她非常满意，戴维成熟，有事业心，尤其对中国文化的热爱，两个人才有了共同语言。但是，到了这个节骨眼上，怎么跟戴维说"倒插门"的问题呢？姜丰岚觉得，自己真的不好说，还是把这个球踢给红娘。龚如玉想，这也是考验戴维是否真正钟爱姜丰岚的试金石，她要寻找恰当的机会，与戴维摊牌。

戴维将父母亲与姜丰岚见面的地点，安排在唐人街的扬州餐馆。正是中国春节期间，唐人街比平时热闹多了，到处是张灯结彩，喜气洋洋。龚如玉选的年初六的日子，戴维也懂的，"六六大顺"嘛！戴维的父母亲住在波士顿，他们提前一天专程飞来。儿子快四十了，终于找到心仪的东方美女，心里一块石头落地了，老两口兴致勃勃地来到唐人街。

戴维的父亲戴安邦，是早年中国政府公派到美国留学的，浙江人，与国民党军统头目戴笠是一家。在哈佛大学博士毕业后，留校任教、做研究。妻子布莱梅是实验室助手，英国人，所以，戴维是中英混血儿，戴维这个姓名既像中国人，又像外国人。在父亲中国文化的熏陶下，戴维自幼读中国书籍，学传统文化，才成为中国通。戴安邦高大潇洒，性格爽朗；布莱梅金发碧眼，身材苗条，看上去只有四十多岁，她也会说中文。所以，大家一见面，气氛十分融洽，谈话也无拘无束。

龚如玉向戴安邦夫妇介绍姜丰岚的家庭情况，告诉他们，姜丰岚是上海外国语大学毕业生，现在是铁记庄集团公司的秘书，跟在她身边，她还有一个弟弟，在北京大学读书；她的父亲，是扬州市政府官员，母亲是本地的中学教师。

戴安邦与布莱梅满意地点点头，微笑着。

没聊几句，老板郑克农就做好了几道家乡菜，一一端上来。因为戴维与约翰在这里定点吃饭，喜欢吃哪些菜，郑克农了如指掌、烂熟于心。戴维一进门，对他说了声"老规矩"，郑老板一看几个人，就有数了，去安排菜肴。

龚如玉请郑克农拿来黄酒，是中国绍兴的"女儿红"。戴安邦十分高兴，他是"女儿红"故乡的人，看到它，尤为亲切。

龚如玉与戴安邦边吃边聊。

龚如玉问："戴伯伯，您出来几十年了，还为什么同意您的儿子娶中国女孩子呢？"

戴安邦笑道："当年，我是政府公派留学的，本想学成之后，回去报效祖国；可是，台湾当局备了案，不得回去。要回去，只好回台湾……"

龚如玉问："现在，戴维与我们大陆人做生意，您在意吗？"

布莱梅笑着说："我们不管他们的事情。我们的四个孩子，各做各的事情，都独立了。只要他们事业有成，就是好事！"

龚如玉好奇地问："其他三个都成家了？"

戴维说："我一个姐姐，还有一个妹妹，一个弟弟，他们都成家了，两个在纽约，弟弟去了我母亲的祖国英国伦敦定居了。"

龚如玉哈哈大笑，说："我怎么没听你说过？"

戴维顽皮地一笑，说："你也没有问过我呀！"

龚如玉转头问姜丰岚："你都知道了吗？"

姜丰岚点点头，撇嘴一笑，小酒窝又露出了，幸福洋溢在脸上。

龚如玉趁热打铁，紧接着说："戴伯伯，您舍得儿子回中国定居吗？"

老教授开怀大笑，爽快地说："我自己还想叶落归根呢！他去定居不定居，我不干涉他。儿子，是吧？"

戴维对龚如玉说："如果你们集团给我一个职位，我就去定居，娶姜丰岚为妻！"

一听这句话，姜丰岚惊讶了，睁大了眼睛。

龚如玉感到，这个戴维真是性情中人，追求自己的时候，也是一腔热情；现在看中了姜丰岚，有点儿奋不顾身了，混血儿真是不一样！她立即答应，只要戴维加入中国籍，与姜丰岚结婚了，就把铁记庄建筑设计研究院股份公司给他管理，让铁海良去房地产开发股份有限公司。

戴维大笑，说了一句中国成语："求之不得！寤寐思报。"

龚如玉点点头，问他出处。

戴维脱口而出："是《诗经．周南．关雎》的句子。"

龚如玉接着问："经典的，还有一句？"

戴维回答："窈窕淑女，君子好逑……"

龚如玉举起酒杯，站起来，提议道："大伯、阿姨，我提议，为君子求到淑女，干一杯！"

众人起立干杯；郑克农见了，也来凑热闹，喝酒祝贺。

唐菲菲病入膏肓，在人生的道路上，她将止步于三十五岁的春天。陈桂兰打电话给龚如玉，告诉她，唐菲菲快不行了，等着有话给她说。龚如玉一接到电话，立即丢下手里的工作，赶紧回来，看望唐菲菲。

唐菲菲病情恶化，对谭大龙的打击非常大，一个彪形大汉，瘦成了电线杆子，春秋衫松垮垮的；生活也懒得讲究了，头发蓬乱，胡子拉碴。见到龚如玉停车在门前场上，就木讷地站在门口，连招呼也没有打一声。陈桂兰在楼上窗户看见红色轿车从北面驶来，立即下楼来迎接她。

唐菲菲躺在楼上房间里，已经不想见任何人，见龚如玉来，摆摆手，让妈妈和婆婆离开她们，她要单独与龚如玉说话。她主要交代两件事。

第一，把两个孩子托付给她，当作自己的孩子养大，培养成人，成家立业。实在不方便，可以送一个给陈栋、谭来娣夫妇，他们没有生孩子，相信他们会视同己出的。

第二，千方百计让大龙振作起来，不能这样颓废下去。自己走后，希望她与大龙好起来，也圆了龚如玉少女的爱情之梦。唐菲菲觉得有愧于龚如玉，请她原谅过去的夺人之爱，现在终于还给她了……

龚如玉见她实在是有气无力，叫她不要多说话，她的话全记住了，一定照办。

陈桂兰用蛋白粉调制了茶水，端上楼来。龚如玉接过来，用舌头试试冷热，用汤匙舀给唐菲菲喝；陈桂兰扶起儿媳妇，抱她倚在自己胸前。唐菲菲喝了几口，摇摇手，表示不喝了。陈桂兰与龚如玉扶她躺下，陈桂兰端着碗下楼去，边走边抹着眼泪。

　　龚如玉坐到唐菲菲床边，轻轻地抓着她的手。唐菲菲深凹的眼眶里，双眼充满了祈求，声音微弱地说："答应我……"并且使劲地握了一下她俩抓着的手，虽然她的手那么嶙峋，龚如玉也感觉到了，龚如玉也使劲地握了又握。唐菲菲满意了，松开她的手，她累了，闭上眼睛。

　　龚如玉心情十分难过，流着泪走下楼，极力控制住，不哭出声来。端玉梅见龚如玉下来了，便上楼去照顾女儿。

　　谭大龙坐在门口的小板凳上，没有看龚如玉一眼，低着头。

　　龚如玉拉陈桂兰到东面山墙边，把唐菲菲说的话告诉她，请她多关心大龙，不能让他就这样垮了。看来，唐菲菲将不久于人世，那时候，让小老三带他去北京或者其他地方散散心，否则，他会急得发疯的。陈桂兰紧紧拉着她的手，一一答应她。

　　清明前一星期，三十五岁的唐菲菲，远远地看了看一双儿女，流着泪，依依不舍的闭上了眼睛，停止了呼吸。唐生华与端玉梅痛不欲生，哭了一个晚上，端玉梅号啕大哭，声音凄厉，传到旷野上。谭家人都到齐了，操办了丧事。整个铁记庄的老老少少，都集中来为英年早逝的唐菲菲送行。因为她不是老人，按照习俗，三天无忌，到了第三天，就火化，让她入土为安了……

　　谭剑英把谭大龙带到北京，过了一阵，玩了所有景点。这阶段，陈栋带领一班人，在新疆喀什地区施工，是北京中关村援疆项目，安排谭剑英的公司实施，需要一年时间。谭剑英陪大哥从北京出发，往东三省方向游玩。大连的海滨，沈阳的故宫，长春的满清时期的老城建筑，哈尔滨的中俄风情……两个多月，弟兄俩走走逛逛，白天游历，晚上都有那里的朋友来陪同喝酒。谭大龙被辽阔的黑土地所震撼，为好客的东北人的豪情所感染，心情渐渐地放松了。看到大哥的稍微变化，谭剑英更加佩服龚如玉的为人，只有她，才是真正了解大哥的人！

　　出了东三省，他们从哈尔滨出发，坐小火车去呼伦贝尔。小火车在兴安岭密林中穿过，古木苍松，峡谷幽流，可谓进入无人之境。一望无际的呼伦贝尔大草原，天更高、更蓝，青青的草地上，牛羊成群，这是谭大龙从未见过的美景，七、八月的大草原，是一年里最美的季节。谭剑英到了根河，向大哥介绍鄂温克族人的故事，当地的朋友领他们到蒙古包作客，喝奶茶，大快朵颐地吃手扒肉，唱悠长的牧歌，献洁白的哈达，轮番敬酒，通宵达旦……

　　就这样，谭剑英除了用手机遥控指挥公司的事情，不做其他什么事，专门陪大哥散心，直到九月份，送他到喀什。谭大龙离开家乡近半年的时间，终于缓过劲来。谭剑英把他交给陈栋，回京参加公安部的一个重要会议。龚如玉经常与谭剑英联系，得知谭大龙好转起来，有些放心了。

　　新疆的喀什，全称"喀什噶尔"，维吾尔语意为"宝玉石集中的地方"。东临塔克拉玛干沙漠，南依喀喇昆仑山，与西藏阿里地区为邻，西靠帕米尔高原，与吉尔吉斯斯坦、塔吉克斯坦、巴基斯坦、阿富汗、印度等国家接壤，北接天山，与克孜勒和阿克苏地区相邻。远在古代，丝绸之路这条横贯欧亚大陆的交通大动脉，进入塔里木盆地以后，便分为南北两道西行，绕过塔克拉玛干大沙漠后，又在喀什交汇，最后越过帕米尔高原，通往印度、伊朗、西亚、欧洲等地。数千年以来，喀什一直保持着东西方贸易交汇点的重要地位。东方出口的物资，要在此地验关过境；西方进口的物资要在此地签证集散。红其拉甫口岸的开放，极大地增加了喀什同中亚和欧洲等地的旅游往来。

陈栋带谭大龙在喀什散心游玩的时候，已是盛夏季节了。这个季节，是喀什地区最佳时期。喀什地区属于平原气候区，四季分明，夏长冬短。这个季节，气候温和，瓜果成熟，歌里唱的"吐鲁番的葡萄熟了"，就是这个季节，所以，喀什素有"瓜果之乡"的美称。

陈栋带领谭大龙游览了喀什所有旅游景点，尤其是达瓦昆沙漠风景区、卡拉库里湖、红其拉甫山口和香妃墓等地。

达瓦昆沙漠风景区，有两万多亩面积的流动湖泊水面，有两百万亩沙漠环绕湖泊，是沙水相依，碧波荡漾的风景区。谭大龙看到，湖面湖光潋滟，烟波浩渺，顿觉心旷神怡；看到湖面上，白帆船慢悠悠游弋，机帆船快速飞驰，感到生活的快、慢节奏，在美丽的湖上，成为互相融和的交响。

日落时分，陈栋与谭大龙乘坐骆驼，在坦荡无垠的大沙漠中信步行走，尽情领略"大漠孤烟直，长河落日圆"的神奇风光。大风过后，从流沙中裸露出来的红、黄、蓝色的陶片和年代久远的古币，使人在幽静的怀古中感叹沧桑巨变。谭大龙心里更是慨叹人生苦短，不过是沙漠中流沙一颗而已！那树冠面积大到有一亩二分，树的腰围七米多，是已经有了三百来年树龄的"柳树王"；那生长了一千八百多年，五个人手拉手才能围住树干的"胡杨王"，更让谭大龙惊叹不已！他面对广漠、古树，放开嗓门，竭力大叫，渺小的声音，在那辽阔的空间里，似乎没有发出，无论他怎么叫嚣，也是微不足道的。他似乎喊累了，一下子跪在树王跟前，痛哭流涕……

夏季的卡拉库里湖，景色最为秀丽壮观。它是世界上少有的高原湖泊，海拔三千六百多米，面积十平方公里，平均水深三十多米。位于冰山之父——慕士塔格峰的山脚下，是一座高山冰融冰碛湖。湖的四周，有冰峰雪岭环抱。

"卡拉库里"是维吾尔语"黑海"的意思。陈栋看谭大龙恢复得较好，身体也渐渐胖起来，便带他登山观湖。仰望蓝天，朵朵洁白的云彩，如草地上的羊群，轻盈飘浮，俯瞰湖面，碧水倒映银峰，湖光山色浑然一体，如诗如画，令人沉醉。皑皑群峰，澄静的湖水，绿茵般草地，洁白的羊群，构成了南方平原绝对见不到的西域风情画！这银山与湖水紧紧相依中，坚韧与柔美，大自然与人类思想的共鸣，也在这里产生，一览无余地展示在世人面前！谭大龙除了进修时，到过离家一百多公里的南京，是最远的行程。这一次，大半个中国走过来，他感到，终于找到了圣洁的天堂，最能净化心灵的地方！他毫不犹豫地脱去外衣，到洁净的湖里，洗涤身上的污垢与病患，让冷澈的湖水刺激自己麻木的肌肤与灵魂，使得一个恍如隔世的行尸走肉，感知这一切的美丽与惬意。

谭剑英获得援建工程，是中关村领导与喀什地区领导的信任，也是他的公司产品的高端与服务达标的优越性。他们有了西藏日喀则地区施工的经验，在充分做好准备工作之后，到了暖和的季节才进入该地区施工，也是为了尽量减少施工人员的高原反应。由于工程量很大，陈栋在当地招募临时人员，尽快完成室外任务，最后由公司技术人员调试交付。

喀什地区，故称疏勒，地处欧亚大陆中部，我国西北部，新疆维吾尔自治区西南部。东西宽约七百五十千米，南北长约五百三十五千米，总面积约十六万平方千米，边境线总长九百千米。全地区辖一个县级市，十个县，一个自治县，还有新疆生产建设兵团农三师。在四个街道、二十八个镇、一百四十个乡、一百五十五个社区、两千多个村委会以及边防线上，陈栋带领技术、施工人员安装高清无线安防摄像头、拍照设备以及其他最先进的监控设施。谭大龙见他们非常忙，也辛苦，就不再玩了，参加他们的施工。一大早就开始工作，白昼时间长，白天的工程进度安排得十分紧凑，不干完当天的工作量，决不收工。

谭剑英在京开完会议，又出了几次差，手头的其他事情交给铁娜处理，就到喀什来。他不是关心工程进度，有陈栋在那里，他是一百二十个放心，而是龚如玉的叮咛时时在耳边响起，他希望大哥尽快地振作起来，回到正常人的生活中来。所以，每次来喀什，都与大哥到喀什河边的毡房住住，到草原上走走，交流来到新疆的感受，用自己的温情去抚慰他受伤的心灵，感知他渐渐地重新激烈跳动的脉搏。看到谭大龙从身体到精神，一天好于一天，也能参加工作了，做弟弟的十分欣慰。他的每一次体会，都及时告诉龚如玉，让她放心，只要假以时日，大哥一定会回到从前！谭剑英一直以为，大哥在龚如玉心里是有位置的，否则的话，戴维那么强烈的攻势，连香港的亲戚也帮劝说，怎么会使她无动于衷呢？他们从小一起长大，一起过家家，又为了理想寻找生活的方向，事业上走到一起，她不会看着大哥沉沦下去，丢下他不管的，尤其是唐菲菲走了之后！谭剑英真的被龚如玉、小时候一直叫的小名大美，感动了！这不是所谓的爱情的力量而感动，更是人性的力量的感动！对，人性的力量比爱情的力量要大得多！自然界的法则，轮回的规律，是以人性为基础的。俗话说的人性天良，是有了人类以来逐步形成的，从蛮荒走向文明，沧海桑田，人性的力量越来越大。它没有阶级，没有国界，不分男女，不分民族，只有心灵的感应，只有深深地潜藏在灵魂深处的厚积薄发！谭剑英明白了，陈栋与谭来娣，为什么生死相依，不离不异，为什么会抚养素不相识的贫困生。还有郑州的丁大伟大哥，引导自己到萧县酒厂，开辟了第一个市场；东北的朋友，为自己的企业出谋划策。甚至铁娜，对自己的不放手，不顾世俗的偏见，那时的国家户口与农村户口有天壤之别啊！这些都是所谓的人性力量的彰显，人性力量的无穷巨大！

这一年，谭剑英的公司，有了跨越式的发展，销售、安装业绩突破了亿元大关，成为行业的佼佼者，也为铁记庄集团公司做出了较大贡献。他与陈栋被公安部聘为兼职刑侦专家，被中国公安大学聘为兼职教授，公司成为公安部刑侦协会理事单位。

季晓红与市规划局协商，将美人港北岸东西一条线，建成与铁记庄园风格一致的住宅区，优先安排原来铁记庄园内居民自己出资购买，由铁记庄房地产公司统一建设。特别照顾到铁家、龚家、谭家，这些将原有住房、交给政府的人家。市规划局请示柳剑书记，柳书记认为可行，同时要求设计好房型，外表要一致，为二、三层相间的连体建筑，就像江南的周庄、同里的水畔民居，前后都不许有围墙，与美人港南的步行街，格调一致，以后开发滨江水世界，与这里美人港、铁记庄园连接起来，成为牧州的旅游长廊。

季晓红与规划局的专家，召集铁记庄园的老邻居们集中开会，传达柳书记的要求，展示了房屋的效果图，办事处的生建科公布了原来老房屋的评估价值，按每户不超过三套，即每套两间，共六间。三层与二层间隔、前后进深十六米的房子。老房子的评估价值与新房子的实际造价相抵扣，多退少补。大家十分感谢政府考虑周到，铁记庄园的老居户，不会分散到工农新村安置区的楼房里，还可以天天见到面，聊家长里短，过往日的和睦相处的日子。铁记庄园的居户认购以后，多余的作为商品房，面向社会出售，按市场别墅价，在房地产市场挂牌销售。姜丰岚、李兴勋、季晓红等都能认购到。从西头谭大龙的楼屋不动开始，第二家谭剑英的地基在那里，建成三层，第三家二层陈桂兰，第四家谭顺和三层……接下来，谭顺利三套，铁家三套，龚家三套，依次排向东去，沿着美人港一千五百米，安排了一百五十套。唐生华也要了三套，靠在龚家旁边，离谭家很近……

这是美人港风光带二期工程，一期工程是河道改造，疏浚后的河道与铁记庄园的园沟相连。铁记庄园的园沟，恢复到民国时期的三十二米宽，也挖深了，可以航船；美人港的宽度也恢复到二十六米，到达八米深，两边用块石垒成河岸，所有桥梁修旧如旧。岸边人行道用麻石、卵石铺成。河边栽了垂柳，路边种了花草。斜坡上面，居户前面是宽六米的水泥路，可以开车、停车。三期工程是美人港南面的步行街，也是一千五百米长，有联排的前后两排建筑，中间是六米宽的花岗岩石人行道。沿河建造与北面风格一致的房屋，紧靠河边造房，达到水乡建筑的特点，进深八米，可以开店，可以居住。对面的建筑风格略有不同，是三层与四层相间的徽派建筑，进深十二米，下面是门面房，上面是住宅楼商品房，楼梯一律从后面上下。因为工农路拓宽改造，一直延伸到江边的滨江公园，整个木金寺农贸市场以及路边街面，都要拆除，那些做生意的纷纷前来买门面房了。

谭顺和抽调了一个分公司进驻美人港北岸连体别墅建设工程，要求在年底竣工交付。铁记庄园的土建进度很快，六十多间房屋，外壳都已经砌好，下半年就可以木工装修，到时候，住在老屋的铁、龚、谭三家就要全部搬出去。

这一阶段，美国旧金山公园的中国园林部分的土建很快就要结束，根据戴维的意见，又增加了一座湖心亭，他准备在湖里种上荷花，人们可以在湖心亭白天赏花，晚上赏月。铁海良很快设计了图纸，给他们施工，等到明年春天，木工就进入现场，进行木刻、木雕的装饰。

女儿的不幸早逝，对唐生华夫妇打击很大。虽然端玉梅把外孙揽在身边，非但没有得到情绪的安慰，反而一见可爱活泼的小唐薪，就想到女儿，他的样子，就像唐菲菲小时候一模一样的，时时引起她对女儿的思念；加上谭大龙随小老三走了以后，就像雾天放鸽子，杳无音讯。唐生华打他的手机，总是关机；问到小老三，只说"还好"，就没有具体消息。建安总公司的地盘，也在滨江公园人工湖的规划范围之内，不久就会拆除、开湖。说是置换土地，安排到滨江工业园区，可以建房、继续开公司。唐生华觉得自己已经力不从心，如果女婿一蹶不振，想继续维持现状，实在太困难。他一筹莫展的时候，端玉梅建议他去找谭顺和商量，看看是否将公司现有固定资产折合成现在的市场价，并给他们房地产开发公司，让女婿做一个现成的股东，也会有不少红利可分，一家人能够过着衣食无忧的生活。唐生华想，自己也快六十岁搁在头上了，操不了许多心，有养老金生活，足够了；假如谭大龙再娶，也无法阻拦，还是将股份一分为二，外孙、外孙女各占一份。他把计划说给端玉梅听，妻子表示赞同，他就去集团公司找谭顺和。

谭顺和不在集团公司。一大早，就去了德裕广场工地，检查装修进度，再到美人港北岸看基建进度，又到市招标办拿市行政中心工程的标书，一天到晚，除了办事，就在路上。有了专车，办事效率高了。集团大楼的灯光亮起来，他才回到办公室，向龚如玉汇报工作。

龚如玉告诉他，唐生华来过了，问他什么事，他要找谭顺和面谈。谭顺和就当着龚如玉的面，给唐生华打电话，唐生华要与他面谈，谭顺和就让大哥来集团，一起陪唐生华去锦江菜饭馆吃饭、谈事情。

唐生华开着轿车来到集团公司，谭顺和在楼下大厅等他，让他把车停在院子里。谭顺利骑车来了，三人坐谭顺和的专车去南苑宾馆对面小吃一条街，停在锦江菜饭馆门口。

谭顺和叫驾驶员从轿车后备厢里拿了一瓶五粮液，谭顺利点了几样小菜：一份现成的黄豆烧小鲫鱼，一份三杯凤爪，谭顺和知道，这是唐生华最爱吃的下酒菜，炒一个青椒茭白肉丝，谭顺利喜欢的红焖猪手，素菜是生菜、番茄鸡蛋汤，主食是菜饭。谭顺和叫驾驶员先吃饭，他们倒了酒，喝起来。

谭顺和问："唐乡长，安置工程快结束了吧？"

唐生华叹了一口气说："就我一个人，忙里忙外的。季晓红催过好几回了，如果年底之前不交付的话，老百姓吵闹不算，新区办事处又要贴一年的过渡费……"

谭顺和问："还有多少工程量？你必须在上冻之前完工啊！"

唐生华踌躇不定，过了一会说："恐怕困难。办事处又不及时划钱，欠的材料款不能及时支付，再也欠不到材料，银行也不断催还贷款，我……"

谭顺利敬他酒，他一口干了，弟兄俩也一起喝了。谭顺利再倒上一杯。一两半的小酒杯，三人倒了两杯，已经下去大半瓶。

谭顺和想，白天唐生华找他，恐怕是遇到大问题了。想当年，马驮沙建筑界叱咤风云的唐大经理，如今也有求人之时了。改革开放，就是优胜劣汰，不进则退啊！古人说得不错，大鱼吃小鱼，小鱼吃小虾，小虾只能啃泥巴了……市场经济是十分残酷的！集体经济时期，银行的行长、信贷员都来吃企业的、拿企业的，企业的公款喂肥了他们，只要大笔一挥，贷款就下来了，不少呆账、死账、烂账，只好国家买单了！如今，银行也是企业，青蛙要命蛇要饱，各为其主，各奔山头。老皇历不行了，不适应这一切，就会落伍。吃惯了集体，走潜规则的唐生华，怎么能适应呢？他的窟窿不会小！

唐生华两杯酒下肚，话匣子就打开了。他说："顺利、顺和，虽说我女儿不在了，儿女亲家还是存在的；虽然孙子跟我姓唐了，只不过是一个代号，大龙还是你们的侄儿，孙子还是你们的孙子，永远改变不了！你们说，是吧？"

驾驶员已经吃完菜饭，谭顺和叫他再拿一瓶酒来，让他在车里等。

谭顺和说："唐乡长，活人不会被尿逼死，不要说我们是亲家关系，即使没有这层关系，我们还是你的老部下，老邻居，有什么难处，我们不会袖手旁观的！"

唐生华自顾自说："现在，大龙这个样子，把摊子往我手里一撂，自从去年陪菲菲去北京，到回来，他就再也没有问过公司的事情……当初从集团公司撤出来，指望他把公司做大的。哪晓得，人算不如天算，老天无眼，不帮助他呀！春上，菲菲去了，他受的打击太大了！……船已经开出来了，还要拢边，不能沉掉啊！所以，我与玉梅商量，趁早，把建安总公司并入你们的房地产开发公司。你们知道的，那块地皮有三十多亩，置换到开发区，大有用场；房子那么多，可以评估不少钱。十圩港边的预制场，也有靠三十亩，将来拆迁，也是很值钱的。只要说建安总公司不干了，营业执照也可以赔到不少钱。所有资产一分为二，谭矗、唐薪各一半，入股分红，大龙去集团公司做甩手掌柜好了。"

听了唐生华的和盘托出，谭顺和看看哥哥。他以为唐生华是为了救急找他的，谁知，他不想干了，一点也没有意料到，堂堂的七尺男儿，也被现实压垮了。

谭顺和想，不能乘人之危，必须等大龙回来，他才是建安总公司的法人代表，一切事情，还是他说了算。更何况，大龙暂时没有走出丧妻的痛苦境地，等他回归现实生活，再决定建安总公司的何去何从，目前的头等大事，把工农新村安置工程交付了；眼下有什么经济困难，由集团公司帮助解决。

谭顺和说："唐乡长，你这个方案，暂时搁在那儿，等大龙回来了，再议入股的事情，他是法人代表，要他与大美面对面谈，才有用。我看，先解决安置房工程的问题，你有困难，集团公司出面解决好了！"

唐生华见谭顺和表态施以援手，心里好过多了，脸上再也不像一直紧绷着的样子。他说："离过年只有三四个月了，听说大龙还在新疆，暂时回不来。我眼下就要支付一笔材料款，银行也在催到期的一笔贷款……"

谭顺利给三人又倒满酒，对唐生华说："老兄弟，一桩一桩来。我看这样，第一步，想办法让季晓红拿出一笔钱，叫大美去找他；第二步，顺和抽些人来，突击一个月，把安置房交付掉。需要我们木工的，我也派人帮忙。"

谭顺和思考了一下，便说："还是先走第二步，把房子交付了，他季晓红不给钱，让大美去找柳书记。现在去要钱，就真怕他没有钱，房子交了，他会想办法给钱的。"

谭顺和说："你们先支持一下，建安总公司房子拆迁，就可以评估几百万，安置区工程款还有靠两千万，我估计不会亏！"

谭顺和知道，他也测算过，三十八栋房子，纯利润不会低于三百万。他问："目前，需要多少钱，才能交付？"

唐生华想了一下说："除了工资、到期的还得贷款，最少三百万。"

谭顺和提议："来，哥仨把酒倒满、喝了，我再给你说。"

谭顺利开了第二瓶，大家倒了第三杯，唐生华心情好起来，也无所谓了，与他们一起干杯。。

谭顺和夹了一条小鲫鱼，一只凤爪，放在唐生华的碟子里，说："我们吃点菜。老大，你喜欢的猪爪，多吃点，最近辛苦啊！"

唐生华慢慢吃小鱼，又吃了一只凤爪，再夹茭白肉丝，细嚼慢咽。他好多时没有这么定心定意地喝酒，也好久没有品尝美味佳肴了，虽然是小饭店，做的菜，不比南苑宾馆的差多少。三人吃了一会儿菜，再继续喝酒。

谭顺利说："老兄弟啊，你对我们谭家，有恩啊！我开始在你手下工作，后来虽然离开公司，你把立模的活都交给我做；为韩莉的事情，接收我的小公司，给了那么多钱……大龙更是不要说，你培养他，送他深造，提拔他……你离开公司前，安排顺和接班，顺利的改制到谭家，也是为大龙着想……来，我们弟兄敬你！"

谭顺和举起酒杯，与哥哥一起敬唐生华。唐生华喝完酒，不无感慨地说："三十年河东，三十年河西啊！一个庄上的老邻居，谁不帮谁呀！现在，我有困难了，找你们帮忙，你们也没有一点推托嘛……"

谭顺利继续倒酒，打招呼说："老兄弟，慢慢喝，我们弟兄仨把这两瓶酒喝掉。说实话，现在，我们弟兄不怎么喝酒了，今天陪你，不去大饭店，就在这里，我们常来的地方，小吃；不过，酒不错！"

唐生华推心置腹地说："都是老弟兄，这样更好。现在的企业，都是私营的，谁还像过去，拿公款大吃大喝？尤其你们集团公司，是上市公司，要为股民着想……"

谭顺和说："我虽然是常务副总裁，从来不用公款吃喝；有很好的待遇，再瞎搞，就对不起这个位置了。来，我们一起干！"

菜饭端上来了，是咸肉青菜粳米饭，色香味齐全，而且不硬不烂，吃起来爽口。三人把瓶中酒分了。

谭顺和说："老哥，你放心吧，刚才说的事情，我保证办到，你是知道我的。明天一早，我就去你的工地，看还需要多少材料，工资也要发一些，调动职工积极性，提高效率，看看工程量，如果需要人员，我好安排，还有银行的贷款，到期的也还掉……"

唐生华悬着的心终于放到底了，他端起酒杯，放下老总和副乡长的身段，激动地站起来，说："患难见真情啊！来，我敬两个亲家，算借花献佛了，我先干为敬！"他一仰脖子，喝干杯中酒。

谭家弟兄也干了。

第二天，谭顺和去工农新村安置区工地，每一栋楼房都走过了，一共三十八栋六层楼，每栋两个单元，二十四套住房，还有十栋没有封顶。唐生华也一早来到工地，陪他看工地。谭顺和估计，人员暂时不缺，到元旦可以交付，材料缺口就需要二百万左右，还有工资、贷款，三百万不富裕。唐生华知道他精明，没有说什么。

龚如玉听了谭顺和的汇报，笑着对他说："三叔，您是主管业务的常务副总裁，可以全权代表集团公司行事。就按您说的，掌控好轻重缓急，先把急需解决的事情处理了，再谈其他事，入股的问题，非得大龙回来，当面洽谈才行。"她让凌芬划出五百万元到建安总公司账上，并且关照谭顺和，要监督唐生华用好这些钱，防止节外生枝。谭顺和知道她谨慎，但更相信唐生华的为人。

谭顺和走后，龚如玉拿座机拨打谭大龙的手机，还是关机。龚如玉叹了一口气，打开电脑，看香港股市。

自从江苏铁记庄集团股份有限公司的股票在香港 H 股挂牌交易以来，市值一直上升，有时候出现涨停。股民的热情都很高。开盘时，原始股三点五港元，现在已经升到八点六港元了。按照这个趋势下去，到春节休市，可以达到十港元左右。这对龚如玉来说，是提振信心的喜事。她不会辜负股民们的希望与支持。集团公司去年的总产值达到了四十亿元人民币，今年可望突破五十亿元。自从去年集团上市以后，外贸公司的进出口业务，拓展到石油、铁矿石粉以及煤矿开采领域，在欧洲、澳洲都有市场，而且利润率不断飙升。戴维的西雅图公司开业了，约翰在美国的中部、印度的约翰家族，都与集团有生意往来，而且越做越大。戴维参与设计的墨尔本唐人街改造工程，只等当地市政部门审批手续，就可以开工。出口一座小型中国园林，比德裕广场的利润高好几倍……

在谭顺和大力协助下，工农新村安置区于元旦前交付了。龚如玉与季晓红交涉，房子好了，必须结清全部款项，才能将钥匙交给他。经过生建科、财政所等单位核算，建安总公司应收一千八百九十五万元人民币，留下质保金以后，季晓红批准划给建安总公司。唐生华划给集团公司五百五十万元，包括当时代为支付朱金海赔偿金五十万元。还清贷款、材料款，付清职工工资，唐生华还有一些利润。他与谭顺和商量，能够使用的人员，由集团公司接受，安排到相关岗位，自己不再接工程。他是说一不二之人，只等女婿回来，与龚如玉谈入股的事情。谭顺和一一照办。

元旦这天，戴维与姜丰岚结婚。戴维已经加入中国国籍，户口落户于铁记庄社区，属于铁记庄人了。龚如玉没有食言，在集团公司年终股东大会上，任命戴维为副总裁，负责海外市场，兼任建筑设计研究院股份公司总经理，洪燕为副总经理，具体负责业务；铁海良转任房地产开发股份公司总经理，谭顺和不再兼任，全面协助她的工作，主持集团日常工作。戴维的父亲母亲，以及三个姊妹的家人，都来到中国，庆祝一对跨国恋人的新婚大喜。

谭剑英在喀什的工程结束了，到北京与铁娜会合后，与谭大龙、陈栋以及公司的其他牧州籍员工，一起回家过年。

到家第二天，谭大龙一个人到唐菲菲墓前献花、化纸、磕头，久久伫立。此时，他想到喀什的"香妃墓"，那里有一个家族几十个人陪着，这里虽然墓葬一片，唐菲菲却一个人过早地来了……唏嘘之中，他又流出了痛心、惋惜的眼泪。

龚如玉想找谭大龙谈谈，让小老三陪同他来。谭大龙说，过了年再说。就带着孩子到城里商场买衣服、鞋子，还有新书包。大半年的漂泊、旅行，他回过神来了，衣着整齐，头发理成寸头，显得精神饱满，皮鞋如往常一样，擦得很亮。他已经想好了，带好两个孩子，培养成人；赡养唐菲菲的爸妈，养老送终，报答唐菲菲一直以来的恩爱和唐家一直以来的疼爱。看到岳父把工程交付了，知道三叔帮了大忙，心里十分感激。唐生华把一张五十万的银行卡给他使用，他不要，对他们说，用钱的时候，向他们取，身边不要多少钱。这样，更加使岳父母感动，他去给孩子买东西，端玉梅在他身边付款，唐生华开车陪他们去，帮助拎东西。

春节之前，龚如玉反而忙起来，他要去香港联合交易所，去会进出口贸易的朋友，还要去澳大利亚矿场，要去山西的煤矿……集团的事务由谭顺和与凌芬处理。谭大龙的事情，她要耐下心来等，谭顺和告诉她，谭大龙已经不像春天的样子了，她让小老三传了大龙一些照片给她，看了以后，心里感到舒服多了……这个冤家，只想已故之人，不念儿子在这里！又一想，不好怪他，自己一点信息也没有透露给他呀！临行之前，她琢磨着措辞，写了一封信给他。怕他如从前一样，永不拆开看。她叫谭剑英到集团公司来，把信交给他，让他当面交给谭大龙，还要监督大龙反复看，甚至可以读给他听。谭剑英很好奇，想知道写的什么。龚如玉看出他的心思，便含笑抽出来，给谭剑英看。谭剑英一目十行，一口气看完，信的字体隽秀，文字流畅，情感丰富而凄婉……他爱读诗、写诗，觉得可以分行写，便是一首好诗。龚如玉一笑，说道，只要大龙愿意看，怎么写都可以，并且请他改写。谭剑英很乐意。他说，改写以后，大哥会边看边想，可以体会到其中的情感，打动他僵化的心脉。龚如玉笑得很开心，笑容也多年没有这么嫣然。

谭剑英回去以后，将龚如玉的信改为诗歌，让句子简短、押韵，还加了题目。谭大龙没有拒绝，看了一遍，还给弟弟；小老三又要求他再看，谭大龙仔细地看了第二遍，心，有点热了，看到第三遍，眼眶湿润了，默默地收起来，放到内衣口袋里……

龚如玉的信，被谭剑英改写之后，是这样的：

愿你无愧于时代，抛弃忧伤

我想，最难过的，

不是不曾遇见

而不仅仅是遇见了

得到了

又匆忙的失去

然后

在心底，

留下了

印记！

世上最美的情感
不是感觉：
"你，有多好"，
而是感念于：
"你，对我，有多好"？
世上最牢固的情感
不是"我爱你"！
而是"我习惯了你"！
彼此你我
才是最深情的相依

惹上爱情
就一定会花开一般的幸福
而失恋后的感觉
……
不知刚刚单身的你
会不会也有这样的孤独？

红尘万里
很多人，遇到了
散失了、误解了、错过了
所以，到年老仍然赤心怀念的人
不是每个人都可以拥有的遇到

都说，陪伴是最长情的告白
总有人提前离开
愿意等你的人
假如你珍惜了
时间的多少
才是最美的相爱

我想，我们只有不断地充实自己
让内心强大起来

才会敞开胸怀
被颓丧、沉沦践踏
只是空喊着不公与无奈
才是人生最大了悲哀

希望你会明白
年纪轻轻
心地善良
一定有人在等待

当你看到了我
一如既往
你就懂得
原谅的意义
我总不肯讨厌你
初心不变
你就知晓
尊重的情谊

今天的你
不再需要轰轰烈烈的爱情
只需要在你身边
给你一杯热水的人
我一直手捧恒温的热水
想温暖你的心

假如，念念不忘的人
后来，只是一个名字
曾以为，过不去的事情
日后，不过是一人一段的故事

人生是一场错过
愿你不再蹉跎、彷徨
愿你无愧于这个时代
振作起来，抛弃忧伤……

第三十五章

过了春节，谭顺利就六十岁了，唐生华也五十九岁。按照乡规民俗，六十大寿是要大贺，也有贺五十九岁的。陈桂兰与亲家母端玉梅商量，在春节期间，就为两人一起贺生日。唐家是端玉梅做主，她同意了，唐生华也没有什么意见。少了女儿唐菲菲，这个年会过得不愉快，虽然与谭大龙以及双胞在一起。见陈桂兰热心操办，端玉梅表示赞成。有了端玉梅的支持，元旦以后，陈桂兰就着手筹备。

谭顺利先与龚弘莲离婚，后与韩莉结婚后，因为韩莉赌博亏债，主动与他离婚。为老大祝寿，要想办法让他与龚弘莲复婚，这也是老爷子临终遗嘱。陈桂兰想来想去，要亲自去北京做龚弘莲的工作。于是，谭剑英回来参加集团公司年终股东大会以后，她随儿子去了北京，动员龚弘莲与谭木匠复婚，使得他的生日更有意义。陈桂兰想，从元旦到春节，还有一个多月的时间，龚弘莲也许会想得通的。

利用星期天，谭剑英把在京的谭家人约到公司来，统一认识，一起劝龚弘莲与谭顺利复婚。朱锦奇夫妇非常认真地准备了两桌丰盛的菜，显得陈桂兰对此事郑重其事。谭晓婷让施一飞请了假，他现在是正团级飞行大队长，能够休息一天，他们带着女儿谭元婷一起来了。谭来娣与陈栋就住在公司里，谭等娣与左洪坤也结婚了，是旅行结婚，没有大操大办，谭等娣是清华大学教授，左洪坤是北京武警部队某部营级干部，星期天都休息。谭国庆在中国公安大学备战考研，没有来公司。

陈桂兰先说为谭顺利、唐生华一起祝寿的事情，大家都表示赞同；说到让龚弘莲与谭顺利复婚的问题，就不是异口同声了。

陈桂兰语重心长地说："弘莲，孩子们，古人说得好，三十而立，四十不惑，五十知天命，六十耳顺，七十古来稀，八十杖朝了；人生几十年，三十岁时，当而立感叹弱冠，当不惑感叹而立，当知天命感叹不惑，当花甲子感叹知天命。说的是，人一年年变老，又反过来回想年轻的生活。只有到了耳顺的花甲之年就愿意听他人言语，理解别人的心意了。不要到古稀之年，更不用等到拄拐杖走路了……"

谭晓婷是进修的本科生，陈栋、谭剑英是进修的研究生，左洪坤、施一飞都是正规的本科生，还有等娣，留洋的博士……他们一听陈桂兰说的话，都惊讶得睁大眼睛，你看看我，我看看你，简直不相信她能够说出这么一套高深的知识来。

谭剑英先发声："妈，您这一套一套的，啥时候学到的？我们怎么从来没有听您说过？铁记庄园也贺过不少人的生日了……"

谭等娣说："奶奶八十多岁了，就是杖朝之年，如果在家开家庭会，就像宫廷朝会，奶奶拄着拐杖来，就是杖朝，拄着拐杖'上朝'……"

左洪坤接着说："还有九十岁，耄耋之年，一百岁，就是天年了……"

陈桂兰笑道："你们看，人家这对小夫妻，琴瑟和谐，不但郎才女貌，而且才貌双全啊！……至于我会说这些，也是与时俱进，从人家扁担头子上探来的。"

小姊妹们鼓掌，两个小孩也凑热闹，拍小巴掌。

陈桂兰继续说："古人说，少来夫妻，老来伴。孩子们，我看那，你们的妈妈与爸爸复婚吧，将来，拄拐杖的时候，也好相互搀扶啊！"

孩子们不作声。

龚弘莲苦笑了一下，突然说："桂兰，你现在也是一个人，他三叔等你半辈子了，你们怎么还不并起来，你将来不拄拐棍，成仙啊？"

孩子们赞成了，鼓掌欢笑。

陈桂兰满脸通红。孙子突然说："奶奶，三爷爷是帅爷爷，您和三爷爷结婚吧！"说完，看好奶奶，等她表态。

陈桂兰哈哈大笑，低头跟他说："孙子哎，奶奶跟你说，到了六十岁，奶奶就和三爷爷结婚，好不好？"

铁娜一听，认真地说："妈，小元恺五岁了，是懂事的宝宝了，您不能骗他呀！"

几个女孩子一起喊："赞成，赞成！"

陈桂兰收起笑容，摆摆手，冷静地说："我与你们三叔的事情，是早晚的事。今天，我大老远来北京，是为你们爸妈复婚的事情，孩子们，你们要赞成啊！"

孩子们又是不作声。龚弘莲叹了一口气，说："桂兰，你的好意，我心领了，只是……韩莉，又回到他身边了……"

陈桂兰见龚弘莲终于松口了，就信心满满地说："你答应了，我回去做韩莉的工作，总有个先来后到吧，孩子们，对不对？"

这一次，大家异口同声："对！"

施元婷对龚弘莲说："外婆，我饿了……"

陈桂兰赶紧说："宝贝，走，去吃饭吧！散会！"

大家去食堂小餐厅吃饭，包括几个在公司的技术员，管理人员，坐满两桌。

回到铁记庄，陈桂兰把北京之行的情况告诉谭顺和，让他去跟老大谈复婚的事情，她去找韩莉做工作。关于向孙子元恺承诺的事情，只字未提。

韩莉听了陈桂兰的劝说，十分不高兴。她认为，将来儿子谭国庆结婚，自己是个单亲妈妈；如果谭顺利不复婚，人家也知道，他是谭顺利的儿子，自己与儿子在面子上也过得去。如果谭顺利与龚弘莲复婚了，他还要不要儿子？

陈桂兰劝她，谭顺利与龚弘莲复婚了，对她有好处，她还年轻，可以找一个年龄相仿的男人，成个家，将来有个伴。再说了，谭国庆在北京上学，毕业后，就到小老三的公司工作，或者在北京的公安系统工作，买房子，讨老婆，所花的钱，都由小老三出。谭国庆也是孝顺孩子，将来会孝敬母亲的。

韩莉相信陈桂兰的话，也知道谭国庆就是借了她的肚子生出来，从小到大，都是龚弘莲培养、照顾；就这一点说，她愿意谭顺利跟龚弘莲复婚。可是。韩莉不甘心，木金寺也有他们现在这种状况的家庭，她原来的小姊妹里面也有类似的家庭，她已经改邪归正，回到谭顺利身边，毕竟比他小近二十岁，多次提出复婚，谭顺利坚决不点头。她本想，就罢了，维持现状算了！可是，陈桂兰借谭顺利六十岁生日，让他与龚弘莲复婚，问题就来了，还无法阻止陈桂兰这个说客，她只好再与谭顺利交涉。

谭顺利在父亲病危之际，承诺老人家，会与龚弘莲复婚的。可是，韩莉下决心戒掉赌博，埋头开了几年理发店，自己重开装潢公司，她就主动来帮忙，集团公司龚如玉也同意她来管理财务，两年来，工作也十分辛苦。尽管韩莉多次提出复婚，他都想到老父亲的遗嘱，坚决不答应，维持现状罢了。在自己过六十岁生日之际，谭顺和与陈桂兰重提往事，他不得不权衡利弊。假如他不与龚弘莲复婚，韩莉还抱着希望等，儿子也会不离不异的；假如与龚弘莲复婚了，老来有伴……假如韩莉找到条件好的男人，带走儿子，自己当初一心一意与韩莉生儿子的目的，不是竹篮打水——一场空了？最后，受伤的不是别人，还是孩子啊！在他两难的时候，韩莉哭闹着来找他了，谭顺利心理的天平一下子倾斜到年轻的韩莉和亲生的儿子这边了。

谭顺和告诉陈桂兰，谭顺利的工作没有做成，陈桂兰也没有做好韩莉的工作，她觉得很难过，真是猪八戒照镜子——里外不是人了。陈桂兰想，龚弘莲那边倒是好不容易说通了，这个老大一点不争气，还是被韩莉缠住了……不复婚就不复婚吧，祝寿的事情还是要办的，就让两个女人都到场算了……

二月十六日，农历正月初八，都是双日，这一天，是唐生华的生日；谭顺利的生日在夏天呢，提前过，所以，两人就在这一天一起过生日。铁记庄园的老邻居们，谭家、唐家的亲朋好友，都集中到紫金大厦的宴会大厅，欢聚一堂。既然谭顺利的两个女人都参加，陈桂兰就索性让韩莉请她的娘家人也来，韩莉娘家人早已承认了既成事实，外孙都上大学了，就不再计较什么，也出钱让韩莉给谭顺利买了一套西装，懂事的谭国庆，与外公、外婆坐在一起，韩家来人坐了两桌。

　　酒席安排在中午，十一点五十八分，鸣鞭放炮过后，喜宴开始，大家热热闹闹地吃到两点多钟，才尽兴散去。

　　龚如玉与铁娜等人商议好，吃完喜酒，约谭大龙弟兄等人，到集团公司大楼去喝茶、打牌，晚上由她招待大家吃饭、跳舞。谭剑英心领神会，就让母亲把小元恺带回去，叫谭晓婷把施元婷给端玉萍带走，他们可以尽兴地玩，给龚如玉有机会与谭大龙接触、交流。

　　龚如玉请谭顺和一起，跟谭大龙谈工作的事情。事先，谭顺和已经将唐生华的有关打算汇报给她，今天的宴会上，龚如玉向唐生华夫妇敬酒的时候，两人都十分客气，端玉梅还和她说了不少家常话；谭大龙也主动起身敬她的酒，还笑了一下。女人的直觉告诉她，这个冤家总算拨开了乌云，露出一缕阳光了。她有了满满的信心，与谭大龙谈一些事情了。

　　姜丰岚给大家安排活动，有的在接待室聊天，有的在茶吧喝茶，也有在棋牌室打麻将，因为戴维刚学会，很想打，左洪坤、牟丽军和铁海良就陪他，几个爱好体育的，到乒乓球室打球……谭小龙中午敬酒，多喝了，斜躺在接待室沙发上睡觉。

　　姜丰岚把谭顺和、谭大龙和龚如玉、谭晓婷带到四楼。朝阳的都是集团副总裁的办公室，东首第一间是常务副总裁谭顺和的办公室，对面是总裁助理办公室。姜丰岚开了门，请他们进去。

　　龚如玉介绍说："这就是大龙的新办公室，装潢的时候就是这样，所有设施，与三叔他们的一样。就是书橱里，要根据自己的需要安排书籍；大龙去书店选好目录，让小姜去买。墙上不能没有字画，也自己选；不嫌我的字差的话，我亲自给你写一幅。"说完，对谭大龙笑了一笑。

　　谭晓婷接着说："当然是你写了，大龙每天学习，才能紧跟在你的身边，不再落后啦！"

　　姜丰岚说："大美姐，你就写毛主席的《沁园春．雪》，有霸气，符合小谭总的精气神。"

　　谭大龙苦笑道："我从来就没有什么霸气，一直都很懦弱啊！"

　　谭晓婷说："小时候，大美还经常哭鼻子呢，都是你保护她……现在呢，我们快不认识她了。古人说，士别三日，当刮目相看，你到了大美身边，拿出当年保护她的勇气，就很快恢复元气，形成霸气的！"

　　谭顺和安慰他："到了新的工作环境，都会变化的。比如管彤的儿子李兴勋，一个文官，文弱书生，做了山水盆景、景观工程公司老总，谈生意，比鬼都精明。这次澳大利亚墨尔本唐人街改造工程，他参与谈判，就表现了商业、经营才能。"

龚如玉说："慢慢适应吧！……三叔，工作的事情，就这样，让大龙先跟您身边进一步熟悉集团内部情况，房地产那一块摊子大，由大龙具体抓，海良配合，要进一步拓展市场，国内、国外全面开花！哎，小老三，北京那边建筑项目多，我们有资质进京的。"

谭剑英立即应道："牧州北京商会成立了，就是按照柳书记的指示，要为家乡经济发展提供平台、招商引资。我是常务副会长，给你们做联络员。"

谭顺和笑了，说："别站着说话了，到我办公室去坐吧！"

龚如玉说："三叔，这才说了一件事情，我们还有事说。您准备明天开会的材料吧，他们到我办公室去。"

谭顺和问："你明天参加吗？"

龚如玉说："主要是您做报告，我到场好了……您不要走啊，晚上继续！"

谭顺和说："好的。"

姜丰岚给了谭大龙一把办公室的钥匙，谭大龙放进口袋里。龚如玉看在眼里笑在心里。

到了三楼，姜丰岚开了总裁办公室门，把通往接待室的门关上，给他们泡了茶，回到对面自己的办公室。谭晓婷第一次来，走走看看，觉得龚如玉确实进步很快，有大公司总裁的范儿。

姜丰岚拿来一部手机，最新款的三星牌直板式样，放到龚如玉面前，回到自己办公室去。

龚如玉将手机送到谭大龙手里，谭大龙接过新手机。

龚如玉说："大龙，你现在是集团公司总裁助理，要用公司统一配的手机和号码，便与联系工作。"

谭大龙看着，这是最先进的三星手机，功能很多。

谭剑英很羡慕，对大龙说："大哥，大美对你真好！"

谭大龙咧嘴一笑："我这不是来为她打工吗，手艺人也需要工具呀！"

谭晓婷开玩笑说："你打工，要学唐伯虎，真心实意，把过去的损失夺回来！不能枉费大美的一片苦心呦！"

龚如玉被她说得脸红了，她的思路没有被谭晓婷的玩笑话打断，便说："招娣说得对。只要你喜欢就好……现在我们说说你的两个孩子……"

谭大龙放下手机，对龚如玉的话，有点费解，怔怔地看着她。

龚如玉说："大龙，菲菲临走之前，跟我交代两件事情——就是那次我去你家的，你没有理睬我，我到你家东山头，把菲菲的话跟你妈说了，不知她老人家有没有对你说？"

谭大龙摇摇头。谭剑英想，办完唐菲菲的丧事，他就带大哥去北京了，母亲没有机会跟他说呀！

龚如玉说："菲菲看到你当时的状态，很灰心，才叫你妈打电话叫我回去的。第一件，是把两个孩子托付给我。"

谭大龙一听，立即反应强烈，说："我能够把他们抚养成人，不要你费心了！"

龚如玉说："你现在的情况，自己也清楚，谁也不能保证，你以后不找人结婚，才三十几岁啊！唐薪由唐家带着，不会有什么事，你管教他也方便；可你有没有想过，女孩就不同了，比男孩更需要母爱！奶奶带着孙女，也不是长久之计。菲菲托付给我，相信我有这个能力，有这个爱心……你看，我这么大的集团公司，业务不断扩大，跨国业务，我必须件件过问，上次去澳洲谈铁矿石粉的业务，得到墨尔本唐人街的项目的信息，立即抓住，现在谈得差不多了……所以，我想暂时把谭矗交给来娣带一阶段，菲菲也有这个意思，她相信来娣会视同己出的……"

谭晓婷听出龚如玉的意思，她会与谭大龙好起来，只是暂时太忙了，管不到孩子；妹妹来娣与陈栋不能生孩子，认养堂侄女，也是好事。于是，她说："大龙，我看大美的方法可行，回头吃晚饭的时候，我与来娣说说。"

谭大龙觉得她们说的似乎两全其美，可心里总像堵了一块棉花球，不知如何回答，就朝小老三看。

谭剑英领会龚如玉的心思。从她写给大哥的信里，表明了不会放弃大哥，迟早两人会结合的；大哥那天看了，动情了。现在唐菲菲没了，两个青梅竹马的小伙伴，又有在一起的机会了，只是时间问题。他见大哥没有表示反对，谭晓婷也愿意做来娣的工作，就表态说：

"我看大美的建议比较合情合理。现在，唐家只争唐薪，对谭矗不在乎。如果给来娣养，她肯定喜欢；别人的孩子，他们都认养几个了，自己的侄女儿，还不认养。这样吧，招娣去说服来娣，我去做小栋的工作，他们实在不肯，就让小娜带，她还想生一个丫头呢！"

谭大龙自从看了龚如玉写给他的信，好几夜都没有睡得着，脑子里既有唐菲菲生活的影子，更有龚如玉从小到现在的一幕幕往事，从前的恋情开始在内心深处浮现起来。今天，给自己安排了总裁助理的职务，明显地要自己回到她身边来；如果她真的在乎自己，难道还多余一个孩子吗，她自己不也是有儿子的单亲妈妈吗？想到这里，谭大龙看着龚如玉，两人的目光相遇了。龚如玉，他心里一直呼叫的大美，正以期待的眼神，等候自己的决定。她的脸庞还是那么美丽，眼睛还是那么迷人，岁月的刻刀，并没有留下些许痕迹……他恳切地说：

"大美，还是你带着吧，我也能天天看到她；到了北京，他们会爱她的，来娣、小娜，都会把她当着亲生的，我相信！我想看看她，还得影响工作，跑大老远的路……"

　　龚如玉心头一震，谭大龙啊，谭大龙，你终于说出来了！她赶紧说："我同意！只要你想的，你要的，我大美都愿意做……我做谭矗的妈妈，帮你带孩子，你可要多做公司的事情，好不好？"说完，朝小老三使了个眼色，聪明的谭晓婷也看到了，她欣慰地想，这两个棒打的鸳鸯又会到一起了……

　　谭剑英不失时机，紧接着说："这样最好！小谭矗还是妈带着，你们有空了，就带她跟孝严一起玩，她不但有家的温暖，更有了母爱的呵护……大哥，这事就这么定了。"

　　谭晓婷笑道："你们一对活宝，早点沟通，省得在这里磨嘴皮子。"

　　谭剑英说："姐姐哎，锣不敲不响，话不说不明。我们俩不在这里，他们呀，有这么合拍吗？"

　　谭晓婷说："大美，今晚不算，记得欠我和小老三的酒！还有大龙，不能小气！"

　　谭剑英趁热打铁，说："大哥，你再表个态，招娣姐的意思，明白吗？什么酒？"

　　谭大龙怕他们挑明了，便笑了笑，又看看龚如玉，龚如玉转过脸去，强忍住激动的心情。谭大龙说："今天，大美叫你俩来，是说谭矗的事情，其他的嘛，你们下次回来再说，大美，是吧？"

　　龚如玉转过脸来，细心的谭晓婷已经看到，她正偷着乐呢！

　　龚如玉喝了一口水，让心情平静一些，慢悠悠地说："少不了你们的酒！是啊，今天我这个干妈，转正了，成为亲妈了，太高兴了！"她叫了一声"小姜"，姜丰岚应了一声，快步走进来。

　　龚如玉问："今晚定了几桌？"

　　姜丰岚说："两桌。"

　　龚如玉想了想，说："看看能不能再加两桌，四桌一个厅。现在就联系，不行换地方。"

　　姜丰岚到走廊里打电话，很快就进来汇报，落实好了。

　　谭晓婷说："大美，订婚吗？请多少人？"

　　龚如玉坐到她身边，伸手拧她的嘴，笑骂："你这张利嘴，到了北京还改不了，我看飞行员被你驯得像绵羊了！——我这把年纪了，定什么婚，谈妥了，直接结婚！"

　　谭晓婷不依不饶："谈了几十年了，还有什么谈头，快点结婚算了。"

　　谭剑英打圆场："姐姐，要磨合磨合，要得天长地久，还在乎匆匆忙忙？算起来，大美又等了好几年，是她的，跑不了！"

　　龚如玉见小老三说远了，就说："哎，我从来不指望啊！……今晚，多叫点人，我的意思，把我们刚才的决议公布出去，小谭矗改口，叫我亲妈，今晚就靠我。奶奶白天带也好，等到开学了，转到孝严一个学校，如果唐家愿意，把唐薪一起转到实验学校来。"

谭大龙知道，龚如玉就是说起风，就下雨的脾气，是一言既出，难以收回的主，只好依凑她。

谭剑英更是赞成，拍巴掌，并且说："明天中午，我来做东，一是祝贺大哥高升集团公司总裁助理，二是答谢龚总裁的母爱！招娣姐，好不好？"

谭晓婷说："本来明天我们坐飞机走的，看来只好坐一夜大巴了。大龙，你愿意吗？"

谭大龙搔搔后脑勺，说："我的脑子迟钝了，你们说的事情，节奏太快了，我跟不上趟……反正你们两个不会害我们，随你们吧！……你留住小龙他们，反正不是公务员了，迟两天回去也不要紧。"

谭剑英开心地笑了，多时没有露出的虎牙，露得很明显。龚如玉心潮澎湃，白皙的脸上，泛起了久违的红晕……

说到这里，谭晓婷想起，好像龚如玉才说了唐菲菲关照的第一件事情，便问："大美，说到现在，才说了第一件，你不是说菲菲交代了两件事吗？"

龚如玉笑而不答。

谭剑英明白，第二件，无非是关于她和大哥的，就说："我没有猜错的话，第二件事情，刚才说得差不多了……"

谭晓婷双手捧住龚如玉的脸，让她躲不了自己询问的目光，龚如玉只好点点头。她松开手，紧紧地抱住这个可怜的发小，同情与庆幸的眼泪满满地流下来……

晚上，铁记庄园人又聚集到紫金大厦，还有戴维与姜丰岚。聚会有谭顺和主持。第一，宣布谭大龙为集团公司总裁助理；第二，宣布谭矗由龚如玉抚养，成为她的女儿。

谭大龙挽着小谭矗，到龚如玉面前，乖巧的小宝贝，白天已经被陈桂兰调教好了，叫了一声"干妈"后，立即改口，叫她"妈妈"，眼泪不由自主地从小眼睛里流出来……

龚如玉开心地答应了，把她抱起来，给她一个大红包，亲切地说："宝贝，再叫妈！"

小谭矗看看爸爸，又甜甜地叫："妈……"

龚如玉吻她的小嘴，放她在自己的大腿上，夹菜给她吃。

唐生华与端玉梅高兴极了。陈桂兰更是笑得开心。心里想，这个一直在暗地里叫自己"妈"的丫头，今天看来，像小谭矗这样清脆的叫自己"妈"的日子，不远了。

这个春节，铁记庄园的人们，纷纷乔迁到新居，一家挨着一家办酒，一直沉浸在喜气洋洋之中。正月半以后，人们才开始正常的工作。

柳剑书记看到美人港与铁记庄园工程进展很快，符合他的设想，比较满意，可是对美人港风光带的一些细节，感到不尽人意，提出了一些整改建议。季晓红以及龚如玉等人在他身边，边听边记，姜丰岚还带着微型录音机，防止漏记，可以回去整理成文，交谭顺和布置落实。

柳书记的指示主要三个方面：

第一期工程：河道南边的小水码头太少，不便于小游船停靠，也不便于小饭馆或店主到河里洗东西，因为这美人港是无污染的饮水河流。河道北岸河边，要间隔栽种一些芦苇、蒲苇及茭白等水生植物，水面间种荷花、睡莲、菱蓬等。岸上要建几个亭子，一条长廊。岸边要竖立"禁止垂钓""禁止游泳"的标牌。路灯不仅要古色古香，一定要亮，防止晚间游人落水。

第二期工程：前面的门窗户，改为木格、木雕、镂空的花饰，不得像现在的铜门、防盗窗。如果是为了防偷盗，各户前后，安装监控。

第三期工程：步行街路面两边要有盲人行道，中间要有绿化乔木，本地的市树、市花。门面一律用搭子板门，让人们感到晚清、民国的街市感觉。

谭顺和分别安排改正项目，并且在铁记庄园的圆沟、花园内，进行整改，使之均达到柳书记的要求。

铁记庄建安总公司拆迁评估工作开始了，副市长季晓红亲自挂帅，由市政评估公司对所有建筑物、机械设施以及资质等级，进行价值评估，地皮置换，宏兴预制场不算在内，共计要赔付一千二百二十九万元人民币。唐生华拆骨头算账，觉得少了，就到他的母校东南大学，请专家来重新评估，结果是多了三百多万元。谭大龙是法人代表，将评估报告送到市评估办公室，要求重新评估。市评估领导小组予以驳回。谭大龙叫龚如玉找柳书记，龚如玉没有答应，而是让法律顾问出面交涉，市评估办公室只好再次仔细评估，结果是比原来多了二百多万元。唐生华不再去争了，给了东南大学十万元评估费，净多出二百二十一万元，心满意足了。他与端玉梅商量，将旧设备、宏兴预制场、置换的地皮，折价给集团公司，作为参股，端玉梅这次让丈夫做了一回主。双放协商，一共折合人民币六百万元。唐生华与端玉梅合计拿出二千万元，作为双胞的股份，每人一千万元，参与分红。

龚如玉觉得唐生华夫妇变了，完全变成了通情达理和看得穿一切的人，他们这样做，也是对女儿亡灵最好的祭奠吧！她与谭顺和商量，聘任唐生华为集团公司首席顾问，享受子公司总经理的工资待遇，这是其他顾问所没有的。俗话说得好，老虎年迈，余威还在呢！唐生华在当地建筑界纵横几十年，外地建筑界的同学、朋友也很多，集团公司发挥他的余热，为房地产开发公司出谋划策，他是能够胜任的。龚如玉把他的办公室安排在谭大龙隔壁，上午去坐坐，下午无事，就与李七宝等人打打小牌。

铁记庄园工程结束之后，铁慧琪与铁慧瑛召集铁家、龚家和谭家所有人员开会，形成统一意见，将他们集资建设的庄园无偿献给牧州市人民政府，而且承担以后相关的管理费用。管彤说过，可以成为马驮沙"历史博物馆"，最多在门口，竖立一块"铁记庄园旧址"的牌子，大家都在捐献书上签名、按罗印。龚如玉向柳剑汇报这件事，柳剑欣然同意，赞扬铁记庄人爱国、爱社会、爱家乡的高风亮节，并且亲自题写了"马驮沙历史博物馆"和"铁记庄园"两块匾额。铁慧琪请龚弘奎写一篇"重修铁记庄园记"，将来陈列在博物馆里。龚弘奎当仁不让，构思了几天，一气呵成。全文如下：

重建铁记庄园记

马驮沙之铁记庄园，始建于清咸丰五年，距今一百五十年矣。

庄主铁儒翔为常州铁姓分支。初于马驮沙县城观音街开设钱庄，号铁记庄；后至木金寺旁购地，建私家庄园，名铁记庄园。经清咸丰、宣统、历民国，至新中国，铁记庄园的部分建筑曾人为衰萎。改革开放后，铁氏后裔善玲、旺兴、慧琪、慧瑛、海良，以及庄民龚氏、谭氏等，集资重建。恢复旧貌，是年建成，乃幸事耳！

重建之庄园，沿袭旧制，九十九间半也。此乃尊儒家"盈满则亏"之说，合建筑之理论，亦铁氏思想之体现，一脉相承，故铁记庄园人才辈出，家业兴旺，百余年不衰。为纪念观音街"铁记庄"钱庄，此番将其移建于园内。数间老屋，非列于九十九间半之数也。

铁记庄园，建筑为晚清江南之特色，亦具江北民居优点。凡屋宇横向排列，粉墙黛瓦。前后三排，由低及高。第三排为主建筑，中间五座四合院，三进三间两侧厢，亦前低后高；梁五架至七架，大院两侧左为庙，右为学，古制也。

主要建筑精选上等木料，雕梁画栋，镂空窗棂；门户严实，古建筑之要。庭院内，均有水井一口，乃风水所设，亦家用所需。五座庭院厢房相连，有侧门相通，东西走廊数十丈，户户相连，故族人足不出户，即可往来。乃家风淳厚，人心一致也。

庄园园林为私家风格，取扬、苏园林之精华，因地制宜。草木青翠，山水相依。今尤似公园，为群众信步、休闲之胜景也。

四周圆沟，为护庄、漕运；河边垂柳依依，芦苇摇曳，蓬莲翠绿，游鱼嬉戏……

世事沧桑，旧貌新颜。铁记庄之前世今生，为历史文化之传承，亦人文精神之荟萃矣！

是为记。

公元二零零五年春

龚弘奎写的"重建铁记庄园记"，突出重点，交代沿革，文字半文半白，有点儿古韵，大家读了，比较满意。

清明节前两天，铁家海内外人士都回来了。台湾的铁旺乡、铁旺孝两家，上海的铁旺户、铁旺荷两家，香港的张粤生、张铁爱华家，重庆的铁旺敏及其家人，都是三代人，近百人齐集于铁记庄园。北京的铁家老亲，周刘之的儿子周怀骥、刘怀沙也带着老伴，受到牧州市政府的邀请，由谭剑英陪同，回到故乡。铁记庄园昔日的容颜，呈现在人们面前，大家非常欣喜，分享铁记庄几代人共建家园的自豪与幸福，感恩改革开放的好时代，感恩牧州市政府的重视和关怀。

在季晓红、管彤等人陪同下，人们边走边看。

偌大的铁记庄园，南门外面是水泥地停车场，可以停放二十多辆轿车。原有的吊桥没有恢复，圆沟宽阔的河面上，建了拱形的汉白玉石桥，只在上面象征性地拉了绳索，游船可以在桥下通过。河岸全用块石垒砌；河边上，种了芦苇、蒲苇和茭白，高低相间；河面上是莲蓬与睡莲，叶片浮在水面，嫩绿青翠；外河岸上栽种香樟树，内河岸以垂柳为主，也间种一些开花的树木，如红叶李子树、夹竹桃等。后面竹园外，有桃树、梨树，正是花开季节，颇有"竹外桃花三两枝"的意境。重新开挖的后圆沟，浅浅的，是荷花池，刚种不久，如果到了荷花盛开的夏季，由东往西，远远望去，也有一览无余的"接天莲叶无穷碧，映日荷花别样红"的美景。

走进庄园，整体布局基本按照原貌恢复，只有南面进出的是汉白玉拱桥。桥头东侧一间半屋子，现在是门卫；这样的一间半屋子在庄园的东北、西北还有两处，旧时都是看家护院的，一间住人，半间养狗，现在分别是男、女卫生间。汉白玉桥里面有电动移门，是整个庄园的"要塞"。由桥向北，是庄园的主干道，用麻石铺成；三排屋子前面，有东西道路与之相交汇，东面于西面各有一条小路，与之平行，由青砖铺成。园内道路，沿河边是环形青石道路，园内为三横三纵网格化道路，是铁善玲回忆小时候的道路格局，所有路面，均按照旧时石材、砖头铺成，没有使用水泥，符合修旧如旧的重建原则。

再看屋宇。主干道东面，是"得月亭"为中心的荷花池，早些年重建的，这次没有再改动，是过去的样式。西面的小园林，这次稍微扩大了范围，增加了太湖石假山，补栽了市树——香橼树，这也是原来就有的。"得月亭"东面是一条南北道路，路东面一排四间屋，原来是长工、短工、家佣和丫鬟们住房；与之平行的小园林西面，也是四间屋，是养牛、养猪、养羊以及家禽的场所，水车、爬犁等农具也放在这里。房舍东面，也有南北道路与主干道平行。

得月亭和小林园后面，东西各有五间屋子，比前面屋子宽大。东面的是生活用品仓库、食堂。铁家人从来不分家，每到吃饭时间，长幼老少，按照辈分列而坐，少一位长辈到场，没有一个人动筷子的。家庭生活也十分简朴，平时吃饭，只比长工们多一样荤菜，大多是炒一盆鸡蛋。西面是一大块菜地。西面与之平行的六间屋，是粮仓和看护庄园人员的住房。东、西河边，都建有水码头，上、下粮食、货物时，停靠小船。现在，可以如美人港岸边的水码头一样，游人从这里上下。

最后一排，中间五座是主屋了。一律三进三间两侧厢的四合院，每座大小十三间房屋；数字虽然不好听，铁家人说了，十三点，就是呆子，自古就有呆有呆福、呆子求财之说。最早年，中间一座为庄主所住，两边分给族人、子女。土改的时候，西面三座被拆掉，材料分给佃农们回去建房造屋，其中一座是铁家的祭祖之地，拆的时候，铁善人把牌位搬到自己院里。这次重建增加了三座，连同铁家、龚家老屋，五座院子，为新建"马驮沙历史博物馆"主要用房。四合院东面原来是祭祀的庙堂，铁家把牌位搬到主屋之后，这里是空房子，政府要求铁家给荣誉军人谭祖华住房，铁善人安排谭祖华在这里，所以，这六间旧房子没有被拆掉，这次，与两座四合院一起维修了一下，就是原来的样子了。西面六间是铁家学堂。现在，东面房屋，还是给铁家管理，里面排放着自铁儒翔以来，过世之人的画像、牌位，铁家人逢年过节，可以到这里烧香祭祖。

人们仔细观看老建筑，尤其铁家"旺"字辈的老人，他们小时候回来过，那时的房舍，基本完好。实木大门，外包铁皮，上面钉着"蟹壳"铜钉，坚固而气派。廊柱、窗户、板壁，都是上等木材，均用清漆刷了又刷，清亮而朴素。那些雕刻的吉祥花鸟，镂空的木格图案使人有穿越之感，仿佛回到了晚清、民国时代……张铁爱华、铁旺敏等人，摸摸这，摸摸那；低头看看地面的青皮石块砖，仰头望望屋脊的孵鸡头、长铁戟……他们感到，这就是原来的铁记庄园！

龚如玉等小辈们，跟在长辈们后面，听他们讲过去的故事。周怀骧和刘怀沙兄弟，还关心他们父亲周刘之等人当年躲藏的地道，有没有恢复，管彤解释说，等到正式接管铁记庄园后，整理史料，就恢复地道，下面有当年开会的地方，还有通到庄外的地道，将来是很好的爱国主义教育之地。

铁慧瑛骄傲地向铁家人介绍女儿龚如玉，说她现在是铁记庄集团公司总裁，可有能力了，重建庄园的大部分资金，都是她集团公司捐献的。铁家人为有这样优秀的后代而高兴，一个个夸赞她，并且表态，以后会支持她的集团公司做大做强。龚如玉说，妈妈是她的标杆，铁家精神是她的灵魂支柱，她一定不负众望，为铁记庄人争光。

走出庄园，季晓红、管彤带领大家参观"美人港风光带"。在柳剑提出整改意见之后，经过优化，美人港更加漂亮了。河岸边水里，种了与庄园园沟边一样的水生植物。北岸有亭台、水榭以及九曲长廊。绿化带里，有高大的广玉兰和低矮的红枫树相间着，常绿的灌木植物在它们之间，长方形，各个品种也是相隔而栽。正值阳春三月，桃树姹紫嫣红，柳树婀娜婆娑……在温和的春光里，人们如同置身于画卷里，心旷神怡。

与铁记庄园建筑风格一致的联排别墅里，老铁记庄园的住户都搬进去了。铁慧琪等人带领老亲们一家一家的参观。西首第一家谭大龙的楼房，外表已经按照统一标准改造了。从西往东看去，是清一色的江南水乡民居了，尤其是屋面，不是当地居民样式，为了雨水下水快，当地人屋面比较陡，多余的屋面，就用楼板平铺在房屋的后部。联排别墅前后十六米，屋面平缓地由屋脊向屋檐延伸，给人以慢节奏生活的感觉。

走进屋内，就各有千秋了。人们根据自己的喜好进行装修。喜欢简约型的，就采用直线条形式，给人以大方、流畅的感觉；喜欢欧式的，就显得繁文缛节，让人眼花缭乱；喜欢古典的，有木格吊顶、镂空隔断、雕花屏风，包括家具，都是古色古香的……当然，除了各人的喜好，还要看经济实力呢！

铁慧琪和铁慧瑛对大家说，大家今天就住在家里，以后回来也不要住宾馆；这一连十几幢，都是铁记庄老邻居、老亲们，够住几十号人！老亲们乐意接受，都说，这才是真正回到家了……

美人港南边，沿河的是前后开门的水岸民居。港边有一条东西连贯的石板路，所有房屋的后半部，一层楼的屋面都延伸到港边的路上方，如果下雨，人们在港边行走，也不会遭到雨淋，二层楼上，木格花窗面对港北，这里采用了江南水乡建筑的特点。不高的屋檐上都挂着椭圆形的红灯笼，由西向东望去，成为一条风景线，要是夜晚，更为壮观。前面是门面房，底层开店，二层或三层居住。这一排房屋，大多是木金寺街面与农贸市场的拆迁户买的，也有少数城里人和苏南人来买。外地人主要是卖茶叶、开茶馆；也有爱好写字的、写书的，觅到一块理想的宜居宝地，定居下来。

走在步行街上，铁家人看着南面一排徽派建筑，十分喜爱，几户外地人家商量，每户买一幢，下面可以租给人家开店。以后回来，不管什么时候，有地方住；尤其在叶落归根的故乡，有一个归宿，一种情怀……龚如玉告诉他们，"水系美人港工程"，都是他们集团公司开发承建，卖给家里人，只收成本费。大家没有这样做。台湾两家、香港两家、上海两家、重庆一家，一共认购了七幢房屋，有三层，也有四层，连在一起。龚如玉指示姜丰岚，叫售楼处安排，最好从西面，铁记庄园园沟开始，向东安排。

柳剑书记对铁记庄园和美人港水系风光带的建成，十分欣喜，赞扬它是牧州滨江新城区的靓丽名片，是招商引资、筑巢引凤的示范工程！对铁记庄人以及周氏兄弟回乡省亲、祭祖，参观重建的庄园和新建的美人港风光带，热烈欢迎！他从省城散会后，就立即回来，接见他们，与他们座谈。召集四套班子主要领导，盛情招待他们。铁家海内外亲朋，周氏地方与京城的有关人员，铁记庄集团公司的高管，在紫金大厦宴会厅济济一堂……

由柳剑牵线搭桥，根据铁善玲遗嘱捐献的"牧州张氏服装有限公司"的产权，转让给江州市新桥毛纺集团，所得资金用于建设东环路至长江边的原工农路，命名为"铁记庄路",龚如玉表示,造路的资金缺口,由铁记庄集团公司补足。

廖冰代表香港张氏集团,与季晓红签订造船厂选址备忘录,暂定在蟛蜞港下游五公里的江边,建设"牧州(香港)张氏船业有限公司"。

以上活动结束之后,才华横溢的柳剑书记,发表热情洋溢的即兴讲话,一是表示祝贺,二是谈论牧州经济发展的大好形势,三是展望牧州的未来……他充满激情,喜形于色,口若悬河,文采飞扬,还伴以有力的手势,把现场的听众的热情,都激发出来,热烈的掌声不时打断了他的鼓舞人心的讲话……

清明节过后,廖冰与廖张小伊开始筹备造船厂,张粤生将牧州的项目交班了,张铁爱华让小伊辞去医院的职务,陪着丈夫在故乡投资兴业;有龚如玉一起往来香港,小伊很开心。龚弘奎被文化局聘为"马驮沙历史博物馆"名誉馆员,协助文化局筹建新的历史博物馆;铁慧琪也忙起来了,他负责收集整理铁记庄园的史料,编写家谱;在东面第二排,六间屋子,作为"铁记庄园史料馆",与后面的铁家祠堂前后相对应。

龚如玉更加繁忙,催促谭顺和加紧旧金山公园中国园林的建设,尽快完工,因为澳大利亚墨尔本唐人街的工程很快签约。房地产开发公司中标牧州市行政中心三万平方米综合楼和滨江公园二期工程两个项目,很快就要开工,是限期完成的工程。

几个月以来,谭大龙逐步抛开杂念,渐渐走近龚如玉。因为实在太忙了,许多工地跑,龚如玉限定他一个月内学会了单独驾驶,考了驾照,给他配备一辆崭新的奥迪 A6 轿车。唐菲菲的两个小孩都与龚孝严一起,在实验学校读书,有专职人员接送。

陈桂兰专职陪伴李雨妹和肖秀英两位老人,龚如玉说,有"妈妈"照顾她们颐养天年,她放心。

谭剑英的公司,更名为"北京铁记庄警务科技股份有限公司",成为公安部和武警部队定点单位,也加入"江苏铁记庄集团股份公司",成为香港上市公司的一个子公司。

旧金山公园于八月八日开园,戴维与姜丰岚去打前站,为总裁出席开园仪式做好准备工作。

八月六日,龚如玉和谭大龙从牧州出发,由浦东国际机场飞往美国旧金山,临走之前,谭大龙向母亲要回了让她保管的那个信封,交还给了龚如玉……

二〇一二年十月初稿于菲律宾马尼拉
二〇一五年七月二稿于中国北京
二〇一六年九月定稿于中国泰州

后 记

　　由一本近四万字的回忆录而衍生为五十多万字的一部长篇小说，是再创作的艰苦过程，现在呈现在读者面前的，是真实的地点、真实的故事和活生生的人物的文学巨制。故事情节交叉缠绵而曲折生动，人物形象可亲可近而生动逼真，并且与时代共进退，与社会同浮沉，离不开那个留有印记的岁月。人物的语言、心理乃至活动，都不可避免地打上往昔的烙印，让读者与其一起叹息，一起忧虑，一起亢奋……

　　掩卷而思，这部小说所突出的艺术性是十分显著的，主要表现在以下几个方面：

　　一、主要人物、人物群像与多条线索相结合，使小说情节曲折生动，冲突不断推进，人物形象逐渐丰满。社会矛盾，家庭纠纷，人物个性，都在交叉的情节中体现出来。爱情、亲情和友情，在人物交往中逐步展现，使小说在讲故事的过程中，塑造的人物高大、立体地站立在读者面前。

　　二、历史主义、现实主义和浪漫主义，在小说创作中一脉相承，前后呼应，使小说的立体性、耐看性非常突出。回忆的历史故事，呈现的现实生活，继续发展的未来……读者既有近切的视觉，也有海市蜃楼般的幻觉。

　　三、民族特色、地方特色与社会风情，在作品里有比较浓重的描写，为塑造人物形象，展开故事情节，起到很好的背景衬托作用。人物活动的空间，随着社会的发展、地点的转换、人物的交往、人物的性格，都应当适者生存，接受那些风土人情，人物形象也就丰满了。阅读这部小说，不会感觉到它的冗长，而会随着人物的脚步，一直朝前行走，也会预感到他们还会走多远……也许你读完了，会说一声，这不是现实的生活，是作者虚构的乌托邦……而我们负责任地告诉您，这些都是真实的！长江下游，有一个地方，叫马驮沙，叫木金寺，叫铁记庄园……

　　在小说创作过程中，受到贝齐康、刘汉如、严怀余和姚富培等学者的鼓励和帮助，许多宝贵意见使作品至臻完善；在出版过程中，中国文联出版社曹艺凡先生、北京"瑞知堂文化"刘枫先生给予大力支持。值此作品付梓之际，一并表示谢忱！

作者

二〇一六年十月